T0332293

La sangre de los inocentes

Biblioteca

JULIA NAVARRO

La sangre de los inocentes

Papel certificado por el Forest Stewardship Council®

Penguin
Random House
Grupo Editorial

Primera edición con esta portada: mayo de 2015
Decimoquinta reimpresión: marzo de 2024

© 2007, Julia Navarro
© 2007, Penguin Random House Grupo Editorial, S. A. U.
Travessera de Gràcia, 47-49. 08021 Barcelona
Diseño de la cubierta: Penguin Random House Grupo Editorial / Ferran López
Imagen de la cubierta: © Edmund Berninger, *Vista de Constantinopla* © Blake Little / Corbis

Printed in Spain – Impreso en España

ISBN: 978-84-8346-524-0
Depósito legal: B-6.733-2021

Compuesto en Fotocomp/4
Impreso en Liberdúplex
Sant Llorenç d'Hortons (Barcelona)

P 8 6 5 2 4 I

A mi madre, Martina Elia Fernández, in memoriam, *con todo amor. Gracias*

Agradecimientos

Detrás de un libro hay muchas personas además del autor. Durante el largo año y medio en que he estado escribiendo *La sangre de los inocentes*, he contado con la generosidad, paciencia y apoyo de Fermín y Álex, y también de algunos amigos muy queridos que no me han escatimado ánimos y han estado muy cerca, como Fernando Escribano, Margarita Robles, Carmen Martínez Terrón, Dolores Travesedo y Lola Pedrosa, o mis primos Juan Manuel y Mercedes.

Abraham Dar, con afecto y paciencia, me ha guiado por el Israel de hoy y de ayer, el de los pioneros en los primeros kibbutzim, recomendándome libros, buscándome documentación y respondiendo a todas mis preguntas y dudas sobre la situación de los judíos en la Francia de Vichy o en el Berlín de los primeros meses de la Segunda Guerra Mundial, y les aseguro que han sido muchas.

Tampoco puedo olvidar el apoyo y la confianza de mi editor David Trías, de Núria Tey y Riccardo Cavallero; de Luciano de Cea junto a todo el equipo de comerciales de Plaza y Janés; de Alicia Martí y Leticia Rodero, siempre con una sonrisa; de Emilia Lope que me ayudó a pasar a limpio el manuscrito, y desde luego de Justyna Rzewuska que ha abierto las puertas para que mis novelas se lean en más de veintiséis países. La verdad es que me faltaría espacio para mostrar mi agradecimiento a cuantas personas trabajan en Plaza y Janés y que hacen posible que mis novelas lleguen a manos de los lectores.

Con Tifis, mi perro, un pastor alemán noble y leal, he dado largos paseos que me servían para aclarar las ideas sobre lo que iba escribiendo.

Reconozco que sin mi familia y sin mis amigos no sería capaz de hacer nada, y mucho menos de escribir una novela como la que tienen en sus manos.

PRIMERA PARTE

1

Languedoc, mediados del siglo XIII

Soy espía y tengo miedo. Tengo miedo de Dios, porque en su nombre he hecho cosas terribles.

Pero no, no le echaré la culpa a Él de mis miserias porque no es suya, sino mía y de mi señora. En realidad la culpa es de ella y sólo de ella porque siempre se ha comportado como un ser omnipotente ante cuantos hemos estado a su lado. Jamás osamos contradecirla, ni siquiera su esposo, mi buen señor.

Voy a morir, lo siento en las entrañas. Sé que ha llegado mi hora, por más que el físico me asegure que aún viviré largo tiempo porque el mal que me aqueja no es mortal. Pero él sólo estudia el color del iris de mis ojos y el de mi lengua, y me hace sangrar para sacarme los malos humores del cuerpo aunque no me alivia el dolor permanente que tengo en la boca del estómago.

El mal que me consume lo tengo en el alma porque no sé quién soy ni qué Dios es el verdadero. Y por más que sirvo a los dos, a los dos acabo traicionando.

Escribo para aliviar mi mente, sólo por eso, aun a sabiendas de que si estas páginas cayeran en manos de mis enemigos o incluso en las de mis amigos, habría firmado mi sentencia de muerte.

Hace frío y, acaso porque tengo el alma helada, por más que me envuelvo en mi manto, no logro templar mis huesos.

Esta mañana, fray Pèire, al traerme un caldo caliente, intentó animarme con el anuncio de la Navidad. Dice que fray Ferrer me visitará más tarde, pero le he pedido que me disculpe ante el inquisidor. Los ojos de fray Ferrer me producen vértigo y su voz pausada, terror. En mis pesadillas me envía al Infierno, y aun allí siento frío.

Pero estoy desvariando, ¿a quién le importa que tenga frío?

Los hermanos no desconfían al verme escribir. Es mi oficio. Soy notario de la Inquisición.

Mis otros hermanos tampoco sospechan. Saben que mi señora me ha pedido que escriba una crónica de cuanto sucede en este rincón del mundo. Quiere que algún día los hombres conozcan la iniquidad de quienes dicen representar a Dios.

Cuando alzo la mirada hacia el cielo aparece Montségur entre la niebla, y su imagen borrosa me llena de zozobra.

Imagino el ir y venir de mi señora dando órdenes a unos y a otros. Porque por más que doña María se haya convertido en *perfecta* está en su carácter mandar. No quiero pensar en qué complicaciones nos habría metido de ser hombre.

De cuando en cuando se filtra a través de la gruesa tela de mi tienda la voz rotunda del senescal. Hugues des Arcis no parece estar de buen humor está mañana, pero ¿quién lo está? Hace frío y la nieve cubre el valle y las montañas. Los hombres están cansados, llevamos aquí desde el pasado mes de mayo y temen que el señor Pèire Rotger de Mirapoix aguante muchos meses más el asedio. El señor de Mirapoix cuenta con la complicidad de los habitantes del lugar que, ante las barbas del senescal, son capaces de ir y venir a la fortaleza llevando provisiones y noticias de parientes y amigos.

Ayer recibí una misiva de mi señora doña María instándome a reunirnos esta noche. Quizá mi desasosiego se deba a tener que atender esta última orden.

Uno de los campesinos de la zona, que surte de queso de sus cabras al senescal, logró colarse en mi tienda para entregarme la carta de doña María. Sus instrucciones son precisas: cuando caiga la noche debo abandonar el campamento y caminar hasta la entrada del valle. Allí alguien me llevará por los pasos secretos que sé que conducen a Montségur. Si Hugues des Arcis supiera de su existencia me pagaría bien por la información o acaso me mandaría ajusticiar por no haberla desvelado hace tiempo.

La tarde se me hace eterna. Oigo pasos, ¿quién será?

—¿Estáis bien, Julián? Fray Pèire me ha alarmado diciendo que sufrís fiebre.

El fraile se levantó de un salto y abrazó al hombre alto y robusto que acababa de entrar en la tienda sin pedir permiso. Era su hermano. Por un instante se encontró mejor, como cuando era niño y se sentía protegido por la figura imponente de Fernando, capaz de derribar de un manotazo a cualquiera que se le acercara. Pero sobre todo era su mirada serena y llena de confianza lo que desarmaba a sus adversarios y hacía que sus amigos se sintieran seguros.

—Fernando, ¿vos aquí? ¡Qué alegría! ¿Cuándo habéis llegado?

—Apenas hace una hora que llegamos al campamento.

—¿Llegasteis?

—Sí, con otros cinco caballeros. El obispo de Albi, Durand de Belcaire, le ha pedido ayuda al gran maestre. Nuestro hermano Arthur Bonard es un hábil ingeniero, lo mismo que el obispo.

—Hace días que llegaron los refuerzos que el obispo ha enviado a nuestro señor Hugues des Arcis. Pero no sabía que también pediría ayuda al Temple. Es un hombre de Dios al que le gusta la guerra, puesto que es capaz de imaginar todo tipo de máquinas y artefactos para destruir al enemigo.

—Supongo que tendrá otras virtudes… —respondió con una sonrisa Fernando.

—¡Oh, sí! Arenga a los soldados casi mejor que el señor Des Arcis.

—Bueno, no está nada mal para ser un obispo —bromeó Fernando.

—Decidme, ¿los templarios queréis acabar con los *bons homes*? He oído rumores de que no os gusta perseguir cristianos.

Fernando tardó en responder. Luego suspiró y le dijo en voz baja:

—No hagáis caso de los rumores.

—Ésa no es una respuesta. ¿No confiáis en mí?

—¡Claro que sí! ¡Sois mi hermano! Bien, os daré una respuesta: los cristianos tenemos adversarios poderosos, demasiados para perder energías combatiendo entre nosotros. ¿Qué daño hacen los *bons homes*? Viven como verdaderos cristianos, dando testimonio de pobreza.

—¡Pero reniegan de la Cruz! No ven a Nuestro Señor en ella.

—Aborrecen la Cruz como símbolo, como lugar donde fue crucificado. Pero yo no soy teólogo, soy un simple soldado.

—Y también monje.

—Cumplo con Dios como me manda la Santa Madre Iglesia, aunque eso no signifique que no pueda pensar. No me gusta perseguir cristianos.

—Ni a vos ni a los de vuestra Orden —recalcó Julián.

—Y a vos, ¿os gusta ver a mujeres y a niños abrasados en las hogueras?

La pregunta de Fernando le provocó náuseas.

—¡Que Dios les tenga en su seno! —exclamó Julián mientras se santiguaba.

—La Iglesia asegura que están en el Infierno —aseveró Fernando en tono burlón—. No nos aflijamos y tomemos las cosas como son. Ni a vos ni a mí nos gustan las muertes de inocentes. En cuanto al Temple… somos hijos obedientes de la Iglesia, nos han reclamado y aquí estamos. Otra cosa es lo que hagamos.

—¡Dios sea loado! Así que estáis pero como si no…

—Algo así.

—Tened cuidado, Fernando; entre nosotros está fray Ferrer, que ve la herejía hasta en el silencio.

—¿Fray Ferrer? He de confesaros que las noticias que me han llegado de él son inquietantes. ¿Por qué está aquí?

—Dirige nuestra Orden y ha jurado hacer justicia mandando a la hoguera a los asesinos de nuestros hermanos.

—¿Os referís a los dominicos asesinados en Avinhonet?

—Así es. Llegaron a esa ciudad en busca de herejes. Les

acompañaban ocho escribanos que fueron víctimas de un complot. Raimundo de Alfaro, el administrador del conde de Tolosa en Avinhonet, permitió su asesinato.

—Pero eso no está probado —protestó Fernando.

—¿Lo dudáis, señor? —oyeron a sus espaldas.

Julián y Fernando se volvieron, sorprendidos. Fray Ferrer acababa de entrar en la tienda y había escuchado las últimas palabras.

Fernando no se inmutó pese a la mirada cargada de reproche con que le examinaba el inquisidor.

—¿Vos sois…?

—Fray Ferrer —respondió el dominico—, y os preguntaba si dudáis de la complicidad de Alfaro en el asesinato de mis dos hermanos.

—No hay pruebas de que así sea.

—¿Pruebas? —bramó fray Ferrer—. Sabed que Alfaro alojó a mis hermanos en la torre del homenaje del castillo, donde nadie pudiera prestarles socorro, lejos de cualquier mirada. Sabed también que fueron asesinados en plena noche por un destacamento de herejes salido de aquí, de Montségur, este nido de iniquidad que Dios destruirá. La Iglesia no perdonará esta afrenta. Esos que se llaman Buenos Cristianos son un hatajo de asesinos.

Julián le miraba aterrado, incapaz de moverse. Fernando sopesó al dominico y decidió que sería un error entrar en conflicto con él.

—Ignoro los detalles de lo sucedido. Si vos decís que fue así, sea.

Fray Ferrer clavó los ojos en Julián, que parecía a punto de desmayarse.

—Fray Pèire me ha insistido en que no viniera a veros porque necesitáis descansar, pero faltaría a la piedad y a la caridad si no me preocupara por vos. Veo que estáis acompañado, ya os visitaré en otro momento.

Fray Ferrer salió con la misma rapidez con que les había sorprendido.

—Vamos, no os asustéis, os he visto palidecer —rió Fernando—. Es vuestro hermano en Dios.

—Vos… vos no le conocéis —murmuró Julián.

—No quisiera estar en el lugar de los herejes. Me temo que si de algo carece este fray Ferrer es de compasión.

—Supongo que sabéis que vuestra madre continúa en Montségur, acompañada de la más joven de vuestras hermanas.

Fernando asintió con gesto serio y preocupado. Evocar a su madre, doña María, le producía un dolor repentino en el pecho. Nunca la había sentido cercana, a pesar de quererla incluso más que a su padre. Enérgica e inquieta, no había prodigado demasiadas caricias entre sus hijos, por más que a todos quisiera y protegiera buscándoles un porvenir.

—Yo… bueno… la he visto en algunas ocasiones —confesó Julián.

—No me extraña, el castillo nunca ha estado incomunicado. Sabemos que algunos de sus hombres suben y bajan por pasos secretos que sólo ellos conocen. No hace mucho mi madre me envió una carta.

—¿Os escribió? —preguntó Julián, asustado—. ¡Sólo la señora podía atreverse a hacer algo así!

—No os preocupéis. Mi madre es inteligente y no nos puso en peligro. Recibí la misiva a través de un paje de la casa de mi hermana Marian. Ya sabéis que su esposo, don Bertran d'Amis, sirve al conde Raimundo, de manera que Marian recibe noticias frecuentes de mi madre. Ahora que estoy aquí procuraré verla, no sé cómo… quizá vos podáis ayudarme.

—¡Ni lo intentéis! Mi señor Hugues des Arcis os mataría, y el obispo os excomulgaría.

—Sabré encontrar el modo, mi buen Julián. Intentaré convencerla para que abandone Montségur o al menos se lo permita a mi hermana Teresa, que apenas ha dejado la infancia. Tarde o temprano el castillo será conquistado y… bueno, vos lo sabéis como yo: no habrá piedad para los cátaros. Intentaré convencerla, se lo debo a mi padre, a nuestro padre.

Julián bajó la cabeza avergonzado. Le dolían las entrañas al saberse un bastardo de don Juan de Aínsa.

—¡Vamos, Julián, no quiero veros abatido!

Tomó asiento y se sirvió una jarra de agua que bebió con avidez sin ofrecerle a Fernando. Éste aguardó en silencio a que su hermano reencontrara el sosiego antes de continuar.

—¿Habéis estado con don Juan? —preguntó Julián con un hilo de voz.

—Hace muchos meses, de regreso a este país, pude desviarme y pasar por Aínsa para visitar a nuestro padre. Apenas estuve dos días, pero fue suficiente para que nos sinceráramos el uno con el otro. Continúa amando a mi madre tanto como el día que la desposó y le angustia su suerte. Me encomendó que las salvara, a ella y a mi hermana pequeña. Le prometí que haría lo imposible para que abandonara Montségur, aunque ambos sabemos que mi madre no dejará el castillo, que afrontará la muerte mirándola de frente porque no teme a nada ni a nadie, ni siquiera a Dios.

—¿Don Juan se encontraba bien de salud?

—Está muy enfermo, la gota casi le impide caminar, y sufre de espasmos en el corazón. La mayor de mis hermanas le cuida con devoción. Ya sabéis que doña Marta enviudó y regresó a la casa solariega con sus dos hijos, buscando la protección de nuestro padre.

—Doña Marta siempre fue su hija favorita.

—Es la mayor de todos nosotros y durante un tiempo parecía que iba a ser hija única puesto que mi madre no quedaba encinta. A excepción, claro está, de los otros hijos que tuvo nuestro padre…

—Sí, de sus bastardos. Don Juan amaba a doña María, pero nunca tuvo reparo en tomar a otras mozas.

—Vuestra madre era muy hermosa.

—Sí, debió de serlo, no tuve la dicha de conocerla.

Los dos hombres quedaron en silencio, absortos cada uno en sus pensamientos. El aire frío y el carraspeo de fray Pèire les devolvió a la realidad.

—Excusadme, don Fernando, venía a comprobar que fray Julián se encontraba bien; no sé si se sentirá con fuerzas para cenar con nosotros o prefiere que le traigamos aquí las viandas…

—Si no os importa, desearía quedarme en la tienda —afirmó Julián—. Me siento mal; quizá el sueño me sirva de ayuda.

—Diré al físico que os vuelva a examinar —dijo fray Pèire.

—¡No! ¡Os lo ruego! No soportaría otra sangría. Un poco de caldo y un trozo de hogaza que mojaré en el vino serán el mejor de los remedios. Estoy muy cansado, fray Pèire…

—Creo que tiene razón —intercedió Fernando—; lo mejor que podemos hacer por mi buen hermano es dejar que descanse. No hay nada con lo que no pueda un sueño reparador.

—A vos, don Fernando, os esperan para compartir la cena con mi señor Hugues des Arcis y el resto de los caballeros.

—No me demoraré más de un minuto, el tiempo que tardéis en traer el caldo y el vino con pan al buen Julián.

Con paso diligente fray Pèire volvió a salir de la tienda, preocupado por la palidez del hermano Julián. Que Dios le perdonara, pero creía haber visto la muerte reflejada en su rostro.

—Siento haberos causado pesar —dijo Fernando cuando de nuevo quedaron a solas.

—No os preocupéis.

—Sí, sí me preocupo porque os aprecio, y os guste o no, somos medio hermanos. Eso no os debería afligir. Sois hijo de un noble señor de la villa de Aínsa.

—Y de una criada de vuestra casa.

—De una joven bella y encantadora que no tuvo otra opción que entregarse a su señor. Ni yo he dictado las reglas, ni estoy de acuerdo con ellas. Pero vos sabéis como yo que los señores tienen hijos fuera del matrimonio. Tuvisteis suerte, porque mi madre nunca abandonó a los hijos bastardos, ni tampoco a sus madres. Procuró dar a todos una posición y puso especial empeño en vuestro caso. Os criasteis en nuestro solar familiar, aprendisteis a montar a caballo al tiempo que yo y os hicieron aprender a leer y a escribir, incluso mi madre compró vuestro cargo eclesiástico…

—Pero soy un bastardo.

—Todos somos iguales a los ojos de Dios. El día del Juicio no os preguntarán por el instante ni la circunstancia de vuestro nacimiento, sino por lo que habéis hecho en esta vida.

Julián, aterrado, empezó a toser incesantemente mientras Fernando intentaba en vano hacerle beber agua.

—¡Tranquilizaos y bebed! Pero ¿qué os sucede?

—El juicio de Dios… iré al Infierno, lo sé.

El fraile temblaba y las lágrimas se le deslizaban por las mejillas. La angustia y el miedo convirtieron al notario de la Inquisición en un niño.

—¡Pero Julián! ¿Cuál es vuestra culpa para que os sintáis así?

—¡Vuestra madre, ella es la culpable de mi sufrimiento!

—¡Callaos! ¿Cómo os atrevéis a decir tamaña barbaridad!

Las lágrimas anegaban el rostro del fraile que, en medio de fuertes convulsiones, se tumbó en el austero catre donde dormía. Fernando no sabía qué hacer. Le apenaba ver en ese estado a Julián, al que siempre había querido y protegido, y al que prefería al resto de sus hermanos.

—Es una suerte que haya venido con nosotros el caballero Armand. Es un buen físico y en Oriente ha aumentado sus conocimientos. Le pediré que os visite y os dé un remedio para el mal que os aqueja. Ahora tengo que partir; mañana os vendrá a ver.

Fernando salió de la tienda confundido por su sufrimiento. Le preocupaba, más que el padecimiento físico de su hermano, el saberle con el alma desgarrada.

2

Julián se quedó un buen rato encogido en el catre. Ni siquiera se movió cuando fray Pèire le llevó el caldo, el pan y el vino. Prefirió hacerse el dormido para no tener que afrontar otra conversación sobre su calamitoso estado de salud. Cuando dejó de escuchar los pasos de fray Pèire se incorporó para mojar la hogaza de pan en el vino de sabor áspero que algunas veces lograba levantarle el ánimo. Bebió de golpe el caldo y volvió a tenderse a esperar que se apagaran los ruidos del campamento para acudir a la cita con doña María. El campesino que le entregó la misiva de la señora le esperaría a las afueras del campamento para conducirle a través de los riscos hasta el lugar donde solía citarle ella.

No supo cuánto tiempo había transcurrido cuando escuchó un ruido cerca de su tienda. Se incorporó sobresaltado, consciente de que se había quedado dormido. A duras penas logró levantarse y servirse una jarra de agua, que bebió con apremio. Luego se enjuagó la cara y, colocándose los hábitos arrugados, salió con sigilo de la tienda sintiendo que los latidos de su corazón podían despertar al campamento que en ese momento estaba tranquilo, alumbrado por el fuego de las hogueras que intentaban aliviar el frío intenso de aquella noche de invierno.

Se escabulló del campamento con paso rápido y caminó hacia el bosque, seguro de que en cualquier momento aparecería el enviado de doña María.

—Os habéis retrasado —le reprochó el campesino que salió a su encuentro como si de un espectro se tratara. Era un cabrero que conocía bien los senderos de la montaña.

—No he podido venir antes.

—Os habéis dormido —replicó el hombre, malhumorado.

—No, no me he dormido, sólo que no puedo salir del campamento a mi antojo.

—Pues otros lo hacen.

—¡Vaya, esto sí que es una sorpresa!

—¿Os sorprende que entre los soldados reclutados a la fuerza haya quienes tengan parientes ahí arriba?

Julián calló. De manera que Fernando tenía razón: había quienes entraban y salían de Montségur como de sus propias casas.

—¿Dónde me espera la señora?

—Vos seguidme, tanto os da el lugar.

Caminaron cerca de una hora entre aquellos riscos formados de bloques calcáreos que terminaban en la gran roca donde, desafiante para el ojo humano, se aposentaba el castillo de Montségur.

El campesino se detuvo junto a unos árboles que se encaramaban por uno de los riscos. Apenas había recuperado el resuello cuando se encontró frente a frente con doña María.

—¡Julián, hijo, cuánto me alegra verte!

—Mi señora…

—Ven, siéntate a mi lado, no tenemos mucho tiempo y debemos aprovecharlo. Quiero que me cuentes cómo están las cosas ahí abajo. Nuestros espías dicen que Hugues des Arcis cuenta con diez mil hombres. Espero que el conde de Tolosa no se arredre ante esa fuerza y cumpla sus compromisos para con esta tierra. No se trata sólo de fe, sino de poder.

—¿Qué decís, señora?

—Si Hugues des Arcis conquista Montségur, se acabó la libertad de nuestra tierra. El rey quiere esas tierras porque, sin ellas, su reino no es nada. ¿Crees que le importan los cátaros?

No, hijo, no te equivoques, aquí no se lucha por Dios, sino por el poder. Quieren nuestro país para la Corona.

—¡Pero el Papa quiere erradicar la herejía!

—El Papa sí, pero al rey de Francia tanto le da.

—¡Señora, decís unas cosas…!

—Bueno, no te cansaré con mis ideas, prefiero escucharte, o mejor: que respondas a mis preguntas.

Durante una hora doña María interrogó a Julián; no hubo detalle sobre las fuerzas de Hugues des Arcis sobre el que no preguntara.

—¿Y tú, Julián? ¿Continúas siendo un *credente*?

—¡Qué sé yo! Estoy confundido, señora, ya no sé ni quién es Dios.

—Pero ¿cómo es posible que digas eso? ¿Me habré equivocado contigo? Siempre te creí inteligente, por eso quise que estudiaras y te hicieras dominico…

—¡Pero si lo único que queréis es que traicione a mis hermanos!

—Lo que quiero es que sirvas al Dios verdadero, y no al demonio a quien tienes por Dios.

Julián se santiguó, espantado. Doña María le atormentaba con sus ideas heréticas y le hacía dudar. Aún recordaba el día en que le llamó para decirle que había encontrado al verdadero Dios y que a partir de ese momento él también debía servirle. Le explicó que el mundo lo había creado una divinidad inferior, un demonio que había encarcelado a los ángeles auténticos, y que estos ángeles eran las almas humanas que sólo se liberarían con la muerte. El cuerpo, le dijo, era una prisión, el peor de los calabozos. Dios nada tenía que ver con la *terra oblivionis*. Él era el artífice del espíritu, no de la realidad material. Coexistían dos creaciones, la mala y la buena, la terrenal y la espiritual. Los *perfectos*, añadió, nos ayudan a encontrar el camino para huir de la prisión y para que nuestra alma se encuentre en el cielo con esa parte de nuestro espíritu que nos hará volver a ser un todo.

—He visto a don Fernando.

—¿A mi hijo?

—A vuestro hijo.

—¿Se encuentra bien?

—Sí, al menos eso parece. Llegó hoy al campamento. El obispo de Albi ha pedido a los templarios que le ayuden con alguno de sus artilugios, y uno de los freires, de una de las encomiendas cercanas, es un experto ingeniero. Vuestro hijo viene en la comitiva.

—Me alegro de que esté aquí en vez de en Oriente, eso me permitirá despedirme de él.

—Quiere veros.

—Y yo también. Te encargarás de traerle aquí.

—¿Yo? Mandad a uno de vuestros hombres…

—¡Por Dios, Julián, yo no mando hombres!

—Pero, señora…

—Debes obedecerme.

—Nunca he dejado de hacerlo —asintió Julián, apesadumbrado.

—¿Estás escribiendo la historia que te pedí?

—Lo estoy haciendo con gran riesgo de mi vida.

—No tengas tanto apego a esa carne hecha por el demonio. Escribe, Julián, escribe, los hombres deben saber lo que está pasando aquí. Si tu Iglesia, la Gran Ramera, pudiera, borraría para siempre nuestra existencia. Sólo si queda escrito que existimos, lo que hicimos y en qué creíamos, nuestra historia no será olvidada. La verdad debe salvarse a través de los escritos. No podemos permitir que ellos borren nuestra memoria.

—Escribo cuanto me habéis dicho y cuanto sucede aquí. Pero he de advertiros, señora, que Montségur caerá. Hasta vuestro hijo está seguro de que así va a suceder.

—¿Y crees que yo no? No confío en que el conde de Tolosa sea capaz de vencer el cerco al que le han sometido. Raimundo quiere que resistamos pero nos ha dejado librados a nuestras propias fuerzas e ingenio.

—El conde ha jurado perseguir a los herejes…

—El conde intenta salvarse y salvar sus tierras. Los herejes, como nos llamas, sólo somos piezas en el tablero, sus propias piezas. No olvides que nacimos en esta tierra.

—Vos sois aragonesa.

—En realidad, sólo mi madre era aragonesa. Mi padre era de Carcasona y siempre me sentí de este país. En esta tierra nací y viví los primeros años de mi vida y de aquí salí para desposarme con el bueno de don Juan, mi esposo, que espero se encuentre bien.

—¡Oh, sí! Vuestro hijo lo ha visto, y aunque refiere achaques sobre su salud, al parecer está bien cuidado por vuestra hija mayor, doña Marta.

—La vida ha sido generosa con ambos. Él tiene a Marta, y yo tengo a Teresa. Y de mis dos varones, todavía vive Fernando.

Doña María se quedó en silencio y por un instante evocó a su hijo muerto años atrás, en un lance contra otro caballero. Le quedaba Fernando, sí, pero éste nunca había sido del todo suyo. Acaso la culpa fuera de ella, puesto que durante muchos años lloró al hijo mayor despreocupándose del pequeño. Fernando había dejado el hogar familiar para ingresar en el Temple y combatir a los infieles. Dudaba de la fe de su hijo y creía saber que su ingreso en el Temple fue un signo más de rebeldía que de devoción. Pero ya era demasiado tarde para volver atrás y más ahora, que tenía tan cercana la muerte.

—Dentro de tres días quiero que regreses. Te daré una carta para mi esposo.

—¡Pero no podré hacérsela llegar! Fray Ferrer tiene ojos en todas partes.

—¡Eres notario de la Inquisición! ¡Claro que puedes! No debes dejarte amedrentar por ese fraile maligno.

—Es él quien ha excomulgado a gran parte de los caballeros del país. No dudará en hacerlo conmigo.

—¡Haz lo que te pido, Julián!

—Señora, he de permanecer a los pies de Montségur hasta…

—Hasta que logréis haceros con el castillo y matarnos a todos.

—¿Por qué no huís? Vuestra hija Marian goza de buena posición en la corte de don Raimundo. Su esposo…

—Su esposo es tan pusilánime como el propio Raimundo, más preocupado por mantener la cabeza sobre el cuello que por ningún otro asunto.

—Pero doña Marian es *credente*…

—Sí, eso sí, al menos mi hija no me ha traicionado. Y ahora escúchame y obedece. Te daré una carta para mi esposo, no me importa cuándo se la puedas entregar, pero asegúrate de que la lea. También me traerás a Fernando. En cuanto a tus escritos, cuando estén terminados se los entregarás a Marian. Ella sobrevivirá y sabrá guardar nuestra historia hasta que llegue el momento en que pueda sacarla a la luz.

—Eso puede ser nunca —se atrevió a decir Julián.

—¡No digas sandeces! Ni siquiera el rey de Francia será eterno. Y Marian tiene hijos, y éstos tendrán hijos a su vez. Lo importante es que nuestra historia quede escrita. Todo lo que no está escrito no existe. No podemos dejar nuestro sufrimiento al albur del recuerdo de los hombres. Dios me iluminó cuando te traje a nuestra casa y me empeñé en que aprendieras a leer y a escribir.

—Doña María, no puedo traer a vuestro hijo.

—¿A Fernando? ¿Y por qué no?

—Sabrá que soy un traidor y con una sola palabra puede enviarme a la hoguera.

—Fernando no hará eso. Te quiere, Julián, te considera su hermano, y además es incapaz de traicionarnos. Le devorarán los remordimientos por no poder confesar lo que sabe, pero guardará silencio. No, no te delatará, ni a mí tampoco. Soy su madre.

—Pero ¿qué he de decirle?

—Dile parte de la verdad: que recibiste un recado mío, que nos vimos y me anunciaste su llegada y que te he implorado por verle. No, no le digas que he implorado, no se lo creerá. Dile sólo que quiero reunirme con él. Os veré aquí a los dos, dentro de tres noches.

—¿Enviaréis a por nosotros?

—¿De qué otro modo podríais llegar hasta aquí? Si no lo hiciera, acabaríais en el fondo de un barranco. Y ahora, vete y piensa en el verdadero Dios y en el momento de dejar la cáscara que te envuelve.

Julián iba a protestar pero su señora había desaparecido sin que él acertara a ver por dónde. Por un momento se sintió perdido, dispuesto a creer que todo había sido un sueño y doña María una aparición, pero el carraspeo del campesino lo devolvió a la realidad.

—Daos prisa. Hoy la señora se ha entretenido más de lo esperado, y tenemos un buen trecho antes de que os pueda dejar en el campamento.

3

Se podía intuir el alba a través de las nubes cargadas de lluvia cuando llegaron al campamento. En la oscuridad de su tienda aún rezumaban los rescoldos del brasero. Cansado, se dispuso a dormir antes de que le sorprendiera el amanecer.

—¿De dónde venís?

La voz rotunda de Fernando le sobresaltó.

—¡Por Dios, me habéis asustado!

—No tanto como me he asustado yo al venir aquí y no encontraros. Os he buscado por todo el campamento sin que nadie me haya sabido dar razón sobre vos.

—¡Estáis loco! ¿Qué habéis hecho? —se lamentó Julián.

—Vamos, no os asustéis y decidme de dónde venís.

—No os lo creeríais.

—Mi querido hermano, la vida me ha enseñado que lo increíble forma parte de la realidad.

—Nada más iros recibí un mensaje.

Fernando miraba a Julián con curiosidad y pena viendo el sufrimiento que se reflejaba en su rostro sudoroso y cansado.

—¿Y ese mensaje os ha hecho abandonar vuestra tienda en mitad de la noche aún estando enfermo como estáis?

—Era de doña María —admitió Julián bajando la voz.

—Mi madre... bueno, era de esperar que tarde o temprano se pusiera en contacto con vos. ¿Es el primer mensaje que recibís de ella?

—¡Por Dios, Fernando, parecéis no darle importancia a lo que os digo! Vuestra madre es una *perfecta*, una iniciada consagrada a la virtud, quizá la mujer más influyente de Montségur.

—No exageréis, aunque, conociéndola, seguro que pocos se atreven a desobedecerla. Bien, decidme qué os decía en el mensaje.

—Me pedía que abandonara el campamento y me reuniera con ella.

Fernando rió con ganas asombrado por la osadía de su madre. Poco después, dando un golpe cariñoso en la espalda de Julián, se sentó a su lado dispuesto a escucharle.

—Contadme toda la verdad.

—¿La verdad…? Ya no sé cuál es la verdad. La señora ha sabido de vuestra presencia aquí y me ha invitado a llevaros ante ella.

—Poco a poco, Julián. ¿Era la primera vez que la veíais? ¿Y cómo ha sabido de mi presencia en el campamento si apenas hace unas horas que he llegado?

—Debéis saber que Pèire Rotger de Mirapoix es uno de los jefes militares de la plaza, además de encargarse de que en Montségur no falten alimentos. El señor De Mirapoix es pariente de Raimon de Perelha.

—Ya lo sé, ya lo sé, no hace falta que me expliquéis a quiénes nos enfrentamos. Son hombres valientes y decididos.

—¿Cómo os atrevéis a hablar así de vuestros enemigos?

—Pero, Julián, os sobresaltáis por todo. ¿Por qué no hemos de reconocer virtudes en los hombres contra los que luchamos? Ellos tienen su causa, nosotros la nuestra.

—Y Dios ¿con quién está?

Fernando se quedó pensando en silencio. Luego clavó su mirada en la de Julián y se levantó incómodo, caminando a zancadas por la tienda.

—¡Basta de charla! Sois vos quien tenéis que responder a mis preguntas.

El fraile bajó la cabeza resignado. Fernando le conocía bien. Le resultaría difícil engañarle, por más que doña María le había pedido que no le dijera toda la verdad; aun así, decidió seguir las instrucciones de su señora.

—Vuestra madre envió a un hombre que me guió a través de las sombras. Anduvimos durante mucho tiempo, no sé si dos o tres horas, estoy agotado. Luego doña María apareció de entre las rocas encargándome que os llevara ante ella al cabo de tres días. Eso es todo.

—¿Eso es todo? Poco me parece tratándose de mi madre —respondió con desconfianza Fernando.

—Bueno, también me dijo que quiere enviar una carta a vuestro padre para que se la hagáis llegar.

Fernando observó pensativo a Julián preguntándose si su hermano conservaría algo de salud para el día de la cita con su madre. El rostro del fraile parecía la máscara de un muerto. O Armand, su compañero templario, encontraba el mal que aquejaba a Julián o éste, pensó Fernando, no seguiría con vida por mucho tiempo.

—Ahora quiero que me obedezcáis —le dijo a Julián—. Os acostaréis, y no os moveréis del lecho hasta que yo no regrese entrada la mañana. Vendré con mi compañero Armand; ya os he dicho que es un físico excelente, él os aliviará vuestro mal. ¡Ah!, y no se os ocurra decir a nadie lo que ha pasado. Os mandarían ahorcar.

Julián sufrió un espasmo ante la advertencia de Fernando, quien salió de la tienda con aire preocupado.

4

El frío del amanecer envolvía a los hombres del campamento instalado por Hugues des Arcis en el Col du Tremblement, un lugar estratégico que impedía a los sitiados la mejor salida hacia el valle.

Esa mañana el senescal de Carcasona, Hugues des Arcis, parecía de buen humor, a pesar del tiempo inclemente. Católico convencido de la bondad de su causa, se congratulaba del apoyo incondicional del arzobispo de Narbona, Pèire Amiel, y de la presencia de los caballeros templarios, aunque de estos últimos no se terminaba de fiar. Sin embargo, agradecía que entre ellos se encontrara un gran ingeniero militar.

En la tienda del senescal un criado servía a los presentes vino rebajado con agua. Bebían para combatir el frío.

Hugues des Arcis se dispuso a explicar a los recién llegados la situación.

—No estoy dispuesto a pasar el resto de mi vida ante estos peñascos. Sabemos que la guarnición de Montségur se ha visto reforzada por campesinos de la región, para los que esta montaña no tiene secretos. Cuento con diez mil hombres, pero ni siquiera con esta fuerza he podido controlar todos los caminos que llevan a la cima. No hemos podido reducirles por el hambre, tampoco por la sed, porque no ha dejado de llover desde que acabó el verano. Tomar al asalto la fortaleza es imposible, al menos hasta ahora lo ha sido; tan sólo tirando piedras ya nos hacen un daño considerable.

—¿No es posible escalar hasta ese nido de águilas por algún lugar que esté al abrigo de sus miradas? —preguntó Arthur, el ingeniero templario.

Hugues des Arcis le señaló el mapa:

—Estamos aquí: en el Col du Tremblement, a los pies de este maldito peñasco; la empinada que veis enfrente conduce directamente al castillo. Al situar el grueso de nuestras fuerzas en este lugar lo único que hemos logrado es impedir el acceso directo a la fortaleza y controlar la aldea cercana, donde tienen parientes que, a pesar de nuestra presencia, les abastecen. He enviado a mis hombres escalar esos riscos y buscar un acceso hasta la cresta de la montaña, pero aunque llegáramos y lográramos reducir a los centinelas aún no habríamos logrado nuestro objetivo: hay un desnivel de varios metros que lo separa del castillo.

»Os confieso, caballeros, que mis mejores hombres han dedicado todo su esfuerzo y empeño trepando esos riscos engañosos, puesto que no han sido pocas las ocasiones que creyendo haber encontrado un paso oculto que nos podía llevar a la cima nos hemos enfrentado a desfiladeros que terminaban en barrancos. Dado el terreno, tampoco nos es posible utilizar nuestras máquinas de guerra, ya que no lograríamos alcanzar ni la más baja de sus defensas. Bien, he tomado una decisión que espero resulte acertada. Mañana llegarán un grupo de gascones para los que las montañas no tienen secretos. Exigen una buena paga y la tendrán si, como espero, logran abrirnos una brecha en sus defensas, un camino que nos acerque a la cumbre.

—¿Y qué pueden hacer los gascones que no hayan sido capaces vuestros hombres? —preguntó Fernando con gesto ofendido.

—Me los han recomendado asegurándome que ni Montségur ni ninguna otra montaña tiene secretos para ellos. Sus pies son firmes donde otros tropiezan y ven en la oscuridad como si del día se tratara. Debemos intentarlo, caballeros —respondió el senescal.

—¿Por dónde, cómo y cuándo intentarán vuestros gascones acercarse a Montségur? —insistió Fernando.

—Serán ellos quienes lo decidan —sentenció Hugues des Arcis.

Durante toda la mañana los caballeros continuaron hablando de la situación y de lo que el senescal preveía si los gascones tenían éxito. Su principal empeño era poder acercar alguna de las máquinas de guerra hasta el castillo, sólo así podría derrotar a los sitiados. Fue entonces el turno de las preguntas del caballero templario Arthur Bonard.

De aquella reunión, lo que más sorprendió a Fernando fue el fuego vengativo que brillaba en los ojos de fray Ferrer, el principal inquisidor. No había una brizna de piedad en su mirada y sus palabras parecían dictadas por una intensa pasión. Aquel hombre, se dijo, estaba dominado por el odio.

Cerca del mediodía hicieron un alto para dar cuenta del generoso almuerzo dispuesto por el arzobispo de Narbona, momento en que Fernando solicitó a su compañero Armand de la Tour que le acompañara a ver a Julián.

El fraile dormía agotado y a su lado el bueno de fray Pèire le secaba la frente con un paño húmedo mientras rezaba implorando a Dios por la salud del ilustre notario de la Inquisición.

El fraile se sobresaltó al ver entrar a los dos caballeros templarios.

—Disculpad nuestra irrupción, pero me gustaría que el caballero Armand examinara al buen Julián y ver si puede aliviar su dolencia.

—¡Ojalá! Pero debéis saber que el físico del senescal le visita casi a diario sin que hasta el momento haya podido mitigar su mal.

Armand de la Tour rogó al fraile que les dejara solos y éste, a regañadientes, obedeció. No le gustaban los templarios, los consideraba arrogantes y misteriosos, y había escuchado algunas historias que ponían en entredicho la santidad de estos monjes soldados.

El físico templario se acercó al lecho donde yacía Julián y sin ningún miramiento le destapó, sobresaltando al enfermo.

Fernando le tranquilizó asegurándole que estaba en buenas manos e instándole a responder a cuantas preguntas le hiciera el físico.

—¿Dónde os duele? —quiso saber De la Tour.

Julián señaló desde el corazón hasta el vientre. Le confesó que a veces el dolor era tan agudo que no podía ponerse derecho ni caminar, y que en ocasiones notaba un hormigueo en los brazos y las piernas hasta sentirlos rígidos. Sufría fiebre, explicó; además, también tenía vómitos.

Armand de la Tour examinó minuciosamente al enfermo. Le hizo mostrar la lengua, luego hundió sus ágiles dedos en el estómago y en el vientre; a continuación, le hizo que encogiera y estirara las extremidades. Luego le llegó el turno a los ojos y a la nuca.

Fernando asistía en silencio al quehacer de su compañero de armas y sonreía para sus adentros por el temor que reflejaba el rostro de su hermano.

Tras examinar a Julián, el caballero Armand de la Tour se sentó a su lado y le pidió que le describiera con detalle todo lo concerniente a sus dolores.

—¿Qué os preocupa, fray Julián? —preguntó súbitamente el físico.

Temiendo que aquel templario fuera capaz de leer en su alma, Julián sufrió una fuerte convulsión.

—No es fácil la vida en un campamento militar —respondió intentando desviar la atención de De la Tour.

—No lo es más que en cualquier otro lugar, y a vos nada os falta. Sois notario de la Inquisición a la espera de examinar de cerca las almas perdidas de los herejes de Montségur.

Julián se santiguó y volvió a ser presa de temblores. Una ola de sudor y frío le inundó la frente.

—Yo creo que vos sufrís, fray Julián, y si me dijerais por qué acaso pudiera ayudaros.

—¿Sufrir? Bueno… sufro por esas almas perdidas que pronto irán al Infierno.

—Pero vos sois un hombre de experiencia, lleváis años ejerciendo como notario.

—Es tanta la responsabilidad… temo equivocarme en mis juicios…

—Sois simplemente notario, a vos no os corresponde juzgar.

—No creáis, en ocasiones mis hermanos requieren mi juicio; saben que a mí no se me puede escapar ninguna palabra de los acusados, y que de mi entendimiento de cuanto dicen a veces depende su pena.

—Insisto en que sois hombre de experiencia.

—Lo soy, lo soy, no hace mucho participé en un cónclave y, para evitar el error en los juicios contra los sospechosos, compilé un glosario para hacer mejor mi labor. Fray Ferrer nos guió.

Julián carraspeó y, clavando los ojos en Armand de la Tour, recitó como si de una letanía se tratase:

—Son «herejes» los que se obstinan en el error. Son «creyentes» los que tienen fe en los errores de los herejes y los asimilan. Los sospechosos de herejía son los que están presentes en los sermones de los herejes y participan, por poco que sea, en sus ceremonias. Los «simplemente sospechosos» han hecho estas cosas sólo una vez. Los «sospechosos virulentos», muchas veces. Los «sospechosos más virulentos» han hecho estas cosas con frecuencia. Los «encubridores» son los que conocen a herejes pero no los denuncian. Los «ocultadores» son los que han consentido en impedir que se descubra a los herejes. Los «receptores» son los que han recibido dos veces a herejes en sus posesiones. Los «defensores» son los que defienden a sabiendas a los herejes a fin de que la Iglesia no extirpe la depravación herética. Los «favorecedores» son todos los de arriba en mayor o menor grado. Los «reincidentes» son los que vuelven a sus antiguos errores heréticos tras haber renunciado formalmente a los mismos…

—Bien, bien, está claro que sabéis cuál es vuestra función y cómo distinguir a los herejes. Con ese glosario es difícil equivocarse, ¿no? —preguntó con sorna el caballero.

—No creáis… a veces… a veces, es difícil saber si mienten o si sencillamente son inocentes. Entre los herejes hay gente rústica que responde con simpleza a las preguntas sin darse cuenta de que con sus palabras siembran la sospecha… pero tal vez son inocentes, simplemente no saben demostrarlo… Pero fray Ferrer…

—Ese dominico… —Fernando no se atrevió a terminar la frase.

—¿De dónde viene? —quiso saber el caballero De la Tour.

—Es catalán, de Perpiñán, y se ha hecho cargo de todo después del asesinato de nuestros hermanos en Avinhonet. Es muy minucioso, nada se escapa a su mirada, lee en el corazón de los hombres y sabe cuándo le mienten —explicó, azaroso y nervioso el fraile.

—Y a vos os aterra —añadió Armand de la Tour.

—¡Oh, es mi hermano en Cristo! —protestó Julián—. Él se encargará de los herejes de Montségur.

—¿Y a vos os preocupa la suerte que puedan correr?

—¿Que si me preocupa? Sabéis que la condena puede ser la hoguera. ¿Habéis visto morir a algún hombre en la hoguera? Los herejes desafían a la Iglesia y muchos se niegan a pedir perdón prefiriendo morir abrasados. He visto a mujeres y hombres, también a jóvenes, enfrentarse al fuego cantando, mientras el olor a carne quemada se prendía en el aire hasta hacer insoportable el hedor de nuestras ropas y de nosotros mismos. Ese olor… a veces me despierto oliendo a carne quemada y veo los rostros de quienes por no saber decir la palabra precisa han sido pasto de las llamas.

—Os duele la conciencia —sentenció el físico—. Es un alivio saber que aún hay quien tiene conciencia.

—Pero ¡qué decís! —protestó asustado el fraile—. Os aseguro que mi conciencia nada tiene que ver con el dolor que me atraviesa el vientre. ¿Es que no sois capaz de diagnosticar mi mal?

—Calmaos, mi buen fraile; tener conciencia es un don, un don doloroso por cierto, pero un don.

—¡No os entiendo!

—Hermano, no os agitéis —terció Fernando—. Y vos, Armand, ¿qué estáis diciendo? No acabo de saber adónde queréis llegar.

—Vuestro hermano sufre mucho, bien es cierto, y ese sufrimiento es su principal mal. No creo que padezca del hígado ni tampoco creo que su dolencia esté en los intestinos, o en la garganta… Su mal está en el alma, y para eso sólo hay un remedio.

Fernando escuchaba atentamente al caballero Armand, meditando todo cuanto decía, mientras Julián les observaba, temblando como lo haría un niño descubierto en falta.

—Y bien, ¿cuál es ese remedio? —preguntó Fernando.

—Que viva de acuerdo a su conciencia, que no haga nada de lo que tenga que avergonzarse, que escuche la palabra que Dios le murmura al oído y se resiste a atender. Vuestro hermano sufre por los *bons homes*… y lo hace porque no está seguro de que sean unos malvados o, en todo caso, no cree que sus creencias merezcan tanto sufrimiento, ¿me equivoco?

Julián lloraba como un niño entre convulsiones e hipidos ante la mirada compasiva de Fernando, que se acercó para abrazarlo intentando darle consuelo.

—Entonces, ¿no ha de tomar ninguna medicina? —insistió su hermano.

—Sí, algo le daré para ayudarle a conciliar el sueño. Lo que no debe es someterse a más sangrías innecesarias que le están debilitando. Yo mismo os prepararé unas hierbas que tomaréis antes de acostaros. Os ayudarán a encontrar un sueño tranquilo y profundo. Por lo demás, no creo que tengáis ningún mal.

—Os equivocáis —acertó a quejarse Julián—, estoy enfermo.

—Sí, pero la vuestra es una enfermedad del alma; sólo cuando os pongáis a bien con vuestra conciencia sentiréis alivio, hasta entonces lo único que se puede hacer por vos es ayudaros a que podáis dormir. Hablaré con el físico del senescal para aconsejarle que detenga las sangrías a las que os viene sometiendo.

Julián se estremeció al pensar que el templario le hablaría al físico del senescal sobre el mal de su alma. Armand de la Tour no pudo evitar un sentimiento de compasión al ver el miedo reflejarse en los ojos del fraile dominico. Pensó que a Julián no le adornaban ninguna de las virtudes de Domingo de Guzmán, el fundador de la Orden que había hecho de su vida un modelo de sacrificio y ascetismo parecido al de los *bons homes,* a los que con tanto ahínco quiso hacer que regresaran al redil de la Iglesia. El templario se pregunto por qué Julián habría seguido a Domingo de Guzmán si todo en él delataba que poseía un espíritu frágil.

—No os preocupéis, Julián, nadie sabrá de vuestro mal. No mentiré, pero tampoco entraré en detalles; pediré permiso para trataros con mis hierbas para ver si logro aliviaros.

—Gracias, Armand —dijo Fernando apretando con gratitud el hombro de su compañero—. Y ahora, Julián, empezad por cumplir las instrucciones que os ha dado Armand. Cuando os sintáis mejor deberías pasear, visitar a los soldados; sin duda agradecerán que un fraile se preocupe de sus almas, y de esta manera tendréis tiempo de olvidaros un rato de la vuestra.

—También pediremos a fray Pèire un barreño con agua tibia y jabón; no os vendría mal asearos —terció el físico templario.

Julián no fue capaz de poner objeciones a las recomendaciones del caballero y de su hermano. Los miró con gratitud y, por primera en vez en mucho tiempo, se sintió confortado. La presencia de Fernando había despejado momentáneamente las brumas de la soledad que le acompañaba desde que entró en la orden de los dominicos.

5

Fernando y Armand de la Tour dejaron a Julián sumido en sus tribulaciones y con paso firme se dirigieron al rincón del campamento donde se encontraban sus compañeros templarios.

—No os debéis preocupar por Julián —aseguró el físico.

—Lo sé, después de escucharos estoy más tranquilo, aunque veo que las enfermedades del alma son tan devastadoras como las del cuerpo.

—A veces son peores, pero en el caso de Julián vuestra presencia servirá para que recupere las fuerzas que le faltan. Con vos se siente seguro.

—Mi hermano ha vivido atormentado desde que supo que era el hijo bastardo de mi padre.

—No debe de ser fácil estar en esa posición, por más que me hayáis contado las bondades de vuestros padres, sobre todo la generosidad de doña María, vuestra madre…

—Supongo que no podemos comprenderle del todo, puesto que nacimos caballeros. Os agradezco que hayáis visitado a Julián y sé que cuento con vuestra discreción. Ahora quisiera preguntaros qué os parece la situación respecto a Montségur.

—Es cuestión de tiempo.

—¿Qué queréis decir?

—Que nadie resiste eternamente. Y que, por más que se antoje difícil llegar a la cima, se puede hacer. El precio son vidas, y tanto el senescal Hugues des Arcis como el rey Luis no serán avaros a la hora de pagarlo.

Volvieron a sumirse cada uno en sus pensamientos hasta que se encontraron con sus compañeros, que en ese momento estaban limpiando las armas.

—Me alegro de que hayáis regresado —les saludó Arthur Bonard—. El senescal ha ordenado que nos unamos a su estado mayor.

Arthur Bonard era tan eficaz inventando artilugios de guerra como seco y directo al hablar.

—¿Y vos, qué habéis respondido? —quiso saber Fernando.

—No debemos desairar al senescal ni al rey Luis, ni tampoco al arzobispo de Narbona —respondió Bonard.

—Eso quiere decir que nos quedamos —sentenció Fernando.

—Eso quiere decir que aguardaremos a ver si esos fieros gascones de los que nos ha hablado el senescal son capaces de acercarse a la fortaleza. Será interesante conocer el resultado de tal empeño —respondió el ingeniero.

—¿Y nosotros qué haremos? —preguntó Fernando.

—Esperar, observar, hablar y poco más. Ya sabéis que a nuestra Orden no le gusta matar cristianos, y esas gentes de Montségur lo son, equivocados, pero cristianos al fin y al cabo. Temo por ellos, puesto que el arzobispo de Narbona y fray Ferrer están dispuesto a vengar la muerte de Étienne de Saint-Thibéry y Guilhèm Arnold. Como bien sabéis, estos dos inquisidores fueron asesinados hace más de un año en Avinhonet.

—Es la única ocasión en la que los *bons homes* han participado en un acto criminal —apuntó uno de los templarios.

—No lo hicieron directamente —les disculpó Fernando.

—No seáis ingenuo —interrumpió Armand de la Tour—. ¿Acaso creéis que no matar a un hombre directamente con la espada o con las manos exime de la responsabilidad de su muerte...? Los hombres que mataron a los inquisidores salieron de aquí, de Montségur. ¿Creéis acaso que sus obispos herejes Bertran Martí o Raimon Agulher no sabían lo que iba a suceder en Avinhonet? No es un secreto que la noticia del asesinato de los inquisidores fue celebrado en Montségur y que incluso repicaron las campanas de alguna iglesia. El asesinato de Étienne de Saint-Thibéry y Guilhèm Arnold fue llevado a cabo por *credentes*, entre ellos Guilhèm de Lahille, Guilhèm de Balaguier y Bernat de Sent Martí…

—Pero ¿cómo sabéis tanto de lo que sucedió aquella noche en Avinhonet? —preguntó Fernando, cada vez más sorprendido.

—Lo sé, o creo saberlo, pero de esto no hablaremos ni con el senescal ni con el arzobispo de Narbona. Pero ya veis que hay momentos en que todos los hombres pecamos por acción, por omisión, o simplemente porque nos alegramos del sufrimiento de nuestros enemigos. Quizá no seríamos hombres si no lo hiciéramos.

Se hizo el silencio entre los caballeros. El físico había expuesto con crudeza cómo el mal formaba parte de la sustancia humana.

—Bien, ahora ya sabéis que nos quedaremos un tiempo —dijo Arthur Bonard—, el suficiente para no ofender ni al arzobispo ni al senescal. Si podemos, no participaremos en ninguna batalla, aunque creo que debemos estar tranquilos al respecto. Los hombres de Montségur no la plantearán y aún pasará tiempo antes de que el senescal Hugues des Arcis logre hacerles bajar de ese risco infernal.

Súbitamente, un paje llegó corriendo hasta la tienda con un recado del arzobispo de Narbona. Les invitaba a cenar. Los caballeros respondieron que acudirían puntuales; sentían curiosidad por conocer el interior de la suntuosa tienda del arzobispo, de la que se decía estaba mejor equipada que la del propio senescal. Ése era el problema de la Iglesia: que sus sacerdotes no vivían de acuerdo al camino de humildad y pobreza señalado por Cristo, por más que el español Domingo de Guzmán hubiera dado ejemplo de que en su seno también había quien no olvidaba el mensaje del Maestro. Sin embargo, pese a que él y sus frailes daban ejemplo de ascetismo y privaciones, se mostraban inmisericordes con quienes se negaban a regresar al seno de la Iglesia.

6

El cabrero se presentó en la tienda de Julián más tarde de lo acordado.

Fernando se mostraba inquieto. Temía que hubiese ocurrido algo inesperado, algún suceso que impidiera a su madre mandar a por ellos.

La noche se había cerrado en torno al campamento y hasta la tienda de Julián llegaban, de cuando en cuando, las voces de los centinelas dando el santo y seña, y las toses secas de los soldados que habían enfermado durante la larga espera, preparando el asedio a Montségur.

Julián permanecía sentado en su catre, extrañamente quieto. Le latían con fuerza las venas de las sienes y pensó que en aquel síntoma, el físico templario habría visto miedo y sólo miedo.

Cuando el cabrero se deslizó por la abertura de la tienda siseando el nombre de Julián, los dos hombres se apresuraron a salir a su encuentro.

—¿Por qué os habéis retrasado? —quiso saber Fernando.

El cabrero le miró con fastidio antes de responder:

—Veo, señor, que sois soldado, de manera que deberías saber que el senescal tiene ojos por todas partes, y que esos demonios de gascones llevan dos noches estudiando el terreno, están por todas partes, y no quisiera ser yo quien cayera en sus manos. No imagináis lo que el senescal sería capaz de hacer con un traidor. Claro que yo no lo soy, soy tan sólo un hombre de esta tierra, un *credente* que sirve al verdadero Dios.

—Basta de charla —atajó Fernando—, ¡conducidnos a donde nos esperan!

El cielo parecía un manto negro y apenas lograban ver lo que había unos pasos delante de ellos, pese a que el cabrero les guiaba con la seguridad de quien conoce el terreno aun con los ojos cerrados.

A Fernando se le antojó una eternidad la caminata a través de riscos y maleza, y se sorprendió de que Julián no hubiera emitido ni una sola queja. Se dio cuenta de que su hermano había hecho ése u otros caminos en más ocasiones, y que debía de haber estado viendo con frecuencia a su madre.

De repente el cabrero se paró en seco indicándoles con la mano que se detuvieran. Lo hicieron con una punzada de inquietud, temiendo haber tropezado con alguna patrulla de gascones. Pero no fue un gascón con quien de repente se encontraron sino con doña María, que apareció entre la maleza sonriéndoles.

—¡Vaya, ya era hora! —les reprochó la dama, envuelta en una capa negra.

—¡Madre!

La mujer se acercó a su hijo templario y antes de abrazarlo, le observó expectante.

—¡Cuánto has cambiado! Te has hecho un hombre.

Luego le abrazó apretándole con ansia mientras suspiraba conteniendo las lágrimas.

Fernando se dejó agasajar por su madre mientras aspiraba el olor a lavanda que desprendía el manto que la envolvía. Era una *perfecta*, pero siempre sería una dama que ni aun en las circunstancias más extremas renunciaría a su personal toque de coquetería, aunque sólo fuera perfumar su áspera capa.

—Sentaos, tenemos mucho de que hablar y poco tiempo para hacerlo. ¿Cómo estás, Julián? Te veo con mejor cara, y tú, Fernando, hijo mío, cuéntame qué ha sido de ti estos años en que no nos hemos visto. Julián me ha dicho que fuiste a ver a tu padre. ¿Cómo se encuentra? Rezo por él, y me tranquiliza saber que le cuida tu hermana Marta; ella lo hará mejor que yo, pues tiene la dulzura y la paciencia que a mí me faltan.

Mientras doña María hablaba, Fernando la observaba con emoción.

Las canas habían cubierto el cabello otrora trigueño de su madre. El rostro se le había afilado, había perdido peso, pero en sus ojos continuaba brillando la misma luz que antaño; toda ella desprendía la energía de siempre. Continuaba siendo una mujer a la que era difícil desobedecer.

Doña María sujetaba entre las suyas las manos de su hijo, que acariciaba con la ternura que tantas veces él sentía que le había sido negada. Fernando tenía un nudo en la garganta y, temiendo romper ese momento que se le antojaba mágico, no se atrevía a decir ni una palabra.

—Señora, el senescal va a enviar a unos gascones para conquistar Montségur —anunció Julián—. Deberías salir antes de que sea demasiado tarde; si no es por vos, hacedlo por vuestra pequeña hija. Teresa no tiene la culpa de que vos profeséis una fe que conduce a la hoguera.

—Sé bien que hace dos días llegó un grupo de gascones. Mi admirado Hugues des Arcis sabe que sus gascones podrán trepar por estos riscos y llegar hasta el castillo. El bueno de Pèire Rotger de Mirapoix lo cree imposible, pero conozco bien al senescal: es un soldado tozudo que no cejará hasta destruir Montségur.

—Entonces, si lo sabéis, ¿por qué os empeñáis en morir? —gritó Julián.

—¡Déjanos solos! —ordenó doña María—. No me canses y permíteme hablar con mi hijo y despedirme de él, pues será la última vez que nos veamos en esta vida.

Julián, abatido, se sentó en una roca a pocos metros de ellos.

Doña María clavó sus ojos del color de la miel en los ojos negros de Fernando intentando leer las emociones y sentimientos de su hijo.

—Te quiero, te lo digo por si alguna vez te han asaltado las dudas. Sé que no he sido la madre que tú esperabas ni la que me hubiera gustado ser. No me disculparé enumerándote razones que ni a mí me convencen. Soy un ser imperfecto; esta cáscara que me envuelve ha intentado pudrir mi alma, pero afortunadamente pronto me desprenderé de ella.

—¡Madre…!

—Calla y escúchame, Fernando, no tenemos tiempo y es mucho lo que debo decirte. Aquí tienes a tu medio hermano Julián, que es débil y asustadizo, al que he intentado convencer de que abrace la verdadera fe, pero lo único que he conseguido es que viva atormentado. Aun así, confío en él, lleva tu sangre, sangre de los Aínsa, y por tanto jamás nos traicionará. Hace meses le pedí que, puesto que sabe leer y escribir, no permitiera que nuestros nietos y los nietos de ellos y sus bisnietos olviden lo que ha sucedido aquí. Quiero que escriba una crónica en que lo cuente todo, la maldad de la Gran Ramera, cómo no puede soportar que haya cristianos que vivamos de acuerdo con las enseñanzas de Jesús, que compartamos cuanto poseemos con quienes nada tienen, que ayudemos a quien lo necesita. Ella, la Gran Ramera, vive envuelta en ropajes damasquinados, rodeada de sirvientes y riqueza, lejos de los pobres y enfermos, sirviendo al Diablo, porque es parte de él.

—¡Madre, blasfemáis!

—No lo hago, Fernando, y tú… y tú, hijo mío, bien lo sabes. Tú conoces la avaricia de la Iglesia que nosotros llamamos la Gran Ramera. Tú y los que son como tú habéis visto su iniquidad; no te pediré que lo aceptes aquí y ahora, pero sé cómo eres y por tanto sé que eres bueno, que estás dispuesto a morir por los débiles, a sacrificarte por los necesitados, a dar tu vida por Dios, sin esperar nada a cambio. Escucha: Julián escribirá esa crónica, y relatará que tuvimos en doña Blanca de Castilla una fanática y poderosa adversaria; sin ella Francia no existiría y Raimundo conservaría el condado de Tolosa.

—Doña Blanca ha sido generosa con los condes de Tolosa y de Foix; por su mediación el rey no les ha castigado tan severamente como merecían —acertó a decir Fernando.

—¡No seas ingenuo! Doña Blanca es el mejor gobernante de Francia. Sin ella, su hijo no sería nada. Si Luis se ha mostrado misericordioso no ha sido por otra razón que por consejo de su madre. Doña Blanca no tolerará que se empobrezca más esta tierra a causa de la guerra, y no lo consiente porque muy pronto pertenecerá íntegramente a la Corona. Cuando caiga Montségur, nuestro país habrá muerto.

—¿Creéis que Raimundo no acudirá en ayuda de Montségur?

—No, no lo hará. El conde nos dejará a nuestra propia suerte. Como bien sabes, tu hermana Marian vive en la corte de Raimundo, ya que su marido, Bertran d'Amis, ocupa un lugar principal al lado del conde. Ella me hace llegar noticias ciertas sobre lo que podemos esperar en Montségur. En el concilio de Béziers toda la horda de la Gran Ramera tomó la decisión de aplastar Montségur. Aquí se encuentran los hombres que acabaron con la vida de los odiosos inquisidores Étienne de Saint-Thibéry y Guilhèm Arnold, de manera que Montségur es el último bastión de los verdaderos cristianos. Sólo cuando el castillo sea destruido por las llamas habrá paz.

—¡Y lo decís así!

—Que yo sea cristiana no significa que sea tonta y no entienda las reglas del tablero de la política. Conocí a doña Blanca y te aseguro que siento auténtica admiración por ella; yo habría hecho lo mismo si el destino me hubiese puesto en su lugar.

—Sin embargo, después de los asesinatos de los inquisidores en Avinhonet, las gentes del país han tomado otra vez las armas… —apuntó con timidez Fernando, impresionado por la lección de política que en aquellas extrañas circunstancias estaba impartiéndole su madre.

—Una tormenta en un vaso de agua. La familia Saint-Gilles está acabada, Raimundo lo sabe y por tanto no volverá a enfrentarse al rey de Francia. La Corona y la Iglesia le han derrotado. Antes ya lo aceptó Rotger Bernat de Foix, por eso firmó la paz con los franceses. Sin él Raimundo no es nadie, y por ello ha tenido que seguir sus pasos. Pero la Iglesia no perdona, de manera que Montségur pagará por los inquisidores muertos en Avinhonet. Si no lo hiciera, las gentes de aquí tendrían la tentación de seguir destripando frailes; por eso en Béziers se tomó la decisión de destruir Montségur.

—¿Y después? —preguntó con congoja Fernando.

—Después los trovadores ensalzarán nuestro sacrificio y la crónica de Julián servirá para que nuestros nietos sepan la verdad y no olviden que sobre la inteligencia y el fanatismo de una reina se acreció una monarquía que acabó con las libertades de nuestro país.

—Id a por Teresa, yo os sacaré de aquí —suplicó Fernando con desesperación.

—Tú sabes que no lo haré, ¿me crees capaz de huir? ¿En tan poco me tienes?

—Teresa no es más que una niña, ¿condenaréis a morir a mi hermana?

Doña María suspiró impaciente. Sentía el dolor de Fernando, preocupado por la muerte, incapaz de ver la verdad, esa verdad que ella había abrazado con alegría sabiendo que el cuerpo es la peor pesadilla, el manto del que hay que desprenderse para convertirse en sustancia y encontrarse, finalmente, con Dios.

—Fernando, hijo, en el trigo hay cáscara y grano y el cuerpo es sólo cáscara. Teresa no morirá, sólo...

Fernando la interrumpió furioso apartando sus manos de las de ella, sin inmutarse por la pena que se reflejaba en los ojos de su madre. Ambos sufrían por igual: el hijo pensaba que estaba condenado a no entenderse con su madre y la madre se reprochaba no ser capaz de hacer entender la verdad a su hijo.

—Madre, Teresa no merece morir en la hoguera; traédmela o subiré por ella aunque pierda la vida en el empeño.

Doña María le escuchaba sabiendo que cumpliría lo que acababa de decir. Pero ella no quería ver a Fernando muerto; en su fuero íntimo, a pesar de sus creencias, deseaba que su hijo viviera. Él tenía que cumplir una misión y aún era pronto para que regresara a la patria celestial.

—Te doy mi palabra de que lograré que Teresa deje Montségur. No la forzaré, pero se lo pediré porque tú así lo deseas.

—Os pido más, madre, os exijo que la obliguéis a dejar esta montaña. No os perdonaré la vida de mi hermana.

Se miraron en silencio incapaces de expresar en voz alta el dolor, el amor y la admiración que sentían el uno por el otro. Doña María volvió a agarrar las manos de su hijo y se las llevó al rostro besándole la punta de los dedos.

—Quiero morir y regresar a mi ser celestial, pero no descansaré tranquila si sé que parto con tu odio, de manera que haré lo imposible por convencer a Teresa. Te doy mi palabra, tú sabes lo que vale. Sólo te ruego que no me culpes si Teresa no acepta la orden que he de darle.

—Quiero que la traigáis mañana mismo; ordenad al cabrero que mañana cuando caiga la noche nos vuelva a conducir aquí.

—Eso no te lo puedo prometer. Os buscará cuando no haya peligro, mañana, pasado, ya lo sabrás; hasta que eso suceda, confía en mí.

—Tengo vuestra palabra —asintió Fernando.

—Sí, tienes la palabra de una buena cristiana.

—Mi padre… mi padre me pidió que saludarais en su nombre al señor De Perelha; ya sabéis que, pese a todo, le tiene en gran estima.

—Lo haré. Es un hombre valeroso que sabe que ha de morir, al igual que su esposa Corba de Lantar y sus queridas hijas.

—Me pidió que le hiciera llegar el ruego de que os cuide, pero no sé cómo podré hacerlo…

—Yo misma se lo diré, aunque no hace falta, puesto que la familia Perelha me viene distinguiendo con su afecto y amistad. No han sido pocas las ocasiones en que me ha brindado su protección para que regresara a las tierras de tu padre en Aínsa.

—A vuestras tierras, señora —le recordó Fernando.

—Nada tengo y nada quiero tener, así lo decidí hace tiempo; sólo siento el daño que os he causado a tu padre y a ti y mi torpeza al no ser capaz de haceros abrazar la verdadera fe.

—Cristo os juzgará, señora.

—¿Cristo?

—Nuestro Señor, Dios.

—¡Hijo, cómo me gustaría hablarte de Jesús! Te dices cristiano y sin embargo ensucias tu alma con ritos que nada tienen que ver con el Maestro. El día más feliz de mi vida fue el que recibí el *consolament*, el bautismo espiritual auténtico, el único sacramento que permite la salvación del alma. Cuando el obispo me impuso las manos…

—¡Callaos, por favor! Nada quiero saber de vuestra herejía.

—Son ellos los herejes, son ellos los que se han apartado del camino. Recuerda que el Señor dijo que «Juan bautizó con agua pero vosotros seréis bautizados con el Espíritu Santo».

—¡Basta, madre, no tenemos tiempo para discusiones teológicas!

Doña María guardó silencio apretando con firmeza las manos de su hijo; luego, sin que éste lo esperara, lo abrazó y rompió a llorar.

Fernando se sobresaltó. Nunca había visto derramar lágrimas a su madre, incluso había escuchado en la casona de Aínsa que doña María ni siquiera dejó escapar un gemido cuando trajo sus hijos al mundo.

—Madre, perdonad mi rudeza —se excusó Fernando.

—Disculpa tú mis lágrimas, hijo mío, pero me es más difícil

despedirme de ti de lo que nunca imaginé. Has de saber lo mucho que te he amado, aunque sé que no lo has sentido así. Perdóname si puedes…

—No me pidáis perdón, yo… yo os quiero, señora; admiro vuestra fe y entereza, os envidio porque no dudáis…

—La vida no permite la vuelta atrás —dijo doña María enjugándose las lágrimas con el dorso de la mano sin soltar a su hijo.

—¿Qué queréis que haga? —preguntó Fernando.

—Mi última voluntad es que hagas saber a tu padre que siempre le he amado y que siento cuántos quebrantos le he provocado. No he sido ni la esposa que él esperaba, ni la que él merecía, pero eso ya no lo podemos cambiar. Sólo quiero que algún día nuestros nietos sepan lo que sucedió aquí: que sepan que fuimos buenos cristianos decididos a vivir como el Maestro dijo, y que nos vimos inmersos en una lucha por el poder, que unos y otros ansiaban. Nuestro pecado ha sido ser el espejo en el que la Iglesia no soporta mirarse porque ve humildad y pureza donde en ella sólo hay avaricia y corrupción. No, no te preocupes, no voy a iniciar una discusión teológica, pero prométeme que cuidarás de Julián para que escriba la crónica que le he encargado. Prométeme también que, cuando esté terminada, se la entregaréis a tu hermana Marian para que sea ella quien a través de sus hijos se encargue de mantener viva la memoria de lo sucedido en Montségur. Tú eres un monje soldado, Marta está demasiado apegada a la Iglesia, Teresa… bien, sólo Marian puede hacer lo que estoy pidiendo; ella es una *credente* y su marido también lo es. Ella es la indicada para…

—No os justifiquéis, madre, tenéis razón. Os doy mi palabra de que cumpliré vuestra última voluntad.

Fernando apretó a su madre entre los brazos y no pudo evitar las lágrimas. Agradeció que las sombras de la noche impidieran a Julián y al cabrero verle en ese estado de emoción.

—Te mandaré a Teresa en cuanto pueda.

—Sé que lo haréis.

Madre e hijo volvieron a abrazarse una vez más antes de que doña María desapareciera como si de un sueño se tratara.

Fernando vio a Julián que, apoyado en una roca, también lloraba. El cabrero, a corta distancia, parecía absorto escuchando los ruidos de la noche.

Los tres hombres emprendieron el camino de regreso sin intercambiar palabra alguna. Fernando sentía el peso de la emoción del encuentro con su madre, y se juró que no participaría en la toma de Montségur. No sería capaz de estar en las filas de quienes dieran muerte a doña María, por más que ella le insistiera que el cuerpo era sólo la cáscara del trigo y el alma el grano. Él sentía que aquel cuerpo enérgico era su madre y no soportaría que nadie la hiciera sufrir.

El cabrero los instó a que caminaran deprisa. El encuentro con doña María había sido más largo de lo previsto y el alba podía sorprenderles llegando al campamento.

Fernando y Julián se separaron, cada uno en dirección a su tienda. No habían pronunciado palabra durante el camino. Ya hablarían cuando ambos volvieran a tener el dominio de sus emociones.

7

Hugues des Arcis se frotaba las manos para combatir el frío de la mañana. El jefe de los gascones le había mandado recado pidiendo ser recibido.

El senescal de Carcasona había convocado de inmediato a su estado mayor, además de al arzobispo de Narbona y al obispo de Albi, cuya vocación eclesial era menor que la de soldado. Los seis caballeros templarios también fueron invitados a participar en la reunión.

—Y bien, decidnos, ¿por dónde subiréis? —preguntó el senescal de Carcasona al jefe de los gascones, un hombre bajo de aspecto fornido, manos grandes y ojos depredadores.

—Mis hombres y yo hemos examinado el terreno, no es fácil lo que queréis de nosotros.

—Si lo fuera no estaríais aquí —respondió con sequedad el gran senescal—. Es mucho lo que ganaréis si cumplís el encargo, de manera que no hace falta que perdamos el tiempo discutiendo sobre las dificultades del empeño; lo que quiero saber es cómo y cuándo actuaréis.

—Creemos que es posible hacernos con el punto más alto, lo que llamáis el Roc de la Tour. El ilustrísimo señor obispo de Albi —el gascón señaló con el dedo índice— necesita ese baluarte para colocar sus máquinas de guerra, y lo tendrá.

—¿Y por dónde subiréis?

—Por el este. Es la única manera de alcanzar esa parte del risco, desde la ruta occidental seríamos una presa fácil para los de Montségur.

El senescal sabía que aquélla era una pared empinada, que había resultado imposible de escalar a sus hombres más avezados, pero si los gascones aseguraban que podían hacerlo, tendría que esperar a ver si resultaba cierto.

—¿Cuándo lo haréis?

—Esta noche —aseguró el gascón—, pero depende de alguien. Por eso he pedido veros. Necesito una buena bolsa de monedas para una persona que nos guiará a través de los riscos.

—¡Un traidor entre los herejes! —exclamó entusiasmado el arzobispo de Narbona.

—Vos le llamáis traidor —respondió el montañero— pero es sólo un hombre como yo, que conoce bien el paraje y que tanto le da a quién y cómo se rece.

Se quedaron en silencio, incómodos por las palabras del jefe de los montañeros.

—Es un hombre que aspira a vivir mejor, sólo eso —aseguró el gascón con dureza y un deje retador en el tono de sus palabras—. Bien, vos decidís. Los de Montségur jamás imaginarán que nos vamos a acercar por ese lugar; es un bastión separado del castillo por muchos metros, un suicidio, salvo que se sepa llegar hasta allí. Y hay un hombre que sabe cómo hacerlo.

—¿Quién es? —quiso saber Hugues des Arcis—. Traedle aquí.

—¡Ah, qué cosas pedís! Eso es imposible, no aceptará hablar con vos, no se fía —rió el gascón—. Trata conmigo por razones familiares, pero no lo hará con los franceses, no os tiene ningún aprecio.

Hugues des Arcis carraspeó irritado por la insolencia del montañero. Podría obligarle a que le desvelara el nombre del traidor si le sometía a tortura, pero entonces los gascones se negarían a participar en ninguna acción. Tomó una decisión, aunque sin comunicársela de inmediato al jefe de los gascones.

—Marchaos, ya os mandaré llamar.

El gascón salió de la tienda seguro de que el gran senescal de Carcasona, el hombre que representaba al rey Luis, no tendría más remedio que ceder a sus peticiones. Conocía bien la naturaleza de los nobles para saber que el senescal le mandaría recado con una buena bolsa llena de monedas.

Fray Pèire contemplaba cómo Julián bebía el brebaje preparado por el físico templario. Su silencio era un evidente reproche, porque el bueno del fraile consideraba que el físico del senescal sabía mucho más que un templario que había pasado su vida combatiendo sarracenos allende los mares. Aun así, reconocía que Julián pasaba las noches tranquilo sin sufrir aquellas convulsiones que hacían temer por su vida.

El dominico continuaba taciturno, sí, pero se quejaba menos del dolor de estómago, y algo de color había vuelto a sus fláccidas mejillas.

Julián rompió el silencio preguntando a fray Pèire por los rumores que corrían por el campamento, de los que siempre hacía gala de estar bien informado.

—Poca cosa, salvo que los gascones saldrán esta noche para intentar acercarse a la plataforma de la cresta oriental, la que da a la parte trasera del castillo. Al parecer entre los herejes hay un traidor dispuesto a llevarles por un camino secreto.

—¿Un traidor? No puedo creerlo... —murmuró el fraile.

—Son peores que perros, y entre ellos los hay codiciosos —concluyó fray Pèire.

Julián no quiso contrariarle, pero le costaba creer que entre aquellos que malvivían en Montségur esperando su muerte hubiera traidores. Pensó en doña María y en la pequeña Teresa y no pudo evitar un estremecimiento.

—¡Otra vez! —se lamentó fray Pèire—. Llamaré al físico del

senescal; volvéis a tener convulsiones, esas hierbas del templario no son nada eficaces…

—No os mováis, hermano, que ya estoy bien —suplicó Julián—, sólo ha sido un espasmo.

—Debería veros el físico…

—Os digo que estoy bien, no os preocupéis. Decidme qué más sabéis…

—Poco más… el señor Des Arcis se muestra impaciente, el rey Luis mandó hace dos días un emisario para saber la situación. El senescal espera poder ofrecerle buenas noticias, si es que los gascones cumplen con lo prometido.

—¿Y quién es el traidor? —preguntó Julián sintiendo una oleada de rubor bajándole de la frente al mentón.

—Nadie lo sabe, sólo el jefe de los gascones. Dicen que es un pariente suyo que se casó con una mujer de esta zona y que conoce bien los vericuetos de estas montañas. En cualquier caso se le pagará bien. Un paje le entregó una bolsa bien repleta al gascón.

Julián bostezó para dar a entender a fray Pèire que estaba cansado; luego se sentó en el catre.

—¿Queréis que recemos el rosario? —propuso el bueno de fray Pèire.

—Os lo agradezco, pero ya lo recé antes de que vinierais. Prefiero orar a solas antes de intentar dormir.

—Entonces os dejo. Si necesitarais algo…

—Os doy las gracias, hermano.

Apenas había salido fray Pèire de la tienda cuando entró Fernando, sobresaltando a Julián.

—¿Cómo os encontráis? —quiso saber Fernando.

—Compungido por la noticia que me ha dado fray Pèire. ¿Sabéis que hay un traidor en Montségur?

—En Montségur no, aquí, cerca de nosotros, un hombre del lugar al parecer pariente del jefe de los montañeros.

Los dos hermanos se quedaron unos segundos en silencio, cada uno ensimismado en sus propios pensamientos.

—¿Qué vamos a hacer? —preguntó Julián.

—¿Hacer? ¿Nosotros? No os entiendo, Julián…

—Vuestra madre está allí arriba y…

—Mi madre ha elegido.

Volvieron a guardar silencio, cada uno pensando en doña María.

—No he sabido nada del cabrero —dijo Julián.

—Mi madre cumplirá su palabra y nos hará saber cómo y dónde recoger a mi hermana Teresa.

—Y si no pudiera…

—¿Mi madre? ¿Acaso no la conocéis? Podrá, aunque para ello tenga que enfrentarse sola al ejército del senescal.

—Sí, es bien capaz de ello —aceptó Julián.

—Venía a deciros que no estaré aquí mucho tiempo. Apenas vea a mi hermana me marcharé, en realidad nos iremos todos.

—¿Os iréis con vuestros hermanos?

—Sí, hemos convencido al senescal de que no le somos necesarios, puesto que cuenta con el ingenio del obispo de Albi para las máquinas de guerra. Además, nos necesitan en nuestra encomienda. Pronto regresaremos a Oriente.

—A los templarios no os gusta combatir a los herejes —sentenció Julián.

—Son cristianos como nosotros, Julián, los Buenos Cristianos se denominan ellos, y a veces pienso que tienen razón, que en realidad lo son. ¿Cuál es su pecado? Viven en la pobreza dando ejemplo, ayudan a los menesterosos, curan a los enfermos, acogen a los huérfanos…

—Pero no creen en Nuestro Señor —protestó el fraile.

—Sí, sí creen en él, sólo que de manera distinta. Odian la Cruz por ser el símbolo del sufrimiento, dicen que Jesús no pertenece al mundo visible, creen que hay un Dios bueno y otro malo. ¿De qué otra manera se entiende tanta iniquidad y sufrimiento? ¿Cómo explicar que si Dios todo lo ha creado haya traído el mal o al menos lo permita? ¿Qué tiene que ver Dios con la muerte de tantos inocentes? El Demonio existe y tiene un poder inmenso; nosotros llamamos al Mal de una manera, ellos de otra. Tampoco son tan grandes las diferencias.

—¡Pero qué decís! ¡Estáis cometiendo un sacrilegio!

—¡Mi buen dominico! A veces se me olvida que pertenecéis a la orden encargada de combatir la herejía, y que sois un notario de la Inquisición. Seréis vos quien mande a la hoguera a cuantos se resguardan en Montségur.

—¡Callad! ¡No me atosiguéis, Fernando! ¡Sabéis bien cuánto sufro por todo esto! El Diablo me atormenta el alma.

—El Diablo no es quien os atormenta, sino vuestra conciencia, incapaz de distinguir lo que está bien de lo que está mal; y vos sabéis como yo que esa gente ningún mal hace, que son inocentes…

—¡No lo son! Se han rebelado contra nuestra Santa Madre Iglesia.

—Se han rebelado contra la corrupción de nuestra Santa Madre Iglesia, contra clérigos amorales, contra el boato de los obispos…

—¡Os acusarán de herejía!

—¿Quién? ¿Lo haréis vos?

—¿Yo? Sabéis que jamás haría tal cosa, sois… sois mi medio hermano.

—Yo creo, Julián, que además no lo haríais porque sois bueno.

—Os ruego que no digáis a nadie lo que acabáis de decirme a mí —suplicó el fraile—; os acusarían de hereje.

—No lo hago. Soy un monje, no discuto, acato cuanto dice y ordena nuestra Santa Madre Iglesia y lucho, arriesgo mi vida contra los sarracenos, pero a veces… a veces dejo que fluyan los pensamientos y, entonces, donde antes sólo había certezas encuentro dudas que ni siquiera me atrevo a exponer a mi confesor. Pero a vos sí, Julián, aun sabiendo que sois un dominico, un guardián de la verdadera fe. Ahora quisiera hablar con vos sobre esa crónica que estáis escribiendo, ¿cómo la haréis llegar a mi hermana Marian?

—No lo sé. Vuestra madre me ha encargado una misión harto difícil, espero que sea ella quien me busque.

—¿Qué haremos con Teresa?

—¿Qué haremos? Yo soy un fraile, no puedo tenerla conmigo.

—Y yo un monje soldado, tampoco puedo llevarla a la encomienda… ¿Podréis enviarla junto a mi hermana Marian a la corte del conde Raimundo?

—Estaría mejor con vuestro padre y vuestra hermana Marta en Aínsa…

—Sería difícil para ella volver a Aínsa. Tarde o temprano las garras de la Inquisición se cebarían en ella. Vuestras garras, Julián… No, no me miréis así. En Aínsa todos saben que Teresa está con mi madre en Montségur y que ambas son herejes. No tendrán piedad con la pobre niña, de manera que el único lugar donde puede encontrar protección es con mi hermana Marian. Mi cuñado Bertran d'Amis es un caballero principal en la corte del conde Raimundo. Os ruego que la enviéis allí.

—Pero ¿cómo podré hacerlo? —se lamentó Julián.

—Tiene que haber alguien en quien confiéis.

—No, no confío en nadie. Bastante tengo con procurar que no sepan que mantengo tratos con los herejes.

—Pensaremos algo, aún estaré aquí dos o tres días.

Fernando salió de la tienda dejando a Julián aterrado ante la idea de tener que hacerse cargo de Teresa. El templario no tenía otra opción que cargar a su hermano con esa responsabilidad: por más que le supiera débil, no dudaba de su lealtad para la casa de Aínsa de la que era parte, puesto que tenía el mismo padre que él.

Con paso decidido se dirigió a su tienda y se puso a rezar rogando a Dios que no les abandonara.

Julián, hincado de rodillas junto a su catre, estaba solicitando el mismo favor al Todopoderoso.

8

La luna no apareció aquella noche. El campamento se encontraba en un extraño silencio, sólo roto por el rumor del viento helado, que desasosegaba al senescal Hugues des Arcis mientras aguardaba en su tienda noticias de la incursión que habían iniciado los gascones una hora antes.

El senescal caminaba nervioso, aguardando acontecimientos. Pensaba que Dios estaba de su parte y que, puestos a elegir entre la vida de los herejes y la de sus hijos fieles, no tendría dudas. Él sí las tenía: sabía que el castillo de Montségur parecía infranqueable y que su señor, Raimon de Perelha, y el comandante de la guarnición, Pèire Rotger de Mirapoix, habían demostrado coraje e inteligencia durante los meses de asedio.

En Montségur vivían más de cuatrocientas personas entre soldados, *perfectos*, *credentes*, sirvientes y otras familias deudas del señor De Perelha.

En varias plataformas colgadas de las laderas de la montaña se veían minúsculas casas y cabañas donde los lugareños aseguraban que se encontraban la mayoría de los *perfectos* orando y ayudando a cuantos habían buscado refugio en el castillo. El senescal pensó que, si Dios se manifestaba de su parte, muy pronto Montségur dejaría de existir y el condado de Tolosa ya no sería un problema para el buen rey Luis.

Mientras el senescal esperaba, los gascones iniciaron la marcha guiados por un hombre parecido a ellos. Hablaban de la misma manera puesto que el hombre salió de Gascuña y nunca se sintió parte del país, al que ahora se prestaba a traicionar por una buena bolsa de monedas que le serviría para regresar a casa, llevándose a su díscola esposa y a sus tres hijos por más que ésta le había asegurado que nada ni nadie la moverían de su tierra. Esta vez no le preocupaba la tozudez de su esposa, que dejaría de lado su orgullo en cuanto cayera Montségur e hiciera tintinear ante sus ojos la bolsa enviada por el senescal.

El frío helaba sus manos y dificultaba su ascenso. Los montañeros guardaban un silencio sepulcral, sabiendo que si les descubrían los hombres que protegían los baluartes cercanos al castillo su muerte era segura. Tenían que evitar desprendimientos que les delataran, mientras sentían que les crujía la espalda por el peso de las armas.

Apenas veían dónde ponían el pie y temían caer despeñados. Pero la paga era buena; además, ayudar a vencer a aquellos herejes que se ocultaban en Montségur, según les habían prometido los hombres de la Iglesia, les reportaría una gran recompensa en el cielo el día que muriesen.

No sabían cuánto tiempo llevaban subiendo, pero ya tenían las manos desolladas y un dolor agudo en todos y cada uno de los músculos del cuerpo. Aun así, estaban seguros de lo que les esperaba en el baluarte: enfrentarse a unos temibles soldados.

Al final, Dios estuvo de su parte, se dijeron, porque sorprendieron a los rivales dormidos y, antes de que se dieran cuenta, les arrojaron al vacío y se hicieron con el baluarte. El jefe de los gascones y el traidor se palmearon la espalda agradecidos. Había sido más fácil de lo que esperaban. Ya no les dolían las manos, por más que se hubieran dejado la piel entre las rocas, ni sentían punzadas en la base de la espalda; ahora saboreaban la victoria y sólo los más avariciosos pensaron que acaso deberían haber pedido una paga mayor al senescal por aquella espectacular hazaña.

Algunos de los hombres, guiados por el traidor, regresaron al campamento a dar la buena noticia.

Hugues des Arcis bebía una copa de vino templado cuando un soldado pidió permiso para anunciar la llegada de los montañeros. Tras escuchar lo que le dijeron, musitó una oración en silencio dando gracias a Dios por haberse manifestado a su favor.

La noticia corrió rauda por el campamento: los gascones se habían adueñado del Roc de la Tour, a menos de cien metros del castillo; desde su altura, casi podían ver los rostros de los refugiados de Montségur.

Los ocupantes, orgullosos de su hazaña, incluso algunos más que sorprendidos por lo que habían sido capaces de hacer, comentaban entre risas que si la noche no hubiera ocultado los peligros de la escalada no se habrían jugado la vida de aquella manera.

El senescal llamó a sus nobles a consejo y envió respuesta a la corte real para anunciar la nueva. Por primera vez desde que comenzara el asedio no dudó en absoluto que pronto, muy pronto, caería Montségur.

Hugues des Arcis reconocía que muchos de sus hombres estaban hartos de estar allí. Eran del país y, aunque debían a la Corona la prestación del servicio militar, apenas deseaban que aquel baluarte en donde se refugiaban los Buenos Cristianos fuera expugnado. De manera que muchos de ellos aguardaban impacientes a que pasara su tiempo de servicio al rey Luis para abandonar aquel ejército que no sentían como suyo.

Muchos tenían familiares en Montségur, algunos incluso se comunicaban con ellos. No querían traicionar al rey, pero tampoco traicionarse a sí mismos.

El golpe que les habían infligido podía ser mortal. Raimon de Perelha y Pèire Rotger de Mirapoix no se engañaban: o el conde Raimundo mandaba refuerzos o Montségur no resistiría.

Durante los días siguientes asistieron impotentes a la instalación de maquinaria de guerra, un trabuquete y pretarias, con la que podían castigar la barbacana del castillo.

El obispo de Albi, Durand de Belcaire, se encargó de supervisar y se dedicó a arengar a sus hombres a la victoria. Mientras tanto, Fernando no hacía más que retrasar cuanto podía la partida de sus compañeros templarios, a la espera de recibir noticias de su madre, que no se produjeron hasta pasadas casi dos semanas.

Dormía con el sueño agitado cuando una mano le apretó el hombro. Saltó del lecho sobresaltado, con un arma dispuesto a rebanar el cuello de su agresor…

—No os asustéis, Fernando, soy yo.

—¡Julián! ¿Qué hacéis aquí? Pueden veros…

—Lo sé, pero no tenemos tiempo, seguidme.

Fernando salió de la tienda temiendo que se hubieran despertado sus compañeros de armas.

—¿Qué sucede? ¿Cómo os habéis arriesgado a venir aquí y en plena noche?

—El cabrero me ha traído un mensaje de doña María.

—¿Y Teresa…?

—Escuchad, dentro de dos noches abandonarán la fortaleza algunos *perfectos*. Al parecer tratarán de poner a buen recaudo cuanto de valor tienen. Con ellos irá vuestra hermana. Doña María quiere que seáis vos y sólo vos quien acuda a recogerla y sirváis de escolta a los *perfectos*. Si no aceptáis, vuestra hermana se quedará en Montségur; vuestra madre asegura que no tiene otra manera de hacerla salir con garantías.

—¡Me dio su palabra! —protestó Fernando.

—Y la va a cumplir a su manera.

—Es un chantaje.

—Es su manera de obligaros a proteger a esos *perfectos* y a lo que quiera que lleven con ellos.

—No sé si podré hacerlo.

—Lo haréis, no hay otra alternativa.

Esa noche era Julián quien mostraba más entereza que su hermano.

—Pero ¿no os dais cuenta de que no puedo desaparecer? Mis compañeros me preguntarían adónde voy… no puedo engañarles.

—No, no debéis engañarnos.

Fernando y Julián se volvieron asustados ante la voz que les había sorprendido.

Arthur Bonard les observaba con gesto adusto. Los hermanos enrojecieron.

—Y bien, Fernando, ¿nos diréis a nosotros, vuestros compañeros, cuál es el misterio?

De entre las sombras surgieron el resto de los caballeros. Fernando pudo leer en los ojos de Armand de la Tour, el físico, un atisbo de comprensión.

Hizo un gesto y entraron en la tienda que compartían, seguidos por Julián. Después de tomar asiento, Fernando les explicó la situación: su madre, dijo, era una *perfecta* y temía que su pequeña hermana también lo fuera, aunque no estaba seguro puesto que tenía catorce años.

No les ocultó que había visto a su madre y tampoco que le había rogado que salvara a Teresa dejándola marchar.

—Mi madre ha enviado recado de que debo ser yo quien recoja a mi hermana. También me exige que escolte a unos *perfectos* que abandonarán Montségur con las pertenencias más preciadas de la comunidad. Será dentro de dos noches, pero Julián aún no sabe dónde será la cita.

—¿Y vos, hermano Julián, estáis en tratos con los herejes?

El fraile tembló ante la pregunta del templario. Arthur Bonard le infundía profundo respeto, pero también temor. Sabía de sus hazañas en Tierra Santa, pero sobre todo de su fe y ascetismo, que le llevaba a rechazar cualquier honor. No, no sabría mentir a ese hombre, ni siquiera para salvar la vida.

—Acompaño al senescal desde que sitió Montségur a la espera del juicio de los herejes —acertó a decir Julián.

—Lo sé; pertenecéis a la Orden de Domingo de Guzmán, vuestra es la responsabilidad de encontrar herejes entre el trigo —adujo Bonard.

—Doña María supo que estaba aquí y me mandó llamar. Quería noticias de su casa, de don Juan, su esposo, y de sus hijos, de Fernando y Marta. También me ordenó una misión.

—¿Os ordenó? —preguntó Bonard—. ¿Cómo es posible que doña María os pueda ordenar algo a vos, un dominico?

—No la conocéis, ella es… no se le puede negar nada. La obedezco desde que tengo uso de razón y todo cuanto soy a ella se lo debo. Le pertenezco.

—Pero ¡qué decís! —El caballero Bonard parecía escandalizado.

—No, no me malinterpretéis. A doña María le profeso un gran respeto, sólo que ella gobierna las vidas de cuantos tiene cerca y yo soy uno de ellos.

—¿Sabéis que os pueden quemar en la hoguera por tratar con herejes? —preguntó Bonard.

—Lo sé, y si vos me denunciáis no habrá piedad para conmigo. Para la Iglesia sería un golpe que uno de los suyos, un dominico, miembro de la Inquisición, tenga tratos con los herejes y además se preste a ayudarles. Fray Ferrer encendería mi pira él mismo.

El caballero Armand de la Tour dio un paso al frente y, clavando sus ojos en los de su compañero Bonard, sentenció:

—Según parece no vamos a tener más remedio que protegeros, para protegernos nosotros mismos. Ninguno querrá tener sobre su conciencia vuestra muerte en la hoguera, ni tampoco la de nuestro hermano Fernando. A la Iglesia no le conviene que un notario de la Inquisición tenga tratos con los herejes, ni al Temple tampoco que uno de los suyos tenga una madre *perfecta*.

—¿Proteger? —preguntó desconcertado Arthur Bonard.

—Sí, proteger. No vamos a denunciarles, y además, ¿no hemos hablado del dolor que nos produce esta lucha fratricida entre cristianos? El Temple procura mantenerse alejado de este conflicto, así lo decidieron nuestros superiores, y hasta ahora hemos esquivado vernos envueltos en esta cruzada contra los que se llaman los Buenos Cristianos. No, yo no permitiré que envíen a la hoguera a nuestro compañero Fernando de Aínsa. Tampoco me parece un delito ayudar a salvar la vida de una niña inocente. ¿Qué sabrá ella de teología? Soy monje, soy soldado, pero también soy físico y aborrezco que se destruyan vidas. No os creo capaz, Bonard, de entregar a nuestro hermano.

El ingeniero bajó la mirada y cerró los ojos buscando en su interior una respuesta a los problemas a los que se enfrentaban.

—No podemos ayudar a escapar a esos herejes —acertó a decir.

—Sí, sí podemos —insistió Armand de la Tour.

—Eso es traición —afirmó Bonard.

—No lo es. Nosotros acudiremos a salvar a una niña y la escoltaremos, a ella y a sus acompañantes, hasta un lugar seguro. Nada más.

—Me dieron la responsabilidad de dirigir nuestro grupo, y eso no lo haremos —recordó Bonard mirando no sólo a Armand sino también a los otros tres caballeros que les acompañaban.

Uno de ellos, un joven de la edad de Fernando, pidió permiso para hablar.

—Señor, yo quisiera ayudar a Fernando de Aínsa. No veo nada malo en salvar a su hermana, ni creo que sea traición. ¿Se puede traicionar al rey por ayudar a una niña a escapar de la hoguera? Yo no podría mirar a Fernando sabiendo que he condenado a su hermana.

—Sin embargo, no vais a acudir a salvar a su madre… —dijo Bonard.

El joven no se amedrentó y respondió de inmediato:

—No, no creo que debamos hacerlo. Doña María sabe lo que hace. A vos os preocupa la traición… y yo no creo que esto lo sea.

—¡A mí me preocupa mezclar al Temple en la fuga de unos *perfectos* de Montségur! ¡Eso es un delito! Todos lo sabéis como yo.

—Peor sería denunciar a Fernando y que cayera en manos de la Inquisición. Sabéis que muchos de nuestros enemigos verían en ello una oportunidad para intentar destruirnos —reiteró Armand de la Tour.

—Tenemos otra alternativa: partir de inmediato.

Las palabras del caballero Bonard parecían no admitir réplica. Pero ni Fernando ni Julián estaban dispuestos a claudicar.

—Señor, en vuestras manos está mi vida. No os pido que me ayudéis; sé que cuando esto termine sufriré un castigo ejemplar que merezco, pero, o me denunciáis y así me detenéis, o sabed que ayudaré a mi hermana a escapar y escoltaré a esos *perfectos* a lugar seguro. Es la última voluntad de mi madre antes de morir y la cumpliré.

9

Bertran Martí, el anciano obispo de los herejes, había mandado reunir todo el oro, plata, piedras preciosas y cuantos objetos de valor se podían transportar. Hacía tiempo que en Montségur guardaban todas las ofrendas que los nobles entregaban a la causa de los Buenos Cristianos. Con aquel oro levantaban casas para acoger a los huérfanos, curar a los enfermos, socorrer a las viudas…

El anciano obispo quería ponerlo a salvo, en manos seguras, para continuar con la obra de los Buenos Cristianos.

Dos de sus diáconos, Matèu y Pèire Bonet, serían los encargados de escapar de Montségur y de la hoguera, a la que más pronto que tarde todos se sabían condenados. Junto a los diáconos iría la pequeña Teresa de Aínsa. Su madre, doña María, había ordenado que la salvaran.

Doña María le había contado a Bertran Martí la conversación con su hijo y el compromiso de salvar a Teresa. La dama sabía que para que el obispo aceptara arriesgar la misión, ella debería contribuir al éxito de la misma, de ahí su idea de que Fernando ayudara a escapar a los dos *perfectos* junto a su hija. Ese trueque era su única opción si quería cumplir su promesa a Fernando. Sabía que su hijo no entendería su exigencia, pero no tenía alternativa.

Raimon de Perelha y Pèire Rotger de Mirapoix habían añadido a sus preocupaciones la de hacer salir sin peligro a los dos diáconos.

Esta vez el traidor estaba del lado de los cruzados, aunque ¿era un traidor? Aquel soldado del país, que servía con las armas a un rey al que no profesaba ninguna simpatía, tenía a su hermana y sobrinos dentro de Montségur. El hombre aceptó arriesgar su vida para atender el ruego de su hermana y el señor De Mirapoix.

Era un hombre de Camon, el feudo de Pèire Rotger de Mirapoix, el cual le había prometido una buena recompensa por «no ver» cómo escapaban dos diáconos.

Fijaron la noche de la fuga en la que él y otros compañeros de Camon estarían de guardia; sólo había un paso por el que escapar, difícil y tenebroso, el único que no contaba con fuerte vigilancia de los cruzados.

Teresa lloraba abrazada a su madre. El obispo Bertran Martí le había dado el *consolament*, asegurándole un lugar en el cielo. La pequeña no quería separarse de su madre ni de aquellos con los que había compartido tantas desventuras en los meses del asedio. Odiaba con toda su alma a los cruzados, a los que creía soldados del Maligno, y suplicaba a su madre que le permitiera dejar este mundo maldito junto a ella.

Doña María no encontraba palabras para el desconsuelo de su hija.

—Le he dado mi palabra a Fernando, y él sólo accede a ayudarnos porque irás tú con los diáconos. ¿Quieres que cuanto poseemos caiga en manos de los cruzados? Ese oro y esa plata servirán para mantener nuestra Iglesia, para salvar a muchos hermanos. Tú misma les condenarás a la hoguera si no accedes a salvarte. Nuestra fe necesita más tiempo para arraigar en otros corazones. Si después de destruir Montségur no hay nadie que pueda dar testimonio de nuestra fe, ¿de qué habrá servido el sacrificio? Tú tienes esa misión, Teresa, has de vivir para que la fe de los Buenos Cristianos permanezca. El hermano Matèu tiene además la misión de ir a la corte del conde de Tolosa y explicarle nuestra situación. Si hay una oportunidad de salvar Montségur depende de ti, hija mía.

—¿Y dónde me llevará Fernando? —preguntaba la niña sollozando.

—Os pondrá a salvo. Luego tú irás con Matèu a la corte de Raimundo, con tu hermana y su marido.

Fernando aguardaba impaciente entre la espesura del monte. El cabrero les había guiado hasta allí apenas había caído la noche. Llevaban horas esperando sin escuchar otro sonido que el de los animales del bosque.

El cabrero permanecía en silencio. Fernando sabía que no lejos de allí estarían sus compañeros templarios. Bonard había accedido a la petición de Armand de la Tour, quien había encontrado la manera de ayudarle pero sin comprometer al Temple en la aventura. Le seguirían de cerca, le cubrirían la espalda, procurarían protegerle, pero no participarían directamente. De vuelta a la encomienda entregaría a Fernando al maestre para que éste decidiera el castigo del que era merecedor, aunque Bonard no se engañaba: ellos también sufrirían las consecuencias por su complicidad, por escasa que ésta fuera.

El leve crujido de una rama alertó al cabrero y puso en tensión a Fernando. Exhaustos, con las manos sangrando y el cansancio reflejado en el rostro, aparecieron dos hombres seguidos de una figura envuelta en un manto que andaba a trompicones.

—Son ellos —anunció el cabrero.

Fernando se acercó con dos zancadas a los hombres a los que apenas saludó con un gesto para descubrir el manto que cubría la cabeza y el rostro de su hermana.

—¡Teresa!

La niña primero le miró con odio pero de inmediato se derrumbó y dejó escapar un torrente de lágrimas.

—Hacedla callar o nos encontrarán —ordenó el diácono Matèu—. Nos hemos cruzado con unos soldados. No ha sido fácil llegar hasta aquí.

—Cálmate, Teresa, ya tendréis tiempo de llorar —trató de calmarla Fernando sin saber muy bien cómo tratar a la niña a la que veía convertida casi en una mujer.

El cabrero hizo una seña para que guardaran silencio. Le había parecido escuchar un ruido. Todos estaban nerviosos, en tensión.

—Los caballos están cerca de aquí, apenas a unos pasos, hemos cubierto los cascos para no hacer ruido. ¿Sabéis montar? —preguntó Fernando a los diáconos.

—Sabremos —respondieron éstos.

—En tal caso, en marcha…

Fernando abría el paso, protegido por sus compañeros. Los *perfectos* le habían indicado que les acompañara a un lugar de las montañas del Sabartés. Allí esconderían su cargamento hasta que llegara el momento de hacer uso de él.

Cabalgaron sin descanso hasta que los dos hombres hicieron una seña a Fernando para que les aguardara en aquel rincón del bosque. Luego, caminando, se perdieron en la espesura. Fernando creyó escuchar voces de otros hombres, pero no se movió de donde estaba, como le habían pedido los dos *perfectos*.

Cuando regresaron, hablaban entre ellos con cierta animación y, por lo que decían, Fernando intuía que se habían encontrado con alguien; ninguno de los hombres quiso confirmarle esa impresión. Se les notaba aliviados por saber su carga a buen recaudo.

Cabalgaron sorteando a los soldados. Fernando les guiaba seguro a través de bosques y montes bajos, procurando evitar poblaciones y, sobre todo, a los hombres de armas. Permanecía de guardia por la noche velando el sueño de los fugitivos, sabiendo que muy cerca sus compañeros estarían al acecho de cualesquiera que se acercaran a ellos. Corrieron peligro en un par de ocasiones, pero salieron bien librados gracias a la pericia del templario.

Los dos diáconos se sentían seguros bajo la protección de Fernando. ¿Quién se hubiera atrevido a enfrentarse a un soldado del Temple?

Teresa estaba agotada de haber cabalgado sin descanso en las últimas jornadas hasta llegar a las tierras bajas, donde en ese momento estaba la corte del conde Raimundo. Fernando no quiso acompañarla hasta el castillo. Se despidió de ella obligándola a prometer que obedecería a su hermana mayor y a su esposo.

Después se despidió de los *perfectos*, tras encomendarles a su hermana.

—Os la confío. Mi cuñado Bertran d'Amis sabrá recompensaros.

—No necesitamos ninguna recompensa —respondió Pèire Bonet sin ocultar su irritación por las palabras del templario.

—No he querido ofenderos —se disculpó Fernando.

—En esta vida no esperamos ninguna recompensa —insistió el *perfecto*—. Vuestra hermana ha recibido el *consolament*, así que es también nuestra hermana.

Fernando abrazó a Teresa; luego montó en su caballo y lo espoleó con fuerza. Sabía que sus compañeros le estarían esperando. Teresa viviría mientras él iba en busca de su castigo. Se preguntó a sí mismo si realmente se lo merecía.

10

La situación en Montségur había empeorado y el senescal aseguraba que era cuestión de tiempo que el señor De Perelha aceptara la rendición.

Bajo la enérgica dirección del obispo de Albi, las máquinas de guerra no daban respiro a los defensores. Los cruzados estaban ya a pocos metros del castillo y las catapultas habían batido buena parte del muro oriental.

Julián escribía ensimismado la crónica ordenada por doña María. A través del cabrero, la dama le había mandado recado de que Teresa estaba a buen recaudo junto a su hermana en la corte del conde Raimundo. Sin embargo, de eso hacía ya tiempo; la Navidad había pasado, enero estaba llegando a su fin y seguía sin tener noticias de doña María.

De Fernando tampoco tenía nuevas. Parecía que se lo hubiera tragado la tierra. En ocasiones estuvo tentado de recabar noticias a la encomienda templaria situada a pocos días a caballo, pero no se había atrevido a hacerlo para no aumentar las dificultades de Fernando y, lo que era peor, alertar a los enemigos de ambos. De manera que se había dedicado noche y día a escribir aquella crónica sobre Montségur y los herejes, que algún día depositaría en manos de su hermanastra Marian.

Escondía con celo sus escritos para evitar la tentación de leerlos a los que visitaban su tienda.

A veces creía sorprender a fray Ferrer observándole con desconfianza. Sentía la antipatía de su superior, se decía que era incapaz de mostrar buenos sentimientos hacia nadie. Hasta fray Pèire parecía asustado en su presencia.

Un soplo de aire se coló por la abertura de la puerta de la tienda, que dio paso a fray Pèire.

—Julián, ¿cómo os encontráis hoy?

—Mejor, hermano, mejor.

—¡Cuánto trabajáis!

—Quiero estar preparado para cuando comience el juicio de los herejes.

—Pero ¿qué escribís con tanto celo?

—Pongo en orden sentencias de otros juicios de herejes, y las disposiciones aprobadas en los concilios. Nada importante, pero me ayuda a pasar las horas en estos días de lluvia en que sólo un loco se aventuraría a salir.

—Tenéis razón. Os confieso que la humedad me está afectando a los huesos. Hay días en que los miembros me duelen de tal manera que pienso que no podré moverlos. El físico del senescal me ha sangrado, pero no me alivia el dolor.

—El físico del senescal no sabe nada.

—¡Pero Julián!

—Es un carnicero cuya única ciencia consiste en sacar sangre de las venas, tanto da que se trate de un dolor de barriga que de un resfriado.

Fray Pèire no respondió; en su silencio había una aceptación implícita de las palabras de Julián. Durante un rato, conversaron de las noticias que corrían por el campamento, aunque no se hubiera producido ninguna novedad destacable.

Poco después de marcharse fray Pèire, un sirviente entró anunciándole que el cabrero solicitaba permiso para visitarle. De su hombro colgaba una ristra de quesos.

—He venido a traer algunos quesos al senescal —saludó.

Julián sintió un ataque de vértigo, pues si bien ansiaba noticias de doña María, al tiempo las temía. Seguía sin saber qué le había podido ocurrir a la señora.

—Doña María quiere veros. Una noche de éstas os vendré a buscar, no sé cuándo. Ahora las cosas han cambiado, e ir y venir a Montségur es más difícil. Pero estad preparado.

A partir de ese momento Julián volvió a dormir inquieto, a pesar de que las hierbas que le había suministrado el físico templario conseguían inducirle al sueño. Sus noches se llenaron de pesadillas en las que doña María aparecía dándole las más diversas órdenes que ponían en grave riesgo su vida. Se despertaba sobresaltado en medio de sudores fríos que le recorrían la columna. De nuevo había perdido el apetito. Fray Pèire le creía un santo, convencido de que su delgadez se debía al afán de sacrificio y renuncia a todo lo material, incluida la buena mesa que todavía era posible encontrar en aquel campamento.

La noche en que apareció el cabrero, Julián acababa de beber la infusión que le permitiría instalarle en el sueño.

—Daos prisa, hoy la noche no está muy clara; debemos aprovecharla para llegar cuanto antes.

Julián le siguió temiendo dormirse por el camino, aunque en realidad lo que más temía era caer en manos de los cruzados, a los que no podría explicar qué hacía escalando riscos con el cabrero en dirección al castillo maldito.

Una vez más perdió la noción del tiempo; no supo cuánto había caminado, aunque le pareció que mucho más que en ocasiones anteriores. Le dolían los pies.

Cuando doña María apareció, de repente, como un fantasma, le costó reconocerla.

El rostro de la dama se había afilado aún más a causa de las privaciones y un cerco violeta enmarcaba su mirada, ahora apagada. Doña María había perdido, además de lozanía, la vivacidad de antaño. Se la notaba extenuada.

Le abrazó con afecto como hacía mucho tiempo que no lo hacía.

—Ven, siéntate, no tenemos mucho tiempo —le dijo, invitándole a compartir junto a ella un saliente de la roca.

—Mi señora, os noto cansada.

—Lo estoy, vuestras catapultas no nos dan tregua. Ese demonio de obispo con sus infernales máquinas… en fin, ya falta menos, pero no es de guerra de lo que quiero hablar, sino de mi hijo.

—¿De Fernando? Señora, yo… perdonadme, pero no he tenido noticias suyas.

—Lo imaginaba. No te has atrevido a indagar.

—Señora, es difícil saber lo que sucede tras los muros de las encomiendas del Temple; los caballeros sólo responden ante el Papa.

—Pero podrías acercarte a visitar a Fernando.

—Vos sabéis que los caballeros templarios no reciben visitas. Les está prohibido, son monjes, señora.

—Bien, pues si no vas tú, iré yo.

—¡Vos! Pero no podéis hacerlo.

—Claro que puedo. ¿Sabes? No sólo las máquinas del demonio de tu obispo me impiden dormir; la suerte que haya podido correr Fernando me atormenta, porque me siento responsable si ha sufrido algún mal. Una cosa es saber que puede morir en combate luchando contra los sarracenos y otra muy distinta que esté en una mazmorra pudriéndose. Eso no lo podría soportar.

—Había un caballero, Armand de la Tour, un físico, que parecía profesarle afecto…

—Entonces, Julián, intentad poneros en contacto con ese caballero. Que os dé noticias de Fernando.

—¡Pero, señora, eso no es posible!

—Pues tendrá que serlo —sentenció doña María—. Dentro de dos semanas te mandaré a buscar. Creo que al menos otras dos semanas resistiremos —murmuró para sí.

—Señora, no sabéis lo que pedís.

—Sí, claro que lo sé. He de morir con la conciencia tranquila, y no falta mucho para que eso suceda. Tú mismo me juzgarás y enviarás a la hoguera.

Julián bajó la cabeza, abrumado por las palabras premonitorias de doña María. No pudo evitar las lágrimas.

—Vamos, hijo, no llores, las cosas son así, tú te has empeñado en servir a esa Iglesia que no es otra cosa que una Gran Ramera, haciendo caso omiso de mis recomendaciones.

—¡Vos quisisteis que fuera dominico!

—Eso fue antes de encontrar a los Buenos Cristianos.

—Señora, vos pretendéis que los demás creamos en lo mismo que vos, y que dejemos de creer cuando vos dejáis de creer, y que veamos el día cuando es el crepúsculo, y la noche cuando amanece…

—¡Basta, Julián! No te atormentes, no te voy a exigir que cambies de creencias, ya no tengo tiempo para ello; además, a tu manera, también tú eres un hereje.

—¡Dios se apiade de mí!

—Eso no lo sé —bromeó doña María sin que Julián alcanzara a captar el matiz guasón de su voz.

El cabrero se acercó a ellos haciendo una señal a la dama.

—Es verdad —dijo doña María—, se ha pasado el tiempo y debes irte. Te mandaré a buscar para que me des noticias de Fernando.

—¿Habéis vuelto a saber de Teresa? —preguntó Julián con apremio en la voz.

—Ya te mandé decir que Teresa está bien. A finales de enero regresó Matèu, uno de los *perfectos* que la acompañaron a la corte de Raimundo. Pero no hemos vuelto a tener noticias.

—¿Uno de esos hombres regresó?

—Claro, ya te lo he dicho. Creíamos que vendría con refuerzos, pero sólo trajo dos hombres de armas. Pèire Rotger de Mirapoix cree que se debe volver a intentar.

—¿Volver a pedir ayuda al conde?

—Mirapoix ha convencido al señor del castillo, su pariente

Raimon de Perelha, de que es necesario mantener la esperanza en los hombres; por eso ha vuelto a pedir a nuestro obispo, Bertran Martí, que envíe de nuevo a Matèu o a otro de los diáconos a hablar con Raimundo. Ya ves cuánto confío en ti, que te desvelo nuestros más íntimos secretos y la angustia de nuestra situación.

—No os deseo ningún mal.

—Tú eres bueno, Julián, sólo que ahora estás en el lugar equivocado. Te ha faltado perspicacia para darte cuenta del error. Crees que convertirte en un buen cristiano es un salto en el vacío, pero en realidad lo eres más de lo que siquiera puedas imaginar.

Julián se quejó a fray Pèire de que no le quedaba ni una brizna de las hierbas del físico templario, y que sin ellas le volvía a martirizar el dolor de vientre, amén de que no podría conciliar el sueño.

El bueno del fraile intentó convencerle a su vez de que no podía enviar a nadie a la encomienda, con la muy extraña petición de que les surtieran de hierbas para un dominico. Además, fray Ferrer no lo autorizaría.

Durante dos días Julián guardó cama quejándose de un dolor insoportable en el abdomen; incluso se dejó sangrar por el físico del senescal, consiguiendo aumentar la palidez de su ya blanco color de piel.

A regañadientes, fray Ferrer accedió a los ruegos de fray Pèire y consintió en enviar un paje al castillo del Temple situado en Agen, la encomienda templaria de Armand de la Tour y el hermano de Julián.

El paje fue recompensado con una bolsa de monedas, con la promesa de recibir otra más si aparte de traer las apreciadas hierbas conseguía noticias de Fernando.

—Es mi hermano —explicó Julián—, saludadle de mi parte si os es posible y si no lo fuera dadle esos saludos al caballero De la Tour para que se los transmita cuando tenga ocasión.

Hasta una semana después no regresó el paje y Julián no tuvo las ansiadas noticias.

—Siento haber fracasado en el encargo, no pude ver a ese físico —dijo.

Julián palideció temiéndose lo peor.

—Pero no os preocupéis, los caballeros me dieron un zurrón lleno de esas hierbas que tanto os alivian.

—¿Y mi hermano? ¿Qué sabéis de él?

—Poco. Un servidor de los caballeros me contó que unos cuantos de ellos habían estado en prisión después de regresar de un viaje. Al parecer habían cometido un acto de desobediencia. Creo que vuestro hermano está entre ellos. El sirviente me contó que las mazmorras del castillo no son dignas ni de las alimañas, y que los hombres enloquecen en esos agujeros adonde no llega ni una brizna de luz, y que por todo alimento reciben medio vaso de agua al día y media hogaza de pan.

—¿Cómo sabéis que mi hermano estaba entre ellos?

—Estuvo aquí con otros cuatro caballeros no ha demasiado tiempo. Los caballeros castigados formaban parte de ese grupo, de manera que no hay que pensar mucho para saber dónde está. Me prometisteis una recompensa si os daba noticias ciertas y éstas lo son —le recordó con codicia el paje.

Julián le entregó la bolsa. No sabía si podía creer en sus palabras, pero no tenía otra opción que darlas por buenas. Temblaba al pensar en el momento de transmitirle las novedades a doña María pero, sobre todo, temía su reacción.

11

Corba de Lantar ayudaba a vestirse a doña María. La esposa del señor de Montségur, Raimon de Perelha, no había dudado ante el requerimiento de su amiga: doña María necesitaba ropa de dama, de la que carecía puesto que era una *perfecta* y su traje habitual era una saya pardusca y un manto negro. Pero de esa guisa no podía presentarse en el castillo de Agen y enfrentarse al maestre de la encomienda donde estaba preso Fernando.

Raimon de Perelha había intentado hacer desistir a doña María de su aventura, pero todos sus argumentos habían chocado contra la tozudez de la dama. Tampoco Pèire Rotger de Mirapoix había tenido más suerte en el intento.

—A lo mejor no os volvemos a ver —comentó Corba mientras ayudaba a colocarse la toca a su amiga.

—Volveré, correré la misma suerte que cuantos estáis aquí, pero he de intentar salvar a mi hijo.

—Lo sé y os comprendo, pero no deberíais sentiros culpable por la suerte de Fernando.

—¿Sabéis, Corba? Con este hijo nunca he hecho las cosas como debiera. Siempre he sabido que si ingresó en el Temple fue más por rebeldía que por vocación. Creo que lo hizo para castigarme. No puedo dejarle abandonado a la suerte de esos monjes soldados que tan extraños me resultan.

—Puede que el maestre no os reciba.

—Me recibirá, no tendrá más remedio que hacerlo.

Doña María había rechazado prendas costosas, y se envolvía en un vestido de color azul oscuro acompañado de un manto del mismo color ribeteado con una piel de conejo. Se había recogido el cabello e intentado dar color a sus mejillas.

No le fue fácil dejar el castillo sin que los cruzados la vieran. Ese mes de febrero, los hombres del senescal podían observar desde sus puestos los demacrados rostros de los defensores.

De nuevo Pèire Rotger de Mirapoix tuvo que buscar la complicidad de los soldados cruzados de su región, a los que regaló dos bolsas de monedas para que tuvieran a sus compañeros ocupados mientras doña María se deslizaba entre las sombras de la noche.

La dama cabalgó escoltada por un paje hasta el castillo de Agen. No aceptó ningún descanso. Quería salvar a su hijo, pero también regresar cuanto antes a Montségur para correr la misma suerte de sus hermanos. El obispo Bertran Martí la había bendecido encomendándola a Dios.

Dibujándose en la línea del horizonte, el castillo de Agen resultaba imponente. Doña María indicó al paje que se detuviera para refrescarse y peinarse, además de poder acomodar sus vestimentas y presentarse como la dama que era al maestre templario.

Su llegada al castillo provocó estupor. Se anunció con altivez: «Soy doña María, señora De Aínsa».

Un sirviente le pidió que aguardara en una estancia donde tan sólo había un banco de piedra donde sentarse. Pero estaba demasiado tensa para descansar, de manera que cruzó la estancia varias veces a la espera de que apareciera el maestre.

Cuando el sirviente entró leyó en su rostro que le traía malas noticias.

—No os puede recibir; lo siento, señora.

—¿No me quiere recibir el señor Yves de Avenaret?

—No puede hacerlo, señora.

—Bien, pues decidle que aquí me quedaré hasta que pueda. Traedme agua y algo de comer. No tengo prisa.

El sirviente miró asustado a la dama. Se sentía indefenso ante la actitud enérgica de doña María.

—¡Pero aquí no podéis quedaros! Éste es un castillo del Temple, no está permitida la presencia de damas.

—Lo sé, y es mi deseo irme cuanto antes, pero no lo haré hasta que el señor De Avenaret me reciba.

—¡Señora, no insistáis! —suplicó el sirviente.

—No lo hago. Simplemente quiero que comuniquéis al maestre que le esperaré aquí, que no me iré hasta hablar con él de algo que concierne al Temple, al rey Luis y al Papa, además de a los dos.

El sirviente salió despavorido ante la mención de la gente de relieve que había nombrado la dama.

Tardó en regresar largo rato y encontró a doña María igual que la había dejado, cruzando a zancadas la estancia.

—El maestre os recibirá.

Doña María no respondió y le siguió con paso presto a través de las heladas estancias del castillo, donde se cruzó con algún caballero que la observaba de reojo con curiosidad.

Yves de Avenaret era un hombre entrado en la ancianidad. Extremadamente delgado, sus ojos hundidos reflejaban un espíritu ascético.

Permanecía de pie, rígido, junto a una butaca de respaldo alto. La estancia estaba desnuda salvo por la butaca, una mesa con varios rollos de pergamino y recado de escribir. Una chimenea de piedra empotrada en la pared caldeaba la estancia.

El templario le clavó su mirada gris sin que doña María bajara los ojos. Si aquel hombre creía poder intimidarla se había equivocado de adversario.

—Decid lo que tengáis que decir, señora —le pidió con voz autoritaria el maestre sin invitarla a sentarse.

—Seré breve; soy tan celosa de mi tiempo como vos del vuestro. Habéis encarcelado a mi hijo Fernando de Aínsa. Vos sabéis que no ha cometido ningún delito, salvo el de cumplir con la última voluntad de su madre, que pronto será enviada a la hoguera.

El maestre no pudo evitar asombrarse al escuchar a doña María hablar con tamaña crudeza sobre su propio destino.

—Mal nacido sería Fernando si negara un favor a su madre en vísperas de su muerte. Mi hijo quería salvar la vida de la más pequeña de sus hermanas y accedí, aunque le obligué a escoltarla junto a dos *perfectos*, dos diáconos de nuestra Iglesia, hasta un lugar seguro. Sí, le presioné: la vida de su hermana a cambio de garantizar la fuga de dos hombres buenos con nuestros bienes más preciados, que permitirán seguir difundiendo la Palabra de Dios. Ése es su pecado. Vos le habéis castigado con extrema dureza, habéis sido inmisericorde con un joven que no podía desobedecer a su madre. Sé que le tenéis en las mazmorras de este castillo junto a otros cuatro templarios que se vieron envueltos sin pretenderlo en estos hechos. Sé que se opusieron con vehemencia, pero que optaron por no dejar solo a Fernando, temerosos de que le detuvieran los cruzados, lo que podría haber provocado un gran escándalo. No hace falta tener mucha imaginación para saber que si hubieran encontrado a Fernando, el Temple se habría visto comprometido en la fuga de dos hombres importantes de la Iglesia de los Buenos Cristianos. Nadie habría creído que un templario actuaba sin el consentimiento de su maestre. Sus compañeros obraron con prudencia intentando que a la situación creada no se añadieran más dificultades, por lo que siguieron a cierta distancia a Fernando sin intervenir en lo que éste hacía, que no era otra cosa que poner a su hermana y a los diáconos en lugar seguro. Ahora quiero de vos que hagáis justicia.

Yves de Avenaret miraba iracundo a aquella mujer intrépida que le hablaba con tanta serenidad y altanería como si fuera un jefe en la batalla que no admite réplica.

Se sentía irritado consigo mismo por haberla recibido, pero al mismo tiempo viéndola comprendía que doña María era capaz de conseguir cualquier cosa que se propusiera, y temía lo que podía llegar a hacer si no le satisfacían sus demandas.

—¿Justicia pedís, señora? ¿Qué sabéis vos de justicia? ¿Cómo os atrevéis a presentaros aquí amenazando…?

—¿Amenazando? ¿Os he amenazado? Decidme en cuál de mis palabras habéis encontrado un atisbo de amenaza. No, señor De Avenaret, aún no os he amenazado.

El templario se removió nervioso deseando acabar cuanto antes la conversación con aquella mujer, de la que intuía que podía ser una fuente de problemas.

—Vuestro hijo ha violado sus juramentos. Cuando se entra en el Temple uno se despide de su familia para siempre. Ha desobedecido y nos ha puesto en peligro; ha de pagar por ello.

—Extrañas normas las de unos monjes que dicen servir a Dios y piden a los hombres que olviden a quienes quieren, a la madre que les trajo al mundo, a los hermanos… ¿cómo serán capaces de hacer algo por los demás si dan la espalda a los suyos? No se puede borrar la mente de los hombres, eliminarles el pasado, por más que hayan asumido un compromiso nuevo. Mi hijo tuvo que obedecerme, no tenía otra alternativa, reaccionó como un hermano, no como un monje.

—Es extraño escucharos hablar así a vos, que sois una hereje y dejasteis a vuestro esposo e hijos.

Doña María sintió la estocada en el corazón, pero no se arredró y decidió seguir luchando.

—No sois mi juez; vuestro Dios tampoco lo será, de manera que no perdamos el tiempo hablando sobre mí. Vengo a deciros que si no liberáis a mi hijo y a sus compañeros, el rey Luis y el Papa sabrán que unos caballeros templarios de esta encomienda ayudaron a escapar a dos diáconos de Montségur que llevaban consigo un importante y enorme tesoro. Sabrán también que después de hacerlo, habéis hecho desaparecer a dichos caballeros para que nadie supiera de su hazaña, ¿acaso porque el Temple se ha convertido en guardián del tesoro de los Buenos Cristianos?

—¿Cómo os atrevéis a decir semejantes cosas? ¡Vos sabéis que nada tenemos que ver!

—Se abrirá un proceso en el que tendréis que demostrar vuestra inocencia al Temple, al Papa y al Rey. Los hombres nunca creen lo evidente, de manera que nadie aceptará que Fernando obedecía a su pobre madre *perfecta* para salvar a su hermana. No os descubro que el Temple tiene muchos enemigos, algunos muy poderosos; esto les servirá para entretenerse. ¿Dónde está nuestro tesoro? Yo juraré que lo tenéis vos.

—¡Hereje! —gritó el maestre.

—¿Hereje? Yo creía que lo erais vos. Quiero que mi hijo salga de inmediato de esa mazmorra donde le habéis encerrado, y también quiero que le enviéis a Tierra Santa, lejos de aquí, de vos, de mí. Lo mismo pido para los otros caballeros. Juraréis sobre vuestra Biblia que jamás diréis lo que ha pasado, ni les perseguiréis. Si no cumplís vuestra palabra daréis cuentas a Dios, que no será magnánimo con vos, hijo del Diablo.

Yves de Avenaret temblaba furioso. Si doña María hubiese sido un hombre la habría atravesado con su espada, pero aquella mujer era el peor de los enemigos, dura, implacable, irreductible. Si no accedía, el Temple se vería envuelto en un escándalo, y él mismo terminaría en una mazmorra juzgado por traición, pero la sangre se le inflamaba al pensar en aceptar el chantaje de aquella dama.

Doña María guardó silencio. Se sentía extenuada; aún no sabía si había ganado la partida o no, pero era tanta su determinación que había decidido hundir a aquel templario en el fango de la historia si no liberaba a su hijo. Ella misma acudiría a la corte de Luis, pediría ver al Rey y mandaría una misiva al Papa. Se acusaría de ser una Buena Cristiana, una hereje, dirían ellos, pero a su vez acusaría al Temple de haberles robado el tesoro guardado en Montségur. No sabía lo que podía suceder, además de ser condenada de inmediato a la hoguera, pero al menos sembraría tal confusión que el Temple no saldría indemne de su embestida.

Yves de Avenaret observó con odio profundo a aquella mujer que había provocado la única derrota de su vida.

—Vuestro hijo será liberado. Tenéis mi palabra.

—Primero juraréis ante vuestra Biblia, después le mandaréis traer ante mí, le proporcionaréis a él y sus compañeros comida, agua, caballos y salvoconductos, y después saldré con ellos de este castillo para siempre. ¡Ah!, y como no me fío de vos, como podéis tener la tentación de querer arrebatarme la vida antes de que sea devorada por las llamas, sabed que otros Buenos Cristianos están dispuestos a cumplir con lo que os he anunciado si a mí o a mi hijo nos pasara algo.

—Sois una hereje y como tal no comprendéis el valor de la palabra de un caballero.

—Soy María de Aínsa, estoy desposada con el más bueno y valeroso de los caballeros, y os aseguro que en nada se parece a vos.

Volvieron a medirse cruzando las miradas. La de Yves de Avenaret, cargada de ira; la de María de Aínsa, de resolución.

La dama se acercó a la mesa y señaló la Biblia que se encontraba abierta.

—Jurad, señor, jurad.

Yves de Avenaret lo hizo. Juró con rabia y con firmeza cuanto aquella mujer le pedía. Juró por Dios y por su honor. Luego salió de la estancia dejando a doña María aguardando impaciente.

Tardó más de una hora en regresar y lo hizo con Fernando apoyado en un sirviente, ya que apenas podía sostenerse en pie, y tapándose los ojos doloridos por la luz que inundaba la estancia. Se le transparentaban los huesos, tenía el cabello desgreñado y un olor fétido se desprendía de la ropa mugrienta que le cubría.

—¡Madre, habéis venido!

Doña María se acercó a su hijo sin poder evitar las lágrimas al verlo en semejante estado.

—¡Así tratáis vos a vuestros hermanos! —gritó iracunda a Yves de Avenaret—. Nunca como hoy he visto tan de cerca al Diablo.

Fernando se apoyó en la pared desconcertado por la escena y temiendo que su madre enfureciera al maestre. Pero doña María había vuelto a recobrar el dominio de sí misma y se dirigió al templario con voz glacial.

—Mandad que ayuden a mi hijo a asearse, proporcionadle ropa y alimento. Lo mismo haréis con sus compañeros. Cuando estén listos que vengan aquí, a esta estancia, porque de aquí saldremos.

Cuando se hubo quedado sola no pudo resistir el cansancio que la embargaba y sin pensárselo dos veces se sentó en aquella silla alta que pertenecía al maestre. No supo si se había dormido ni cuánto tiempo había transcurrido, pero le devolvieron a la realidad los pasos sonoros de unos hombres entrando en la sala.

Fernando aún se apoyaba en uno de los sirvientes, al igual que el resto de sus compañeros que también lo hacían en otros criados del Temple.

Se les veía aseados, con ropa nueva, y el cabello húmedo, recién lavado. Doña María dudó si serían capaces de montar a caballo, pero decidió que no podía tentar más a la suerte y cuanto antes dejaran aquel castillo, más seguros se encontrarían.

—Los caballos están preparados, junto con cuatro mulas con víveres y armas. Aquí están los salvoconductos y las cartas de pago para que puedan embarcar rumbo a la Tierra de Nuestro Señor.

Doña María cogió los salvoconductos y se los guardó. Durante un segundo cruzó su mirada con la del maestre y supo que aquel hombre cumpliría su palabra por más que la odiara.

No se dijeron nada más. Doña María hizo un gesto indicando a los caballeros que se pusieran en marcha. Éstos no habían acertado a decir palabra y aún se preguntaban por lo que estaba sucediendo. Habían pasado de la oscuridad y el silencio a ser liberados, aseados y enviados, como si nada hubiera pasado, a combatir al sarraceno. Y todo ello parecía deberse a esa mujer enjuta, de ojos penetrantes y gesto firme, que tanto se parecía a Fernando.

Dejaron el castillo guiados por dos sirvientes que formaban parte de la comitiva, además de cinco escuderos, que parecían igual de extrañados que ellos mismos por la repentina misión. Pero nadie pregunta al maestre, nadie osa discutir sus órdenes; sencillamente se obedecen.

Se habían alejado un buen trecho del castillo cuando doña María mandó detenerse a la comitiva. Bajó del caballo y pidió a los caballeros templarios que descansaran mientras hablaba con su hijo. Esta vez sí iban a despedirse para siempre.

—Fernando, hijo, te ruego me perdones el sufrimiento que te he causado.

—No sois culpable, madre —acertó a decir el joven—, yo sabía que sería castigado y acepté quebrantar las reglas; vos no me obligasteis.

—¡Claro que lo hice! Y en mi conciencia tengo cada segundo de tu sufrimiento y el de tus compañeros. Perdóname, no podré morir en paz sin tu perdón.

—Madre, nada he de perdonaros. Aún no sé cómo habéis conseguido sacarnos de esa mazmorra…

—Lo he conseguido y eso basta.

—El maestre es un hombre duro pero justo.

—¿Justo? ¿Es justo castigar a un hombre sin ver la luz, encerrado entre alimañas, apenas darle media hogaza de pan para mantenerle vivo? ¿De verdad crees que merecías ese infierno? No. Ni tú ni tus compañeros merecíais ese final. Habríais muerto con vergüenza siendo inocentes. El demonio habita en los hombres que son capaces de hacer lo que te han hecho.

—¡Madre, por Dios! ¡No digáis eso!

—Temo a los hombres que no dudan.

—Vos tampoco lo hacéis.

—¡Qué sabrás tú, hijo! A veces es demasiado tarde para desandar el camino emprendido.

—¿Qué haréis, madre?

—Regreso a Montségur. Dentro de poco he de morir.

—¡Huid! No tenéis que regresar, mi padre os protegerá.

—Buscaría su desgracia si regreso. No, no puedo hacerle eso. No quiero volver, hijo, no quiero hacerlo.

—¿Cuánto resistirá Montségur?

—Poco, Matèu ha salido en dos ocasiones. La primera regresó con dos hombres como todo refuerzo, ahora estamos esperando su regreso pero no nos hacemos ilusiones. Raimundo no vendrá, nos deja a nuestra suerte; sabe que si vuelve a desafiar al Rey no habrá perdón, prefiere conservar la vida y algunas de sus tierras. Cada vez es más difícil entrar y salir de Montségur, pero aun así Matèu nos ha mandado decir que hay dos señores, Bernat d'Alio y Arnaut de So, dispuestos a pagar a un jefe de ribaldos aragonés de nombre Corbario, para que acuda con algunos de sus hombres. Pero no hemos vuelto a tener noticias.

—Madre, buscad refugio entre los Buenos Cristianos que aún debe de haber en estas tierras, pero no regreséis.

—Hijo, no te preocupes por mí. Yo ya he vivido mi vida, lo único que siento es no haber sabido darte lo que mereces.

—Me habéis salvado la vida.

—Te la debía.

—¿Sólo por eso?

—Y porque te quiero, Fernando, te quiero con toda mi alma aunque no haya sabido decírtelo. He sido muy dura con cuantos me rodeaban pero sobre todo lamento no haber sabido acercarme a ti, hijo. De eso responderé ante Dios.

Fernando cogió su mano entre las suyas y luego la abrazó. Deseaba que en ese abrazo prolongado su madre sintiera cuánto la quería.

Los caballeros se acercaron con paso torpe hasta donde se hallaban madre e hijo.

—Queremos daros las gracias —dijo Armand de la Tour, el físico templario.

—Yo os las doy a vosotros y os pido perdón por haber puesto en peligro vuestras vidas.

—Habéis sido muy valiente, señora —afirmó Arthur Bonard.

—He cumplido con mi conciencia, quiero morir en paz. Ahora marchaos. Mi hijo os explicará todo. Vuestro maestre me ha jurado que no os perseguirá y nadie sabrá lo que ha pasado. Guardad silencio también vosotros; a todos nos conviene guardar en secreto lo sucedido.

Los caballeros juraron que jamás saldría una palabra de sus bocas, y trataron, en vano, de convencerla de que no regresara a Montségur.

—Cada cual tiene que enfrentarse a su destino. Todos elegimos el nuestro, y yo he elegido hasta la forma de morir. Pero id en paz y que Dios os proteja, caballeros.

Madre e hijo se abrazaron una vez más. Por las mejillas de ambos corrían las lágrimas, pero ninguno intentaba dominarlas.

—Te quiero, Fernando. Vive, vive como el caballero que eres, como el último señor De Aínsa.

Luego, sin volver la vista atrás, doña María se enderezó en el caballo y al galope se dirigió a Montségur.

12

Una brisa suave anunciaba la primavera aquel 16 de marzo de 1244. Julián murmuraba una oración sin poder evitar que le castañetearan los dientes. El polvo del camino indicaba que de un momento a otro verían aparecer el cortejo de los refugiados en Montségur.

Los combates de las últimas semanas habían sido intensos, y tanto el señor del castillo, Raimon de Perelha, como su comandante, Pèire Rotger de Mirapoix, habían llegado a la conclusión de que era inútil resistir por más tiempo. Esta vez el conde Raimundo mantendría su compromiso de vasallaje con el rey Luis; además, la nobleza del país no se sentía capaz de acudir a socorrer a quienes luchaban en Montségur: carecían de un jefe y el condado estaba exhausto.

El primer día de marzo, Pèire Rotger de Mirapoix había salido a negociar con los cruzados. Tanta era la alegría del senescal Hugues des Arcis, que ya fuera por bondad natural o por el deseo de acabar cuanto antes con el asedio que duraba ya nueve meses largos, lo cierto es que el caballero se mostró magnánimo.

Al igual que los otros frailes dominicos, Julián fue testigo de las capitulaciones.

Hugues des Arcis concedió un plazo de quince días para que los sitiados abandonaran el castillo, exigiendo rehenes, entre ellos a Jordan, hijo del propio señor de Montségur, y a Arnaut de

Mirapoix, pariente del comandante de la guarnición, además de Raimon Martí, hermano del obispo de los Buenos Cristianos.

También se acordó establecer dos categorías, la de los *perfectos* y la de todos aquellos que, aun habiéndoles ayudado, no habían profesado la fe de los Buenos Cristianos, de la *Gleisa de Dio*. Para los Buenos Cristianos la condena era irrevocable: morirían en la hoguera, pero los que abjuraran de su fe podrían salvar la vida. Los dominicos estaban impacientes por comenzar los exhaustivos interrogatorios de los que Julián sería notario. Fray Ferrer, el implacable inquisidor, estaba ansioso por mandar a la hoguera a aquellos desgraciados. Él mismo se encargaría de recopilar las actas de cuanto había sucedido en Montségur.

Doña María, al igual que el resto de los *perfectos*, consolaba a las buenas gentes que les habían ayudado y compartido con ellos los sufrimientos del asedio. Muchos de los que habían defendido Montségur sin ser Buenos Cristianos decidieron pedir al obispo Bertran Martí el *consolament* para así correr la misma suerte que los *perfectos*. Corba, la esposa de Raimon de Perelha, se unió a los *perfectos*, al igual que su hija Esclarmonde.

De nada sirvieron los ruegos de su esposo, el señor de Montségur. La dama sintió que haría ese sacrificio como último testimonio del sufrimiento vivido, como un gesto para las generaciones venideras.

Otros cuatro caballeros se unieron a ella, además de un mercader, un escudero, un ballestero, seis soldados...

Bertran Martí preguntó uno por uno a los *perfectos* si deseaban retractarse, para así librarse de la hoguera. El anciano obispo les aseguraba su comprensión, pero ni uno solo quiso abjurar de su fe.

Los *perfectos* distribuyeron sus exiguas pertenencias entre sus vecinos y amigos, y aprovecharon para escribir cartas a sus parientes más próximos.

Dos destinatarios tuvieron las misivas de doña María. Una iba dirigida a su esposo, don Juan de Aínsa; otra, a su hija Marian, dama en la corte de Raimundo VII. Por un momento pensó escribir a Julián, pero descartó la tentación temiendo comprometerle. Sabía que el hijo de su esposo cumpliría su palabra y escribiría la crónica de la caída de Montségur.

Cuánto fanatismo, se lamentó la dama. Los Buenos Cristianos no habían hecho ningún mal, salvo vivir en la pobreza y ayudar a sus semejantes. Pagaban con la hoguera no mantenerse dentro de la estricta ortodoxia de la Iglesia, de la que no era tanto lo que les separaba.

A lo lejos veía alzarse los estandartes y las cruces de los hombres del senescal. Doña María no pudo evitar un gesto de repugnancia ante la visión de aquellos maderos en forma de cruz que los seguidores de Roma adoraban.

Rezaba a Jesús, que predicó el mensaje de Dios en la tierra. Sin embargo, no creía que muriera en la cruz para salvar a los hombres. Jesús no es de carne, no puede sufrir ningún mal porque es Hijo de Dios. También percibía como una aberración la liturgia en la que los sacerdotes engañaban al pueblo haciéndoles creer que convertían el vino en sangre de Jesús y el pan en su carne. ¡Qué horror, devorar a Jesús! ¿Se daban cuenta de lo que eso suponía?

San Juan lo dejaba claro en su Evangelio: «Mi reino no es de este mundo» o «no son del mundo como yo tampoco lo soy».

El único sacramento que permitía salvar el alma era el *consolament*, el bautismo espiritual. Sí, Juan Bautista bautizaba con agua, pero Jesús imponía las manos para así recibir al Espíritu Santo rezando la única oración del agrado de Dios, el *Padre Nuestro*.

En esos días doña María se congratulaba al ver cuántos de sus vecinos habían decidido recibir el *consolament*. Qué absurdo, decía, echar agua a un niño y decir que está bautizado. El bautismo, bien lo enseña el obispo Bertran Martí, sólo es posible en la edad adulta: recibir o no al Espíritu Santo es una decisión individual.

La dama terminó de escribir, intentando ordenar sus pensamientos que había dejado vagar mientras alcanzaba a ver la enorme pira de leños amontonados por los cruzados. No faltaba mucho para que ella misma fuera quemada en esa hoguera desprendiéndose de la cáscara, su cuerpo, y liberándose para encontrarse con Dios.

El cabrero le informó que fray Ferrer aguardaba con ansia que llegara el día señalado para verles arder en el fuego, pero antes él mismo les interrogaría. Doña María sentía una punzada de inquietud. El dominico catalán era un demonio, un hombre cruel incapaz de sentir compasión. Había encendido hogueras por todo el país, refinando las artes del interrogatorio, revisando viejos archivos para encontrar algún fallo que pudiera servirle para mandar al fuego a cualquiera que se hubiese librado por falta aparente de pruebas. Julián le temía, cada vez que hablaban de él se le dilataban las pupilas y un sudor frío le comenzaba a correr desde la nuca. ¿De qué sería capaz ese hombre cuando bajasen de Montségur?

Confesó su angustia a Bertran Martí en esos postreros momentos. Acaso fue demasiado egoísta al pensar sólo en vivir su fe, dejando a su esposo e hijos librados a su suerte.

El obispo la consoló, pero no logró borrar esa pena de su alma. Fernando la había perdonado, pero ¿y Juan, su esposo? ¿Y su hija Marta? ¿Y sus nietos? ¿Entenderían que hubiera decidido consumirse en la hoguera?

Una mujer *perfecta* se le acercó para avisarle que la hora de dejar el castillo había llegado. Doña María buscó al sargento, que le prometió hacer llegar sus cartas. Se las entregó como si de un tesoro se tratase y él, conmovido, besó la mano de esa dama que tanto valor les había insuflado en los momentos más amargos del asedio.

Raimon de Perelha dio la orden para iniciar el descenso; mientras, doña María buscó con la mirada a Pèire Rotger de Mirapoix, quien daba órdenes a los soldados, organizando la rendición. Sabía que el señor De Perelha había exigido a su comandante que salvara la vida, que huyera; para ello le había encargado una misión. También sabía que dos días antes, el obispo Bertran Martí había decidido que dos *perfectos* intentarían sacar el resto del oro y de la plata que aún guardaban en Montségur. Los *perfectos* Amelh Aicart y Huc Petavi, guiados por un montañés, iban a descolgarse por las paredes de la montaña, pero antes aguardarían a que la comitiva llegara a su destino y cayeran las sombras de la noche. Su misión consistiría en ir al mismo bosque donde los *perfectos* que acompañaron a Teresa no tanto tiempo atrás habían escondido el grueso del tesoro.

En aquel tibio amanecer de la primavera todo invitaba a vivir, pero buena parte de los que integraban el cortejo que salía de Montségur sabían que estaban saboreando las últimas horas de su vida.

La tregua había expirado. A los pies del castillo, se hallaba el senescal Hugues des Arcis, acompañado por el obispo de Albi y los dominicos Ferrer y Durand, además de Julián y Pèire. Hacía horas que se había levantado una empalizada capaz de albergar a doscientas personas. Los haces de leña, resina y paja aguardaban prestos a arder.

Los *perfectos*, descalzos, vestidos con hábitos de tela gruesa, caminaban con la cabeza alta. Les precedían las buenas gentes con las que habían compartido tantos meses de sufrimiento en Montségur.

Los inquisidores intentaban que los herejes abjuraran de su fe, pero éstos parecían no escucharles.

Fray Ferrer instaba a que se arrepintieran y besaran la cruz. Los *perfectos* volvían la cabeza, incluso alguno escupió sobre el preciado símbolo del cristianismo católico.

Los ojos del inquisidor brillaban de alegría con cada gesto de rechazo a la cruz. «Es la mejor prueba de la maldad de los herejes —bramaba—. ¡Merecen la hoguera!»

Doña María buscaba la mirada de Julián y, sonriéndole, intentó insuflarle la fuerza de la que el fraile carecía. Fray Ferrer se acercó con paso presuroso a la dama invitándole a besar la cruz. Doña María rechazó el madero volviendo el rostro, pero el inquisidor se regocijó colocando la cruz a pocos centímetros de su boca. La señora De Aínsa no quería escupir; aun sabiendo que la cruz era sólo un trozo de madera, que en ningún caso Jesús estaba en ella, algo en su interior le impedía escupir sobre ella como hacían algunos de sus amigos.

Julián seguía angustiado la escena. Sentía unas ganas terribles de empujar a fray Ferrer, de arrebatarle la cruz y arrojarla al suelo para que no continuara martirizando con ella a su señora. Pero sólo ese pensamiento le espantaba.

Estaba a punto de gritar, pero los ojos de doña María le llamaron a la calma.

La dama, junto al resto de los *perfectos*, entró en la empalizada. Los herejes comenzaron a rezar guiados por el anciano obispo Bertran Martí, mientras los soldados les ataban a los postes, que habían rodeado con resina y paja. Cuando el inquisidor Ferrer emitió una señal, prendieron la hoguera.

Las llamas se deslizaban entre los pies de los condenados, que continuaban rezando sin pedir clemencia.

Julián miraba los pies de doña María y el borde de su túnica, que comenzaba a arder. No pudo evitar un grito seco y angustiado que, para su suerte, nadie pareció escuchar.

No podía apartar los ojos de la señora De Aínsa, toda dignidad atada a aquel madero, valiente hasta el final. Sus labios murmuraban rezos pero no clemencia, mientras Julián sentía sus ojos clavarse en él dándole la última orden: «Escribe la crónica, que la posteridad sepa por qué morimos en Montségur».

El fuego era tan vivo que fray Ferrer y los otros dominicos tuvieron que alejarse para, desde la distancia, seguir contemplando el macabro espectáculo. El olor a carne quemada inundaba la montaña y el calor que expandía la hoguera abrasaba el aire y las piedras. Nubes negras cubrían el cielo que pocos minutos antes lucía de un azul intenso.

Los ojos de fray Ferrer brillaban de entusiasmo. Era el momento cumbre de su carrera: se regocijaba viendo arder frente a él a los últimos resistentes del país. Sabía que aún había *perfectos* tanto en los pueblos como escondidos en los bosques, pero él los buscaría hasta convertirles en humo, como a los habitantes de Montségur.

—¡Julián! ¡Julián! ¿Os encontráis bien?

La voz de fray Pèire le devolvió a la realidad. Julián, tendido en el suelo, no sabía en qué momento se desmayó. Frente a él, fray Ferrer le observaba con desprecio.

—¿Tan frágil es vuestra fe que perdéis el sentido al ver arder a esos herejes? —clamó el inquisidor.

—Han sido el calor y el fuerte olor —le disculpó fray Pèire—, yo mismo me he sentido mareado.

—Pues recobraos, porque debemos comenzar cuanto antes a escuchar las confesiones de esa gente.

—¿Hoy mismo? —preguntó con angustia Julián.

—Sí —respondió sin vacilar el inquisidor—. Y sabed que no consentiré flaqueza alguna en un notario de la Inquisición.

13

La noche era fresca, pero el aire que corría no era capaz de borrar el olor a carne quemada.

Los cruzados parecían haber caído en un mutismo extraño. No tenían ganas de hablar los unos con los otros, como si el fin del asedio y la rendición de Montségur no fueran un sonoro triunfo sino más bien un velado fracaso.

Algunos hombres no habían podido ocultar las lágrimas. Los detenidos, que aguardaban ser interrogados por fray Ferrer, tenían a familiares o amigos angustiados por su suerte. Algunos se habían acercado a fray Pèire y fray Julián para preguntarles qué sería de aquellos que no eran *perfectos* y que estaban detenidos. Los dos frailes aseguraron que la Iglesia cumpliría con su parte: interrogaría a cuantos habían vivido dentro de Montségur, pero no les quemarían salvo que fray Ferrer viera en ellos la menor sombra de herejía.

Los interrogatorios duraron varios días y fueron exhaustivos. Pèire y Julián escribían a gran velocidad las preguntas de su superior y las respuestas titubeantes de los acusados. En ocasiones, fray Ferrer sometía a sus prisioneros a la prueba de fuego: les colocaba delante de un crucifijo instándoles a besarlo y a rezar el *Padre Nuestro*.

Fray Ferrer sabía que ninguno de los *bons homes* o *bonas donas* serían capaces de adorar la cruz, de manera que en cuanto veía una actitud de duda, se ensañaba hasta lograr una confesión de herejía.

Todas las declaraciones de los defensores de Montségur eran transcritas con minuciosidad por los escribanos de la Inquisición y enviadas a un lugar seguro.

Cuando, caída la noche, Julián llegaba a su tienda continuaba escribiendo febrilmente narrando el horror de lo vivido cada día, la falta de misericordia de fray Ferrer. Julián veía en su superior una mente enferma y retorcida, un fanático que disfrutaba del dolor ajeno en el nombre de Dios.

Una noche el cabrero entró de improviso en su tienda cuando se disponía a apagar la vela para conciliar el sueño.

—Pero ¿qué hacéis aquí? —exclamó asustado.

—Vengo a recordaros la promesa que hicisteis a doña María, ¿tenéis lista la crónica?

—Aún no, aún me queda mucho por contar.

—Quizá queráis añadir que dos *perfectos* han podido salvarse, que el señor De Mirapoix los ayudó, y que él mismo ha salvado la vida.

—Fray Ferrer le ha mandado buscar por todos los rincones…

—Pero no le encontrará. El señor De Perelha dispuso que Pèire Rotger de Mirapoix viviera. Quién sabe si será capaz de organizar alguna resistencia contra los invasores.

Julián guardó silencio. Lo que el cabrero decía era sólo un sueño, un sueño imposible: la Iglesia y el rey de Francia habían ganado la partida. Quienes no lo aceptaran sólo tenían futuro como proscritos.

—¿Qué tenían de especial esos *perfectos* para que se decidiera su huida?

—En Montségur se guardaba oro, plata y piedras preciosas donadas por los caballeros y damas *credentes* o que habían decidido abandonarlo todo para hacerse *perfectos*. Con ese tesoro manteníamos la *Gleisa de Dio*, las casas donde las *perfectas* acogían a las viudas y a los huérfanos, la ayuda para nuestros hermanos menesterosos, también para comprar víveres, e incluso armas para nuestros defensores... Nuestro obispo no quería que el tesoro cayera en manos de nuestros verdugos. Confiaba en que otros *perfectos* pudieran continuar llevando la palabra de Dios, y para ello era necesario tener una bolsa bien llena. Nuestros hermanos han escondido ese oro en lugar seguro. Cuando llegue el momento lo utilizarán como deben. Os cuento todo esto porque así me lo indicó la señora.

—¿Le teníais afecto?

El cabrero bajó los ojos y con la punta del zapato raspó el suelo mientras buscaba las palabras que hicieran justicia a su devoción por doña María.

—Cuidó de mi esposa durante su larga enfermedad. El físico dijo que las pústulas que tenía eran contagiosas, pero doña María no se asustó: la lavaba y limpiaba, luego extendía sobre las heridas una mezcla de barro y hierbas. Ni siquiera yo me atrevía a acercarme a ella, que Dios perdone mi cobardía. También fue generosa con mi hija y le dio una dote que la ha permitido hacer una buena boda con un palafrenero del conde de Tolosa. Y a mi hijo le envió a casa de su hija Marian, donde sirve a su esposo.

—Siempre fue generosa.

—Hasta el último momento. Repartió cuanto tenía entre los más pobres de nosotros. A vos... a vos os quería, siempre hablaba de vos como su «buen Julián». Me encomendó que viniera a veros y os dijera todo esto. También me pidió que os rogara que fuerais cuidadoso e hicierais llegar cuanto antes la crónica a doña Marian.

—No sabré cómo hacerlo... —se lamentó Julián.

—Yo mismo la llevaré.

—¿Vos?

—No me quedaré aquí mucho tiempo, sólo lo que tardéis en terminar vuestra crónica. Ya os he dicho que mis hijos están bajo la protección de doña Marian en la corte del conde Raimundo; espero poder ganarme la vida cerca de ellos. Aquí… no me desprendo del olor a carne quemada, la carne de los Buenos Cristianos.

Acordaron volver a verse tres días después, aunque Julián no le aseguró que pudiera concluir el escrito.

No se lo dijo, pero temía más que nunca a fray Ferrer y aunque tenía bien escondida la crónica, temía que la descubriera su superior, que había tomado la costumbre de presentarse de improviso en su tienda.

Julián sentía la desconfianza de fray Ferrer y éste sentía el miedo de Julián.

14

—¡Fray Julián, fray Julián! —gritó fray Pèire entrando como una exhalación en la tienda.

—¿Qué sucede, hermano? —preguntó Julián que en ese momento se preparaba para acudir al lugar de los interrogatorios.

—¡Fray Ferrer ha ordenado detener a vuestro amigo el cabrero!

Julián volvió a sentir las náuseas que le acechaban siempre que tenía miedo, pero se sobrepuso y, sin saber de dónde, sacó valor y se acercó con paso raudo hasta donde fray Ferrer estaba.

El cabrero tenía las manos atadas a la espalda y había sido azotado convenientemente.

—¿Qué sucede? ¿Qué mal ha hecho este hombre?

Fray Ferrer le miró incrédulo. Tenía a Julián por un cobarde incapaz de interesarse por nadie que no fuera él mismo.

—¿Conocéis a este hombre? —le preguntó con desconfianza fray Ferrer.

—Sí, le conozco y el senescal también. En realidad le conocemos todos en este campamento, ya que durante nueve meses nos ha surtido de leche y buen queso.

—Entonces ha engañado a todos —aseveró fray Ferrer.

—¿Engañado? ¿En qué?

—Es un *credente*, un hereje.

—¡Imposible! —afirmó Julián mirando angustiado al cabrero.

—Una de las campesinas le ha señalado. Asegura que entraba y salía de Montségur llevando mensajes y que espiaba este campamento.

—¿Y vos la habéis creído?

—¿Qué más pruebas necesitáis para condenarle por traición?

—¿Pruebas? Precisamente eso es lo que no tenemos. Una mujer le acusa y, ¿qué ha presentado ella, además de su testimonio?

—Con eso es suficiente —insistió fray Ferrer.

—Es una prueba endeble. Todo el mundo puede decir cualquier cosa de uno por despecho, por contentaros a vos o por salvar su pellejo.

—¿Defendéis a este hombre? ¿Por qué?

El acerado tono de voz de fray Ferrer hizo temblar a Julián. Podía ver en sus ojos al sádico que llevaba dentro.

—Es muy fácil saber si este hombre es un hereje —dijo Julián al tiempo que se desprendía del cuello la cruz que llevaba colgando.

Miró a los ojos al cabrero suplicándole con la mirada que hiciera lo que le iba a pedir. Se acercó con paso decidido y le tendió la cruz.

—Besadla, buen hombre, despejad las dudas de mi hermano.

El cabrero apenas titubeó. Agarró con fuerza la cruz y, mirando primero a Julián y después a fray Ferrer, la besó repetidas veces, después se santiguó y cayó de rodillas con ella entre las manos, llorando y musitando una oración.

—Ya habéis visto. ¿Qué otra prueba necesitáis? Este hombre es un buen cristiano —dijo recalcando las últimas palabras.

Fray Ferrer estaba rojo de ira. Deseaba con todas sus fuerzas golpear al entrometido fraile que hasta ese momento le había parecido un infeliz. ¿De dónde había sacado las agallas para defender al cabrero?

—Dejadle marchar, es inocente —suplicó Julián—. Nadie creerá en la justicia de la Iglesia si no somos capaces de separar la cáscara del trigo.

Un grupo de soldados se había arremolinado junto a ellos. Contemplaban la escena con expectación, hartos muchos de ellos de ver morir a familiares y amigos por indicación de aquel fraile que no conocía la compasión.

Fray Ferrer se dio media vuelta sin decir palabra. Tenía la furia dibujada en el rostro y Julián se preguntó qué sería capaz de hacer.

—Marchaos —le ordenó al cabrero—. Ahora mismo, sin perder tiempo, no cojáis nada. ¡Fuera!

El hombre se levantó y con lágrimas en los ojos abandonó el campamento mirando hacia atrás, temeroso de que fray Ferrer mandara detenerle.

Julián se sentía exhausto, pero por primera vez en mucho tiempo, en paz consigo mismo. Pensó en Armand de la Tour, el físico templario cuya única receta para curar sus males había sido que siempre actuara de acuerdo con su conciencia.

—Algún día —musitó—, algún día, alguien vengará tanta sangre inocente.

SEGUNDA PARTE

1

5 de mayo de 1938
Carcasona, Francia

«Algún día, alguien vengará la sangre de los inocentes…»

La última frase le conmovió profundamente. Le había impresionado el relato escrito en aquellos rollos de pergamino que habían sobrevivido escondidos durante más de siete siglos en un castillo perdido en el sur de Francia.

El propietario del castillo aguardaba, impaciente, su juicio experto. No le gustaba aquel hombre y mucho menos su abogado —que parecía tener gran ascendiente sobre el dueño de la casa—, pero se dijo que eso no tenía importancia. Él estaba allí como experto medievalista de la Universidad de París, no para hacer relaciones sociales.

Se frotó los ojos y miró el reloj. Había estado toda la tarde ensimismado en la lectura, y el crepúsculo empezaba a adivinarse entre los ventanales que daban al cuidado jardín.

El café se había quedado frío y apenas había mordisqueado los sándwiches primorosamente alineados en una bandeja de plata.

Aunque estaba seguro de que eran auténticos, había pensado pedirle al conde que le permitiera llevárselos a la universidad:

quería consultar a un grupo de expertos en datación de manuscritos.

Salió de la sala en busca del conde, pero no había dado tres pasos cuando un criado se le acercó.

—¿Desea algo, profesor?

—Sí. ¿Podría avisar al señor conde?

—Sí, señor; está aguardando en su despacho.

Étienne Marie de la Pallisière, vigésimo segundo conde d'Amis, no se hizo esperar. Acompañado de su abogado, el señor Saint-Martin, acudió raudo, deseoso de escuchar la opinión del experto.

—¿Y bien, profesor? —preguntó el conde sin más preámbulos.

—Es un relato extraordinario, escrito por un hombre atormentado, dotado de una gran sensibilidad. En mi opinión es auténtico, pero me gustaría llevármelo a París y consultar con otros colegas...

—Nos dijeron que usted era el mejor —dijo el abogado, con gesto agrio.

—¿El mejor...? Se lo agradezco, pero hay otros colegas con tanta o más solvencia académica que yo.

—No me gustan los hombres modestos —afirmó D'Amis.

—Le aseguro que no lo soy, pero tampoco soy presuntuoso. Me parece, señor, que en estos momentos en los que hay... yo diría que cierto sarampión, sobre la cuestión de los cátaros, no está de más ser escrupuloso. Desde que en el siglo XIX ese personaje llamado Peyrat, aprendiz de historiador, empezó a fabular sobre los cátaros, son muchos los documentos falsos, las interpretaciones erróneas y la seudoliteratura que se da por buena. Yo soy un historiador y, por tanto, no doy nada por cierto hasta que no lo compruebo científicamente.

—¡Así que a usted Peyrat le parece un impostor! —exclamó enfadado el abogado del conde.

—Sí, señor Saint-Martin, ese pastor de la Iglesia Reformada me parece un sinvergüenza que ha hecho un daño importante a la historia, al menos a esta parte de la historia de Francia. Adjudicar a los cátaros elementos esotéricos es un desprecio a la historia. El tal Peyrat los quería ver como precursores de la Reforma.

—Y usted no está de acuerdo —murmuró el conde.

—Eso es una majadería —afirmó el profesor—, tanto como ese movimiento político que quiere impulsar una Francia con distintas identidades y lenguas. En mi opinión, eso sería dar un paso atrás en la historia. No me parece que haya que sacrificar el Estado moderno para regresar a la Edad Media. Digan lo que digan unos cuantos indocumentados que juegan a historiadores e incluso se inventan la historia que más les gusta, el siglo XIII no fue ninguna Arcadia.

El conde d'Amis miró con desprecio al profesor antes de afirmar con voz impostada:

—Nosotros pertenecemos a ese movimiento político que aspira a que el Languedoc recupere su historia, su lengua y su autonomía, arrebatadas por la fuerza de las armas.

Ferdinand Arnaud estuvo a punto de echarse a reír pero se contuvo; ya había pensado en la posibilidad de que aquellos hombres circunspectos pertenecieran al movimiento de iluminados que impulsaban aquel invento, el País Cátaro.

—Bien, no estamos aquí para discutir de política —afirmó el abogado—, sino para conocer su opinión como experto, y en vista de que usted no se considera el mejor...

D'Amis hizo un gesto indicando a Saint-Martin que no siguiera. Le irritaba el profesor pero se lo habían recomendado como la máxima autoridad en el medievo francés, como el hombre que más sabía de los cátaros o albigenses, y no quería perderle por más que todo indicara que las relaciones no iban a ser fáciles.

—¿Qué propone, profesor?

—¿Proponer? ¿A qué se refiere?

—Quiero autentificar estos pergaminos; ¿lo hará usted?

—Lo haré si me permite llevármelos a París o si usted mismo

me los lleva allí. Ya le he dicho que creo que son auténticos, pero necesito examinarlos más a fondo. Lo que no entiendo es… en fin… cómo es que no los ha autentificado hasta ahora.

—En el archivo familiar hay varios documentos y pergaminos, todos ellos clasificados, pero éste… bueno, la historia de esta crónica de fray Julián es un tanto especial.

A Ferdinand le brillaron los ojos con curiosidad, pero el conde no parecía dispuesto a decir ni una palabra más sobre el asunto.

—Bien, yo mismo se los llevaré. Dígame a qué hora puedo entregárselos… pongamos que el próximo lunes. Este fin de semana tenemos invitados en el castillo y no podré desplazarme.

—Estaré en mi despacho desde las ocho, tengo clase a las nueve, y termino a mediodía, de manera que si usted quiere podemos vernos a las doce, o si prefiere por la tarde, a partir de las tres.

—A las tres está bien.

—Pues estaré encantado de volver a verle.

Ferdinand Arnaud se levantó dispuesto a marcharse. Aún le daba tiempo de coger el último tren a París. Pareció que el conde le adivinaba el pensamiento.

—Mi chófer le acercará a la estación, pero aún podemos tomar una copa antes de que se marche.

No le dio opción a rechazarla. Como si hubiera estado al acecho entró el sirviente con una bandeja en la que había dispuestas dos fuentes con aperitivos y una botella de Chablis frío.

El conde le ofreció una copa que Ferdinand aceptó resignado, aunque de inmediato se alegró de haberlo hecho: aquel Chablis era excelente, sin duda el mejor que había probado en su vida.

—¿Cree usted que hoy día hay cátaros? —preguntó, de repente, el abogado ante la mirada reprobatoria del conde.

—No. ¿Cómo podría haberlos? Lo que hay es mucho charlatán que se aprovecha de la ingenuidad de la gente. Me fastidia enormemente esa moda de la teosofía en los cenáculos de París e imagino que también de aquí. No hay nada esotérico en los cátaros, les imagino removiéndose en sus tumbas, indignados por la distorsión que están haciendo de ellos esos grupos de ocultistas y de esotéricos tan en boga.

El conde y su abogado intercambiaron una mirada de complicidad. Ferdinand Arnaud no tenía pelos en la lengua y parecía complacerse provocándoles, como si supiera que ellos pertenecían a esos grupos que tanto decía despreciar.

—¿Qué opina usted de Déodat Roche? —insistió el abogado.

El profesor soltó una carcajada que a los dos hombres les supo a ofensa.

—¡Un mentecato! Y quienes le siguen lo son aún más.

—Supongo que opinará más o menos lo mismo del escritor Maurice Magret —afirmó el abogado.

—Hay que reconocerle algún talento como fabulador pero todas sus teorías son cuentos para niños. Les insisto, señores, en que no hubo nada esotérico en el movimiento de los cátaros o Buenos Cristianos, como se llamaban ellos a sí mismos. No pierdan el tiempo con supersticiones, no se dejen engañar.

—¿Y por qué cree que nos dejamos engañar? —preguntó el conde d'Amis.

—Pues por su interés en los nombres por los que acaban de preguntarme. Déodat Roche es un notario que nada sabe sobre el medievo. Su obsesión es construir un «País Cátaro». No se puede tergiversar la historia, la historia fue lo que fue.

»En cuanto a Maurice Magret ya les he dicho que creo que tiene talento como escritor, pero fantasea sobre los cátaros, no es ningún especialista, deja correr la imaginación por más que sus escritos tengan éxito y un montón de seguidores.

»Vivimos un momento difícil, la crisis que asola a Europa hace que mucha gente crea que hubo un tiempo pasado en que las cosas fueron mejor. Es el momento en que astrólogos, espiritistas y embaucadores se aprovechan del miedo. Del miedo que recorre Europa ante la incertidumbre del futuro. Hay gentes dispuestas a creer lo increíble porque les resulta más consolador que afrontar la realidad.

—Así que usted cree que el contexto político europeo tiene que ver con el interés que mucha gente siente por los cátaros —insistió el abogado.

—Sí; en los momentos de incertidumbre suele cundir cierto oscurantismo.

—En mi caso, señor, debo decirle que el interés es familiar. Como habrá notado, mi apellido es D'Amis.

—No es complicado llegar a esa conclusión: de los pergaminos se desprende que éstos llegaron a la hija de doña María, Marian, casada con el caballero Bertran d'Amis, de los que usted debe de ser su ilustre descendiente.

—Lo soy —afirmó con orgullo el conde.

—¿Puedo insistir en preguntarle por qué su familia no ha hecho públicos estos documentos hasta ahora?

—Aún no los he hecho públicos, profesor, y tampoco estoy seguro de que vaya a hacerlo. Pero responderé a su pregunta: estos pergaminos son parte de mi herencia. No los he tenido en mis manos hasta hace tres meses, cuando falleció mi padre.

—Imagino que conocía la existencia de los pergaminos…

—Sí, naturalmente. Durante siglos mi familia los guardó con gran secreto. Su sola posesión ponía en peligro sus vidas inocentes. Fue mi abuelo quien decidió que había llegado el momento de sacarlos a la luz. Él era partidario de legarlos a alguna universidad, y en esa idea estaba, cuando murió. Mi padre no tenía la misma opinión y los guardó a la espera de… bueno, él tenía sus propios planes, pero antes quería autentificar los documentos.

—¿Por qué? ¿Por qué tenía dudas de unos documentos familiares? —quiso saber Ferdinand.

—Mi abuelo no sentía demasiado interés por el pasado familiar, y al parecer no le habló de ellos a mi padre hasta poco antes de su muerte. Ahora soy yo quien asume la responsabilidad de hacer con ellos lo justo.

—¿Y qué es lo justo, conde? —inquirió el profesor Arnaud con curiosidad.

El conde d'Amis no respondió. Miró al reloj y, de nuevo, apareció el sirviente como si pudiera intuir a través de las paredes los deseos de su señor.

—Es la hora de acompañar al profesor Arnaud a la estación.

—El coche le espera en la puerta, señor —anunció el criado.

—Bien, profesor, le veré el próximo lunes a las tres en su despacho —dijo el conde a modo de despedida.

El abogado inclinó la cabeza con un gesto que al profesor le pareció que era un remedo de reverencia. «Son unos tipos estrafalarios», pensó Ferdinand Arnaud, pero no dijo nada.

Los periódicos no podían traer noticias más alarmantes. 1938 llegaba a su fin y estaba resultando ser una pesadilla para la economía europea. Y, por si fuera poco, en Alemania el loco de Adolf Hitler encandilaba a las masas con un discurso que a Arnaud le producía escalofríos.

El profesor, como tantos otros franceses, creía que Hitler engañaba al presidente Daladier asegurándole que no tenía ningún afán expansionista ni de guerra. Y sus compatriotas se engañaban a su vez creyendo que estaban seguros tras la línea Maginot. Se consolaba pensando que el tiempo pondría las cosas en su sitio y los jóvenes se darían cuenta de que el miedo al futuro no se puede combatir con represión, o echando la culpa a los extranjeros.

—Tienes mala cara. Supongo que es el sueño el que te vuelve maleducado. Es la segunda vez que pasas por mi lado sin saludarme.

Ferdinand sonrió a la mujer que le hablaba. Acababa de entrar en la sala de profesores sin darse cuenta de que Martine Dupont estaba allí fumando un cigarrillo. Martine, también profesora de Historia Medieval, era una docente rigurosa y competente, cuyo único problema era su belleza, incluso ahora que había pasado de los cuarenta. Ser guapa le había producido más de un disgusto.

Tuvo que estudiar más que nadie para demostrar hasta el hartazgo que su cerebro superaba a su físico. También había tenido que poner a algunos de sus colegas en su sitio dejándoles claro que no era una presa fácil, había hecho de su soltería una seña de identidad: nada le importaba, excepto su carrera, a la que le dedicaba toda su energía.

Martine estimaba especialmente a Ferdinand porque éste jamás había manifestado el menor interés por ella, lo que suponía un alivio.

—Perdona, tienes razón, tengo sueño. Llegué muy tarde a casa y los años pesan; desde que cumplí los cincuenta no soy el mismo. Mi mujer y mi hijo me dicen que me he vuelto un gruñón, pero lo peor es que si no duermo ocho horas, no soy yo mismo.

Martine sonrió comprensiva.

—No puedes imaginar dónde estuve —continuó Ferdinand.

—Tratándose de ti, seguro que no acierto.

—Hace una semana me llamó un colega de la Universidad de Toulouse pidiéndome que me desplazara a un *château* cerca de Carcasona para examinar unos documentos de un amigo. Me lo pidió como un favor especial y no tuve más remedio que acceder. Y me alegro de haber ido.

—¿Has encontrado un tesoro?

—Sí, creo que sí. Un documento maravilloso: nada menos que una crónica escrita por un notario de la Inquisición que hacía de espía de los cátaros.

Martine frunció el ceño. Al igual que Ferdinand, aborrecía que cuanto tenía que ver con los cátaros estuviera adquiriendo una pátina de esoterismo e irrealidad.

—Es una historia preciosa, te lo aseguro. Una dama cátara que le pide a un hijo bastardo de su marido, que es dominico, que deje escrito para la posteridad la persecución de que fueron objeto los Buenos Cristianos.

—¡Pero qué cosas tan extrañas estás diciendo! —protestó Martine.

—Ya lo leerás; así contado, parece algo fantástico, pero no lo es. Quiero que eches un vistazo a esos pergaminos y que me des tu opinión.

—¿Dónde están esos pergaminos?

—El conde me los traerá el lunes.

—Así que te tratas con un conde... —rió Martine.

—Sí, el propietario de ese tesoro es un conde. Y un conde muy raro, lo mismo que su abogado. Yo diría que son dos... bueno, me preguntaron por Roche y Magret...

—¡Dios, qué horror! Esos dos son pura bazofia. ¿Estás seguro de que esos pergaminos son auténticos?

—Lo estoy, ya los verás. Tendré que convencerles de que me dejen publicarlos, y no será fácil.

—¿Por qué?

—Si estás el lunes, te presentaré al conde y comprenderás por qué.

2

Ferdinand Arnaud pasó el fin de semana buscando en sus libros algo que le pudiera dar alguna pista sobre el extraordinario documento del conde d'Amis.

No encontró nada, salvo lo que ya sabía: las actas de los interrogatorios de los pobres diablos de Montségur se debían al celo de fray Ferrer. Ahora Ferdinand sabía algo más: que uno de los notarios, uno de los escribanos, había sido un fraile atormentado que repartía su fidelidad entre el Dios católico y el Dios de los cátaros.

No le costaba imaginarse a fray Julián. Le suponía inteligente ya que había sido capaz de sobrevivir navegando entre dos orillas peligrosas, e incluso creía saber de él que tenía algo del caballero que no pudo ser por razón de nacimiento. Pero si fray Julián le parecía un personaje apasionante, lleno de contradicciones y matices, doña María se le antojaba una mujer espléndida. Dura, correosa y de armas tomar.

Pensó que le hubiera gustado conocer a ambos.

Lo que ya no tenía tan claro era lo que el conde d'Amis quería hacer con los pergaminos, aunque intuía que podía estar mezclado con alguna de esas sociedades secretas que clamaban por el resurgir de un país cátaro inexistente.

El lunes a las tres en punto un ujier le anunció la visita del conde d'Amis. Le había pedido a Martine que estuviera unos minutos con él en el despacho para presentarle al conde.

Su primera sorpresa fue verle llegar con su abogado, el señor Saint-Martin. Los dos hombres saludaron con sequedad a Martine, y ésta, incómoda, se marchó de inmediato del despacho.

—La profesora Dupont es una de las mejores medievalistas de Francia —dijo Ferdinand con voz seca.

—Si hubiéramos querido tratar con ella no estaríamos aquí —respondió con acritud el abogado.

Ferdinand les invitó a sentarse y a continuación les explicó los trámites que seguiría para autentificar los pergaminos, además de asegurarles que en el rectorado les darían un recibo acreditativo de la entrega de los documentos con el compromiso de la universidad de que éstos serían tratados con absoluta confidencialidad y sin que sufrieran daño alguno.

El abogado Saint-Martin estudió los papeles y los términos del acuerdo, antes de indicar al conde d'Amis que todo estaba en orden.

—Ahora, señor conde, quisiera saber qué quiere hacer usted con estos pergaminos. Son una joya y merecen ser conocidos. Es el mejor relato de lo que sucedió en Montségur. En distintos archivos están los testimonios recogidos por la Inquisición, pero el relato de un acontecimiento vivido a caballo entre ambas partes tiene un valor extraordinario. No le oculto que me gustaría publicar un trabajo sobre estos pergaminos. La universidad correría con los gastos de su publicación. Si usted aceptara, tendría que pedirle que me dejara consultar otros documentos familiares…

Los dos hombres se miraron mientras escuchaban al profesor Arnaud. Luego, como si lo hubiesen ensayado de antemano, el conde tomó la palabra.

—Mi querido profesor, vayamos por partes. Para mí lo más urgente es que usted me asegure su autenticidad; después ya hablaremos de lo que se puede hacer en el futuro.

Ferdinand no insistió. Se daba cuenta de que los dos hombres tenían un plan del que no pensaban moverse ni un milímetro. Tendría que esperar mejor ocasión.

—De acuerdo. Se hará como dicen. Ya hablaremos más adelante.

—¿Cuándo tendrá una respuesta? —preguntó el conde.

—Llámeme en tres o cuatro días…

—¿No puede ser más preciso? —quiso saber el abogado.

—Le aseguro que tengo el máximo interés en estos pergaminos, pero las autentificaciones llevan un proceso que ni puedo, ni quiero, ni debo saltarme.

—Para la Iglesia será un golpe fatal —sentenció el conde d'Amis.

—¿Para la Iglesia? ¿Por qué? Estos documentos tienen un valor histórico, pero no cambian los hechos.

—Pero uno de los suyos les traicionó —insistió el conde.

—Uno de los suyos se vio envuelto en un conflicto tremendamente humano, nada más; tampoco eso cambia la historia. Le aseguro que a la Iglesia estos documentos no le van a afectar.

—¿Es usted católico? —le preguntó directamente el abogado Saint-Martin.

—Ésa es una pregunta personal que no tengo por qué responder, señor. Pero sí le diré que soy historiador y que si he conseguido el respeto de mis colegas es por mi trabajo, en el que nunca intervienen mis convicciones personales sean éstas las que sean. Yo investigo el pasado, no lo reescribo de acuerdo con lo que yo pienso. Pero sí le digo que si tiene usted algún contencioso con la Iglesia, busque otra cosa como arma. Estos pergaminos le resultarán indiferentes. Tienen un valor histórico, no político. No cambian la historia ni una coma.

—Esperaremos su llamada —dijo el conde al tiempo que se levantaba.

Ferdinand acompañó al conde y su abogado a hacer los trámites para quedarse con la custodia temporal de los documentos. Luego se despidió de ellos en la puerta de la universidad.

Cuando se quedó solo, Ferdinand pensó que aquellos tipos eran muy extraños. Su pretensión de causar un conflicto a la Iglesia por esos pergaminos era de una ingenuidad rayana en la estupidez.

Fue a buscar a Martine, que se hallaba en la sala de profesores, y nada más entrar Ferdinand percibió la tensión. Martine discutía acaloradamente con otros dos profesores.

—¿Ha estallado la guerra? —preguntó Ferdinand para intentar rebajar la tensión ambiental.

—No te hagas el gracioso, la situación no está para bromas —respondió el profesor Cernay, un cincuentón, como Ferdinand.

—Pero ¿qué os pasa?

—Me niego a creer que ese loco de Hitler vaya a contagiar a Francia con sus ideas xenófobas —respondió Martine.

—Y yo le digo que no sea ingenua —añadió el profesor Cernay.

—Martine se empeña en idealizar los valores republicanos. Le resulta imposible admitir que la nación que hizo la Revolución sea capaz de dejarse llevar por los más bajos instintos, como si la Revolución no hubiera dejado también sueltos esos bajos instintos —terció el profesor Jean Thierry.

—Es la distancia la que embellece las cosas y las despeja del horror del momento, de la miseria de la cotidianidad —insistió Cernay.

—Hoy he expulsado de clase a un alumno —explicó Martine—: estamos en una parte de la asignatura que suele gustar a los alumnos, ya sabes, el siglo XIII y la situación en el Languedoc, los herejes… En fin, después de la explicación he abierto un turno para que los alumnos plantearan dudas y preguntas, y un imbécil me ha salido con que estamos en el umbral de una época nueva donde Occitania volverá a recuperar la independencia perdida. Luego ha hecho un canto al «hombre nuevo» que aflorará en esa sociedad ideal, un «hombre puro», de «raza pura», y a partir de ahí se ha puesto a divagar sobre los males que aquejan a la Europa actual, señalando a los judíos como el cáncer que carcome a los países y que hay que erradicar.

—Has hecho bien expulsándole de clase —afirmó Ferdinand.

—Sí, y de lo que discutimos es que yo mantengo que ese chico es sólo un idiota solitario, alguien que lee seudoliteratura barata sobre los cátaros. Hace un año se publicó en Alemania *La corte de Lucifer: un viaje a los buenos espíritus de Europa*, que ha tenido cierto éxito en el continente. Es de ese tal Otto Rahn, autor de *Cruzada contra el Grial: la tragedia del catarismo*, un libro execrable, donde se inventa una raza nueva. Los cátaros son seres superiores, paganos, un grupo de esotéricos que guardan el Grial.

—Conozco esos libros, y tienes razón, son seudoliteratura —aceptó Ferdinand.

—Nuestra colega no quiere reconocer que las ideas esotéricas son peligrosas —terció el profesor Cernay—. No sólo dan lugar a la seudoliteratura. Hay quienes juegan con ellas con tal habilidad que las convierten en banderín de enganche para ideas racistas, y ese estudiante del que nos ha hablado es un claro ejemplo, pero, desgraciadamente, no un ejemplo aislado.

—Yo tengo varios alumnos racistas —apuntó el profesor Thierry—. En mi clase ya ha habido varios choques dialécticos y alguna situación casi violenta. Entre mis alumnos hay judíos que no están dispuestos a ser tratados como una raza inferior y, obviamente, se defienden de los ataques, hasta ahora verbales, de algunos de sus compañeros.

—¡Dios, cuánta falta de cerebro precisamente aquí, en la universidad! —se lamentó Cernay.

—Yo propongo una reunión del claustro para que tratemos de este tema —expuso Thierry—, pero Martine cree que estamos creando un problema por la actitud de sólo cuatro o cinco idiotas. Dice que si nos ponemos solemnes algunos alumnos seguirían a los idiotas por aquello de llevar la contraria a los mayores.

Ferdinand encendió un cigarrillo y se quedó pensativo. No tenía una respuesta al problema del que trataban sus colegas. Por una parte creía que era mejor atajar cuanto antes esas actitudes xenófobas que se empezaban a dar en la universidad, pero por otra… a lo mejor Martine tenía razón y lo único que lograban era que los chicos, por rebeldía, asumieran como moda lo que era una ideología harto peligrosa. Dudó unos segundos, aunque luego su mente lógica se impuso.

—Martine, creo que nuestros colegas tienen razón. Deberíamos hacer algo; esta universidad no puede quedarse paralizada ante el peligro de la xenofobia. Debemos hacer las cosas con inteligencia, esto es, cortando de raíz cualquier manifestación repugnante como tú has hecho hoy.

—Lo malo es que tenemos un par de colegas que ven con cierta simpatía algunas de esas ideas… —protestó Martine.

—Es que no son medievalistas —rió Ferdinand—, así que podemos convocar unas cuantas clases gratuitas para nuestros colegas explicándoles cómo se vivía en la Edad Media.

Pasaron un buen rato discutiendo. A ellos se unieron otros profesores que coincidieron en el diagnóstico: en la universidad comenzaban a manifestarse, abiertamente, algunos extremismos que hablaban de construir una gran Europa con una raza superior tal y como proponía Hitler en Alemania. Sin embargo llegaron a la conclusión de que en Francia, salvo entre algunos grupos minoritarios, estas ideas peligrosas no encontrarían eco.

El informe del grupo de expertos de la universidad fue concluyente. Los pergaminos eran auténticos, de mediados del siglo XIII. Para Ferdinand Arnaud no fue ninguna sorpresa, pero incluso así se sintió satisfecho. La crónica de aquel fray Julián le había conmovido más de lo que le hubiera gustado admitir, y ansiaba poder escribir un ensayo académico, pero no las tenía todas consigo. El estrafalario conde y su extraño abogado parecían empeñados en dar a aquel documento otro valor distinto al histórico y académico.

El conde d'Amis le había pedido que viajara hasta el castillo para decidir el futuro de los pergaminos. Ferdinand tenía pocas esperanzas de convencerlo para que le permitiera trabajar con la crónica de fray Julián, pero pensó que aunque fuera en terreno enemigo merecía la pena intentarlo.

—¿Puedo ir contigo? —le preguntó su hijo David, un joven de diecisiete años, buen estudiante y tan tranquilo como su madre.

—Me gustaría, pero no sé cómo nos recibiría el conde; es un tipo muy raro —se excusó Ferdinand.

—Ves poco a tu hijo —protestó Miriam, la mujer del medievalista—; yo ya me he acostumbrado a que vayas y vengas, pero David te echa en falta.

Ferdinand sabía que su esposa tenía razón, pero no quería hacer aún más difíciles las relaciones con el conde y no se atrevía a presentarse con David en el castillo. De repente, mirándola, sintió una punzada de inquietud al recordar la conversación mantenida dos días antes con sus colegas sobre la política antisemita del gobierno alemán, que parecía encontrar comprensión en algunos sectores de la sociedad francesa.

Miriam era judía. Lo mismo que él era un católico agnóstico, ella era una judía agnóstica. Ninguno de los dos era practicante, ni ella iba a la sinagoga ni él a la iglesia. No tenían una actitud beligerante contra la religión pero tampoco formaba parte de sus vidas, ni de la de su hijo. Cuando David nació, los padres de Miriam pidieron encarecidamente que le hicieran la circuncisión y así se instalara en el mundo como judío. Él aceptó; sus padres, agnósticos como él, dijeron que les daba lo mismo. «No se puede imponer una religión —había dicho su padre—. Cuando sea mayor, David decidirá en qué quiere creer, si quiere creer en algo.» Sus padres consideraban en su fuero íntimo que la religión, amén de dividir a los hombres, era una fuente de superstición. De manera que David formalmente era judío, aunque de todas formas ya lo era para la comunidad hebrea, puesto que de acuerdo con la tradición, la condición de judío la transmite la madre.

Los abuelos maternos se encargaron de que David cumpliera con algunos de los ritos religiosos, pero lo habían hecho con delicadeza, sin mostrarse exigentes. Así que a los trece años hizo el *Bar Mitzvá*, la comunión judía, su entrada en el mundo de los adultos.

David no parecía rechazar aquellas visitas periódicas a la sinagoga, porque le gustaba complacer a sus abuelos maternos y éstos se sentían especialmente satisfechos con ello. Miriam era su única hija y David su único nieto.

A Miriam le inquietaban distintos interrogantes: ser judío ¿podría llegar a ser un problema como ya lo era en Alemania? ¿Vería a su hijo discriminado por serlo? Y ella, ¿sufriría algún tipo de discriminación por pertenecer a un pueblo cuya religión le resultaba indiferente?

Ferdinand, ensimismado en sus pensamientos, no la estaba escuchando; de repente se sorprendió al oír sus últimas palabras.

—… y entonces David le dio un puñetazo, pero…

—¿Cómo dices?

—Pero ¿no me has escuchado? Te estoy diciendo que a tu hijo le han insultado y le han llamado «judío de mierda», que aguantó un buen rato hasta que al final se volvió y le dio un puñetazo…

—Pero ¿a quién? —preguntó con el tono de voz alterado mientras buscaba la mirada de David, que en ese momento le observaba expectante.

—¡Ferdinand, tu problema es que no me escuchas! ¡Por eso no te enteras de lo que te estoy contando!

Bajó la cabeza en señal de asentimiento. Era verdad, no le había prestado atención. Miriam estaba irritada y preocupada, más de lo que él había sido capaz de percibir.

—Empieza de nuevo, lo siento.

—No te habíamos dicho nada para no inquietarte, pero desde hace un tiempo el hijo del señor Dubois, el carnicero, se mete con David, le llama «perro judío» y se lamenta de que en Francia no haya un Hitler. Hasta ahora David ha evitado el enfrentamiento con él, pero ayer el chico le estaba esperando en la puerta del liceo con sus amigos. Empezaron a zarandearle, y lo peor es que nadie salió en su defensa; incluso sus amigos desaparecieron dejándole solo. Nuestro hijo no pudo soportar la humillación y le dio un puñetazo al sinvergüenza de Dubois, y su padre se presentó aquí, a primera hora, para hablar contigo...

Ferdinand miró horrorizado a Miriam y a David. ¿Cómo podía haber sucedido eso y él no se había enterado? ¿Qué estaba pasando? ¿Tendrían razón sus colegas, y él, al igual que Martine, se negaba a ver la gravedad de lo que estaba pasando?

Se acercó a su hijo y le abrazó intentando transmitirle su protección y apoyo, pero David se puso tenso. No rechazó el abrazo, pero tampoco se sentía cómodo.

—Lo siento, hijo, hablaré con el padre de ese energúmeno y te prometo que no se volverá a repetir.

—¿Estás seguro? —preguntó David en tono desafiante—. ¿Quién te dice que su padre te hará caso? A lo mejor no sabes lo que piensa ese señor Dubois sobre nosotros. El otro día acompañé a mamá a la compra y cuando salimos de la carnicería escuchamos el comentario: «No quiero a esos judíos ni como carne picada».

Ferdinand sintió como si le hubieran golpeado en el estómago. Miriam le miraba preocupada. Sabía que ella era valiente, incapaz de rendirse ante comentarios groseros o racistas, pero su hijo... ¿Tenía David la fortaleza de su madre, incluso la de él mismo? El chico estaba herido en lo más hondo y él no se había enterado de lo que sucedía, ni siquiera en su propia casa.

—Seré yo el que vaya a pedir explicaciones al padre de ese energúmeno. Le denunciaré si es necesario.

David soltó una carcajada amarga que desconcertó a sus padres.

—¿Le vas a denunciar? ¿Ante quién? ¿Es que no te enteras de lo que pasa? Tú... a ti te gusta la política.

—Así es, pero no milito en ningún partido, me avengo bastante mal con la disciplina —intentó justificarse con una medio broma.

—Pero lees los periódicos, ¿o tampoco lo haces? —El tono de David era inquisitorial.

—Ferdinand, estoy preocupada —intervino Miriam—; hace dos días mi madre vino llorando. Ha recibido una carta de la tía Sara, que le han traído unos amigos que han huido de Alemania. Asaltaron su establecimiento, y cuentan que a mis tíos hace unas semanas también les destrozaron la librería. Un grupo de camisas pardas se presentó por la noche, rompieron los escaparates, sacaron los libros a la calle e hicieron una fogata con ellos. A mis tíos les dieron una paliza. El tío Yitzhak tiene un brazo roto y apenas puede mover el cuello, a mi tía le llenaron el cuerpo de cardenales de tantas patadas que recibió. Están aterrados, no saben qué hacer. Mi padre quiere que se vengan de inmediato, pero ellos dudan, toda su vida está en Alemania, la tía es francesa pero el tío Yitzhak es alemán, más alemán que nadie, y no concibe lo que está pasando.

La descripción de su mujer le había helado el alma. Sara, la dulce Sara, hermana del padre de Miriam, una mujer alegre, siempre dispuesta a ayudar a los demás. Era bibliotecaria, lo mismo que el padre de Miriam. Conoció a Yitzhak en un viaje que realizó a Alemania. Entró en su librería, comenzaron a conversar y se quedó para siempre en Berlín. Se había adaptado bien a su nueva patria, y ahora unos desalmados le pegaban, pero ¿por qué? Se estremeció de horror sólo de pensarlo.

—Deben venir cuanto antes —dijo con preocupación Ferdinand—, les ayudaremos cuanto podamos. Diles que pueden contar con nosotros.

—Ya lo saben, pero soy yo la que se va a Alemania.

—¿Tú? ¡Estás loca! ¿A qué quieres ir?

—Quiero ver lo que pasa, ayudarles a tomar la decisión. Están aterrados, no son capaces de pensar lo que les conviene. Temen que toda su vida se les esfume. Ya han perdido la librería, ahora temen perder su casa. Ferdinand, hace tiempo que mis tíos no pueden salir a la calle sin llevar cosida a sus abrigos una estrella de David que les señala como judíos.

—Una costumbre medieval… —inició Ferdinand.

—Sí, una costumbre medieval que nunca ha sido desechada —afirmó Miriam con tristeza—, los judíos son los culpables, el «otro», alguien a quien poder reprochar lo que a uno le va mal. Y además matamos a Cristo. Le clavamos en la cruz y…

—¡Calla, por Dios! ¡Pero qué cosas dices, precisamente tú!

—¿Sabes, Ferdinand? Empiezo a sentirme judía.

La afirmación de Miriam le descolocó. De repente su mujer le miraba con un destello de ira como si él tuviera algo que ver con lo que estaba pasando en Alemania o con los simpatizantes de Hitler en Francia.

No supo qué responder a su mujer; se sentía abrumado por lo que le contaba. Sabía muy bien lo que estaba ocurriendo en Alemania, le habían informado de ello colegas que habían viajado a aquel país, incluso un año atrás habían llevado a cabo una colecta en la universidad para ayudar a un par de profesores judíos que se vieron obligados a escapar de aquel clima de horror y de odio. Sí, no podía decir que lo que le relataba Miriam fuera nuevo para él. Por más que el Gobierno del Frente Popular había insistido en que algo así a ellos, los franceses, no les podía pasar. Así como su padre le había anunciado que en España la República iba a perder la guerra, podía ocurrir que el nazismo ganara la batalla en Francia.

Su padre decía que él era catalán de Perpiñán. Tenían familia al otro lado de la frontera, en España: republicanos y socialistas como su padre, y las noticias que enviaban eran cada vez más alarmantes: tíos muertos en el frente, primos desaparecidos en el fragor de alguna batalla… El fascismo parecía estar venciendo en todas partes.

El mundo que conocía se estaba derrumbando a su alrededor mientras él continuaba explicando a los jóvenes las claves para entender la Edad Media. Sabía que las Ligas Fascistas francesas operaban en la clandestinidad, y que en los últimos tiempos habían perdido el miedo a asomar la cabeza. Tal vez el señor Dubois y su hijo pertenecieran a alguna de esas Ligas.

Decidió acceder al ruego de David y llevarle al castillo del conde d'Amis. No sabía cómo se lo tomaría el conde, pero tanto le daba. David le requería, necesitaba certidumbres, sentirse protegido por su padre. Había aplazado la conversación con Miriam para cuando regresara. La idea de su mujer de ir a Alemania era una locura que no estaba dispuesto a permitir.

3

Durante el viaje hacia Carcasona, padre e hijo comentaron la conversación mantenida por Ferdinand con el señor Dubois. Había resultado ser un fascista en toda regla, que calificó al profesor de poco patriota por haber mezclado su sangre francesa con la sangre impura de una judía. El profesor replicó con una sonora carcajada, lo que aumentó la ira del señor Dubois, y no pudo evitar decirle al carnicero que le encontraba cómico. Cuando colgó el teléfono sintió un regusto amargo en la boca del estómago. Sentía un desprecio infinito por Dubois pero al mismo tiempo intuía que el carnicero podía ser peligroso.

Cuando llegaron a la estación, el coche del conde les aguardaba dispuesto a trasladarles hasta el castillo.

D'Amis le había insistido en invitarle a cenar y, así, conocería a unos caballeros alemanes expertos en literatura medieval.

El mayordomo le aguardaba en la puerta del castillo. No se inmutó cuando Ferdinand le explicó que viajaba acompañado de su hijo.

—Lo siento, no he podido avisar al conde; en todo caso no creo que nos quedemos mucho tiempo.

Les acompañó a la sala donde Ferdinand había estado el primer día que visitó el castillo para valorar aquella crónica de fray Julián.

No tardó mucho en aparecer el aristócrata junto a un niño, no mayor de diez años, y su abogado, Pierre de Saint-Martin.

—Profesor, me han informado de que le acompaña su hijo, ¡ah ya veo que es todo un muchacho! En cualquier caso, mi hijo Raymond le enseñará el castillo. Desde luego serán ustedes mis invitados esta noche, supongo que habrán traído lo necesario.

—No quisiera molestar, surgió un imprevisto…

—No es ninguna molestia. Mandaré a por sus cosas al coche y más tarde les mostrarán sus habitaciones. Ahora, profesor, ardo en deseos de que hablemos sobre el resultado de su investigación.

Vio salir a David siguiendo al pequeño Raymond, un niño rubio con unos inmensos ojos verdes, igual que los del conde, y sin saber por qué sintió una oleada de inquietud. Le había sorprendido la frialdad del niño, parecía un militar en miniatura, una caricatura de alguien mayor que él.

—Bien, profesor, explíquese —le conminó el conde.

Hasta ese momento el abogado no había abierto la boca; se había limitado a saludarle con una leve inclinación de cabeza.

Durante casi una hora Ferdinand habló exhaustivamente sobre los pergaminos, el resultado de las pruebas del laboratorio, la opinión de sus colegas y, sobre todo, la oportunidad de que aquella joya medieval fuera conocida por todos, insistiendo en la posibilidad de hacer un trabajo completo si le dejaba examinar otros documentos familiares.

—Esta crónica de fray Julián puede tener alguna relación con otros escritos o documentos de su archivo familiar. Merecería la pena intentarlo —concluyó.

El conde escuchaba ansioso mientras su abogado seguía sin mover un músculo, como si nada de lo que dijera Ferdinand en realidad tuviera interés para él, y bostezando en alguna ocasión.

—Bien, una vez que usted nos confirme que son auténticos, pensaré en su petición, profesor, pero no me pida que le dé una respuesta de inmediato. Para usted esta crónica sólo tiene un valor histórico, para mí… para mí y mi familia es algo más.

Ferdinand había intentado ver en D'Amis al descendiente de aquella doña María enérgica y llena de sentido común y de aquel don Juan de Aínsa que, como buen caballero, se quedó en su casa solariega sin decir ni requerir nada. Lo comparó, también, con aquel apasionado caballero templario, Fernando, o con el propio fray Julián. Aquellos personajes se le antojaban mucho más humanos que aquel conde estirado, que más parecía el comparsa de una ópera que un noble de verdad.

—La propuesta de la universidad es generosa —insistió Ferdinand.

—Lo sé, lo sé, pero hablaremos de ella más tarde. Ahora, si me disculpa, debo atender a mis otros invitados. La cena se servirá a las siete; descanse hasta entonces. Creo que su hijo está en las cuadras. Al mío le encantan los caballos y no se resiste a llevar a nuestras visitas allí, tenemos algunos ejemplares sobresalientes.

—¿Te estás aburriendo mucho? —le preguntó Ferdinand a David mientras le hacía el nudo de la corbata para bajar a cenar.

—¡Menuda gente! Son muy estirados, incluso el niño, Raymond, es un cursi de mucho cuidado. ¿Sabes de lo que me ha hablado? De los cátaros, de la maldad de la Iglesia católica... ¡Uf!, a ese pobre niño le tienen lavado el cerebro.

—Son un poco raros —admitió Ferdinand.

—Y si no te gustan, ¿por qué estamos aquí?

—Hay veces que uno no puede decir no. Ya te he explicado que me llamó un profesor de Toulouse que había sido tutor mío, para pedirme el favor de que echara un vistazo a unos pergaminos que constituían un documento único. La verdad es que me alegro de haber tenido la oportunidad de leer la crónica de fray Julián; es un relato conmovedor.

Un sirviente les acompañó a una sala que precedía al comedor. El conde y sus invitados, incluso el pequeño Raymond, vestían esmoquin.

—Nosotros somos nosotros —susurró Ferdinand a su hijo—, nuestro mundo es el de la inteligencia.

—No te preocupes. Me sentiría ridículo en uno de esos chismes, mira al niño...

El conde le presentó a sus invitados, tres hombres y dos mujeres, además del abogado. Ferdinand se dijo que aquel castillo no tenía dama, puesto que ninguna de las mujeres le fue presentada como la señora de la casa.

—El barón Von Steiner, su esposa, la baronesa Von Steiner, el conde y la condesa Von Trotta, y un colega suyo de la Universidad de Berlín, Henrich Marbung. Al caballero Saint-Martin ya le conoce, lo mismo que a mi hijo Raymond...

Mientras tomaban una copa de champán la conversación fue intrascendente. Hasta el primer plato Ferdinand no se dio cuenta de que estaba compartiendo cena con un grupo de fascistas refinados.

—Alemania entera está entusiasmada con Rahn —afirmó el profesor de la Universidad de Berlín— y no es para menos. Rahn ha sido capaz de ver donde otros no ven nada, sólo piedras o palabras.

—¿Se refiere a Otto Rahn, el autor de *Cruzada contra el Grial*? —preguntó Ferdinand.

—Al mismo. Un hombre ilustre al que tengo el honor de conocer. Estoy aquí con el encargo de encontrar...

—¿El Grial? —preguntó Ferdinand divertido.

—¿Le sorprende, profesor?

—Me sorprende que un profesor de la Universidad de Berlín venga a buscar algo que no existe. El Grial es un mito, un invento muy oportuno como recurso literario.

—¿Niega usted su existencia? —quiso saber el conde Von Trotta.

—Naturalmente. No niego que el libro de Rahn tenga imaginación, ya que ha sido capaz de elaborar unas teorías sugestivas, pero carece de valor histórico, lo que no es de extrañar habida cuenta que ese señor no es historiador, sino escritor, de manera que ha dejado suelta su imaginación de manera brillante.

—Pero ¡cómo se atreve…! —exclamó sin ocultar su ira el profesor Marbung—. Debe usted saber que Rahn ha bebido de las mejores fuentes, conoce esta tierra mejor que usted y todas sus teorías están fundadas en hechos; ninguna de sus afirmaciones es gratuita.

—Siento contradecirle, pero no es así. Sé que sus libros se han convertido en grandes éxitos y que mucha gente cree a pies juntillas sus especulaciones, pero el Languedoc que describe no es real y sus imaginativas hipótesis no están asentadas científicamente en nada que las sostenga —insistió Ferdinand.

—Es usted muy contundente en sus juicios —afirmó el barón Von Steiner.

—Soy contundente a la hora de hablar de lo que sé y me niego a que se reescriba la historia por mucho que ésta pueda salir embellecida del intento. En cuanto al propósito de Otto Rahn, tal y como él confiesa, de encontrar un hilo conductor entre Montségur y el Montsalvat, el castillo de su Wolfram von Eschenbach, el autor de *Parsifal*, es un ejercicio tan bello como inútil. Siento no poder complacerles con otra opinión.

—Si he acudido al profesor Arnaud para que certificara la autenticidad de la crónica de fray Julián, es precisamente porque cuenta con el respeto de la sociedad académica —afirmó el conde d'Amis—. El profesor jamás daría su *nihil obstat* a nada de lo que no estuviera realmente seguro. De manera que para mí tiene un valor incalculable su reconocimiento de los pergaminos familiares.

—Quizá fuera posible intentar convencer al profesor de que colabore con nosotros —sugirió la baronesa Von Steiner.

—¿Colaborar? No creo que el profesor sea uno de los nuestros —dijo el abogado Saint-Martin—, yo creo que más bien sería un obstáculo…

—No les entiendo, caballeros… —dijo Ferdinand.

—Señor, formamos parte de una… de una sociedad cultural; queremos buscar la verdad sobre el misterio cátaro y a ser posible encontrar el Grial, por más que usted no crea en su existencia. Pero si la suya es una opinión docta, otros académicos mantienen tesis contrarias y...

—Ningún académico serio cree en el Grial —cortó Ferdinand interrumpiendo el parlamento del conde Von Steiner.

—Usted sólo cree lo que ve —sentenció el conde.

—Yo soy un profesor, mis armas son la ciencia y la razón.

—¿Cree usted en Dios, profesor? —le preguntó la condesa Von Trotta.

—Es una pregunta que me hicieron hace unos días y que considero del todo impertinente. Lo que yo crea o deje de creer pertenece a mi ámbito privado y nada tiene que ver con mi actividad científica.

—No abrumemos al profesor —terció el conde—, bonita manera de convencerle para nuestra causa... Brindemos por que éste sea el comienzo de una fructífera amistad y colaboración. A todos nos interesa la verdad, sólo buscamos la verdad. Profesor Arnaud, ¿se uniría usted al equipo que estoy formando para buscar las verdades del catarismo?

—Perdóneme, conde, pero no hay ninguna verdad que buscar sobre los cátaros porque ya tenemos certezas. Ya le dije que me repelían esas interpretaciones irreales sobre los cátaros. Son un ejercicio absurdo del que yo no participaré jamás.

—Le estoy pidiendo que dirija nuestro equipo... Buscaremos donde usted nos diga que debemos buscar —insistió el conde.

—El caso es que no hay nada que buscar. Podemos encontrar algún acta perdida de la Inquisición o un documento precioso como el que su familia ha conservado, pero nada más. El Grial no existe.

—¿Usted afirma que no existe el cáliz sagrado? —preguntó el abogado Saint-Martin.

—Sinceramente, sí. ¿De verdad usted piensa que aquella copa que Jesús llenó de vino para compartir con sus discípulos se conserva dos mil años después? ¿Cree que alguno de sus discípulos la escondió entre los pliegues del manto pensando en la posteridad?

—¡Usted no cree en nada! —exclamó la baronesa Von Steiner—. Es evidente que el Grial no es una copa, es… algo más, algo que puede curar, que dará un poder sin límites al que lo posea.

—Señora, yo no confundo fe con superstición.

—Y el tesoro de los cátaros, ¿qué cree que era? —preguntó el abogado Saint-Martin.

—Oro, plata, monedas, algunos objetos de valor… Donaciones de damas y caballeros a la Iglesia de los Buenos Cristianos, pero nada más. No busquen ningún talismán, no existe.

—Aun así, nos gustaría contar con usted —insistió el conde.

—Lo siento, pero no estoy disponible.

Se hizo un incómodo silencio. David miró a su padre con admiración. Nunca le había visto desplegar su autoridad académica con tanta firmeza. Estaba conmovido por su valentía al no dejarse amilanar en aquella tensa situación y con aquella extraña gente.

—¿Qué piensa de la situación en Alemania? —preguntó la baronesa Von Steiner para cambiar el sesgo de la conversación.

—Me preocupa y mucho. Creo que Adolf Hitler terminará siendo una pesadilla, no sólo para Alemania, sino también para el resto de Europa.

—¿No comparte el ideario de nuestra revolución? —quiso saber la baronesa.

—¿Su revolución? Me cuesta verla a usted como una revolucionaria, señora.

—¡Por favor, no sea simple! —protestó airada—. Hitler está cambiando Alemania y cambiará el mundo. Francia tendrá que aceptar la supremacía de sus ideas.

—Le aseguro, baronesa, que somos muchos los que haremos lo imposible para que las ideas de su líder no traspasen la frontera.

—¡Vamos, vamos! No hablemos de política —intervino el conde d'Amis intentando apaciguar la conversación—, aquí estamos hablando de historia, y para eso es para lo que quiero contar con el profesor. Verá, señor Arnaud, el profesor Marbung, gran amigo mío, expuso a las autoridades académicas de su universidad mi propuesta de poner en marcha un grupo de trabajo que desentrañe toda la verdad sobre el país cátaro, y al parecer la idea les ha entusiasmado. Yo también soy un rendido admirador de Otto Rahn, quien naturalmente me gustaría que tuviera una participación en el proyecto…

El pequeño Raymond había permanecido en silencio, observando con fascinación a unos y a otros, cuando de repente irrumpió en la conversación con una pregunta al profesor Arnaud:

—¿Le gustan los nazis?

El conde clavó los ojos, en los que se podía leer una fría cólera, en su hijo. David creyó ver, además de inquietud, miedo en los ojos verdes que Raymond bajó avergonzado.

—No, hijo, no me gustan los nazis —respondió Ferdinand mirando al conde en vez de al niño.

—¡Qué ocurrencias tienes, Raymond! —terció el abogado.

El mayordomo entró en el comedor anunciando que el café estaba servido en el salón, lo que supuso un alivio para todos los comensales, que se habían quedado mudos.

De camino al salón Ferdinand se acercó al conde.

—Señor, creo que es mejor que mi hijo y yo nos marchemos. No quiero incomodarle más con mi presencia, ni a usted ni a sus invitados. Si su chófer nos puede acercar a Carcasona estoy seguro que encontraremos un hotel donde pasar la noche…

—¡Por favor, profesor! ¿Por quién me toma? Usted es mi invitado y tiene todo el derecho a manifestar sus opiniones. Me ofendería que se fuera. Mañana mi chófer le llevará a la estación, como tenía previsto. En cuanto al comentario de mi hijo… Espero que no se lo tome en serio, es un niño, escucha conversaciones y no entiende bien su significado. No me gustaría que se hiciera una idea equivocada de nosotros…

Ferdinand no se atrevió a decirle que se sentía incómodo, pero temió ser grosero si insistía en marcharse. Quizá había sido la declaración de la baronesa Von Steiner decantándose por Hitler.

La conversación se relajó mientras tomaban café y coñac, aunque Ferdinand no podía evitar seguir tenso.

El conde pidió a Ferdinand que explicara el alcance de los pergaminos a sus invitados.

Arnaud hizo una descripción apasionada de la *Crónica de fray Julián*, y habló de éste como si fuera un amigo.

—¿Y cómo conservó su familia esos pergaminos? —quiso saber la baronesa Von Steiner.

—No lo sé; imagino que fueron pasando de padres a hijos, con el encargo de mantenerlos en secreto hasta que llegara el momento —explicó el conde.

—El momento de vengar la sangre de los inocentes.

Las palabras del abogado Saint-Martin provocaron un momentáneo silencio.

David, que hasta ese momento se había mantenido callado, miró a su padre y antes de que a éste le diera tiempo de hacer un gesto indicándole que siguiera en silencio, el joven preguntó:

—¿Y cómo y quiénes van a vengar la sangre de los inocentes?

—La mejor venganza es devolverles la voz —afirmó el abogado—, revindicarles, defender el Languedoc de la ocupación francesa.

—¡Pero ustedes son franceses! —dijo David.

—Somos occitanos, franceses a la fuerza.

—Esto no era la Arcadia… —apuntó Ferdinand.

—Usted conoce la historia —le desafió Saint-Martin.

—Y como la conozco, sé que la vida en la Edad Media no era envidiable, ni siquiera aquí. El país cátaro no existe. Es el resultado de la imaginación de algunos escritores y aficionados del siglo XIX que han sublimado la cultura de los trovadores, dando de ese período de la historia una visión empalagosamente romántica. Es curioso. Los pobres cátaros sirven para todo: para los anticlericales, para los esotéricos, para los nacionalistas, para los liberales... Todos les reinterpretan y creen ver en ellos las señas de identidad de sus propias convicciones. No he visto un período de la historia más tergiversado y malinterpretado que éste.

—Usted no es occitano —recalcó el abogado.

—Bueno, a lo mejor un poquito sí lo soy. Mi padre es de Perpiñán y mi madre de Toulouse, de manera que algo tengo que ver con esta tierra, aunque, si quieren que les diga la verdad, me da lo mismo de dónde soy o de dónde son los otros. Me importa dónde estoy bien y con quién estoy, me importa la dignidad humana, la justicia y la paz. De dónde es uno es algo que no se elige.

—¿Niega usted las raíces? —preguntó el conde Von Trotta.

—No tengo necesidad de reafirmarme en ellas. Lo que importa es lo que somos capaces de llegar a ser como personas, no dónde hemos nacido. Nacer en un lugar puede determinar el mundo de las emociones íntimas, los sabores, olores, la música, el paisaje... pero ni quiero ni permito que nada de esto me determine como persona.

—¿Es usted comunista? —le preguntó el profesor Marbung.

Ferdinand dudó en responder a esa pregunta formulada con tono impertinente, pero pensó que si no lo hacía se sentiría un cobarde que ocultaba sus ideas.

—Soy un demócrata. No milito en ningún partido.

—¡Ah! —exclamó el profesor Marbung—. Realmente, conde d'Amis, sería difícil que el profesor Arnaud y yo pudiéramos colaborar.

El conde clavó su mirada verde y fría en el profesor antes de responderle.

—Señores, yo busco su competencia profesional.

El abogado Saint-Martin iba a intervenir pero pareció arrepentirse. No comprendía al conde ni su empeño por contar con Arnaud.

—Conde… —quiso protestar el profesor Marbung.

—No discutamos, caballeros. Quiero contar con ambos para este proyecto. Piensen ustedes lo que quieran, pero pongan su talento y su saber al servicio de la historia.

—Creo, señor, que no me ha entendido —dijo Ferdinand en tono cortante—; no tengo la más mínima intención de trabajar en ningún proyecto que tenga que ver con… con fantasías. Además, no estoy disponible. Mi trabajo en la Universidad de París me ocupa todo el tiempo. Si usted me lo permite, me gustaría trabajar en la *Crónica de fray Julián*, darla a conocer, escribir sobre ella, publicarla… pero no quiero tener nada que ver con ningún otro proyecto.

—Hablaremos, profesor Arnaud… hablaremos… —asintió el conde.

4

El tren con destino a París tenía su hora de salida a las cinco de la tarde. A Ferdinand se le antojaba insoportable permanecer más tiempo en el castillo, pero el conde no parecía dispuesto a permitirle marchar ni un minuto antes.

Por la mañana intentó engatusarle con una oferta que a punto estuvo de hacer dudar a Arnaud.

—Quiero que escriba una historia sobre los cátaros. Una nueva historia, que investigue, busque, cuente con la *Crónica de fray Julián*, y si usted cree que todo son fantasías, que ayude a despejar las dudas sobre el Grial; pero, en todo caso, que intente como historiador ver qué puede haber de verdad. Hablaré con su universidad para que le libere una temporada. Naturalmente correré con todos los gastos.

Ferdinand, sobre todo para no seguir sufriendo su presión, le había prometido pensarlo. Luego buscó refugio en su habitación. A excepción de al abogado Saint-Martin y el profesor Marbung, no había visto al resto de los invitados.

El pequeño Raymond propuso a David volver visitar los establos.

—Ayer preguntaste por los nazis. ¿Por qué?

—No puedo hablar de eso —respondió Raymond.

—¿Por qué?

—¿A ti te pega tu padre?

—¡No! ¡Nunca! Me castiga, pero pegarme... nunca me ha pegado, ¿a ti sí?

Raymond guardó silencio mientras extendía su mano hacia el lomo de una yegua de color castaño.

—Tengo que aprender. Tengo que aprender a asumir mis responsabilidades. Y me merezco que me castiguen cuando no lo hago bien.

—Depende de cómo te castiguen —afirmó David.

—Hay personas que somos... somos distintas; pertenecemos a una raza especial, y... bueno... yo... yo soy de esas personas, como mi padre, como Saint-Martin o los amigos de mi padre... Tú no lo sé... no me lo pareces y tu padre...

—Yo estoy muy orgulloso de mi padre, entre otras cosas porque es un demócrata —aseveró David con tono de enfado, olvidándose de que estaba hablando con un niño de diez años.

—Los demócratas, los socialistas y los comunistas son un cáncer, como los judíos —aseguró Raymond.

Si le hubiesen golpeado, David no se habría sentido más herido. Su padre le había encarecido la noche anterior que evitara cualquier discusión con aquella gente, pero él sentía la necesidad de saber, de preguntar. Raymond era el único dispuesto a prestarle atención y acababa de pronunciar la palabra maldita: judío.

—Yo soy judío —respondió David desafiante— y no soy ningún cáncer.

Raymond se quedó perplejo, y mordiéndose el labio echó a correr. Temía la reacción de su padre por haber vuelto a hablar demasiado, y aún le dolían las nalgas por los azotes recibidos. El cinturón de su progenitor le había levantado la piel y, con el contacto del pantalón, sentía un escozor continuo. Estaba a punto de entrar en el castillo cuando se dio de bruces con el profesor Marbung.

—¡Son judíos! —gritó el niño.

—¿Judíos? ¿Quiénes? —preguntó alterado el profesor.

—David y su padre. Me lo ha dicho él —dijo señalando hacia las cuadras donde se veía recortada la figura de David.

El profesor Marbung y el niño entraron en el castillo en busca del conde d'Amis, al que encontraron en su despacho departiendo con el abogado Saint-Martin.

—¡Conde! ¡Su hijo acaba de darme una terrible noticia!

El tono del profesor Marbung preocupó a los dos hombres, que se levantaron de inmediato temiendo una desgracia.

—¿Qué sucede? Raymond, ¿qué te pasa?

—Son judíos —afirmó el niño—, me lo ha confesado David.

El conde d'Amis apretó los puños, intentando controlar su contrariedad.

—Esto cambia las cosas —musitó el abogado.

—¡Nunca trabajaré con un judío! No toleraré que un asqueroso judío conozca nuestros planes… ¡Ya sospechaba yo de su interés en hacernos desistir de buscar el Grial! —afirmó con furia el profesor Marbung.

—Y sin embargo… sería un error no poder contar con el profesor Arnaud. Su antiguo profesor de la Universidad de Toulouse no me dijo que fuera judío… —explicó el conde.

—Su hijo se lo ha dicho a Raymond… —insistió el abogado—, de manera que no caben dudas.

Ninguno vio a David en la puerta observando con los ojos llenos de rabia y desprecio.

—Yo soy judío, él no.

Le miraron sobresaltados, preocupados por la presencia inesperada de aquel adolescente, ¿cuánto tiempo llevaría allí, escuchándoles?

—Joven, no sea maleducado, no se escucha detrás de las puertas —acertó a decir el conde.

—La puerta está abierta y para ir a mi habitación debo pasar por delante de ella.

—En cualquier caso, un caballero no escucha una conversación que no le concierne. Pero ya que lo ha hecho, acompáñenos, por favor —ordenó el conde.

David entró con paso vacilante. Le hubiera gustado salir corriendo en busca de su padre, pero no se había atrevido a contradecir al conde d'Amis.

—Siéntese, joven.

Tanto Raymond como el abogado Saint-Martin y el profesor Marbung aguardaban expectantes la siguiente reacción de D'Amis.

—Bien, usted sabe que hay gente que tiene prejuicios, que no le gustan los judíos, piensan que son culpables de algunas de las cosas que pasan. A mí poco me importa lo que piensen los demás; lo que me importa es la historia, y quiero que su padre trabaje en mi proyecto, tanto me da si es judío o no.

David estaba a punto de protestar y llamarle mentiroso, pero realmente no tenía de qué acusarle: había sido el profesor Marbung quien había manifestado su menosprecio por los judíos, no él.

—Su hijo piensa que los judíos somos un cáncer.

—Mi hijo tiene diez años y escucha conversaciones que no entiende, lo que le lleva a… digamos, que a ser imprudente. Le pido disculpas en su nombre.

El joven no supo qué decir. Clavó sus ojos en el profesor Marbung, ansioso de que le diera una excusa para levantarse y mostrar su ira.

Pero el profesor parecía no estar interesado en el combate y tenía la mirada perdida en las volutas de su cigarro.

—Voy a buscar a mi padre —fue todo lo que se le ocurrió.

—Vaya, vaya, pero le ruego que no le abrume con malentendidos.

David se dio media vuelta y se dirigió hacia las escaleras, deseoso de encontrar a su padre en el dormitorio. Le pediría que se fueran de inmediato aunque fuera andando.

—¡Ah, ya has vuelto! —Ferdinand estaba leyendo tumbado en la cama. Su rostro reflejaba hastío—. Siento que no podamos marcharnos antes. Me temo que aún deberemos compartir el almuerzo con esa gente.

—Han dicho que los judíos son un cáncer —replicó David muy alterado.

Ferdinand se incorporó preocupado. Se daba cuenta de que su hijo no estaba bien.

—Pero ¿qué estás diciendo?

—Fue Raymond… ese niño dice en voz alta lo que su padre y los otros no se atreven a decir —aseguró David—. Demócrata y judío es lo peor que se puede ser para ellos. Luego les escuché hablar. El profesor Marbung dijo que si eras judío no podría trabajar contigo, que no quieres que busquen el Grial.

—¡Pero qué locura es ésta! Bajaré ahora mismo a hablar con el conde d'Amis. Podemos adelantar nuestra salida, cambiaremos el billete en la estación.

David pareció calmarse pero Ferdinand se daba cuenta de que su hijo sufría. De repente se sentía diferente, y por consiguiente rechazado.

—¿Qué tiene de malo ser judío? ¿Por qué hay gente que nos odia?

—Los ignorantes odian lo que desconocen, pero además en la historia de Europa hay momentos execrables: la Inquisición, los pogromos… El judío es el extranjero o el diferente, alguien a quien culpar de todos los males de la sociedad. Ésa es la excusa que utilizan los poderosos para desviar la atención de sus responsabilidades hacia la propia sociedad. Además, es un buen negocio quedarse con los bienes de la comunidad judía, y sobre todo no pagarles las deudas contraídas.

—Los abuelos no son ricos, la tía Sara tampoco… —balbuceó David.

—No, no lo son; tampoco lo eran la mayoría de los judíos quemados en las hogueras. Lo más perverso de los verdugos es inocular a sus víctimas la idea de que son culpables de algo, por lo que tienen que pagar; éstas terminan aceptándolo tácitamente y se preguntan qué han hecho mal. No, no te preguntes por qué a la tía Sara la persiguen los nazis alemanes, qué han hecho tus abuelos o qué has hecho tú para que te odien. Sólo preguntártelo es una monstruosidad.

—Pero continúo sin entender el hecho de tanto odio. No sabes con qué desprecio Raymond ha dicho que los judíos son un cáncer, y el profesor Marbung... Bueno, el profesor me parece el peor de todos.

Unos ligeros golpes en la puerta interrumpieron la charla entre padre e hijo. El mayordomo les transmitió el ruego del conde de que se reunieran en el salón en cuanto estuvieran listos.

Ferdinand suspiró. Se sentía atrapado entre su deseo de poder disponer de la crónica de fray Julián y la necesidad de marcharse. Se ahogaba en aquel castillo.

Cuando entraron en el salón, el conde les esperaba junto a Raymond y Saint-Martin.

A pesar de la seguridad que manifestaba, Ferdinand pudo apreciar un tic nervioso en su forma de cerrar y abrir el puño de la mano derecha.

El rostro de Raymond reflejaba dolor y miedo, pero al mismo tiempo, por su manera de mirar a David, se intuía que le reprochaba algo.

—Profesor, antes hablé y me disculpé con su hijo; ahora lo hago con usted. Desgraciadamente Raymond se ha comportado de manera abominable con sus comentarios del todo improcedentes. Le ruego que le disculpe a él, y también a mí, por haberles ofendido. Nada más lejos de mi intención y, si me permite ser sincero, de mis intereses.

—Deberían preocuparle los comentarios de su hijo —respondió Ferdinand con frialdad.

—Ha sido castigado por ellos. Le aseguro que le costará olvidar el error cometido.

—No se trata de cometer un error por decir algo, se trata de lo que significa pensar ese algo —respondió Ferdinand.

—Usted sabe que los niños escuchan cosas que no entienden y se confunden a la hora de…

—¿De afirmar que ser judío y demócrata es el peor de los cánceres? —El tono de voz de David reflejaba su dolor y su ira.

El conde miró a David y luego, con un gesto, indicó a su hijo que se quitara la chaqueta y se subiera la camisa. Raymond palideció, pero se ruborizó, muy avergonzado.

Cuando Raymond dejó su espalda al descubierto, Ferdinand y David emitieron una exclamación de horror. En la espalda del niño se apreciaban las marcas que había dejado la correa de su progenitor. La piel descarnada y sangrante no dejaba lugar a dudas: Raymond había sido azotado con saña.

—¡Por Dios! Yo… —acertó a decir Ferdinand.

—Espero que sea suficiente para darle satisfacción por la ofensa de mi hijo —dijo con sequedad el conde.

—¡Esto no era necesario! Aborrezco el castigo físico… Pero ¿cómo le ha podido hacer esto al niño, a su propio hijo? —Ferdinand no encontraba palabras para expresar el horror que le producía ver las marcas del maltrato.

David sentía náuseas porque se creía culpable de aquella tortura. Tal vez, se dijo, él había exagerado la frase de Raymond, y en realidad no tenía tanta importancia lo que dijera un niño de diez años. No sabía qué hacer, pero sentía un deseo imperioso de pedir perdón al niño.

—Lo siento —balbuceó dando un paso hacia el niño—; yo… yo… lo siento.

—Lo que ha pasado, pasado está. Raymond aprenderá del error cometido. Ahora, profesor, quiero desagraviarle, y no se me ocurre otra manera que anunciándole que puede disponer del manuscrito de fray Julián. Acepto la oferta de su universidad. Haga un estudio más exhaustivo, dé a conocer su ensayo. Los archivos familiares estarán abiertos para usted, pero tendrá que venir aquí a consultarlos; no quiero que nuestros documentos anden por ahí desperdigados.

Ferdinand se quedó perplejo. No se esperaba que el conde aceptara desprenderse de la crónica de su antepasado, y mucho menos sin condiciones. También él tuvo un sentimiento de enojo y de vergüenza consigo mismo. ¿No habrían sacado las cosas de quicio entre David y él? ¿No estarían demasiado sensibles por lo que le había sucedido a David con el bocazas de Dubois, añadiendo a ese episodio la desgracia de la tía Sara?

Raymond continuaba con la espalda al descubierto, exponiendo su humillación y dolor, sin atreverse a cubrirse antes de que su padre le diera el consentimiento. Por fin el conde hizo un gesto autorizándole a acomodarse la camisa.

—No sé qué decir… todo esto es… lo siento… siento lo sucedido… —balbuceó Ferdinand—, creo que no deberíamos de mezclar una cosa con otra.

—Acepte, por favor, mis disculpas y mi ofrecimiento. Mi abogado y amigo el señor Saint-Martin redactará un documento de préstamo de la crónica de fray Julián para su estudio y custodia por la Universidad de París. La próxima semana estará listo y yo mismo se lo entregaré en París. Tengo que visitar la capital por negocios a finales de la próxima semana; ya le telefonearé para reunirme con usted y el rector de la universidad.

Ferdinand se sentía desconcertado a la vez que abrumado por todos aquellos acontecimientos. Sentía además vergüenza por todo cuanto estaba sucediendo, y también por sí mismo, por su ansia de tener la crónica de fray Julián, que parecía quitar importancia a lo que le había sucedido a Raymond.

Aceptó la oferta del conde y le dio las gracias por ello, evitando la mirada de David; ya hablaría con él más tarde, en el tren, de todo lo que había pasado.

El almuerzo transcurrió de manera más apacible que la cena

de la noche anterior. Los invitados del conde parecían deseosos de agradarle; sólo el profesor Marbung mantenía cierta distancia, lo mismo que el abogado Saint-Martin. Hablaron de todo y de nada, de música, literatura y gastronomía. El barón Von Steiner demostró ser un experto conocedor de los vinos franceses y les dio una conferencia al respecto.

Cuando el conde les despidió en la puerta del castillo, el ánimo de Ferdinand estaba sumido en la confusión pero dispuesto a dejarse llevar por aquella promesa de que en una semana dispondría para su estudio de la ansiada crónica de fray Julián.

No bien se hubieron marchado Ferdinand y David, el conde y sus invitados se reunieron en su despacho, con gran sigilo y gestos de preocupación.

—No entiendo su actitud, conde —se atrevió a reprocharle el profesor Marbung—, ni tampoco su empeño en contar con el profesor Arnaud. No le necesitamos.

—Se equivoca, profesor. El nombre del profesor Arnaud nos abrirá archivos y puertas que de otra manera nos estarían vedados. Necesitamos su prestigio para buscar lo que queremos —explicó el conde—, la cuestión es no alertarle sobre nuestras intenciones, es decir, evitar los errores que todos cometimos durante la cena de ayer.

—La máxima autoridad mundial sobre catarismo es Otto Rahn —afirmó el profesor Marbung—. Siguiendo sus pasos encontraremos el Grial.

—Siguiendo sólo sus pasos no, profesor. Esto es Francia, y los franceses son chovinistas. Rahn no impresionará a algunos archiveros a cargo de documentos preciosos, pero el profesor Arnaud sí. Él será nuestra llave, nuestro guía ciego, irá por delante sin saber adónde queremos llegar, pero desbrozando el camino.

—Reconozco que su jugada ha sido genial —dijo el conde Von Trotta—; al final se ha ido insultado, pero agradecido.

—Sí, y sintiéndose en deuda conmigo, con mi magnanimidad. No colaboraría con nosotros por dinero, y si supiera nuestras intenciones haría lo imposible por detenernos.

—Es un ignorante —murmuró el profesor Marbung—, si fuera capaz de comprender la profundidad de *La corte de Lucifer* sabría que los cátaros no son más que los fieles seguidores de una doctrina que se pierde en la noche de los tiempos. Los cátaros nada tienen que ver con la Iglesia, ni con la tradición judeocristiana. Sólo Rahn ha sido capaz de verlo… El Dios de Roma, ¡puaf!, escupo sobre Él.

—¿Quién cree en el Dios de los papas? Pura superchería para pobres —añadió el barón Von Steiner.

—Los católicos sueñan con sufrir su propia cruz para emular a su Cristo; pues bien, la tendrán —sentenció el abogado Saint-Martin—. Que mueran con ella.

—Señores, es evidente que nosotros no participamos de las tonterías de la religión, somos hombres ilustrados. Pero no debemos exponerlo ante cualquiera; esto no es Alemania y nuestra actitud puede resultar sospechosa. De manera que procuremos disimular nuestras ideas delante de extraños. Necesitamos al profesor Arnaud por ahora, y lo importante es que haya mordido el anzuelo. Usted, profesor Marbung, siguiendo las indicaciones de Berlín, continuará trabajando como hasta hoy. Sueño con el día en que la diosa Razón vengue la sangre vertida en el Languedoc.

Ferdinand Arnaud aceptó a regañadientes colaborar en la investigación del conde. No le pidió que se desplazara a Toulouse o Carcasona, ni que trepara por los riscos de Montségur; sólo le indicó que le abriera puertas y moviera los hilos necesarios para tener acceso a determinados archivos, y que las autoridades locales no pusieran inconvenientes a las excavaciones.

Arnaud tranquilizaba su conciencia diciéndose que no había nada de malo en ayudar a un colega de la Universidad de Berlín por poco que éste le gustara; pero sentía una inquietud en el fondo de su alma que no le permitía sentirse bien consigo mismo. Le repugnaban aquellos amigos del conde, entusiastas de Otto Rahn y con ideas filonazis.

En compensación estaba ilusionado con la publicación de la crónica de fray Julián, que si bien no contenía revelaciones sustanciales sobre el sitio de Montségur, sí tenía el valor histórico del relato en primera persona de los acontecimientos, y sobre todo, por la descripción de los protagonistas de aquel drama.

—¡Vaya, existes!

Ferdinand sonrió al ver a Martine irrumpir en su despacho. Llevaban unos días sin coincidir y le había llegado el rumor de que Martine había vuelto a enfrentarse a un alumno por sus comentarios racistas.

—Creo que te estás convirtiendo en la guardiana de las esencias de la República —le respondió a modo de saludo.

—Pero sin demasiado éxito. Esos fascistas crecen como hongos, o a lo mejor es que estaban agazapados y ahora se dejan ver... Pero aquí en la universidad... ¿Ya te han contado...?

—Sí, ya sé que echaste de clase a otro de tus alumnos por decir que los judíos son sólo mierda.

—El mocoso se me encaró y me amenazó diciéndome que tuviera cuidado, que quién sabe dónde estaría él y dónde estaría yo en el futuro.

—Y tú por lo pronto le mandaste fuera de clase y con el anuncio de que tenía tu asignatura suspendida.

—Sí, y menuda se ha organizado. Su padre ha venido a hablar con el rector y la discusión está en si pueden o no obligarme a retractarme. No lo voy a hacer. O el chico o yo, y si me tengo que ir me iré, pero no voy a ceder al pulso de ese mocoso. Si se quiebra nuestra autoridad y nos dejamos amedrentar, será mejor que cerremos la universidad.

—Por lo que sé, el claustro te apoya, incluso los que no te tienen simpatía —bromeó Ferdinand.

—Ganar este pulso no es en beneficio mío —se quejó Martine.

—Lo sé.

—Y a ti, ¿cómo te va?

—Bien, aunque…

—¿Qué sucede?

—Me preocupan Miriam y David. Ya te conté el incidente que tuvo mi hijo y lo de la tía de mi mujer… Miriam insiste en ir a Berlín y yo… no me fío, podría ser peligroso.

—No creo que vaya a sucederle nada, Miriam es francesa.

—Y su tío Yitzhak es alemán y sin embargo le han destrozado la librería heredada de sus abuelos. Y tú has expulsado a dos alumnos de clase en menos de dos meses.

—Sí, tengo la sensación de que nuestro mundo se está derrumbando —admitió Martine.

—Pues no lo permitamos, profesora. Luchemos.

—¿Somos lo suficientemente valientes para hacerlo? ¿No tememos implicarnos y perder nuestros privilegios?

—Sin duda somos humanos y no tenemos por qué tener madera de héroes, pero eso no significa que nos quedemos de brazos cruzados. Tú no lo haces, Martine.

—No me lo puedo permitir.

5

París, 20 de abril de 1939

—Miriam, te ruego que recapacites —suplicaba Ferdinand.

—No, está decidido, voy a por ellos, quiero saber qué les ha pasado, dónde están. No creerás que voy a permitir que sea mi padre quien lo haga. Y en la embajada dicen que si no sabemos nada de ellos es porque se habrán ido de vacaciones. ¡Cínicos! Es lo que son, unos cínicos.

David contemplaba en silencio la última pelea de sus padres, que se habían vuelto cada vez más frecuentes en los últimos tiempos. Ambos tenían los nervios a flor de piel. Su padre constataba que la universidad había dejado de ser el lugar donde tanto disfrutaba con su trabajo. Desde que regresaron del castillo d'Amis le había visto angustiado y, cuando recibía la llamada del conde o del profesor Marbung pidiéndole que hiciera alguna gestión, se irritaba con facilidad. En un par de ocasiones había regresado al castillo, sin proponerle que le acompañara. Él tampoco habría querido volver, aquella gente le parecía siniestra.

Ferdinand parecía resignarse a tratar con el conde d'Amis con tal de poder trabajar con la crónica de fray Julián. Aún no había terminado el ensayo que iba a publicar con el aval de la universidad, y desde que se había incorporado a las clases tras las vacaciones de verano, parecía desganado, no había vuelto a escribir.

Y ahora se estaba peleando con su madre, insistiéndole que no se marchara a Berlín en busca de sus tíos.

—Miriam, temo lo que pueda estar sucediendo allí —insistía—. Siempre he creído que el Pacto de Munich ha sido tiempo ganado por Hitler, por más que nuestro presidente crea a pies juntillas a ese indeseable.

—¡Voy a ir, Ferdinand! —dijo Miriam mientras cerraba de un golpe la maleta—. Escúchame bien, todos tenemos prioridades en la vida. Nos has dicho que hay algo que te repugna en el conde d'Amis, y después de lo sucedido no me extraña. Sin embargo, sigues en tratos con él. Te he suplicado que le devolvieras el maldito manuscrito y no regresaras jamás a donde a nuestro hijo le insultaron llamándole judío. Bien, yo tengo mi prioridad, y no es otra que ir a ver qué les ha sucedido a mis tíos. Nadie va a impedírmelo, Ferdinand, ni siquiera tú.

—¡Vaya, me reprochas mi trabajo! ¡No sabía que te molestaba tanto!

—¿Tu trabajo? No, Ferdinand, no te reprocho tu trabajo, te reprocho tu ceguera, que te dejes utilizar, manipular. Todo lo que me has ido contando de ese conde y sus amigos me inquieta. ¿Qué tienes que ver con un grupo de gente que busca el Grial? ¿Por qué les ayudas?

—¡Yo no les ayudo! No tengo nada que ver con esa investigación.

—¡Eso es de lo que intentas convencerte! ¡Ni tú mismo te puedes engañar tanto! ¿Sabes por qué estás irritado, por qué casi no hablas, por qué esquivas la conversación sobre la crónica de fray Julián? Yo te lo diré: porque no estás satisfecho, porque sabes que estás colaborando con algo que no te gusta, con gente oscura.

—¡Te expliqué cómo el conde azotó a su hijo por insultar al nuestro! ¿Te parece poca prueba de su actitud y convicciones?

—Me parece muy inteligente ese conde.

—¡Por favor, no discutáis más! —casi suplicó David—. Mamá

se va… Vamos a estar muy preocupados, y no me gustaría que se fuera triste.

Miriam abrazó a su hijo, conmovida. Le quería más que a su vida. No sólo porque era su hijo; también por su sensibilidad, por su capacidad para ponerse en la piel de los demás y sentir compasión por quienes sufren.

Desde que regresó de aquel viaje al castillo d'Amis, David les había pedido a sus abuelos que le explicaran qué tenía que hacer para ser un buen judío. Ahora iba a la sinagoga con frecuencia y acompañaba a sus abuelos a todas las celebraciones religiosas; incluso se había colgado una diminuta estrella de David en el cuello. Le habían escupido la palabra «judío» y necesitaba saber qué se escondía detrás de ese término para despertar tanto odio. Aunque se decía a sí mismo que ser judío no le hacía sentirse diferente al resto de sus amigos, le obsesionaba encontrar la diferencia.

Ferdinand se había rendido a la súplica de David y se acercó a la madre y al hijo para abrazarles a la vez.

—Lo siento, siento no ser capaz de explicar mejor mi preocupación, ¡os quiero tanto!

—Y nosotros a ti, papá. Yo tampoco quiero que mamá se vaya, pero sé que tiene que hacerlo, y prefiero que nos vea contentos.

Salieron del apartamento cogidos de la mano y hablando de naderías.

Durante el trayecto a la Gare de Lyon, Ferdinand disimulaba su angustia concentrándose en la conducción, mientras David no cesaba de parlotear con su madre.

El pitido del tren anunciando su salida les quebró el ánimo a los tres. David no pudo evitar que se le escapara una lágrima ahora que la veía partir y Ferdinand se reprochaba haber discutido con Miriam.

—¡Cuídate! ¡Por favor, cuídate! —dijo Ferdinand.

—Mamá, vuelve pronto —suplicó, a su vez, David.

Ella, con ternura, les dijo adiós enviándoles un beso a través de la distancia que iba estableciendo el tren.

Ferdinand estaba ensimismado leyendo unos papeles cuando Martine entró como una exhalación en su despacho.

—¡No lo soporto más!

Se la quedó mirando inmóvil, incapaz de decir nada. Martine se dio cuenta de la sorpresa que se reflejaba en el rostro de su amigo.

—Perdona, pero no aguanto más a tanto fascista. Cuando he llegado a clase me he encontrado sentado a mi mesa a un chico haciendo una exaltación de las esencias de Francia y las malas influencias extranjeras. El idiota me ha dicho que era miembro de las Juventudes Patrióticas. He instado al rector a que le abriera un expediente y le expulsara de la universidad. Habrá una reunión informal del claustro, por eso he venido a buscarte. Sabía que estarías aquí encerrado, trabajando sin enterarte de nada.

Ferdinand se levantó como un autómata. Cada día se sucedían incidentes de este tipo y Martine parecía haberse convertido en la Juana de Arco contra el fascismo. La profesora estaba especialmente empeñada en no tolerar ninguna manifestación contraria a lo que ella creía que encarnaba la República.

—Siento no poder ir a esa reunión —se excusó él—. Le prometí a David que iría a buscarle al liceo.

Cuando llegó, su hijo ya se había marchado, lo que le provocó un sentimiento de angustia. Se dirigió a su casa rezando para encontrarle allí.

David escuchaba la radio en el salón sin poder disimular su sufrimiento.

—Mamá… —musitó—, no sabemos nada de mamá, y está allí… Tienes que llamar a la embajada…

Se sentó junto a su hijo y escuchó las noticias que con voz grave iba relatando el locutor.

El teléfono les sobresaltó. David acudió raudo a responder.

—Es el abuelo Jean —dijo, mientras le daba el teléfono a su padre.

—Papá… sí… lo sé, nosotros estamos bien. No, no sabemos nada de Miriam.

Ferdinand a duras penas lograba responder a su padre, preocupado por la suerte de Miriam.

—No, dile a mamá que esté tranquila, no necesitamos nada, ya os llamaré. De acuerdo, de acuerdo, iremos a cenar esta noche a vuestra casa. Sí, a las siete, no te preocupes.

Cuando colgó el teléfono se sintió inundado por un sudor frío que le corría desde la nuca por la espalda. David continuaba sentado junto a la radio como si aguardara que de un momento a otro el locutor fuera a darle noticias de su madre.

—¿Qué vamos a hacer, papá?

—No lo sé, hijo, no lo sé. Paul Castres, un compañero de la universidad, tiene un cuñado que trabaja en el Ministerio de Asuntos Exteriores. Puede que a través de él consigamos saber algo.

Su amigo prometió llamarle en cuanto pudiera hablar con su cuñado, aunque le pidió paciencia: «Ya sabes, en este momento incluso a mí me será difícil comunicar con él».

Pasaron el resto del día hablando por teléfono y recibiendo llamadas a su vez de familiares y amigos, esperando siempre que cuando sonara el teléfono fuera Paul Castres.

—Ella prometió llamarnos —musitaba David—, lo prometió.

Ferdinand no tenía respuestas para su hijo. Desde que se fue Miriam no les había llamado, y el teléfono de sus tíos, Yitzhak y Sara, no respondía. En realidad llevaban días preocupados por la falta de noticias.

Padre e hijo se sentían desorientados, sin saber qué hacer o a quién recurrir que pudiera aconsejarles en medio de su desesperación.

—No quiero ir a casa de los abuelos hasta que no te llame tu amigo —pidió David a su padre.

Eran cerca de las seis cuando por fin telefoneó el profesor Paul Castres.

—No puedo decirte mucho, sólo que nuestra embajada en Berlín intentará hacer alguna gestión. Mi cuñado me pide la dirección de los tíos de tu mujer y su número de teléfono; alguien de la embajada intentará ponerse en contacto con ellos, pero entiende que es un momento de gran confusión y que la posición de Francia es muy comprometida… Mi cuñado dice que Hitler engañó bien engañado al presidente Daladier en la Conferencia de Munich.

A Ferdinand le importaban poco los engaños de Hitler al presidente de Francia. En ese momento su única preocupación era la suerte de Miriam.

Cuando llegaron a casa de sus padres, se encontró también con sus suegros. Intentó animarles, y también reconfortarse a sí mismo, comunicándoles que la embajada de Francia en Berlín iba a ocuparse directamente de localizar a Miriam.

Apenas probaron bocado pese a la insistencia de su madre, empeñada en que comieran «porque en los malos momentos es cuando se necesita tener fuerzas», como si el hecho de comer un filete pudiera insuflarles la energía que necesitaban para encontrar a Miriam.

Pero era David quien parecía estar noqueado. No había palabra que sirviera para disipar su angustia. Tanto sus abuelos paternos como los maternos hicieron lo imposible por sacarle de su mutismo, pero él se mantuvo callado. Sólo deseaba estar con su padre y compartir su desesperanza.

Al día siguiente David se negó a ir al liceo, y a duras penas soportó la presencia de alguna de sus dos abuelas, que habían acordado acudir indistintamente a su casa para ocuparse de ellos.

Hacían las labores de la casa, cocinaban y, sobre todo, procuraban que no se sintieran solos, aunque ambos hubiesen preferido estarlo.

Paul Castres animaba a su colega cuando le encontraba por los pasillos de la facultad; su cuñado le ayudaría, estaba seguro. Cuatro días después Paul se le acercó para decirle que su cuñado les recibiría en su despacho del Quai d'Orsay.

Ferdinand y David se presentaron a la hora prevista en la puerta del ministerio, donde les esperaba Castres para acompañarles hasta el despacho de su cuñado. Atravesaron pasillos donde funcionarios circunspectos parecían ir muy deprisa a alguna parte. Llegaron ante una puerta igual que el resto y Paul llamó con los nudillos; escucharon un «pasen» seco y cortante.

El cuñado de Paul era un hombre a punto de jubilarse, un funcionario que llevaba toda su vida en aquel edificio, que conocía mejor que su propia casa.

—Bien, señor Arnaud, la única noticia que puedo darle es que no hay noticias.

—¿Cómo? ¿Qué quiere decir? —preguntó preocupado Ferdinand.

—Le pedí a un amigo de la embajada que cuando tuviera un momento se acercara a casa de sus familiares. Hace tiempo que allí no vive nadie. La librería de la planta baja… Bueno, creo que ya no existe… En cuanto a la vivienda de la primera planta, lleva un tiempo desocupada, según le informaron unos vecinos. Sencillamente sus familiares se han ido, no han dejado ninguna dirección; en cuanto a su esposa… Bien, nadie la ha visto. La embajada ha realizado algunas indagaciones, discretas dada la situación, porque no estamos en armonía con las autoridades alemanas; pero siempre se tienen amigos, y el Ministerio del Interior alemán no tiene noticias de ningún accidente ni ningún suceso en el que esté implicada su esposa. Casi hubiera sido una buena noticia poder decirle que había sufrido un accidente de tráfico o que estaba hospitalizada y que por eso no tenían noticias de ella, pero desgraciadamente la realidad es que nadie ha visto a su esposa.

Ferdinand sintió como si le hubieran golpeado en la cabeza, mientras que David no fue capaz de contenerse y rompió a llorar.

Se sentían perdidos en una pesadilla en la que a Miriam se la tragaba la tierra sin que ellos pudieran hacer nada para rescatarla.

—¿Qué se puede hacer? —preguntó Paul Castres por ellos, puesto que tanto Ferdinand como su hijo parecían incapaces de reaccionar.

—Nada, no se puede hacer nada más. He pedido a la embajada que de vez en cuando y en la medida de lo posible, se acerque a casa de sus familiares para ver si regresan y que, en fin, en los contactos con las autoridades insistan sobre cualquier noticia que puedan tener respecto a su esposa.

—Iré a Berlín —afirmó Ferdinand con seguridad.

—No creo que sirva de mucho, se lo desaconsejo. Bien… Me gustaría hablar con usted un momento a solas. Paul, ¿podrías salir con el joven? No tardaremos mucho.

Cuando se quedaron solos, el funcionario miró incómodo a Ferdinand, como si no encontrara palabras para expresarse.

—Bueno… yo… verá, señor Arnaud, me gustaría que no se sintiera ofendido pero… no sé… quizá su mujer…

—No sé qué quiere decirme…

—Perdone que le haga una pregunta personal, pero ¿se llevaban ustedes bien?

Ferdinand captó lo que el cuñado de su amigo no se atrevía a decir.

—¿Me está preguntando si creo que mi mujer me ha abandonado?

—Bueno, esas cosas pasan. Si no estuviéramos en medio de una crisis bélica la situación sería menos dramática… quizá su esposa se haya… se haya ido con alguien…

—Yo mismo la acompañé al tren —respondió Ferdinand, nervioso.

—Sí, claro, usted la pudo acompañar al tren, pero eso no significa que no hubiese alguien en ese tren con el que ella hubiera decidido marcharse.

—No, señor, eso no ha sucedido. Somos una familia feliz, sin problemas, nos queremos, se lo aseguro —acertó a decir mientras, fruto de la humillación, sentía una oleada de calor.

—Bueno, era una posibilidad... no quería exponérsela delante de su hijo.

—Muy considerado por su parte —dijo Ferdinand reprimiendo la ira que le empezaba a invadir.

—No puedo decirle más. Si tuviéramos alguna noticia, no dude que nos pondríamos en comunicación con usted de inmediato. Pero le ruego que no haga tonterías. No intente ir a Berlín, no en estas circunstancias.

—¿Cuándo entraremos en guerra?

—No puedo responderle a esa pregunta, pero soy pesimista, muy pesimista. Extraoficialmente le diré que creo que Hitler intentará invadir Francia. Esta opinión no es compartida por muchos de mis colegas, tampoco por nuestro Gobierno, pero mi olfato me dice que eso es lo que sucederá. Verá, he estado destinado en Berlín hasta hace un año y nada de lo que está sucediendo me sorprende, por más que nuestro Gobierno quiera hacernos creer que no se lo esperaban.

—Tenemos la línea Maginot.

—No tenemos nada, señor Arnaud, hay que ser muy ingenuos para creer que estamos protegidos por una línea imaginaria.

—Entonces...

—En mi opinión, es cuestión de tiempo que Hitler decida invadir Francia, pero le insisto en que ésa es mi opinión, no la del Quai d'Orsay. No creo que tardemos mucho en entrar en guerra con Alemania.

Con expresión grave y gesto de preocupación, el profesor Arnaud se despidió del diplomático con un fuerte apretón de manos.

Tomaron la decisión entre los dos, sin discusiones. Estaban de acuerdo en que no podían cruzarse de brazos y aceptar sin más la desaparición de Miriam.

Se lo comunicaron al resto de la familia: Ferdinand iría a Berlín e intentaría localizar a su esposa y sus tíos, Yitzhak y Sara.

Los padres de Miriam lloraron agradecidos. No podían aceptar sin más la desaparición de su hija. David se quedaría con ellos hasta el regreso de su padre; el joven hubiese preferido esperar en su casa, pero Ferdinand le aseguró que sólo sabiéndole seguro se iría tranquilo.

Pidió al profesor Castres que hablara con su cuñado del Quai d'Orsay, para ser recibido en la embajada de Berlín.

Estaba en su despacho corrigiendo unos exámenes cuando recibió la inesperada visita del conde d'Amis.

—Mi querido profesor, perdone que me haya presentado de improviso. Estoy en París por negocios, y he pensado en hacer un alto y pasar a visitarle. ¿Le molesto?

No se atrevió a decirle que efectivamente le molestaba, que estaba trabajando contra reloj y le faltaba tiempo para dejar todo listo antes de viajar a Berlín, de manera que le invitó a sentarse, haciendo patente su falta de entusiasmo.

—En realidad —continuó diciendo el conde mientras tomaba asiento—, quería anunciarle que hemos recibido refuerzos. Un grupo de estudiantes alemanes, alumnos del profesor Marbung, se han unido a nosotros. Son muy eficientes y entusiastas, de manera que su presencia nos será de gran ayuda.

—Me alegro por usted —respondió Ferdinand con sequedad.

—Estamos estudiando las estelas discoidales…

—Son monumentos funerarios que nada tienen que ver con los cátaros. ¿Sabe, conde? Me sorprende que un hombre inteligente como usted persiga una fantasía. No hay ningún tesoro cátaro; aquel oro y plata, aquellas monedas que sacaron de Montségur sirvieron para ayudar a los Buenos Cristianos que vivían en la semiclandestinidad a causa de la Inquisición y para seguir haciendo sus obras de caridad.

—Es a mí a quien sorprende su empeño en lo contrario. Es usted el único experto en catarismo que niega que exista el tesoro, el único que rechaza la existencia del Grial, el único que asegura que esos extraños dibujos que hemos encontrado en las cuevas cercanas a Montségur son simples garabatos y no un código secreto dejado por los cátaros...

—Le aseguro que no soy el único. Puedo presentarle al menos a una docena de profesores que le dirán lo mismo que yo, pero será inútil; usted no quiere escuchar. En cualquier caso, quiero recordarle lo que le he dicho en otras ocasiones: no comparto las teorías ni de usted ni de sus amigos respecto al catarismo. Gustosamente puedo pedir que les permitan indagar en archivos históricos, pero no quiero colaborar en nada más.

—Hemos encontrado otros dibujos grabados en una cueva desconocida hasta el momento. Ha sido una casualidad, y me gustaría que fuera a Montségur a echar un vistazo. Podría venir conmigo, regreso mañana...

—Lo siento, no puedo; me marcho a Berlín —respondió Ferdinand hastiado de la insistencia del aristócrata.

—¿A Berlín? —preguntó asombrado el conde d'Amis.

—Sí, a Berlín.

—¿Asuntos académicos? —insistió el conde.

—Asuntos personales... —Ferdinand se quedó unos segundos dudando, luego pensó que aquel conde con amigos influyentes alemanes quizá podría ayudarle—. Voy a buscar a mi mujer. Ha desaparecido.

—¿Su esposa ha desaparecido? ¿Dónde? ¿En Berlín...? —El tono de voz del conde reflejaba el asombro por la confesión de Ferdinand.

—Mi esposa es judía. Fue a localizar a sus tíos, que también son judíos, de los que no teníamos noticias desde hacía tiempo. Supimos que un grupo de salvajes habían destrozado su librería, una de las más antiguas y prestigiosas de Berlín, y que ellos habían recibido una paliza brutal. Luego no supimos más. Les llamábamos pero su teléfono no respondía. Mis suegros se pusieron en contacto con amigos alemanes y nadie supo darnos razón de ellos. Habían desaparecido, de manera que Miriam tomó la decisión de ir a Berlín. No quería quedarse sin hacer nada, sufría por la suerte que pudieran haber corrido sus tíos. Se marchó el 20 de abril y desde entonces no hemos sabido nada de ella.

El conde le escuchaba en silencio mirándole fijamente, como si intentara captar un sentido oculto en sus palabras. Ferdinand esperaba que D'Amis se ofreciera a ayudarle, pero el silencio instalado entre los dos se alargaba demasiado.

—Me voy a Berlín, de manera que no puedo ocuparme de sus dibujos, y malditas las ganas que tendría de hacerlo —dijo Ferdinand sin ocultar su enojo y decepción.

—¿Qué quiere? —preguntó el conde d'Amis, con voz queda.

—Usted conoce gente importante en Alemania. Podría ayudarme.

El conde volvió a quedarse en silencio meditando la petición de Ferdinand. Luego se levantó y le tendió la mano para despedirse.

—Veré lo que puedo hacer. ¿En qué hotel de Berlín estará?

—En realidad no lo sé, iré a casa de los tíos de Miriam, y luego… no lo sé, supongo que encontraré un hotel.

—Bien, apúnteme los nombres de esas personas desaparecidas y cuando llegue a Berlín llámeme. Le diré con quién puede ponerse en contacto y si es posible hacer algo. No va usted en el mejor momento, no creo que un francés sea bien recibido.

Ferdinand escribió deprisa el nombre de Sara y Yitzhak, así como su dirección, además del nombre de Miriam. Cuando le entregó al conde la nota pudo leer en sus ojos un aire de desprecio. No se dieron la mano ni se dijeron nada más. Ferdinand se quedó en pie, mirando al aristócrata mientras salía de su despacho, sin saber si aquel hombre por el que sentía una oculta aversión era su única y última esperanza.

6

En Berlín no hacía frío, pero llovía y la humedad se metía entre la ropa hasta llegar a los huesos. El taxista que le conducía a casa de los tíos de Miriam era un entusiasta de Hitler, al que ponderaba como un hombre providencial para Alemania. Ferdinand callaba, no quería discutir con aquel hombre; en realidad no quería discutir con nadie sobre nada. Sólo quería encontrar a Miriam.

Cuando el coche se detuvo delante de la tienda el taxista le miró con suspicacia.

—Aquí debían de vivir judíos… —dijo mirando la casa con ojo experto.

—¿Y cómo lo sabe? —preguntó Ferdinand con irritación.

—Mire cómo está esa tienda… Seguro que ha recibido la visita de nuestros valerosos jóvenes. Nuestros hijos son lo mejor de Alemania, valientes, decididos. Ellos son la avanzadilla de nuestra revolución. Seguro que han dado una buena lección a los judíos que tenían esta tienda.

Ferdinand le pagó dominando el deseo de darle un puñetazo. Nunca había pegado a nadie; ni siquiera cuando era niño le gustaban las peleas, pero aquel hombre era capaz de sacar lo peor de él. Se quedó quieto aguardando a que el taxi se perdiera entre el tráfico berlinés antes de dirigirse a la puerta.

La librería estaba arrasada. No había nada dentro, parecía un esqueleto descarnado. No quedaba ni un solo libro y los estantes donde antes estuvieron aparecían destrozados en el suelo junto a multitud de pequeños cristales y restos de hojas rotas y pisoteadas.

Se dirigió al final de la estancia, a la puerta que daba paso a una pequeña sala de donde partían unas escaleras que comunicaba la librería con el primer piso, donde tía Sara y su esposo tenían la vivienda: un apartamento pequeño y coqueto compuesto por dos habitaciones, una sala, el despacho de tío Yitzhak, una cocina y el baño. La puerta estaba destrozada, los goznes arrancados y tanto la mesa redonda como las cuatro sillas que antaño tenía alrededor estaban partidas. Subió las escaleras sintiéndose desolado.

La vivienda estaba en el mismo estado que la librería: la cama volteada, el sofá acuchillado, platos y tazas rotos y desparramados por la cocina… Pensó que sólo unos bárbaros serían capaces de un destrozo tan gratuito.

Luego vio la foto, con el marco roto, pisoteado, junto a otros marcos y otras fotografías. Se agachó a recogerla. Allí estaba él junto a Miriam y David y sus tíos cuando cinco años atrás visitaron Berlín. Posó la mirada más tiempo en su hijo. David tenía entonces doce años y para él había sido un acontecimiento el viaje a Berlín.

—Lo han destrozado todo.

Se volvió sobresaltado y se encontró con una mujer joven, de no más de veinticinco años, de mediana estatura, cabello castaño y ojos azules. Ni guapa ni fea, era una chica de rostro anónimo, fácil de olvidar, que llevaba un niño de apenas un año entre los brazos.

—¿Quién es usted? —preguntó Ferdinand en alemán. Afortunadamente, no había perdido soltura con ese idioma.

—¿Y usted?

—Soy… soy sobrino de… bueno en realidad mi mujer es sobrina de Sara, la esposa de Yitzhak Levi.

—Me llamo Inge Schmmid, ayudaba a sus tíos.

—No lo sabía… ¿Qué hace aquí?

—Quería limpiar un poco todo esto. He venido varias veces antes, pero nunca me había decidido a hacerlo. Quizá esperaba que aparecieran en algún momento…

—¿En qué ayudaba a mis tíos?

—Llevaba apenas un año con ellos. Hacía un poco de todo: vender en la tienda, encargarme del correo, colocar y limpiar estantes… Supongo que sabrá que Sara tenía vértigo, y Yitzhak lumbago, de manera que buscaron a alguien para echarles una mano.

La miró sorprendido, ¿cómo aquella joven se había atrevido a trabajar para un matrimonio judío? Sabía que Sara y Yitzhak, como tantos otros, llevaban cosida la estrella de David en sus abrigos, que estaban señalados por ser judíos, y significarse teniendo tratos con judíos no era fácil.

—Necesitaba un trabajo donde pudiera estar con mi hijo —explicó Inge—. Soy madre soltera, mi familia no quiere saber nada de mí, el padre de mi hijo desapareció antes de que el niño naciera. Una clienta de la tienda de sus tíos que es vecina mía nos puso en contacto y ellos aceptaron que viniera con Günter. Sus tíos eran muy buenos.

—¿Eran? —preguntó Ferdinand, alarmado.

—Bueno no lo sé, son, eran… La verdad es que no sé qué habrá sido de ellos.

—Dígame qué sabe de lo sucedido.

—Yo no estaba, fue un sábado por la noche. Llegó un grupo de camisas pardas, apedrearon la luna y la destrozaron; luego entraron en la librería; empezaron a tirar estantes y a romper los libros, subieron a la vivienda. Sus tíos estaban asustados, abrazados temiendo que ése podía ser el último día de su vida. Al parecer se conformaron con apalearles, con dejarles en el suelo ensangrentados.

—¿Y nadie hizo nada? ¿Ningún vecino acudió a socorrerles?

—¿Sabe? El resto de Europa no quiere enterarse de lo que sucede en Alemania; tampoco los alemanes quieren planteárselo, de manera que Hitler tiene el campo libre para hacer lo que quiera.

—No ha respondido a mi pregunta: ¿por qué nadie hizo nada?

—Porque nadie ayudaría a unos judíos. Eso sería colocarse en una situación difícil, bajo sospecha, de manera que cuando se trata de judíos nadie oye ni ve nada.

—¿Quién dio la voz de alarma?

—Sara me contó que cuando la pesadilla terminó y los camisas pardas se fueron, se quedaron mucho rato tirados en el suelo. No podían moverse y el cable del teléfono estaba arrancado. Yo vivo a dos calles de aquí y por casualidad me encontré a la portera de esta casa el domingo por la mañana. Me contó riendo que mis jefes habían tenido «visita» y que me había quedado sin trabajo porque ya no había libros para vender. Vine corriendo con Günter en brazos y les encontré tendidos en el suelo, temblando y sufriendo por las heridas y los golpes. Me dijeron que llamara a unos amigos suyos, un matrimonio mayor, judíos; él es médico, aunque está retirado. Vinieron de inmediato junto con otros amigos. Entre todos logramos poner esto decente, aunque no nos atrevimos a hacer nada en la librería, ya que eso podría suponer que volvieran los camisas pardas. Creo que su tía se puso en contacto con su familia de Francia; hablaban de marcharse, de escapar de aquí.

Inge calló mientras buscaba un lugar donde dejar al niño. Puso una silla en pie y le sentó.

—No te muevas, Günter —le pidió mientras depositaba un sonoro beso en la mejilla del bebé—. Si quiere le ayudo a adecentar un poco esto.

—Si no le importa…

Ferdinand no tenía muy claro que sirviera de algo intentar devolver la apariencia de casa a aquel lugar destrozado, pero al menos la actividad le ayudaba a tranquilizarse mientras continuaba escuchando a Inge, que con una rapidez asombrosa levantaba muebles, sacudía colchones, barría los restos de la loza diseminados por el suelo de la cocina... Él la seguía por donde quiera que ella fuera, haciendo lo que le ordenaba.

—¿Y luego? ¿Qué ocurrió?

—Durante unos días parecía que había vuelto la normalidad, esa extraña normalidad en la que vivíamos. Yo acudía a verles todos los días. No podía hacer nada en la librería pero sí ayudarles aquí, ya que apenas podían moverse por los golpes recibidos.

»Un viernes me despedí de ellos. Me insistieron en que me tomara el sábado libre, que ellos podrían arreglarse solos. La verdad es que recibían visitas de algunos amigos. Vine el domingo para ver cómo estaban y encontré la casa como usted la ha visto. Ellos no estaban; bajé a preguntar a la portera y me dijo que no sabía nada. Le insistí para saber si había venido alguien a por ellos, si habían decidido ir a casa de algún amigo, pero me aseguró que no sabía nada. Subí a preguntar a los vecinos del segundo y tercer piso, a los del cuarto, y la respuesta fue siempre la misma: no sabían nada, no habían visto nada, no habían oído nada.

—¿Cuándo fue eso?

—A mediados de marzo.

—¿Y no se puso usted en contacto con los amigos de mis tíos?

—Su agenda había desaparecido, pero yo sabía la dirección del médico y fui a verle. También había desaparecido y su casa... bueno, su casa estaba arrasada como ésta.

—¡Pero tiene que saber de otros amigos, de otras direcciones! —gritó Ferdinand.

—No se altere; la verdad es que no sé dónde viven los amigos de sus tíos, tampoco tendría por qué saberlo. Ya le he dicho que busqué una agenda, algún cuaderno, algo donde pudieran tener apuntadas direcciones o teléfonos, pero no encontré nada; a lo mejor usted tiene más suerte.

Ferdinand temió de repente que Inge se enfadara y le dejara allí, que desapareciera el único vínculo con Sara y Yitzhak, su única pista para encontrar a Miriam.

—Lo siento, siento haber gritado... estoy... estoy mal... mi mujer vino aquí y también ha desaparecido.

—¿Su mujer? ¿Cuándo? Yo no la he visto...

—Salió el 20 de abril de París, prometió llamarnos cuando llegara pero no lo hizo. La embajada ha intentado buscarla pero no ha tenido éxito, yo... estoy desesperado. Miriam vino para llevarse a Sara y Yitzhak a París, para sacarles de esta pesadilla. Tiene razón, nadie quiere ver nada, nadie quiere ver lo que pasa aquí; nos escandalizamos cuando nos dicen que los judíos llevan la estrella de David cosida en sus abrigos, pero no hacemos nada, nos decimos que ya pasará, que esto no puede durar, que los judíos alemanes son sobre todo alemanes...

—Bueno, nunca he visto a nadie aquí hasta hoy. Preguntaremos a la portera, pero ya le digo que será inútil; es nazi, puede que fuera ella quien denunció a sus tíos, quien alertó de que se querían ir... no lo sé.

—¿Y el resto de los vecinos de esta casa?

—Gente mayor, con miedo. Nadie se atreve a mostrar compasión por los judíos, temen que les confundan, que piensen que su sangre no es pura... en fin, todas esas locuras.

—¿Y usted? ¿No teme...?

—A mí no me pasará nada. Mi padre es nazi, mi madre es nazi, mis tíos son nazis... Están bien relacionados. Yo soy la oveja negra de la familia, no me aceptan pero procuran no perjudicarme. Mi padre es policía, mi tío es policía... de manera que...

—¿Y el padre de su hijo?

—El padre de mi hijo era comunista y judío. No me abandonó, sé que no me abandonó, simplemente desapareció. A mi familia les causa horror que uno de los suyos, mi hijo, lleve sangre judía, de manera que prefieren no saber nada de mí, tenerme lejos, para que yo a mi vez no les comprometa.

—¿Dónde cree que está el... el padre de su hijo?

—No lo sé. Quizá muerto, o tuvo que huir de repente... no lo sé, me puse en contacto con algunos amigos... no confían del todo en mí precisamente a causa de mi padre y de mi tío. Ya ve, soy una indeseable para todo el mundo.

Inge le había contado su historia con sencillez, sin alterarse, como si cuanto le había sucedido no fuera nada extraordinario. Se la quedó mirando con otros ojos, intentando descubrir algo detrás de su anodino aspecto de buena chica.

—¿De qué vive?

—Limpio las casas de algunos de mis vecinos. Me pagan poco, me explotan porque saben que no tengo otra opción. No tengo con quién dejar a Günter.

—¿Y su madre?

—Para mi madre soy una decepción: no soy nazi, no me he casado, he tenido un hijo, tengo tratos con comunistas y judíos… No quiere verme, tiene miedo de que la contamine.

—Lo siento —acertó a decir Ferdinand.

—Ya he hablado bastante de mí. Ahora hablemos de usted.

—Ya se lo he dicho, mi mujer vino a ver qué sucedía con sus tíos y no hemos vuelto a saber nada de ella. Tenemos un hijo, David; se puede imaginar la angustia que está pasando.

Inge entró en el pequeño cuarto de baño con la escoba en la mano para barrer los fragmentos de cristales desparramados por el suelo.

—Tendría que haber adecentado esto, pero tengo poco tiempo —se excusó.

—Déjelo, ya lo haré yo, aunque en realidad… bueno, supongo que está bien ordenarlo un poco.

Estaba terminando de barrer cuando Ferdinand se agachó hacia el recogedor donde había visto un objeto entre los cristales.

—Pero ¿qué hace? —exclamó Inge.

—Esto… esto es de Miriam —respondió él balbuceando.

Inge miró lo que Ferdinand había cogido: un lápiz de labios pisoteado.

Ferdinand lo contempló acariciándolo como si de la propia Miriam se tratara. Se había quedado mudo e inerme. Aquel lápiz de labios le había producido una conmoción. Salió del baño seguido por Inge y se sentó en una silla.

—¿Está seguro de que es de su mujer? Sara también se pintaba los labios.

—Sé muy bien cómo era el lápiz de labios de Miriam. Siempre ha utilizado el mismo, desde que nos conocimos en la universidad no la he visto usar otra marca, otro color…

—Entonces su esposa ha estado aquí. Vamos a buscar si hay algo más —propuso Inge.

Durante una hora revisaron los restos de cuanto había quedado en el apartamento; cuando metieron la mano en la basura, se cortaron al rebuscar entre los vidrios rotos. Günter les observaba y de vez en cuando requería con lloros la atención de su madre. Ferdinand estuvo tentado de decirle que se fuera, que se ocupara de su hijo, pero temía quedarse solo: Inge era lo único que le vinculaba a los tíos de Miriam y a la propia Miriam, de manera que a pesar de los sollozos del niño, suplicó que le siguiera ayudando. Ella parecía leerle el pensamiento.

—Tiene suerte de que hoy sea sábado —dijo Inge—. De lo contrario, no podría estar aquí. Pero por fortuna los fines de semana nadie me pide que vaya a fregar, así que me quedaré para arreglar esto y ver si encontramos algo más.

Tres horas después, el apartamento ofrecía un aspecto más presentable, aunque el sofá seguía destripado. A la mesa del comedor le faltaban dos patas, los colchones estaban reventados y el frío se colaba por las ventanas carentes de cristales.

Ferdinand había guardado el lápiz de labios como si fuera un tesoro.

—Le propongo que venga a mi casa. Le invito a comer algo y a tomar un té antes de que vaya a su hotel. ¿Dónde se aloja?

—No lo sé —respondió Ferdinand—, no lo he pensado. Dígame uno que no esté lejos de aquí.

Inge sopesó al hombre y pareció dudar unos segundos antes de hablar.

—Si quiere le alquilo una habitación. En mi casa tengo un cuarto libre, hay baño, y… bueno, no hay lujos pero creo que puede estar cómodo y tengo teléfono. No le oculto que el dinero me vendrá bien.

Aceptó la propuesta de la joven. No se sentía capaz de estar solo. Necesitaba una presencia humana a su lado, alguien que le diera esperanzas.

—Antes de irnos, me gustaría hablar con la portera —pidió Ferdinand.

—Bajaremos a buscarla.

Iban a salir cuando se dieron de bruces con una mujer oronda, con el pelo estirado sobre la nuca y recogido en un moño. Ferdinand pensó que aquella mujer tenía la maldad aflorando en cada poro de su rostro.

—Otra vez usted aquí… —le reprochó la portera a Inge—. Ya le he dicho que no me gusta verla merodear; aquí no hay nada de usted, la policía me dijo que les avisara si venía alguien, de manera que tendré que decirles que usted tiene un interés malsano en esta casa.

—¿Avisó usted a la policía de la visita de la mujer francesa? —le preguntó Ferdinand ante el estupor de la oronda mujer, que hasta ese momento no le había prestado atención.

—¿Quién es usted? ¿Qué le importa lo que yo haga? —le gritó a Ferdinand.

—Soy un familiar de los señores Levi; y mi mujer vino aquí y…

—¡Otro judío asqueroso! —gritó ella.

Inge rogó a Ferdinand con la mirada que se callara.

—No, señora Bruning, él no es judío, es un familiar indirecto de los Levi, su esposa era la sobrina. Al parecer vino aquí a interesarse por su suerte, seguro que usted la tuvo que ver.

La portera miró con odio a Inge antes de empujarles a ambos para que se fueran.

—Aquí no ha venido nadie; afortunadamente ya no tenemos a sucios judíos contaminando esta casa. Márchense o llamo a la policía.

Ferdinand esquivó uno de los empujones de la portera y le plantó cara girándose hacia ella.

—Mi mujer ha estado aquí —afirmó—. Dígame dónde ha ido, si le dijo algo…

—¡Váyase! Aquí no ha venido nadie.

—¿Dónde están Yitzhak y Sara? —preguntó Ferdinand—. Tiene que saberlo, a usted no se le escapa nada.

—¡Y yo qué sé! Se marcharon y ya está. ¡Ojalá no regresen nunca esos sucios judíos!

—Tuvieron que despedirse, decir dónde iban… —insistió Ferdinand.

—No lo hicieron. De esa gente no se puede esperar nada, no tienen nuestros valores ni nuestra educación, se fueron sin más.

—Mi esposa le preguntó por ellos cuando estuvo aquí —afirmó Ferdinand, haciendo un esfuerzo por resultar amable.

La portera le miró con desprecio, pero Ferdinand leyó en sus ojos algo más. Interpretó que había visto a Miriam y que era dueña de un secreto que la hacía sentirse superior.

—Por favor —rogó—, dígame qué sabe, le daré todo lo que tengo.

—Márchese, no sé de qué me habla, y lo de darme… usted no puede darme nada, no quiero nada de los judíos ni de sus amigos.

Mientras Günter lloraba asustado, Inge tiró de la manga de la gabardina de Ferdinand para que la siguiera, pese a que él se resistía a marcharse.

—Señora, lo único que quiero es que me diga dónde están los tíos de mi esposa, y si la ha visto a ella… ¡por favor!

—Llamaré a la policía si no deja de molestarme.

—Puede llamar a la policía, pero no puede echarme de aquí; ésta es la casa de unos familiares y si quiero me quedaré. Usted no puede expulsarme, veremos qué dicen las autoridades. Hablaré con mi embajada.

La mujer le miró asombrada. Aquel hombre que hablaba alemán con acento francés se atrevía a plantarle cara. Dudó un segundo pero de inmediato volvió a dominar la situación.

—Muy bien, llame a su embajada o a quien quiera, ya veremos qué pasa cuando se lo cuente a la policía.

—Señora Bruning, me parece que todo esto es innecesario —terció Inge—, yo doy fe de que este hombre es familiar de los Levi, de manera que usted no puede impedir que estemos aquí.

—¡Márchense! —gritó la mujer empujándoles fuera del portal y cerrándolo de un portazo.

Cuando se encontraron en la calle Ferdinand hizo un gesto para volver atrás, pero Inge le pidió que no lo hiciera.

—Ahora estará llamando a los camisas pardas, éstos vendrán y… bueno, es mejor que no estemos aquí; ya volveremos.

—Soy ciudadano francés.

—Aquí no es nadie, ni yo, ninguno somos nada, sólo ellos. Primero le darán una paliza, luego le tirarán cerca de un estercolero; y nadie habrá visto nada ni nadie sabrá nada, dirán que se ha metido en algún lío, que es un delincuente, cualquier cosa que se les ocurra, y su embajada no hará nada. ¿No creerá que Francia declarará la guerra a Alemania por usted?

Ferdinand guardó silencio encogiéndose dentro de la gabardina. Se sentía más impotente que nunca.

—Miriam estuvo en casa de sus tíos —afirmó con apenas un hilo de voz.

—Puede ser, pero ellos ya no estaban allí.

—Si preguntó a esa mujer…

—Si lo hizo, no sabemos lo que pasó.

—Pero estoy seguro de que estuvo en la casa. Necesito hablar con los otros vecinos; alguien tiene que saber algo.

Inge se detuvo bruscamente, se situó frente a él con rostro muy serio.

—Quiero ayudarle, pero de manera inteligente. No sabe a lo que se está enfrentando.

—¿Y usted sí?

—Yo sí. Yo vivo aquí, yo he visto a miles de judíos inscribirse en un censo como judíos, prenderse una estrella amarilla en la ropa para salir a la calle; yo he visto sus comercios y sus casas destruidos como los de Yitzhak y Sara, y también he visto desaparecer a compañeros de la universidad, comunistas como el padre de mi hijo, y he podido comprobar que la gente a mi alrededor no ve nada. Se lo explico pero se niega a creerme.

—La creo, Inge —musitó Ferdinand—, pero ahora sé que Miriam ha estado aquí y tengo que hacer algo.

—Y lo hará. Pero volver ahora a la casa de Sara y Yitzhak no serviría de nada. Tengo la llave del portal; podremos regresar por la noche o en otro momento.

Inge le explicó a la portera del edificio donde vivía que Ferdinand era pariente de unos amigos, que estaba por negocios en Berlín y que ella le iba a alquilar un cuarto durante su estancia.

—¿Es también nazi? —le preguntó él mientras subían la escalera hacia el piso.

—No lo es de la forma de la señora Bruning, pero está encantada con Hitler. Dice que va a devolver la grandeza a Alemania. A su manera es amable conmigo; fue ella la que habló con algunos vecinos para decirles que yo estaba disponible como asistenta.

Entraron en el apartamento, situado en la última planta. Era una buhardilla de techos inclinados, donde apenas se podía estar de pie en algunos lugares. El vestíbulo, diminuto, daba paso a una sala y a dos puertas. Una conducía a la cocina, la otra al baño. La sala a su vez tenía otras dos puertas que daban a los dos únicos dormitorios de la casa.

—Vine aquí cuando mi novio desapareció; el alquiler no es muy alto, la dueña vive en la primera planta y alquila las buhardillas. Hay cuatro en total; al lado está el piso de esa vecina que le dije que compraba libros a sus tíos. Es maestra, soltera, sin hijos, y buena persona, que aborrece lo que está pasando en Alemania. Otra buhardilla la ocupan un músico y su esposa, un matrimonio ya mayor a los que les cuesta subir las escaleras. Él se gana la vida tocando el piano en un restaurante. Y en la cuarta buhardilla vive Hans. No sé su apellido, todos le llaman Hans; estudia medicina. Son buenos vecinos, nosotros somos los pobres del edificio. En las plantas de abajo vive gente acomodada.

Ferdinand deshizo la pequeña maleta que había llevado consigo. Un traje, un jersey, otros pantalones y unos zapatos, además de ropa interior y un par de camisas. El cuarto era pequeño, con una ventana ovalada desde la que se veía la calle. Una cama, una mesa, una mesilla y un par de sillas, además del armario, ocupaban la estancia sin dejar un hueco libre. Pero el cuarto era cómodo, alegre y limpio. Se sentía extraño por estar allí, pero seguía pensando que lo prefería a estar solo.

Telefoneó a sus suegros para explicarles lo sucedido hasta el momento y se alegró de que David no estuviera en casa. Temía el momento que tuviera que decirle que aún no sabía nada de su madre. Explicó a su suegro que se quedaría en casa de la empleada de tío Yitzhak y tía Sara porque le ayudaría a intentar encontrarlos y les dio el número de teléfono para que le llamara David cuando regresara. También les pidió direcciones y números de teléfono de amigos judíos de Yitzhak y Sara, alguien que le pudiera dar, por pequeña que fuera, una pista sobre ellos.

7

Inge no tardó en preparar una comida ligera: una tortilla con un poco de queso. Después le ofreció un té. Günter tomó una papilla hecha con harina a la que añadió un huevo. El niño comió sin rechistar y luego, cansado, se quedó dormido en brazos de su madre.

—Siento no tener nada mejor que darle; vivo con lo justo —se excusó.

—La tortilla estaba buena y además no tengo hambre. Pero ya que he de estar aquí, tenga —le entregó unos cuantos billetes de la cartera—. Además del alquiler del cuarto, que ya me dirá cuánto es, esto ayudará a pagar mis gastos, la comida, el teléfono… en fin… No quiero ser una carga para usted.

—Gracias —dijo ella mientras cogía el dinero—, en cuanto al alquiler… deme lo que considere; lo que decida me vendrá bien.

Acordaron una cantidad por el alquiler de la habitación durante una semana. Ferdinand creía que en ese tiempo habría podido dar con alguna pista de Miriam y de sus tíos, y con suerte regresar con ellos a Francia. Inge no quiso contradecirle. Ella estaba segura de que las cosas no serían tan fáciles.

Después de comer Ferdinand se fue a la embajada de Francia pero no encontró al funcionario amigo del cuñado de Paul Castres. Solicitaron una tarjeta con su nombre y le dijeron que regresara al día siguiente a las ocho.

Cuando salió de la embajada paró un taxi y dio una de las direcciones que le había facilitado su suegro.

El taxista le observaba a través del espejo retrovisor; Ferdinand empezó a sentirse incómodo.

—Usted es francés —adivinó el taxista.

—Sí, soy francés.

—Habla bien alemán pero el acento…

—Ya —admitió Ferdinand.

—Va usted a una zona donde viven muchos judíos —dijo el taxista, atento a su reacción.

Ferdinand decidió no responder; ¿qué podía decirle a aquel hombre que a lo mejor era un nazi?

—Aquí las cosas están mal para los judíos —insistió el taxista.

—Sí, lo sé —respondió con desgana.

—Al parecer tienen la culpa de todo —dijo el taxista en tono de broma.

—No lo sabía…

—Bien, hemos llegado, ésa es la casa que busca y ese coche negro que ve aparcado es de la policía.

Se bajó del taxi y se dirigió con paso rápido al edificio señalado. Apretó varias veces el timbre de la puerta hasta que una mujer menuda y nerviosa abrió la puerta mirándole con terror.

—Quisiera ver al profesor Bauer —dijo a modo de saludo.

—¿Quién es usted? —preguntó la mujer.

—Verá, al parecer los tíos de mi mujer, Sara y Yitzhak Levi, conocen al profesor y también a mis suegros. Ellos me han dado esta dirección. Tenga mi tarjeta, soy profesor en la Universidad de París.

La mujer le examinó con pena, dudando qué hacer, luego decidió franquearle la entrada.

—Pase.

Le acompañó hasta una sala en la que le pidió que aguardara.

El profesor Bauer no tardó mucho en hacer acto de presencia. El hombre, ya entrado en años, aún conservaba cierta prestancia física: era alto, ancho de espaldas y sus ojos, de un azul oscuro intenso, brillaban con energía.

—¿Quién es usted?

—Me llamo Ferdinand Arnaud, mi esposa Miriam es sobrina de Sara y Yitzhak Levi. Han desaparecido, mi mujer vino a Berlín y… también ha desaparecido.

En los ojos del profesor Bauer se dibujó la compasión que le producía aquel hombre, que se había presentado de improviso en su casa.

Le veía desesperado, haciendo acopio de un enorme esfuerzo para no volverse loco como a tantos otros les había sucedido.

—Conozco a Sara y Yitzhak y sé a ciencia cierta que han desaparecido. De su esposa no tengo noticias. Lo siento.

La mujer entró con una bandeja y un servicio de té y lo colocó diligente encima de una mesa baja, luego salió sin decir nada.

—Mi mujer, Lea, era muy amiga de Sara. En realidad fue la primera amiga que Sara tuvo en Berlín.

—Mi suegro me lo ha contado… —murmuró Ferdinand.

—A sus suegros les conocí hace unos años, luego les vi en un par de ocasiones cuando vinieron a ver a Yitzhak y Sara.

—¿Qué les ha sucedido? —preguntó Ferdinand temiendo todas las respuestas que le pudiera dar el profesor Bauer.

—Les han hecho desaparecer. No son los primeros, tampoco serán los últimos. Un día nos sucederá a nosotros.

—Pero ¿cómo es posible?

—Somos judíos.

—Pero…

—No sabemos mucho, señor Arnaud. Sólo que a algunos judíos se los llevan a campos de trabajo. Tampoco sabemos a ciencia cierta dónde están esos campos. Nadie ha vuelto para decirlo.

—Pero ¿por qué? No puedo entenderlo.

—Ya se lo he dicho: somos judíos, sólo judíos. De repente hemos dejado de ser alemanes.

—Y eso significa…

—Que nos despojan de nuestras posesiones, que no tenemos derecho a tener nada, que malvivimos, que nos llevan a campos de trabajo para hacer funcionar las fábricas de armamento, que no podemos andar por la calle como ciudadanos normales, que hemos perdido nuestros trabajos… Yo he perdido mi cátedra, señor Arnaud. He enseñado medicina durante cuarenta años, pero como soy judío parece ser que puedo contaminar a los jóvenes alemanes. Ahora vivo recluido en casa, aunque tengo suerte: otros colegas ya han desaparecido, les han hecho desaparecer.

—¿Y usted cómo…?

—¿Cómo continúo aquí? En medio del mal también es posible encontrar el bien. No todos los alemanes son iguales, aunque la mayoría prefiere mirar hacia otro lado y no enterarse; pero hay gente buena, gente que hace lo imposible por luchar contra la injusticia aun a riesgo de su bienestar. Tengo amigos que intentan protegerme, profesores como yo, colegas, pacientes a los que salvé la vida como médico, que hacen lo imposible para que vivamos, para que no desaparezcamos como tantos otros judíos. Pero sé que no seremos una excepción, que es cuestión de tiempo que vengan a por nosotros. Un día desapareceremos, lo mismo que Yitzhak y Sara.

—¡Lo que dice es una locura! ¡No puede ser!

El profesor Bauer le miró con pena. No quería dar falsas esperanzas a aquel hombre, por grande que fuera su desesperación.

—Sabemos que los camisas pardas destrozaron la librería de Yitzhak e hicieron una hoguera con los libros. Les pegaron hasta romperles varios huesos; otro amigo nuestro, el doctor Haddas, fue a socorrerles avisado por una joven que trabajaba para ellos. Pero los camisas pardas volvieron unos días después, y Yitzhak y Sara desaparecieron, como también desapareció el doctor Haddas y su familia. ¿Cree que no hemos intentado indagar sobre su paradero? Pero es como chocar contra un muro, nadie sabe nada.

—Mi esposa llegó a Berlín hace unos días. Sé que estuvo en casa de sus tíos porque he encontrado esto —y Ferdinand le enseñó el lápiz de labios que había envuelto en su pañuelo—. Lo encontré tirado en el cuarto de baño, entre los objetos destrozados en el suelo. La portera… yo creo que la portera sabe algo, nos echó.

El profesor le pidió a Ferdinand que se calmara y le explicara con detenimiento todo lo sucedido desde su llegada. Le escuchó en silencio, sintiendo la angustia profunda que destilaba cada palabra.

—Las porteras, los vecinos… muchos son la punta de lanza de los grupos de los camisas pardas. Se apresuran a denunciar que en sus edificios viven judíos… y luego, una noche, llegan esos salvajes y destruyen todo. Puede que ella viera a su esposa, pero nadie le obligará a confesarlo; ella se siente fuerte. En Alemania tanto da un judío más que un judío menos.

—Pero puedo denunciarla.

—¿Qué va a denunciar? Dirá que encontró un lápiz de labios que pertenecía a su esposa y que sospecha que la portera la vio. Nada más. Desengáñese, nadie hará nada al respecto.

—Pero ¿quién la ha hecho desaparecer? —preguntó Ferdinand elevando la voz.

—La policía, los camisas pardas, la Gestapo… el régimen, señor Arnaud. Acuda a la policía, hágase acompañar por alguien de su embajada, ponga una denuncia, pero nadie hará nada porque no se van a investigar a ellos mismos.

—Mi esposa es francesa.

—No sé lo que ha sucedido, no lo sé, pero por lo que me ha contado no es difícil imaginar algunas de las cosas que han podido ocurrir. Acaso discutió con la portera al preguntarle por Yitzhak y Sara; acaso esa nazi la denunció y sus amigos de la policía o los camisas pardas se presentaron a detenerla. Estamos en guerra, profesor, su embajada presentará todas las requisitorias que sean necesarias, pero si a alguien se le ha ido la mano con su esposa… o alguien decidió castigarla por su actitud si se enfrentó a ellos… entonces puede haber sucedido cualquier cosa.

Ferdinand ocultó el rostro entre las manos y se puso a llorar. No soportaba escuchar aquellas palabras. Aquel hombre no le estaba dejando ni un solo resquicio a la esperanza. Se negaba a admitir que en la Alemania que él había conocido, la de la razón y la inteligencia, pasara esto. Claro, que ahora apenas reconocía el país.

—¿Me está diciendo que me rinda y regrese a Francia? —preguntó al médico, con la voz quebrada.

—Le estoy describiendo la situación, nada más. Perdóneme por hacerlo.

—¿Sara y Yitzhak podrían haberse escondido en casa de algún amigo?

Bauer dudó antes de darle una respuesta:

—Profesor Arnaud, si estuvieran escondidos lo sabríamos, nos lo habrían hecho saber, se lo aseguro.

—¿Qué puedo hacer? ¿Qué haría usted?

—Ya se lo he dicho: intentaría buscarles, pero sabiendo a qué se enfrenta.

En ese momento entró Lea, la esposa del doctor Bauer. Era una mujer menuda y nerviosa que se apretaba las manos en un gesto de impotencia.

—Profesor Arnaud, hace unos meses desaparecieron nuestro hijo y su esposa con nuestros dos nietos, el mayor de veintiún años, el pequeño de diecisiete. Hemos hecho lo imposible por saber su paradero, los amigos que tan generosamente nos ayudan lo han intentado todo pero no hemos logrado saber nada, sólo que probablemente están en un campo de trabajo, sólo eso; pero ni siquiera tenemos la certidumbre de que estén vivos. Por eso mi marido no le engaña ni le dice palabras de consuelo.

La mujer se puso a llorar secándose las lágrimas con un pañuelo.

El profesor Bauer se levantó y la abrazó.

—Vamos, querida, vamos, no llores.

—Lo siento —musitó Ferdinand—, lo siento…

—No se disculpe, entendemos su dolor porque es el nuestro, y como el de tantos otros de nuestra comunidad que un día han visto desaparecer a sus padres, sus hijos, un sobrino, un nieto. Todos los días nos llegan noticias de esas desapariciones. Su esposa es francesa, a lo mejor tiene suerte y logra… No quiero ser cruel con usted pero será difícil que se la devuelvan precisamente porque es francesa. Si la han maltratado, si la han enviado a un campo, ¿cómo admitirlo? Lo siento, señor Arnaud, siento haber sido yo el que le diga esta verdad. Mi esposa y yo sabemos lo que está sufriendo…

El profesor Bauer le entregó una lista con las direcciones de los amigos más íntimos de Sara y Yitzhak, insistiendo en que fuera prudente, puesto que era posible que la policía ya estuviera siguiéndole los pasos.

—Seguramente la portera de la casa de Yitzhak ha dado aviso a sus amigos de que usted está pidiendo información sobre su esposa y sus tíos. Tenga cuidado, por usted y por nosotros.

—Inge… bueno, ¿Yitzhak y Sara se fiaban de ella? Me ofreció alquilarme una habitación, y acepté; no sé si me he precipitado…

—Es una buena chica —aseguró Lea—, comunista como su novio, sólo que no la han cogido, o, como ella dice, su padre, pese a no hablarle, la protege y evita que la detengan.

—¿También es comunista? —preguntó Ferdinand sorprendido.

—Sí, eso me contó Sara. Ella y su novio estaban en la misma célula y él un buen día desapareció. Tenía que repartir unas octavillas en la universidad; debieron detenerle, porque nunca se ha vuelto a saber de él. Inge tuvo su hijo, y parece que se ha alejado un poco de sus antiguos compañeros, pero no lo sé bien. Creo que puede confiar en ella.

—Gracias… no sé cómo agradecerles lo que han hecho por mí.

—No hemos hecho nada, salvo desesperanzarle aún más.

—Por favor, salude a sus suegros —le pidió el profesor Bauer—, fueron unos anfitriones encantadores cuando estuvimos en París.

Al salir, Ferdinand tomó nota de que en la esquina continuaba aquel coche negro con dos individuos que se le antojaron siniestros. Decidió caminar para poner en orden sus emociones. Estaba agotado, no sólo porque aún no había descansado del viaje sino por todo lo que había vivido en las últimas horas.

Se detuvo en una tienda que estaba a punto de cerrar. Compró manzanas, café, té, harina, galletas, pasta, mantequilla y jamón, confiando, de esta manera, en contribuir a hacer su estancia menos onerosa para Inge.

Tuvo que andar más de lo previsto hasta encontrar un taxi, sintió alivio cuando se montó en uno. Conocía Berlín, pero no lo suficiente para no perderse.

Inge acababa de bañar a Günter y le estaba dando una papilla. El niño tenía sueño y se durmió apenas su madre le metió en la cama.

Ferdinand le relató su visita a la embajada y a los Bauer, además de lo que éstos le habían contado, excepto que la creían una militante comunista. Parecía ensimismada, como si estuviera en otra parte.

—¿Puedo pedirle un favor?

Ferdinand la miró sorprendido. Se puso tenso, era él quien necesitaba favores, pero le respondió afirmativamente.

—Necesito salir una hora, quizá dos… Günter es muy bueno y duerme de un tirón toda la noche, pero yo estaría más tranquila sabiendo que usted está pendiente de él. Sólo le pido que deje la puerta de su cuarto entreabierta por si se despierta y se pone a llorar.

Le dijo que podía contar con ese favor, aunque bromeó diciéndole que estaba tan cansado que lo mismo se dormía tan profundamente que no oiría nada. Ella sonrió distraída y una vez que recogió los platos de la cena se despidió.

—No volveré tarde, muchas gracias por cuidar del niño.

¿Dónde iría? Intuyó que seguramente iba a reunirse con sus camaradas comunistas.

Decidió llamar a David y hablar con él ahora que estaba solo.

Su hijo le preguntó con angustia sobre el paradero de su madre y él se las vio y deseó para no quitarle la esperanza. Luego volvió a hablar con su suegro, que le pidió que siguiera buscando a Miriam y le insistió en que no se preocupara por David, que ellos le cuidaban como si fuera una joya.

Cuando por fin se metió en la cama sintió un deseo profundo de llorar. ¿Dónde estaba Miriam? ¿La volvería a ver o habría desaparecido para siempre?

Le costó dormirse; eran las dos de la madrugada cuando miró el reloj por última vez. Inge no había regresado, ¿le habría pasado también algo a ella?

—Despierte, o llegará tarde.

En el umbral de la puerta, Inge, a pesar de estar perfectamente vestida y peinada, mostraba falta de sueño.

—Son las seis y media, voy a hacer café y a tostar pan, ¿quiere desayunar?

Ferdinand asintió, y se dirigió al baño donde después de una ducha se aplicó a afeitarse con rapidez. Veinte minutos después ambos estaban sentados a la mesa saboreando el desayuno.

—Esto es un lujo —dijo Inge—, normalmente no me puedo permitir comprar café, es demasiado caro para mí.

Después del desayuno despertó a Günter, le dio leche con galletas y le vistió con rapidez.

—Hoy tengo tres casas para limpiar, de manera que no le veré hasta la tarde, salvo que quiera venir a almorzar. A las doce vuelvo a casa para dar de comer a Günter y luego continúo trabajando…

—No, no se preocupe por mí. Tengo que ir a la embajada y quiero visitar a algunos otros amigos de Sara y Yitzhak, no tengo otras pistas.

Ella se mordió el labio. Iba a decirle algo, pero se arrepintió. Luego salió con el niño en brazos.

8

En la embajada le estaban esperando. El funcionario le escuchó con paciencia y amabilidad hasta que Ferdinand terminó su relato.

—Bien, como ya le habrán informado, hemos hecho gestiones para encontrar a su esposa. Yo mismo fui al domicilio de los señores Levi, y desde luego la actitud de la portera no fue colaboradora. Estaba deseando que me marchara y no me dio ninguna explicación salvo que los tíos de su esposa ya no estaban. Hemos hablado con algunos amigos que nos quedan en la policía y con el Ministerio de Asuntos Exteriores alemán. Todos han prometido poner el máximo interés en el caso, pero hasta ahora no han sabido darnos razón alguna de lo sucedido.

—Pero ¿están haciendo algo? —preguntó Ferdinand sin ocultar su desesperación.

—Oficialmente cursan nuestras peticiones, nos escuchan y nos aseguran que harán todo lo que esté en su mano.

—¿Y usted qué cree?

El funcionario bajó la vista, buscó un cigarrillo, le ofreció otro a Ferdinand y luego respondió. Había necesitado esos segundos para evaluar si podía dar una respuesta relativamente sincera a aquel hombre desesperado.

—Mis opiniones personales no cuentan, señor Arnaud. Usted sabe lo que está pasando: Alemania está en guerra, primero fueron los Sudetes, después... ya veremos, pero Hitler seguirá haciendo avanzar a sus ejércitos hasta doblegar a toda Europa. En estos momentos la posición de Francia es muy comprometida. Hitler se cree invencible, no teme a nada ni a nadie, no hay nación a la que respete.

—Por favor, ya sé cuál es la situación política.

—¿De verdad lo sabe? Bien, entonces no le será difícil entender que en el Ministerio de Asuntos Exteriores alemán el menor de sus problemas es su esposa. Siento decírselo así.

—¿Al Ministerio de Asuntos Exteriores alemán no le preocupa la desaparición y denuncia de una ciudadana francesa?

—No, no les preocupa. Ésa es la verdad. Toman nota, me han hecho rellenar varios formularios y ya está.

—¿Y la policía? —preguntó Ferdinand como si no hubiera escuchado las últimas palabras.

—La policía dice que nosotros aseguramos que su esposa cogió en París un tren con destino a Berlín, pero que eso no significa que haya llegado a la ciudad, pudo bajarse en cualquier estación... Nadie la ha visto, no tenemos ni un solo testigo de que su esposa llegara a Berlín.

Ferdinand sacó del bolsillo de su chaqueta un pañuelo en el que había envuelto el lápiz de labios.

—Lo encontré en el suelo del cuarto de baño de sus tíos; es de Miriam.

El hombre miró el objeto sin tocarlo.

—Bien, enviaré una nota a la policía y al Ministerio de Asuntos Exteriores dando cuenta del hallazgo, ¿le parece bien?

—Sí, pero haga algo más. Pregunte a la policía si ha interrogado al revisor del tren. Tuvo que pedirle el billete. Él puede decir si se bajó en Berlín.

—¿Tiene una foto de su esposa?

—Sí, he traído varias.

Sacó de la cartera cuatro fotos de Miriam. El funcionario las miró con curiosidad. Las imágenes eran de una mujer madura, de unos cuarenta años, alta, delgada, melena corta, cabello castaño claro y ojos marrones.

—Ahora dígame qué más puedo hacer —preguntó con desesperación el profesor.

—Esperar, nada más. Si quiere regresar a París, nosotros nos pondremos en contacto con usted si se produce alguna novedad.

—¿Qué haría usted si fuera su esposa la que ha desaparecido en estas circunstancias?

—Rezar.

Ferdinand no esperaba una respuesta que pudiera sobrecogerle tanto el alma.

—¿Qué le ha pasado a mi mujer? —preguntó ya sin fuerzas.

—Le aseguro que no lo sé. Le doy mi palabra que hacemos cuanto está en nuestras manos.

—Pero sin confianza, sin fe. Para ustedes es un asunto rutinario.

—Señor Arnaud, le aseguro que entiendo su angustia, pero por increíble que parezca, es difícil hacer más de lo que hacemos. Hitler ha cambiado las reglas, se lo he dicho, desprecia tanto a sus enemigos como a sus aliados y en Alemania él es la ley.

—Quiero que interroguen al revisor —insistió Ferdinand.

—Lo pediré.

Quedaron en verse unos días más tarde. No tenía otra cosa que hacer, así que se dirigió él mismo a la estación. Allí paseó de arriba abajo hasta que se decidió a acercarse a una ventanilla y preguntar por el jefe de la estación.

Cuando logró dar con el hombre, éste le escuchó impaciente como si se tratara de un loco. El tren de París ya había llegado y el revisor estaba descansando. Podía probar suerte otro día, aunque difícilmente iba a acordarse de una pasajera precisamente en ese tren. ¿Acaso tenía algo de especial? En el libro de incidencias no había ninguna reseñada el 20 de abril.

Le despidió sin muchas contemplaciones y Ferdinand se sintió tan solo como nunca imaginó que podía llegar a sentirse.

Decidió continuar las visitas a la lista de amigos de Yitzhak y Sara que su suegro le había proporcionado.

La tienda de los Landauer no estaba lejos, de manera que fue andando.

El edificio era señorial y los transeúntes de aquella calle daban la impresión de ser gente acomodada. Buscaba una tienda de antigüedades; su suegro le había dicho que se trataba de una de las mejores de Berlín. Debió de serlo, pero ahora estaba cerrada y con las lunas rotas. Era evidente que la tienda de los Landauer había recibido la visita de los camisas pardas. Entró en el portal de al lado y preguntó a la portera por la familia Landauer.

—Se han marchado —dijo la mujer—. No creo que regresen.

—Y con la tienda, ¿qué ha pasado?

—Eran judíos —respondió la mujer a modo de justificación.

—Que yo sepa, eran alemanes. —Ferdinand se sentía dominado por la ira.

—Judíos, eran judíos —insistió ella.

—¿Dónde se los han llevado?

—¿Llevado? Yo no he dicho que se los hayan llevado, sólo que se han marchado. Y ¿usted quién es? ¿Otro judío?

La observó con rabia, iba a decirle que no, que él no era judío, pero hizo lo contrario.

—Sí, yo también soy judío, corra a denunciarme a sus amigos.

Salió del portal con paso rápido, tanto como su respiración. ¿Es que todas las porteras de Berlín eran iguales? Se preguntó si aquella mujer, si todos los que habían convertido a los judíos en los chivos expiatorios de sus locuras, iban a misa, si serían cristianos, si se daban cuenta de que el cristianismo había nacido de Jesús, un judío.

No tuvo mejor suerte en las dos siguientes direcciones. Nadie supo darle noticias de las familias por las que preguntaba. Se habían marchado, decían; nada más.

Pero en la última dirección le abrió la puerta una mujer de unos treinta años, con el cabello lleno de canas y el miedo asomándole en los ojos.

—Por favor, quisiera hablar con el señor Schneider.

—Es mi padre, pero no está. ¿Quién es usted?

Ferdinand le explicó con brevedad quién era y por qué estaba allí; la mujer entonces le invitó a pasar.

—Yitzhak y Sara son amigos de mis padres, les conozco bien, hemos celebrado muchos sabbats con ellos. Les visitamos cuando… cuando lo de la librería; luego desaparecieron. Mi padre se ha acercado varias veces a su casa, con mucha precaución, ya sabe que los judíos no somos bien recibidos en ninguna parte.

—Ustedes al menos continúan aquí.

—¿Por cuánto tiempo? Usted mismo lo está comprobando. De repente un día la gente desaparece, deja de existir. Dicen que a los judíos nos llevan a campos de trabajo. Pero a los ancianos y niños ¿por qué? Tengo dos hijas y he logrado sacarlas de Alemania, es de lo único que me siento satisfecha.

—¿Sacarlas? ¿A dónde?

—Tenemos familia en Estados Unidos, un hermano mío se fue allí hace unos años. Yo… yo trabajaba en el Ministerio de Asuntos Exteriores hasta que me echaron; allí se oían muchas cosas, también hay gente buena aunque esté tan asustada como nosotros. Se lo contaré: mi jefe era un buen hombre, y un día me llamó para decirme que tenía que despedirme, que yo no era de confianza para los nuevos amos de Alemania, y me dio un consejo: «Márchate, hazlo antes de que sea demasiado tarde, vete con tus hijas, yo te ayudaré ahora que puedo». Yo no quería dejar aquí a mis padres, porque ellos se resistían a abandonar su ciudad, me decían que éramos alemanes. Pero decidí que si aquel hombre me hablaba así era por algo muy grave, de manera que me puse en contacto con mi hermano y le pregunté si podía hacerse cargo de mis hijas. Le doy gracias a Dios porque viven seguras en Nueva York.

—¿Dónde están sus padres ahora?

—Han ido a reunirse con amigos, espero que no les pase nada. Cuando sales de casa nunca sabes si vas a regresar.

No se quedó mucho tiempo más; sabía que la mujer no podía aportar ninguna luz sobre la desaparición de Yitzhak y Sara, y mucho menos de Miriam.

Vagó por la ciudad sin rumbo y entró en varias tiendas para comprar comida para llevar a Inge. Cuando ella le vio llegar cargado de paquetes le regañó.

—No debería comprar tantas cosas; se lo agradezco, pero no quiero que se sienta obligado, usted ya paga por su habitación.

—No quiero ofenderla —se excusó.

—No, no me ofende; al contrario, soy yo la que no quiero que se sienta usted comprometido a ayudarme. Yo acepto la vida como viene. En realidad, yo he elegido lo que me pasa.

Ferdinand se indignó al escucharla hablar así. No, ella no había elegido a unos nazis como familia, ni nacer en un país al borde de la locura, ni que su novio hubiera desaparecido, ni que no pudiera trabajar en otra cosa que limpiando casas. Él no había elegido lo que le estaba pasando, de ninguna manera había elegido aquella pesadilla.

Cenaron casi en silencio, Günter se había dormido hacía rato. Inge estaba cansada, y él también; le ayudó a recoger los platos y después le pidió permiso para llamar a su hijo. La conversación con David se le hacía difícil, pero no podía engañarle ni darle falsas esperanzas.

—Hijo, continúo buscándola, hago lo imposible, pero si supieras cómo está este país…

A David poco le importaba la situación de Alemania; lo único que quería era recuperar a su madre, no aceptaba que hubiese desaparecido ni que le hubiese abandonado sin más. Él sabía que por nada del mundo les dejaría.

Durmió de un tirón toda la noche, y se sorprendió cuando a la mañana siguiente le despertó Inge.

—Tengo que irme a trabajar; le he dejado café en la cocina.

—¿Qué hora es?

—Las ocho. Como no me dijo que tenía que madrugar, he pensado que le vendría bien dormir un poco más.

En cuanto oyó la puerta cerrarse saltó de la cama. No tenía nada que hacer. Ya había visitado a los amigos de Yitzhak y Sara que su suegro conocía y al funcionario de la embajada tenía que darle tiempo: no podía presentarse a requerir noticias todos los días. De repente pensó en el conde d'Amis. Le había pedido ayuda y él no se había pronunciado.

Cuando el conde se puso al teléfono le notó malhumorado y durante la conversación se mostró seco y cortante; pero después de mucho insistir aceptó darle el teléfono del barón Von Steiner para que le llamara en su nombre.

El barón se extrañó al recibir su llamada, pero aceptó recibirle esa misma tarde a las tres en su despacho.

Ferdinand regresó a la estación. Tampoco esta vez tuvo suerte, ya que no encontró al revisor del tren procedente de París. Paseó por Berlín sin rumbo fijo. Sabía que no lograría nada, pero decidió regresar a la casa de los tíos de Miriam.

Dio unas caminatas de arriba abajo por la acera, fijándose en las lunas rotas de la librería, en cuya puerta habían clavado unas maderas para impedir la entrada a los intrusos. No vio a la portera ni tampoco entrar ni salir a nadie del portal. Parecía una casa deshabitada, aunque sabía que no lo estaba. Volvió a tener la sensación de que era observado por alguien desde la segunda planta, pero no alcanzó a identificarle.

Regresó a casa de Inge justo en el momento en que ésta daba de comer a su hijo.

—¿Quiere que le prepare algo? —se ofreció ella.

—No, no se preocupe, no tengo hambre; tomaré un té y unas galletas.

—Tiene que comer, no le servirá de nada no hacerlo. Uno piensa mal con el estómago vacío.

—Ya, pero no tengo ganas, luego cenaré. A las tres voy a ver a un hombre, al barón Von Steiner.

—¿Von Steiner? ¿Le conoce?

—Le conocí hace poco más de un año, en el sur de Francia, en el castillo del conde d'Amis. Ya le he dicho que soy medievalista y doy clases en la Universidad de París.

—Es un hombre muy bien relacionado; si alguien le puede ayudar es él, debería haber empezado por ahí.

—¿Conoce a Hitler?

—Imagino que sí; tiene mucho dinero y es de los que decían que la providencia nos ha traído a Hitler para salvar a Alemania.

—¿Y cómo sabe lo que dice?

—Porque leo los periódicos y escucho la radio, supongo que como usted.

Inge terminó de dar de comer a Günter y dejó al pequeño sentado en el suelo rodeado de sus juguetes mientras ella se preparaba de nuevo para salir.

—Hoy no tengo tanto trabajo, pero ayer me quedaron cosas por planchar en casa de mi casera, así que estaré un par de horas abajo. ¿Le espero para cenar?

—Si no le importa…

—¡Pues claro que no! Aunque no seamos muy buena compañía el uno para el otro porque ambos tenemos problemas, es mejor cenar juntos que solos.

Faltaban cinco minutos para las tres cuando apretaba el timbre del despacho de Von Steiner, situado en un edificio céntrico de la ciudad.

Un hombre le abrió la puerta y le invitó a pasar a una sala de espera donde cada detalle evidenciaba no sólo buen gusto, sino la posición económica de su propietario: los cuadros, la alfombra, los sillones de cuero, la mesa de caoba…

A las tres en punto le acompañó al despacho del barón.

—¡Señor Arnaud, qué sorpresa!

—Lo sé, barón, gracias por recibirme.

—Dígame, ¿qué hace usted en Berlín? ¿Tiene algo que ver

con sus investigaciones sobre fray Julián? —rió el barón celebrando su ocurrencia.

—No, barón, tiene que ver con mi esposa.

—¿Su esposa?

Ferdinand volvió a explicar lo sucedido: de tanto hacerlo ya había depurado el discurso hasta dejarlo en lo esencial.

El barón le escuchaba sin inmutarse. Cruzó las manos encima del escritorio y pareció dudar un instante antes de hablar.

—Lo que usted cuenta es muy extraño. Sinceramente, me cuesta creer que alguien pueda desaparecer así a no ser…

—A no ser…

—A no ser que esa desaparición sea voluntaria, perdone mi franqueza.

Esta vez fue Ferdinand quien dudó de la respuesta. Era la tercera vez que alguien sugería que Miriam había desaparecido voluntariamente. Primero el funcionario del Quai d'Orsay, luego el de la embajada y ahora el barón. Se sentía impotente y airado ante estas insinuaciones. Le parecía sucio tener que justificarse así ante desconocidos.

Pero una vez más lo hizo, sintiendo la impaciencia del barón que disimuladamente miró el reloj.

—…no quiero quitarle tiempo, sólo le pido ayuda; usted puede conseguir que la policía se tome en serio el caso, que investiguen, que interroguen al revisor. En cuanto a la desaparición de los tíos de Miriam, para sorpresa mía no son los únicos; al parecer los alemanes judíos desaparecen de un día a otro, y nadie sabe nada de ellos, salvo que les conducen a campos de trabajo. ¿Por qué? ¿Cómo pueden desaparecer así? ¿Qué pasa con sus negocios, con sus trabajos? Me parece terrible lo que está sucediendo aquí.

El barón dio un puñetazo sobre la mesa sin ocultar su indignación.

—¿Cómo se atreve a juzgarnos? Los judíos… aquí nadie desaparece, hay muchos delincuentes que van a campos de trabajo.

Los judíos han recibido mucho de Alemania y es hora de que devuelvan algo de lo que han recibido, en estos momentos en que se necesitan manos en las fábricas para afrontar los retos fijados por el Führer. Nuestros jóvenes se preparan para ir al frente, los mejores hombres de Alemania están listos para morir por su patria, y usted se preocupa porque unos cuantos... unos cuantos judíos trabajen. ¡Es indignante!

No supo si callarse o traicionar sus convicciones. Fue un momento difícil en el que se sintió desgarrado, pero al final decidió que traicionarse a sí mismo era traicionar a Miriam y a David.

—Barón, no comparto la política de su Führer, y mucho menos la que se refiere a los judíos. Los tíos de Miriam son alemanes, los judíos que viven en Alemania son alemanes. Cada hombre debe poder rezar al Dios que quiera sin que eso tenga que ver con su patriotismo o su lugar de nacimiento. Entre las mejores cabezas de Alemania encontrará muchos judíos, no se puede escribir la historia de su país sin ellos y usted lo sabe. Pero no he venido a discutir sino a pedirle ayuda, ¿puede dármela?

El barón Von Steiner le miró fijamente y luego se levantó de su butaca.

—Dele a mi secretaria todos los datos de su esposa y sus tíos. Le llamaré. Y ahora, señor Arnaud, tengo mucho que hacer. Le recuerdo que nuestros países no están precisamente en sus mejores relaciones.

Se despidieron con una ligera y fría inclinación de cabeza. La secretaria le acompañó a la puerta tras anotar con rapidez la información que le dio el profesor.

Ferdinand miró el reloj. No había estado ni veinte minutos en aquel despacho. Respiró hondo, reconfortado por el aire frío y la lluvia que comenzaba a caer con fuerza. Ya sólo quedaba esperar a que la embajada o el barón le dieran alguna pista. La espera, por corta que fuera, se le iba a hacer eterna.

Cuando llegó a casa, Inge estaba haciendo la cena y escuchando la radio mientras Günter jugaba sentado en el suelo. Parecía contenta.

—¿Qué tal le ha ido con Von Steiner? —preguntó.

—No muy bien, pero espero que me ayude.

Y le contó lo sucedido; también su sentimiento de vergüenza por tener que defender su matrimonio ante desconocidos. Luego le pidió permiso para llamar a David. Habló con su hijo, al que notó aún más angustiado. La madre de Miriam se puso a continuación para decirle que David apenas comía, que había días en que se negaba a ir al liceo y que casi no dormía. Pidió volver a hablar con su hijo para intentar convencerle de que fuera fuerte.

—Tienes que serlo, por ti, por ella y también por mí. Tu madre no flaquearía, esté donde esté, de manera que nosotros tampoco podemos hacerlo.

—Pero ¿dónde está? ¿Dónde crees tú que está? —gritó David.

La conversación con su hijo le deprimió aún más. Se sentía inútil, perdido, sin saber el rumbo que debía tomar. Inge le observaba en silencio mientras ponía la mesa. Se fue a su habitación, necesitaba estar solo.

Una hora más tarde Inge llamó suavemente a la puerta del dormitorio.

—Günter se ha quedado dormido, ¿quiere que cenemos? Ya sé que no hay nada que celebrar, pero he preparado una *strudel* con las manzanas que compró. Espero que le guste; no es que sea muy buena cocinera, pero hacer tartas me encanta.

Estaban cenando en silencio cuando el timbre les sobresaltó. Inge se levantó y fue a abrir la puerta. La escuchó hablar con un hombre, luego entró con él en la sala.

El joven era alto y llevaba uniforme militar. Llevaba a Inge cogida de la mano, a ella se la veía tranquila a su lado.

—Ferdinand, le presento a mi hermano Gustav; acaba de llegar de permiso. Es el único de la familia con quien me trato. De vez en cuando me da la sorpresa de visitarme.

Se estrecharon la mano y el joven se sentó con ellos a compartir la cena. Inge le explicó quién era su huésped y por qué estaba allí; Gustav escuchaba y hacía preguntas; interesado por cuanto Ferdinand le relataba.

—Siento lo que le está pasando, aunque no me extraña. En Alemania están ocurriendo tantas cosas…

Gustav dio noticias a su hermana del resto de la familia. Su madre cada día se mostraba más fanática: adoraba a Hitler y había colocado su foto en una hornacina como si de un santo se tratara. Su padre se quejaba de las muchas horas de trabajo por la necesidad de limpiar las calles de escoria, «es decir, a judíos, comunistas, homosexuales… todo el que no es nazi».

Su hermana pequeña, Ingrid, seguía en la escuela y sus padres la estaban convirtiendo en la perfecta nazi.

Ferdinand se interesó por la opinión del hermano de Inge sobre lo que estaba ocurriendo en su país.

—Yo quería ser soldado antes de que sucediera todo esto, supongo que porque mis padres desde pequeño me decían que lo mejor era tener un puesto seguro en el Estado. No me gustaba ser policía, aborrezco lo que hace mi padre y lo de ser soldado me parecía más digno, pero ahora… sé que tendré que combatir, pero no porque tengamos ningún enemigo sino porque Hitler ha decidido «salvar» a Europa y para ellos nada mejor que quien dirija Europa sea Alemania. Soy soldado y obedezco. No hago preguntas, pero pienso, claro que pienso, y aunque no comparto las ideas de Inge no creo que deba morir por ellas, como tampoco que los judíos sean la causa de los problemas de Alemania. Pero, como le digo, yo no decido, sólo obedezco.

Cuando terminaron de cenar, Ferdinand se ofreció a recoger los platos mientras los dos hermanos hablaban. Después, les dio las buenas noches; no quería imponerles su presencia. Notaba que Inge estaba ávida de noticias de su familia. Se tumbó en la cama y se puso a leer mientras le llegaba el sueño.

Por la mañana desayunó con Inge y se ofreció a quedarse con Günter puesto que no tenía nada que hacer.

—Si quiere le puedo llevar al parque, hoy no llueve…

—¿Y si le llaman?

—Bueno, usted está limpiando en el piso de abajo, de manera que le llevaría al niño de inmediato.

Ella aceptó encantada, le dijo que así le cundiría más el trabajo y acabaría antes, lo que le vendría bien para descansar un poco. El trabajo era duro, le dolía la espalda y también las rodillas de estar tantas horas agachada fregando.

—¿Por qué no intenta acabar sus estudios? —le preguntó él.

—Yo estudiaba filología, quería ser maestra, pero es un sueño que he enterrado, ya le dije que acepto la vida tal como es. No seré maestra, seré lo que ahora soy. Al menos puedo mantener a mi hijo y salir adelante.

Ferdinand se llevó al niño a pasear. Günter era un niño apacible y a pesar de ser tan pequeño parecía saber que tenía que portarse bien y no ser un incordio para su madre cuando ésta trabajaba, ya que por eso le permitían ir con él.

Le llevó al parque y le hizo dar unos pasos agarrado de su mano. Sería una sorpresa para Inge ver esos avances ya que se quejaba de que el niño llevaba cierto retraso en aprender a caminar.

9

Los días comenzaron a tener su propia rutina. Por la mañana salía con Günter, que evolucionaba muy rápidamente y prácticamente ya andaba solo, y por la tarde acostumbraba a acercarse a la casa de los Bauer o de los Schneider, para saber si tenían alguna noticia de Yitzhak y Sara. También había ido en un par de ocasiones más a la estación para tratar de ver, sin éxito, al revisor.

Diez días después de su llegada a Berlín recibió la llamada del funcionario de la embajada citándole para el día siguiente a las ocho.

Acudió puntual y nervioso, temiendo oír que seguían sin tener noticias de Miriam.

—Señor Arnaud, aquí tengo el informe que me ha enviado el Ministerio de Asuntos Exteriores alemán.

Le entregó un folio cuyo contenido era desolador. No había constancia de que ninguna ciudadana francesa hubiera sufrido ningún accidente en Alemania, ni que estuviera ingresada en ningún hospital. Tampoco de que hubiera habido ningún incidente en el que hubiera estado mezclada una ciudadana francesa, por lo que ni en las comisarías ni en los centros de detención tenían noticias sobre ella. No había constancia de que dicha ciudadana hubiera llegado a Berlín. El Ministerio de Asuntos Exteriores alemán daba por cerrado el asunto.

—¿Así de simple? —preguntó Ferdinand, decepcionado.

—Así de simple. Oficialmente no hay caso.

—¿No puede insistir? —rogó al funcionario.

—Puedo hacerlo, pero no se molestarán en hacer nada. Volverán a mandarme un oficio como éste.

—¿Cree que han hecho algo, que la han buscado?

—Señor Arnaud, lo que yo crea da igual. Ellos dicen que lo han hecho y éste es el resultado. Lo que sí sé es que no harán nada más.

—¿Y la policía?

—Ya sabe que nosotros tenemos algún contacto, pero no nos han dicho nada. Esta mañana antes de que usted llegara hablé con el hombre que conocemos, y me aseguró que no sabían nada de su esposa y que estaban convencidos de que nunca llegó a Berlín.

—¿Y han interrogado al revisor?

—Al parecer le localizaron y le enseñaron la foto de su esposa, pero no la recuerda. El embajador me ha dicho que le transmita que continuaremos haciendo todos los esfuerzos que estén a nuestro alcance, pero que no le podemos dar esperanzas prometiéndole resultados. Es como buscar a un fantasma.

—Mi mujer es real. Ella llegó a Berlín y estuvo en casa de sus tíos.

—No lo dudo, señor Arnaud, pero debe entender que no podemos hacer más de lo que estamos haciendo.

—Creo que las autoridades alemanas no están haciendo nada —sentenció Ferdinand—. Lo que no sé es por qué.

El hombre se quedó callado mientras le sostenía la mirada. Era un diplomático, pero para esa pregunta él tampoco tenía respuesta.

Salió vencido de la embajada. Sabía que no iban a hacer nada más, si acaso de cuando en cuando enviarían una información concisa: sin noticias del paradero de la señora Arnaud.

Si regresaba a París admitiría que daba a Miriam por perdida para siempre; no se sentiría capaz de afrontar la angustia de su hijo ni de sus suegros, ni la suya propia. Tenía que seguir pero no sabía qué dirección tomar.

Volvió a pasear sin rumbo por aquella ciudad que cada vez odiaba más y sintió las gotas de lluvia mezclándose con sus lágrimas.

«¿Dónde estás, Miriam? ¿Dónde estás?», susurró mientras lloraba. Algunas personas se volvían a mirarle e imaginaban que aquel hombre pasaba por algún duelo que no era capaz de ocultar. Poco le importaban los demás. Se sentía desgarrado por dentro y era demasiado el dolor para preocuparse por aquellos que le miraban con curiosidad.

Llegó empapado a casa de Inge. Fue directamente a su dormitorio para evitar que le viera en ese estado, pero ella le siguió preocupada.

—Perdone, no quiero incomodarle, pero ¿ha tenido alguna noticia? ¿Ha sucedido algo?

La miró entre lágrimas incapaz de hablar y ella, con timidez, se acercó para abrazarle e intentar transmitir un consuelo que sabía que era inútil. Después salió del cuarto para dejar que se recuperara.

Al cabo de unos minutos, Ferdinand se reunió con ella.

—Estuve esta mañana en la embajada.

Inge esperó que fuera él quien le relatara lo sucedido porque no quería ahondar en las heridas de aquel hombre.

—Mi mujer se ha convertido en un fantasma, ha dejado de existir. Sólo me queda esperar la gestión de Von Steiner, si es que la hace.

—La hará, esté seguro, de lo contrario no se habría molestado en pedirle los datos de su esposa y de sus tíos. Puede que él tenga más suerte.

—No lo sé, Inge. Lo peor es que no se me ocurre qué más puedo hacer. Sé que está aquí, pero ¿dónde? He pensado en poner anuncios en los periódicos.

—Me parece buena idea; puede que alguien la haya visto y le den una pista. No pierde nada por intentarlo. Puedo acompañarle esta tarde. Hoy no tengo más trabajo.

Fueron a poner el anuncio en los periódicos más importantes, y ofrecieron una pequeña recompensa por cualquier información sobre Miriam. Inge confiaba en que eso diera resultado y Ferdinand necesitaba creer que a lo mejor era así.

Esa noche volvieron a cenar en silencio. Cualquier palabra hubiera estado de más.

Al día siguiente los periódicos mostraron la foto de Miriam y Ferdinand permaneció todo el día sin salir de casa junto al teléfono pero nadie llamó. El segundo día sí se produjo una llamada: la secretaria del barón le citaba para esa misma tarde.

Por primera vez desde que era niño, rezó con todas sus fuerzas para que esa tarde le dijeran algo sobre el paradero de Miriam, lo que fuera, algo que evidenciara que no se había convertido en un fantasma.

El barón le recibió de pie en el despacho, como un anuncio de que la entrevista no duraría demasiado.

—Señor Arnaud, dada la amistad que me une al conde d'Amis y la recomendación de éste para que le ayude, he intentado indagar sobre el paradero de su esposa. Ya he visto que usted ha acudido a los periódicos…

—Estoy desesperado, barón —admitió Ferdinand—, haré cualquier cosa por encontrarla.

—Bien, he molestado a algunas personas importantes, y sé que se han tomado el debido interés por darme una respuesta satisfactoria, pero siento decirle que la desaparición de su esposa es un enigma. Se ha interrogado al revisor del tren, incluso a otros empleados, y nadie la recuerda. Se la ha buscado por…

Ferdinand le interrumpió ante el asombro del barón.

—Hospitales, comisarías, cárceles… y nada, ni rastro. Como si la señora Arnaud no existiera, o nunca hubiera tomado un tren con destino a Berlín.

El gesto del barón delataba la incomodidad que le había producido la interrupción de Ferdinand. Aquel hombre le exasperaba, como cuando D'Amis les presentó en su castillo.

—Usted no quiere admitir la verdad, señor Arnaud.

—¿Y cuál es esa verdad, barón?

—Que su esposa ha desaparecido voluntariamente, que le ha dejado, señor Arnaud. No me corresponde a mí saber por qué, pero ésa es la única evidencia.

—Se equivoca, barón; mi mujer llegó a Berlín y fue a casa de sus tíos. Encontré su lápiz de labios en el cuarto de baño de su casa, una casa arrasada por los camisas pardas, a ellos se los llevaron por ser judíos, imagino que a uno de esos campos de trabajo, pero ¿y a Miriam? ¿Qué han hecho con ella? Ella es francesa, no es alemana, no tiene nada que ver con ustedes.

El barón permaneció en silencio escuchándole, impasible, como si nada de lo que Ferdinand dijera pudiera conmoverle.

—¿Qué hacen con la gente, barón? ¿Es usted nazi? ¿Es uno de esos desalmados? No le imagino aliado con esa gentuza.

—Entiendo su preocupación y desconcierto, pero nada puedo hacer. Usted no se conforma con la verdad, de manera que, señor Arnaud...

—Ya me voy, barón. No hace falta que me acompañe a la puerta; soy sólo el esposo de una judía desaparecida. ¿A quién le importa una judía más o menos?

Esta vez las lágrimas eran de rabia. Salió del despacho del barón con la ira reflejada en cada músculo del rostro.

Paró un taxi para regresar a casa. Hablaría con David y con sus suegros y entre todos decidirían qué hacer.

Cuando llegó a casa de Inge la encontró hablando con Deborah, la hija de los Schneider, la mujer de cabello canoso que había enviado a sus hijos a Nueva York. La mujer triste que le había recibido atemorizada.

—Perdone que me haya presentado aquí, pero vimos la foto de su esposa en los anuncios de los periódicos y mi padre me ha pedido que me acercara para ver cómo se encuentra. Queremos que sepa que no está solo en su desesperación.

—Cada vez que hablan de mi mujer siento que la intentan ensuciar con sus palabras.

—No sé cómo podemos ayudarle —se lamentó Deborah Schneider—. A mis padres y a mí nos gustaría poder hacer algo, lo que podamos, cuente con nosotros…

—Gracias. Ustedes al igual que los Bauer me han ayudado a no desfallecer, son el único nexo con los tíos de Miriam y, por tanto, con ella misma en estas circunstancias. El problema es que no sé qué hacer…

—Se tendrá que marchar —afirmó Deborah—, aquí no puede quedarse indefinidamente y si ella… bueno, si su esposa logra salir de donde esté, les buscará.

—Pero ¿dónde está? Dígamelo usted.

—No lo sé. Quizá tuvo un enfrentamiento con la portera de la casa de sus tíos y ésta avisó a los camisas pardas. O se la llevaron porque es judía aunque les dijera que era francesa. Puede que haya sucedido eso y ahora no se atrevan a dejarla marchar porque entonces diría lo que no quieren que nadie sepa.

—Si fuera así, significaría que no la dejarán libre nunca, que la retendrán para siempre…

—Es lo único que se me ocurre que puede haber ocurrido…

—Entonces tengo que seguir buscándola —afirmó él—. ¿Dónde se llevan a los judíos que hacen desaparecer? ¿Dónde están esos campos de trabajo?

—Nadie ha regresado para contarlo —afirmó Deborah—. Sólo la gente importante del régimen lo sabe.

—Se me ocurre que volvamos a ver a la portera —propuso Inge—, a lo mejor si intenta sobornarla… no será fácil, porque es una fanática, pero nunca se sabe con esa gente. También podemos intentar ver a algún vecino de sus tíos; quizá se atrevan a decirnos algo.

—Lo haré —dijo Ferdinand—, iré ahora mismo.

Deborah Schneider aceptó cuidar a Günter, deseosa de que la visita a la casa de los Levi diera sus frutos. Sentía lástima por aquel hombre que buscaba con tanta desesperación a su esposa. Y rezó dando las gracias a Dios por haberla iluminado para que enviara a sus hijos a Norteamérica: ella podría desaparecer como tantos otros judíos, pero al menos sus hijos vivirían.

La oscuridad envolvía Berlín pese a no ser más de las siete de la tarde. El taxi paró en la puerta de la casa de Yitzhak y Sara. La puerta de la tienda estaba cubierta por tablas clavadas de mala manera pero que cumplían la función de impedir el paso de intrusos. El portal estaba cerrado, pero Inge tenía las llaves. Había decidido visitar primero a los vecinos antes de enfrentarse a la portera. Subieron con paso firme las escaleras hasta la segunda planta donde había dos viviendas. Llamaron a la puerta de la derecha, pero por más que insistieron nadie respondió: o no había nadie en aquella casa o no querían visitas de extraños. Luego probaron suerte con la puerta de la izquierda, y casi de inmediato apareció una mujer.

—¿Qué desean? —preguntó con desconfianza.

—Buenas tardes, señora; verá, yo era ayudante de los Levi, seguro que me ha visto en alguna ocasión por la librería, y este señor es sobrino, bueno, su esposa es sobrina de los Levi…

—¿Y a mí qué me importa quiénes sean ustedes? ¿Qué es lo que quieren? —respondió la mujer de mala manera.

—Querríamos saber adónde se han llevado a Yitzhak y Sara. A lo mejor ha oído algo… y también preguntarle por el incidente que se produjo aquí a mediados de abril cuando la sobrina de los Levi llegó a la casa encontrándose… ya sabe, los destrozos que han sufrido la tienda y la vivienda.

—Yo no sé nada, ni he visto nada, ni he oído nada.

La mujer estaba dispuesta a cerrarles la puerta pero Ferdinand se lo impidió.

—Señora, no le estamos pidiendo que revele ningún secreto inconfesable, sólo queremos que nos diga dónde cree que han llevado a los Levi y si usted vio a mi esposa cuando estuvo aquí.

—No sé de qué me habla, déjeme en paz o llamaré a la policía.

—¿A la policía? ¿Y por qué? ¿Porque le hemos preguntado por unos ancianos y su sobrina? ¿Es eso un delito en Alemania? —Ferdinand no podía contener su irritación.

La mujer cerró la puerta bruscamente sin darles tiempo a reaccionar. Inge le miró y haciendo un gesto le invitó a seguirla a la tercera planta.

No tuvieron más suerte que con la mujer del segundo piso. Después de decirles que no sabían nada, les cerraron de inmediato como si el hecho de hablar con ellos pudiera provocarles algún problema.

Así fueron subiendo planta por planta hasta llegar a la última, donde había tres puertas.

—Éstas deben de ser buhardillas como en mi casa.

Se llevaron una sorpresa cuando llamaron a la primera puerta y se encontraron de bruces con la portera.

—Buenas tardes, señora Bruning, ¿podemos pasar a hablar con usted? —pidió Inge con una sonrisa.

La portera, tan desconcertada como ellos, abrió la puerta y, antes de que pudiera decirles nada, se encontró con que Inge y Ferdinand estaban ya dentro de la casa. Al fondo, un hombre sentado escuchaba la radio con un periódico en las manos. No les fue difícil deducir que era el marido de la portera.

—Les dije que no volvieran por aquí —dijo ella en tono amenazante.

—Señora Bruning —comenzó a hablar Ferdinand—, sé que es usted una mujer sensible y por eso he vuelto. Usted, que tiene familia, puede entender la desesperación de alguien que no encuentra a su esposa; imagínese que a usted le sucediera algo así, que su esposo desapareciera de repente, sin dejar rastro…

La mujer le miró dudando de la respuesta. El tono apenado de Ferdinand parecía haberla conmovido, pero sólo fugazmente, porque al instante les regaló una mirada cargada de desprecio.

—¿Y a mí por qué me pregunta por su esposa? —gritó—. Si

le ha dejado, busque en otra parte; usted sabrá con qué clase de mujer está casado.

Ferdinand levantó la mano para abofetearla pero Inge se interpuso entre los dos temiendo las consecuencias. El marido de la portera se acercó al escuchar los gritos de su mujer.

—Ursula, ¿qué pasa?

—¡Preguntan por esa gentuza!

—¿Qué gentuza?

—Los Levi, ésta es la que les ayudaba en la librería —dijo apuntando con el dedo a Inge— y éste el marido de su sobrina. ¡Y me preguntan a mí por esa gentuza! ¡Estarán con el Diablo en el infierno, del que espero no les dejen salir!

—Cálmate, mujer, y vete adentro que ya me hago cargo yo. ¿Qué es lo que quieren de nosotros? —les increpó el hombre, tan orondo como su esposa y sin un solo pelo en la cabeza.

Inge cogió del brazo a Ferdinand e intentó calmarle. Luego se dirigió al energúmeno y le dijo:

—Señor Bruning, no queremos molestarles, disculpe si hemos llegado en mal momento, pero verá, si no fuera importante, no nos habríamos atrevido a hacerlo.

Durante unos minutos le habló como si de un niño se tratara, para que el hombre respondiera a las preguntas que tanto enfurecían a su esposa. Él les observaba con la frialdad impersonal del que odia por propia impotencia.

Fuera por el tono de voz neutro y sosegado de Inge, fuera por sentirse importante ante los intrusos, lo cierto es que el hombre escuchó hasta el final a pesar de los improperios que su esposa lanzaba desde la sala pidiéndole que les echara a patadas.

—Si su esposa ha desaparecido, vaya a la policía; nosotros no sabemos nada —dijo con desprecio mirando a Ferdinand—. En cuanto a los Levi, eran basura humana, judíos, están donde deben estar.

—¿Dónde? —preguntó Inge suavemente con la mejor de sus sonrisas.

—No lo sé, en cualquier lugar en que hagan algo útil por este país al que han sangrado con su avaricia. Si vuelven, les echaremos a patadas.

—Pero aquí está su casa, su tienda les pertenece —acertó a decir Ferdinand.

—Si no regresan, les dejará de pertenecer y pasará a ser de buenos alemanes. Ya hemos soportado bastante a los judíos en este país. El Führer sabe lo que hay que hacer con ellos. Son un cáncer.

Ferdinand iba a replicar pero Inge le apretó el brazo con fuerza; era su manera de pedirle que la dejara a ella tratar con los Bruning.

—¿Sabe dónde se llevaron a su sobrina? Sabemos que estuvo aquí, encontramos algunas de sus cosas, de manera que no hay duda, y nos gustaría saber…

Inge no pudo continuar la frase porque la portera se había plantado en el vestíbulo y les empujó con rabia.

—¡Fuera de aquí, asquerosos amigos de los judíos! ¡Fuera de aquí!

Acabaron en el descansillo, con la puerta cerrada y oyendo los improperios de la portera y los gritos de su marido.

Se sentían exhaustos, con la rabia de la frustración a flor de piel.

Llamaron al timbre de las otras dos viviendas, pero nadie respondió. Se sabían observados por la mirilla.

Entraron en el piso de los Levi y lo volvieron a examinar de arriba abajo en busca de alguna otra pista. No encontraron nada, pero notaron que alguien había estado allí después que ellos. Algunas cosas no estaban como las dejaron. Inge sugirió que tal vez la policía había ido a buscar algún indicio de la presencia de Miriam a instancias de la embajada. Tampoco eso le servía de consuelo a Ferdinand. Allí, en aquella casa, se perdía el rastro de Miriam, allí se había esfumado; pero seguía sin saber qué había ocurrido exactamente.

Deborah parecía encantada con Günter. La encontraron en el suelo jugando con el pequeño. La mujer se entristeció al escuchar el relato de lo sucedido y antes de marcharse dio un consejo a Ferdinand.

—Sé que es muy duro lo que voy a decirle, pero regrese a París. Vuelva con su hijo, es lo único real que le queda.

—¿Y abandonar a Miriam? No, no puedo hacerlo.

10

Los días siguientes se convirtieron en una pesadilla. No tenía dónde ir ni nada que hacer. Llamó a la embajada un par de veces y amablemente le dijeron que no se había producido ninguna novedad; tampoco entre los amigos de Sara y Yitzhak se produjo ningún acontecimiento relevante.

Inge no le decía nada, pero en realidad tampoco hablaban mucho. Trabajaba todo el día y cuando se veían a la hora de cenar estaba demasiado cansada. En tres o cuatro ocasiones le volvió a pedir que cuidara de Günter mientras ella salía por la noche. Un día le confesó que se reunía con sus camaradas del Partido Comunista porque habían vuelto a aceptarla.

Por su parte, David insistía en que se quedara en Berlín y buscara a su madre. En las palabras entrecortadas de sus suegros interpretaba que tampoco se resignaban a que regresara sin Miriam.

El transcurrir del tiempo se le empezó a hacer insoportable. Estaba en Berlín para sentirse cerca de su mujer, pero acaso, se decía, era una manera de calmar su conciencia más que otra cosa. Porque se sentía culpable, culpable por haberle permitido emprender el viaje, culpable por no haber sido capaz de ver lo que estaba pasando en Alemania pese a que no era ningún secreto que Hitler había puesto en marcha leyes raciales cuyas primeras víctimas eran los judíos.

Una mañana recibió una llamada del conde d'Amis.

—Señor Arnaud, ¿cuándo piensa regresar a Francia? —le preguntó el conde sin más preámbulo.

Le dijo que se quedaría hasta encontrar a Miriam y le sorprendió la reacción brutal del conde.

—Si no regresa de inmediato y termina el trabajo sobre la crónica de fray Julián me veré obligado a romper el acuerdo con usted y su universidad. He sido paciente con sus problemas personales, pero comprenderá que no puedo, ni quiero, seguir esperando. Además, le necesito en el castillo para que oriente a mi grupo de trabajo. Tengo aquí a una veintena de personas aguardando sus indicaciones; le recuerdo que era parte del trato. Y por cierto: he hablado con el rector de su universidad, le anuncio que le llamará. Decídase pronto, señor Arnaud, no voy a esperar mucho más.

Apenas le dio tiempo a protestar. El conde no atendía a más razones que a sus propios intereses. Tal como le había anunciado, a los pocos minutos recibió una llamada de la universidad. El coordinador del departamento de Historia se mostró cordial y amigable. Naturalmente, todos entendían el drama que estaba viviendo, podía tomarse el tiempo que necesitara, pero ¿podría volver a París unos días para arreglar algunas cosas? Alguien debía sustituirle en las clases; en cuanto al trabajo sobre la crónica de fray Julián, también había que adoptar decisiones. La universidad se había comprometido a su edición, quizá él mismo podría aconsejar quién podía terminar la labor.

Para Ferdinand aquellas dos llamadas le devolvieron a la realidad. Antes de la desaparición de Miriam era otro hombre: tenía una familia, un trabajo que le apasionaba, amigos y colegas, publicaba estudios sobre la Francia medieval, daba conferencias por toda Europa… pero él mismo se había convertido en un fantasma; no estaba allí donde antes tenía una vida. O regresaba o se despedía de todo lo que había sido.

Tenía que tomar una decisión que iba a resultar crucial para el resto de su vida; porque quedarse en Berlín también significaba separarse de David, y tendría que pensar de qué iba a vivir; los ahorros de toda la vida no le durarían siempre si seguía sin hacer nada. Un colega le había sugerido que pidiera una excedencia…

—Yo que usted volvería —le aconsejó Inge durante la cena—. Ahora es difícil que la encuentre, tal vez más adelante. Podría venir de vez en cuando.

—No quiero abandonarla.

—Si va y viene no la abandona, pero tampoco abandona a su hijo. No puede destruir todo lo que hicieron entre ambos. La vida no es o todo o nada, a veces hay que buscar soluciones intermedias para sobrevivir.

—Usted es como los camaleones —le reprochó él—, incluso me asombra que acepte que su jefe Stalin firme acuerdos con Hitler y eso no le haga replantearse nada.

—Stalin sabe que no es el momento del todo o nada y espera.

—Y mientras, los comunistas se pudren en las cárceles alemanas —le recordó.

—Sí, incluso algunos se han suicidado porque no pueden entenderlo, se sienten traicionados. Pero la vida no es como uno quiere sino como es. Los chinos dicen que hay que ser como los juncos, que se doblan cuando les azota el viento pero no se rompen y continúan de pie.

—Y usted es un junco.

—No tengo más remedio, no puedo ni quiero dejar de creer en lo que creo. Soy comunista, sí, y sé que tenemos la razón, pero no basta con tenerla, hay que esperar el momento y, mientras, dejarnos doblar por el viento.

—¿Y si nunca regresa el padre de su hijo?

—Con eso ya cuento.

—¿Acepta que no volverá a verlo?

—Sí; es más que probable que nunca regrese.

—¿Y no le duele?

—Hasta el fondo del alma, pero no está en mis manos hacer más de lo que he hecho, de lo que hago todos los días sacando adelante a nuestro hijo.

—Los cristianos a eso lo llaman resignación…

—No se equivoque, aceptar la realidad no es resignación, es una manera de afrontarla. No tengo poder para cambiar las cosas. Hitler va a continuar con su política racista, va a seguir pactando con Stalin y encarcelando a los comunistas; nada va a cambiar porque yo quiera o me lamente.

—Es muy joven para expresarse con tanta dureza; me da pena oírle hablar así.

—¿Preferiría verme llorar y que mi hijo se muera de hambre? ¿Preferiría verme actuar como una heroína de novela y correr el riesgo de desaparecer? ¿De verdad es eso mejor?

—No la juzgo, Inge, porque deseo que no me juzguen a mí.

—Si al final decide regresar a París, pero venir de cuando en cuando a Berlín para seguir buscando a Miriam, me gustaría que siguiera alquilándome el cuarto; me viene muy bien el dinero y es un huésped que no da problemas. Quizá si viene una o dos veces al mes… no sé, piénselo…

Optó por seguir el consejo de Inge. A pesar de que la joven no había cumplido los veinticinco años, parecía rezumar sentido común y experiencia. Ella también había visto desaparecer al padre de su hijo y aguantaba impertérrita; pero ¿qué esperaba?

11

Por fin había sucedido. Alemania y Francia estaban en guerra, pero no se combatía. Los periódicos franceses calificaban la situación de «guerra boba». Algunos consideraban que el ultimátum dado por el gobierno francés a Hitler para que se retirara de Polonia había sido un gesto de cara a la galería pero, gesto o no, oficialmente los dos países estaban en guerra. De manera que, pensó él, tampoco habría podido alargar por mucho tiempo su estancia en Berlín.

El reencuentro con David no fue fácil. Su hijo le reprochaba con sus silencios que no hubiera sido capaz de encontrar a su madre. Le oía gritar por la noche entre pesadillas que le atenazaban el alma, y a veces discutían porque no estudiaba. La vida había perdido interés para el joven.

Sus colegas de la universidad se alegraron de verle y escucharon preocupados y circunspectos sus relatos sobre el gobierno de Hitler. Sí, desaparecía gente, judíos, comunistas, gitanos, todo aquel que molestara al régimen, y nadie decía nada, nadie parecía preocuparse por aquello. «Van a campos de trabajo, nada más que eso.»

Al principio había ido a Berlín con cierta frecuencia. Se quedaba en casa de Inge y durante tres o cuatro días se dedicaba a llamar a la embajada, visitar a los amigos de los tíos de Miriam, que a su vez le presentaban a otros exiliados en su propia patria. Luego regresaba a París con el alma llena de congoja, diciéndose que estaba cumpliendo con un rito para calmar su conciencia, un rito ineficaz y estéril. Pero desde que Hitler invadió Polonia y Francia había entrado oficialmente en guerra no había podido regresar.

Cuando, unos meses después, el 10 de mayo de 1940, Francia cayó como una fruta madura en manos del dictador nazi, al mismo tiempo que Holanda y Bélgica, fue de los pocos franceses que no se sorprendió. En menos de cuatro semanas las tropas francesas estaban de retirada, y París se encontraba sin defensas ante los soldados del Tercer Reich.

Las tesis del general Maxime Weygand y del vicepresidente del Gobierno el mariscal Pétain acabaron imponiéndose en el gabinete de crisis: prefirieron negociar el alto el fuego con Alemania que seguir combatiendo sin éxito.

Una tarde que se encontraba en su despacho de la universidad, Martine entró a hablar con él.

—Me marcho. Quería despedirme de ti antes de que lo sepan los demás.

—¿Te vas? Pero ¿por qué?

—¿No te has enterado?

—¿Qué ha pasado?

—Lo previsto: hoy 22 de junio el general Huntziger y el mariscal Keitel han firmado un armisticio en Compiègne. Se acabó.

—¿Qué quieres decir con que se acabó?

—Lo que se dice es que Pétain se va a hacer cargo de todo, que el primer ministro Reynaud le deja el campo libre, dimite. Te puedes imaginar lo que va a suceder.

—¿Y adónde quieres ir?

—¿Nunca te he dicho que soy judía?

Él la miró perplejo, sin saber qué decir.

No, no se lo había dicho; además, por el apellido Dupont jamás hubiera pensado que lo fuera.

—Mi madre lo es, mi padre no. Pero tanto da, yo lo soy. Entiéndeme, nunca me había dado cuenta de que lo era. Mi madre es una judía laica, jamás la he visto ir a la sinagoga y mi padre, un cristiano igualmente laico, jamás entra en una iglesia, de manera que he vivido bastante al margen de la religión, pero ahora…

—Tú eres francesa, Martine —protestó él.

—Sí, pero francesa judía. Antes era sólo francesa, aunque tú sabes que ni nuestro país se escapa del antisemitismo, lo mismo que el resto de Europa. No quiero ir con una estrella de David cosida en la solapa del abrigo, no podría soportarlo…

Él se quedó callado sin saber qué decir. Martine le cogió la mano y se la apretó con afecto.

—¿Dónde irás? —quiso saber él.

—A Palestina.

—¡Estás loca! ¿Qué vas a hacer allí?

—Aún no lo sé, por lo pronto voy a un kibbutz. Hace dos años se fueron unos amigos y, bueno, dicen que aquello es toda una aventura. Quizá ha llegado el momento de que haga cambios en mi vida; ya te diré cómo se me da plantar lechugas.

—Pero ¿por qué no te vas a Estados Unidos? Allí saldrías adelante, eres una profesora con prestigio.

—No es tan fácil y además creo que en estos momentos debo ir allí, quiero saber qué significa ser judía, qué sensaciones tendré cuando pise la Tierra Prometida.

—¿Allí estarás a salvo?

—Pues no lo sé. Mis amigos me cuentan que duermen con un fusil en la mano, ya sabes que en el 36 hubo una rebelión árabe contra la presencia de judíos en Palestina. Parece que a pesar de los británicos, la situación no es una balsa de aceite. Por lo que sé, los ingleses hacen lo imposible por impedir que lleguen más judíos, pero aun así van llegando…

—Perdona si soy indiscreto, pero ¿tus amigos a qué se dedicaban antes de irse allí?

—Jean es abogado y Marie perfumista; eran vecinos y amigos,

y creo que me aconsejan bien diciéndome que vaya antes de que no pueda hacerlo.

—¿Cómo lo harás?

—No te lo vas a creer, pero me va a ayudar un sacerdote; es hermano de una amiga mía.

—Te echaré de menos, Martine —le confesó él.

—Yo a ti también, eres el mejor amigo que tengo aquí. Ya verás cómo vendrán todos a preguntarte si sabías que yo era judía.

La decisión de Martine le recordó a Deborah Schneider y su explicación de por qué se había separado de sus hijos enviándolos a Nueva York. Se dijo que tal vez debería reflexionar sobre el futuro de David. Por increíble que le resultara admitirlo, su hijo era para las nuevas autoridades judío, sólo judío.

Le costó tomar la decisión que sabía iba a provocar una conmoción en su familia, pero estaba decidido a imponer su voluntad. Primero habló con su hijo, luego convocó en su casa a sus padres, a sus suegros y al resto de la familia.

—Sé que lo que os voy a decir os sorprenderá, pero he decidido enviar a David a Palestina.

Sus suegros le miraban atónitos, sus padres no sabían qué decir, su hermano mayor carraspeó incómodo y la mujer de éste se apretó las manos nerviosa.

—No voy a irme, papá —le interrumpió David—. No me iré a ninguna parte hasta que aparezca mamá.

—Ya sé que no quieres irte, lo hemos hablado, pero lo siento, hijo, tu opinión en este caso no cuenta; lo importante es tu vida, y aquí hoy ya no estás seguro, no quiero…

Guardaron silencio y todos imaginaron el rostro de Miriam.

—Una amiga mía se va dentro de unos días. David irá con ella. ¿Tenéis familia allí? —preguntó a sus suegros.

—Sí, claro —respondió la madre de Miriam—, tengo dos hermanas y varios sobrinos. La vida no es fácil en esa zona…

—Lo sé, pero al menos ser judío no es un estigma como aquí.

—Esto es Francia —le interrumpió su hermano mayor.

—Sí, esto es Francia. ¿Y qué ha pasado en la culta y exquisita Alemania donde un cabo se ha convertido en el referente de toda la nación? Te recuerdo que nuestros gobernantes son marionetas que mueven desde Berlín. Lo he visto con mis propios ojos. Me niego a que mi hijo desaparezca un día en una calle de París o que le den una paliza a la salida del liceo, o que lleve una estrella de David en la solapa del abrigo; Miriam no lo habría soportado. Ya os podéis imaginar lo que va a suponer para mí su ausencia, pero al menos sabré que está vivo y eso es lo único que me importa.

—Ferdinand tiene razón —dijo su padre—. Esto es Francia, hijo, pero ¿qué ha estado haciendo con los republicanos españoles? A muchos los devolvieron, otros fueron enviados a campos, los periódicos les han calificado de «desechos humanos», «peligrosos invasores»…

La madre de Ferdinand interrumpió a su marido para recordarle que *Le Populaire* o *L'Oeuvre* les apoyaban y que el cardenal Verdier había roto muchas lanzas en su favor y que, incluso, algunos escritores católicos como Jacques Maritain o François Mauriac les defendían contra viento y marea.

Pero el padre de Ferdinand insistió en que David estaría mejor fuera de Francia; el profesor agradeció su apoyo. Sabía que estaba indignado por la actitud del gobierno francés con los refugiados españoles, entre los que había rescatado a algún pariente. Ni su padre ni él se fiaban de la nueva Francia: los dos estaban cansados de ver cómo los hombres se cegaban los ojos para no ver.

David suplicó a su padre que le dejara quedarse, pero Ferdinand se mantuvo firme en su decisión aunque se preguntaba en silencio si todo aquello no era una locura.

—¿Y tú qué harás, papá?

—Me quedaré aquí, cerca de tu madre, esperándola, y continuaré estudiando la crónica de fray Julián. Es una historia tan trágica como hermosa.

—Pero si no te gusta ir al castillo…

—No, hijo, no me gusta esa gente y afortunadamente hace tiempo que no voy, no es imprescindible para mi trabajo. Además, creo que el conde también prefiere tenerme a cierta distancia. Después de lo de tu madre… me es difícil soportar a nadie que simpatice con los nazis.

—De manera que te vas a encerrar con el pasado —dijo David, apesadumbrado.

—Mientras tú haces el futuro, yo me refugiaré en el pasado; no es un mal acuerdo, hijo. En cuanto te marches me reencontraré con fray Julián.

12

… Carecemos de piedad, precisamente nosotros que deberíamos dar ejemplo. Pero a fray Ferrer le brilla la ira en los ojos y cree que sólo el fuego puede purificar lo que los herejes han tocado. Por eso ordenó quemar hasta las últimas piedras de Montségur, para purificar el lugar contaminado por la presencia de los herejes.

—Sólo el fuego purificará estas piedras —clamaba fray Ferrer.

Ya he perdido la cuenta de los días que han pasado desde que dejamos Montségur, también he perdido la cuenta de las declaraciones de herejes dispuestos a delatar a sus hijos, a sus padres, a sus hermanos y a sus vecinos para salvar la vida. ¿Dónde están los mártires de Montségur? ¿Qué ha sido de su ejemplo?

Ahora que ningún ejército vendrá a salvarles, los antes heroicos hombres y mujeres que se hacían llamar Buenos Cristianos sólo son eso, hombres y mujeres asustados.

Confieso que ya no me impresionan como antaño, cuando les respetaba y admiraba en secreto por la firmeza de sus convicciones. Ahora sé que son iguales que yo, tienen miedo, y les desprecio tanto como me desprecio a mí mismo.

Mentiría si dijera que todos se han rendido. No es así, pero son los menos. No quiero ni imaginar lo que habría sufrido doña María si hubiera visto tantas traiciones.

He estado en Carcasona, y en Limoux, en Bram y en Lagrasse, y en todos los lugares sucede lo mismo. Cuando llegamos, nos están esperando para hablar de otros y así salvarse.

Y yo, señor, continúo enfermo, sin que las hierbas del caballero Armand me alivien. Ya os expliqué en mi anterior misiva que el caballero templario compañero de armas de don Fernando pasaba por ser una eminencia en el arte de curar, y doy fe de que sus hierbas han resultado hasta ahora conmigo. Quizá es el olor a carne quemada el que embota mis sentidos y cierra mi estómago, o acaso sea el olor del miedo, el miedo que desprenden esos desgraciados que confiesan sus faltas ante mí.

Rezo a Dios para que esta carta llegue a vuestras manos, porque tiemblo al pensar en que caiga en la de mis amigos. Fray Ferrer me mandaría a arder directamente al Infierno e incluso el bueno de fray Pèire no perdonaría mi traición.

Os he dicho que he perdido la noción del tiempo y así es, pero como siento que la enfermedad avanza, quisiera pediros una gracia. Sé que no la merezco, que vos nunca me mirasteis como hijo, pero por más que os desagrade la idea, lo cierto es que lo soy, y por eso me atrevo a pediros que me deis sepultura en Aínsa. Siento que no viviré mucho y pronto pediré licencia para visitaros.

Quiero que la tierra que me cubra sea la que me vio nacer; os solicito que me entierren como a un Aínsa, bastardo, sí, pero fruto de vuestra sangre.

Perdonad mi desvarío, pero la cabeza me arde por la fiebre, y el dolor se agarra a las entrañas. Sueño con el agua helada de nuestro manantial y aquellas mañanas frías en que corría camino del pajar para hacer cuanto me ordenabais.

Sí, pediré licencia a fray Ferrer y Dios quiera que se apiade de mi enfermedad y me permita ir a despedirme de vos y poder morir en paz.

¿Sabéis, don Juan, que los muertos me visitan a cualquier hora del día, y escucho sus plegarias fundirse con mi cerebro?

Veo sus rostros lastimados, sus dedos crispados deshechos por el fuego, que me reclaman justicia. Pero no seré yo quien pueda hacerlo, eso lo sabía bien doña María. Por eso su empeño en que dejara escrita la crónica de lo que sucedió en Montségur, que está a buen resguardo en casa de doña Marian y su esposo don Bertran d'Amis.

Algún día, mi señor, alguien vengará la sangre inocente que hemos derramado en nombre de la cruz, porque tanta sangre no puede quedar impune. Donde hoy hay traición algún día habrá orgullo y sed de venganza. Sí, mi señor, algún día alguien vengará con furia la sangre de los inocentes. Mientras, os ruego, mi señor, que me acojáis a vuestro lado para bien morir.

Ferdinand continuó leyendo la carta que había encontrado en el archivo de una familia emparentada con los Aínsa. No le había resultado fácil seguir la pista a fray Julián, porque estaba empeñado en buscar su rastro por Carcasona y Toulouse, pero una mañana se despertó sintiendo nostalgia de Miriam y David y entonces pensó que si él sólo quería estar con los suyos, fray Julián también habría sentido lo mismo.

Había tardado más de lo previsto en poder concluir la historia, pero ¿acaso importaba cuando tanta gente había muerto a causa de la guerra? Por más que el castillo d'Amis fuera una isla en medio de la desolación de Europa, ni siquiera el conde había podido mantener de manera permanente a esos grupos que acudían a escarbar entre las piedras de Montségur.

En pocos días presentaría su trabajo a la Universidad de París y se reuniría con el conde para explicarle las peripecias de algunos de sus antepasados.

Había tenido que hacer algunos viajes al castillo para leer legajos y buscar en los archivos familiares, siempre procurando que sus estancias fueran cortas y dejando de lado a aquellos grupos de alemanes que formaban parte del equipo de investigación del conde.

Le repugnaba encontrarse con ellos, de manera que no se alojaba en el castillo; prefería hacer unos cuantos kilómetros y dormir en Carcasona. El conde tampoco ocultaba la antipatía que sentía por él, pero seguía sin ponerle trabas para continuar indagando en la crónica de fray Julián.

Había viajado cuanto había podido, siguiendo el rastro de los archivos de la Inquisición y buceando en crónicas medievales en busca de pistas que le condujeran a aquella familia que se creía llamada a conservar la memoria de la rendición de Montségur. También en los archivos familiares de los Aínsa había encontrado algunos tesoros.

La familia ya no existía como tal, salvo en la rama francesa de los D'Amis, y algunos parientes lejanos, pero sus archivos se hallaban en un museo local.

Además de Fernando de Aínsa, su hermano, ¿alguien había querido a fray Julián? En el archivo de los Aínsa no había encontrado ningún documento que dejara constancia de aquel hijo bastardo. Don Juan había muerto un año después que fray Julián, quedando la hacienda a cargo de doña Marta, la hija viuda y con dos hijos que había encontrado protección junto a su padre.

Entre los documentos de la familia, otra de las joyas eran las cartas enviadas a su padre por doña Marian, la esposa del caballero Bertran d'Amis, el hombre de confianza del conde de Tolosa.

Querido padre, siento vuestro dolor, porque es el mío, por la pérdida de mi madre. Sé que nunca entendisteis su decisión de abandonar el solar de la familia para, encomendando su vida a Dios, servir a los Buenos Cristianos y a todos cuantos han deseado saber la Verdad. Ahora que mi madre ha muerto, quiero deciros que cuantas veces estuve con ella en los últimos años, no ocultaba cuánto le pesaba en el alma vuestra ausencia. Nunca quiso a nadie tanto como a vos, ni siquiera a sus hijos y nietos. En la vida de mi madre hubo dos grandes amores: Dios y vos.

En cuanto a la vida en la corte del conde, ha cambiado mucho y os confieso que tengo miedo. Mi esposo es persona de confianza del conde de Tolosa, pero Raimundo es un superviviente que como sabéis tiene que contentar al Rey de Francia y al Papa, quienes, pese a que le han perdonado, no confían en él. En su corte continúa habiendo algunos Buenos Cristianos y *credentes* como nosotros, pero nos ha pedido discreción. Hace unos días, a uno de sus amigos más queridos le suplicó con lágrimas en los ojos que volviera a los brazos de la Iglesia para no verse obligado a entregarle él mismo a la Inquisición. Y es que a don Raimundo le azuzan los «canes» del Papa que señalan a algunos de sus amigos como sospechosos de herejía.

Yo no tengo la fortaleza de mi madre, tampoco mi esposo, y nos hemos acomodado a la nueva situación, de manera que procuramos ser discretos y acompañamos al conde en cuantas misas y liturgias participa, por más que lloremos por dentro al tener que arrodillarnos ante la cruz. Mi esposo me conmina a no pensar, a ver en la cruz un trozo de madera sin valor alguno, que tanto da que hagamos reverencias, que son sólo gestos. Pero cada vez que hago la señal de la cruz siento que estoy traicionando a mi madre y condenando mi alma, porque la sangre de los inocentes clama justicia.

Perdonadme, padre, esta confesión, puesto que vos sois un buen católico al que la fe de mi madre y mía tanto daño os ha causado, pero os tengo por generoso y bueno, y cuento con vuestro perdón lo mismo que perdonasteis a mi madre...

Esta carta de doña Marian estaba fechada meses después de la derrota de Montségur. En un pliegue del pergamino había encontrado dos palabras manuscritas por don Juan de Aínsa: «Pobre hija».

Dos sencillas palabras que acaso sugerían el dolor de aquel hombre, no sólo por la pérdida de su esposa, sino por las dificultades que afrontaba doña Marian, o quizá fueran un lamento por la pérdida de su alma.

Había encontrado en la iglesia pruebas de la fe de don Juan: donaciones en vida a conventos e iglesias; en su testamento también se había mostrado generoso.

En el archivo local se guardaba una relación de los bienes donados por los Aínsa a lo largo de los siglos y sorprendía comprobar que algunos habían sido entregados por la propia doña Marian. A Ferdinand no le suponía ningún misterio debido a la correspondencia de la hija con su padre. Ella, como el conde de Tolosa, Raimundo VII, también había optado por sobrevivir.

Mi muy amado y respetado padre, os escribo en un momento de dolor profundo. Nuestro señor don Raimundo se ha visto obligado a enviar a la hoguera a ochenta Buenos Cristianos de Agen, ciudad situada junto al Garona, donde los *perfectos* vivían apaciblemente, aunque siempre con el temor de que los «canes» del Papa clavaran sus colmillos en ellos.

Don Raimundo no ha podido negarse a condenar a la hoguera a estas buenas personas, aunque tiene el alma triste y los ha llorado durante varios días, sin querer tomar alimento ni ocultar su tribulación.

El buen conde está enfermo y se lamenta de las pruebas que le exigen el Rey y el Papa. Yo misma le he visto lamentar la traición a sus súbditos con lágrimas en los ojos, pero ¿qué podía hacer?

Ayer reunió a un grupo de amigos fieles entre los que estaba mi esposo don Bertran. Les agradeció que en estos años no le hayamos causado quebrantos haciendo alarde de nuestra verdadera fe. Por fidelidad a él nos hemos mantenido discretos, traicionando la Verdad con los gestos, pero nunca con el corazón.

Pero mi señor el conde Raimundo teme por lo que pueda suceder cuando falte, y por eso, padre, quiero solicitaros protección por si tuviéramos que dejar Tolosa por un tiempo; si vos no pudierais recibirnos, iríamos a Pavía o Génova, donde sabemos que sus nobles se muestran benevolentes con los Buenos Cristianos.

Si nos acogéis no os causaremos problema alguno, puesto que ya sabéis que aparentamos ser hijos de la Iglesia, de manera que asistiremos al culto junto a vos y mi hermana y mis dos sobrinos, que ardo en deseos de conocer…

En la siguiente carta, doña Marian anunciaba a su padre la muerte del conde de Tolosa y le avisaba de que se había puesto en marcha en dirección a Aínsa.

Mi muy querido padre, nuestro buen conde Raimundo de Tolosa se ha liberado de su cuerpo y yace en Fontevrault, donde descansará para siempre junto a su madre doña Juana, su tío Ricardo y sus abuelos don Enrique y doña Leonor.

Os supongo enterado de que el conde enfermó de fiebres en Millau, aunque su salud estaba resentida por tantos sufrimientos.

Su herencia es ahora de doña Juana, su hija, y su esposo Alfonso de Poitiers, a los que Dios aún no ha concedido hijos.

Mi esposo don Bertran cree que estaré más segura con vos, y hasta que se aclare la situación, os agradecería que aceptéis que vaya a visitaros con mis hijos.

Espero no ser una carga y que mi estancia no se prolongue en el tiempo, puesto que como sabéis quiero a mi esposo y me entristece la separación…

Quizá la verdadera joya era la carta enviada por doña Marian a fray Julián al poco de partir de casa de su padre, donde se refugió unos cuantos meses.

Por el tono de la misiva no resultaba difícil deducir que la dama y el fraile habían pasado muchas veladas de conversación.

Doña Marian debió de llegar a Aínsa a finales de 1249 o principios de 1250, pocos meses después de haber fallecido el conde de Tolosa, de manera que pudo despedirse de su padre ya enfermo.

Mi buen fraile, extraño me resulta llamaros así puesto que los frailes han sido fuente constante de desdichas en mi vida y en la de los míos, pero estos meses pasados en el solar familiar he entendido por qué mi madre confiaba tanto en vos. Por más que os escandalice, fray Julián, sois un buen cristiano, aunque viváis confundido creyendo que Jesús está representado en ese objeto de tortura que es la cruz. Pero esta misiva no es para prolongar las discusiones y charlas que hemos mantenido, sino para agradeceros vuestra bondad. Habéis confortado a mi padre en sus últimos días y sois una ayuda para mi hermana doña Marta y mis dos sobrinos.

No creo que nos volvamos a ver; por eso quiero reiteraros que el compromiso que asumisteis con mi madre, doña María, se cumplirá. Vuestra crónica saldrá a la luz algún día, y los hombres sabrán cuán grande ha sido la iniquidad del Rey y del Papa.

Sabed que mis hijos son ya depositarios de la verdad de cuanto ha acaecido durante estos años y ellos, aunque se guardan bien de demostrar que profesan la verdadera fe y no os crearán problemas, sueñan con el día en que puedan vengar la sangre de los inocentes. Serán ellos o sus hijos, o los hijos de sus hijos, pero algún día la familia D'Amis vengará la sangre derramada, porque sólo entonces podrán descansar los inocentes…

13

Norte de España, 1946

Ferdinand guardaba, como si de oro se tratara, las copias de la correspondencia de doña Marian que, por lo que había podido reconstruir, había regresado junto a su esposo, con el tiempo leal vasallo de Alfonso de Poitiers, marido de doña Juana, única hija de Raimundo VII, conde de Tolosa.

Era evidente que la fe de doña Marian y don Bertran d'Amis no les impedía querer vivir, y, aunque los cátaros soñaban con dejar este mundo y desprenderse de la cáscara maldita que consideraban que era el cuerpo, en el caso de estos dos nobles pesaban más otros intereses, puesto que murieron ancianos.

Sintió asco. ¡Cuánto fanatismo! ¡Cuánta sangre derramada en el nombre de Dios! Pensó que Dios no podía perdonar a quienes utilizaban su nombre para torturar y asesinar a otros seres humanos. Era imposible que así fuera, ¡qué más le daba a Él cómo le rezaran, cómo le sintieran!

Y se acordó de David, su hijo querido, al que habían arrancado la inocencia y se había convertido en un sionista radical.

Había cumplido veinticinco años y continuaba en Palestina. No quería regresar a Francia. «Soy judío —decía—, ellos hicieron que me sintiera diferente y eso es lo que soy: diferente.» Y preguntaba: «¿Dónde estaban los que ahora se escandalizan con lo sucedido en los campos de exterminio? Si algo hemos aprendido los judíos es que sólo contamos con nosotros mismos; por eso debemos tener una patria de la que no nos puedan echar».

David ya no se sentía parte de él, ni del pasado común, sino que había entroncado con su madre desaparecida y había construido sobre esa desaparición su razón de ser.

Cuando acabó la guerra le pidió que le acompañara a Berlín para intentar buscar algún rastro de Miriam, pero su hijo se negó.

—Les odio, padre, les odio tanto que si saliera a la calle y pensara que cualquier persona podría ser la culpable de la muerte de mi madre, no lo soportaría. No puedo ir, sólo deseo matarles a ellos y a sus amigos, a todos los que con su silencio han colaborado.

—No todos los alemanes son unos asesinos, David, allí hay gente que ha sufrido mucho. Tus tíos eran alemanes.

—Tienes razón, padre, pero no puedo evitar sentir como siento, de manera que es mejor que no te acompañe. Permíteme que sea injusto y arbitrario. Soy judío, me lo puedo permitir después de seis millones de muertos.

Comprendía a su hijo, que había perdido a su madre y a sus abuelos por ser judíos.

Ferdinand aún recordaba aquel 17 de julio de 1942 cuando en París sus suegros fueron detenidos junto con otros miles de judíos. La mayoría eran mujeres, niños, ancianos. Les llevaron al Velódromo de Invierno. Él se enteró por un amigo de su suegro que acudió a avisarle a la universidad.

—¡Se los han llevado! —gritó el hombre irrumpiendo en su despacho.

Inmediatamente, corrió hacia su casa y no los encontró. Daba gracias a Dios por haber logrado sacar a David de Francia.

No pudo hacer nada, por más que llamó a todas las puertas imaginables. Los padres de Miriam, junto al resto de los judíos de París, fueron conducidos al campo de Pithiviers y después al de Drancy, antes de ser trasladados a Auschwitz, de donde no iban a regresar.

Todo eso lo supo mucho más tarde. En aquellos días, los hombres del Régimen de Vichy se comportaban como los burócratas alemanes: no sabían nada, no decían nada, simplemente actuaban. Primero promulgaron un Estatuto para los Judíos, luego crearon una Comisaría General de Cuestiones Judías y más tarde se los llevaron a los campos de exterminio.

Tardó en decírselo a David porque sabía que su hijo no soportaría otra pérdida, y durante un tiempo cuando le preguntaba por sus abuelos esquivaba responderle directamente.

Un día su hijo no le preguntó, sencillamente afirmó: «Se los han llevado, ¿verdad?». Escuchaba los sollozos de David, refrenándose para que él no escuchara los suyos, a través del teléfono.

Sí, David se podía permitir ser arbitrario después de seis millones de muertos

Ahora su hijo trabajaba en un kibbutz, y decía estar bien, incluso ser feliz. Le confesó que tenía un sueño: formar parte de la Haganá, un grupo de defensa secreto que estaban organizando a unos cientos de judíos civiles en Palestina, dispuestos a luchar por aquel trozo de tierra y convertirlo en su patria. Pero por lo pronto se tenía que conformar con ayudar a la defensa de su propio kibbutz. En una de sus primeras cartas le hablaba de un nuevo amigo.

> Estoy aprendiendo árabe, me lo enseña un palestino, que vive en una granja cerca del kibbutz. Mi amigo se llama Hamza, tiene mi edad. Yo le enseñó francés y algunas veces salimos juntos por el campo. Le gusta el fútbol y a mí también, ya lo sabes. El jefe del kibbutz dice que no confíe demasiado en él, pero yo confío, es una buena persona que lo único que quiere es lo mismo que yo: vivir en paz, tener un trozo de tierra que sienta suya. Esta tierra es pequeña pero cabemos todos, yo se lo digo al jefe del kibbutz:

tenemos que poder vivir juntos. Hamza piensa como yo. El otro día salimos a cazar; la verdad es que no cazamos nada pero nos divertimos mucho. En su casa me reciben como amigo, me han invitado varias veces a compartir con ellos la cena. Hamza también viene al kibbutz, antes nunca se había atrevido a entrar, a veces me ayuda con las tareas del campo. No me gustan pero tengo que hacerlas. ¡Estoy tan contento con tener un amigo palestino! Yacob, nuestro jefe, cree que algún día tendremos problemas, pero yo no estoy de acuerdo, aunque sé que algunos palestinos temen nuestra presencia. Yo le digo a Hamza que el reto es conseguir hacer un país donde quepamos nosotros y ellos; al fin y al cabo todos somos hijos de Abraham...

Las cartas de David estaban llenas de entusiasmo. Al menos eso le confortaba el alma. Su hijo continuaba siendo una buena persona. Iría a verle, pero antes tenía que regresar a Berlín y, desde luego, terminar el trabajo sobre fray Julián.

Volvió a sentir náuseas al acordarse del conde d'Amis, de aquella gente estrafalaria que habían perforado en los alrededores de Montségur buscando un tesoro inexistente. En su fuero interno se burlaba de ellos, era su venganza ante la idiotez de la que hacían gala.

Sentía desprecio y asco por el conde. Le había costado lágrimas seguir con la investigación sabiendo al conde d'Amis un devoto del Régimen de Vichy. Un colega de Toulouse le había advertido sobre los amigos alemanes del conde: «Buscan el Grial para Hitler». Pero aquello ya lo sabía. Le había parecido tal disparate que no le había querido dar importancia, aunque con el paso del tiempo había advertido que, pese a los esfuerzos del conde por la discreción, le delataba su fanática obsesión por la independencia del Languedoc. Si el conde apoyaba a Alemania era con la esperanza de ver su tierra separada de Francia y recobrar la autonomía perdida con las guerras cátaras.

Sabía que en Montségur se habían reunido los seguidores de Otto Rahn, y que formaban parte de los grupos de trabajo del conde; pero éste era inteligente y nunca le había sentado con ellos. Él tampoco lo habría aceptado, aunque en ciertas ocasiones se había cruzado con algunos de ellos, que llegaban exhaustos de agujerear Montségur.

A él tanto le daba la vida después de la desaparición de Miriam. Mantenía la esperanza de que alguna vez alguien le diera una pista y entonces intentar presionar al conde para que moviera los hilos de sus amigos alemanes. Pero eso no había ocurrido. La guerra se había mostrado con toda su crudeza, Francia se había dividido en dos y todas las historias personales habían quedado arrinconadas. La suya también.

14

Desde su retiro, Ferdinand continuó recordando los meses inmediatamente posteriores al fin de la guerra.

Fue a Alemania sin David, a casa de Inge, que había sobrevivido a todos los avatares del conflicto. Juntos volvieron a buscar a Miriam, yendo de un sitio a otro para hacerse con las listas de los prisioneros de los campos de exterminio. En una de esas listas encontró a los Bauer, en otra a Deborah, y les lloró con rabia y con pena.

Habían encontrado la fecha en que Sara y Yitzhak llegaron a Dachau y en la que fueron conducidos a la cámara de gas. Pero ni rastro de Miriam.

—Tendremos que esperar a que se sepa la verdad —le dijo Inge—, que algún día nos cuenten cuánta gente murió en las comisarías. Supongo que a Miriam se la llevaron los camisas pardas, y quién sabe si la mataron de una paliza, o murió torturada por la Gestapo. Hace falta tiempo para que los archivos se abran. Los alemanes no pueden soportarse a sí mismos y preferirían seguir sin saber todo lo que han hecho y han dejado hacer.

—¿Y tú, Inge, qué sientes? —le preguntó.

Tras unos instantes en silencio, ella se mordió el labio y cruzó las manos sobre el regazo antes de responder.

—Siento asco. Asco de mí misma, de mi país, de la gente. No será fácil reconciliarnos con nosotros mismos, a Alemania le perseguirá para siempre esta pesadilla.

—Vosotros erais la pesadilla —respondió con dureza Ferdinand.

—Tienes razón, y además sabes que soy de las que no quieren evitar un ápice de responsabilidad, ni siquiera personal, a lo que ha sucedido. Yo estaba aquí, podría haberme jugado la vida como tantos otros y no lo hice. Mi única obsesión ha sido vivir y esperar a que terminara todo esto.

Había encontrado también al padre de su hijo. La fecha de su ingreso en Auschwitz y la de su ejecución. Sabía que jamás le iba a volver a ver, que no regresaría de dondequiera que estuviese.

—¿Y ahora, Inge?

—Espero poder encontrar un trabajo mejor.

También le confesó que durante la guerra había llegado a trabajar como prostituta de las tropas para poder dar de comer a Günter.

—Cuando no me llamaban para limpiar, no tenía más remedio que salir a la calle. Me dieron la dirección de un local donde solían ir oficiales alemanes cuando estaban de permiso en Berlín. Fui en unas cuantas ocasiones.

Él sabía que aquello la había dejado marcada, pero Inge no lo diría, no desfallecería ante nadie. Su única obsesión era continuar adelante.

—¿Qué quieres hacer? —le pregunto él.

—Me gustaría terminar la carrera y ser maestra; a lo mejor lo consigo. Günter tiene siete años, ya no me necesita tanto. Podré disponer de tiempo para estudiar por la noche y mientras tanto continuaré con el trabajo del que te hablé.

Había comenzado a trabajar como telefonista en un hotel, y se sentía satisfecha a pesar de que el salario fuera exiguo. Pero ella se arreglaba.

Inge era espartana, estaba acostumbrada a sobrevivir, de manera que lo hacía con lo justo.

—¿No has pensado en marcharte a otro lugar?

—¿Adónde y para qué? No, no creo que sea buena idea, aquí… bueno… aquí sé cómo puedo vivir, y en otro sitio seguramente me costaría más. No puedo correr riesgos por Günter; él tiene derecho a una vida mejor, y este país, pese a lo que te dije antes, saldrá adelante; ya verás, incluso puede que Alemania se convierta en una tierra de oportunidades, está todo por hacer.

—¿Sigues siendo comunista? —le preguntó con curiosidad.

—No, no soy nada, sólo soy yo.

En realidad siempre había sido así, pero su respuesta le impresionó. Inge aún no había cumplido treinta años y hablaba como una anciana sin fe.

—¿Y tú qué eres, Ferdinand? —le había preguntado a su vez.

—No sé qué responderte, aunque los europeos debemos estar muy agradecidos a tus amigos rusos además de a los norteamericanos. Ambos han ganado la guerra y nos han librado del infierno.

—Sí, le debemos mucho a la madrecita Rusia, ya te dije un día que Stalin esperaba su momento.

—Pero el pacto Molotov-Ribbentrop fue una puñalada.

—Fue política.

—La peor política, una página negra en la historia de los comunistas.

—¿De todos los comunistas?

—Sí, de todos. En mi país algunos dirigentes comunistas nos quieren hacer creer ahora que Hitler quería la guerra con Francia y que la política de Stalin le frenó un tiempo.

—Y fue así.

—¿Y qué me dices de la «cesión» de Hitler a la URSS de los Países Bálticos y el este de Polonia?

—Acabas de decirme que le debemos mucho a Rusia.

—Pero yo pienso en la gente, en los soldados, en las madres, pienso en personas de carne y hueso que se han sacrificado.

—Si Napoleón no pudo con los rusos, menos lo iba a conseguir Hitler —dijo ella esbozando una sonrisa.

Un día le pidió a Inge que le acompañara a casa de los tíos de Miriam. Quería ver a la portera, a la señora Bruning. Quizá ahora le dijera la verdad.

Inge intentó disuadirle, sabiendo que aquello le desgarraría, pero aceptó ir con él.

La señora Bruning había sobrevivido a la guerra y estaba más gorda que cuando la vieron la última vez.

Cuando les abrió la puerta les reconoció en el acto y palideció.

—¡Ustedes…! ¿Qué quieren…? Ya les dije que no sé nada…

Pero ambos notaron que la mujer carecía de la soberbia y de la fortaleza de las que hizo gala cuando ondeaba la esvástica desde la ventana de su casa.

—Señora Bruning, de usted depende lo que le vaya a pasar —le amenazó Ferdinand marcándose un farol—. Ahora somos nosotros los que hacemos listas con los colaboradores de los nazis, con quienes denunciaban a la buena gente… Hable y a lo mejor decido darle una oportunidad.

—Hable, señora Bruning, no tiene otra opción —espetó Inge.

La mujer se secó el sudor de la frente con el dorso de la mano. Desprendía el olor del miedo. Vacilaba sin saber qué hacer, luego les invitó a pasar.

—Mi esposo ha muerto —les anunció—. Me he quedado sola, con una hija y dos nietos. El marido de mi hija murió en Rusia. Si ustedes me denuncian… no sé qué sería de nosotros…

Inge agarró del brazo a Ferdinand para evitar que insultara a la mujer. Aquella queja resultaba impúdica en boca de una nazi. Pero la única manera de saber la verdad era no presionarla más de lo debido.

—La escuchamos, señora Bruning —dijo Inge suavemente.

—Ella llegó por la mañana, se enfadó mucho cuando vio la librería. Yo… le pedí que se callara, pero me insultó, me dijo que éramos unos salvajes, que qué clase de pueblo era aquel que saca los libros a la calle, los quema y hace desaparecer a dos pobres ancianos. Me amenazó, a mí… se atrevió a amenazarme. Le dije que era una perra judía y se volvió riendo y diciéndome que sí, que era judía y que nunca se había sentido más orgullosa de serlo que en aquel momento. Le ordené que se fuera y siguió riéndose. Me dijo que quién era yo para echarla de casa de sus tíos. Le avisé que si no se iba… Luego vinieron ellos. El hermano de mi yerno era un jefe de los camisas pardas, y un cuñado trabajaba en la Gestapo. Ella se enfrentó a ellos, les dijo que no le pusieran las manos encima, que era ciudadana francesa, que llamaran a su embajada… Entonces uno la golpeó y ella le mordió la mano. La volvieron a golpear y se la llevaron.

Las lágrimas empapaban el rostro de Ferdinand. Veía a Miriam enfrentarse a aquellos salvajes; ella, tan racional, tan segura del poder de la razón y de la fuerza de la ley, se había enfrentado a aquel ejército del mal.

Inge le apretó la mano intentando, en vano, darle consuelo.

—Señora Bruning, dígame dónde estaba el cuartel general de esos camisas pardas, y en qué departamento de la Gestapo trabajaba el cuñado de su yerno —le requirió Inge con voz firme.

La portera lo apuntó todo en un papel mientras lloraba pidiendo que se apiadaran de ella y de sus nietos.

—Les he ayudado… díganles que lo tengan en cuenta… les he ayudado… —imploraba entre sollozos—. Yo no sé lo que pasó después, nadie me dijo nada…

—¿Sabe usted cómo han muerto Yitzhak y Sara Levi? —le espetó Inge con frialdad.

—No… no sé nada… no sabía que habían muerto…

—En una cámara de gas. ¿Se imagina lo que es morir así? ¿Y sabe por qué murieron? —continuó Inge.

—No… no —gimió la portera.

—Porque el mal existe y porque usted forma parte de él. Creo que merece una muerte horrible, pero no me corresponde a mi procurársela. Usted responderá por lo que ha hecho, señora Bruning, la gente que ha muerto por su culpa no le permitirán descansar. No cierre los ojos, señora Bruning, porque están ahí...

La mujer lloraba presa de la histeria, sintiéndose rodeada de fantasmas.

—Ahora nos vamos, pero alguien vendrá a por usted. Debe ser juzgada y pagar por lo que ha hecho —sentenció Inge, sabiendo que a aquella mujer no le pasaría nada.

Llevaba a Ferdinand del brazo, como si de un niño perdido se tratara. Le sentía destruido, inerme, con un dolor imposible de soportar. Aquel momento había sido peor que todos aquellos años sin noticias de Miriam. Por fin estaba a punto de encontrarla y no lo podía soportar. Ahora el sufrimiento que ella había pasado adquiría los tintes sórdidos de la realidad. Miriam estaba dejando de ser un fantasma para volver a adquirir sustancia humana.

Durante varios días, acompañado de un funcionario de la embajada, fue de un lado para otro, reuniéndose con los nuevos administradores de la ciudad, ahora con los norteamericanos, ahora con los rusos... Había comités por todas partes, intentando reconstruir lo que había sucedido en la Alemania de la esvástica, indagando sobre el paradero de los desaparecidos y cotejando las listas de los asesinados en masa en los campos de exterminio. No fue fácil que le hicieran caso: el suyo era un caso aislado, uno entre miles, pero tuvo la suerte de que un funcionario norteamericano, John Morrow, quedara impresionado por su caso.

Morrow era un profesor de historia de Oxford, un hombre que había decidido alistarse para combatir a los nazis porque no concebía un mundo dominado por aquel puñado de asesinos y psicópatas. Fue a la guerra por convicción moral y ahora se encontraba destinado en Berlín, en el Cuartel General, intentando ayudar a poner orden en el caos de aquella ciudad.

—Comprendo su angustia, señor Arnaud, si mi esposa hubiese desaparecido me habría vuelto loco. Le haré una confidencia: ella también es judía. Es de Nueva York, pero sus abuelos llegaron a Norteamérica desde Polonia en busca de una oportunidad. Siento una rabia profunda cuando veo lo que han hecho los nazis. Han escrito la peor página de la historia.

Así que John Morrow le ayudó, abriendo puertas que permanecían cerradas, hasta dar con los archivos de una comisaría de un barrio berlinés donde el 21 de abril de 1939 Miriam había sido conducida después de su detención. Una escueta nota daba fe de que la detenida había fallecido ese mismo día por parada cardiorrespiratoria y su cuerpo había sido arrojado a una fosa común.

Ferdinand lloró como un niño mientras leía aquel papel amarillento que un funcionario puntilloso había guardado en el archivo de una comisaría de barrio.

Le dejaron llorar a solas sin intentar consolarle. Sabían que nada de cuanto pudieran decirle tendría sentido para él.

No hacía falta mucha imaginación para saber lo que pasó: a Miriam debieron de golpearla cuando la detuvieron en casa de sus tíos, y también en la comisaría. La paliza le habría causado la muerte. Así de simple, así de cruel.

Durante dos días anduvo como un zombi, incapaz de hablar, comer o dormir. Inge y John Morrow se las ingeniaron para no dejarle solo; temían que perdiera la razón, que no quisiera regresar al mundo de los vivos, ensimismado como estaba en su prolongada y silenciosa conversación con Miriam.

Fue Inge la que tomó la decisión de llamar a David y John el que logró localizarle en su kibbutz cerca de Haifa.

Ella entró en el cuarto donde él estaba tumbado en la cama con la mirada perdida en el techo. Llevaba barba de varios días, y olía a sudor y a lágrimas.

—Tu hijo está al teléfono, levántate.

El profesor pareció no escucharla, pero luego volvió los ojos hacia ella, mirándola sin verla.

—David está al teléfono, levántate —repitió Inge.

Se incorporó con dificultad como si el cuerpo le pesara una tonelada y sus brazos y piernas no le respondieran. Inge se acercó y le tendió la mano ayudándole a levantarse para llevarle a la sala.

Ferdinand cogió el teléfono pero permaneció mudo. Entonces Inge se lo quitó de las manos y se puso para pedirle a David: «Tu padre está al teléfono, háblale».

Durante unos segundos Ferdinand continuó encerrado en el silencio, luego rompió a llorar. Inge salió de la sala y se fue a la cocina, dejándole solo, sabiendo que aquella conversación entre padre e hijo no debía tener testigos.

Ahora que habían pasado unos meses de lo sucedido, Ferdinand se sentía aún más agradecido a Inge. La recordaba volviendo a la sala, sentándose enfrente de él, cogiéndole la mano y diciendo muy bajito:

—Estás roto, totalmente hecho añicos, pero tienes que recomponerte poco a poco, juntar los pedazos; eso o morir, y yo no creo que debas morir, Miriam no te lo perdonaría. Muerto, no le sirves de nada, y sin embargo vivo puedes ayudar a tu hijo, a lo que ella más quería.

Le acompañó al baño y abrió la ducha.

—Arréglate, estás hecho un asco.

El día en que dejaba Berlín, John Morrow acudió al aeropuerto a despedirle y le entregó un sobre cerrado.

—Me pediste que indagara sobre los padres de Miriam y lo he hecho. Como puedes suponer, murieron en un campo de exterminio. Aquí está todo el recorrido que hicieron: del campo de Pithiviers les llevaron al de Drancy y de allí a Auschwitz. Lo siento. Los alemanes son los principales culpables de lo sucedido pero no lo hicieron solos. ¿De verdad los políticos de Vichy no sabían lo que significaba mandar a sus conciudadanos a Auschwitz? No lo puedo creer... ¿Sabes, Ferdinand? Creo que algún día Europa tendrá que hacer examen de conciencia, porque esta locura es fruto del antisemitismo, pero no sólo de un loco, sino también de siglos de persecución a los judíos, de considerarlos culpables de todo, de presentarles como los asesinos de Jesucristo. Es curioso, se olvidan de que Cristo era judío y de que no quiso ser otra cosa que judío por más que su mensaje fuera universal... La izquierda también tiene que hacer examen de conciencia, Ferdinand, por más que les horrorice, todo esto ha pasado porque había un caldo de cultivo de siglos. Tú eres profesor de la universidad, como yo, y tenemos la obligación de alzar la voz y poner a los nuestros frente a sus contradicciones. No hay eximentes para lo sucedido.

En el avión abrió el sobre y leyó aquellos folios donde, someramente, se relataba la tragedia de los padres de Miriam. No sólo tendría que contarle a David lo sucedido a su madre, también el horror sufrido por sus abuelos.

Cuatro días después, se encontraba con su hijo en París. Lloraron juntos hasta vaciarse de lágrimas; hablaron de Miriam, de los abuelos, del tiempo pasado y del futuro.

—Gracias, papá, por haberme enviado a Israel. Me salvaste la vida, tú viste lo que iba a pasar... ¡y yo que no quería ir! Si me hubiese quedado...

—No pienses en eso. Te fuiste y vives, eso es lo que importa. Debes vivir por ti, por tu madre, por tus abuelos. Seguro que ellos, cuando sufrían en Auschwitz, pensaban en ti y se sentían aliviados sabiendo que estabas a salvo.

David había cambiado. Ahora era un joven seguro de sí mismo, con un ideal por el que luchar.

—Sí, soy sionista, papá, el sionismo no es otra cosa que el retorno a la patria, es lo que debimos hacer hace muchos siglos; si lo hubiéramos hecho esto no habría pasado. Por eso hemos creado grupos para defendernos. Los ingleses están contra nosotros, no es que formemos un ejército, papá, porque no tenemos uniformes y apenas armas, pero estamos dispuestos a luchar por nuestra tierra. Los judíos necesitamos una patria. De lo contrario nos volverá a pasar lo de Alemania. ¿Cuántas veces nos han expulsado de los que creíamos nuestros países, de nuestras casas? ¿Cuántos pogromos más tendremos que soportar? No, se acabó, no volveremos a permitir que nos lleven al matadero como ovejas por ser judíos, no volveremos a sentirnos ciudadanos de segunda. Voy a luchar, papá, tengo que hacerlo. Mamá lo habría querido. Tú me lo has contado: se enfrentó a esa cerda de la señora Bruning, por eso le pegaron, por eso le dieron una paliza que acabó con su vida. Si ella estuviera viva pensaría como yo y te animaría a que vinieras con nosotros a Palestina. Continúan llegando inmigrantes a pesar de los ingleses, y parece que se ha formado un comité anglonorteamericano que está estudiando el horrible Libro Blanco que los ingleses impusieron en 1939 restringiendo la inmigración de judíos a Palestina. Los muy cerdos…

—¡David!

—Papá, ahora los judíos pueden venir y es lo que están haciendo. Me gustaría tanto que estuvieras allí conmigo…

—Tienes razón, David, debes luchar. Para mí sería una impostura ir allí; puedo visitarte, pasar temporadas contigo, pero no me siento capaz de participar en tu sueño de construir un Estado judío. Si tu madre viviera… Es tu sueño, David, yo te apoyo con toda mi alma, hagas lo que hagas, aunque no me guste. Sólo te pido que no olvides algunas de las cosas que te enseñamos tu madre y yo; no te olvides de que no importa cómo se llame a Dios ni de qué manera se le rece. No te vuelvas un fanático, te lo pido por tu madre, ella nunca lo habría sido.

Y entonces su hijo le miró muy serio y se puso a llorar.

—¿Dios? Yo no creo en Dios, papá, no creo en Dios porque le pedí que me devolviera a mi madre y no lo hizo. Si existiera no habría permitido que murieran seis millones de inocentes en las cámaras de gas. ¿Crees que ellos no le rezaron pidiéndole compasión y piedad? ¿Dónde estaba Él? ¿No ha querido evitar la muerte de los inocentes? ¿No ha podido? ¿Por qué permitió que mataran a mi madre?

—Hijo, no culpes a Dios de lo que ha hecho Hitler.

—Si existe Dios, ha permitido una matanza. Vosotros me disteis una educación laica; por tanto no me hables de Dios ahora. Yo voy a luchar para que nunca más nadie pueda matar judíos impunemente. Voy a luchar para que los judíos tengan un hogar, para que no nos persigan más. Yo no he contado para Él cuando le necesitaba y Él ha dejado de contar para mí, ¿qué más nos puede hacer?

No tuvo respuestas para las preguntas de su hijo, tampoco las tenía para las suyas; ni siquiera sabía por qué le preocupaba Dios. Acaso por las muchas horas de estudio y reflexión sobre los cátaros o la persecución de herejes, la Inquisición y tantas otras barbaridades cometidas por los hombres en su nombre.

Sintió desgarrarse por dentro cuando de nuevo se despidió de David. Su hijo regresaba a Eretz Israel, como él llamaba a Palestina.

Lo único que le fijaba a la tierra, a su propia existencia, era David, de manera que tendría que buscar la manera de que no se rompiera el vínculo.

Ahora añoraba el momento en que se reencontraría con su hijo, en un mes o dos. En cuanto entregara el trabajo sobre fray Julián y la universidad lo presentara como uno de sus documentos de investigación sobre el pasado. También el conde d'Amis aguardaba ansioso el resultado de tantos años de trabajo interrumpido por los avatares de la guerra.

15

Un mes después, cuando estaba a punto de ir a Israel para ver a David, el director del departamento de Historia le convocó con urgencia a su despacho. Allí se sorprendió al encontrar tres sacerdotes junto a su colega.

—Ferdinand, estos caballeros son el padre Nevers, de la nunciatura en Francia, el padre Grillo, de la Secretaría de Estado del Vaticano, y su secretario, Ignacio Aguirre.

—Encantado —dijo dándoles la mano sin entender la razón de su presencia.

—Ellos le explicarán el motivo de su visita y el requerimiento que nos han hecho —explicó el director del departamento.

El padre Nevers y el padre Grillo intercambiaron una mirada rápida en la que decidieron cuál de los dos tomaba la palabra primero. Lo hizo el francés.

—Profesor Arnaud, iré directamente al asunto.

—Sí, si es tan amable —respondió Ferdinand cada vez más extrañado.

—Sabemos que ha estado usted trabajando para el conde d'Amis.

—Siento contradecirle, pero no es exactamente así —le interrumpió—; supongo que el director del departamento les habrá explicado que he llevado a cabo una investigación sobre una crónica escrita por un fraile dominico durante el asedio de Montségur. Esa crónica llegó a mis manos a través del conde d'Amis, que quería que la autentificara. A partir de entonces el conde autorizó a la universidad a que yo trabajara con ese documento, permitiendo que iniciara un trabajo académico cuyo fin era ampliar los conocimientos que tenemos sobre lo que significó la persecución del catarismo y, sobre todo, la configuración de Francia tal y como la conocemos. Eso es lo que he hecho, entre otras cosas, en los últimos años. Mi trabajo ha sido para la universidad, no para un particular. El resultado de ese trabajo ha sido publicado con el sello de la universidad.

—Pero usted ha estado en contacto permanente con el conde d'Amis —aseveró a su vez el padre Grillo en un excelente francés.

—Sí, claro, he tenido que investigar en sus archivos familiares, de manera que he ido con cierta frecuencia al castillo d'Amis, una frecuencia interrumpida por los avatares de la guerra.

—Estos caballeros ya conocen su trabajo publicado por la universidad —terció el director del departamento—, lo que me ha sorprendido gratamente.

—Supongo que a ustedes les molesta que ahora se publique un estudio sobre lo que significó aquella cruzada contra los cátaros, pero les aseguro que mi trabajo es puramente académico, no tengo ninguna intención de hacer daño a la Iglesia por sus errores pasados —afirmó Ferdinand en un tono de voz en el que se vislumbraba cierto enojo.

—Señor Arnaud, no hemos venido a debatir aquellas circunstancias históricas ni el porqué de las acciones de la Iglesia; en estos momentos lo que nos preocupa es el presente, no lo que un estudio académico pueda deducir de lo que sucedió en el siglo XIII —le respondió el representante de la nunciatura, el padre Nevers.

—Bien, pues díganme qué quieren —les conminó Ferdinand.

—En estos años, a pesar de la guerra, grupos de... no sé bien cómo llamarlos, ¿estudiosos? alemanes y también franceses, han excavado la zona de Montségur, buscando… buscando un tesoro, y sabemos que usted los ha dirigido —afirmó el padre Nevers.

—¡Ah, no! ¡Eso sí que no! ¡Yo no he dirigido nada! —protestó Ferdinand.

—Testimonios aseguran que sí lo ha hecho.

—Les explicaré exactamente lo que he realizado y lo que no, pero antes díganme qué sucede, qué quieren…

El padre Grillo carraspeó. Ferdinand le miró de hito en hito. Era un hombre de mediana edad, con el cabello salpicado de canas perfectamente peinado, de tez morena y manos finas y largas. Había en él un toque aristocrático.

—Señor Arnaud, le diremos lo que sucede —dijo el padre Grillo—. Desde hace unos meses nos llegan noticias del trabajo que un grupo de filonazis está realizando en los alrededores de Montségur. Desde 1939 buscan el tesoro de los cátaros, un tesoro que algunos creen que es el Grial.

Ferdinand soltó una carcajada que sorprendió a los tres sacerdotes y al director del departamento, que le miró con enfado.

—¡Por favor! ¡Supongo que ustedes no se creerán esas historias fantásticas! Señores, tengo libros publicados sobre ese período de la historia de Francia y sobre la persecución de la herejía. En algún capítulo he tratado del tesoro, dejando claro que no eran más que monedas y joyas que fueron sacadas de Montségur para que los supervivientes pudieran continuar con la Iglesia de los Buenos Cristianos. No existe ningún misterio sobre ese tesoro, ninguno. No hay Grial, no existe el Grial, ustedes no deberían leer libros esotéricos o los de aquel nazi, Otto Rahn, muy brillante por cierto. Soy historiador, no fabulador, de manera que no encontrarán ningún escrito mío que avale la absurda teoría del Grial.

—Entonces, ¿cuál ha sido su relación con esos grupos de trabajo? —preguntó el director del departamento de Historia.

—Usted lo sabe muy bien —respondió airado Ferdinand— porque se lo he explicado en más de una ocasión. El conde d'Amis, efectivamente, tenía grupos de chicos excavando la zona; los dirigía algún que otro profesor de universidades alemanas, que influidos por las historias de Rahn, estaban seguros de encontrar el tesoro de los cátaros. Esos grupos aparecían y desaparecían; lo único que el conde me pidió en alguna ocasión era que yo examinara los papeles de sus conclusiones y trabajos, y siempre respondí lo mismo: que eran conclusiones falsas, absurdas, que allí no había ningún tesoro y que el Grial no existía, aunque nunca me dijeron directamente que lo buscaran. Era el pequeño tributo que tenía que pagar para que nos permitiera investigar en sus archivos. Sí, eran filonazis como ustedes dicen —y miró a los sacerdotes—; en realidad no eran distintos de tantos franceses que colaboraron con Alemania. La verdad es que nunca les presté mucha atención. No me gustaban; como tampoco me gustaba el conde. Mi único objetivo era investigar, ahondar en la historia de fray Julián. Ahí está mi trabajo; si lo han leído no pueden tener dudas al respecto.

—Querríamos que usted nos contara todo lo que recuerda de esos grupos, de lo que realmente buscaba el conde —insistió el padre Nevers.

—Ya se lo he dicho: buscaban el tesoro de los cátaros. Ustedes saben que hubo un pintoresco escritor, Napoleon Peyrat, pastor de la Iglesia Reformada, que escribió *La historia de los albigenses*; en realidad él reescribió la historia con mitos, leyendas, cuentos de niños… en fin, hay que reconocerle que era un buen narrador, lo mismo que lo ha sido Otto Rahn. Las fábulas de Peyrat dieron lugar a que se pusiera de moda todo lo provenzal y que algunos hayan sustentando estrafalarias ideas nacionalistas sobre el Languedoc perdido. Otros personajes, menores, esotéricos y ocultistas, han desarrollado otras historias sobre los cátaros y el Languedoc; otro escritor, Maurice Magret, ha contribuido mucho a esa moda. Dedicaba un capítulo alucinante a los cátaros en su obra *Los nuevos magos*. Antes de la guerra tenía muchísimos seguidores, sin ir más lejos al propio Otto Rahn.

—¿Y qué tiene que ver con todo esto el conde d'Amis? —insistió el padre Grillo.

—Es descendiente de una *perfecta*, una mujer quemada en Montségur. La crónica de fray Julián la han ido guardando y pasándola de padres a hijos durante generaciones. Si hubiera caído en manos de la Inquisición, les habrían quemado a todos, incluido él mismo a pesar de ser dominico. De manera que a esa crónica siempre la rodeó cierto secreto; no querían darla a conocer para que nadie pudiera señalarles como herejes. Les recuerdo que no hace tanto Pío X, que fue papa, como ustedes saben, entre 1905 y 1914, incluyó a la Inquisición cuando reorganizó la Curia, que pasó a denominarse Congregación del Santo Oficio; es decir, que aunque oficialmente ya no existía, existe. Y la memoria de Montségur y de la persecución de los herejes ha pasado de generación en generación. De mis conversaciones con el conde he podido deducir que sueña con la independencia del Languedoc; creo que sus simpatías hacia Alemania eran proporcionales al desprecio que siente por Francia por haber anexionado, como él dice, su tierra, el Languedoc. Ya lo ven, hay gente que no asume la historia, que el paso de los siglos y sus aconteceres no tienen importancia para ellos. El conde sueña con un Languedoc independiente y desde luego siente pocas simpatías por la Iglesia católica, pero eso son deducciones mías. Tampoco puedo afirmarlo, porque siempre ha procurado ser discreto a la hora de expresar opiniones políticas o religiosas.

—¿Eso es todo? —preguntó el padre Grillo.

—Eso es todo lo que sé y lo que les puedo contar. Mi querido colega también conoce al conde, lo mismo que otras personas de esta universidad; hace muy poco le hicimos entrega oficial del resultado de mi trabajo. Yo diría que no está muy satisfecho del mismo, que esperaba algo más, pero no dijo nada. En cuanto a si continúa alentando a esos grupos que se dedican a agujerear el Languedoc en busca del tesoro, la verdad es que no me ha preocupado.

—Señor Arnaud, corre el rumor de que el conde d'Amis habría encontrado algo muy especial —afirmó el padre Nevers.

—¿Y qué es ese algo tan especial? —preguntó Ferdinand con curiosidad.

—Eso es lo que no sabemos, lo que querríamos averiguar —explicó el padre Grillo—. Verá, durante la guerra eran insistentes los rumores de que el mismo Heinrich Himmler estaba detrás de algunas de las excavaciones de Montségur y que sus agentes estaban en contacto con algunos de los grupos del conde. Incluso… bueno, aunque parezca un disparate, otro rumor apunta a que Alfred Rosenberg sobrevoló Montségur en 1944 el 16 de marzo, coincidiendo con el septingentésimo aniversario de la rendición del castillo. Y luego está el peor de los rumores: la posibilidad de que hayan encontrado algo que ponga en peligro a la Iglesia.

—¿Qué es lo que a ustedes les preocupa? De los nazis puedo creer cualquier cosa; después de haber asesinado a seis millones de personas en cámaras de gas no voy a sorprenderme de que el teórico del nazismo favorito de Hitler, Rosenberg, haya podido subirse en un avión para sobrevolar Montségur o que un personaje tan siniestro como Himmler haya podido interesarse por cuentos esotéricos. No, no me sorprende nada de lo que me puedan contar de esa gente, pero creo que en torno a Montségur se tejen muchas patrañas, y puede que durante la guerra hubiera gente interesada en difundir éstas y otras cosas. A mí tanto me da. La mayoría de los trabajos que se publican sobre Montségur y el tesoro cátaro son simples rumores, por eso no creo que se haya encontrado nada que pueda poner en dificultades a la Iglesia, salvo que ustedes, señores, tengan un secreto inconfesable que guardan bajo siete llaves y temen que se desvele. Lo que no alcanzo a entender es qué tiene que ver ese secreto con Montségur.

—Señor Arnaud, la Iglesia no tiene secretos inconfesables —respondió con enfado el padre Nevers.

—A mí me da igual; sólo me interesaría como historiador, y en estos momentos ni siquiera eso —respondió Ferdinand con absoluta frialdad.

—¿Qué cree usted que es el Grial? —le preguntó con voz queda el padre Grillo permaneciendo ajeno a la tensión entre el padre Nevers y el profesor Arnaud.

—No lo sé, eso me lo tendrían que decir ustedes —sentenció Ferdinand—. Como comprenderán, no creo que la copa en la que bebió Jesús en la Última Cena se haya conservado durante veinte siglos. ¿Es que alguno de los apóstoles pensó aquella noche en la posteridad y decidió conservar aquella copa? ¿Y por qué no el plato en que comieron? Es absurdo, y ustedes lo saben. El negocio de las reliquias nunca me ha interesado. Entiendo que hay millones de personas que de buena fe creen que tal o cual hueso es de un santo, o que un trozo de madera es parte de la cruz en que Cristo fue crucificado, o que la copa de la Última Cena se guardó y ha llegado hasta hoy, pero eso son cuentos para niños que estoy seguro que ni ustedes creen. La fe es otra cosa, Dios es otra cosa.

—No le sabíamos teólogo —ironizó el padre Grillo.

—Ni yo les considero a ustedes idiotas; si lo fueran no habrían sobrevivido dos mil años —afirmó Ferdinand.

—Bien, hemos llegado a un punto de reconocimiento —admitió el padre Grillo—. Ahora viene la segunda parte: ¿podría ayudarnos a averiguar qué es exactamente lo que han encontrado en Montségur?

—No hay nada que encontrar, no hay nada que averiguar.

—Para la Iglesia es importante saber a lo que se enfrenta —dijo el padre Nevers.

—Ustedes no se tienen que enfrentar a nada; si acaso a una patraña que no les costará deshacer.

—¿Podría visitar al conde e intentar averiguarlo? —le pidió directamente el padre Grillo—. Tal vez uno de nosotros podría acompañarle.

—Mis relaciones con el conde son... digamos que tensas, precisamente porque me he mantenido lejos de sus grupos de trabajo; en cuanto a ustedes... en fin, se les nota mucho que son sacerdotes, y no creo que el conde sienta ningún deseo de confesarse, a lo mejor...

—¿A lo mejor...? —preguntó el padre Grillo.

—No sé; usted —respondió dirigiéndose al joven— no tiene aspecto de cura, puede que le pudiera hacer pasar por uno de mis alumnos.

Ignacio Aguirre dio un respingo al sentir todas las miradas en él, y a su vez pidió auxilio al padre Grillo con la mirada.

—¡Ah, el joven Aguirre! Es un muchacho capaz, con buenas dotes que podrá desarrollar en la Secretaría de Estado, pero es sólo un ayudante, un escribiente; aún no tiene ni formación ni experiencia. De hecho, le tengo conmigo porque su superior me ha pedido que estos meses de verano permanezca a mi lado haciendo prácticas, pero su futuro está por determinar. Aún no ha finalizado sus estudios.

—Si usted me acompañara al castillo el conde no tardaría ni un segundo en darse cuenta de que es algo más que, pongamos, un estudioso en historia medieval. Se nota demasiado que es un hombre de iglesia, en cuanto al padre Nevers... Creo recordar haber visto alguna foto suya en los periódicos. Por eso se me ha ocurrido lo de este joven. En todo caso puedo ir solo y probar suerte, aunque les insisto en que el conde no está precisamente satisfecho con mi trabajo y no sé cómo me recibirá.

El padre Grillo y el padre Nevers volvieron a intercambiar una de esas miradas con las que parecían entenderse sin necesidad de palabras.

—Mandaremos con usted al joven Aguirre; así se irá fogueando. ¿Cuándo puede ir usted? —quiso saber el padre Grillo.

—Mañana, a lo más tarde pasado. Dentro de diez días me marcho de viaje, voy a ver a mi hijo a Israel, y les aseguro que no voy a interrumpir el viaje por nada ni por nadie.

—No le pedimos tanto, señor Arnaud. Sabemos lo que han sufrido usted y su hijo. Le estaremos agradecidos si puede averiguar algo —respondió el padre Nevers.

—Creo que este joven —sugirió Ferdinand— debería leerse mi libro sobre fray Julián y ponerse al día en lo que se refiere a los cátaros. Si les parece, pasado mañana saldremos para el castillo. Llamaré al conde para anunciarle nuestra visita, espero que no se niegue a recibirnos. ¡Ah! Y lo mejor es que se vista como un estudiante o difícilmente podría pasar por alumno mío.

16

Durante el trayecto en el tren, Ignacio Aguirre le insistió en que le explicara la «verdadera» historia de los cátaros.

—Sé que debería saber más, pero no es mi fuerte —le confesó.

Ferdinand se explayó. Pero poco antes de llegar a la estación sacó una carta de David que había encontrado en el buzón antes de partir.

Hace unos días cené en casa de Hamza. Su madre preparó cordero con unas hierbas aromáticas. Es el mejor cordero que he comido nunca. Yo les llevé pan ácimo del que hacemos en el kibbutz y una cesta con fruta de nuestro huerto. Hamza se rió y me dijo que no me tenía que haber molestado en llevarla porque ya se encargaba él de quitárnosla de cuando en cuando. Estuvimos hablando hasta tarde. Ellos creen que les queremos echar de su tierra y me han contado que sus líderes quieren que desconfíen de nosotros. El padre de Hamza cree que al final tendremos que enfrentarnos, pero yo les he dicho que lo podemos evitar, que sólo depende de nosotros. Ayer vino Hamza a cenar conmigo al kibbutz; le recibieron bien, él al principio se muestra siempre tímido, luego, cuando coge confianza, se siente como en su casa. Le sorprende que lo compartamos todo, que comamos todos juntos, que nadie tenga nada y que no haya categorías sociales. Aquí lo mismo vale un ingeniero que un campesino, todos hacemos el mismo trabajo. También le llama la atención que los niños vivan juntos en una casa común cuidados cada día por dos madres mientras las otras trabajan. Le he enseñado todos los rincones del kibbutz y él me ha confesado que a veces cuando estamos distraídos coge algunas manzanas de nuestros árboles. Nos hemos reído por eso, y le ha sorprendido que no me enfade, aunque le he pedido que procure que no le vean. Luego, durante la cena, hemos hablado de lo bueno que hubiera sido que se hubiera podido formar un Estado judeo-palestino tal y como propuso en 1937 la Sociedad de Naciones. Pero los líderes árabes lo rechazaron y yo le digo que fue un error porque podríamos formar un Estado como Suiza. En fin, ya no hay vuelta atrás, pero me resisto a que un día Hamza y yo tengamos que estar enfrente el uno del otro porque los políticos así lo decidan.

Ni él ni yo somos tan diferentes a pesar de venir de dos mundos distintos. Por cierto, Hamza dice que se me entiende ya algo cuando hablo en árabe, y la verdad es que él ha aprendido más francés que yo su idioma. Es muy listo, en realidad es mi mejor amigo. Te gustará conocerle. Estoy deseando que vengas, te recibirán con los brazos abiertos, sé que te sorprenderá la vida en el kibbutz, esto sí que es socialismo puro. ¡Ah! Y los padres de Hamza me han dicho que te invitarán a cenar…

La carta continuaba contando más anécdotas de la vida cotidiana en aquel rincón de Israel.

La vida de David no estaba exenta de privaciones y dificultades, pero al menos era feliz, o así lo creía ver Ferdinand en las cartas que tan a menudo recibía.

—¿Buenas noticias? —preguntó Ignacio Aguirre.

—Es una carta de mi hijo; sí, está bien.

—¿Se encuentra muy lejos?

—En Palestina. David es judío, su madre era judía.

Lo dijo con un tono de desafío en la voz que hizo enrojecer al sacerdote.

—Sabemos lo que ha sufrido —acertó a decir éste.

—¿Me han investigado? —preguntó Ferdinand con curiosidad.

—¡Oh, no! Nada de eso, pero cuando empezaron a llegar noticias de lo que pasaba en Montségur y salió su nombre... bueno, me imagino que la nunciatura de París preguntaría quién era usted.

—Ya, de manera que además de leerse mi trabajo sobre fray Julián quisieron saber qué clase de persona era, ¿no?

El sacerdote no respondió directamente a la pregunta. Esbozó una sonrisa mientras ganaba tiempo.

—Tiene usted el reconocimiento de la comunidad universitaria. Y su trabajo sobre fray Julián es muy interesante, parece como si fuera de carne y hueso.

—Es que fue de carne y hueso. Un hombre como usted y como yo, al que las dudas le hicieron enfermar. Quería ser leal a Dios y a su familia, y eso significaba vivir una impostura.

—Él sólo traicionó a Dios; se mantuvo fiel a su familia, a una familia que no le terminaba de aceptar.

—¿De verdad cree que traicionó a Dios?

—Sí —respondió el sacerdote.

—Yo creo que no lo hizo. Simplemente intentó conciliar dos lealtades, pero nunca dudó de Dios.

—No sabía a qué Dios servir.

—Siempre sirvió al mismo Dios, puesto que sólo hay uno, se le llame como se le llame, se le rece como se le rece, se le perciba como se le perciba. Y nunca renegó de la cruz aunque le asqueaba lo que se hacía en su nombre. ¿A usted no le habría sucedido lo mismo?

Ignacio Aguirre dudó, y se hizo a sí mismo la pregunta. ¿Cómo se habría sentido él? ¿Habría podido soportar el comportamiento fanático de aquellos a quienes tenía por hermanos?

—No se puede juzgar a los hombres fuera del contexto en que han vivido —respondió el sacerdote—. No hay que acercarse a la historia con los ojos de hoy.

—Ahora entiendo por qué, siendo tan joven, trabaja en la Secretaría de Estado.

El sacerdote soltó una carcajada que desconcertó a Ferdinand.

—¡Pero si no trabajo allí! Ya se lo explicó el padre Grillo: me tienen provisionalmente durante el verano porque mi superior, que es amigo del padre Grillo, le pidió que me diera trabajo para que me fuera fogueando. Hago de todo: archivar, ir a por café, pasar a limpio cartas, traducciones… En realidad el padre Grillo me ha traído porque su secretario está de vacaciones, creo que su madre había enfermado y le han dado permiso para visitarla. De manera que me he encontrado con este regalo. Porque venir a Francia ha sido un regalo.

—Pues habla usted bastante bien francés.

—Soy vasco.

—¿Y eso qué tiene que ver?

—Pues que tengo una tía casada con un francés de Biarritz y he pasado con ella y con mis primos algunos veranos. Dicen que tengo facilidad para los idiomas; mi director asegura que si alguien es capaz de hablar vasco puede hacerlo en cualquier idioma.

—No quiero ser indiscreto, pero ¿cómo un joven como usted ha decidido ser cura?

—Porque tengo vocación de servir a Dios. Mis padres me llevaron al seminario para que estudiara, ya sabe que cuando no hay mucho dinero en una familia una manera de estudiar es ir al seminario, y en mi caso encontré la vocación. Ya sabe que mi tierra es la de san Ignacio, y un sacerdote jesuita pariente lejano de mi padre me ha ayudado; gracias a él he podido estudiar estos últimos años en Roma.

—Es usted un joven con futuro; lo mismo un día llega a ser Papa, aunque sin la sotana no parece un cura, sino un chico normal…

—Soy jesuita, serviré donde me manden, pero lo de ser Papa me parece difícil —matizó Ignacio con humor—. ¿Y usted es creyente?

—En realidad soy agnóstico, pero tengo un profundo respeto por los que creen y por Dios.

—A pesar de ser agnóstico, habla de Dios como si para usted existiera.

—No, no tengo certidumbres, sólo respeto. Mis padres también son agnósticos, y durante estos años no he visto la huella de Dios en ninguna parte, de manera que casi me parece un milagro seguir siendo agnóstico.

La conversación estaba adquiriendo tintes demasiado personales. Mientras llegaban a la estación, Ferdinand decidió desviarla hacia los cátaros y fray Julián.

17

Raymond les recibió en la puerta del castillo. El hijo del conde se había convertido en un muchacho alto y robusto. En su rostro destacaban sus intensos ojos verdes, llenos de curiosidad y al mismo tiempo marcando las distancias.

—Sea bienvenido, profesor —saludó a Ferdinand—, y usted también, señor...

—Aguirre —dijo Ferdinand. El sacerdote todavía estaba un poco desconcertado por la situación.

—Mi padre regresará mañana, pero cuando le llamé para decirle que quería visitarnos me pidió que le recibiera y me pusiera a su disposición. He mandado que le preparen la habitación de siempre, y a usted, señor Aguirre, una justo al lado. Espero que estén cómodos. El almuerzo se servirá dentro de dos horas, si me necesitan para algo estaré encantado de ayudarles.

—Ignacio es un excelente alumno; creo que llegará a saber de los cátaros más que yo y en estos últimos meses me ha ayudado con el libro, creí que le debía enseñar el lugar de mis desvelos...

—Desde luego, profesor. ¿Se acercarán a Montségur?

—Eso me gustaría. Le he explicado a Ignacio que cuando uno se acerca a la montaña siente algo especial, te das cuenta de que la historia se ha quedado impregnada en la tierra.

—Así es, nadie que se acerque a Montségur puede permanecer indiferente —respondió Raymond.

Vieron llegar un jeep con dos hombres; uno de ellos joven, el otro de la edad de Arnaud.

—Los dos caballeros que llegan también son invitados de mi padre, han salido de excursión —les explicó Raymond mientras los dos hombres descendían del todoterreno y entregaban las llaves a uno de los criados.

—Les presento al profesor Arnaud y a su ayudante el señor Aguirre. Los señores Stresemann y Randall.

Se saludaron sin entusiasmo e iniciaron una conversación intrascendente sobre el tiempo y la belleza del lugar antes de subir a sus habitaciones.

No había pasado mucho tiempo cuando el mayordomo llamó a la puerta de Ferdinand para avisarle de que Raymond les esperaba para acompañarles donde gustaran.

Ferdinand e Ignacio se reunieron con el hijo del conde, deseoso de demostrar sus dotes como señor de la casa.

—Así que a usted también le apasiona la historia de los cátaros —le preguntó a Aguirre.

—Sí, el profesor Arnaud me ha contagiado su entusiasmo —respondió el joven sacerdote ruborizándose al tener que responder una pregunta tan directa, pero, sobre todo, por tener que mentir.

—¿Ha llegado a conocer bien la historia de fray Julián?

—Bueno… sí… en realidad… es una historia apasionante. ¡Cuánto sufrimiento!

Decidido a no intervenir, Ferdinand escuchaba a los dos jóvenes mientras iniciaban un paseo alrededor del castillo. Pensó que a lo mejor Raymond cometía una indiscreción, como le ocurrió en aquella ocasión con David. Se le notaba la rígida educación recibida, así como su convicción de que algún día, cuando fuera él el conde d'Amis, tendría que estar a la altura de la historia de su familia, o al menos de lo que su padre le había inculcado que se esperaba de él.

—No admito la intolerancia de la Iglesia cuando pretende imponer a hierro y fuego sus creencias, incapaz de respetar las del prójimo, como si fuera la guardiana de la verdad. Antes de que la Iglesia existiera había otras religiones, de manera que, ¿por qué va a tener la Iglesia católica el monopolio de la verdad? —exclamó Raymond.

—Tiene la verdad revelada por Dios —respondió Ignacio, incómodo por no poder extenderse, ya que Ferdinand le había hecho un gesto para que no discutiera.

—¿La verdad revelada? Eso es un cuento de niños... —sentenció Raymond con convicción—. ¿Cuántos concilios se han tenido que celebrar para ponerse de acuerdo en lo que los católicos tienen que creer? No hay ninguna verdad revelada, sino una poderosa máquina de poder dirigida a dominar a los incautos.

—¿Y usted, en qué cree? —le preguntó Ignacio.

—¿Yo? En la razón y en el derecho de los habitantes de esta tierra a creer en quien quieran. ¿Sabe por qué la Iglesia de los Buenos Cristianos estuvo a punto de derrotar a la Iglesia católica? Sencillamente porque sus *perfectos* vivían como buenos cristianos dando ejemplo de humildad y pobreza. Por eso la Iglesia necesitó acabar con ellos: no podía soportar su ejemplo. En mi familia hubo *perfectos*.

—Sí, doña María —dijo Ignacio, al que cada vez le costaba más contenerse sin responder a Raymond como él creía que se merecía.

—Doña María, su hija doña Marian, don Bertran, sus hijos... —continuó Raymond.

—Pero supongo que usted no será cátaro...

—No, no... ya le he dicho que sólo creo en la diosa razón, pero ésta continúa siendo tierra de cátaros, aunque no se manifiesten.

—¿Continúa habiendo cátaros? —preguntó Ignacio con sorpresa.

—¡Claro que sí! No se puede aplastar las ideas ni las creencias. No hay familia en Occitania que no descienda de cátaros.

Ferdinand escuchaba a Raymond con preocupación, ya que en sus palabras parecía aflorar cierto fanatismo.

El almuerzo lo compartieron con los otros dos invitados del conde, que dijeron ser estudiosos del catarismo.

Ignacio permaneció en silencio, escuchando rebatir a Ferdinand algunas de las teorías de los dos estudiosos, hasta que sorprendió a todos al dirigir una pregunta al aire.

—¿Y ustedes creen que existe el Grial?

Ferdinand le miró con asombro y Raymond con curiosidad, mientras los señores Stresemann y Randall guardaron silencio.

—Bueno, lo pregunto porque he leído mucho al respecto. Hay historiadores que creen que el tesoro de los cátaros era el Grial. Mi profesor no lo cree y nos ha enseñado que es un cuento, pero… no sé, perdóneme, profesor Arnaud, que yo no tenga su convicción —explicó Ignacio.

Nadie parecía tener prisa por responder, incluido Ferdinand, que había captado con admiración la trampa que pretendía tenderles el joven sacerdote.

—Tan posible puede ser la teoría del profesor Arnaud como las que apuntan que, efectivamente, hay un tesoro cátaro escondido y que ese tesoro puede ser el Grial —aseveró el señor Randall.

—No hay por qué descartar nada a priori —apostilló el señor Stresemann.

—Sí, los historiadores descartamos las fantasías y elucubraciones de escritores de novelas esotéricas. Señores, la investigación histórica es una ciencia que no podemos dejar que se contamine con la imaginación desbordante de quienes no son científicos —explicó Ferdinand muy serio—. En cuanto a mi querido alumno… veo que no he tenido demasiado éxito con mis enseñanzas… y eso que ha obtenido sobresaliente en mi asignatura y que con el tiempo espero se convierta en mi ayudante.

—¿Y ustedes, qué creen que puede ser el Grial? —preguntó Ignacio aparentando una inocencia que no dejaba de sorprender a Ferdinand—. Se supone que es la copa en la que Cristo bebió durante la Última Cena…

—¿Ha leído la obra de Wolfram von Eschenbach? —preguntó el señor Stresemann.

—Sí, es una obra bellísima. En *Parsifal* el Grial es algo más, algo que proporciona un poder ilimitado a quien lo posea.

—Exactamente —asintió aquel invitado, que por su acento parecía alsaciano.

—¡Ojalá alguien lo encontrara! —exclamó con entusiasmo Ignacio.

—Hay mucha gente empeñada en encontrarlo, pero no se puede encontrar lo que no existe —sentenció Ferdinand, que parecía reprobar a su alumno.

—Puede que se lo llevaran los templarios —insistió el sacerdote.

—Son falsas las supuestas relaciones entre cátaros y templarios; eso también lo expliqué en clase, y que yo sepa fue uno de los temas del examen final.

—¿Cómo puede asegurar usted que los templarios no protegían a los cátaros? —preguntó con aire de enfado el señor Randall.

—No lo digo yo, son los hechos los que lo demuestran. El Temple tenía castillos y encomiendas en el Languedoc y una buena relación con los señores de estas tierras, pero eso no significaba que participaran de sus querellas. Lo único cierto es que los templarios estaban luchando contra los musulmanes también en España, y no consideraban que su misión fuera combatir a otros cristianos, por muy herejes que fueran. Tampoco nadie se lo requirió.

—¿Y no cree que el Santo Grial pudieron traerlo los templarios y esconderlo aquí, en el Languedoc? —intervino Raymond.

—No, porque el Grial no existe, de manera que difícilmente pudieron traer lo que no existe.

—Pero, profesor, hay estudiosos que aseguran que los templarios encontraron una cámara oculta debajo del Templo de Salomón, en Jerusalén, y que allí había importantes secretos, que les dieron mucho poder y que pudieron chantajear a la Iglesia, que temía que se pudieran difundir…

—Eso son elucubraciones esotéricas que no se basan en ninguna prueba. Los templarios se convirtieron en un estorbo para Felipe IV de Francia, que quiso unificar las órdenes militares y someterlas al poder de la Corona, y desde luego quedarse con sus bienes. El rey estaba enfrentado con el papa Bonifacio VIII y organizó una campaña contra él, precisamente porque éste se oponía a que el monarca francés se hiciera con los impuestos sobre los bienes de la Iglesia que el rey necesitaba porque sus arcas estaban secas a cuenta de la guerra contra Inglaterra. Y su hombre fiel, el consejero Guillaume de Nogaret, fue el brazo ejecutor de la política del rey contra el Papa y los templarios.

—Se les acusaba de escupir en la cruz —recordó Raymond esbozando una sonrisa—, lo mismo que los cátaros, que la rechazaban.

—Fue un templario expulsado de la Orden quien empezó a difundir las acusaciones de blasfemia, sodomía, ritos iniciáticos secretos… Este hombre le sirvió en bandeja a Nogaret la excusa para que Felipe iniciara el proceso contra el Temple. Nogaret convenció al inquisidor de Francia, confesor además del rey, para que comenzara a investigar al Temple. En ese momento ya era papa Clemente, que reprendió al inquisidor y protestó al rey por meterse en camisa de once varas. Pero Felipe, a través de Nogaret, volvió a desatar una campaña contra el Papa; aun así, Clemente se resistió cuanto pudo, y hay que recordar que al principio los templarios fueron declarados inocentes por el Papa, que luego decidió que se investigarían las actuaciones de los caballeros, pero individualmente para no acusar a la Orden en su conjunto, ya que algunos templarios habían admitido esas prácticas de las que se les acusaba, aunque otros se retractaron alegando que habían confesado bajo tortura…

—Pero ¿escupían o no en la cruz? —interrumpió tajantemente Raymond.

Ferdinand observó la mirada burlona de Raymond acorde con la intención de la pregunta. El joven sólo aceptaría un «sí» o un «no», poco le importaban las explicaciones o los matices.

—Después de haber sido torturados, algunos templarios confesaron crímenes horrendos, pero en mi opinión, ateniéndome a documentos, es decir, a los hechos, el Temple no era una orden esotérica, por más que algunos novelistas los utilicen como recurso literario presentándolos como unos caballeros misteriosos. La disolución del Temple fue un pulso entre el rey de Francia y el Papa, por motivos que nada tenían que ver con los estrictamente religiosos. Felipe, entre otras cosas, pretendía que Clemente condenara a su antecesor Bonifacio VIII por herejía, a lo que el nuevo Papa se opuso, pero Clemente tampoco podía enfrentarse del todo al rey y terminó cediendo con los templarios.

—No ha respondido mi pregunta —insistió Raymond.

—Si te torturaran, a ti o a cualquiera de nosotros, terminaríamos confesando lo que nos pidieran, de manera que los testimonios obtenidos bajo torturas no tienen un cien por cien de fiabilidad. Por más que muchos se empeñen en presentar al Temple como una orden misteriosa, la realidad es que no lo fue, aunque tuvieron la mala suerte de que su último gran maestre, Jacques de Molay, no fue un dechado de inteligencia y tampoco un político avezado. No diré que tuvo responsabilidad en lo sucedido, pero sí que no era el hombre para hacer frente a una circunstancia tan difícil como aquélla.

—De manera que no niega que escupieran en la cruz —afirmó Raymond satisfecho.

—Sí lo niego: todas esas historias estrafalarias sobre que encontraron el Grial y otros secretos que pueden poner en dificultades a la Iglesia son cuentos, ¡por favor, no confundamos las novelas con la historia!

—Usted le tiene declarada la guerra a los novelistas —apuntó Ignacio.

—Una novela que trata de historia puede ser muy entretenida, pero eso no significa que esté ofreciendo una versión real de lo sucedido.

Cuando concluyó el almuerzo Raymond se ofreció para hacerles de guía por Carcasona. Al día siguiente, a primera hora, saldrían para Montségur.

A Ferdinand le llamaba la atención la capacidad del jesuita para ganarse la confianza de Raymond; lo hacía cuestionando la verdad histórica para dar cabida a la fabulación, que era el terreno donde desde hacía años se empeñaban en moverse tanto el conde como su hijo.

Ignacio se mostró entusiasmado por Carcasona, y Ferdinand entendió que en eso era sincero.

Por la noche alegó un fuerte dolor de cabeza y cansancio para no bajar a cenar. Lo había acordado con Ignacio, puesto que su presencia coartaba al hijo del conde, que parecía sentirse cómodo con el sacerdote.

Sin embargo, la cena fue decepcionante, ya que ni Raymond ni los otros invitados dijeron nada sustancial ni dieron ninguna pista sobre el supuesto hallazgo del Grial e Ignacio no se atrevió a preguntarles.

A la mañana siguiente se levantaron al amanecer para ir a Montségur. Allí Raymond, dejándose llevar por la magia del entorno, confesó a Ignacio lo que estaban buscando en un momento en que Ferdinand deliberadamente se separó de ellos.

—El profesor Arnaud es un escéptico. Por eso su trabajo sobre fray Julián carece de pasión, por más que todos digan que es espléndido. En realidad mi padre esperaba más.

—¿Y qué esperaba?

—Alguna pista sobre el tesoro.

—Pero ¿cómo iba a saber fray Julián dónde estaba el tesoro?

—Doña María confiaba en él; no olvides que ella bajó de Montségur con los dos *perfectos* que llevaban el tesoro.

—Tienes razón —accedió Ignacio—. Y vosotros que lleváis tanto tiempo excavando, ¿no lo habéis encontrado?

Raymond decidió fiarse de aquel joven con el que tanto congeniaba.

—No hemos encontrado nada, ésa es la verdad. Nada que podamos decir que es el Grial. Hay estudiosos que creen que el Grial es una piedra caída del cielo con poderes ilimitados y que está guardada en algún lugar de por aquí. Otros estudiosos piensan que se la llevaron los templarios a Escocia y que la enterraron en Edimburgo. Y… bueno, un profesor que ha estado aquí sostiene otra teoría: piensa que a lo mejor el Grial no es un objeto.

—¿Y entonces qué es?

—Puede ser una persona.

—¿Una persona?

—¿Tú crees que Jesús era célibe?

—Bueno, yo creo lo que nos han enseñado…

—Hay documentos muy antiguos que atestiguan que se casó con María Magdalena e incluso tuvieron hijos. Puede que… bueno, puede que el Grial sean los descendientes de Jesús.

Ignacio no sabía si reírse o indignarse, pero optó por no hacer ninguna de las dos cosas para no alertar a aquel joven que, pese a todo, le caía bien.

—¿Y cómo llegaron aquí los descendientes de Jesús?

—Puede que con María Magdalena, o puede que siglos más tarde. Puede que los templarios encontraran esos documentos y fuera lo que han guardado tan celosamente.

—Esto es lo que el profesor Arnaud diría que son cuentos esotéricos, seudoliteratura barata.

—En realidad al profesor Arnaud nunca le ha interesado encontrar el Grial; todo su esfuerzo lo concentró en la crónica de fray Julián. Cuando mi padre le pedía que viniera al castillo y escuchara a algún otro profesor, él se excusaba; y si por casualidad estaba aquí, siempre rebatía cualquier teoría que no se ajustara a las suyas, ni escuchaba lo que le decían. Pero mi padre decía que era mejor contar con él por su prestigio, porque eso abría puertas a nuestros otros expertos, que es lo que de verdad le importaba.

—Entonces, ¿no habéis encontrado nada? —preguntó de nuevo Ignacio.

—Nada; sólo manejamos esas teorías que te he dicho antes, pero seguimos buscando pruebas. Están aquí, es sólo cuestión de tiempo que demos con ellas. ¿Te gustaría trabajar para nosotros? —preguntó Raymond con entusiasmo.

—Pues… la verdad es que sería muy interesante pero no creo que pueda… Verás, tengo que terminar mis estudios, aún no estoy suficientemente preparado.

—¡No seas modesto! El profesor Arnaud dice que eres su mejor alumno.

—Sí, pero eso no significa que lo sepa todo. Pero… bueno, sí, me gustaría saber si encontráis algo, sería apasionante…

—Si alguna vez quieres venir sin el profesor Arnaud, llámame. Serás bien recibido y te puedes unir a nuestros grupos de trabajo aunque sea temporalmente. Ahora tenemos gente buscando en Edimburgo, porque tampoco es descabellada la teoría de que el Grial lo escondieron allí los templarios.

—Y si lo encontráis, ¿qué haréis?

—Ya sabes lo que dice fray Julián en su crónica: alguien debe vengar la sangre de los inocentes, nuestra familia no puede dejar impunes los crímenes de la Iglesia católica. Lo que queremos es destruirla, que pague por su fanatismo y por haber acabado con la libertad de esta tierra. Es una responsabilidad que asumimos los D'Amis de generación en generación, y mi padre sueña ser él quien lleve a cabo la venganza.

—Pero ¿tú crees que es tan fácil destruir a la Iglesia?

—Sí. Si nos hacemos con el Grial, sea éste lo que sea, lo conseguiremos. Se lo debemos al Languedoc. Me gustaría que vinieras de vez en cuando por aquí, creo que te entenderías con mi padre, y seguro que con lo que sabes podrías contribuir a nuestra búsqueda.

Ignacio le sonrió mientras tragaba saliva y asimilaba todas las barbaridades que acababa de oír. De repente Raymond se le antojaba un loco y temía aún más cómo pudiera ser su padre, el conde d'Amis, al que conocería esa noche.

Lo que no sabía calibrar era si aquél era un grupo de fanáticos peligrosos o pacíficos. Volvió a sonreír sabiéndose observado por la mirada de Raymond.

—Te supongo un caballero, de manera que te pido que me des tu palabra de que no comentarás nada de lo que hemos hablado con el profesor Arnaud. Sé que le debes lealtad como alumno pero yo me he confiado a ti… seguramente no debería de haberlo hecho, de manera que sólo me quedaré tranquilo si me das tu palabra.

Raymond le miraba muy serio mientras esperaba ese compromiso e Ignacio se sintió ruin. Tendría que confesarse y pedir perdón a Dios por lo que estaba a punto de hacer. Se sintió sucio cuando tendió la mano a Raymond mientras le aseguraba:

—No te preocupes, guardaré el secreto.

—¡Ah! Y tampoco le comentes nada a mi padre… no me perdonará la indiscreción. Él cree que soy demasiado confiado… en fin… espero no haberme equivocado contigo.

Les interrumpió Ferdinand, que se había mantenido alejado mientras fumaba un par de cigarrillos yendo de un lado a otro, aparentando un inopinado interés por las ruinas.

—Creo que deberíamos pensar en marcharnos. Me gustaría ver a tu padre, Raymond —afirmó el profesor.

—Sí, como guste.

18

El conde d'Amis estuvo frío y distante con Ferdinand, aunque se mostró más receptivo con Ignacio, debido al interés en el muchacho mostrado por su hijo. Aquella noche apenas hablaron de la crónica de fray Julián o de los cátaros. El conde no estaba demasiado locuaz y sus invitados parecían apesadumbrados. Todos se retiraron a sus habitaciones cuando la cena terminó.

—¡El daño que están haciendo tantos novelistas de tres al cuarto! —exclamó Ferdinand después de haber escuchado el relato minucioso que Ignacio le había hecho de su conversación con Raymond.

—Y de usted no se fían demasiado —apuntó Ignacio.

—La desconfianza es mutua. ¡Qué personajes! Lo increíble es que gente formada y seria se crea esas patrañas puestas en circulación por desalmados. ¡Así que tenemos entre nosotros a los descendientes de Jesús! En un mundo donde no hay secretos, porque ni los hubo en el pasado, ni los hay en el presente, ni los habrá en el futuro, resulta que, a través de los siglos, se han mantenido ocultos a los hijos de Jesús y María Magdalena. Pero algo así habría sido imposible de guardar.

—Bueno, eso o el Grial está escondido en Edimburgo.

—Son capaces de agujerear todos los castillos buscando un objeto mágico que sólo existe en sus mentes. ¡Están enfermos!

—Su objetivo es destruir a la Iglesia católica, así me lo dijo Raymond —explicó Ignacio.

Ferdinand comenzó a reírse.

—¡Pero cómo se les ocurre tamaña idiotez! ¡Destruir a la Iglesia!

—Bueno, yo no le veo la gracia —protestó Ignacio.

Ferdinand se puso serio y clavó la mirada en los ojos preocupados de Ignacio.

—¿Cree que pueden destruir el mensaje de Jesús? ¿Cree que quienes tienen fe y creen en Dios dejarían de creer en Él porque resultara que era un hombre? Jesús era judío, un rabí, y en aquella sociedad los rabís estaban casados. Yo no sé si lo estuvo o no, tanto me da, pero lo cierto es que no nos han llegado pruebas serias sobre ello. Me resulta difícil creer que si de verdad tuvo esposa e hijos eso se convirtiera en un secreto por parte de los apóstoles, que eran gente sencilla, casados, con familia y para los que tener esposa e hijos era lo normal, de manera que no creo que aquellos hombres se confabularan para ocultar a la esposa de Jesús. ¿Con qué objeto? Ellos no estaban inventando el cristianismo, no podían imaginar lo que Jesús había puesto en marcha, lo que iba a suponer su mensaje a través de los siglos... En todo caso, si Jesús hubiera estado casado, eso no destruiría a la Iglesia, pero tendría que aceptar que los sacerdotes puedan casarse. Y lo mismo que un concilio decidió que no podían, otro concilio podría determinar lo contrario. Nada más. Sinceramente no creo que ése fuera un problema para ningún cristiano.

—¡Y usted se dice agnóstico! —exclamó Ignacio maravillado por la convicción de Ferdinand en la solidez de la Iglesia.

—Agnóstico sí, pero no tonto. Puedo entender las razones de la Iglesia para preferir a sus sacerdotes célibes, pero no me parece que el edificio se pueda tambalear porque Jesús hubiera estado casado, aunque insisto, no hay ninguna prueba histórica solvente que lo indique, así que... asunto terminado.

—Precisamente lo que buscan es esa prueba.

—No la van a encontrar, porque no existe.

—¡Usted habla ex cátedra! —protestó Ignacio.

—No, yo hablo desde el sentido común. Estoy seguro de que Roma tendría un buen número de respuestas si apareciera una prueba en esa dirección. Pero no se preocupe, que salvo en especulaciones seudoliterarias no encontrará ninguna.

—Es curioso, usted utiliza la razón para reafirmar la posición de la Iglesia.

—¡Vaya conclusión! Soy historiador y analizo las cosas con perspectiva. La familia d'Amis no va a tirar por la borda dos mil años de Iglesia católica por mucho que les obnubile su papel de vengadores. No se preocupe, Ignacio, y tenga un poco más de fe en su Iglesia. Lo importante es que va a poder decir a sus superiores: «Misión cumplida». Usted es el perfecto espía.

Ahora fue Ignacio el que rió con ganas. No había disfrutado esos dos días engañando a Raymond, por más que se había dicho a sí mismo que disimulaba y casi mentía por proteger un bien mayor, pero aun así su conciencia le aguijoneaba.

—No me ha gustado nada lo que he hecho —confesó.

—No ha hecho nada de lo que deba avergonzarte. A mí no me habrían contado nada; ni el conde ni mucho menos Raymond. Ha sido un acierto que haya venido; se va con una información precisa, de manera que su Iglesia ya sabe a lo que hacer frente si es que al final encuentran algo de lo que buscan, cosa harto improbable.

—Espero que lo que hayamos averiguado sea suficiente…

—Lo es, claro que lo es. Lo peor que puede suceder es no saber a lo que se enfrenta uno, pero cuando eso se sabe es más fácil organizar la defensa. Ya verá cómo el padre Grillo y el padre Nevers lo ven así.

—Me da pena Raymond. Es tan joven… pero el ambiente en que vive le ha trastornado. Su padre le ha imbuido de tal fanatismo que le veo capaz de cualquier cosa —se lamentó Ignacio.

—Sí, es una víctima de su padre. Cuando le conocí apenas era un niño, y recibía castigos severos: le pegaban cuando no estaba a la altura de lo que su padre esperaba de él. Le han estado lavando el cerebro desde que nació y por lo que he visto ha asumido como suyas las absurdas obsesiones del conde. Es una pena, pero ahí sí que no podemos hacer nada ni usted ni yo. Creo que mi relación con los D'Amis ha llegado a su fin, y siento alivio.

—Para usted ha sido muy importante la crónica de fray Julián, ¿verdad?

—Es bellísima. Me conmovió en lo más profundo cuando la leí y es un documento histórico importante: un dominico, bajo las órdenes del terrible fray Ferrer, que relata en primera persona lo que sucede en los dos campos de la contienda. Pero sobre todo es la historia de un conflicto humano expuesto con toda crudeza. Me parecía importante darlo a conocer y que otros historiadores lo tuvieran a su disposición para seguir desentrañando ese período de la historia de Francia.

—Y de la historia de la Iglesia.

—Algún día la Iglesia tendrá que pedir perdón por todos los desatinos que ha cometido —apostilló Ferdinand.

Ignacio no respondió. No podía hacerlo, porque tenía que admitir que también a él le sobrecogía que se hubiera podido matar en el nombre de Dios.

A Ferdinand le extrañó ver a su padre en el andén. Nunca había ido a esperarle al regreso de ningún viaje, de manera que si estaba allí se debía a que había sucedido algo grave.

Se bajó del tren rápidamente.

—¿Qué ha pasado? —preguntó sin más preámbulo.

—David… está en el hospital… le hirieron en una emboscada. Está grave. Han avisado esta mañana, te llamaron a casa y a la universidad, y el rector nos llamó a nosotros… Tu madre te ha preparado la maleta, y yo he sacado los billetes de tren y de barco. Si no te importa, quiero acompañarte.

Pero Ferdinand ya no le escuchaba. Se le había contraído el rostro en una mueca de dolor y el aire parecía no llegarle a los pulmones. Estaba pálido, con los ojos desorbitados, mudo, incapaz de emitir sonido alguno. En el bolsillo de la chaqueta llevaba la última carta de David, palabras rebosantes de alegría, ganas de vivir y de esperanza. Y de repente aquellas palabras de tinta de su hijo se habían convertido en sangre.

Ignacio no sabía qué hacer ni qué decir, luego le agarró del brazo con fuerza y le instó a caminar.

—¡Vamos, dese prisa!

Caminaron en silencio hasta que Ferdinand se recobró del estado de shock.

—¿Está vivo? —musitó.

—Sí, está vivo, pero muy grave —respondió su padre.

—Se recuperará —afirmó Ignacio—, rezaremos y se recuperará…

—Dios nunca ha estado cuando le hemos necesitado —afirmó Ferdinand con un hilo de voz—, hace tiempo que tanto a mí como a mi hijo nos abandonó.

El profesor miró a su padre con los ojos enrojecidos. Sólo quería una respuesta a su pregunta: ¿Qué le ha ocurrido a David? ¿Qué le ha pasado?

19

Jerusalén, semanas antes

—Hamza, tienes que decidirte. —El tono del hombre no admitía dudas, y su mirada de color negro parecía taladrar los ojos de Hamza.

—No nos han hecho nada, ¿por qué no podemos hablar, llegar a un acuerdo? —respondió Hamza con cierto desafío en la voz a pesar de que el hombre le daba miedo.

—Los sionistas están consiguiendo que el mundo les apoye, hace unos años quisieron que formáramos un Estado juntos, ahora quieren partir nuestra tierra en dos. ¡No podemos aceptarlo! ¡O ellos o nosotros! —gritó el hombre.

—Por favor, cálmate… mi hijo es joven y no entiende bien lo que pasa… —intercedió el padre de Hamza.

—Verás, Rashid, o tu hijo es un traidor, en cuyo caso tú mismo resolverás el problema, o es un cobarde y también deberás resolverlo, o se une a nosotros y demuestra que es un patriota.

—No soy ni traidor ni cobarde, Mahmud —protestó Hamza, sólo que pienso por mi cuenta.

—¡Calla! —le conminó su padre, que sí estaba asustado porque sabía de lo que era capaz Mahmud.

Hamza bajó la cabeza consciente de que Mahmud no le dejaba ninguna salida y que desobedecerle podría costarle a él y a su familia la vida.

Su hermano Ali, de diez años, le observaba con ojos asustados sentado en el suelo, al lado de su hermano pequeño. Sus dos hermanas estaban en un cuarto junto a su madre, aquélla era una conversación de hombres.

—Lucharemos, casa por casa, huerto por huerto, con nuestros hermanos de Siria, de Jordania, de Egipto, de Irán… todos los hermanos árabes nos respaldan. No podemos dejarnos quitar la tierra por los judíos; los echaremos al mar —sentenció Mahmud—. O formas parte del Ejército de Salvación, o de nuestro grupo, o mueres con ellos, Hamza, decídelo tú.

—Luchará con vosotros —sentenció Rashid, el padre de Hamza— y yo también. Somos palestinos y buenos musulmanes. Tienes razón, ésta es nuestra tierra, debemos luchar por ella, los judíos son engañosos. Primero vinieron a establecerse junto a nosotros, pero ahora quieren quedarse con todo. Les echaremos al mar.

Hamza miró a su padre con asombro. No le reconocía en esas palabras que acababa de decir. Aún resonaban en sus oídos las palabras de paz de su padre, su convencimiento de que el enfrentamiento con los judíos sólo traería desgracias.

—Nosotros no tenemos que pagar lo que ha sucedido en Europa. Hitler no hizo bien su trabajo —dijo riéndose Mahmud—, si quieren posesiones que les den California, o la Selva Negra, o Provenza, pero que no nos las quiten a nosotros; nos quieren robar nuestra tierra para acallar sus conciencias.

—Tienes razón, Mahmud —respondió Rashid—, tienes razón, no tenemos por qué cederles nuestras tierras y convertirnos en invitados en nuestra propia casa. Lucharemos; estamos dispuestos a morir.

—Por ahora es suficiente con tu hijo mayor. Es a él a quien necesitamos, pero no dudes que te pediremos a tus otros hijos y tu propia vida si fuera necesario —dijo Mahmud en tono amenazante—. Mañana te mandaré llamar —le dijo a Hamza a modo de despedida.

Cuando Mahmud y sus hombres se fueron, Rashid se sentó junto a la mesa sabiéndose vencido. Su esposa salió de la habitación junto a las dos niñas y se acercó a él poniéndole una mano sobre el hombro para darle ánimos.

—Has obrado bien, Rashid, lo has hecho con inteligencia. No podemos hacer otra cosa —dijo la mujer.

—¿No podemos o no queremos? —le interrumpió Hamza con rabia.

—Uno tiene que saber cuando no hay puertas en la pared. Si no lo ves estás perdido.

—Lo que yo veo es que esta guerra ya la han decidido por todos nosotros; ni siquiera ha sido Mahmud. ¿Crees que los pobres contamos? Mahmud es sólo uno de los muchos tontos útiles para morir y hacer morir a otros. Esta guerra la organizan en El Cairo, o en Damasco… Lo que sí sé es que nosotros, y los que son como nosotros, debemos morir —respondió Hamza.

—No te engañes, hijo, tus amigos judíos se defenderán y matarán, lo mismo que nosotros —afirmó su madre.

—¿Y si no quiero luchar? —preguntó Hamza desafiando a su madre.

—Tienes dos hermanas. Están comprometidas para cuando sean un poco más mayores. Las rechazarán. Pero, además, un día nos levantaremos y nuestro huerto habrá sido destruido. Y otro día a tu padre le obligarán a matarte porque de lo contrario nos matarán a todos nosotros. Yo no he hecho las leyes, Hamza, las acepto como son, y tú debes hacer lo mismo para no traer a tu familia la vergüenza, el deshonor y la miseria. Lucha, hijo, lucha.

La mujer se acercó a su hijo y le acarició el rostro mirándole con pena.

Los dados de la suerte estaban echados. A ella le correspondía sacrificar al mayor de sus hijos y se veía incapaz de impedirlo.

—Hamza, no puedes volver a ver a David —le dijo su padre con voz cansada—. Evita a ese chico judío. Es lo mejor para ti y también para él.

—¿Y qué debo decirle? Hola, David, hay gente que ha decidido que debemos matarnos. ¡Ah! Y no te ofendas, esto no es nada personal; tú y yo no somos nadie, no contamos, nuestra obligación es matarnos cuando nos digan que debemos hacerlo y ya está. ¿Quién disparará primero, tú o yo? —Hamza hacía una parodia amarga de lo que le diría a David.

Su padre, su madre y sus hermanos le miraban con pena. Le veían sufrir, pero al mismo tiempo se sentían incapaces de aplacar su dolor. Desde ahora Mahmud era uno de ellos. Había pasado de destripar terrones a dirigir hombres, y estaba dispuesto a hacer cuanto le pidieran: tenía fe en sí mismo y en la causa a la que iba a servir.

—Hamza, nuestra vida depende de ti —añadió su padre con tristeza—, no te puedo obligar a que luches, pero si no lo haces…

—Lo haré, padre, lo haré —asintió Hamza con los ojos bañados en lágrimas, mientras salía de la casa en busca de las sombras de la noche.

Caminó un buen rato sin rumbo. A pesar de la negra noche, conocía como su mano cada palmo del terreno y no necesitaba ver.

Había nacido en aquel trozo de tierra. Su madre le había traído al mundo en aquella casa modesta rodeada de árboles frutales y una acequia donde chapoteaba cuando era niño.

Había sido feliz. No necesitaba más de lo que tenía: su familia, el huerto donde trabajaban, acompañar a su padre a vender las frutas y verduras a la ciudad a lomos del burro… Disfrutaba también de las cenas en el patio, cuando sus tíos acudían a visitarles y podía jugar con sus primos a trepar por los árboles y esconderse entre los arbustos.

Su mundo se quebraba porque de repente tenía enemigos. Unos enemigos que ni siquiera había podido elegir.

Pensó en David. ¿Qué le diría? No la verdad: nos estamos organizando para echaros al mar. Tendría que esquivarle, procurar no coincidir con él, poner distancias...

Tuvo ganas de reír recordando la primera vez que se vieron. Él espiaba a los del kibbutz a través de la cerca; en realidad, le estaba echando el ojo a una chiquilla de su edad, de pelo rubio como el trigo y hermosos ojos azules, con la que cruzaba miradas cada vez que se encontraban y que le provocaba sentimientos contradictorios. El suyo no era un mundo de mujeres, y éstas no le habían interesado demasiado, pero aquella chica parecía tan delicada, tan irreal, que no le asustaba.

Le sonreía y le saludaba con la mano y a él se le aceleraba el corazón. Le hubiera gustado saltar la cerca y ayudarla a recoger naranjas o a limpiar la tierra de las malas hierbas. Eso es lo que hacía David la primera vez que le vio. Estaba preparando la tierra para sembrar, y se le notaba un rictus de dolor en el rostro; de vez en cuando se llevaba las manos a los riñones y se los frotaba con fuerza. Se le notaba que nunca había labrado la tierra. Pero en el kibbutz todos trabajaban por igual, no importaba de dónde vinieran ni a qué se dedicaran antes de llegar allí: vivían de la tierra, lo mismo que su familia y él.

David había levantado la mirada y le había visto. Se incorporó y caminó hacia la cerca. Le sonreía, así que no salió corriendo como en otras ocasiones cuando le pillaba Yacob, el jefe del kibbutz, un hombre delgado y adusto que siempre parecía estar de pésimo humor.

Empezaron a hablar en inglés, idioma que los dos chapurreaban, y en pocos minutos parecía que se conocían de siempre. David le confesó que estaba reventado y le dolía todo el cuerpo; Hamza se ofreció a ayudarle y, para sorpresa suya, aceptó. Fue la primera vez que entró en el kibbutz, y tuvo la suerte de ver más de cerca a la chica de sus sueños: era rusa, se llamaba Tania, tenía quince años y apenas sabía unas palabras en inglés.

Desde entonces entraba y salía del kibbutz con familiaridad, la misma con la que David iba a su casa, donde siempre había sido bien recibido. Ahora tendría que decirle que no volviera. Él tampoco volvería a cruzar la cerca.

Mahmud había dicho que al día siguiente le mandaría a buscar para comenzar su entrenamiento militar. No sabía disparar, sólo arar, pero tendría que aprender a empuñar un arma y matar. Matar. La palabra se le antojaba terrible e irreal. ¿Cómo sería matar? ¿Qué sentiría al ver desplomarse a un hombre ante él? ¿Y si era él quien resultaba muerto?

Siguió caminando sin rumbo hasta sentirse agotado. No sabía cuánto tiempo había andado; tanto le daba: temía la llegada de la mañana.

—No te deberías fiar tanto de él; algún día nos tendremos que enfrentar, es irremediable —sentenciaba Yacob dirigiéndose a David y al grupo de jóvenes con los que departía después de la cena.

—Es mi amigo y nunca lucharé contra él. Podemos hablar y discutir las diferencias, no hay por qué matarse. Nuestro problema son los ingleses, no los palestinos —argumentaba David.

—Nuestro problema es todo el mundo. Los ingleses ya han aflojando la cuerda y permiten la entrada de inmigrantes. Sabemos que muy pronto habrá una nueva resolución de Naciones Unidas proponiendo la creación de dos Estados, pero los árabes se negarán —explicaba Yacob con un deje de impaciencia.

—Estás muy seguro de que dirán que no, pero si consultan a los palestinos a lo mejor os lleváis una sorpresa… —alegaba David.

—Sigues siendo francés —le respondió un hombre mayor que fumaba en pipa—. Esto es Oriente, aquí no funcionan las reglas de la democracia. Nadie va a consultar a los palestinos, serán los egipcios, los jordanos, los sirios, los saudíes, los que decidan por ellos. Llevan tiempo organizándose. Ya hemos tenido enfrentamientos, nos han atacado, en otros kibbutzim se han producido bajas por ataques guerrilleros. ¿Por qué crees que patrullamos la cerca durante toda la noche? Nos atacarán, les ordenarán que lo hagan y lo harán.

David iba a replicar pero se calló. Todos respetaban a Saul, el tipo de la pipa, un hombre que había nacido en Israel, como sus padres, sus abuelos y los padres y los abuelos de éstos. Toda su familia había permanecido en aquella tierra sagrada siglo tras siglo, sobreviviendo a romanos, árabes, cruzados, tártaros, turcos y, también, al protectorado británico. Saul formaba parte de la Haganá, las fuerzas de defensa que habían puesto en marcha para defenderse de los ingleses y de los ataques de los árabes. Recorría el país, iba de un lugar a otro, hablaba árabe a la perfección y podía confundirse con cualquier palestino. Saul era una leyenda porque había vivido en uno de los primeros kibbutzim, en Tell Hay, y también símbolo de valentía y de bravura para todos aquellos que llegaban a Eretz Israel, porque había resistido y repelido los ataques de los árabes del norte.

Eran pocas las cosas que se escapaban a la mirada de Saul, porque tenía amigos en todas partes y, como decía Yacob, fuentes de información hasta en el infierno.

Continuaron hablando un rato más sobre lo que se podía avecinar si finalmente Naciones Unidas votaba a favor de la formación de dos Estados. Saul aseguró que los países árabes rechazarían la fórmula y que entonces se recrudecerían los conflictos con los palestinos.

—Sólo contamos con nosotros mismos, no lo olvidéis —les recordaba Yacob—. Nadie vendrá a ayudarnos, de manera que tendremos que defendernos casa por casa, piedra por piedra.

Yacob destilaba amargura. Era alemán, de Munich, y había llegado a Israel en 1920 a instancias de su padre, que veía cómo la inflación monetaria y el avance del antisemitismo prendían con fuerza entre los alemanes.

Como otros jóvenes, Yacob dejó atrás a su familia, su hogar, sus amigos, su vida. Había participado en la fundación de la primera asociación obrera israelí, y luego ayudó a fundar aquel kibbutz que ahora dirigía.

Sus padres, al igual que la mayoría de su familia, habían muerto en las cámaras de gas. Era el único superviviente de su entorno, y había perdido la sonrisa para siempre.

Saul y Yacob les anunciaron que desde el día siguiente iban a dedicar más tiempo a la instrucción militar, tanto ellos como ellas. Ya no se trataba simplemente de pasearse alrededor de la cerca con un fusil de caza al hombro. Además el kibbutz, al igual que otros, iba a dedicarse a la producción de armas ligeras y munición.

—¿Y quién nos va a enseñar a hacerlas? —preguntó ingenuamente Tania, la chica rusa que tanto le gustaba a Hamza.

—Vendrá gente de la Haganá, ellos os enseñarán. Necesitamos más armas, debemos estar preparados. No es suficiente con lo que tenemos de los británicos y los polacos. Nadie nos regala nada, por más que nuestra gente hace lo imposible por conseguirlas. Estamos mal armados frente a los árabes, y necesitamos poder defendernos. Debéis aprender a disparar una pistola, una metralleta… También a luchar con vuestras manos o con un cuchillo. A partir de mañana dedicaremos unas horas a la instrucción, así como a construir armas —les anunció Saul.

—Entonces, es inevitable… —murmuró David.

—Lo es, y cuanto antes lo asumas, mejor para ti y para todos —replicó Yacob—. Antes estabas dispuesto a luchar, decías que no podíamos dejarnos quitar la tierra, que sólo si teníamos un hogar no se repetiría lo que le ha sucedido a tu madre y a tus tíos. ¿No lo recuerdas? ¿Por qué dudas ahora?

—¡Claro que quiero luchar por esta tierra! Sé que los judíos necesitamos un hogar propio, y que no podemos continuar de prestado en países que luego nos tratan como ciudadanos de segunda o nos matan. No tengo dudas sobre eso, sólo que... sólo que yo creo que es posible vivir en paz con los palestinos, que es posible llegar a acuerdos con ellos, que nuestros derechos son compatibles con los suyos.

El alegato apasionado de David era bien recibido por el resto de los jóvenes. Saul se daba cuenta de que a pesar de la dureza de la vida en el kibbutz, de los discursos alertándoles de los peligros, ellos tenían fe, no sólo en el futuro, sino también en sus congéneres, fueran quienes fueran, y que estaban hartos de tener enemigos.

—Mañana vendrás conmigo, David. Tengo que visitar a algunos amigos palestinos. Son jefes en sus respectivas comunidades, mi familia y las suyas se conocen desde siempre. Son amigos, David, amigos a los que quiero y contra los que tendré que luchar, y ellos contra mí. Vendrás conmigo para que te expliquen lo que va a suceder por más que no nos guste.

David no lograba conciliar el sueño aquella noche. Se despertó un par de veces envuelto en sudor atacado por la misma pesadilla: se veía en una refriega, disparando, y luego sentía un dolor intenso en el estómago y se despertaba angustiado.

Optó por levantarse y sentarse a leer, pero no lograba concentrarse. Aún no había terminado el libro de su padre sobre fray Julián. No sabía por qué, acaso sentía rechazo, no tanto por aquel fraile que le parecía tan pusilánime, sino por su descendiente, aquel conde al que aborrecía con toda su alma. En su fuero íntimo pensaba que todas sus desgracias habían comenzado en el castillo del conde d'Amis. Además, la obsesión de su padre por la crónica de fray Julián también les había alejado. Nunca se lo había dicho, pero le reprochaba que no quisiera reconocer qué clase de gente era el conde y sus amigos; él no tenía duda de que se trataba de nazis o por lo menos simpatizantes, por más que su padre le hubiera dicho que buena parte de los franceses no tenían motivos de sentirse orgullosos de lo sucedido durante el Régimen de Vichy. Todo el mundo miraba hacia otra parte, era la manera de resistir, decía. Pero no era verdad; hubo gente que resistió de verdad, que se enfrentó a los nazis, que murió luchando. Su abuelo paterno le había hablado de los republicanos españoles, de aquellos hombres que habían organizado la Resistencia, que no se habían rendido y aguantaron hasta el final.

Pasó la mano por encima de la tapa del libro sin decidirse a abrirlo. Quería leerlo antes de que llegara su padre para comentárselo, pero no había pasado de la página diez. Sabía que su padre no le haría ningún reproche si no lo leía, aunque para él sería una satisfacción que lo hiciera. Lo intentaría al día siguiente. En ese momento se sentía demasiado conmocionado por la charla de Saul y Yacob. No quería ser enemigo de los palestinos aunque sabía que éstos desconfiaban de los colonos judíos, porque así se lo habían dicho Hamza y su padre Rashid. «El problema —se decía— es que nadie hace nada para que nos sentemos a hablar los unos con los otros y decidir cómo queremos vivir y organizarnos. ¿Por qué nadie se decide a hacer ese esfuerzo? ¿Por qué?» Si les dejaran a Hamza y a él, seguro que lo arreglaban sin problemas; discutirían, sí, pero llegarían a un acuerdo.

A lo mejor Hamza y él tenían que dedicarse a la política para hacer entrar en razón a sus gentes.

20

Aún no se había puesto el sol cuando unos golpes secos en la puerta despertaron a Hamza. Se restregó los ojos y miró la hora en el despertador. Fuera del cuarto que compartía con sus hermanos se oía ruido. Su madre y sus hermanas ya estarían trajinando en las labores de la casa, y su padre estaría a punto de dar de comer a los animales antes de salir al campo.

Unas voces le alertaron. Su padre hablaba con alguien en voz baja; un segundo después abría la puerta del cuarto.

—Levántate, Hamza, te esperan.

Se aseó deprisa y se vistió con mayor rapidez todavía. Sentía los latidos de su corazón y pensaba que los demás también los escucharían. Su madre había colocado un tazón de leche de cabra encima de la mesa y le indicó que se lo tomara rápido.

Un hombre, que permanecía de pie en el umbral de la puerta, le miró con impaciencia.

—No tenemos todo el día. Hay que irse antes de que se despierten los judíos. Mejor que no te vean.

Apenas dio un sorbo a la leche, se secó la boca con el dorso de la mano y le dijo al hombre que estaba listo.

Salieron de la casa sin hacer ruido. Sentía la mirada de sus padres clavada en la espalda. Ese día comenzaba el resto de su vida e intuía que sería mucho peor que la que dejaba atrás.

El hombre dijo llamarse Mohamed y le explicó que irían andando hasta la carretera, donde había dejado un camión. No había querido llegar con él hasta la casa para no alertar a los del kibbutz. Luego irían a buscar a otros muchachos antes de llegar al lugar donde iban a enseñarles a manejar las armas.

Hamza conocía a uno de los chicos que fueron a buscar. Vivía en una casa cercana y su familia era campesina como la suya; pero a diferencia de él, parecía contento con el cambio de vida.

—Yo voy a probar con éstos —le dijo bajando voz—, pero si no hay acción me voy con otros. Tengo un primo que tiene contactos importantes.

Otro de los chicos que recogieron era maestro de un pueblo cercano. Alto y delgado, con la mirada brillante, parecía también feliz por haber sido reclutado. El resto, hasta completar el número de diez, eran campesinos como él que también parecían satisfechos. Hamza empezó a pensar si no era él el equivocado.

El camión traqueteaba por un camino sin asfaltar. Mohamed les aconsejó que evitaran la carretera y que si los británicos les detenían dijeran que iban a trabajar a una granja cercana. En realidad Mohamed les llevaba hacia el sur, cerca de la frontera transjordana.

El camión estacionó junto a un grupo de tiendas beduinas. Mohamed les dijo que bajaran pero que no se separaran del camión. Le obedecieron y durante unos minutos no pasó nada. Observaron que las mujeres beduinas, con el rostro cubierto, parecían ensimismadas contemplando los pucheros en los que preparaban alimentos. Unos ancianos se hallaban sentados delante de una tienda fumando y bebiendo té. Más allá, un grupo de chiquillos corría y jugaba. De pronto se vieron rodeados por una docena de hombres del desierto armados de fusiles. Uno de ellos, sin duda el jefe, habló a Mohamed.

—Llegas con retraso.

—No es fácil despistar a los ingleses y a los judíos. Están por todas partes y ahora se sienten seguros porque los británicos hacen la vista gorda a cuanto hacen.

—¿Éstos son todos? —preguntó el jefe mirando al grupo de chicos de Mohamed.

—Debería de llegar otro camión con unos cuantos más; vienen con un tío mío, pero salió después que el nuestro.

—Empecemos cuanto antes.

Para sorpresa de todos, el hombre que parecía un jefe beduino se destapó el rostro.

—Soy vuestro instructor —les dijo—, mi nombre es Husayn. Soy oficial de la Legión Árabe y os voy a enseñar a manejar armas, montar bombas y pelear. Os quedaréis un par de días, a lo máximo tres, de manera que poned atención y no perdáis ni me hagáis perder el tiempo. Seguidme.

Le siguieron hasta un lugar donde había más hombres vestidos a la manera de los beduinos. Husayn les entregó ropas como las que llevaban aquellos nómadas.

—Así pasaréis inadvertidos —dijo—, y si viene alguien os haremos pasar por jóvenes de esta tribu.

Luego les llevó a un lugar lleno de armas distribuidas por el suelo.

No les habían ofrecido agua ni tampoco comida; no parecían dispuestos a perder ni un segundo en cortesías, algo extraño en los hombres del desierto. Apenas había pasado una hora cuando otro grupo de jóvenes llegados de otros pueblos se les unieron. Al igual que ellos, también vestían como beduinos.

Durante varias horas estuvieron familiarizándose con diferentes armas: les enseñaron a montar y desmontar pistolas, los rudimentos para hacer una bomba o disparar con fusil.

Husayn se mostraba implacable. No les dejaba descansar un solo segundo en la instrucción. Cuando comenzaba a caer la tarde y parecía anunciarse la noche, un beduino se acercó a caballo, intercambió unas palabras con Husayn y éste levantó la mano indicándoles que se detuvieran.

—Ahora beberéis y comeréis. Os aconsejo que después no os entretengáis con nada que no sea dormir. Antes de que salga el sol estaré de nuevo aquí, y la jornada será larga. No habéis aprendido lo suficiente, con lo que sabéis no podríais ni sobrevivir.

Dicho esto, Husayn se subió a un jeep donde le aguardaban tres hombres y desapareció entre las sombras del crepúsculo.

—No se te da mal —reconoció Mohamed a Hamza, mientras se acercaban a uno de los fuegos, en derredor del cual un grupo de hombres comían cordero.

Abrieron el círculo invitándoles a compartir con ellos la cena. Los hombres hablaban de guerra. Habría guerra contra los judíos; los hermanos de Jordania, de Siria y de Egipto, de Arabia y de tantos otros países habían prometido ayudarles a conservar la tierra sagrada. No compartirían nada con los judíos, ¿por qué tendrían que hacerlo?

Hamza escuchaba mientras comía pero prefería no hablar. No podía discutir con tantos hombres convencidos de una causa. Le tacharían de traidor, no le comprenderían. Hablar allí de las ventajas de tener un Estado propio y dejar de estar bajo la protección de los ingleses o antes de los otomanos, habría sido una opinión que crearía rechazo. ¿Por qué no podía haber dos Estados e incluso uno compartido con los judíos? Que él supiera, nunca habían tenido un Estado, el suyo nunca había sido un país, siempre habían estado bajo la protección de otros, y ahora iban a rechazar esa oportunidad porque sus jefes decían que no iban a dejarse doblegar. Sin embargo, Hamza pensaba que siempre habían estado doblegados y que, precisamente, se trataba de dejar de estarlo.

Durmió de un tirón envuelto en una manta junto a los rescoldos del fuego. Estaba agotado y con las emociones a flor de piel.

Tal y como les había anunciado, Husayn se presentó a las cuatro de la mañana, cuando aún era noche cerrada. Junto a Mohamed no se anduvo con contemplaciones a la hora de despertarles.

En menos de media hora estaban preparados y entrenando de nuevo. Tenían que montar y desmontar las armas sin luz, avanzar arrastrándose por el suelo… Hasta bien entrada la mañana Husayn no les permitió beber agua.

—Tenéis diez minutos para descansar y beber, ni uno más.

Efectivamente, no tuvieron un segundo de regalo. Hambrientos y sedientos, esperaron a que cayera la noche para regresar al campamento de los beduinos, donde esta vez Husayn se sentó con ellos.

—Algo habéis aprendido —explicó Husayn—, lo suficiente para matar e intentar evitar que os maten. Si tenéis fe y valor conservaréis la vida, pero si dudáis la perderéis. Que nunca os conmueva la mirada de un enemigo, no importa que sea un soldado, una mujer o un niño. Será él o vosotros, vuestra vida o la suya, y si dudáis la perderéis; ya veis que las reglas a las que os debéis atener son muy simples. Cuando tengáis que atacar disparad primero, sin pensar.

—¿Cuándo habrá guerra? —preguntó el maestro.

—No lo sé, pero debemos estar preparados. Los judíos quieren quedarse con nuestra tierra, tenemos que demostrarles que no podrán. Puede que se evite la guerra o puede que no; los políticos discuten en las Naciones Unidas para darles lo que los judíos llaman un «hogar». Que se lo den, pero no el nuestro. Nuestros hermanos combaten también con las armas de la política, debemos esperar, pero hasta que llegue el momento nuestra misión es hacerles la vida difícil a los judíos, que no se sientan seguros, que no puedan cultivar la tierra sin llevar un fusil al hombro, que no puedan ir por la carretera sin temor a ser atacados, que sus mujeres tengan miedo a caminar solas por el campo, que sus hijos no puedan salir de las cercas de sus casas o de sus kibbutzim. Vamos a atacarles, a causarles bajas. La táctica es sencilla. Llegamos a un sitio, les cogemos por sorpresa, matamos y nos vamos. Que no duerman tranquilos, que esta tierra se convierta en su sepultura si insisten en quedarse.

»Cada uno de vosotros formará parte de un grupo con un jefe; él será quien marque los objetivos de acuerdo con nosotros.

Debéis obedecer. Vuestras familias saben que a partir de ahora habrá ocasiones en que os marcharéis, pero ni a ellos podréis decirles ni dónde ni qué vais a hacer. El que no obedezca o nos traicione recibirá un castigo, que sólo puede ser la muerte, y vuestra familia también sufriría las consecuencias.

Se escucharon unos murmullos de protesta. Los jóvenes aseguraban que estaban deseando matar a los judíos y echarlos al mar. Pero Husayn no parecía conmovido con aquellas proclamas de fidelidad. No sabría de qué clase de hombres se trataba hasta que no les llegara la hora de matar, algo que harían muy pronto, porque cuanto antes mataran antes se sentirían parte del grupo y comprometidos con la causa. La sangre derramada era la mejor alianza entre los combatientes.

Mohamed les despertó de nuevo al amanecer, azuzándoles para que se metieran deprisa en el camión. Regresaban a casa.

Los beduinos les observaron marchar con indiferencia; apenas les dio tiempo de despedirse del otro grupo de jóvenes con los que habían compartido las jornadas de instrucción.

Hamza pensó que lo peor aún estaba por venir.

21

Saul esperaba a David sentado en el coche con la puerta abierta y el motor en marcha.

—Te has retrasado —le dijo sin disimular su enfado.

—Lo siento, no pensaba que iba en serio cuando me dijo que hoy iría con usted.

—Yo siempre hablo en serio, todos nosotros hablamos en serio. ¿Crees que esto es un juego?

—Lo siento, discúlpeme.

Fueron en silencio un buen rato. David observaba a Saul; parecía ensimismado en sus pensamientos, como si estuviera muy lejos de allí. No se atrevía a hacerle ninguna pregunta temiendo una respuesta malhumorada. Le parecía que el hombre había exagerado el enfado, puesto que su retraso no había sido más que de diez minutos.

—Abre la guantera —le ordenó de pronto Saul— y saca la pistola. Está metida en una bolsa.

David obedeció. Se disponía a dársela cuando Saul le hizo un gesto negando con la cabeza.

—No es para mí, la mía la llevo dentro de la chaqueta; es para ti; la carretera de Jerusalén no es segura. Hace dos días mataron a cuatro de los nuestros.

—¡Pero yo no sé disparar bien! —protestó David, sintiendo que una oleada de miedo le recorría el cuerpo.

—Si nos disparan tendrás que disparar: o te defiendes o te dejas matar, así de sencillo.

—Ya le he dicho que no lo sé hacer bien. Hasta ahora en el kibbutz no he tenido que disparar a nadie.

—Has tenido suerte, pero otros no la han tenido, y tú mismo has visto cómo, en alguna escaramuza, han herido a compañeros tuyos. Que te hayas librado sólo significa que hasta ahora has tenido suerte.

Saul le explicó cómo manejar el arma, aunque insistiendo en que aquello no tenía misterio.

Luego, durante un buen rato, volvieron a quedarse en silencio, aunque David notaba que Saul estaba alerta.

—¿Qué sabes de ese chico palestino del que te has hecho tan amigo? —le preguntó de repente.

—¿De Hamza? Es mi amigo, me está enseñando árabe y yo a él francés; nos entendemos en inglés que, por cierto, lo habla mejor que yo.

—Sí, aquí todos hemos tenido que aprenderlo para entendernos con los británicos. Pero ¿qué más sabes?

—Bueno, usted debe de saber más que yo, le he visto hablar con Rashid, su padre, en alguna ocasión.

—Les conocemos desde hace tiempo, su huerta está pegada a nuestra cerca, hemos comerciado con ellos, y las puertas de nuestro kibbutz siempre han permanecido abiertas para ellos. Rashid es un buen tipo, supongo que su hijo también lo es, pero me gustaría saber de qué habláis y qué piensa de lo que está pasando.

—Pensamos lo mismo. Creemos que si nos dejaran entendernos directamente a los judíos y a los palestinos podríamos llegar a un acuerdo, pero hay gente empeñada en envenenarnos. Hamza coincide conmigo en que deberíamos crear un Estado común, una confederación, pero si no es posible, lo mejor es que haya dos Estados. Todo, menos luchar.

—Pero luchará. Sus jefes se encargarán de ello. Mahmud ya les ha visitado.

—¿Mahmud? ¿Quién es?

—Uno de los jefes de la guerrilla. Dirige un grupo en nuestra zona que ya ha llevado a cabo asaltos a algún kibbutz y ha tendido alguna emboscada en la carretera. Mahmud está reclutando gente entre los chicos de las granjas y las aldeas, y ha estado en casa de Rashid. Por ahora se conformará con llevarse a Hamza.

—¡Pero eso es imposible! ¡Hamza no luchará! Está en contra de la guerra, no cree que los problemas se resuelvan a tiros. Él quiere su tierra, quiere que prospere, tiene dignidad pero cree que se puede luchar sin matar.

—Todo eso son sólo palabras y buenos deseos. Pero hay que enfrentarse a la realidad y Hamza lo sabe; no tendrá más remedio que hacer lo que le pidan.

—¿Y qué le van a pedir?

—Que mate, que ayude a echarnos al mar. Eso es lo que dicen algunos líderes árabes. ¿Sabes?, Amin Husayni, el gran muftí de Jerusalén, era aliado de los nazis, siempre fue bien recibido por Hitler, y desgraciadamente su influencia ha sido y sigue siendo determinante en esta tierra.

—No lo sabía…

—Pues ya va siendo hora de que pierdas la inocencia.

David iba a protestar pero Saul no le dejó.

—¡Agárrate!

De repente dio un volantazo y se metió en el otro lado de la carretera, sin casi dar tiempo a que el joven se sujetara. El coche durante unos segundos derrapó, y a punto estuvieron de volcar. Un coche que había pasado como una exhalación hizo la misma maniobra que ellos y giró para pasar al otro lado de la carretera.

—¡Agárrate otra vez!

De nuevo Saul realizó la misma maniobra volviendo al carril por donde iban antes. El coche que les perseguía aún no había terminado de estabilizarse cuando quiso volver al otro carril, pero esta vez derrapó y se salió de la carretera.

—Pero ¿qué ha pasado? —gritó David temblando de miedo.

—Hace rato que venían detrás de nosotros, y la única manera de saber si era casualidad o nos seguían era ésta.

—¡Podía habernos matado!

—Sí, yo podía fallar y estrellarnos, o ellos disparar y acabar con nosotros. No había muchas opciones. Se trata de decidir la menos mala, aunque a veces todas sean igual de malas.

—¡Está usted loco! —le gritó David.

—¡Cálmate! No quiero chicos histéricos. ¿No eras tú el que decía que los judíos no podíamos permitir más que nos mataran? ¿No te he escuchado asegurar que necesitamos un hogar, una patria, una tierra nuestra? ¿Cómo crees que la vamos a conseguir? —gritó Saul—. ¿Acaso piensas que nos la van a regalar? No, nadie lo hará, ahora sienten horror por lo que ha pasado, por los seis millones de judíos asesinados, pero olvidarán y, cuando pase el tiempo, si pueden, si no nos hemos hecho fuertes, nos volverán a matar. ¿Es que no has aprendido nada en este tiempo?

David se sentía tan furioso como humillado. La vida no había sido fácil para él desde que llegó a Israel. Había aprendido lo que era la soledad, se había despellejado las manos trabajando en el campo, lavaba platos, cambiaba pañales, reparaba la cerca, daba de comer a los animales… Había dejado atrás una vida confortable donde se sentía querido por los suyos; sabía que su padre había acertado al mandarle allí porque le había salvado la vida, pero al mismo tiempo él había pagado un precio íntimo, terrible, por conservarla. Sí, él creía que tenían que luchar por conservar ese trozo de tierra, pero la lucha siempre la había visto como algo abstracto. De repente le decían que tenía que aprender a matar y se reprochaba a sí mismo sus escrúpulos, porque en realidad no hacía mucho soñaba con entrar a formar parte de la Haganá.

Había sido su amistad con Hamza la que le había cambiado. Cuanto más profundizaban en las conversaciones que mantenían, cuanto más se abrían el corazón el uno al otro, más había ido transformando sus ansias de luchar sustituidas por el deseo de hablar, de encontrar a través de la palabra una solución a aquellos problemas que parecían irresolubles. ¿Serían unos estúpidos Hamza y él?

Saul se equivocaba si pensaba que no había aprendido nada desde que llegó a Israel. Había aprendido que era parte de una sociedad que hasta hacía no mucho sentía como extraña. Había aprendido que aquélla era la tierra de la que un día salieron sus antepasados y que la única posibilidad de sobrevivir era regresar a ella, había aprendido que en la Tierra Prometida no llovía maná, y que cada fruto que les daba les había costado horas y sudor. Había aprendido lo que era la soledad.

Pero no le dijo nada de todo esto a Saul; sabía que nada de esto le conmovería, puede que ni le llegara a entender. Él admiraba a Saul, pero no era como él.

—Vamos a tener que luchar todos. Ya no se trata de enfrentarnos a los británicos, ahora se vuelve a tratar de supervivencia. O luchamos por quedarnos, por tener un trozo de esta tierra, por tener un Estado, o de nuevo nos espera la Diáspora, y eso hasta que decidan volver a matarnos. Lo siento.

Saul había pronunciado estas últimas palabras con cansancio. Continuó conduciendo en silencio, y fue David el que habló.

—¿Cómo sabe lo de la visita de ese… Mahmud… a casa de Rashid y Hamza?

—Porque mi obligación es saberlo. Yo respondo de la seguridad del kibbutz.

—Entonces significa que espía a la familia de Rashid…

—Entonces significa que tu vida y la de todos los del kibbutz puede depender de lo que yo sepa o no sepa. Hasta ahora no hemos tenido demasiados problemas, ya te he dicho que Rashid es un buen hombre, pero tendrá que obedecer, él lo sabe y yo lo sé.

—Nunca han confiado en mí para las cuestiones de defensa del kibbutz.

—No es cierto. Tú has patrullado como el resto y has hecho guardias; si nos hubieran atacado habrías tenido que defendernos.

—¿Por qué no me han pedido que me una a la Haganá?

—Todo a su tiempo.

—Pero algunos amigos míos ya han sido elegidos.

—Tienes que aprender a aceptar lo que se decide, si hasta ahora no te hemos pedido que te unas a la Haganá es porque pensamos que no estabas preparado.

—¿Por qué? ¿Crees que no puedo ser un buen soldado?

—Eso se aprende; de hecho todos vais a aprender a disparar, a utilizar explosivos, a utilizar el armamento de que podamos disponer, que no es mucho. Pero formar parte de la Haganá requiere… bueno, ya irás aprendiendo.

—¿Cree que soy débil, que no tengo valor?

—No, no lo creo. Eres un superviviente, y para serlo se requiere valor.

—¿Tan mal estamos de armas que tenemos que fabricarlas? —preguntó David queriendo cambiar de tema.

—Ya sabes que tenemos algunas armas británicas y polacas, pero hasta ahora nadie nos quería vender ni una pistola. Por eso, después de la guerra empezamos a montar pequeñas fábricas clandestinas y produjimos munición y armas pequeñas. Pero vamos a necesitar muchas más. Por eso nuestro kibbutz dispondrá de un taller en el que todos tendremos que trabajar.

Saul detuvo el coche bruscamente y le invitó a bajarse. A lo lejos se vislumbraba Jerusalén reluciendo bajo los tibios rayos del sol de medio día. Vista desde allí parecía sumida en la calma. Estuvieron unos minutos en silencio hasta que el balido de una cabra les devolvió a la realidad.

—Vamos, no quiero llegar demasiado tarde.

—Aún no me ha dicho dónde vamos.

—Ya lo verás.

Condujo el coche hasta cerca de la ciudad, desviándose por un camino de tierra que les llevó hasta una cerca tras la cual se levantaba una casa de piedra dorada, de dos plantas, rodeada de frutales y de palmeras.

Saul se detuvo ante la cerca y aguardó. Dos palestinos con la *kufiya* en la cabeza y fusiles al hombro aparecieron de repente, pero Saul no pareció preocuparse. Los hombres le miraron y uno de ellos le sonrió. Luego abrieron la verja dándoles paso.

Había otros armados custodiando el amplio jardín; detrás de la vivienda se abría en una inmensa huerta que asemejaba un vergel. Un grupo de niños corría riendo y gritando. Uno de ellos se acercó al coche agitando la mano; no debía de tener más de doce o trece años.

—¡Saul, qué bien que ha venido!

—¡Hola, Ibrahim! ¿A que no sabes qué te traigo?

—¿Te has acordado de mi cumpleaños?

—¡Pues claro que sí! Toma, ve a abrir el paquete y luego me dices si te gusta.

Saul hablaba en árabe, y David se congratuló al comprobar que las lecciones recibidas de Hamza le permitían entender lo que decían. No salía de su asombro al comprobar la familiaridad del niño palestino con Saul ni que en aquella casa fueran tan bien recibidos.

Una mujer joven, de no más de treinta o treinta y cinco años, apareció en el umbral de la puerta. Vestía a la occidental, una blusa y una chaqueta ajustadas y una falda que le llegaba casi hasta el tobillo; el cabello era muy negro, lo mismo que los ojos.

—¡Saul, qué alegría! Ven, llegas a tiempo para tomar café, sé que lo prefieres al té.

Él le cogió las dos manos y se las apretó en señal de saludo y afecto, y luego le presentó a David.

—Te presento a David Arnaud. Es francés, y lleva ya un tiempo con nosotros.

—¿Vive en el kibbutz?

—Sí, a su madre la mataron en Alemania.

—Lo siento —musitó la mujer mientras le tendía la mano y le saludaba con simpatía—. Cuesta creer lo que hicieron…

David no sabía qué decir. Optó por esbozar una sonrisa y guardar silencio.

—Pasa. Abdul está con unos amigos, pero querrá verte enseguida, ya le he mandado avisar.

Pasaron al vestíbulo y a David le sorprendió la sobriedad y elegancia de la casa. La mujer desapareció por una puerta haciéndoles un gesto para que esperaran. Un minuto después se abrió otra puerta y un hombre alto, moreno y vestido también a la occidental, con traje y corbata, abrió los brazos para abrazar a Saul.

—¡Saul! Pasa, buen amigo, no te esperaba. Estoy con algunos amigos, y es una suerte, porque así podremos hablar contigo de lo que está pasando.

Saul le presentó a Abdul, y David se dio cuenta de que estaba ante un hombre especial. Con ademanes elegantes se dirigió a él en inglés con el acento de las clases altas, antes de que Saul le dijera que podía hablar y entender árabe. Emanaba poder.

Pasaron a una sala amplia donde una mesa grande ocupaba todo el centro. A su alrededor varios sofás bajos llenaban la estancia. Diez hombres, algunos bebiendo café, otros té, charlaban animadamente.

Les recibieron con cordialidad y enseguida les acomodaron entre ellos.

Después de unos minutos de charla intrascendente dedicada a formalidades, Saul se dirigió a Abdul y todos los hombres presentes.

—Estamos cerca de conseguir que Naciones Unidas proponga la creación de dos Estados. Nosotros aceptaremos; es una oportunidad para todos, pero nuestras noticias no son buenas: cada vez hay más kibbutzim atacados, la carretera de Jerusalén se ha convertido en una trampa y algunos de los nuestros han sido ametrallados... ¿Qué podéis decirme, amigos míos?

Los hombres le habían escuchado en silencio con preocupación y antes de que Abdul hablara lo hizo un hombre ya mayor, con la cabeza cubierta con la *kufiya*.

—Estamos divididos. Muchos de los nuestros no os quieren aquí. Primero llegaron unos pocos y luego más y más. Los nuestros temen que os quedéis con todo, que seamos nosotros quienes paguemos lo que han hecho los alemanes.

—¿Y tú qué piensas? —le preguntó Saul.

—A esta tierra nunca la han dejado vivir en paz, pero es nuestra; nosotros estábamos aquí, y ahora, ¿qué pasará? Creo que podríamos vivir en paz, pero hay fuerzas importantes que creen lo contrario, os prefieren fuera de aquí, no quieren un Estado judío en nuestra tierra. ¿Qué podemos hacer nosotros?

—Decir que podemos vivir juntos y en paz.

—¿Y podemos? —preguntó el anciano.

—Nosotros queremos que así sea; sólo necesitamos un hogar.

—¿Quitándonos el nuestro?

—No éramos libres antes de que comenzaran a llegar judíos. Tu familia siempre ha estado aquí, la mía también, sufriendo a británicos, turcos, tártaros y, antes también, a árabes y a romanos... Pero creemos que juntos podemos vivir en paz.

—Nuestros líderes religiosos no lo ven así —respondió el anciano.

—Vuestro principal líder es un nazi y lo sabéis bien; Amin Husayni era amigo de Hitler y ha envenenado a muchos de vosotros inoculando el odio hacia nosotros. Pero ha llegado la hora de decir no a los locos.

—No es tan fácil, Saul —intervino Abdul—. ¿Crees que no lo hemos intentado? Muchos de nosotros llevamos semanas viajando, yendo de un lugar a otro, hablando. Pero estamos divididos, y los que creemos que es posible vivir juntos tememos ser tachados de traidores. ¿Tenemos que regalar nuestra tierra? Eso es lo que nos preguntan, ¿y por qué hemos de hacerlo? Nos están invadiendo, arrinconando, quedándose con todo... es lo que dicen.

—Tú sabes, Abdul, que la tierra que tenemos o era nuestra o la hemos comprado. No hemos robado nada a nadie, no nos queremos quedar con todo. Sólo necesitamos un pedazo de tierra para tener un hogar, un Estado. Es el momento de que vosotros también tengáis un Estado y que dejéis de ser súbditos y de depender de otros, es el momento de que nosotros y vosotros cojamos las riendas de nuestros propios pueblos y hagamos algo juntos.

—No será posible —terció de nuevo el anciano.

—No lo será si no queremos que lo sea —afirmó Saul.

David les escuchaba en silencio. No comprendía todo lo que decían porque hablaban con rapidez, pero sí lo suficiente para darse cuenta de que Saul y aquellos hombres eran amigos, se conocían y se respetaban, para confirmar que si dependiera de ellos no habría enfrentamientos.

—¿Y por qué no un Estado palestino en que podáis vivir los judíos? —propuso un hombre de mediana edad, vestido a la occidental, lo mismo que Abdul.

—No, Hattem —respondió Saul—, no vamos a vivir en ningún Estado que no sea el nuestro. Si tú gobiernas sé que nadie me perseguirá, pero ¿y si lo hace otro? Los judíos necesitamos una patria y sólo puede ser la que siempre ha sido. De aquí se fueron muchos de los míos, que ahora están regresando, y otros se quedaron. Nosotros decimos que podemos vivir juntos, que debéis poner fin a los ataques a los kibbutzim, no tenemos por qué enfrentarnos. Estamos a tiempo de evitar una guerra.

—¿Estás seguro de que Naciones Unidas os permitirán crear un Estado? —preguntó Hattem.

—Es lo más probable, sí. Estados Unidos, Gran Bretaña y Francia apoyan la creación del Estado de Israel. ¿Tiene sentido que os opongáis? Eso nos llevará a la guerra y perderemos todos, vosotros y nosotros, sólo que nos tendréis que matar a todos, no podréis dejar ni a un solo judío vivo, porque lucharemos todos. Esta vez no nos dejaremos matar. No, eso no sucederá nunca más.

Discutieron un buen rato sin ponerse de acuerdo. Un sirviente entraba de vez en cuando con agua fresca, té, café y fruta.

David se removía en el sillón, cansado de la inmovilidad y de aquella discusión, que veía no conducía a ninguna parte.

Hasta dos o tres horas después no se marcharon los invitados de Abdul; entonces se quedaron a solas con su anfitrión.

—Lo siento, Saul, he perdido —confesó Abdul levantando las manos en un gesto de impotencia.

—Entonces…

—Entonces estaremos en bandos distintos, lucharemos y nos mataremos y de nada servirá tu muerte y la mía.

—¿Lucharás?

—Debo estar donde estén los míos. Aunque se equivoquen. Tú harías lo mismo.

—Sí, Abdul, yo haría lo mismo. Rezaré para no encontrarnos en ninguna batalla.

—Yo también rezaré porque no me perdonaría tener que matarte, hermano mío.

Los dos hombres parecían emocionados. David se daba cuenta de que entre ellos el afecto era tan profundo como sincero y se preguntó qué era lo que les unía. Él, que había juzgado con dureza a Saul creyéndole incapaz de entender su amistad con Hamza, descubría que tenía lazos de afecto firmes como las rocas con aquel hombre llamado Abdul.

—Quedaos a dormir esta noche en mi casa —les invitó.

—No podemos, he de visitar a algunos amigos —respondió Saul.

—No tendremos muchas oportunidades más —se lamentó Abdul.

—Las buscaremos. ¿Crees que alguien puede destruir nuestra amistad? No, Abdul, aunque tuviéramos que matarnos seguiríamos siendo amigos, yo te llevaré siempre en mi corazón. Te debo la vida —recordó Saul riendo.

—¡Es que siempre fuiste un imprudente! —respondió Abdul con otra carcajada.

—Cuando éramos pequeños me caí en una acequia —explicó Saul a David que les miraba atónito—, aún no sabía nadar, y él tampoco, pero se tiró a por mí y me sacó. No sé cómo lo consiguió, porque yo me agarraba a su cuello con fuerza y Abdul pateaba el agua con las manos y los pies intentando mantenernos a flote a los dos. Consiguió agarrarse al saliente de una piedra y tirar de mí hasta que logramos salir. Creo que no he bebido más agua en mi vida.

—Ni yo, amigo mío, ni yo…

Abdul y Saul conversaron durante un rato sobre otras anécdotas de cuando eran niños. David les veía reír mientras recordaban, pero sus risas estaban cargadas de nostalgia.

Caía el sol cuando se despidieron de Abdul y de su esposa en el umbral de la casa. Era palpable la emoción que sentían ambos y la tristeza de la esposa de Abdul.

Estaban subiendo al coche cuando Abdul les llamó:

—¡Saul, ésta siempre será tu casa! ¡Aquí estarás a salvo, pase lo que pase!

Saul se bajó del coche y se dirigió a la casa; de nuevo ambos hombres se fundieron en un abrazo, ante el asombro de David al ver a aquellos dos hombres, dos guerreros, tan emocionados porque tenían que enfrentarse y luchar.

—Yo vivía en aquella casa —le dijo Saul señalando una construcción de piedra muy parecida a la de Abdul, localizada a pocos metros de donde se encontraban.

—Y ya no vive nadie allí…

—Mis padres murieron y yo comencé a trabajar con los grupos de judíos que llegaban a Eretz Israel. Y aunque sabes que nunca estoy en ningún sitio fijo, donde más tiempo paso es en el kibbutz.

Llegaron frente a una verja más baja que la de la casa de Abdul, pero a diferencia de ésta no salió ningún hombre armado. Saul condujo el coche hasta la puerta de la casa, de la que en ese momento salía un anciano vestido a la manera tradicional de los palestinos, con la *kefiya* cubriéndole la cabeza.

—¡Saul!

El anciano abrazó a Saul y ambos entraron en la casa sin prestar atención a David que los seguía con curiosidad.

Una mujer palestina con un traje desde el cuello hasta los pies y con el cabello cubierto con el *hiyab* empujaba a su marido para poder abrazar a Saul.

—¡Cuánto tiempo sin venir! ¿Qué te ha pasado? —le reprochó la mujer.

—Trabajo, mucho trabajo —se excusó Saul—, pero siempre me acuerdo de vosotros.

—Puedes estar tranquilo, guardamos tu casa como si fuera nuestra —afirmó el anciano.

—Lo sé.

La mujer fue corriendo a por agua, té, fruta y dulces, que colocó primorosamente en una bandeja.

David notó que la vivienda tenía una estructura parecida a la de Abdul, incluso sala con sofás rodeando una mesa que ocupaba el centro.

Se sentaron y Saul escuchó las explicaciones del hombre sobre la última cosecha, las novedades entre los vecinos y el dolor de huesos por la edad.

—Habrá guerra, Marwan.

—Lo sé, Saul, lo sé, pero nos quedaremos aquí, y así salvarás tu casa.

—No quiero pedirte tanto.

—No me lo pides, lo hemos decidido nosotros. Mi esposa está de acuerdo y mis hijos… unos sí y otros no. Pero no nos moveremos de aquí, también es nuestra casa. Aquí nací y aquí han nacido mis hijos. Mi abuelo y mi padre vivieron aquí, ayudaron a los tuyos a trabajar la tierra.

—Lo sé, Marwan, hemos sido siempre amigos, pero ahora…

—Ahora habrá guerra, pero nosotros no nos enfrentaremos. Nosotros nos quedaremos cuidando tu casa y cuando todo acabe vendrás. Todas las guerras acaban, Saul, todas.

Saul y Marwan hablaron de lo que había que hacer en la casa y en el huerto y, para sorpresa de David, Saul entregó una importante cantidad de dinero a Marwan.

—¡Pero si no lo necesitamos! He ido recibiendo la ayuda que nos mandas, ya te enseñaré las cuentas.

—No necesito verlas. Este dinero es por si ocurre algo; es mejor que tengas una reserva, no sé cuándo podré volver.

—¡Pero es mucho…!

—Espero que sea suficiente.

La mujer insistió en que se quedaran a cenar y a dormir. Saul dudó, pero luego se dejó convencer, aunque les dijo que primero tenían que hacer unas gestiones.

—¿Y ahora adónde vamos? —quiso saber David.

—A un kibbutz cerca de aquí. Tengo que reunirme con algunos oficiales de la Haganá. Me esperan a las siete.

—¿Y qué haré yo?

—No te viene mal escuchar.

—Ya, y esos palestinos que cuidan tu casa… Se nota que te quieren…

—Los conozco desde que era niño, les confiaría mi vida.

—Entonces, ¿por qué me reprochas que sea amigo de Hamza?

—No te he reprochado nada, simplemente te he advertido de lo que va a pasar. También yo soy amigo de Abdul. Crecimos juntos, tuvimos los mismos maestros, la primera vez que nos enamoramos fue de la misma chica, una prima suya; pero ambos sabemos que tendremos que luchar el uno contra el otro. Se lo has oído decir a él mismo.

—Todo esto me parece una locura. Por una parte tenemos amigos palestinos y por otra ellos nos atacan, nosotros nos defendemos, les matamos, nos matan…

—Sí, a veces hasta a mí me cuesta entenderlo. Pero es muy simple: ésta era nuestra patria, llegaron los romanos, la conquistaron y a partir de ahí no han parado de invadirnos. Muchos judíos se marcharon, y a lo largo de los siglos han vivido en otros lugares, formando parte de ellos, sintiéndose de otra tierra pero siempre añorando ésta. No te voy a dar una lección de historia, hablándote de los pogromos o de la Inquisición, hasta llegar al Holocausto. Ahora se trata de recuperar nuestra patria y que no haya en el mundo un judío sin hogar.

—Yo me sentía francés, sólo francés, hasta que desapareció mi madre. No me había dado cuenta de lo que significaba ser judío. En realidad no me sentía judío.

—Pues ahora ya sabes lo que eso significa.

—¿Somos tan diferentes como para no poder entendernos?

Saul pensó la respuesta durante unos segundos. En realidad él no se sentía diferente a Abdul, ni a Marwan, ni a tantos otros amigos con los que había crecido.

—La diferencia estriba en que la mayoría de los judíos que están llegando venís de Occidente, y vuestra manera de ver las cosas y organizar la sociedad es occidental. Ahí radica la diferencia, el abismo. Yo he nacido aquí, al igual que toda mi familia, de manera que mi cabeza es más de Oriente que de Occidente, por eso comprendo sus miedos y temores, por eso sé que es inevitable lo que va a pasar.

—Pero has intentado convencer a Abdul.

—Abdul es un jeque respetado por otros muchos jeques, a él le escuchan. Él y yo no nos engañamos, sabemos lo bueno y lo malo que hay en nosotros mismos, en lo que defendemos y en lo que queremos. Su gente ha dicho no, y él estará con ellos por más que crea que se equivocan.

»El viejo rey Abdullah de Cisjordania también era partidario de entenderse con nosotros, y ya ves cómo le mataron. La vida y la muerte no tienen el mismo valor en Oriente. Eso no lo entienden en Occidente. Ni tú tampoco.

Llegaron a un kibbutz situado en las orillas del desierto de Judea. Estaba fortificado y se veían hombres armados recorriendo todo el perímetro.

Saul le dejó con otros jóvenes mientras él asistía a una reunión de oficiales de la Haganá. Le enseñaron el kibbutz, mucho más grande que el suyo, y le preguntaron cómo se las apañaban cuando les atacaban. Muchos de los jóvenes que vivían allí formaban parte de la Haganá, y estaban preocupados por lo que sabían que se avecinaba.

Una hora después, Saul fue a su encuentro para regresar a Jerusalén.

—Es una estupidez volver, pero lo haremos, Marwan y su esposa se llevarían un disgusto. Además, ¡quién sabe cuándo podré volver a dormir en casa!

Aquella noche David no pudo conciliar el sueño; se preguntaba por qué Saul le había llevado consigo. Pero estaba seguro de que lo había hecho por algo: no era hombre de gestos vacíos.

22

Mahmud observaba cómo preparaban las armas. Había organizado tres grupos formados por quince hombres cada uno. Ninguno sabía cuál sería su objetivo, lo único que les había dicho era que debían estar preparados para antes del amanecer.

Hamza pensaba en David. Apenas se habían visto en los últimos días. Él le había evitado, pero David también a él. Se habían saludado a través de la cerca haciéndose señales de que se verían más tarde, pero ninguno de los dos buscó al otro. ¿Acaso David sospechaba algo?, se preguntaba Hamza para, de inmediato, desechar este pensamiento: ¿qué podía saber? Nadie podía haberle dicho que ahora formaba parte de un grupo guerrillero.

También a él le había chocado no ver a David durante un par de días.

«A lo mejor estamos dejando de ser amigos porque no confiamos el uno en el otro. Yo tengo un secreto y puede que él desconfíe de mí o tenga otro», pensó.

—Bien, así me gusta, el arma limpia, bien preparada —le dijo Mahmud interrumpiendo sus pensamientos—; esta noche demostrarás lo que vales y lo que has aprendido.

Hamza no respondió y continuó en cuclillas, aspirando el humo del tabaco. Ahora fumaba sin parar, por más que su madre se quejara. Su padre estaba más callado que de costumbre y se le había agriado el carácter.

Hamza se preguntaba por qué Mahmud no les quería adelantar cuál sería su objetivo; creía que más que por desconfianza era por alardear de autoridad.

Hasta las cuatro de la madrugada no empezó a dar las órdenes.

—El grupo de Ehsan arrasará la aldea; el de Ali, asaltará el almacén, y el tuyo, Hamza, atacará el kibbutz que linda con la huerta de tu casa. Conoces bien el lugar y has ido allí en ocasiones. Os meteréis sin que os vean y colocaréis las cargas de dinamita. Luego entraréis en las habitaciones y dispararéis antes de que les dé tiempo a despertar; cuando salgáis, detonad la dinamita. Yo os acompañaré. He elegido vuestro grupo para combatir esta noche.

—En ese kibbutz viven veinte niños —dijo Hamza horrorizado—, morirán…

—Sí, puede que mueran todos o algunos, pero eso a nosotros no nos importa. Son judíos —respondió Mahmud riéndose entre dientes—. Si no tienes valor, no vayas —añadió de manera amenazante.

Mahmud le apuntaba directamente a la sien. Hamza sabía que no dudaría en disparar. Notaba que Mahmud estaba deseando encontrar una excusa para matarle y se lamentó por su apego a la vida.

Escuchó las instrucciones de Mahmud dominando la náusea que intentaba abrirse paso en su estómago. Sentía la risa seca de Mahmud regocijándose por su angustia. Aquélla era la prueba a la que le sometía para saber si podía confiar en él. Si era capaz de matar a quienes conocía, sería capaz de matar a cualquiera. Era una ecuación simple y terrible.

Dirigió al grupo reptando entre los arbustos para aproximarse a la cerca. Conocía bien los lugares por donde patrullaban las gentes del kibbutz. Cortaron la cerca y se adentraron en el recinto sin casi atreverse a respirar. Escuchó las voces de los que patrullaban y creyó reconocer la de David.

Rogó a Alá que no fuera así, que su amigo no estuviera de guardia aquella noche. Si no lo estaba, podría salvar la vida; de lo contrario, no sabía qué podía suceder.

Indicó a los hombres cómo repartirse. Ya les había señalado dónde colocar las cargas. Una en el taller, otra en el silo, otra más en las cocinas, que a esa hora estarían vacías; en el recinto donde guardaban los tractores, en el corral de los animales, en el pozo, para dejarles sin agua, en el tendido telefónico... Sus compañeros se movían con rapidez y sigilo entre las sombras de la noche mientras él y otros hombres aguardaban el momento para matar a los que patrullaban, irrumpir en las habitaciones y ametrallar a cuantos dormían. Sabía dónde estaba el cuarto de David y allí no entraría. Tampoco permitiría que lo hiciera nadie.

No tardaron mucho en distribuir las cargas y cuando se agruparon, hizo una señal. Se desplegaron en abanico y comenzaron a abrir las puertas con una patada mientras ametrallaban a los que en ese momento dormían plácidamente. En un minuto los gritos rasgaron el silencio de la noche; el traqueteo de otras armas automáticas comenzó a responder a las suyas. Los niños lloraban, hasta que su llanto era interrumpido por una bala.

Fuera de sí, Hamza disparaba sin pensar, corriendo de un lado a otro seguido por Mahmud, que parecía complacerse con el caos y la muerte.

Vio caer a algunos de sus compañeros por las balas de la gente del kibbutz; se sorprendió al ver a Tania disparando mientras gritaba. Entonces recordó que entre los judíos no se hacía distingo con las mujeres y que éstas recibían instrucción militar y manejaban armas. Luego la vio caer, con el rostro destrozado por la metralla.

De repente sucedió lo que más temía. Vio a David con una pistola en la mano disparando a quemarropa. Le sorprendió la falta de expresión en el rostro de su amigo, la firmeza con la que actuaba. El encuentro fue inevitable. Mahmud le incitaba a avanzar hacia el rincón del kibbutz que David defendía, hasta que, de pronto, se encontraron frente a frente. David le miró con pena pero sin sorpresa, como si hubiera estado esperando ese momento. Hamza iba a decirle que se cubriera y bajó la pistola. No pensaba matar a su amigo, aunque se arriesgara a que Mahmud le matara después a él. Pero David no vaciló como él. Avanzó hacia donde estaba disparando. Sintió un dolor agudo en el vientre y escuchó a Mahmud gritarle sin entender qué le decía. Luego se llevó la mano al estómago y se percató de que manaba sangre, volvió a mirar a David y pudo apreciar la angustia reflejada en el rostro de su amigo. Le sonrió mientras tiraba el arma y caía al suelo.

Mahmud saltó por encima del cadáver disparando una ráfaga de subfusil contra aquel hombre que acababa de matar a Hamza. Poco le importaba la muerte de su compañero, pero sintió una oleada de satisfacción cuando vio caer al joven junto al cuerpo de Hamza. El muy estúpido había dudado, había bajado el arma, incluso había sonreído a su asesino. Merecía morir como un perro por su cobardía.

Dio orden de replegarse y, mientras salían del kibbutz, se escucharon las explosiones de la dinamita. Se sentía satisfecho, la operación había sido un éxito: aquel kibbutz había desaparecido de la faz de la tierra.

Era un milagro que aún estuviera vivo. Los disparos de Mahmud le habían reventado un pulmón, hecho añicos la clavícula, perforado el estómago y destrozado una pierna.

Durante varios días transitó por el mundo de los muertos. Los doctores que le atendían se sorprendieron de la resistencia de su corazón y de que no cejara de luchar por la vida.

El ataque al kibbutz había sido una carnicería. Sólo cinco niños habían salvado la vida; de los cien adultos habían sobrevivido treinta, entre ellos él mismo.

Aún no podía hablar: una máscara de oxígeno le ayudaba a respirar y se sentía sin fuerzas siquiera para abrir los ojos. Había creído ver a Martine una vez que los abrió, quizá también a Saul, pero no estaba seguro.

Escuchaba a los médicos decir que aún no le habían rescatado de las garras de la muerte, que era pronto para decir si viviría. Tanto le daba. Prefería dormir, sumirse en los brazos de los fármacos que le suministraban para aliviar los dolores. Cuando recobraba la razón, por tenue que fuera, veía a Hamza sonreírle, ir hacia él con la pistola bajada. Sí, había visto con claridad cómo su amigo no tenía ninguna intención de dispararle, pero él, en cambio, no había dudado un segundo. Le vio caer sonriéndole como si se tratara de un juego, como queriendo decirle algo.

No podría vivir con la mirada de Hamza en su retina. En ningún momento de su vida mientras estuviera despierto podría dejar de ver el rostro sonriente de Hamza y su mano bajando la pistola. En ese instante Hamza había demostrado su valor y él su cobardía. Ese instante le perseguiría como una pesadilla, y él no aceptaría convertirse en un fugitivo. Mejor morir. ¿Por qué no se rendía su corazón? ¿Por qué se empeñaba en latir? Si tuviera fuerzas, se arrancaría todos esos tubos que le tenían aprisionado a la cama, que entraban y salían de su cuerpo uniéndole a unos aparatos que se le antojaban monstruosos.

Tanto esfuerzo por salvarle la vida, ¿para qué? Si la recuperaba, se la quitaría él mismo. Eso es lo que quería decirles pero no le oían, acaso porque no le salían las palabras.

—David, hijo, ¿me oyes?

Creyó escuchar la voz de su padre e intentó abrir los ojos, pero los sentía pesados. No podía ser. Era otro sueño. Otra pesadilla.

—Doctor, ¿cree que me oye?

—No lo sé, no se lo puedo decir; es un milagro que aún viva, pero desconozco la evolución que tendrá, ni sé si se podrá mover, o no… Es su corazón el que se ha resistido a morir, un corazón joven y fuerte que no ha dejado de latir. Sigue en coma, no sé cuánto tiempo continuará así…

La voz de su padre murmurándole palabras de aliento le llegaba hasta lo más recóndito del cerebro en aquel sueño del que parecía no poder despertar.

También creía escuchar la voz de su abuelo alentándole a abrir los ojos y a luchar.

—No te rindas, David, estamos aquí, vive, tienes que vivir.

A veces les escuchaba con más claridad; otras el sonido se perdía en la negrura de su mente.

—Mi hijo sufre, lo sé —creyó escuchar a su padre.

—No, no sufre, está sedado, no se preocupe, no piensa ni siente —respondía el médico.

—Usted se equivoca, lo veo en la expresión de su cara. David sufre, sufre un dolor profundo e insoportable… haga algo… no le deje padecer.

—Le aseguro que no sufre, está totalmente sedado, es imposible que sienta nada.

—Mi hijo siente, doctor, mi hijo siente… yo lo sé, yo siento que siente.

Hamza le sonreía y le tiraba de la mano. No estaba enfadado con él. Quiso hablarle pero no le salían las palabras. Necesitaba pedirle perdón por haberle matado, pero su amigo no quería escucharle, sólo tiraba de su mano llevándole consigo hacia la eternidad.

Ferdinand notó que la mano de su hijo se había quedado helada. Se la apretó con fuerza y luego llamó a la enfermera, gritando.

Entraron otros dos médicos y más enfermeras, mientras él se encomendó a Dios pidiéndole que esta vez no le fallara. No recordaba haber rezado desde la niñez, salvo cuando buscaba a Miriam. Entonces no se había apiadado de él; no podía volver a abandonarle.

Se abrió la puerta de la habitación en la que su hijo yacía monitorizado desde hacía dos largos meses. Las enfermeras salían con la expresión del rostro contraída, como quien acaba de sufrir una dolorosa derrota, dejando que fueran los médicos los que se acercaran a él.

Antes de que dijeran nada, Ferdinand supo lo que iba a oír.

Gritó. Un grito desgarrado repleto de un dolor insoportable. Le sujetaron para evitar que se golpeara la cabeza contra la pared, le obligaron a sentarse, mientras una enfermera le descubría el brazo para inyectarle un calmante, como si algo pudiera calmar el dolor del alma.

Le enterraron en el kibbutz, cerca de la verja que les separaba de la huerta de Rashid. Ferdinand vio a aquel hombre mirarle a través de los árboles y reconoció en sus ojos el mismo dolor que él sentía. Su hijo había matado al hijo del árabe y otro hombre había matado al suyo.

No tenían nada que decirse, ni siquiera habrían sido capaces de darse consuelo.

Cuando la última pala de tierra cubrió la tumba, Ferdinand supo que había perdido definitivamente. Su vida ya carecía de sentido. Su padre le sujetaba cubriendo su espalda con el brazo, y al otro lado, Inge le daba la mano. Se había presentado allí junto a John Morrow. Como siempre, Inge estaba presente en los momentos más trágicos de su vida.

Detrás de ella, Martine lloraba en silencio.

Miriam no tenía tumba. Había desaparecido en una fosa común en Berlín. Su hijo se quedaba en aquel rincón del mundo, en una patria que quería para sí, en un lugar que proclamaba que sólo luchando se podría evitar lo que le sucedió a su madre.

Un hombre con una pipa vacía en la mano se le acercó.

—No hay palabras para consolar a un hombre que ha perdido a un hijo, pero quiero que sepa que su asesino está muerto.

Luego se dio la media vuelta y se marchó. Ferdinand, inmóvil y sin saber qué hacer o decir, escuchó a Martine que le susurró una explicación.

—Se llama Saul y es un oficial de la Haganá. Anoche vengó la muerte de David: buscó al hombre que le había disparado, averiguó su nombre. Se trataba de Mahmud, un dirigente de la guerrilla. Saul le mató y se jugó la vida para hacerlo. Fue solo, le sorprendió en su casa cenando con algunos de sus hombres y acabó con la vida de todos.

—¿De qué me sirve su muerte? —preguntó Ferdinand.

—Ojo por ojo, diente por diente, ésa es la ley en Oriente. Si matan a uno de los nuestros, tienen que saber que no podrán esconderse, porque los encontraremos y los mataremos. Estamos solos, Ferdinand, muy solos; rodeados de enemigos por todas partes, no podemos permitirnos el lujo de la debilidad. Para Saul no ha sido sólo una respuesta que había que dar; él tenía afecto a tu hijo, sabía lo que para David representaba Hamza, y temió siempre el momento en que tuvieran que enfrentarse.

—Fue David el que mató a Hamza.

—Sí, le disparó, le enseñaron a defenderse. No puedes imaginar el infierno de aquella noche, quince niños murieron asesinados…

—Lo sé, Martine, lo sé. No juzgo a nadie, sólo sé que mi hijo está muerto y que otro joven también lo está, que ni sus padres ni yo tendremos consuelo. A ellos les quedan otros hijos, a mí no me queda nada salvo esperar el momento de mi propia muerte.

—Eres un gran historiador…

—Soy un hombre perdido en su propia historia.

23

Ignacio rezaba en la capilla cuando un sacerdote se le acercó para decirle que le llamaban del Vaticano.

Se levantó, nervioso, preguntándose quién podía llamarle desde Roma un sábado.

La voz del padre Grillo le sobresaltó. Hacía dos meses que había terminado su trabajo temporal en la Secretaría de Estado y había regresado a sus estudios en la universidad. Aquel tiempo transcurrido entre los muros del Vaticano le había afectado, aunque en realidad lo que más le había marcado había sido su extraño viaje a Francia.

—Te prometí que te daría noticias del profesor Arnaud. Acabo de recibir un telegrama de Jerusalén. Su hijo ha muerto, le enterraron hace unos días y el profesor regresa a Francia.

—¡Dios mío, pobre hombre! —exclamó Ignacio.

—Sí, el profesor Arnaud es un hombre al que Dios ha mandado unas pruebas terribles… debe de estar destrozado.

—Sólo tenía a su hijo —musitó Ignacio—, pensé que Dios se iba a mostrar misericordioso con él salvándole la vida.

—No pudo salir del coma profundo en que estaba; si ha resistido tanto tiempo es porque su corazón era joven, pero los médicos nunca creyeron que pudiera vivir.

—He rezado tanto por él… —se lamentó el joven sacerdote.

—Todos hemos rezado.

—¿Cree que podría darme la dirección y el teléfono del profesor Arnaud?

—Cuando vengas te los daré. ¿Podrías acudir ahora al despacho?

—¿Ahora?

—Sí, he hablado con tu superior y no tiene inconveniente en que vengas, salvo que tú no puedas por algo.

—No, no tengo nada especial que hacer, iré.

—Te espero.

La llamada del padre Grillo le desconcertó. ¿Qué podían querer de él un sábado por la tarde en la Secretaría de Estado?

Se habían vuelto a ver en un par de ocasiones en las que el padre Grillo había visitado la casa de los Jesuitas. Encuentros afectuosos y breves, con apenas tiempo para evocar lo vivido en Francia.

Recordaba al profesor Arnaud corriendo por el andén seguido de su padre hasta perderse entre la multitud. A él le habían llevado a la nunciatura donde le esperaban el padre Grillo, el padre Nevers, el nuncio, y dos hombres que le presentaron como miembros de los servicios de seguridad franceses, ansiosos por saber lo que habían averiguado en el castillo d'Amis.

—Es un grupo extraño. Se les podría calificar de fanáticos o de locos; la verdad es que resultan inquietantes. Creen que van a encontrar el Grial, y especulan con lo que pueda ser.

Le escucharon muy serios, preocupados, sin interrumpirle ni hacerle preguntas hasta que no terminó de describir cuanto había visto y escuchado en el castillo.

—Raymond, el hijo del conde, es un pobre chico asustado por su padre. Y el conde me pareció tenebroso. En cuanto a sus invitados… el señor Randall es norteamericano, con aspecto de militar, hablaba poco y escuchaba mucho, y el señor Stresemann decía ser un estudioso de los cátaros y sin duda es alemán.

Uno de los hombres de los servicios secretos franceses había expuesto con claridad que el conde d'Amis era un hombre inteligente, a quien antes de la guerra se le atribuían contactos con el régimen de Hitler, que nunca se habían podido demostrar. Su castillo había permanecido siempre resguardado de miradas indiscretas y aquellos grupos de jóvenes a los que patrocinaba en busca de vestigios arqueológicos parecían tan inocentes como una mañana clara de primavera. Aun así, persistían las sospechas de que tras las búsquedas arqueológicas había algo más.

—Pues ya les he contado lo que hay: buscan el Grial. Creen que o es un objeto mágico que conferirá poderes extraordinarios a quien lo posea, o que pueden ser los descendientes de Jesús y María Magdalena. El profesor Arnaud se ríe de estas teorías, y dice que son seudoliteratura barata. Asegura que no van a encontrar el Grial porque no existe.

Para los franceses la cuestión no era tanto que el conde d'Amis buscara el Grial, sino que mantuviera relaciones con alguna sociedad secreta de antiguos nazis; algunos habían escapado de Alemania, esparciéndose a lo largo y ancho del mundo, y no se podía descartar que D'Amis diera refugio a alguno.

—Lo que menos nos podemos permitir es el escándalo de tener nazis refugiados en Francia —comentó con preocupación uno de los integrantes del servicio de seguridad.

Para la Iglesia, en cambio, el problema giraba en torno a las especulaciones sobre el Santo Grial. El padre Grillo había coincidido con el juicio del profesor Arnaud: «Es mejor saber a qué nos enfrentamos, porque así podremos preparar la respuesta».

Le habían felicitado por sus averiguaciones. El padre Grillo, incluso, insinuó que en el futuro se podría convertir en un buen diplomático y llegar a trabajar en la Secretaría de Estado de manera no provisional.

Y ahora, meses después, se producía la llamada del padre Grillo para anunciarle la muerte del hijo del profesor Arnaud y citarle en el Vaticano.

Fue a decirle al director de su casa que salía porque el padre Grillo le había citado.

—Sí, he hablado con él. Creo que ha llegado tu oportunidad.

—¿Mi oportunidad?

—¿No te gustaba la diplomacia? Estás a punto de acabar tus estudios y el padre Grillo dice que fuiste un buen secretario. Te lo dirá él, pero parece que su secretario tiene una enfermedad del corazón y el médico le ha aconsejado una vida tranquila, algo impensable en la Secretaría de Estado. Me parece que te va a ofrecer que le sustituyas.

Ignacio no ocultó su satisfacción. Trabajar en el Vaticano le había supuesto una experiencia extraordinaria y deseaba regresar.

El padre Grillo, desde su despacho, hablaba por teléfono en japonés y le hizo una seña a Ignacio, indicándole que aguardara a que terminara la conversación.

—Bien, me alegro de que hayas podido venir.

—Sí, claro, bueno… me alegro de que me haya llamado.

—¿Aunque no sepas para qué?

Ignacio bajó la cabeza intentando ocultar el rubor que sentía en la frente.

—¿Ya te lo ha dicho tu superior? —dijo riéndose el padre Grillo.

—Sí, algo me ha comentado…

—Si no tienes otros planes, me gustaría proponerte que trabajaras conmigo. Este verano lo hiciste bien, y ya sabes un poco la mecánica de la casa, hablas a la perfección inglés, francés, español, italiano y creo que casi dominas el árabe, lo que nos será muy necesario.

—Y vasco.

—¿Cómo dices?

—Que también hablo vasco.

—Bueno, en principio no creo que hablar en vasco te sea muy necesario aquí, pero nunca se sabe. ¿Podrás compaginar la terminación de tus estudios con el trabajo aquí?

—Creo que podré hacerlo. Dormiré un poco menos por la noche.

—Eso no lo dudes, pero no sólo porque te tengas que quedar estudiando, sino porque aquí no hay horarios.

—¿Cuándo quiere que empiece?

—Ahora mismo.

Ignacio no rechistó. Su superior tenía razón: aquélla era su oportunidad y no podía desaprovecharla.

—Tengo un montón de cartas por responder y un problema en una diócesis francesa. Hay que preparar, además, la visita que el presidente de Estados Unidos va a hacer al Papa. Y el secretario de Estado necesita los papeles para ayer, y estamos en hoy…

No almorzaron ninguno de los dos, aunque tomaron varios cafés muy cargados. Pasaron lo que restaba de la mañana y buena parte de la tarde trabajando. Pero no eran los únicos en la Secretaría de Estado, incluso el cardenal se pasó por la oficina a despachar asuntos urgentes a pesar de ser sábado. El padre Grillo tenía razón: en el Vaticano no se descansaba nunca.

Eran cerca de las nueve de la noche cuando el padre Grillo dio por terminada la jornada de trabajo.

—En vista de que no te he permitido almorzar, te invito a cenar; es lo menos que puedo hacer.

Le llevó a una *trattoria* del Trastevere poco frecuentada por turistas.

—Llevas todo el día deseando preguntarme por el profesor Arnaud —le alentó el padre Grillo.

—Sí, me gustaría saber lo que ha pasado. El profesor me impresionó. Se consideraba agnóstico pero hablaba de Dios como si fuera una presencia permanente en su vida. La muerte de su hijo habrá sido terrible para él. Ya le dije que quiero escribirle; no creo que le importe lo que yo le pueda decir, pero siento que debo hacerlo.

—No sólo eso, dentro de poco irás a París.

—¿A París? Tengo exámenes…

—Procuraremos que no coincidan con tu viaje. Quiero que regreses al castillo d'Amis y hagas un informe de evaluación de la situación. Pero no viajarás hasta dentro de un par de meses, como poco.

—¿Quiere saber si han encontrado algo?

—Queremos saber qué están haciendo, eso es todo. Es un grupo inquietante. Nuestros amigos franceses nos piden colaboración y, como el interés es común, trataremos de ver qué podemos hacer.

—No sé si me recibirán…

—Dijiste que el hijo del conde, Raymond, te había invitado a ir cuando quisieras.

—Sí, pero eso son cosas que se dicen en un momento dado; creo que al conde no le caí tan bien.

—En todo caso lo intentaremos, pero no ahora. Ya te diré cuándo.

Estaba nervioso. Cuando llamó al profesor Arnaud se había mostrado muy seco a través del teléfono. Accedió a recibirle sin ningún entusiasmo. Y ahora temía encontrarse con él.

No se levantó para saludarle; simplemente le indicó que se sentara. En pocos meses Ferdinand Arnaud se había convertido en un anciano. El cabello blanco, los ojos apagados, la mirada crispada, las manos con la piel llena de manchas… Le costaba reconocer en aquel hombre al que meses atrás había acompañado hasta el castillo d'Amis, lleno de vitalidad y de esperanza en el futuro que contaba los días para viajar a Israel y ver a su hijo.

—Profesor, gracias por recibirme.

No le respondió. Permaneció en silencio, apático, indiferente.

Ignacio tragó saliva, no sabía cómo abordar aquella situación. Se daba cuenta de que nada de lo que le dijera le podía interesar; ni siquiera consuelo podía ofrecerle, nadie podía reparar el daño que había recibido.

—Siento la muerte de su hijo.

Ferdinand continuaba sin moverse, mudo, aguardando a que el sacerdote terminara de hablar y se marchara dejándole en paz.

—No quiero molestarle, sólo… en fin, necesitaba decirle cuánto lo siento, y que estos meses he rezado por usted y por su hijo.

La expresión de Ferdinand continuaba siendo la misma, para desesperación de Ignacio que, derrotado, decidió marcharse.

—Me voy, no quería molestarle. Siento haberle importunado con mi presencia.

No había terminado de levantarse cuando Ferdinand le indicó con la mano que volviera a sentarse.

—No tengo nada que decir, ni a usted ni a nadie. No soporto que me den el pésame, ni que me hablen de David. En realidad, lo único que espero es el momento de morir. Si tuviera valor ya no estaría aquí.

La confesión de Ferdinand le dejó noqueado. Seguía sin encontrar las palabras para comunicarse con él, para hacerle patente que sentía como suyo su sufrimiento, que haría cualquier cosa que estuviera en su mano por ayudarle.

—Me alegro de que le falte ese valor y siga aquí —acertó a decir—, su muerte no arreglaría nada.

—Eso ya lo sé, pero serviría para dejar de sufrir. Usted no sabe lo insoportable que puede llegar a ser el dolor del alma.

No, no lo sabía, de manera que no pensaba engañarle diciéndole que sí. No sabía lo que era perder a la mujer amada, buscarla desesperadamente, para saber años después que ha sido asesinada. No sabía lo que era perder a un hijo y que ese hijo también hubiera arrancado la vida de otros como él. En realidad, su vida había transcurrido sin nada relevante, y por tanto sin sufrimiento. De manera que no podía decirle que sabía lo que estaba sufriendo porque ni remotamente podía intuirlo. Y, sin embargo, era sacerdote y suponía que su misión era también consolar a los que padecen. Pero hacerlo en ese momento habría sido una impostura.

—He accedido a verle porque me lo ha ordenado el rector. No voy a estar aquí mucho tiempo más, me voy, pero mientras tanto tengo que aparentar normalidad.

—¿Dónde irá?

—A ninguna parte, a mi casa, a esperar el momento de mi entierro.

—Usted no es culpable de nada.

—No, claro que no. No crea que me estoy castigando porque me siento culpable de nada; simplemente no tengo ganas de vivir. Aquí me he convertido en un incordio. No soporto a mis alumnos y ellos ya no me soportan a mí. Me da igual que aprendan o que no, que entiendan lo que les cuento o no. No les veo, ante mí atisbo formas extrañas que se mueven y hablan sin sentido. Es mejor que me marche y eso es lo que haré cuando termine el curso.

—¿Cree que su esposa y su hijo estarían satisfechos?

—Un día le dije que era agnóstico; ahora tengo las cosas más claras: no hay nada, no hay Dios. De manera que ni mi esposa ni mi hijo existen más allá de mi cabeza y en las de quienes les han conocido. No piensan, no sienten, no existen; por tanto no pueden sentirse ni satisfechos ni insatisfechos con lo que hago. Por favor, ahórrese los falsos consuelos de cura.

—No era mi intención molestarle, comprendo que usted no crea en nada, pero para mí su esposa y su hijo existen. Permítame que yo también defienda mis certezas.

—Como comprenderá, no tengo ganas de discutir sobre creencias; tanto me da lo que usted crea. Dígame qué quiere, para qué ha pedido verme.

—Sentía la necesidad de hacerlo, de decirle lo mucho que siento lo que le ha pasado. Sí, ya sé que a usted le costará creer que a un desconocido le pueda importar algo de lo que le ha sucedido, pero el caso es que a mí me importa, y no porque sea sacerdote, me importa como ser humano. Puede que usted sea la primera persona a la que he visto sufrir de verdad, y su sufrimiento me haya afectado de tal manera que no puedo dejar de sentirme involucrado en él.

—¿Esto es todo lo que quería decirme? El rector me habló de que usted quería volver al castillo.

—Así es, pero le aseguro que eso no tiene nada que ver con mi deseo de verle.

—¿Por qué quiere regresar allí?

—Porque los servicios de seguridad tienen informes sobre las actividades del conde que les inquietan, y porque la Iglesia quiere saber si han avanzado algo en su búsqueda.

—No le acompañaré.

—No se lo he pedido.

—Mejor así.

—¿Ya no significa nada para usted la crónica de fray Julián?

—Fue un trabajo, nada más.

—Siempre pensé que había sido algo diferente para usted.

—Lo fue, pero eso pertenece al pasado. En el presente no me importa. No sé si se ha dado cuenta de que estoy muerto.

24

Esta vez el viaje en tren se le antojó pesado. Miraba al frente y veía el asiento vacío. En menos de un año su vida había sufrido muchos cambios.

Había terminado sus estudios con buenas calificaciones, trabajaba en la Secretaría de Estado, en un par de ocasiones había estado cerca del Santo Padre… Su familia se sentía orgullosa de él y presumían ante los vecinos. Cada día que pasaba se sentía más seguro de la decisión de haberse hecho sacerdote. Nada podía colmarle más que servir a Dios donde pudiera necesitarle Su Iglesia.

Esperaba estar a la altura de la misión que le habían encomendado. No le iba a resultar fácil; no se sentía cómodo engañando. Temía, además, que en cualquier momento se dieran cuenta de la impostura. Cuando telefoneó a Raymond éste pareció alegrarse, pero luego dudó cuando le anunció que iba a Carcasona y le gustaría visitarle. Le pidió que esperara unos minutos, mientras consultaba a su padre si podían recibirle. Sintió alivio cuando Raymond le dijo que le invitarían a almorzar. De manera que su estancia en el castillo sería corta, ya que la invitación incluía sólo el almuerzo.

Le pareció que Raymond estaba más alto que la vez anterior. Seguramente aún estaba en edad de crecer. Le recibió en la puerta del castillo con cordialidad, pero con la mirada alerta, como si no estuviera cómodo con su presencia.

—Me alegro de volver a verle —le dijo al estrecharle la mano—, ha sido una sorpresa su llamada.

—Espero no haberle molestado. Tenía que venir a Carcasona a mirar unas cosas en los archivos y pensé en pasarme a saludarle, fueron ustedes muy amables conmigo cuando estuve con el profesor Arnaud.

—¡Ah, el profesor Arnaud! Dicen que ha enloquecido.

Ignacio se sintió molesto con el comentario y no fue capaz de contenerse.

—Pues les han informado mal; el profesor está estupendamente.

—Nos habían dicho que la muerte de su hijo le había trastornado...

—Bueno, lo normal en estos casos, imagínese a su padre si a usted le sucediera algo... Pero el trabajo le ayuda a superar este mal momento, y poco a poco vuelve a ser el de siempre.

Raymond no hizo ningún comentario más, pero clavó su mirada en Ignacio y éste supo que no le había creído.

Comenzaron a caminar por los jardines del castillo sin rumbo fijo ni saber muy bien cómo romper el hielo que ambos notaban.

—¿Cómo va la búsqueda? —planteó Ignacio directamente.

—¿La búsqueda? ¿A qué búsqueda se refiere?

—Al Grial. Cuando estuve aquí me contó que estaban a punto de encontrarlo.

—Le rogaría que no hiciera mención de esto delante de mi padre ni de sus invitados. Fui indiscreto, hablé demasiado, algo imperdonable en mí.

—¡Por favor, no se preocupe! Naturalmente que no diré nada delante de su padre. Si le he preguntado es porque como historiador que aspiro a ser, esa misión me parece la más extraordinaria de cuantas se puedan acometer.

—Lo es, pero desafortunadamente aún no lo hemos conseguido. Llevará tiempo y mucha paciencia, pero mi padre está seguro de que lo lograremos.

—Ese día, aun a riesgo de resultar maleducado, le pediré que me permita ver lo que encuentren.

Raymond rió halagado. Se sentía poderoso ante ese joven aspirante a historiador que parecía estar suplicándole que le permitiera meter las manos en el pastel.

—No se lo puedo prometer, no dependerá de mí, pero le aseguro que lo intentaré.

—¿En qué fase están?

—Buscamos documentos, tenemos gente investigando en Escocia, seguimos excavando… nada nuevo, pero lo encontraremos, no lo dude, el Grial será nuestro.

El almuerzo transcurrió casi en silencio. Al igual que en la ocasión anterior el conde se mostró seco y distante, en el límite para no ser tachado de mal anfitrión.

Los invitados del conde eran un grupo heterogéneo formado por chicos jóvenes de la edad de Raymond y hombres de la edad del conde. Ninguno hizo alusión a las razones que les habían llevado a estar allí.

Después del almuerzo todos desaparecieron dando las excusas más variopintas. Raymond invitó a Ignacio tomar café antes de que el coche le llevara a Carcasona.

—¿Sabe? Parece cada vez más evidente que el Grial es la sangre de Jesús. Si lo confirmamos, adiós Iglesia. Son patéticos esos curas arrodillados ante la cruz, ante un objeto de tortura. Están enfermos. Lo peor es la cantidad de estúpidos que les creen.

—Es una teoría interesante —acertó a decir Ignacio—, pero difícil de probar.

—A la Iglesia le haría daño que se difundiera. A lo mejor algún día escribo algo al respecto; veríamos la reacción.

—¿Escribir? Pero ¿qué?

—Un libro sobre los secretos de Montségur, una recopilación de leyendas… incluso una novela.

—Pero nada de eso sería una demostración de lo que quieren probar.

—Ya sabe que si se repite algo millones de veces...

—Ésa es una frase de Goebbels.

—Por desgracia, no por ello deja de ser verdad.

—¿Se trata sólo de hacer daño a la Iglesia?

—Se trata de muchas cosas, pero de eso también. Tienen que pagar por lo que han hecho. Han derramado mucha sangre inocente; recuerde la crónica de fray Julián.

* * *

Regresó a Roma insatisfecho. Había fracasado en el intento de acercarse al profesor Arnaud, y tampoco era extraordinaria la información que había obtenido en el castillo.

El padre Grillo no pensaba lo mismo. Creía que Raymond le había dicho más de lo que habría querido.

—Van a empezar a difundir especulaciones sobre Jesús y María Magdalena, y habrá mucha gente deseosa de creerlo. El propio Raymond te lo ha dicho: el objetivo es hacer daño a la Iglesia, encontrarán quien escriba uno o varios libros, pueden inundar las librerías con novelas, falsos ensayos... intentarán polemizar con nosotros. Debemos estar preparados para cuando eso suceda y ponderar la respuesta.

—La mejor respuesta es que no haya respuesta —propuso Ignacio.

—¿Que no digamos nada?

—Eso pienso. La Iglesia no debe responder a infundios ni a teorías peregrinas, sólo puede responder a hechos.

—Transmitiré tu opinión al secretario de Estado.

—No se burle de mí.

—No me estoy burlando; cuando despache con él sobre este asunto, le diré lo que opinas. Puede que tu consejo sea el acertado.

Hasta un mes después el padre Grillo no volvió a mencionar el asunto. Cuando entró en su despacho, en su rostro serio Ignacio vio el preámbulo de una mala noticia.

—En primer lugar quiero decirte que el secretario de Estado ha decidido que te hagas responsable del asunto francés. De ahora en adelante te encargarás de procurar que tengamos noticias de los trabajos del conde y sus amigos, de estar alerta a cualquier publicación sobre el Grial; dispondrás de los medios que necesites. Quién iba a imaginar que un fraile dominico de la Inquisición nos iba a dar tanto trabajo y quebraderos de cabeza. Fray Julián se ha convertido en una pesadilla.

—Bueno, el pobre fraile no tiene la culpa de lo que hagan los descendientes de su familia.

—Esa crónica… en fin, no le voy a juzgar. Es evidente que el pobre sufría.

—Supongo que algún día la Iglesia tendrá que revisar algunas de sus actuaciones para poder explicarlas a la luz de hoy.

—Eso, Ignacio, no es asunto ni tuyo ni mío; bastante tenemos con estar alerta frente a lo que pueda hacer la familia de fray Julián. No te separes de su crónica, porque es la causante de todo. Y… bueno… tengo que darte una mala noticia; sé que te afectará.

Ignacio tragó saliva y esbozó una oración pidiendo que no se refiriera a su familia.

—El profesor Arnaud ha muerto de un infarto. Ha tenido un final triste. Al parecer llevaba dos días sin ser visto y en la universidad se preocuparon; se pusieron en contacto con su familia y… bueno, le encontraron muerto.

—No, no murió, ya estaba muerto.

—¡Ignacio…!

Ignacio salió del despacho con la *Crónica de fray Julián* en la mano. Sabía que aquel libro le había unido para siempre con Ferdinand Arnaud.

* * *

Dos días después Ignacio estaba en la nunciatura de París junto al padre Nevers y dos policías que habían acudido a interrogarle.

Le explicaron que no había nada extraordinario en el fallecimiento del profesor Arnaud y que la autopsia había confirmado el infarto de miocardio.

El padre Nevers estaba nervioso. Le incomodaba la situación. ¿Por qué el profesor Arnaud había tenido la infeliz idea de dejar en herencia a Ignacio Aguirre todos sus papeles referentes a su investigación histórica sobre fray Julián? La pregunta se la hacía él, pero también se la formulaba la policía. Por eso habían solicitado a la nunciatura hablar con el sacerdote español.

Ferdinand Arnaud había fallecido de un infarto, pero el día antes de su muerte había dejado sus cosas perfectamente ordenadas, así como y una caja de considerable tamaño con una dirección y un nombre escrito: «Ignacio Aguirre. Secretaría de Estado. Ciudad del Vaticano».

Naturalmente la policía había abierto la caja y encontró un sinfín de papeles y libretas que para ellos no tenían ningún sentido. En ellas, con letra apretada, Ferdinand había ido escribiendo el libro sobre fray Julián, pero también reflexiones más personales sobre el conde y sus amigos. Además de los papeles, había una carta cerrada y lacrada también para Ignacio.

Encima de la mesa del despacho habían encontrado también otra carta dirigida a una dirección en Berlín a nombre de una mujer: Inge Schmmid, con la que la universidad se había puesto en contacto. La policía también mostró interés en hablar con la señora Schmmid.

La carta a la señora Schmmid no parecía contener nada relevante, excepto que le indicaba la dirección y el teléfono de un notario de París con el que ella debía ponerse en contacto de inmediato. Le daba las gracias por haberle ayudado a mantenerse en pie en los momentos más difíciles de su vida y le instaba a buscar la felicidad.

—A esta señora la ha hecho heredera de sus bienes materiales: el piso de la rue Foucault donde vivía, el coche y todos sus ahorros. Un buen pellizco... —les contaba uno de los policías.

En cuanto a la carta para el sacerdote, la policía no terminaba de entender si había alguna clave relevante; por eso habían insistido en verle, ya que, decían, no se habían atrevido a abrirla, algo de lo que Ignacio dudaba a pesar de que parecía tener el lacre intacto.

—Les aseguro que no sabía que el profesor Arnaud iba a decidir entregarme precisamente a mí sus papeles más preciados —aseguraba Ignacio.

—¿Eran muy amigos? —preguntó uno de los policías.

—¡Apenas se conocían! —afirmó el padre Nevers, aunque la pregunta no se la habían hecho a él.

—Era una persona muy especial para mí, más que un amigo. En cuanto a por qué me eligió para que tuviera sus papeles, no lo sé; puede que se fiara de mí, que supiera...

—Que supiera... ¿qué? —preguntó el policía.

—Que voy a necesitar estos papeles en el futuro, que aquí pueden estar las claves de lo que pueda suceder.

—Pero ¿a qué se refiere usted? ¿Qué puede suceder que tenga que ver con esa crónica medieval? —terció el otro policía, hastiado de aquella conversación que se le antojaba inútil.

—Verán, no puedo decirles lo que no sé. Sólo que me siento muy honrado porque el profesor Arnaud me haya legado sus papeles.

—Preparó esta caja el día antes de morir... Sin embargo, la autopsia revela que murió por causas naturales, un infarto. Por eso no entendemos estas dos cartas de despedida.

—Ya estaba muerto —afirmó Ignacio, ante el estupor de los policías y del padre Nevers.

—¿Cómo dice? —preguntó uno de los policías.

—Que estaba muerto, había dejado de vivir aunque continuara respirando. Murió el mismo día en que enterró a su hijo David.

—¡Pero, Ignacio! ¿Cómo puedes decir eso? —protestó el padre Nevers.

—Es la verdad, se puede estar muerto en vida. Yo no lo sabía, lo he sabido después, la última vez que vi al profesor Arnaud. Sólo esperaba que se le parara el corazón, y era cuestión de días.

—¡Qué cosas dices!

Ignacio no quería quedarse mucho tiempo en París, pero sentía curiosidad por conocer a esa frau Schmmid de la que nunca había oído hablar. Por eso les preguntó a los policías si seguía en París.

—Sí, tiene que arreglar los papeles de la herencia. Se aloja en el hotel Sena, en la orilla izquierda. Es un hotel pequeño y modesto, cerca de Saint-Michel.

El padre Nevers frunció el ceño al ver que la intención de Ignacio era ir a ver a la desconocida mujer.

—Pero ¿por qué quieres conocerla? ¿Qué más te da quién sea? Ni a ti, ni a nosotros nos concierne la vida del profesor Arnaud.

—Tiene razón, padre, pero siento la necesidad de conocerla; puede que ella sepa por qué el profesor Arnaud ha decidido legarme sus papeles.

—Tienes la carta del profesor Arnaud; seguramente en ella te explica el porqué de su decisión.

Pero Ignacio no se dejó convencer por el padre Nevers.

—No se preocupe usted por mí. Regresaré por mis propios medios.

—¡Pero si ni siquiera sabes si esa señora está en el hotel!

Ignacio no replicó; se bajó del coche y, sonriendo, se despidió de él.

—Ya le llamaré, padre, no me iré sin despedirme de usted.

El recepcionista del hotel le miró con curiosidad. No era habitual ver a un cura en aquel lugar. Y se sorprendió más cuando preguntó por la señora Schmmid.

—Tiene usted suerte, porque salió esta mañana temprano y acaba de regresar no hace ni cinco minutos. Siéntese en aquella silla, la avisaré.

Inge no tardó ni dos minutos en bajar a la recepción y se dirigió hacia Ignacio con la inquietud reflejada en el rostro. ¿Qué podía querer un sacerdote de ella?

—Buenas tardes, ¿qué desea?

A él le asombró cómo era ella. Pensó que andaría por los treinta, pero las arrugas alrededor de los ojos y el rictus de los labios eran huellas claras de alguien que había vivido y sufrido.

—Perdone que la moleste, señora Schmmid, me llamo Ignacio Aguirre.

Su nombre a ella no le decía nada. Nunca había oído hablar de él.

Él le explicó quién era, y ella le escuchó sin decir palabra ni mostrar tampoco curiosidad.

—¿Conocía desde hace mucho tiempo al profesor Arnaud? —se atrevió Ignacio a preguntar a aquella mujer de gesto inescrutable.

—Sí, nos conocimos hace tiempo.

Ignacio se impacientó; ella no parecía dispuesta a darle ninguna explicación.

—Siento importunarla, pero… en fin, me gustaría saber algo más del profesor Arnaud; me he encontrado con un legado que no esperaba y no sé por qué. Si he querido conocerla es porque sé que usted es la persona a la que ha dejado cuanto tenía. Por favor, ¿podríamos ir a algún sitio a tomar un café y hablar?

Inge dudó unos segundos; luego clavó su mirada directa y franca en los ojos de Ignacio.

—Si quiere, podemos ir a tomar un café y hablar, pero no creo que yo pueda despejar sus dudas. Nunca me habló de usted, no tenía por qué hacerlo.

Salieron del hotel y caminaron hasta llegar a un café con una terraza cubierta por cristales. Instintivamente Ignacio buscó un rincón apartado donde no les molestaran.

Inge pidió té y él café, y aguardaron hasta que el camarero se lo trajo para comenzar a hablar.

—No sé por qué el profesor Arnaud decidió dejarle sus papeles; lo siento, no tengo esa respuesta, que es la única que usted necesita.

—¿Cuándo fue la última vez que vio al profesor Arnaud? —quiso saber Ignacio.

—En el entierro de su hijo, en Palestina. Nos despedimos en el aeropuerto; él regresaba a París y yo a Berlín. Estaba destrozado. Para él la vida se había acabado en el instante en que enterraron a David.

—Yo estaba con él cuando le dieron la noticia de que su hijo estaba malherido. Yo le acompañé al castillo d'Amis; estuvimos apenas dos días, y al regreso estaba el padre del señor Arnaud en la estación esperándole para explicarle lo sucedido.

—Supongo que fue un momento terrible para él. ¿Y cuándo le volvió a ver?

—Hace ya algún tiempo. Fui a París para hablar con él, yo tenía que regresar al castillo.

—Y quería que él le acompañara, ¿no?

—Me habría gustado, sí, pero sobre todo fui a verle porque necesitaba decirle que sentía lo de su hijo. Le había mandado una carta de pésame pero no había tenido ninguna respuesta.

—¿Por qué le importaba tanto el profesor?

Ignacio se había hecho esa pregunta en repetidas ocasiones y aún no había encontrado la respuesta.

—No lo sé; quizá fue la conversación que mantuvimos en el tren a propósito de Dios, de la Iglesia… Me impresionó. Pensé que para declararse agnóstico demostraba una envidiable fe en Dios y en la Iglesia. Me sorprendió, y me hubiera gustado proseguir aquella conversación.

—Había sufrido mucho.

—Sí, sé lo de su esposa. ¿Usted la conoció?

Entonces Inge le explicó cómo se conocieron, y el vínculo invisible que se estableció entre ellos en aquellos años de búsqueda de Miriam. Que, juntos, habían descubierto lo sucedido a los tíos de Miriam, que más tarde la señora Bruning, la portera de la casa de Sara y Yitzhak, les había confesado que había sido ella quien había denunciado a Miriam y cómo se la habían llevado.

—Perdone que le haga una pregunta muy personal, pero ¿usted qué hacía en aquellos años?

—Era una joven comunista, con un novio comunista con el que tuve un hijo, y unos padres nazis que renegaban de mí. Sara y Yitzhak me ayudaron, me dieron trabajo, me trataron como a un ser humano. Pero si quiere saber qué relación tuve con los nazis, la respuesta es que soy una superviviente, no tiré bombas a su paso, ni maté a ninguno; no hice nada, sólo sobrevivir.

—No, no le preguntaba por eso, perdone, no quiero remover sus heridas.

—No lo hace, no me reprocho nada a mí misma.

Ignacio no se atrevía a preguntarle si a ella y Ferdinand les había unido algo más que el infortunio, pero Inge se dio cuenta de lo que el sacerdote quería saber.

—Y si se pregunta si en esos años hubo algo entre nosotros la respuesta es no. Nunca me miró como a una mujer, ni yo a él como a un hombre. Aunque le cueste creerlo, es posible la amistad entre un hombre y una mujer.

—No, no me cuesta creerlo.

—En aquella situación desesperada en que nos encontrábamos ninguno de los dos necesitábamos amor, no esa clase de amor. Creo que llegamos a estar más unidos que si nos hubiéramos metido en la misma cama.

Él se ruborizó, a pesar de que en la manera de hablar de Inge no había el menor asomo de provocación.

—Y ahora que sabe un poco más de mí, ¿por qué cree que me ha dejado sus papeles?

—No lo sé, en realidad no sé nada de usted. Al profesor Arnaud le fascinaba la crónica de fray Julián, era muy importante para él, pero al mismo tiempo sentía cierta repulsión por el conde. No le ayudó demasiado. En realidad, el conde d'Amis no lo hizo porque no podía decirle que sus amigos pertenecían al grupo de asesinos que habían acabado con la vida de su esposa. De manera que el conde y sus amigos se mostraron indiferentes a la desesperación del profesor y éste nunca se lo perdonó. Tampoco le gustaban sus ideas ni su obsesión por el Grial, ni que creyera que era posible la independencia de Occitania. Creo que el conde esperaba que los nazis le ayudarían a lograr que Occitania se desgajara de Francia. Puede que todo esto le inquietara más de lo que dejaba entrever y quizá decidió fiarse de usted para que hiciera frente al conde si llegaba el momento. Pero le insisto: no lo sé, no me habló de usted.

—¿Después de Israel no volvieron a hablar?

—Sí, le llamé un par de veces. Y le escribí varias cartas que él me respondió. Pero le aseguro que no dijo nada sobre usted, lo siento. Tampoco tenía por qué decírmelo; que fuéramos amigos no significa que yo lo sepa todo sobre él.

—Habla del profesor en presente, como si estuviera vivo.

—Para mí lo está, lo estará siempre.

—Y ahora, ¿qué hará usted?

—Lo que siempre he querido hacer y él me ha pedido que haga: voy a terminar mi carrera, luego daré clases, seré maestra. Ferdinand ha sido muy generoso conmigo; me ha dejado todos sus ahorros y su casa. Voy a venderla, él me lo ha pedido en la carta. Volveré a estudiar y mantendré a mi hijo sin agobios. Él me pide que sea feliz, que al menos lo intente. En realidad, él me ha regalado la felicidad; volver a retomar mi carrera es lo que más anhelaba, era mi sueño oculto.

—¿Qué estudiaba usted?

—Filología alemana.

—Tendrá suerte.

Inge se encogió de hombros. No creía en la suerte, ella era sólo una superviviente.

Ignacio se dijo que no tenía nada en común con aquella mujer, apenas unos años mayor que él y que sin embargo había sufrido lo que posiblemente él jamás sufriría. Sentía que sus destinos se habían unido porque así lo había querido el profesor Arnaud.

—Le daré mi dirección en Roma por si algún día va por allí; también me gustaría saber dónde encontrarla si voy a Berlín. El profesor Arnaud nos ha convertido en sus herederos...

—¿Y piensa que eso le une a mí? —preguntó ella con un deje irónico en la voz.

—Sí, pienso que eso me une a usted. No sé por qué, pero lo pienso, mejor dicho, lo siento así. Puede que alguna vez necesite ayuda; si es así, acuérdese de mí. Haré lo que esté en mi mano por ayudarle.

—Yo no creo en Dios —afirmó ella como respuesta.

—No le he preguntado en qué cree. ¿Por qué me lo dice?

Inge se levantó y le tendió la mano para despedirse.

—Le veo atormentado por la muerte de Ferdinand, y no debería estarlo. Murió porque para él ya no tenía sentido vivir. Ahora está en paz.

La vio salir del café andando con paso firme y pensó que aquella mujer nunca le necesitaría, ni a él ni a nadie. Ella misma se lo había dicho: era una superviviente. Y ya había sobrevivido a lo peor.

Telefoneó al padre Nevers para despedirse.

—Quédate a cenar.

—No, prefiero regresar a Roma. Tengo mucho trabajo, el padre Grillo no puede quedarse sin secretario; con un poco de suerte cogeré el último vuelo.

En realidad, necesitaba estar sólo para leer con calma la carta del profesor Arnaud.

Tuvo suerte y pudo hacerlo en el avión. Rasgó con cierta emoción el sobre blanco que contenía unos cuantos folios escritos con letra pequeña y apretada, pero clara.

El profesor Arnaud le decía que todos aquellos papeles de su trabajo sobre la crónica de fray Julián ya no tenían ningún sentido para él, pero

… puede que algún día usted localice en ellos algo que le ayude a afrontar lo que el conde pueda hacer con sus estrambóticas ideas, aunque ya sabe que en mi opinión nunca hallará nada porque no hay nada que encontrar. Poco me importan ya las cosas de los vivos, puesto que ya no me siento de este mundo, pero usted es joven y conserva intacta su fe en la humanidad, de manera que puede hacer algo por ella: luche para evitar que se derrame sangre inocente.

A lo largo de la historia se ha derramado mucha sangre porque algunos hombres se creen dioses y no les importa sembrar el mundo de muerte, porque para ellos los otros hombres son sólo carne con forma pero sin voz, sin alma. No les ven, no les sienten, no les importa que mueran con tal de que sirvan a sus intereses. También se ha derramado mucha sangre en nombre de Dios, ¡qué contradicción! ¿Qué pensará Dios de estos hombres que han utilizado y utilizan su nombre para matar? ¿No cree que la Iglesia debería reflexionar sobre esto? Y hacer algo, sí, ¿por qué no empieza usted?

Fray Julián clamaba por que algún día alguien vengara la sangre de los inocentes, pero creo que es más útil que no se siga derramando. La venganza de nada le sirve a los muertos…

Ignacio no pudo contener las lágrimas. Aquella carta era algo más que un testamento: era una petición para que hiciera algo, para que dedicara su vida a evitar la muerte de los inocentes. A Inge le había pedido que fuera feliz y a él que le diera un sentido a su vocación como sacerdote, un sentido distinto del que él mismo había imaginado. ¿Podría y sabría hacerlo?

* * *

Cuando llegó a Roma era noche cerrada. Estaba agotado, pero se sentía incapaz de dormir. Abrió la caja donde el profesor Arnaud había colocado con cuidado sus papeles y comenzó a viajar por los años en que había vivido fray Julián. Quiso ver la mano de Dios en el hecho de que su destino se viera unido al de aquel fraile dominico que clamaba venganza en nombre de los inocentes.

TERCERA PARTE

1

Sábado en Atenas, época actual

El hombre observaba distraído desde el balcón de su habitación cómo el tenue sol de la mañana se reflejaba en el mármol haciendo que pareciera aún más blanco y reluciente.

Aunque aún no eran las ocho en la plaza Sintagma el tráfico estaba en su apogeo. Limusinas negras aguardaban a la puerta del hotel Gran Bretaña para trasladar a algunos de los banqueros, políticos y empresarios que se alojaban en el viejo y señorial hotel, todos ellos participantes de la Cumbre para el Desarrollo que se celebraba en Atenas.

Durante un segundo el hombre pensó que él, al igual que algunos de aquellos hombres que movían los hilos en el mundo, prefería el Gran Bretaña a otros hoteles más modernos y sofisticados de Atenas. Y no sólo porque el hotel estuviera situado en el corazón de la ciudad, frente al Parlamento, sino porque el Gran Bretaña seguía conservando el glamur de los viejos hoteles europeos.

Miró distraído el reloj sabiendo que disponía de tiempo antes de acudir a la cita concertada con algunos participantes en un discreto palacio situado en una zona residencial en las afueras de la ciudad. En realidad, era en aquel palacio donde se tomarían las decisiones que iban a tener una repercusión sobre los ciudadanos del mundo entero durante los siguientes meses y años. Pero eso era algo que no sabían ni los cientos de periodistas que habían acudido a informar sobre la Cumbre para el Desarrollo y mucho menos los confiados ciudadanos.

Buscó el móvil que había dejado sobre la mesilla y marcó un número de teléfono de otro móvil; apenas transcurrió un segundo antes de que respondieran a su llamada.

—Buenos días, conde —le dijo al hombre que le escuchaba a cientos de kilómetros de distancia—, quería asegurarme de que nuestros asuntos continúan por buen camino.

La conversación fue breve, de apenas dos minutos, y cuando cerró la tapa del teléfono sonrió satisfecho. Todo iba por buen camino. Durante un segundo dejó volar su imaginación y vio al conde d'Amis sentado en la butaca de madera forrada de terciopelo verde, tras la mesa de roble macizo de su despacho, perfectamente trajeado y con el cabello peinado de manera que no se le movía ni un pelo de su sitio.

Había sido un hallazgo el tal conde d'Amis. Una perla perdida en el océano de la vida, una perla que engarzaba a la perfección en su plan.

En su trabajo no podía permitirse ningún fallo; se basaba en la confianza que hombres poderosos depositaban en él sabiéndole capaz de conseguir lo que ellos querían. En definitiva: que otros se ensuciaran las manos para conseguir sus objetivos. Y a él no le importaba que sus manos estuvieran manchadas; hacía tiempo que se había inmunizado contra cualquier olor desagradable. Le pagaban demasiado bien para tener escrúpulos.

Unos golpes discretos en la puerta le sacaron de su ensimismamiento. Una camarera le preguntó, solícita, dónde podía dejar la bandeja con el desayuno y los periódicos del día. Echó una ojeada a la primera página del *Herald Tribune* mientras se sentaba disponiéndose a desayunar.

En la portada compartían titulares la Cumbre para el Desarrollo y las secuelas de un reciente atentado islamista en un cine de Frankfurt: cincuenta muertos y casi un centenar de heridos. Se sirvió una taza de café y se aplicó a la lectura.

Sonrió al comprobar la ingenuidad de los periodistas al calificar la cumbre de «histórica». En realidad, la cumbre era la tapadera perfecta para que algunos hombres poderosos se pudieran reunir ante los ojos del mundo entero sin llamar la atención. Una docena de banqueros, seis o siete dirigentes de multinacionales, algunos políticos retirados pero influyentes, formaban parte de un selecto club que no tenía nombre, ni razón social, ni sede, ni número de teléfono. Eran hombres con poder, que movían los hilos de la economía mundial con inversiones y desinversiones, cuyo único objetivo era el beneficio, y para los que los países y los ciudadanos eran sólo dibujos en un gran mapa que creían poder mover a su antojo.

Estos hombres eran respetados y respetables, figuras mundiales, inaccesibles para el común de los mortales. Eran hombres fuera de toda sospecha, incapaces de ensuciarse las manos.

Una vez leídos los periódicos encendió el televisor y buscó una cadena que retransmitía en directo la clausura de la cumbre. Cuando el locutor anunció el último discurso se levantó, apagó el receptor, se ajustó la corbata frente al espejo y antes de salir de la habitación llamó a recepción para que el portero tuviera listo su coche frente a la puerta del hotel.

Unos minutos después el hombre se había sumergido en el tráfico caótico de Atenas, que no le impidió llegar puntual a la cita.

Además de unos cuantos árboles centenarios que hacía imposible la mirada de los curiosos, el palacio no se veía desde la calle; una verja alta lo aislaba del exterior.

Del estilo neoclásico tan usado en muchos edificios a partir de mediados del siglo XIX, se notaba que sus dueños mimaban su conservación.

Nadie le preguntó dónde iba ni a quién quería ver. Primero se abrió la verja para permitirle entrar con el coche en la finca, luego aparcó y un mayordomo silencioso que apenas le dio los buenos días le acompañó hasta una sala y le pidió que aguardara allí. Por la ventana pudo observar que comenzaban a llegar limusinas negras que se paraban ante la puerta del palacio, de las que bajaban algunos de aquellos hombres cuyos intereses marcaban la política mundial.

—Buenos días.

Se levantó para saludar al hombre que acababa de entrar en la sala: alto, con el cabello entrecano, de edad indefinida, elegante, el inconfundible acento de la clase alta británica y con el aspecto de quien está acostumbrado a mandar sin que le repliquen.

El dueño de aquel palacio no perdió el tiempo en circunloquios sino que fue directamente al grano.

—Bien, infórmeme.

—Antes de venir he hablado con el conde d'Amis, y el plan sigue su curso.

—¿Está seguro de no cometer un error confiando en ese conde?

—Estoy seguro. Es el personaje perfecto para llevar adelante el plan. Es un hombre desequilibrado, obsesionado… sí, es el hombre adecuado. Hasta ahora está haciendo lo que le pido sin cometer errores.

—¿Para cuándo está prevista la culminación del plan?

—Aún faltan algunos detalles, puede que en un mes esté todo dispuesto.

—No se retrase.

—Para que el plan salga bien hace falta preparación, tiempo y dinero.

—Lo sé, pero el tiempo es un material sensible y escaso, del que no disponemos en este momento. ¿Ha seguido la cumbre?

—Sí.

—¡Cuántas palabras inútiles se han dicho! ¡Pero en fin! Lo que quiere la opinión pública es que les digamos que el mundo irá mejor y que es posible que vivamos todos juntos y felices, como si dando un chasquido con los dedos fuera suficiente para que todos los seres humanos nos convirtiéramos en ángeles.

—Los periódicos dicen que la cumbre ha sido un éxito.

—Sí, eso dicen, ¿y sabe qué hemos decidido? Nada, absolutamente nada. El comunicado consensuado es un largo compendio de buenas intenciones. Los países desarrollados aprobarán planes de desarrollo en los países menos desarrollados. Se abrirán vías de diálogo entre países con distintas culturas respetando la idiosincrasia y diferencias de cada cual, etcétera, etcétera. O sea, nada. En fin... ahora tengo una larga reunión con los caballeros que me están esperando, que sin duda será más productiva. ¿Debo comunicarles algo?

—No, ya le he dicho que todo sigue su curso. Usted sabe que nunca canto victoria antes de tiempo, pero creo que el plan saldrá, se llevará a cabo y tendrá el éxito que ustedes desean.

—Hasta ahora usted no ha fallado...

—No, no lo he hecho, señor, y espero poder seguir cumpliendo sus encargos, como todos estos años.

—Las fuentes de energía no pueden estar en manos de esos ignorantes... es increíble que algunos no se den cuenta del peligro que representan. Sólo hay una manera de acabar con ellos, de hacer que el mundo se dé cuenta de que es necesaria la confrontación...

—Esperemos que el plan sirva para eso.

—Servirá, claro que servirá. Los políticos pueden decir lo que quieran, pero es la opinión pública previamente sensibilizada la que les fuerza a ir en una u otra dirección. Nosotros contribuimos a que la opinión pública acierte. ¿Cuánto tiempo hace que no visita Londres?

—Estuve hace cuatro días, señor.

—¡Ah! Se me olvidaba que usted está en todas partes. Entonces habrá visto que en Londres hay de todo menos londinenses. Hay barrios que parecen una prolongación de Pakistán... Los musulmanes cada vez se muestran más exigentes y el Gobierno más débil, preocupado por aparecer como el adalid de los derechos humanos… ¡cómo si esa gente lo agradeciera! ¡Quieren destruirnos! ¡Acabar con nuestra civilización!

—Sí, eso es evidente.

—Lo es para cualquiera que no sea un estúpido. Por cierto, ¿ha tenido dificultades para encontrar este lugar?

—No, no ha sido difícil llegar hasta aquí.

—Este palacio pertenece a la familia de mi mujer; ella nunca ha querido venderlo, por una cuestión sentimental, y debo reconocer que al menos nos está sirviendo para la ocasión. Bien, estaré en Atenas un par de días antes de regresar a Londres; si hay alguna novedad, llámeme.

—Lo haré.

—¿Sabe? He de decirle que estamos satisfechos con su trabajo… usted hace posible lo que parece imposible…

2

Ese mismo sábado, en el castillo d'Amis, sur de Francia

—Señor, ha llegado la prensa.

Raymond de la Pallisière, vigésimo tercer conde d'Amis, se levantó del sillón donde se encontraba repasando unos papeles, para coger de manos del mayordomo los periódicos que puntualmente le llegaban cada mañana.

Una vez solo, volvió a acomodarse en el sillón junto a un ventanal y cerca de la chimenea que caldeaba la estancia.

En la mesita baja que tenía delante colocó los diez periódicos que leía a diario: cinco franceses y cuatro alemanes, además del *Herald Tribune*.

Había heredado esta costumbre de su padre, que cada mañana se hacía traer los periódicos desde Carcasona y se encerraba con ellos como si se tratara de un trabajo.

En realidad, éste no era el único gesto de su padre que reproducía; casi toda su rutina diaria era una copia de la que había sido la vida de su progenitor.

Desde que su padre murió, apenas había introducido cambios en el castillo; sólo los imprescindibles para seguir garantizando su confort y el de sus invitados.

El personal de servicio sí había ido cambiando a lo largo de los años.

Pensó en su actual mayordomo, un hombre de mediana edad, educado y puntilloso, que siempre se anticipaba a sus deseos. Había tenido suerte con él, porque al anterior le había tenido que despedir por incompetente.

En realidad, el mundo había cambiado tanto que contar con un mayordomo era casi una excentricidad que sólo se permitían los viejos como él, aunque sus amigos y conocidos elogiaban su aspecto diciéndole que no aparentaba la edad que tenía. Se mantenía erguido, con la mirada verde brillante y el cabello rubio, que al haber encanecido le prestaba un aspecto imponente.

Siempre leía en primer lugar el *Herald Tribune*, lo mismo que antaño había hecho su padre.

De nuevo la noticia del atentado de Frankfurt ocupaba la primera página. La policía no había detenido a ningún sospechoso, aunque el atentado había sido revindicado por un grupo islamista que estaba poniendo en jaque a los países de la Unión Europea y que se autodenominaba el Círculo.

Los líderes del Círculo venían amenazando con no permitir a los europeos vivir en paz, y de hecho lo estaban cumpliendo. Atentados como el del cine de Frankfurt se sucedían cada cierto tiempo y sólo de vez en cuando la policía lograba detenciones importantes.

Los hombres del Círculo tenían muy claro su objetivo: derrotar a los «cruzados» y reconquistar las tierras que según ellos pertenecían a los musulmanes: al-Andalus, incluido Portugal, así como parte de Francia, los Balcanes, etcétera. Y, por supuesto, borrar a los judíos de Israel. Ése era su programa, al que se aplicaban con celo y fanatismo ante el que nada parecía poder detenerles.

Según el *Herald Tribune* no se habían encontrado «restos importantes» en el apartamento en el que los miembros del comando islamista se habían inmolado para no caer en manos de la policía, y Raymond se preguntó a qué se referían cuando hablaban de «restos importantes», porque era obvio que, importantes o no, algo habían encontrado.

Los periódicos alemanes ofrecían, fundamentalmente, información precisa sobre el atentado, sobre la conmoción en la sociedad alemana, las víctimas del cine, las víctimas del edificio de apartamentos que habían volado los miembros del comando para suicidarse, los estragos que habían causado.

Raymond se sintió inquieto sin saber por qué; se levantó a servirse una copa de calvados a pesar de lo temprano del día; aún no eran las once, pero el calvados se había convertido en su mejor compañía, y tanto en los momentos felices como en los de tensión le resultaba imprescindible.

Se sirvió una copa generosa y luego decidió hacer una llamada telefónica. No la hizo desde el teléfono que reposaba encima de la mesa del despacho, sino que buscó en uno de los cajones de la mesa y extrajo un móvil; marcó un número y aguardó a que le respondieran. El timbre del teléfono sonó insistentemente hasta que escuchó la voz de un hombre a través de la línea.

—Buenos días, quería preguntarle por lo sucedido en Frankfurt...

La respuesta del hombre pareció tranquilizarle. Luego, sin decir una palabra más, apagó el teléfono y lo volvió a colocar cuidadosamente en el cajón. Después miró el reloj; apenas quedaban unos minutos para que llegaran los miembros del consejo de administración de Memoria Cátara, la fundación que presidía desde la muerte de su padre.

Muchos de los miembros de la fundación eran hijos de los fundadores de la Asociación para la Memoria de los Cátaros, puesta en marcha por su padre para dar un aire de respetabilidad a su búsqueda del Grial y del tesoro de los cátaros.

Raymond pensó en el esfuerzo y el dinero que su padre y sus amigos habían invertido en esa búsqueda fallida, aunque creía que, al final, todos los esfuerzos no habían sido inútiles. El Languedoc había vuelto a renacer; ahí estaban los carteles anunciando a los turistas que llegaban al País Cátaro, o el logotipo diseñado como marca turística con forma de disco, o el sinfín de cafés restaurantes y tiendas de souvenirs donde la palabra «cátaro» era una constante. Algunos de los hombres que formaban parte del Consejo de Memoria Cátara eran ricos comerciantes cuyo compromiso con el pasado era tan fuerte como el suyo. Eran los herederos de un país que les habían arrebatado por la fuerza de las armas y que ahora ellos gobernaban a su modo a través de las leyes modernas del comercio.

Al consejo, además de occitanos, continuaban perteneciendo los hijos de los caballeros alemanes amigos de su padre, vencidos por las armas en la Segunda Guerra Mundial, aunque algunos habían logrado sobrevivir precisamente gracias a la generosidad y el empeño de los D'Amis. Algunos habían cambiado de apellido y de nacionalidad, otros habían logrado pasar inadvertidos en su propio país. Pero lo mismo que antaño a sus padres, a todos les unía la misma fe, la de saberse hombres superiores y por tanto diferentes.

Seguían buscando, sí, porque todos ellos sabían que el tesoro de los cátaros existía y no cejaban en el empeño de encontrarlo. La suya era más que una fundación, como en su día fue más que una asociación la creada por su padre. Era una «orden», una orden de caballeros comprometidos con la búsqueda del secreto de los cátaros.

A todos ellos también les satisfacía ver que cada año llegaban jóvenes de todo el mundo seducidos por el eco de la vieja herejía.

El País Cátaro había sobrevivido a sus destructores, y su vieja fe seguía anidando en el corazón de las gentes.

El mayordomo golpeó suavemente la puerta antes de entrar.

—Señor, sus invitados ya han llegado.

El de aquel día era un consejo importante, un consejo en el que no participaban todos los miembros de la fundación, sino los de Orden Cátara, la hermandad fundada por su padre. Una orden secreta, formada por cinco hombres con los que compartía un sueño: un sueño de venganza.

Raymond se dirigió al salón donde le esperaban los miembros de la hermandad. El saludo consistió en una leve inclinación de cabeza, luego les invitó a tomar asiento.

—Señores, tengo buenas noticias: nuestro plan continúa en marcha. Aún no puedo señalar una fecha concreta, pero antes de un mes habremos culminado nuestra venganza.

Bilbao

Ese mismo día y a esa misma hora muy lejos de allí, Ignacio Aguirre paseaba sin rumbo pensando en la conversación que acababa de mantener con Ovidio Sagardía, su discípulo predilecto.

El viento soplaba con fuerza llevando consigo un olor lejano a mar. El anciano sacerdote se dijo que ya no tenía la paciencia de antaño, cuando no le importaba dedicar cuantas horas fueran necesarias a tratar los problemas de los jóvenes sacerdotes.

Ahora, retirado en su Bilbao natal, el Vaticano que había sido todo su mundo se le antojaba lejano, si no fuera porque de cuando en cuando el teléfono le sobresaltaba con la llamada de algún cardenal u obispo, necesitado de información sobre algún suceso del pasado en el que había intervenido.

Había hecho un largo camino desde que, casi por casualidad, llegó como sacerdote meritorio a la Secretaría de Estado y de allí a la tercera planta, donde se seguía al minuto cuanto acontecía en el mundo, analizando la información que, después de depurada, mandaba resumida en informes a la cúpula del poder de la Iglesia, es decir, a los despachos de los cardenales y al del mismo Papa.

En realidad su carrera, si es que la podía llamar así, se la debía a aquel viaje que realizó a Francia muchos años atrás como secretario del padre Grillo, el hombre que le ayudó a convertirse paso a paso en lo que había llegado a ser.

Recordaba con nitidez todo lo vivido en aquellos días, el viaje al castillo del conde d'Amis; su breve pero profunda relación con el profesor Ferdinand Arnaud, su preocupación, reflejo de la de sus superiores, por lo que parecía ser un renacer cátaro; la *Crónica de fray Julián*, y aquellos papeles que le dejó en herencia el profesor, convencido de que algún día le podrían ayudar.

En aquel viaje había comenzado a cimentarse lo que después había sido el resto de su vida eclesiástica.

Había vivido con intensidad, sintiéndose un privilegiado por la oportunidad de servir a Dios donde sus superiores creían que hacía más falta; por eso se sentía irritado con Ovidio Sagardía, un jesuita como él, al que había ayudado a situarse en el intrincado mundo vaticano porque creía en él, en su fe, en su inteligencia especulativa, en su capacidad de trabajo, sus dotes diplomáticas, su solidez sacerdotal, y de repente... sí, de repente Ovidio se había venido abajo, y estaba dispuesto a renunciar a todo porque quería convertirse en un párroco de cualquier lugar.

Habían mantenido varias disputas telefónicas, pero al final era tanta la angustia de Ovidio que había accedido a ayudarle a hacer un alto en el camino. El acuerdo al que habían llegado consistía en acogerle durante una temporada en la casa de Bilbao para, una vez que el sacerdote se hubiera reencontrado consigo mismo, decidir dónde podía servir mejor a la Iglesia, porque de eso se trataba: de servir a Dios y a los demás.

Sí, a eso había dedicado su vida. En realidad, su carrera sacerdotal la había determinado el profesor Arnaud al encomendarle que ayudara a evitar que se derramara sangre inocente. La vida de Arnaud había estado marcada a su vez por aquella *Crónica de fray Julián* que había convertido en obsesión. Pero el fraile dominico clamaba por vengar la sangre de los inocentes, mientras que el profesor Arnaud le colocó ante un reto diferente: evitar que se derramara sangre.

Poco antes de hablar con Ovidio lo había hecho con el secretario de Estado, quien le había comentado que, pese a la decisión del sacerdote de dejar en breve su trabajo, le había convocado a una reunión para tratar sobre el atentado de Frankfurt. En el Vaticano estaban preocupados por este atentado, revindicado por el Círculo, la red de fanáticos islamistas que con sus actuaciones estaban logrando poner en jaque a todos los servicios de inteligencia de Occidente. ¿Cómo evitar que se continuara derramando sangre inocente?, había preguntado el cardenal a Ignacio Aguirre, sin que éste supiera darle una respuesta.

3

Ciudad del Vaticano

Ovidio Sagardía no prestaba atención a lo que decía aquel hombre. En realidad, se lamentaba de su suerte preguntándose a sí mismo: «¿Soy un espía? ¿De qué otra manera podría llamarse a lo que hago? Aun sabiéndolo, me irrita que me traten como tal. Me pregunto cómo he llegado hasta aquí, en qué momento se torció mi vida».

—¿Alguna opinión?

—Perdone, eminencia, estaba pensando en lo que estos señores acaban de contar —respondió el sacerdote de manera mecánica.

La voz rotunda del cardenal le había devuelto a la realidad. Hacía calor en la estancia, o acaso era el desánimo lo que estaba haciendo mella en él. Le pesaban las miradas del cardenal y de los dos hombres que le acompañaban. Ellos también eran espías, sólo que él servía al Todopoderoso y ellos a sus gobiernos.

—Bien, padre, tenga la bondad de decirnos qué piensa —le instó el cardenal.

—Necesitaría que me dieran más información. En realidad, lo que nos han contado puede ser algo o puede no ser nada. Lo único que parecen tener seguro es que el atentado lo ha cometido el Círculo.

—No tenemos más información —aseguró en tono cansino el hombre del cabello plateado—. ¡Ojalá la tuviéramos! Por eso les hemos pedido ayuda. Y sí, efectivamente, el Círculo ha revindicado la matanza en ese cine de Frankfurt.

El cardenal no respondió y él también decidió callar. Sabía lo que su superior pensaba: que no estaban en deuda con aquellos hombres. Le sabía incómodo con los dos hombres a los que había tenido que recibir por la ausencia del director del departamento de Análisis de Política Exterior, el obispo Pelizzoli. Pero el ministro del Interior había insistido ante la Secretaría de Estado sobre la urgencia de la situación y el cardenal se había avenido a recibirlos.

—Es un rompecabezas —afirmó el hombre joven como si hablara consigo mismo.

Durante unos segundos les observó, intentando calibrar qué clase de hombres y de espías eran. El mayor, el del cabello plateado, respondía al nombre de Lorenzo Panetta. Se mostraba seguro de sí mismo, nada impresionado por la magnificencia de aquel despacho cuyo techo había sido pintado por Rafael. Era un alto responsable de la seguridad del Estado, un ex espía que había ido subiendo en el escalafón hasta convertirse en un político.

El más joven ¿qué edad tendría? No más de treinta y cinco años, con aspecto militar, aunque parecía abrumado no sólo por el lugar, sino por el asunto que les había llevado hasta aquel despacho del Vaticano. Le habían presentado como Matthew Lucas, era norteamericano y trabajaba como enlace de una agencia de espionaje de su país con el organismo que coordinaba la lucha contra el terrorismo dentro de la Unión Europea.

Decidió salir del letargo que le envolvía y volver a ser quien esperaban que fuera. Levantó los hombros y clavó la mirada en los papeles que le habían entregado, leyéndolos, esta vez sí, con mucha atención.

—¿Cuándo dicen que intervinieron estos papeles? —preguntó sin dirigirse a ninguno de los dos hombres en especial.

—Son parte de los restos encontrados en el apartamento en que se suicidaron los hombres del Círculo —respondió el del cabello plateado—; en realidad no son papeles, sino fragmentos con los que el laboratorio ha podido reconstruir algunas frases. Eso ha sido hace cuatro días.

—¿Y por qué les ha alarmado tanto?

Los dos hombres se miraron antes de que el mayor respondiera.

—No hay más que añadir a lo que les hemos contado. La Brigada Antiterrorista de Interpol hace meses que seguía a Milan Karakoz. Además de traficar con armas lo hace con información. Es uno de los traficantes que surte de armas al Círculo. También tiene contactos con asesinos a sueldo. Una joya.

—¿Y no creen que su «joya» debe de tener suficiente experiencia como para no cometer errores y evitar que su nombre aparezca en un escrito en manos de unos terroristas?

—Seguramente Karakoz no sabe que su nombre ha aparecido en un trozo de papel entre los restos de un apartamento de Frankfurt —afirmó el hombre del cabello plateado.

—Como puede ver en el informe —terció Matthew Lucas—, un grupo de terroristas islámicos iban a ser detenidos por la policía alemana; creemos que son los mismos que dos días antes volaron un cine en el centro de Frankfurt donde murieron más de treinta personas, entre ellos cinco niños. Y ya sabe cómo reacciona esta gente: prefieren morir a ser detenidos. Se volaron cuando la policía les ordenó que salieran del apartamento donde se refugiaban. Antes quemaron un buen número de documentos, de los que quedaron trozos minúsculos que han sido examinados en el laboratorio. Se han podido rescatar algunas palabras de esos papeles: Karakoz, con el que presumimos que debían de tener contactos, seguramente les proveía de armas. Otros nombres eran «Sepulcro», «Cruz de Roma», «Viernes», «Saint-Pons», que no sabemos si es el nombre de un lugar o de una persona o de ambos, «Lotario», y el fragmento de un libro que no sabemos a qué se refiere: «Nuestro cielo está abierto sólo a aquellos que no son criaturas...». El resto aparece quemado, junto a otro fragmento: «la sangre». No hay más letras, no sabemos cómo continúa.

—Se le olvida lo de «Santo»... —añadió Lorenzo Panetta—. Lo puede leer en el informe, también había un resto de papel en el que habían escrito «correrá la sangre en el corazón del Santo...», y otra vez la palabra «cruz».

—Sí, todo esto ya lo han explicado y está aquí en el informe, pero no entiendo qué tiene que ver el Vaticano con todo esto. Lo siento.

El cardenal le miró malhumorado. En cuanto los dos hombres se marcharan seguro que le reprendería, y con razón. En realidad no sentía el más mínimo interés por lo que le estaban contando, y lo único que deseaba era pedir que le encargaran el trabajo a otro, que no contaran con él.

—Padre Ovidio, estos caballeros no estarían aquí si no creyeran que todo esto es importante. En mi opinión lo es. Nuestra obligación es colaborar con nuestros amigos a resolver este enigma. Y eso es lo que haremos.

La intervención del cardenal no dejaba lugar a dudas y el sacerdote bajó la cabeza sabiéndose derrotado.

—El trabajo debería ser conjunto —sugirió Matthew Lucas.

—Lo será, señor Lucas —afirmó el cardenal—, el Vaticano colaborará con el Centro de Coordinación Antiterrorista de la Unión Europea, como no podría ser de otra manera. El padre Sagardía se pondrá en contacto con ustedes en cuanto pueda examinar toda la información que nos han entregado. Les aseguro que nos tomamos este asunto muy en serio.

Los dos hombres se miraron, conscientes de que el cardenal daba por terminada la audiencia. La puerta del despacho se abrió y entró un sacerdote.

—Mi secretario les acompañará.

La despedida fue breve, y los dos hombres dejaron aquel despacho preocupados por la apatía que había mostrado el tal padre Ovidio.

Cuando la puerta se cerró estalló la tormenta.

—Y bien, ¿qué ocurre? —preguntó el cardenal sin ocultar su contrariedad.

—Perdóneme, eminencia, pero no creo que nada de lo que nos han contado sea motivo de alarma.

—O sea, que usted cree que Panetta, el mayor experto en lucha antiterrorista que tenemos en Italia, que trabaja codo con codo con otras agencias de países aliados en el Centro de Coordinación Antiterrorista de la Unión Europea, y con la OTAN, ha venido aquí a asustarnos como si fuéramos niños de colegio. Y el señor Lucas, un especialista en movimientos terroristas islámicos, que pertenece a la Agencia Antiterrorista y de Seguridad Americana, es un alarmista. ¡Por favor, Ovidio! ¿Qué le pasa?

Ovidio Sagardía estuvo tentado de volver a bajar la cabeza y no responder a la pregunta directa del cardenal. Pero sabía que éste no se conformaría y que le insistiría hasta que le dijera la verdad.

—Su eminencia sabe bien lo que me pasa: quiero dejar todo esto, necesito encontrarme conmigo mismo, pero sobre todo, reencontrarme con Dios.

Los dos hombres guardaron silencio mirándose a los ojos fijamente, leyendo cada uno en los del otro.

—Usted sabe que dentro de unos días me voy, que he logrado que me destinen a una parroquia. Es lo que quiero, ser un párroco de barrio, ayudar a la gente, sentirme útil, vivir de acuerdo con el Evangelio…

Calló ante el gesto del cardenal. Se sentía perdido porque sabía que nada de lo que dijera conmovería la determinación férrea de aquel príncipe de la Iglesia.

—Lo siento, Ovidio, su parroquia tendrá que esperar al menos hasta que regrese monseñor Pelizzoli. Antes de llamarle he consultado con él y cree que es la persona adecuada para encargarse de este trabajo. Él confía en usted más de lo que usted confía en sí mismo. Es un sacerdote, un jesuita, un soldado de Dios y se debe a la Iglesia. La obligación de un sacerdote es servir donde la Iglesia nos pide que lo hagamos; no se trata de lo que queremos, sino de lo que debemos y a quién nos debemos. Usted tiene un talento extraordinario para el análisis, lo tiene también para investigar, para fundirse con el paisaje. Son dones que Dios le ha dado y que no le pertenecen. Hasta ahora los ha puesto al servicio de la Iglesia; no abandone, Ovidio, no lo haga ahora.

—Sólo quiero ser un sacerdote.

—Es lo que es, un sacerdote en primera línea de batalla. Un jesuita que sabe que no puede hacer lo que quiere sino lo que debe, y ahora quiere huir.

—¡Usted sabe que no huyo! —gritó el sacerdote.

—¡Tiene una crisis! ¡Lo sé! —respondió gritando a su vez el cardenal—. ¿Cree que es el único sacerdote que tiene una crisis y se pregunta qué está haciendo con su vida?

—Yo no me cuestiono el sacerdocio, sino lo que hago, lo que he hecho hasta el momento. No creo haber vivido como nos mandó Nuestro Señor Jesucristo.

El cardenal supo que había perdido y que si en ese instante intentaba doblegar al hombre perdería al sacerdote para siempre.

—Bien, ¿quién podría encargarse de esto?

—Quizá Domenico. Además es un experto en el islam y, si todo esto tiene que ver con un grupo de islamistas, él es el más adecuado.

—Le diré al Santo Padre que se va; querrá verle, ya sabe cuánto le aprecia.

—Gracias.

—¿Gracias? No, no me dé las gracias, no me ha dejado otra opción.

—¿Por qué cree que el cura se mostraba tan renuente? Nos ha tratado como si fuéramos unos locos que nos hemos presentado en el Vaticano a contar una historia de ovnis.

—Sí, ha estado muy desagradable —respondió Lorenzo Panetta—, aunque supongo que tendrá que hacer lo que le manden.

—El Vaticano es impresionante —dijo Matthew Lucas—. Nunca imaginé que iba a poder verlo por dentro, me refiero a algo más que la basílica o los museos. El cardenal también me ha impresionado.

—Es un personaje importante en la nomenclatura de la Curia; aunque no se encarga directamente de la inteligencia vaticana, se puede decir que toda la información llega hasta su despacho.

—¿Inteligencia vaticana?

—Comandante, ¿en qué escuela se ha formado? ¿No sabe que el Vaticano cuenta con uno de los mejores servicios de información que hay en el mundo? Nada se escapa a sus oídos, pero son muy celosos de la información que obtienen. Si nos ayudan, nos resultará más fácil.

—Usted se ha empeñado en que nos pueden ayudar, ¿por qué? ¿Sólo porque en un trozo de papel pone «Santo» y en otro «Dios de Roma»?

—Ése sería un motivo suficiente, pero además… verá, tengo la impresión de que hay mucho más de lo que somos capaces de imaginar y de ver, y que necesitamos a esos curas para que nos ayuden.

—Pues usted es el único que lo cree. En Bruselas no todos están de acuerdo en que había que meter en esto al Vaticano.

—¿Sabe? Hay una enorme diferencia entre los políticos y los analistas que nunca han salido de un despacho, y quienes como yo han estudiado en la calle.

—¿Estudiado?

—Me he hecho en la calle, persiguiendo delincuentes. Le aseguro que sé cuándo en un caso hay algo más de lo que se ve.

—Pero usted lleva muchos años siendo… bueno, un alto cargo.

—Sí, pero mire mis manos y mire las suyas.

—¿Para qué?

—Las suyas son de oficinista, las mías… bueno, qué más da. Tengo una corazonada, pero en todo caso no perderemos nada si los cerebros del Vaticano nos ayudan.

—Confío más en la ayuda que nos puedan prestar expertos de verdad. ¿Llegará a tiempo para la reunión?

—Mañana por la tarde estaré en Bruselas para participar en la maldita reunión. Espero que la policía alemana nos mande alguna información más y que sus amigos de la CIA no se lo monten de estrechos y nos informen si tienen algo de esos estúpidos en sus archivos.

—¿De quiénes?

—De los suicidas, Matthew, de los suicidas.

—Yo no diría que eran unos estúpidos, la prueba está en que lograron volar un cine en el centro de Frankfurt, con bombas suministradas por el inevitable Karakoz; últimamente aparece en todas las salsas.

—Los terroristas pagan bien y al contado, por eso venimos tropezando con Karakoz. A éste sólo le interesa el dinero. Es un ser repugnante.

Lorenzo Panetta aparcó el coche en la terminal A del aeropuerto de Fiumicino. Matthew Lucas bajó del coche llevando en la mano una pequeña bolsa. Los dos hombres se despidieron con un «hasta mañana».

Al día siguiente se verían en la «reunión de crisis» convocada por el director del Centro de Coordinación Antiterrorista de la Unión Europea. Lorenzo Panetta era el subdirector de dicho organismo y uno de sus más brillantes analistas.

4

Mohamed Amir se sentía mareado. Además de miedo tenía hambre y sed. No sabía si la policía alemana le pisaba los talones o si le daban por muerto con el resto de los hermanos que se habían inmolado con el nombre de Alá en los labios.

Los cristianos dirían que se había salvado milagrosamente. En realidad, había sido así. Temiendo que la policía fuera a asaltar la casa, su primo Yusuf le había pedido que fuera al baño y quemara todos los papeles, y eso estaba haciendo cuando escuchó la voz de un policía que los conminaba a salir con los brazos en alto. Escuchó a Yusuf ordenándole que se marchara; no recordaba cómo lo había hecho, pero lo cierto es que abrió la ventana del baño, saltó a la cornisa exterior y de ahí, deslizándose por una gruesa cañería, logró llegar a la cornisa del piso inferior. Sabía que en uno de los apartamentos vivía un matrimonio que a esa hora estaría trabajando, aunque en realidad la policía había ordenado desalojar el edificio y probablemente no encontraría ni un alma en ninguno de los apartamentos. Tuvo suerte: empujó la ventana y ésta se abrió. No le costó deslizarse al interior del piso, aunque temiendo que la policía pudiera encontrarse en su interior. Pero no había nadie, de manera que buscó dónde esconderse. Después escuchó la explosión; los gritos y el humo inundaron el edificio. Yusuf y los hermanos habían preferido inmolarse antes que caer en manos de la policía. Eran unos mártires de los que el Círculo se sentiría orgulloso.

Por un momento se sintió confuso y con miedo, temiendo que en cualquier momento un policía le detuviera, pero milagrosamente no sucedió nada. Sabía que a media tarde llegarían los dueños del apartamento, si es que la policía no avisaba antes a todos los vecinos de la explosión. Si para ese momento aún no se había marchado la policía, él se encontraría en peligro, pero todavía faltaban unas cuantas horas, de manera que sólo debía esperar en silencio.

El escondite elegido le recordaba a los juegos de su infancia. Se había metido debajo de la cama del matrimonio, y hasta allí le llegaban los ruidos y los gritos del exterior.

¿Cómo les habían encontrado? ¿Quién les había traicionado? ¿En quién podía confiar si lograba salir del apartamento?

Esperaba que hubieran ardido todos los papeles, de manera que hubieran quedado borradas todas las pistas que conducían hacia otros hermanos y sobre todo a aquellos que, ¡Alá les protegiera!, contribuían a su causa sagrada.

Su primo Yusuf era el jefe de la célula y a esa hora estaría sentado junto a Alá disfrutando del Paraíso. Sonrió imaginando a Yusuf rodeado de bellas huríes. Había muerto como un mártir y sus padres se sentirían orgullosos de él. Les iría a visitar en cuanto pudiera, si es que salía con vida de aquel apartamento.

Las horas se le hacían interminables, pero no se atrevía a moverse de debajo de la cama. Hasta allí le llegaba amortiguado el ruido de las sirenas, los gritos, las órdenes…

Eran las seis cuando escuchó el ruido de la puerta. Salió arrastrándose de debajo de la cama. Escuchó la voz de la señora Heinke, que parecía estar hablando por el móvil. Contaba a alguien lo sucedido, aunque afirmaba que afortunadamente ya se habían llevado los restos de los cuerpos de los terroristas del apartamento de arriba, y que en ese momento la calma parecía haber vuelto al edificio. Se quejaba de que nadie la hubiera avisado con antelación de lo sucedido cuando podía haberse quedado sin casa, y relató con todo tipo de detalles que a esa hora los vecinos estaban regresando a sus casas y en la calle había dos coches de la policía haciendo guardia. Su marido —explicaba a su interlocutor— estaba de viaje y no llegaría hasta la tarde del día siguiente, de manera que la tranquilizaba que la policía custodiara el lugar.

Mohamed Amir se dijo que tenía suerte. No le sería difícil reducir a aquella mujer, una señora de mediana edad, delgada y asustadiza. Sólo tenía que encontrar el momento oportuno para que ésta no tuviera tiempo de dar la alarma.

La señora Heinke se entretuvo en el salón y luego en la cocina; hasta mucho después no se dirigió a la habitación donde, al entrar, una mano fuerte le tapó la boca. Después cayó al suelo sin conocimiento por el efecto de un puño que se estrelló en su sien. Cuando recobró el sentido tenía los ojos tapados con un pañuelo, y otro metido en la boca le impedía emitir el más mínimo sonido.

Su marido la encontró veinticuatro horas después en un estado cercano a la demencia; la policía no fue capaz de lograr que les contara cómo era su agresor.

En realidad el señor Heinke se había cruzado en el portal con Mohamed Amir, pero no había prestado atención al joven, de manera que tampoco pudo aportar pista alguna a la policía, que llegó a la conclusión de que uno de los miembros del comando había logrado escapar y, tras esconderse en la casa de los Heinke, había salido tranquilamente a la calle.

El apartamento de los suicidas estaba situado en un barrio popular, Sachsenhausen, en la ribera meridional del río Main. Un lugar pintoresco, con las calles empedradas y un buen número de sidrerías.

Huyendo del lugar de la explosión, Mohamed Amir se había encaminado al Barrio Rojo, en el centro de Frankfurt, cerca de la estación de ferrocarril, una zona que procuraban evitar los ciudadanos de bien, donde resultaba fácil surtirse de las drogas más avanzadas.

Mohamed se había parado ante una tienda de electrodomésticos, no porque le interesara lo que se exponía en el escaparate, sino para ver a través del cristal si alguien le seguía. No quería llamar la atención pero estaba exhausto. Tenía que tomar una decisión aun sabiendo el riesgo que no sólo correría él, sino que haría correr a su vez a otros hermanos. No tenía muchas alternativas: tenía que salir de Frankfurt y necesitaba ayuda, de manera que intentaría seguir al pie de la letra las recomendaciones de Yusuf y se cercioraría de que nadie le seguía antes de acercarse a la casa del cuñado de su primo. Cuando comprobó que nadie parecía reparar en él cruzó la calle, entró con paso rápido en el portal y subió de tres en tres las escaleras hasta el segundo piso.

Dudó unos segundos; no sabía cuál era la puerta a la que tenía que llamar y al final pulsó el timbre de la puerta de en medio.

Tardaron en abrir, aunque Mohamed tenía la impresión de que alguien le examinaba a través de la mirilla. No supo de dónde había salido, pero de repente sintió la fría hoja de una navaja sobre los riñones.

—¿Qué quieres?

El hombre le hablaba en árabe, por lo que a pesar de que el miedo le atenazaba, se sintió más tranquilo.

—Buscó a Hasan —dijo en voz baja sin atreverse a hacer ningún movimiento, clavando los ojos en la puerta que permanecía cerrada.

—¿Quién eres?

—Mohamed, el primo de Yusuf. Conozco a Hasan, él te puede decir quién soy.

—¿A qué has venido?

—Necesito ayuda.

—¿Por qué?

—Eso se lo diré a él.

De repente la puerta se abrió y el hombre que tenía a su espalda le empujó dentro. Durante unos segundos perdió el sentido de la orientación porque todo estaba oscuro a su alrededor;

luego sintió que dos manos le agarraban y le volvían a empujar con tanta fuerza que se cayó al suelo.

—¡Levántate!

Sintió alivio al reconocer la voz de Hasan y torpemente se incorporó. Alguien encendió la luz y se vio en medio de una sala donde, además de Hasan, le observaban seis hombres. Uno de ellos llevaba una enorme navaja en la mano y supuso que era el que le había interrogado en el umbral.

Mohamed aguardó a que Hasan le hablara. Sentía un respeto reverencial por aquel hombre, el más sabio de cuantos había conocido nunca. A él le debía haber podido estudiar en una madrasa en Pakistán. Allí había encontrado un sentido a su vida, abandonando para siempre su pretensión de convertirse en un occidental. Durante años había soñado con poder fundirse con Granada, su ciudad, pero no lo había conseguido. Era diferente, diferente a aquellos estúpidos compañeros suyos de clase. Era diferente porque sus rasgos le delataban. «Moro», le llamaban con desprecio algunos españoles, otros le trataban con deferencia, pero no era más que la cortesía con que se distingue a quien es diferente.

Pensaba que quienes estaban fuera de lugar eran aquellos que se burlaban de él.

Había estudiado en la escuela pública, y después con becas; primero en el instituto y más tarde en la universidad. Con una beca Erasmus había recalado en Alemania, en Frankfurt, donde vivían sus tíos y su primo Yusuf, que era quien le había presentado a Hasan, el imam que les alumbraba dándoles esperanza. Yusuf se había casado con la hermana pequeña de Hasan, una mujer que le llevaba a su primo unos cuantos años y que le había dado dos hijos.

La esposa de Yusuf no era demasiado agraciada, pero a su primo tanto le daba; para él era un honor emparentar con el imam de su cerrada comunidad.

Fue Hasan quien le enseñó a dejar de sentir desprecio por sí mismo y a trasladarlo a los infieles. También fue él quien le abrió los ojos al Corán, y quien le apartó de una vida sin sentido, en la que las mujeres y el alcohol eran una constante.

Las mujeres... aquellas compañeras de estudio para las que el sexo significaba menos que sonarse la nariz.

Cuando terminó sus estudios de Turismo viajó con Yusuf a Pakistán y allí fue donde se comprometió a formar parte del ejército silencioso, que esta vez sí acabaría con los cristianos y su decadente civilización. Tan decadente que no se daban cuenta de cómo estaban ellos aprovechando los resortes de sus corrompidas democracias para infiltrarse a la espera del día en que les arrancarían a todos el corazón.

—Has sido un imprudente viniendo aquí. La policía alemana te busca, la Interpol te busca; en realidad te buscan todas las malditas agencias de seguridad de Europa.

—Yusuf me dijo que viniera si me veía en dificultades.

—¡Yusuf! —susurró el imam—. A estas horas está con Alá disfrutando del Paraíso, ¿cómo no estás con él?

—Pude escapar. Salté por una ventana y me metí en el apartamento de abajo. Nadie me buscó allí.

—¿Por qué estás vivo? —insistió el imam.

—Yusuf me ordenó que quemara los papeles, y eso estaba haciendo cuando se produjo el asalto de la policía. En ese momento mi primo y los hermanos mártires accionaros los explosivos que llevaban pegados al cuerpo y... volaron.

—¿Y tú por qué no lo hiciste?

—A mí no me dio tiempo a colocarme la carga, estaba quemando los papeles y... bueno, actué instintivamente, huí.

—Huiste —afirmó Hasan con dureza—, ¿y qué quieres?

—Que me ayudes a escapar.

—¿Dónde quieres ir?

—¿Dónde crees que debo ir? —preguntó Mohamed con humildad bajando la cabeza.

—Deberías estar en el Paraíso, ése era el lugar, aquí eres un problema.

Mohamed Amir no se atrevió a levantar los ojos del suelo y aguardó al juicio del imam.

Hasan se paseaba de un lado a otro de la habitación mientras el resto de los hombres aguardaba, lo mismo que Mohamed, en silencio, a la espera de su sentencia.

—Puesto que vives, te harás responsable de la esposa de Yusuf; tiene dos hijos y necesita un hombre que cuide de ellos. Luego… os iréis a al-Andalus. Allí os podéis esconder. ¿Tu padre sigue viviendo allí?

—Sí… mis padres están en Granada, y mis hermanos también…

—Bien, volverás con los tuyos junto a tu esposa e hijos.

Sabía que no podía replicar al imam a pesar de la oleada de repugnancia que notaba en la boca del estómago. Tomar por esposa a la mujer de su primo, más que una obligación para con Yusuf, se le antojaba un castigo divino.

Fátima, la hermana de Hasan, esposa de Yusuf, estaba demasiado gruesa para el gusto de Mohamed y había cumplido los cuarenta años, mientras que él tenía treinta. Se sintió hundido, pero inmediatamente rechazó aquel pensamiento sobre la esposa de un mártir. Para él sería un honor convertirla en su esposa, tal y como le ordenaba el imam. Además, eso significaba emparentar con Hasan, y aquello sí que era un privilegio.

—¿Ahora qué debo hacer? —preguntó con cierto azoramiento.

—Te irás a casa de un hermano. Allí estarás a salvo hasta que te preparemos papeles y la manera de salir de aquí para que regreses a España. Antes te desposarás con Fátima. Y ahora, cuéntanos todos los detalles de lo sucedido. Vuestra acción ha supuesto un duro golpe para los alemanes. Están asustados, tanto como los norteamericanos y los ingleses. Saben que no pueden dormir tranquilos, que estamos por todas partes. Pero no nos ven porque no nos pueden ver, su sistema les impide vernos.

5

El padre Domenico observaba de reojo a Ovidio Sagardía mientras discutía con monseñor Pelizzoli.

El obispo intentaba convencer al sacerdote para que aplazara su ansiado plan de regresar a España, a una parroquia en Bilbao, como coadjutor de otro sacerdote, jesuita también y a punto de jubilarse.

—¿Qué crees que significa «correrá la sangre en el corazón del Santo…»? —preguntaba malhumorado el obispo al padre Ovidio.

—Pues no lo sé, no lo he pensado. Lo siento, no tengo la cabeza aquí —confesó Sagardía.

—¡Pero tienes obligaciones aquí! —afirmó con tono severo monseñor Pelizzoli—. ¡Vamos, Ovidio, estás actuando como un niño! ¿Dónde está el sacerdote? ¡Aplaza tu viaje! ¡Estamos preocupados! El Santo Padre está inquieto por todo esto, cree… cree que hay algo, algo oscuro que se cierne, una amenaza. Sabes que la Iglesia vive momentos de zozobra, que tenemos demasiados enemigos; necesitamos estar unidos y, sobre todo, que nuestras mejores cabezas no se vayan, que nos ayuden a pensar, a afrontar los problemas.

—No hay nada que yo pueda hacer que no puedan hacer Domenico y el resto del equipo —insistió con terquedad Ovidio Sagardía.

—Ovidio, no me gusta tener que decirte esto pero… He hablado con tus superiores, con el prepósito de la Compañía de Jesús, les he explicado que te necesitamos y…

—¡Dios Santo! Pero ¿qué es esto? Sólo soy un sacerdote, no soy nadie, ¡nadie!

—Eres un hombre inteligente, una de las mejores cabezas que tenemos. Un analista extraordinario, alguien que en otras ocasiones ha demostrado saber encontrar una aguja en un pajar, y nos enfrentamos a un pajar inmenso, no sabemos por dónde empezar, no encontramos sentido a todo esto, ni nosotros, ni los expertos en la lucha antiterrorista de la Interpol, ni del Centro de Coordinación Antiterrorista de la Unión Europea. Estamos a ciegas, todos. Sólo te pido que pienses, que analices esta información.

Iba a decir que no, pero le interrumpió un golpe seco en la puerta como preludio de la aparición del secretario del obispo.

El secretario se acercó a monseñor Pelizzoli sin prestar atención a los dos sacerdotes. Ambos salieron de la estancia sin molestarse en dar explicaciones a sus interlocutores.

—No te entiendo, Ovidio —le dijo el padre Domenico—, pareces un niño enrabietado, tu actitud no se corresponde con lo que has sido.

—¿Y qué he sido, Domenico? Dime tú qué he sido. Digo misa a solas, no he tenido la oportunidad de ser un pastor, un verdadero pastor que ayude a sus semejantes. ¿Tan extraño te resulta que quiera hacer un alto en el camino y ejercer el ministerio al que me consagré?

—Has servido bien a la Iglesia, has sido capaz de iluminarnos cuando estábamos a oscuras, y cuidaste de Su Santidad…

Ovidio le interrumpió con un gesto cansado.

—¿Cuidado? ¿Dices que supe cuidar del Papa? Nunca me perdonaré que estuviera a punto de perder la vida precisamente porque no hice bien mi trabajo. Yo me sentía ufano porque me habían destinado a la coordinación del servicio de seguridad del Santo Padre, y pequé de soberbia. No pude evitar que Ali Agca atentara contra su vida. Tengo pesadillas en las que veo al Papa caer muerto delante de mí.

—El Santo Padre nunca te reprochó nada, siempre te distinguió con su afecto, y en el Vaticano continúan confiando en ti.

—Así es —afirmó el obispo Pelizzoli, que había vuelto a entrar en la estancia sin que ninguno de los dos sacerdotes se percatara de su presencia—. Ovidio, te esperan en la secretaría de Su Santidad. ¡Ahora!

Cuando el sacerdote abandonó la estancia, monseñor Pelizzoli suspiró. Apreciaba sinceramente a aquel jesuita que había conocido años atrás. El padre Aguirre le recomendó para trabajar en el discreto departamento que la prensa sensacionalista calificaba de «Servicio Secreto del Vaticano». En realidad, él y sus colaboradores se dedicaban a recoger y analizar información de todas las partes del mundo para ayudar a la Secretaría de Estado, y por ende al Santo Padre, a tomar decisiones terrenales y a comprender el porqué de las muchas cosas que pasaban cada día en el exterior de los muros vaticanos.

No hacían nada extraordinario en aquel departamento de análisis, aunque a veces el propio Ovidio bromeaba y decía que pertenecían al «Servicio Secreto de Dios». A él le hubiera gustado estar tan convencido como lo estaba el padre Aguirre de que aquel departamento realmente era útil, porque en algunas ocasiones, y sin que trascendiera a la opinión pública, habían realizado labores de mediación en conflictos que parecían irresolubles.

Se trataba, según el viejo jesuita, «de intentar evitar que se derrame sangre inocente».

Al obispo Pelizzoli siempre le había llamado la atención la importancia que para el padre Aguirre tenía aquella crónica de un tal fray Julián, que él había leído a instancias de su maestro, pero reconocía que nunca le había producido la emoción que parecía producirle a él.

«Esta crónica me cambió la vida», solía decirle el padre Aguirre. Él no terminaba de comprenderlo, por más que respetaba al viejo jesuita que había dedicado su vida a mediar en conflictos que parecían ser imposibles de solucionar.

El obispo despidió al padre Domenico y se quedó solo, ensimismado, leyendo una vez más aquellas frases incoherentes que se habían salvado del fuego. Pensó que nada es casual y que si unos trozos de papel no habían sido devorados por el fuego era porque la Divina Providencia así lo había querido. Pero ¿por qué? Los servicios secretos italianos, y sobre todo la Interpol y el recién creado Centro de Coordinación Antiterrorista de la Unión Europea dedicado casi en exclusiva al terrorismo islámico, creían que el Vaticano podía arrojar alguna luz sobre el asunto, precisamente por algunas de las palabras y frases rescatadas del fuego. Pero ¿dónde estaba el hilo conductor? Llevaban dos días intentando desentrañar el misterio y no veían la luz; sabía que necesitaba la mente especulativa de Ovidio, la imaginación desbordante de aquel jesuita, capaz de hacer elucubraciones insólitas que luego, por lo general, resultaban acertadas. Sólo le cabía esperar que el sacerdote regresara de las estancias privadas del Santo Padre y no se le ocurrió mejor remedio que rezar pidiendo a Dios que domeñara la testarudez del jesuita vasco.

* * *

—No es tan difícil.

Todas las miradas se clavaron en la mujer que acababa de decir aquella frase rotunda.

—¿No es tan difícil? —preguntó entre irritado y curioso Lorenzo Panetta, subdirector del Centro de Coordinación Antiterrorista de la Unión Europea.

—Bueno, no quiero decir que sea fácil, pero no me parece imposible. Por lo menos tenemos una pista. Déjenme unos segundos para ver si estoy en lo cierto…

Matthew Lucas disimuló una sonrisa. Allí estaban desde hacía una semana devanándose los sesos una docena de los mejores analistas europeos y norteamericanos sobre movimientos terroristas islámicos y de repente Mireille Béziers, una recién llegada, «la enchufada», sobrina de un general francés destinado en el cuartel general de la OTAN en Bruselas, aseguraba que el enigma de esas palabras y frases sueltas rescatadas entre los papeles quemados de los terroristas muertos no era tan difícil.

Ni siquiera en el Vaticano el padre Domenico había llegado a una conclusión, de manera que aquella chica no iba a darles una lección.

Mireille Béziers llevaba tres años trabajando en el Centro, rotando por distintas secciones, y hacía dos días que la habían asignado al departamento de Análisis. Al parecer, la chica había presionado lo suyo para que la dejaran entrar en el *sancta sanctorum* del Centro, y lo había conseguido.

Tendría unos treinta años y un buen expediente académico. Licenciada en Historia, hablaba perfectamente árabe, razón por la que su importante tío había logrado enchufarla en el Centro.

Su padre era diplomático, y la chica había vivido sus primeros años de vida en Siria; de allí pasó al Líbano, Israel, Yemen, Túnez... hasta que regresó a Francia para hacer sus estudios universitarios. Su tío decía de ella que no sólo hablaba árabe a la perfección sino que «pensaba» como si fuera árabe, tanto les conocía.

El jefe Hans Wein y el subdirector Lorenzo Panetta la habían aceptado a regañadientes. No necesitaban más analistas, comentaban, y menos a una treintañera sin experiencia. Su resistencia fue inútil; al final la habían trasladado desde su último destino, el archivo, al departamento de Análisis, y allí estaba.

—¿Y bien? —insistió Lorenzo Panetta—. ¿Ya ha encontrado la piedra filosofal?

Todos intercambiaron sonrisas cómplices por la ironía del subdirector, pero Mireille no pareció darse por aludida. Miraba con seriedad la transcripción de las palabras rescatadas en Frankfurt: Karakoz, Sepulcro, Cruz de Roma, Viernes, Saint-Pons...

—Saint-Pons puede ser… ¿Saint-Pons-de-Thomières? —aventuró la joven.

—¿Y por qué? —quiso saber Lorenzo Panetta.

—Pues porque si te metes en internet y lo buscas casi todas las referencias son a Saint-Pons-de-Thomières. A lo mejor es una tontería, pero hay nombres que solos no dicen nada, pero relacionados entre sí… Bueno, no sé, quizá como soy de Montpellier…

—¿Sabe, señorita Béziers? Es difícil entenderla.

La voz helada de Hans Wein hizo acallar los murmullos del personal del departamento.

Wein era un buen jefe, pero riguroso y metódico, al que nunca le habían visto reír. No era un hombre que en principio demostrara tener prejuicios, la prueba estaba en que había llegado a integrar en el departamento a un grupo heterodoxo de colaboradores de buena parte de los países de la Unión Europea y con especialidades distintas; entre ellos había abogados, informáticos, historiadores, sociólogos, antropólogos, matemáticos, etcétera. Él buscaba a los mejores para el departamento de Análisis y, eso sí, descartaba la intuición y las corazonadas: exigía que quienes trabajaban con él pensaran y actuaran con lógica.

—Bueno, quiero decir que hay muchas probabilidades de que Saint-Pons sea esta localidad del sudeste francés, un lugar precioso, por cierto. Con Lotario lo tenemos más complicado. Hay un personaje en el *Quijote*… un tal Lotario que pretende a una joven, Camila. También tenemos otros Lotarios, reyes del Sacro Imperio Romano Germánico, allá por el año 800. Los Lotarios se enfrentaron a otros reyes de su época. Se disputaban la herencia carolingia…

—¡Impresionante! —la interrumpió Matthew Lucas con ironía.

Pero Mireille no se dio por aludida y continuó hablando con entusiasmo.

—Otro Lotario importante fue Lotario di Segni, más conocido como el papa Inocencio III. Y… bueno, hay una ópera de

Haendel que se llama así, *Lotario*, de la que los musicólogos dicen que es una pieza un tanto extraña entre las muchas composiciones de este músico genial.

Se hizo un silencio espeso. Hans Wein clavó su mirada azul de acero en los ojos de Mireille hasta hacerla enrojecer. Lorenzo Panetta carraspeó nervioso y la mayoría de los miembros del equipo parecieron ensimismados en sus respectivos ordenadores, sin levantar la vista. Todos menos Matthew Lucas, que se puso de pie y aplaudió.

—¡Bravo! Muy imaginativa. Pero ¿sabe que estamos investigando a un grupo islamista? Los hombres que se suicidaron en Frankfurt lo hicieron al grito de «¡Alá es grande!».

—Lo sé… —se defendió ella—, pero aun así, estos nombres…

—Mireille, estas cosas suelen ser más complicadas.

Laura White, la mujer que acababa de hablar, era la asistente de Hans Wein. El director del Centro no daba un paso sin ella y, aunque poco dado a los elogios, solía felicitarse por contar en su equipo con ella.

—Usted lo único que ha hecho es buscar en internet —afirmó con tono de enfado Matthew Lucas—, y nos lee lo que ha encontrado en la red como si hubiera hecho un descubrimiento. ¿A qué cree que nos dedicábamos antes de que usted llegara?

—Bueno… era una manera de empezar —se defendió Mireille.

Hans Wein se dio la media vuelta y se dirigió a su despacho. Llevaba la irritación dibujada en el rostro, preámbulo de la tormenta que se avecinaba en el departamento.

Lorenzo Panetta y Laura White le siguieron hasta el despacho. Lorenzo pensaba que había sido un error incorporar a Mireille al caso de Frankfurt; deberían haberle dado otro cometido. Lo peor era que el error había sido suyo, porque fue él quién le dijo que se uniera al grupo que se encargaba de los suicidas de Frankfurt.

Una vez dentro del despacho Hans Wein se despachó a gusto.

—¡Esa chica es una estúpida! ¡Quiero que se vaya! ¡Ya! ¡Ahora mismo! Llama al departamento de Personal y que se la lleven a donde quieran. Si es necesario, hablaré con el comisario de Interior de la Unión, con el presidente de la Comisión Europea, ¡con quien haga falta! ¡Por Dios! Que le den un empleo, pero no en «mi» departamento.

—Sí, tendremos que hacer algo, la chica está muy verde para trabajar aquí, aunque lleva un tiempo en la casa y al menos es de confianza —dijo Lorenzo Panetta.

—¡Mi mujer también es de confianza y no trabaja aquí! —gritó Hans Wein.

—¡Vamos, cálmate! Gritando no lograremos nada. Hablaré con personal, pero primero deberíamos sugerirle a ella que pida el traslado. No vamos a provocar una crisis a causa de esa chica. Ya sabes cómo son los políticos: se deben favores entre ellos, y el que la colocó en el Centro es porque debe un favor a alguien de la OTAN, de la Comisión Europea o vete tú a saber, de manera que no podemos despedirla sin más. Por otra parte, a pesar de que ya sabemos que la llaman «la enchufada», en esta casa la mayoría ha entrado con algún tipo de enchufe, y la chica tiene buen expediente, no ha trabajado mal allí donde ha estado.

—No hagas de abogado del diablo —le espetó su jefe.

—No creo que debamos de preocuparnos más de lo necesario —intervino Laura—, es evidente que a Mireille le falta experiencia, pero no es tonta, quizá un poco ingenua. Pero si no os gusta, lo mejor es que solicitemos su traslado.

Ajeno a los carteles de PROHIBIDO FUMAR que había por todo el edificio, Hans Wein encendió un cigarrillo. O fumaba o saldría a despedir él mismo a la Béziers.

Lorenzo aprovechó para encender a su vez un cigarrillo. También él lo necesitaba, y se lamentó de tener que fumar a escondidas en aquel edificio, lo mismo que hacían la mitad de los que trabajaban allí. Fumar se había convertido casi en un delito; todo por preservar la salud, aunque él opinaba que la moda de lo políticamente correcto se estaba convirtiendo en una dictadura de lo políticamente correcto.

Las diatribas contra Mireille, lo mismo que aquellos cigarrillos fumados clandestinamente en el despacho del jefe, eran una válvula de escape; ambos sabían que les iba a resultar difícil quitarse a la chica de encima.

Laura abrió una ventana para que el humo se perdiera entre la neblina de la mañana. Ella también fumaba, aunque menos que su jefe.

—Indague con discreción qué puestos hay en la casa en donde podamos encajar a la señorita Béziers —le pidió Hans Wein.

—Lo haré —respondió mientras salía del despacho.

—Laura vale mucho —dijo Lorenzo Panetta.

—Sí, es una suerte contar con ella. Además, no es ambiciosa y le gusta el trabajo —respondió Hans Wein.

—¿Por qué dices que no es ambiciosa?

—Porque una licenciada en Ciencias Políticas que habla cuatro idiomas podría optar a otro puesto que no fuera el de mi asistente, y si lo solicitara, moralmente me vería obligado a apoyarla.

—Sí, tienes razón, es una suerte que podamos contar con Laura.

6

El piloto anunció que en diez minutos aterrizarían en el aeropuerto de Sondica. Ovidio colocó cuidadosamente en la cartera los papeles que le habían mantenido absorto durante el vuelo a Bilbao.

El secretario del Papa le había pedido que ayudara a resolver el misterio que parecía anidar en aquellas frases que se habían salvado del fuego en Frankfurt. No importaba desde dónde lo hiciera; para pensar no necesitaba estar en el Vaticano. Sólo le pedían que pensara, que dedicara una parte de su tiempo a ayudar a desentrañar aquellos restos de papel quemado. Nada le impedía hacerlo desde su nuevo destino en aquella parroquia situada en un barrio nuevo que crecía junto al Gran Bilbao. Allí le aguardaba el padre Aguirre, en realidad la persona más importante de su vida, el hombre que le había descubierto su vocación sacerdotal y que le había ayudado a ser alguien en la vida, a tener una carrera en el Vaticano.

Cerró los ojos para intentar recordar mejor los rasgos de aquel sacerdote ya anciano y que un día, al igual que él hacía ahora, dejó el Vaticano para volver a su tierra a predicar entre los suyos.

Él se había hecho jesuita por el padre Aguirre, había ido a Roma para estar cerca del que consideraba su padre espiritual, y se había puesto en sus manos permitiendo que dirigiera su vida sacerdotal, encauzándola primero hacia la diplomacia vaticana, luego…

luego hacia aquella tercera planta del Vaticano donde estaban instaladas unas oficinas sobre las que la prensa solía fantasear. En realidad se dedicaban al análisis de cuanto sucedía en el mundo, y también coordinaban la seguridad del Papa y de la Iglesia.

El padre Aguirre había cumplido ya ochenta y cuatro años, aunque aparentaba unos cuantos menos. Alto, delgado, erguido, a pesar del reuma que le provocaba un dolor permanente en la espalda, con la mirada azul y el cabello níveo, el anciano jesuita esperaba impaciente a su discípulo.

Los dos hombres se abrazaron con emoción. El maestro y el alumno se reencontraban en su tierra, tantos años después, y tenían mucho que contarse.

Siempre había temido que Ovidio terminara adoptando aquella decisión pero no tan pronto; era el porqué del momento lo que intrigaba y preocupaba a partes iguales a aquel viejo jesuita avezado en el conocimiento de las almas atormentadas.

—Vamos, te llevaré a casa. Deseamos que te sientas cómodo, te hemos preparado un cuarto espero que a tu gusto, aunque vivimos modestamente. Mikel está deseando conocerte. Es un buen sacerdote, pero es uno de los pocos jesuitas que no ha sentido la llamada de irse a otros lugares; cree que aquí hay mucho que hacer. Ha trabajado en la Naval hasta que cerraron el astillero y ahora da clases de religión en un colegio. Tiene artrosis, como yo.

—Estaré muy bien, estoy seguro. Y... bueno, quiero darle las gracias por acogerme, por haberme ayudado a que me permitieran venir. Sé que no ha sido fácil.

—El Santo Padre te aprecia y él es ante todo un pastor que quiere lo mejor para los suyos; no creas que me ha costado tanto que comprendieran que debían dejarte venir, aunque ya sabes que no estoy de acuerdo con tu decisión, creo que te equivocas, pero te has comprometido a terminar un trabajo y debes hacerlo.

—Lo haré. Es un asunto muy extraño, y lo que sugiere es... bueno, la verdad es que no había leído los papeles hasta que me subí al avión que me traía aquí. Ni siquiera el día que me los entregaron, ni en las conversaciones con mis superiores me di realmente cuenta de lo extraño de esos papeles. Espero que pueda ayudarme…

—No debo verlos. Es un secreto vaticano, y tú tienes un compromiso de silencio.

—¡Vamos! Usted tiene el mismo compromiso que yo. Es de la oficina…

—Era… aunque hay lugares de los que uno no se va nunca.

Atravesaron Bilbao para llegar al barrio de Begoña, donde los bloques de casas nuevas se apilaban unos junto a otros con cierta armonía. Ovidio pensó que los barrios obreros ya no eran aquellos lugares tristes de su infancia y se regocijó por ello.

Él había nacido junto a la ría, en una casa donde todos eran tan pobres como su familia. En su memoria predominaba el gris, el gris de la fachada de la casa, el gris plomizo del cielo de Bilbao, el gris del delantal de su madre, de las faldas de sus hermanas, del hierro de la fábrica. El mundo de su infancia carecía de color, o acaso es que todos los colores que él pudiera recordar palidecían ante la explosión cromática que era Italia entera, y más que nada el Vaticano, donde los grandes maestros habían pintado cada rincón ganándose la inmortalidad.

Se dio cuenta de que todo le parecía pequeño, incluso las montañas que se asomaban a través de los bloques de cemento. Pequeño e incluso insípido, pensó, y se arrepintió al momento. Y no porque aquélla fuera la ciudad en la que había nacido, sino porque si empezaba a pensar que lo que le rodeaba no tenía misterio, estaría traicionando a quienes confiaban en él y a sí mismo.

Necesitaba recuperar la humildad perdida durante aquellos años en los que había viajado por medio mundo para velar por la seguridad del Santo Padre y que le había llevado a sentarse con los poderosos, a tratar con quienes manejan los hilos de la política, de la economía, en definitiva, del mundo.

Había almorzado y cenado en demasiados palacios, en demasiados reservados de restaurantes de lujo. Había dormido en camas mullidas y siempre había tenido un coche esperando y un ayudante dondequiera que estuviera.

Sí, había servido a la Iglesia, pero ahora necesitaba servir a los más necesitados de la Iglesia, a quienes habían perdido la fe o a duras penas la mantenían.

Él daba gracias a Dios por no haber dejado de creer, por no albergar en su corazón ninguna duda.

El bloque donde se encontraba la casa tenía cuatro alturas y su arquitectura funcional indicaba que allí vivía gente modesta.

El padre Mikel les esperaba en el portal, inquieto por la llegada del nuevo inquilino. Un romano que, pensaba, no aguantaría mucho tiempo entre ellos, lejos de la magnificencia del Vaticano.

Mikel Ezquerra estaba a punto de jubilarse. Había cumplido los sesenta y cinco años y era párroco de aquel barrio además de dar clases en un colegio cercano. Para él había sido una experiencia, a veces dura, tener que compartir la casa con el padre Aguirre.

Ahora se decía que no sabría pasar sin él, pero al principio desconfiaba de aquel «romano» que había ocupado importantes cargos en la Curia, y se decía de él que era los oídos del Vaticano.

Pero el padre Aguirre se había empeñado en vivir en una casa de barrio con otros jesuitas y no habían tenido más remedio que aceptarle. Él con reticencias, el padre Santiago con satisfacción. Pero el padre Santiago era un tanto peculiar. Durante el día trabajaba en una fábrica de cemento, por las noches componía música y leía a los clásicos en su lengua original. Para el padre Santiago el griego antiguo, el arameo, el árabe o el latín no tenían secretos. Era tan alegre por naturaleza como bondadoso, y a pesar de no ser vasco, sino andaluz, se había adaptado bien a aquella tierra que era la de san Ignacio.

La casa era modesta aunque espaciosa. Un piso con cuatro habitaciones, un comedor, un cuarto de baño pequeño y una terraza. Las habitaciones eran minúsculas, apenas con espacio para una cama, una mesa y una silla y el armario empotrado en la pared. Pero todo estaba limpio, con olor a espliego y lavanda.

—Ha venido Itziar a echar una mano —explicó el padre Mikel—, ya sabes cómo es de servicial. Se ha presentado diciendo que quería poner esto decente para que el nuevo cura no se asustara y se marchara.

—Itziar se encarga de Cáritas en la parroquia; es una mujer muy buena y muy dispuesta, y una cocinera extraordinaria —añadió el padre Aguirre.

El padre Santiago aún no había llegado aunque, según explicó el padre Mikel, nunca regresaba antes de las siete porque comía en la fábrica.

Ovidio deshizo la maleta consciente de la falta de espacio. Se preguntó dónde iba a meter sus libros cuando llegaran de Roma. Se dio cuenta de lo inútil que le serían allí los trajes que llevaba en las dos maletas. Trajes y clergyman, unos cuantos pares de zapatos, camisas… Nada de lo que tenía le iba a servir en aquel barrio donde los hombres trabajaban en las fábricas cercanas y la mayoría de sus mujeres se dedicaban a cuidar de la familia y de la casa, excepto, claro está, las jóvenes.

¿Se adaptaría a vivir allí? Lo había deseado fervientemente, sin escuchar a quienes le pedían que reflexionara. Había llegado a idealizar el cambio que ahora se le hacía realidad. «Humildad —se dijo—, necesito ser humilde.»

Almorzaron los tres juntos, hablando de todo y de nada. El padre Mikel le preguntó por la vida en el Vaticano, asegurándole que al padre Aguirre no le gustaba contar nada de sus largos años pasados en Roma.

¿Cómo era el Papa? ¿Quiénes eran los cardenales con más poder? ¿Conocían el problema vasco?

Ovidio respondía con diplomacia al sinfín de preguntas del padre Mikel ante la mirada divertida del padre Aguirre, hasta que a punto de dar las tres, el sacerdote se despidió de los dos amigos para irse a dar clase al colegio.

—Siento dejaros ya, pero tengo clase hasta las cinco y media; luego voy directamente a la iglesia para oficiar un funeral a las seis. Si no estás cansado, pasa luego por la iglesia; no está lejos de aquí, y así vas conociendo a la gente. A las siete hay una reunión con Cáritas y a las ocho misa.

—Iré —aseguró Ovidio—, estoy deseando empezar.

—Pues mañana podrías decir la misa de las siete, y así Ignacio no tendrá que madrugar.

—¡Me gusta madrugar! —protestó el padre Aguirre.

—Ya, pero deberías cuidarte un poco más. A lo mejor a ti te hace más caso —dijo dirigiéndose a Ovidio—, el médico le ha dicho que se cuide y que descanse, pero hace lo que le da la gana. ¡Ah! Y ya te acostumbrarás, pero no hay día que no relea algo de la crónica de ese fraile hereje.

—Fray Julián —respondió Ovidio con una sonrisa.

—Sí, fray Julián, todos hemos leído el libro y, la verdad, es interesante, pero Ignacio tiene obsesión con él.

Cuando se quedaron solos, el padre Aguirre sacó una botella de orujo y sirvió apenas un dedo en una copa y en la otra un poco más.

—Vamos a celebrar tu regreso a casa, aunque te costará. No, no será fácil; a mí también me costó, incluso hubo un momento en que estuve a punto de regresar porque me ahogaba; además, la soberbia me golpeaba a diario cuando leía los periódicos o veía la televisión, sabiendo que detrás de las noticias siempre hay mucho más de lo que se ve, de lo que se sabe, y me parecía increíble estar fuera de juego. Han pasado años hasta que he domeñado mi soberbia y he logrado sentirme en paz conmigo mismo.

La confesión del padre Aguirre le produjo estupor. El anciano jesuita todavía era capaz de leer en su alma, e intuía la confusión contra la que luchaba en aquel instante.

—Aguantaré el tirón —respondió sonriendo—; al fin y al cabo, lo he elegido yo.

—¿Y por qué? ¿Por qué ahora?

—Por hastío y porque creo que he perdido el rumbo. Elegí ser sacerdote para servir a los demás, y siento que no lo he hecho; si el mensaje de Cristo tiene sentido es viviendo como Él lo hizo ayudando a quienes de verdad lo necesitan. ¿Qué he hecho yo?

—De manera que me reprochas haberte llevado a la tercera planta…

—¡No! ¡No crea eso! Le agradezco todas las oportunidades que me ha dado, lo que me ha ayudado, no me crea desagradecido. Sentiría que me malinterpretara…

—No lo hago. Te entiendo, Ovidio, no imaginas cuánto te comprendo, pero quiero saber el porqué.

—El atentado contra el Papa me hizo sufrir muchísimo; no he dejado de sentirme culpable.

—El Papa nunca te culpó por lo sucedido.

—El Papa era bondadoso con las faltas de todo el mundo. Nunca me hizo el menor reproche y como sentía mi angustia no fueron pocas las ocasiones en las que intentó transmitirme consuelo, pero aun así… Fue como darme cuenta de que estaba inmerso en el mundo terrenal, que nada de lo que hacía tenía que ver con la dimensión espiritual de los hombres. Apenas tenía tiempo para reflexionar, para pensar en Dios, pertenecía a su servicio de inteligencia, pero sin un minuto para sentirme en comunión con Él, para rezar de verdad y no de manera mecánica como lo venía haciendo. Y tiene usted razón, esto me resultará duro, pero le vendrá bien a mi espíritu.

—Rezaremos para que así sea.

Más tarde se dirigieron a la iglesia para encontrarse con el padre Santiago y con el padre Mikel. El primero estaba reunido con unos cuantos jóvenes pertenecientes a Cáritas, mientras el segundo acababa de oficiar el funeral. El padre Mikel le presentó a unos cuantos feligreses y el padre Santiago le dio un fuerte apretón de manos y una palmada en la espalda a modo de recibimiento, para a continuación invitarle a participar de la reunión con los jóvenes y ponerle al día de las actividades que desarrollaba con ellos.

—¿Es usted vasco? —quiso saber una chica.

—Sí, pero hace mucho que me fui —respondió Ovidio.

—¿Y qué opina de lo que pasa aquí? —preguntó un joven alto de aspecto nervioso.

—¿Y qué pasa aquí, en tu opinión?

—Que no nos dejan ser libres —respondió el chico en tono chillón.

—¡Se acabó! —interrumpió el padre Santiago—. Aquí estamos para ver cómo podemos ayudar a los que más lo necesitan del barrio, y en cuanto a que no nos dejan ser libres…

—Usted, como es andaluz, no nos entiende, aunque sea un cura majo —interrumpió otra chica, apenas una adolescente.

—¿Tú crees que por ser andaluz estoy incapacitado para entender lo que pasa aquí? Por lo pronto, lo que pasa es que en nuestro barrio hay un grupo de inmigrantes rumanos que lo están pasando fatal, que malviven en chabolas y tienen a sus hijos sin escolarizar, y para eso estamos hoy aquí, para ver cómo les vamos a ayudar.

—¡Vamos, déjenos hablar con el cura nuevo! —pidió otro joven.

—El cura nuevo está de acuerdo con el padre Santiago —respondió Ovidio— y déjame decirte que no creo que los hombres seamos diferentes por haber nacido en un lugar o en otro, y mucho menos que no podamos entender los problemas en función del lugar de nacimiento. Así que sí, soy vasco, pero me da lo mismo; a mí me importan los seres humanos, no su partida de nacimiento, y mucho menos doy importancia a la mía.

Los jóvenes se le quedaron mirando en silencio, pensando si les gustaba o no aquel sacerdote que decía que poco le importaba ser vasco.

—Y bien, ¿alguien ha logrado hablar con el jefe de ese clan de inmigrantes gitanos de Rumania, tal y como os encargué?

—Sí, yo estuve con él ayer. Menudo tipo raro. Me dijo que estarán aquí hasta que les venga bien, que sus niños no irán a ninguna escuela, que no son católicos, y que lo único que quieren es trabajo —explicó uno de los jóvenes.

—Yo también he estado allí, con las mujeres. Dicen que no van a dejarnos a sus niños, que ellas les enseñan lo que tienen que saber, pero que están dispuestas a aceptar lo que podamos darles. Me pidieron ropa y juguetes —añadió una de las chicas.

—El concejal está enfadado con el alcalde, porque dice que hay que hacer algo y rápido, antes de que sus chabolas se conviertan en un poblamiento estable —dijo una de las chicas.

—Y nosotros, ¿qué creéis que podemos y debemos hacer? —preguntó el padre Santiago.

A partir de ahí se originó una conversación en la que cada cual dio ideas e hizo propuestas, que fueron perfilándose hasta la concreción de un sencillo plan.

Ovidio escuchaba en silencio mientras observaba a aquellos jóvenes y al padre Santiago, por el que había sentido una simpatía inmediata.

Cuando terminó la reunión, los cuatro sacerdotes se dirigieron a su casa, discutiendo sobre los asuntos del día y presentando a Ovidio a algunos vecinos con los que se cruzaban.

Después de cenar el padre Santiago propuso rezar el rosario ante el estupor de Ovidio. De repente se dio cuenta de que hacía muchos años que no lo rezaba y se reprochaba a sí mismo que su imaginación volara mientras repetía los *Ave María*. Definitivamente necesitaba reencontrarse con el sacerdocio.

A las once el padre Mikel dijo que era hora de irse a la cama. Ovidio se sentía cansado y perplejo ante tantas emociones encontradas.

7

Mohamed miró a Fátima sin saber qué decirle y luego miró a los dos niños que aguardaban expectantes a que rompiera el silencio que se había instalado entre ellos. Aquélla era su familia, le había dicho Hasan, comprometiéndole a que les cuidara como a sus hijos y honrara a Fátima.

Fátima, con los ojos bajos, pensaba en qué destino le aguardaría junto a aquel hombre más joven en cuya mirada leía repulsión. Ella sabía que carecía de atractivo, que ningún rincón de su cuerpo agradaría a aquel hombre con el que la habían conminado a desposarse. Se preguntó si la maltrataría o por el contrario haría como su anterior esposo, que se limitaba a yacer con ella cuando se dejaba tentar por el alcohol. Eso había sucedido unas cuantas veces, pero el resto del tiempo ni la tocaba, lo que ella agradecía porque no encontraba ninguna satisfacción en aquellos encuentros íntimos, aunque se sentía agradecida por haber podido concebir dos hijos a los que quería con locura.

Los niños, de cinco y seis años respectivamente, estaban asustados ante aquel hombre que tío Hasan les había ordenado que llamaran y trataran como a su padre.

No comprendían por qué su padre se había ido al Paraíso abandonándoles, dejándoles allí ante aquel otro padre extraño que les daba miedo.

—Mañana nos iremos a Granada, a casa de mis padres. Allí estaremos seguros.

Ni Fátima ni sus hijos respondieron. Sabían que pertenecían a aquel hombre, al que deberían seguir dondequiera que fuera. No obstante, la mujer sintió una punzada de inquietud por lo que el destino pudiera depararle. Allí, en Frankfurt, era alguien, la hermana de Hasan, al que tantos respetaban, pero en Granada… pasaría a depender de su suegra, lo mismo que sus hijos, y esto era lo que más temía: la suerte que pudieran correr los pequeños. Mohamed no lo sabía, pero ella difícilmente le podría dar más hijos puesto que había comenzado a tener los síntomas de la menopausia. ¿Se conformaría su marido con los hijos de su primo?

—Ahora descansad, el viaje no será fácil.

Mohamed Amir salió de la habitación y suspiró. Fátima le desagradaba, de manera que alargaría cuanto pudiera el momento de acostarse con ella. Que la mujer durmiera con sus hijos; ya vería si encontraba el valor suficiente para dormir con ella cuando llegaran a Granada.

Hasan le había asegurado que la policía no sabía quién era el miembro huido del comando. La policía buscaba a un hombre sin rostro, sin identidad, de manera que tenía una oportunidad de salir de Alemania y llegar a España. Viajaría con su propio pasaporte, acompañado de Fátima y sus hijos. En Granada debía incorporarse a una célula de «durmientes» y llevaba instrucciones para ellos.

A Mohamed no dejaba de dolerle el estómago, no sólo por la inquietud que le provocaba el futuro, sino por una frase enigmática que había deslizado entre sus recomendaciones su admirado Hasan: «Pon orden en tu casa para que no tengamos que hacerlo nosotros».

¿A qué se refería? A Fátima no podía ser, se acababan de casar, y hasta ayer mismo había estado bajo la protección de Hasan. Los niños eran demasiado pequeños para tener que ver algo con esa advertencia que más había sonado a amenaza. Y sus padres eran buenos musulmanes. ¿A qué se refería Hasan?

No durmió bien aquella noche, asaltado por la pesadilla que le perseguía desde el día en que huyó de aquel piso de Frankfurt donde se inmolaron su primo y sus amigos. Sentía que él también saltaba por los aires, que estaba muerto, pero detrás de la muerte no le esperaban bellas huríes sino sólo negrura, un inmenso espacio negro por el que giraba hasta sentir náuseas como si de una pelota se tratara.

Cuando se levantó encontró a Fátima cerrando una bolsa en la que había dispuesto alimentos para el viaje. Las maletas estaban cerradas, colocadas junto a la puerta de entrada, y el desayuno servido en la mesa. Los niños estaban sentados, en silencio, temerosos de molestar a aquel hombre al que debían llamar padre.

—Saldremos en media hora —le dijo por decir algo.

La mujer asintió con la mirada y acomodó en la bolsa un paquete lleno de panecillos. Le había escuchado a su hermano Hasan decirle a su nuevo esposo que no salieran antes de las ocho, que procuraran emprender el viaje cuando las calles tuvieran gente y pudieran pasar inadvertidos a los ojos avezados de la policía.

Viajarían en coche hasta España. Un Volkswagen Golf, de los que disponían tantos trabajadores alemanes e inmigrantes. Un coche discreto que no llamaría la atención.

Cuando Mohamed salió del aseo, Fátima se estaba colocando el pañuelo que se le había deslizado por el cabello durante su quehacer. Vestía una chilaba bajo la que llevaba unos pantalones y una blusa de lana gruesa, además de unas botas de lluvia forradas. Los niños estaban enfundados en sendos anoraks de color azul marino y también llevaban unas resistentes botas para la lluvia.

Mohamed les miró diciéndose a sí mismo que aquélla era su familia y que le había jurado a Hasan que les protegería. Suspiró preocupado por la responsabilidad.

—Vámonos.

Abrió la puerta y sin mirar atrás bajó la escalera seguido por Fátima y sus hijos. Sintió que en ese momento comenzaba el resto de su vida.

* * *

Mireille buscó con la mirada un lugar donde sentarse. Los de la oficina no la habían invitado a unirse a ellos para compartir el almuerzo en la cafetería del Centro. Sabía que la llamaban «la enchufada», como si alguno de ellos hubiera llegado allí, además de por sus méritos, sin la recomendación de alguien. No le mostraban ningún aprecio, claro que ella tampoco les tenía simpatía.

No se lo iban a poner fácil; por si fuera poco, ella se había precipitado al hablar esa mañana. No había medido los tiempos. En cualquier caso sabía que a lo de enchufada ahora añadirían que estaba loca o era una excéntrica.

Vio un lugar libre en la esquina de una mesa y se sentó sin fijarse en quién tenía a su alrededor. No tenía hambre, estaba deprimida; se preguntaba si había hecho el ridículo, y eso la humillaba ante sí misma además de ante sus compañeros, y pensaba la manera de resarcirse ante ellos.

—¿Puedo sentarme?

Lorenzo Panetta estaba de pie con una taza de café en la mano. Le sonreía, lo cual la sorprendió.

—Sí, por favor, siéntese.

—La estaba buscando.

—¿Para despedirme?

—¡Vamos, Mireille!

—He metido la pata, lo sé, lo siento. Entiendo que quieran deshacerse de mí. Supongo que ha venido a sugerirme que pida el traslado.

—Sabe, creo que tiene un problema: que no piensa lo que dice, lo suelta tal cual le viene a la cabeza y eso es un error, un grave error, sobre todo si pretende dedicarse al negocio de la inteligencia.

—Tiene razón, es mi principal defecto; soy incapaz de morderme la lengua y eso me ha provocado unos cuantos disgustos. Pero ¿me equivoco? ¿No viene a pedirme que me vaya?

Lorenzo Panetta clavó la mirada en Mireille intentando profundizar más allá de lo que veía. La joven le sostuvo la mirada, y él por primera vez se dio cuenta de que la chica era más atractiva de lo que parecía a simple vista.

Mireille se resguardaba en ropa anodina para pasar inadvertida, pero tenía unos brillantes ojos negros, tan negros como el color del cabello. Estaba delgada, demasiado para el gusto de Panetta, pero tenía estilo, el estilo inconfundible de las mujeres que pertenecen a una clase social que nunca ha tenido que preocuparse por cuánto cuesta una barra de pan o un bistec.

—Sólo quiero hablar con usted sobre lo de esta mañana, ¿adónde quería llegar?

—¿No piensa que estoy loca?

—En realidad creo que puede estarlo, pero ¿sabe?, soy un viejo policía que nunca desecho una pista por disparatada que resulte.

Le miró asombrada. Aquello no lo había previsto. ¿Cómo era posible que el subdirector del Centro se molestara en hablar con ella después de lo que había pasado en la oficina? Exhaló un suspiro antes de preguntarle:

—¿Y cuándo ha decidido darme una oportunidad?

—No sé si le voy a dar una oportunidad. Sólo quiero que me explique si ha llegado a alguna conclusión después de su paseo por la red.

—¿Qué dice el jefe?

—¿Hans Wein? Deberá preguntárselo a él.

—No le caigo simpática. En realidad caigo mal a todo el departamento.

—¿Se va a lamentar?

—Déjeme que lo haga, me siento fatal.

—Vamos, Mireille, quiero saber si ha llegado a alguna conclusión.

—Aún no, pero… bueno, no me parece imposible encontrar algún sentido a esas palabras sueltas.

—Dígamelo de manera que pueda seguir el hilo de su argumentación.

—Si le parece que lo que digo no es tan descabellado, ¿convencerá a Hans Wein de que me dé otra oportunidad?

—Se la tendrá que pedir usted misma. En el departamento hay reglas no escritas a las que nos atenemos todos. No se juega por libre y, sobre todo, antes de hacer juicios rotundos uno se lo piensa dos veces.

—¡Pero eso les quita posibilidades! El negocio de la inteligencia, como usted lo llama, debería dejar vía libre a la especulación, a formular combinaciones múltiples por alocadas que parezcan, a pensar juntos…

—Las reglas, Mireille; hay que atenerse a las reglas.

—¿Usted siempre se ha atenido a las reglas?

—¿Cómo cree que he llegado hasta aquí? He sido policía muchos años, he trabajado en la calle, pero hasta en la calle hay reglas. Hay que saber moverse a través de ellas, ése es el secreto para sobrevivir a los burócratas. Es el mejor consejo que le puedo dar.

Mireille sonrió agradecida y le fue explicando el porqué de sus extravagantes deducciones.

—Verá, soy de Montpellier, así que pensé que Saint-Pons podía ser el mismo Saint-Pons-de-Thomières de mi región; por eso busqué en internet, para saber si había otros muchos pueblos o lugares con ese nombre. Y tengo que decirle que no.

Lorenzo Panetta enarcó una ceja y a punto estuvo de levantarse pensando que la conversación iba a ser una pérdida de tiempo; había algo en aquella mujer que realmente le desconcertaba. No era ninguna estúpida, de eso sí que estaba completamente seguro.

—Continúe.

—Bueno, pues a lo mejor hay alguna relación entre Saint-Pons-de-Thomières y Lotario.

—¿Ah, sí?

—Al ver juntos esos dos nombres, Lotario y Saint-Pons…

—¿Juntos? Si no recuerdo mal sus nombres no han aparecido juntos sino entre restos de papeles quemados, y ni siquiera estaban escritos en el mismo papel.

Mireille le sostuvo la mirada y sintió un escalofrío. Se daba cuenta de que el amabilísimo Lorenzo Panetta era un hombre extremadamente sagaz, un hombre con el que no se podía jugar.

—Saint-Pons está en el sur de Francia —insistió ella.

—¿Qué Saint-Pons?

—Saint-Pons-de-Thomières.

El gesto de la mano de Lorenzo la interrumpió. Mireille le miró, expectante.

—Bien, dígame, ¿qué relación pueden tener esas palabras con un grupo de terroristas islámicos que deciden volarse en el centro de Frankfurt cuando la policía les va a detener?

—Bueno, en realidad ninguna. Yo simplemente me he limitado a decir que esas palabras tenían sentido.

—Si hubieran aparecido juntas en un mismo papel, quizá, pero… ni aun así. Usted, como es de Montpellier —dijo con ironía—, ha encontrado sentido a Saint-Pons.

—Tiene razón, he sido un poco estúpida. Lo siento. Me he dejado llevar por el entusiasmo. Lo siento de veras.

¿Por qué se rendía tan pronto? Esperaba que ella se defendiera. Pero, de repente, parecía aceptar que todo lo que había dicho era una solemne tontería. Le desconcertaba el comportamiento de la joven. Había algo en ella que no terminaba de captar.

—No se reproche nada, está bien eso de intentar buscar respuestas hasta en lo que aparentemente puede resultar absurdo, significa que no es usted de las que se rinden.

—¿Es tan terrible haber entrado en el Centro por una recomendación?

La pregunta directa de Mireille le cogió desprevenido. Resultaba evidente que ella lo estaba pasando realmente mal por la animadversión manifiesta de sus compañeros.

—No, no es terrible, pero ya sabe que siempre fastidia que a alguien le abran la puerta cuando uno ha tenido que subir unas cuantas escaleras para llegar. A usted le han simplificado los trámites.

—Sí, pero tengo un buen expediente académico, hablo perfectamente árabe, conozco los países árabes porque he vivido en ellos. Nadie me ha regalado mis títulos universitarios.

—Se tendrá que ganar su respeto para que la consideren una más, y para eso... bueno, lo mejor que puede hacer es ser discreta, no llamar la atención, mostrarse humilde y con deseos de aprender de los veteranos.

—También puedo llevarles el café —respondió Mireille sin poder reprimir el tono airado en la voz.

—Sí, también puede hacerlo, y aun así no es seguro que lo consiga. Sólo puede intentarlo.

—No sé si merece la pena.

—Eso sólo lo puede decidir usted. Bien, me alegro de que hayamos charlado, y si no me equivoco es hora de que los dos nos incorporemos al trabajo.

Salieron de la cafetería el uno junto al otro pero en silencio, cada cual sumido en sus propios pensamientos, que en aquel momento pasaban por desmenuzar la conversación que acababan de mantener. Ambos buscaban grietas, contradicciones, algo especial en lo escuchado al otro.

Cuando entraron juntos a la sala de Análisis, les miraron extrañados, pero nadie dijo nada.

—Bien, a trabajar. Creo que estará usted mejor con el grupo de la señora Villasante. Es una labor más especulativa.

Mireille se quedó callada sin saber qué decir. Andrea Villasante no era una persona fácil, tenía mal genio y era exigente con los miembros de su equipo. Desde luego, era la favorita del jefe. Hans

Wein consideraba que Andrea Villasante era la quintaesencia de la persona adecuada para trabajar en el departamento, no sólo por capacidad profesional, que sin duda la tenía, y porque era una reputada psicóloga, sino también por su carácter. Andrea apenas sonreía, se pasaba las horas enfrascada en el trabajo, no daba lugar a la confianza ni a las bromas. Menuda faena le acababa de hacer Lorenzo Panetta.

Andrea ocupaba un rincón de la enorme sala, junto a otras cinco personas que trabajaban directamente bajo su batuta. Con paso decidido se plantó donde estaban Lorenzo y Mireille.

—¿Querías hablar conmigo? —preguntó con sequedad a Lorenzo.

—Mireille Béziers pasa a trabajar directamente contigo. Te será útil: habla árabe y ha vivido muchos años en países árabes, de manera que conoce bien aquel mundo y puede ayudar a desentrañar el porqué de tanto fanatismo.

—De acuerdo. Siéntese allí, junto a la ventana, hay una mesa libre —indicó a Mireille sin apenas mirarla.

Sin atreverse a rechistar, Mireille siguió a Andrea con gesto desolado. La española no se andaría con contemplaciones y la pondría de patitas en la calle al menor renuncio. Contaba además con todas las bendiciones del jefe, Hans Wein.

Sintió una punzada de envidia hacia Andrea. Había llegado allí por méritos propios, nadie le había regalado nada. Era la mayor experta de Europa, y seguramente del mundo, en psicología terrorista. Había estudiado y analizado a presos de las Brigadas Rojas, del IRA, ETA, talibanes, tutsis y hutus, serbios, croatas y bosnios partícipes de matanzas y de limpiezas étnicas en la antigua Yugoslavia, pasando meses, incluso años, visitándoles en las cárceles, ganándose tanto la confianza de algunos como la indiferencia de otros. Incluso había sufrido alguna agresión. Pero Andrea Villasante no había cejado jamás en su empeño de intentar desmenuzar las mentes asesinas, de querer entender por qué un ser humano es capaz de convertirse en una alimaña para sus semejantes.

Cuando Andrea terminó la carrera de psicología sacó oposiciones para trabajar como funcionaria de prisiones en España y allí empezó a tratar con terroristas de la ETA.

No se había casado, ni tenía hijos, y a sus cincuenta años parecía no tener otro objetivo que dedicar todas sus fuerzas y energías al mismo afán: desentrañar la mente de los terroristas, no importa en nombre de qué mataran.

Mireille siguió a Andrea hasta la mesa que ocuparía a partir de ese momento. Pensó que su jefa no era fea, aunque tampoco lo suficientemente llamativa para molestar a otras mujeres, distraer a los hombres y ganarse las antipatías de las unas y los otros. De estatura mediana, con el cabello castaño corto, los ojos de igual color, no le sobraba un kilo pero tampoco le faltaba, y vestía siempre con impecables trajes de chaqueta oscuros.

—Siéntese, le explicaré cómo trabajamos en esta sección. Luego, para cualquier duda que tenga, pregunte a Diana Parker.

Mireille se sentó obedientemente dispuesta a no salirse del guión. Si lo hacía estaría fuera de juego y eso era lo último que quería.

Mientras Andrea le explicaba en qué iba a consistir su trabajo, no pudo evitar desviar la mirada hacia Matthew Lucas. El norteamericano tenía reflejado en el rostro un gesto de antipatía, de antipatía hacia ella, y se preguntó por qué, aunque inmediatamente constató que el sentimiento era mutuo. A ella tampoco le gustaba Matthew. Sentía una profunda desconfianza hacia los arrogantes funcionarios de las agencias de información norteamericanas, fuese la CIA o cualquier otra. Se comportaban como si sobre ellos recayera la responsabilidad de salvar al mundo y los europeos fueran todos unos ingenuos izquierdistas condicionados por sus opiniones públicas que siempre anteponían la libertad a la seguridad.

Suspiró resignada. Le había costado mucho llegar hasta allí y no podía echarlo a perder por motivos personales.

—Vamos, no es tan terrible trabajar con nuestro equipo.

Diana le acababa de devolver a la realidad. Le sonrió. Eran más o menos de la misma edad y parecía simpática; al menos siempre se había mostrado amable con ella. Sabía que se había licenciado en Antropología y que también hablaba árabe. Mireille se dijo que quizá podía llegar a ser amiga de aquella inglesa de larga melena rubia y ojos azules, por más que fuera la mano derecha de Andrea Villasante.

8

El viaje fue largo y pesado. Desde Frankfurt llegaron hasta Estrasburgo, luego atravesaron Francia y cruzaron los Pirineos por Perpiñán, y por la carretera de la costa hasta Granada. En total habían tardado cuatro días que se le habían hecho eternos, preocupado porque le pararan en un control rutinario en cualquier carretera y le detuvieran.

Pero los infieles no parecían desconfiar de una familia; los niños pequeños le habían sido de gran ayuda para despejar la desconfianza de las miradas.

Aunque tenía miedo, se sentía feliz desde el momento en que había entrado en la provincia de Granada, colmada del olor a azahar, limones y espliego. Eran los olores de su infancia. Aún conservaba en la memoria cada rincón de su ciudad, porque era suya, más suya que de aquellos infieles que osaban mancillarla con su presencia. Algún día expulsarían a todos los infieles y el suelo sagrado de sus antepasados volvería a sus legítimos dueños. En realidad, la reconquista había comenzado con cautela pero sin vuelta atrás. Cada vez eran más los granadinos que volvían los ojos a la verdadera fe y aclamaban a Alá como su único Dios. La comunidad musulmana se extendía por todos los rincones ante los ojos de los españoles que, llevados por su afán de tolerancia y para que nadie pudiera acusarlos de perseguir a otras razas o religiones, se dejaban conquistar sin oponer resistencia.

Sintió que el pulso se le aceleraba cuando llegaron a los pies del Albaicín. En el barrio de su infancia había una importante comunidad musulmana y su aspecto no era distinto al de las ciudades del otro lado del Estrecho.

Se regocijó al ver a las mujeres con el pañuelo tapando sus cabellos y muchas de ellas vestidas a la manera tradicional, con galabiyas que las cubrían desde el cuello hasta los pies.

Al azahar se le unía el olor a cuero de los artesanos que habían abierto sus tiendas encaramadas en las calles estrechas y quebradas. Casas blancas de tejados pardos, rodeadas de naranjos y cipreses.

En la plaza Larga, el Arco de las Pesas recuerda el viejo esplendor nazarí, así como el aljibe de la antigua mezquita en la plaza de San Salvador.

Cuando llegó a la casa de su padre se sintió a salvo. Nada malo podía sucederle en aquel lugar, donde había sido tan feliz a pesar de las dificultades de su padre para sacarles adelante. Pero lo había conseguido con la ayuda de su madre. Él, trabajando en la construcción, ella como asistenta por horas en las casas burguesas de la ciudad. Entonces el Albaicín era un lugar dejado de la mano de los infieles, donde sólo vivían los que no podían hacerlo en ninguna otra parte.

En los últimos años, la comunidad musulmana había ido creciendo y recuperando, al mismo ritmo, aquella parte de la ciudad que siglos atrás brillaba con luz propia.

Había dejado el coche a unos cuantos metros de la casa de su padre. Pidió a Fátima y a sus hijos que le aguardaran hasta que comprobara si su familia estaba en casa.

Llamó a la puerta con los nudillos, primero con suavidad, después con fuerza, e inmediatamente escuchó la voz cantarina de su madre.

—¡Ya va! ¡Ya va!

Cuando la mujer abrió la puerta dejó escapar un grito en el que se mezclaban angustia y alegría a partes iguales.

—¡Hijo mío! ¡Mohamed! ¡Alá ha escuchado mis oraciones! ¡Hijo, estás aquí!

Le estrechó con fuerza y Mohamed hundió la cabeza en el cuello de su madre oliendo la suave colonia de limón con que la mujer se perfumaba.

—¡Madre, tranquila, que estoy bien! ¿Y mi padre?

—Creíamos… creíamos que habías sufrido una desgracia… Tu padre se acaba de marchar, ahora trabaja de noche, como guarda de una obra. Ya es viejo para andar por los andamios. Pero pasa, hijo, pasa. ¡Qué alegría!

—¿Y mi hermana?

Su madre le soltó y dejó caer los brazos a lo largo de su cuerpo, como si de repente le hubieran abandonado las fuerzas.

—Tu hermana está bien, ella no tardará en llegar.

Mohamed recordó que Hasan le había advertido sobre su hermana, pero ¿por qué? Decidió preguntárselo más tarde a su madre, ahora tenía que presentarle a Fátima y a los niños.

—Madre, me he casado, tengo esposa e hijos.

—Pero ¿cuándo te has casado? ¡A tu padre no le gustará que lo hayas hecho sin su permiso!

—Mi esposa es la hermana pequeña de Hasan. Fátima estaba casada con Yusuf y él… bueno, ha muerto como un mártir. Hasan me ha hecho el honor de aceptarme en su familia dándome a su hermana. Tiene dos hijos que ahora son mis hijos y serán tus nietos. Te ocuparás de Fátima y de ellos…

Su madre le miró a los ojos y se dio cuenta de lo mucho que había cambiado su hijo.

La diferencia, lo supo de inmediato, es que había perdido la inocencia.

Ya no era el joven idealista, confiado en un futuro mejor. En sus ojos se reflejaba angustia y miedo, pero también determinación.

—Tu esposa será mi hija, y sus hijos serán mis nietos, y espero que pronto tengas los tuyos propios para alegrar mi vejez. ¿Dónde están?

—Me esperan en el coche, lo he dejado en la plazuela. Ahora les traigo.

Fátima se preguntaba cómo la recibiría su suegra. Confiaba en que ser hermana de Hasan le serviría para que la trataran con tanto respeto y deferencia como lo hacían los miembros de la comunidad en Frankfurt, pero no estaba segura del todo.

Su suegra la abrazó, besó con afecto a los niños e invitó a pasar a todos.

—Estaréis cansados del viaje y seguro que tenéis hambre. Esperaremos a que llegue Laila y cenaremos juntos. Mientras, os enseñaré dónde os podéis instalar. Mohamed y tú podéis ocupar su antiguo cuarto, y al lado hay otro pequeño que utilizamos como trastero, pero que servirá para los niños.

—Mientras los instalas iré a ver a mi padre; dime dónde está esa obra.

—No, es mejor que aguardes a mañana. A tu padre no le gusta que le molestemos mientras trabaja, salvo que sea por extrema necesidad.

Mohamed no protestó. Sabía que su madre tenía razón. Su padre podía enfadarse si se presentaba de improviso en su trabajo. Era un hombre discreto y cumplidor, que procuraba pasar inadvertido.

Descargó el equipaje y aleccionó una vez más a los pequeños para que se portaran bien.

—Mi padre —les dijo— es un hombre justo, pero no duda en utilizar el cinturón si es necesario. No le gustan los gritos, ni que se corra por la casa. No manchéis nada, y nada de hablar si no os preguntan.

Los pequeños asintieron asustados. Notaban el nerviosismo de su madre ante aquella mujer mayor que era la madre de Mohamed, su nuevo padre. Granada también se les antojaba una ciudad extraña, diferente del Frankfurt donde ellos habían nacido.

Una hora después, ya de noche, se abrió la puerta de la calle y escucharon unos pasos rápidos sobre las baldosas de barro cocido.

Laila entró en la sala principal y soltó un grito alegre mientras se abrazaba al cuello de su hermano.

—¡Tú aquí! ¡Qué alegría! ¡Hoy es un gran día! ¿Por qué no has avisado de tu llegada?

Mohamed escuchó sonriendo el parloteo de su hermana y sintió una oleada de cariño hacia ella. Quería muchísimo a Laila; su hermana tenía sólo tres años más que él; había sido su confidente cuando eran pequeños y le había cubierto las espaldas en sus travesuras para que su padre no utilizara el cinturón con él. Pequeña, rebelde y valerosa, siempre dispuesta a ayudar a los más débiles, incluidos todos los perros y gatos abandonados que se cruzaba por el Albaicín y que terminaban encontrando acomodo en el patio trasero, para desesperación de su madre y enfado de su padre.

Laila era menuda, como su madre, con grandes ojos de color castaño oscuro, el cabello negro y la piel blanquísima. No era una belleza, pero tenía tanta fuerza y determinación en la mirada que era difícil no rendirse ante lo que quería.

A Mohamed le sorprendió verla con el cabello descubierto, vestida con una falda y un jersey como cualquier chica occidental, pero no dijo nada: estaba demasiado contento para iniciar una discusión con su hermana, y al fin y al cabo estaban en casa, donde nadie podía verla.

Su madre sirvió la cena en la sala y durante un buen rato hablaron de banalidades; Mohamed estaba deseando saber del trabajo de su padre, de sus antiguos amigos, de los cambios en Granada, de la situación política en España.

Saboreaba uno de los dulces preparados por su madre cuando preguntó a su hermana por los estudios.

—He acabado Derecho, soy abogada.

—Bueno, no me extraña, siempre te ha gustado defender a todo el mundo —respondió Mohamed.

—Incluido a ti —replicó Laila.

—Sí, es verdad, siempre fuiste una buena hermana —reconoció con afecto Mohamed—. ¿Trabajas?

—Sí, en la universidad, en el departamento de Derecho Internacional. Soy una de las ayudantes del catedrático. No me pagan mucho, pero sí lo suficiente para ser independiente. También colaboro con un despacho que montaron unos amigos de la facultad cuando acabaron la carrera.

—¡Así que eres toda una abogada! —exclamó Mohamed con orgullo.

—Sí, soy abogada —afirmó Laila sonriendo a su hermano.

—He visto que no llevas *hiyab*.

—No me lo pongo, aunque en algunas ocasiones he pensado hacerlo para que algunas mujeres estén más tranquilas; bueno, no ellas sino sus familias. Puede que así no desconfíen tanto y pueda seguir enseñándoles.

—¿Enseñándoles? ¿Qué?

El nerviosismo de su madre le alarmó tanto como intuir en la mirada de su hermana un brillo desafiante.

—Les enseño el Corán. Rezamos, hablamos sobre el verdadero significado del Corán. He abierto una pequeña madrasa para mujeres. Bueno, en realidad para todo el mundo, pero por ahora sólo he conseguido que vengan algunas mujeres. Los musulmanes aún sois muy machistas para aceptar que una mujer dirija el rezo y enseñe el Sagrado Corán.

Mohamed se puso en pie rojo de ira y descargó el puño sobre la mesa haciendo caer la jarra con el agua.

—¡Pero tú no puedes hacer eso! ¡Es una profanación!

Laila le miraba sin inmutarse, sin hacer caso de la reacción violenta de su hermano.

—¿Ah, sí? ¿Y quién lo dice? ¿Dónde está escrito que no puedo enseñar y dirigir los rezos? Dime en qué lugar del Corán se prohíbe que lo haga.

La miró desolado. Había estudiado a fondo el Libro Sagrado

cuando gracias a Hasan pudo ir a Pakistán a prepararse como un buen creyente para convertirse en un soldado de Alá. Su hermana blasfemaba tomando un papel que le estaba vedado a las mujeres.

—Eres una mujer.

—Lo sé. Soy una mujer y estoy orgullosa de serlo, no hay nada impío en ser una mujer. Soy una mujer y Alá me ha hecho igual de inteligente, o acaso más, que a muchos hombres. Soy creyente y llevo años estudiando el Corán. Sé que puedo enseñar y dirigir los rezos de otros creyentes. Sé que no hay nada malo en ser mujer, que no soy más que tú, pero tampoco menos.

—¡Estás loca! —gritó Mohamed ante las miradas temerosas de su madre y su esposa.

—Eso dice papá —respondió Laila sin levantar la voz—, pero yo creo que sois vosotros los que estáis equivocados. O el islam se adapta al siglo XXI o habremos fracasado.

—¿Fracasado? ¿Quiénes habremos fracasado?

—Nosotros, los creyentes. No podemos continuar mirando al pasado; el mundo cambia cada segundo y no hay vuelta atrás. Otras religiones, aunque a regañadientes, lo han tenido que aceptar. Lo importante es el espíritu, no la letra. Creo que hay un Dios, la vida no tendría sentido sin Dios, y los seres humanos, desde el principio de los tiempos, hemos intuido a Dios y le hemos interpretado a nuestra manera, incluso le hemos manipulado en función de intereses terrenales. Lo importante no es sólo que Mahoma asegurara que se le había aparecido el arcángel Yibril, lo importante es que supo unir a los árabes y canalizar nuestra espiritualidad enseñándonos que hay un solo Dios, alejándonos de ídolos importados de otras latitudes. Él interpretó a Dios a su modo, como los cristianos interpretan a su Dios al suyo, o los judíos hacen otro tanto. Interpretamos a Dios según nuestra cultura, el medio en que hemos nacido, en el que nos hemos desenvuelto, pero Dios es el mismo, y desde luego lo que es una monstruosidad es matar en nombre de Dios.

Las últimas palabras de Laila fueron para Mohamed como una puñalada. Su hermana le condenaba. ¡Cómo se atrevía! Su padre solía decir que aquella chiquilla les causaría problemas y tenía razón. Laila se había convertido en un monstruo que blasfemaba.

—¡Basta, Laila! —su madre interrumpió la discusión entre los dos hermanos—. Vete a tu cuarto y descansa, ya hablarás con tu hermano de... de todo esto.

—Pero ¿cómo es posible que hayáis consentido que mi hermana se haya convertido en una perdida? —gritó Mohamed.

—¿Cómo te atreves a insultarme? ¡No ves más allá de tus narices! Eres un pobre hombre, incapaz de pensar por ti mismo. ¿Qué es lo que te asusta tanto? ¿Te asusta la verdad?

—¡La verdad! ¿Qué verdad? ¿Tu verdad? ¡Estás pisoteando las sagradas enseñanzas de nuestro Profeta! ¡Cómo te atreves!

—Hasta en Irán hay una escuela femenina en Qom y la dirige una mujer, una *muchtahida*.

—¡Callaos los dos! —volvió a intervenir su madre—. ¿Qué va a pensar Fátima? Creerá que estamos todos locos...

—Lo único que pensará es que mi hermana blasfema y mis padres se lo permiten —se lamentó Mohamed.

Fátima bajó la cabeza, azorada, sin atreverse a intervenir. Estaba escandalizada por la actitud de Laila pero al mismo tiempo sentía admiración por ella. Le parecía valiente, y no sólo eso: ¡que Alá la perdonara!, pero lo que había dicho le había gustado; si pudiera ir a escucharla a esa madrasa... pero no, no lo haría. Mohamed no se lo permitiría jamás.

—En Frankfurt me advirtieron, ahora entiendo por qué.

—¿En Frankfurt?

La voz temblorosa de su madre hizo que Mohamed se diera cuenta de que había expresado su pensamiento en voz alta. Sí, en Frankfurt Hasan le había advertido sobre su hermana, instándole a que interviniera, a que arreglara el problema en familia o la comunidad tendría que intervenir.

—¡Vaya, no sabía que era tan famosa! —ironizó Laila.

—Hablaré con nuestro padre de todo esto. Pero quiero que sepas que no puedes continuar así. No sólo te perjudicas tú, también perjudicarás a nuestra familia.

—No tienes ningún derecho sobre mí, ni ningún poder. Soy un ser libre, libre, Mohamed, entiéndelo.

—¡Libre! ¿Qué significa eso de que eres libre? ¡Debes obediencia a nuestro padre y a mí que soy tu hermano! Tu honor es nuestro honor.

—Mi honor, como tú dices, es mío y por tanto intransferible. Los hijos no pagan por los errores de los padres ni los padres por los de los hijos. En derecho cada individuo es el único responsable de sus actos. En cuanto a la obediencia… siento decepcionarte, pero no tengo que obedecerte ni a ti ni a nadie. Respeto a nuestro padre, respeto su manera de vivir, su cultura, sus tradiciones, pero eso no implica que las tenga que asumir en su totalidad. Quiero a nuestros padres como te quiero a ti, pero soy mayor de edad y procuro vivir de acuerdo con mi conciencia.

—¡Que Alá nos proteja de tanta locura! ¿Cómo nos ha podido pasar esto? ¡Qué desgracia para la familia!

Laila se puso en pie y miró con pena a su hermano. Iba a acariciarle el pelo pero se contuvo. Sabía que él rechazaría su gesto de cariño.

—¿Sabes, Mohamed? Soy yo la que lamenta que hayas cambiado tanto. Pensaba… bueno, pensaba que serías diferente, que habrías aprendido algo, no sólo durante tu infancia aquí, sino también en Frankfurt, aunque me alarmé cuando me dijeron que habías ido a Pakistán a estudiar en una madrasa. Recé para que no te perdieras y para no perderte; ingenua de mí, he mantenido la esperanza de que no te hubiesen lavado el cerebro. Puedo ver lo que han hecho contigo y créeme que me siento profundamente infeliz en este momento.

—Laila, déjalo ya, vete a descansar —insistió su madre.

—No, no me voy a dormir aún. Es viernes, y he quedado con unas amigas para salir. No volveré tarde.

Mohamed miró a su hermana y a continuación a su madre sin saber qué decir. Estaba extenuado por la discusión. Se sentía desgarrado por dentro. El rubor le cubría la cara y el cuello. Su reloj marcaba las once de la noche y su hermana se disponía a salir, o eso había creído entender. ¿Era posible que fuera así y su madre no hubiese puesto objeción alguna?

Ella pareció leerle el pensamiento y levantó la mano en un gesto que parecía pedirle que se calmara.

—Tu hermana sale cuando quiere. Nunca llega demasiado tarde, es una chica juiciosa y prudente.

—¿Mi hermana sale sola por la noche? ¿Es eso propio de una mujer decente? ¿Y tú se lo permites? ¿Y mi padre? ¿Qué dice mi padre? ¿Cómo es posible que mi padre acepte está situación? Debería matarla.

—¡Calla! ¿Cómo dices eso? ¡Es tu hermana!

—¡Es una perdida!

—¡Cállate! ¿Cómo es posible que no lo entiendas? ¿Dónde crees que vivimos? Esto es España, ¿se te ha olvidado? Y tú vienes de Frankfurt. ¿Es que las mujeres son diferentes a las de aquí? Esto no es nuestra aldea de Marruecos, lo sabes bien; aquí las mujeres tienen derechos, incluso allí los empiezan a tener. Tu hermana… tiene razón en algunas de las cosas que dice. El mundo ha cambiado…

—¡Madre! ¿Tú también te has vuelto loca?

Mohamed volvió a dar un puñetazo sobre la mesa y los niños rompieron a llorar. Habían permanecido en silencio, temerosos de hacerse notar, pero la tensión se les hacía insoportable y no pudieron contenerse. Fátima intentó apaciguarlos, aterrada por la reacción que pudiera tener su marido. Pero Mohamed se limitó a ordenar que se llevara a los niños a la cama.

Fátima se levantó con rapidez y con un niño en cada mano salió deprisa de la sala temiendo que su marido cambiara de opinión y pudiera descargar su furia en su espalda. No sería el primer hombre que libraba su frustración atormentando a su esposa o a sus hijos.

En la sala se quedaron frente a frente Mohamed y su madre. La mujer sostenía la mirada iracunda de su hijo sabiendo que éste no se atrevería a faltarle al respeto.

—Déjame solo.

—Lo haré en cuanto recoja la vajilla. Deberías descansar y aclarar tus ideas. Soy una mujer ignorante, pero me doy cuenta de que te han cambiado, no sé si en Pakistán o en Frankfurt, no sé quién ni por qué. Pero puedo leer en tus ojos la desgracia.

—¡Cállate, madre, y déjame!

La mujer no insistió. Salió de la sala y regresó al minuto con una gran bandeja en la que comenzó a colocar meticulosamente los platos y cubiertos. Mohamed hacía como si no estuviera, sumido como estaba en sus pensamientos, pero su madre podía leer en el rostro de su hijo confusión y sufrimiento. De repente intuyó que la llegada de Mohamed les acarrearía una gran desgracia y no pudo evitar estremecerse.

9

Laila bajaba con paso rápido por las callejuelas del Albaicín. Había quedado en un pub situado en el centro de Granada. La esperaban dos de sus compañeras de despacho. El pub Generalife solía ser el punto de encuentro de buena parte de la gente joven de la ciudad; quedar allí era garantía de encontrarse con muchos amigos y conocidos, sobre todo los fines de semana.

Cuando entró, su amiga Paula le hizo señas para indicarle dónde estaban sentadas.

—Te has retrasado —le recriminó Paula.

—Sí, es que mi hermano acaba de llegar. Hacía mucho que no le veía. Ya sabes que vive en Alemania.

—Hace un siglo que no le veo, ¿sigue tan guapo? —preguntó su amiga Carmen.

—Sí, como siempre —respondió sin ganas Laila.

—Era guapísimo y un rato ligón —insistió Carmen.

—Era. Ahora se ha casado y tiene dos niños.

—¡Se ha casado! Pero ¿cuándo? —quiso saber Paula.

—No hace mucho.

—¿Y los niños? —preguntó curiosa Carmen.

—Son del primer matrimonio de su esposa.

—¡Vaya palo! —exclamó Carmen.

—¿Por qué? —Laila estaba deseando terminar la conversación, pero no quería parecer grosera con sus dos mejores amigas.

—Pues porque tu hermano era más joven que nosotras, le llevamos dos o tres años, o sea que debe de andar por los treinta, y casarse y ser padre de dos hijos es una pasada. ¿Terminó sus estudios?

—Sí, ya sabes que hizo Turismo y que se marchó a Alemania para aprender bien alemán. Allí tenemos familia… bueno, ¿habéis cenado ya?

—Sí —respondió Paula—, hemos tomado unos pinchos. Por cierto, me llamó Alberto para decirme que se pasará por aquí con Javier; deben de estar a punto de llegar.

Laila pidió una tónica y cogió distraídamente un cigarrillo de la cajetilla que Paula tenía sobre la mesa.

—¿Vuelves a fumar? —le preguntó ésta.

—No, es que… bueno, estoy un poco nerviosa; además, no he dejado de fumar del todo y de vez en cuando enciendo algún pitillo.

Carmen comenzó a contarles los pormenores de una reunión que había mantenido aquella misma tarde con un nuevo cliente que estaba en proceso de separación matrimonial. Para alivio de Laila, las tres amigas se enzarzaron en la conversación; prefería olvidar por un rato el enfrentamiento con su hermano.

Carmen y Paula no sólo eran sus mejores amigas, sino que la habían incorporado al despacho que ambas habían montado junto con Javier.

Las había conocido en la facultad. Ellas venían de un colegio de monjas mientras que Laila había estudiado en un colegio público. Allí, al principio la miraron como a un bicho raro. Pero Laila les demostró no sólo que era inteligente y capaz de sacar las mejores notas de la clase, sino que era buena compañera, siempre dispuesta a ayudar a los demás.

No había sido fácil que la trataran como una más. Sobre todo porque su padre se negaba a que ella hiciera gimnasia como las otras niñas, incluso la obligaba a ir con *hiyab* al colegio. Hasta el día en que Laila se rebeló. No dijo nada para no ofender a su padre, pero en cuanto se alejaba unos metros de su casa se quitaba el pañuelo, y convenció a su madre para que le comprara un chándal igual que el que llevaban el resto de sus compañeras de clase. Su madre se lo compró y se juramentaron para guardar el secreto y que su padre no se sintiera avergonzado.

Pero a Laila le producía un profundo malestar engañar a su padre y temía por la reacción que éste pudiera tener si se enteraba de que su madre la había ayudado, no porque fuera a maltratar a su madre, de lo que le sabía incapaz, sino por el profundo dolor que le causaría la mentira. De manera que cuando cumplió dieciocho años, a punto de entrar en la Facultad de Derecho, se sentó a hablar con su padre para explicarle que no se iba a poner el *hiyab*, que se sentía española, que no sabía sentirse de otra manera y que en cuanto pudiera optaría por esta nacionalidad.

Su padre gritó lamentándose de la desgracia de tener una hija como ella, luego la amenazó con enviarla a Marruecos y casarla con un buen hombre que le quitara esas ideas absurdas de la cabeza. Su hermano había asistido a la discusión entre asustado y azorado; en su fuero interno pensaba como su padre, pero adoraba a su hermana y se le hacía muy duro pensar que la iban a enviar a Marruecos.

En realidad, por aquel entonces, Mohamed estaba hecho un lío sobre lo que estaba bien y lo que estaba mal. Había ido a la misma escuela que Laila, salía con gente de su edad y no se le hubiera ocurrido tratar a las chicas de manera diferente que a sus amigos, entre otras razones porque ellas no se habrían dejado. Pero además, la directora del colegio no permitía ninguna manifestación machista. Doña Piedad era feminista, y habría cortado de cuajo cualquier signo de discriminación. En realidad, fue doña Piedad quién convenció a su madre para que permitiera a Laila hacer el bachillerato, y también la ayudó a conseguir una beca para que pudiera ir a la universidad.

Mohamed sentía un respeto reverente por la directora del colegio, que con su sola presencia era capaz de hacer callar a todos los niños de la clase, y eso que jamás había dicho una palabra más alta que otra; pero aquella mujer emanaba autoridad.

Al final, Laila se había salido con la suya. Ya no se ocultaba ante su padre al salir de casa sin el pañuelo. A regañadientes, su padre fue aceptando la nueva situación. Laila procuraba vestir sin llamar la atención, y sus faldas siempre le tapaban las rodillas. No llevaba camisetas ajustadas como otras chicas de su edad, ni tampoco escotes, pero salvo por esos detalles vestía como las demás. Sabía que había ganado una batalla importante a su padre, pero no quería que éste se sintiera derrotado totalmente, ni mucho menos que la vergüenza le hiciera bajar los ojos al verla.

Cuando Alberto y Javier entraron en el pub, Paula levantó la mano para indicarles dónde estaban sentadas.

Alberto tenía una tienda de material informático justo en la esquina de la calle donde ellas tenían el despacho. Javier era su socio, especializado en derecho mercantil, mientras ellas se dedicaban al derecho de familia.

Javier era primo de Carmen y compañero de curso en la facultad.

—¿Habéis cenado? —preguntó Javier.

—Sí, hemos tomado unos pinchos, ¿y vosotros? —respondió Carmen.

—Alberto y yo estamos hambrientos, pero si ya habéis cenado pedimos algo aquí y luego nos vamos a algún sitio. ¿Qué te pasa, Laila?

La pregunta de Javier la sobresaltó. Estaba ensimismada pensando en la discusión con su hermano y apenas prestaba atención a sus amigos.

—Está rara —apuntó Paula— y eso que debería estar contenta porque su hermano acaba de llegar a Granada. ¡Chica, anímate!

—Pero si no me pasa nada, es que estoy un poco cansada.

—Es que te das unas palizas dando doctrina a esas mujeres… —protestó Paula.

—Vamos, dejadla —intervino Carmen—, tiene derecho a no tener un buen día. ¿O a vosotros nunca os pasa?

—¿Cómo te va tu escuela? —quiso saber Alberto.

—Bien, cada vez vienen más mujeres, ya somos quince. No está nada mal. Espero aumentar el número, aunque cuando empecé me habría conformado con mucho menos.

—Hoy he vuelto a ver a ese tío malencarado —explicó Carmen—, el que las insulta cuando suben al despacho. No te lo he dicho, pero le he amenazado con llamar a la policía y se ha ido. ¡Menudo cretino está hecho!

Laila se mordió el labio. Paula y Carmen no sólo contaban con ella como abogada; también le habían cedido una sala, que ella había convertido en su madrasa: allí se reunía con mujeres musulmanas a hablar del Corán; rezaban y estudiaban, y además Laila las ayudaba cuanto podía porque sabía de sus dificultades familiares. Algunas eran muy jóvenes y vivían un duro conflicto con sus padres, defendiendo parcelas de libertad. No querían llevar el pañuelo, querían salir con chicas y chicos como el resto de las jóvenes de su edad, habían aprendido en el colegio que todos los seres humanos eran iguales y que la Constitución española garantizaba que nadie pudiera ser discriminado por razón de su sexo o religión.

Habían vivido la esquizofrenia de ser unas en la escuela y otras en el recinto familiar, y buscaban desesperadas el equilibrio entre dos mundos que, ineluctablemente, parecían destinados a la confrontación.

En el último mes se habían encontrado con la desagradable sorpresa de que un joven musulmán hacía guardia en la calle, frente al portal del despacho, y las insultaba, instándolas a irse a sus casas.

Javier y Alberto le habían recriminado su actitud y él les advirtió que pagarían muy caro el estar con esas mujeres, pero hasta el momento la situación no había ido a más.

—Vamos a tener que llamar de verdad a la policía —dijo Javier—, porque ese tipo puede ser un loco.

—Sí, hay que estarlo para perseguir a un grupo de chicas que se reúnen en un despacho a rezar —añadió Alberto.

—Es un fanático. Lo que no sé es hasta dónde está dispuesto a llegar.

Se quedaron mirando a Laila sorprendidos porque ésta había expresado lo que todos ellos pensaban pero no se atrevían a decir para no ofenderla.

—Bueno, pues lo mejor es que pongamos una denuncia —insistió Javier— y ya veremos quién es y qué pasa.

—Yo sé quién es —afirmó Laila.

—¿Que sabes quién es? ¿Y por qué no nos lo has dicho? —quiso saber Carmen.

—No es que sepa cómo se llama, pero le he visto por el Albaicín. Va con un grupo de chicos que… en fin, son todos unos fanáticos.

—Pues entonces deberíamos tener cuidado —dijo Paula preocupada—, no vaya a ser que un día de éstos nos den un susto.

—Lo mejor será que me busque otro lugar donde reunirme con mis alumnas. De esa manera os dejarán de molestar.

—¡Pero qué tontería! —terció Javier.

—No, no es ninguna tontería. Habéis sido muy generosos conmigo, pero no quiero que tengáis problemas por mi culpa. Esto no tiene nada que ver con vosotros, de manera que me buscaré un piso barato para montar mi madrasa.

—¡De eso nada! —dijo Paula—. No te vamos a dejar sola; si es un fanático que le detengan, tú no estás haciendo nada malo. Es él quien os quiere amedrentar.

—Creo que deberías consultar con alguien lo que está pasando y ver si ese chiflado es un peligro o sólo va de farol —argumentó Alberto.

—Mi padre conoce al delegado del Gobierno. Quizá pueda preguntarle qué se hace en estos casos —afirmó Paula.

—Bueno, olvidémonos de ese cretino y vamos a tomar una copa por ahí, que para eso hemos trabajado duro esta semana.

Decidieron aparcar el problema, tal y como proponía Javier. A pesar de estar preocupada, Laila decidió acompañar a sus amigos para olvidarse de la discusión con su hermano.

10

Darwish abrió la puerta de su casa con gesto cansado. Trabajaba toda la noche como vigilante de una obra, lo que, a su edad,
era mejor que estar subido a los andamios, pero aun así estaba
agotado.

Se dirigió a la cocina seguro de encontrar a su mujer preparando el desayuno. Laila estaría durmiendo porque era sábado y
no trabajaba; también él tenía dos días de descanso por delante.

Cuando entró en la cocina su esposa estaba ensimismada preparando café, y ni se dio cuenta de su presencia.

—¡Hola, mujer!

La mujer se volvió, nerviosa, y Darwish leyó en su mirada
miedo.

—¿Qué sucede? —preguntó alarmado.

—Nada, nada, ha llegado Mohamed. Ahora duerme con su
mujer y los niños, pero si quieres le aviso…

—¿Mi hijo? Pero… ¿cuándo?

—Llegó ayer por la tarde, y… bueno, ya te contará él, se ha
casado con la hermana de Hasan, la esposa de Yusuf…

—Pero ¿qué dices, mujer? Explícamelo bien, que no te entiendo.

—Yusuf ha muerto… al parecer; bueno, nuestro hijo te lo
contará. El caso es que se ha casado con su esposa y ahora tenemos dos nietos.

Darwish se quedó mirando a su mujer extrañado por su nerviosismo y su falta de alegría ante la llegada de su hijo. Hablaba de él como si de un extraño se tratara.

—¿Qué pasa, mujer?

—Nada, ¿qué me va a pasar?

—Estoy cansado, tengo sueño, llego a nuestra casa, me anuncias que ha llegado nuestro hijo y me lo dices como si de una desgracia se tratara, ¿por qué? ¿Tanto te disgusta que se haya casado? Sí, debería haberme pedido permiso, pero si ha desposado a la hermana de Hasan... bueno, para nosotros es un honor, y Mohamed nos explicará por qué lo ha hecho sin avisar.

—Sí, claro. ¿Tienes hambre?

—Un poco, pero prefiero descansar. Tomaré un vaso de leche con algo dulce y me iré a dormir un rato, pero despiértame en cuanto se despierte mi hijo. ¿Y Laila?

—Duerme.

—Ya, pero ¿ha visto a su hermano?

—Anoche.

—¿No me vas a decir nada más?

Darwish se estaba irritando por la actitud de su mujer. No entendía por qué estaba tan cariacontecida, ni el nerviosismo que delataban sus movimientos y la mirada perdida. Era una buena mujer y había sido una madre excelente, volcada en el cuidado de sus dos hijos. Ella también había trabajado duro fuera del hogar limpiando las viviendas de familias burguesas de la ciudad, lo que sin duda había contribuido a la economía de su casa y a que sus dos hijos pudieran estudiar una carrera.

Se sentó y suspiró. Esperaría a hablar con Mohamed y a conocer a su esposa. Estaba demasiado cansado para hacer caso al estado de ánimo de su propia mujer.

No se despertó hasta las dos de la tarde. Le costaba abrir los ojos por el cansancio, pero su mujer le instaba a levantarse, recordándole que estaba en casa Mohamed.

—Dame unos minutos para asearme. ¿Dónde está mi hijo?

—Están en la sala y ya es hora de comer.

—¿Por qué no me has avisado antes?

—Mohamed me ha pedido que te dejara descansar…

—¿Y Laila?

—Salió esta mañana; estará al llegar.

—Bien, comeremos todos juntos. Espero que te hayas esmerado; hace dos años que no vemos a nuestro hijo.

—He preparado cuscús de cordero, sé que os gusta a todos.

Cuando Darwish entró en la sala apenas tuvo tiempo de mirar a su hijo porque éste le abrazó de inmediato.

Fátima les observaba de pie en un rincón, junto a sus hijos.

Darwish le dio la bienvenida a la familia y saludó a los niños intentando hacerse a la idea de que eran sus nietos y como tal les debía de tratar a partir de ese momento.

Preguntó por Laila y su mujer, nerviosa, le indicó que aún no había regresado.

—La esperaremos, no tardará. Los sábados siempre comemos juntos; es uno de los pocos días que tú hermana no trabaja.

—De mi hermana deberíamos hablar —sentenció Mohamed ante la mirada preocupada de su madre.

—¿De Laila? ¿Por qué? —preguntó Darwish intuyendo la respuesta.

—No lleva *hiyab*, y por lo que ella misma me ha contado, ha abierto una escuela donde enseña el Corán. Estoy avergonzado.

—¿Avergonzado? Tu hermana no hace nada de lo que debas avergonzarte —respondió Darwish—. Es impetuosa, pero una buena creyente y jamás se ha desviado de la senda del Corán… Pero ya hablaremos de Laila más tarde; ahora, hijo, cuéntame de ti y… de tu esposa e hijos, y dame noticias de Frankfurt. Debes saber, Fátima, que tenemos a tu hermano Hasan por nuestro guía y es un honor que tú hayas unido a las dos familias.

Mohamed ordenó a su esposa que se fuera con los niños a la cocina a ayudar a su madre para quedarse a solas con su padre. Cuando los dos hombres se sentaron frente a frente, sin testigos,

Mohamed relató minuciosamente a su padre todos los pormenores del suceso de Frankfurt.

Darwish sentía cada palabra de su hijo como un puñal en las entrañas. Una cosa era participar de las ideas del Círculo, proteger a sus miembros, soñar con que algún día el islam sería la religión de todos y los cristianos no tendrían más remedio que convertirse —de hecho, en Granada cada vez eran más los españoles que apostataban para convertirse en musulmanes—, pero lo que su hijo le estaba reconociendo era que él se había convertido en un *muyahid* dispuesto a matar y a morir y, lo más sorprendente, que había participado en el atentado en el cine de Frankfurt, donde habían muerto treinta personas, y que también estaba en aquel apartamento de Frankfurt donde el grupo de *muyahidin* había tenido que sacrificarse ofreciéndose en martirio para que la policía no les detuviera. Sabía que Yusuf había muerto, pero no imaginaba la presencia de su hijo. Sólo Mohamed se había salvado para poder destruir unos papeles que aseguraba haber hecho añicos y después quemado.

Darwish miraba a su hijo con incredulidad sabiendo que éste esperaba su aprobación, pero se sentía desgarrado. Su hijo había participado en la matanza del cine y él había visto por televisión las imágenes de los cuerpos destrozados, incluidos los de unos niños. Se dijo que en Irak morían niños todos los días y que en Palestina no había semana en que el ejército de Israel no disparara sobre algún inocente. Se dijo que estaban en guerra y en la guerra se mata y se muere, y lo único que uno no puede sentir es piedad porque eso te hace débil. Pero a pesar de esta reflexión sentía una punzada de náusea en la boca del estómago mientras miraba a Mohamed, convertido en un hombre distinto. Acaso su hijo era como él había querido que fuera; de lo contrario no le habría permitido ir primero a Frankfurt bajo la protección de Hasan y más tarde a Pakistán; él sabía que si Mohamed iniciaba ese viaje nunca volvería a ser él mismo, pero ahora se encontraba con esa realidad, que le producía un sabor amargo.

—¿Por qué elegisteis un cine? Allí había mujeres y niños… —se atrevió a decir tímidamente.

—Allí había enemigos y por eso murieron. ¿O crees que esas mujeres no se alegran cuando nos ven caer a nosotros en Irak, o en Palestina? Sus hijos son futuros combatientes; si crecen irán a luchar contra nosotros. Padre, espero que tus convicciones no flaqueen…

—¡Hijo!

—No veas mujeres y niños, ve lo que son: enemigos, enemigos en la retaguardia con los que hay que acabar. No es difícil matar cuando sabes por qué matas.

—Y tú, ¿por qué lo haces?

Laila llevaba unos minutos en el umbral y había escuchado buena parte de las explicaciones de su hermano sin que ni éste ni su padre se hubieran dado cuenta de su presencia. El relato de Mohamed le había arrancado lágrimas de lo más hondo de su ser. No podía reconocer a su hermano en el asesino que veía en la sala de su casa departiendo con su padre.

—¡Laila! —gritó su padre, sobresaltado—. ¡Sal de aquí! Ésta es una conversación de hombres.

—¿De hombres? ¡Lo que Mohamed ha contado es horrible! ¿Cómo has podido hacerlo? ¿Cómo has podido…? —gritó Laila con los ojos anegados por el llanto.

—¡Sal de aquí! —le ordenó su hermano con furia—. Sal antes de que te apalee, desgraciada. Y cúbrete la cabeza si no quieres que te la cubra yo.

—¡Atrévete! ¡Atrévete! —gritó Laila.

Su madre y Fátima entraron en la sala asustadas por los gritos. Y Laila se refugió llorando en los brazos de su madre.

—¡Es un asesino! Él mató a toda esa pobre gente del cine de Frankfurt… ¡Oh, Misericordioso! ¿Cómo lo has permitido?

Fátima bajó la cabeza entre avergonzada y temerosa. Ella sabía que Mohamed había participado en la matanza de Frankfurt lo mismo que Yusuf, su primer marido, pero eso, hasta ese momento, les convertía en héroes a sus ojos, porque su visión de la realidad era la misma de su hermano Hasan y la comunidad, aunque las lágrimas de Laila la conmovían y la hacían dudar.

Laila salió de la sala y se encerró llorando en su cuarto mientras su madre insistía para que le abriera la puerta. Darwish y Mohamed no se habían movido de la sala, mientras que Fátima había vuelto a refugiarse en la cocina con sus dos pequeños, temerosa de lo que pudiera pasar.

Los dos hombres comieron solos y estuvieron hablando hasta bien entrada la tarde, cuando Darwish se dirigió a la habitación de Laila y le ordenó salir de inmediato.

Cuando Laila abrió la puerta, apenas se le distinguían los ojos, hinchados por el llanto.

—Lávate la cara y ven a la sala, tenemos que hablar —le ordenó su padre.

Mansamente se encaminó al cuarto de baño, donde se restregó la cara con agua fría mientras intentaba ahogar nuevas lágrimas que se deslizaron por sus mejillas. Cuando por fin se presentó en la sala donde la esperaban su padre y su hermano, se sentía agotada y empequeñecida.

—Me escucharás y obedecerás, porque de lo contrario puedes acarrear la desgracia a esta familia —le dijo su padre a modo de preámbulo, pero Laila ni siquiera respondió, bajando la cabeza—. Estamos en guerra, Laila, por más que tú no lo quieras ver así. Ha llegado el momento de que nos defendamos y saldemos todas las afrentas y humillaciones a las que nos han sometido los cristianos en los últimos siglos. Nos han ido arrinconando, expoliando y despreciando hasta intentar reducirnos a la nada, y muchos de nuestros dirigentes se han dejado corromper por Occidente. Pero Alá quiere que esta situación termine y por eso ha inspirado a algunos hombres santos para que lideren una nueva comunidad de creyentes, donde los limpios de corazón deberán sacrificarse para conseguir que la bandera del islam vuelva a ondear a lo largo y ancho del mundo.

—¿Matando inocentes? —se atrevió a preguntar con apenas un hilo de voz.

—¡Es que no lo entiendes! —exclamó con furia su padre.

—No, no lo entiendo. No entiendo el fanatismo. No entiendo por qué no podemos vivir juntos musulmanes y cristianos. No entiendo por qué los seres humanos nos empeñamos en hacer de la diferencia un abismo infranqueable. No lo entiendo porque no creo que Alá sea diferente al Dios cristiano o al Dios judío…

Laila no pudo seguir hablando porque su hermano se levantó con extraordinaria rapidez y le propinó una bofetada que la hizo tambalearse.

—¡Blasfema! —gritó Mohamed alzando el puño que estrelló contra el rostro de su hermana.

Su padre se interpuso entre ambos para evitar que Mohamed golpeara de nuevo a Laila. Se sentía impotente ante la situación.

De nuevo su esposa irrumpió en la sala chillando a su vez al ver a su hija con el labio partido, un ojo amoratado y sangrando a causa del puñetazo de Mohamed.

—¡Que Alá sea misericordioso con nosotros! ¿Qué hemos hecho? —gritaba la madre, asustada, abrazando a Laila.

—¡Vosotros tenéis la culpa de esto! —gritó Mohamed dirigiéndose a sus padres—. Nunca debisteis consentirle llegar tan lejos. ¡Tú, madre, has engañado a mi padre ocultándole las faltas de Laila, tú eres la responsable!

La mujer bajó la cabeza, asustada. No reconocía a su hijo en aquel joven lleno de ira que le gritaba amenazante, pero no se atrevió a responderle, ni siquiera intentó defenderse, sabiendo que si decía una sola palabra podía aumentar aún más la rabia de Mohamed. Tampoco sabía cómo iba a reaccionar su marido. Hasta ese día había sido un buen hombre que jamás las había golpeado, ni a ella ni a Laila, pero ahora veía en los ojos de su esposo un brillo especial que no sabía cómo interpretar. Abrazada a Laila y conteniendo las lágrimas, se dijo que lo único que podía intentar hacer era proteger a su hija con su propio cuerpo si Mohamed insistía en golpear a su hermana.

Los segundos se le hacían eternos hasta que por fin su marido habló.

—Llévatela y que no salga de su habitación hasta que yo lo diga. Laila tiene que obedecer, Mohamed tiene razón.

A duras apenas logró poner a su hija en pie y sacarla de la sala. Fátima aguardaba en el umbral de la cocina dirigiéndose con paso raudo para ayudarla a llevar a Laila a su cuarto. Entre las dos la acostaron en la cama y con la mirada se dijeron lo que debían hacer.

Fátima se quedó junto a la joven mientras su madre salía del cuarto en busca del botiquín para curar sus heridas.

Laila apenas podía hablar. Le dolía la cabeza y el ojo, tenía la visión borrosa y los labios entumecidos por el puñetazo.

Con gestos diligentes su madre le limpió las heridas mientras Fátima le sujetaba la cabeza. Su madre le dio un analgésico mientras en voz baja preguntaba a Fátima:

—¿Crees que debería verla un médico?

—No, no… Se pondrá bien, si viniera un médico podría… bueno, podría denunciarnos, y eso sería terrible para todos. No te preocupes, Laila se pondrá bien.

La mujer la miró y asintió. Fátima estaba protegiendo a Mohamed; en realidad a todos ellos, pero aun sabiendo que su nuera tenía razón, sintió una punzada de remordimiento por no atreverse a hacer lo que creía que debía de hacer, que era procurar que a su hija la viera un médico.

—Deberíamos darle algo para que duerma —propuso Fátima—. Mañana estará mejor.

—No sé… quizá debiéramos esperar… Encárgate de los hombres y de tus hijos, yo me quedaré con Laila.

Fátima salió del cuarto procurando no hacer ruido para que ni su esposo ni su suegro se fijaran en ella. Sentía miedo, miedo de Mohamed, miedo de lo que estaba pasando en aquella casa.

Los niños estaban en la cocina jugando en silencio. Su madre les había advertido que no debían molestar y mucho menos enfadar a su nuevo padre, al que los pequeños, instintivamente, temían. De manera que, sentados en el suelo, jugaban con unos coches de plástico sin hacer ruido.

Mohamed y su padre seguían hablando en la sala, y aunque habían cerrado la puerta, de vez en cuando escuchaba la voz estridente de su marido. Acarició la cabeza de los pequeños y les susurró que debían portarse bien y acostarse pronto para no molestar a los mayores. Los niños no se atrevieron a protestar y ella pudo ver en los ojos de sus hijos cuán asustados y tristes se sentían. Pero Fátima no se dejó conmover más de un segundo por el rostro entristecido de sus hijos. Así eran las cosas, y nada se podía hacer. Laila le caía bien, pero su tozudez iba a provocar una desgracia. Las mujeres tenían que obedecer a los hombres y aceptar que ellos pensaran y decidieran por ellas. No sabía lo que pretendía Laila, pero en cualquier caso, se dijo, su cuñada estaba equivocada.

Mohamed y su padre discutían sobre lo sucedido.

—Ésta es mi casa y soy yo quien decide lo que ha de hacerse. Si tu hermana merece un castigo es mi responsabilidad castigarla, de manera que…

—¡Pero padre! —le interrumpió Mohamed—. Eres incapaz de ponerla en su lugar. Es una vergüenza que vaya sin velo, y mira cómo viste… no se la distingue de las cristianas. Me sorprende que no tenga ni una pizca de modestia y se atreva a enfrentarse a nosotros. Hay que poner fin a esta situación. No debe volver a ese despacho donde trabaja, y hay que obligarle a que no escandalice al Círculo, reuniéndose con buenas musulmanas a las que llena la cabeza con sus fantasías. ¡Laila enseñando el Corán! ¡Qué locura! Hay que impedir que lo haga si no queremos que nuestros hermanos nos juzguen por impiedad. Hasan me advirtió que o somos capaces de poner fin a esta situación o lo hará la comunidad. ¿Qué clase de hombres somos si no conseguimos que nos obedezcan las mujeres de nuestra casa?

—Mañana hablaré con ella, pero tú déjala —sentenció su padre.

—Pero si no logras hacerla entrar en razón, entonces lo haré yo.

Sonó el timbre del teléfono y Mohamed levantó el auricular con gesto decidido.

—¿Quién es? —preguntó.

Escuchó durante un segundo mientras enrojecía de nuevo por la ira.

—¡No!, Laila no está, y no la vuelva a llamar. Usted no tiene permiso para preguntar por mi hermana.

Su padre le miró esperando que le dijera quién era, pero Mohamed dio un puñetazo sobre la mesa y de nuevo se puso a gritar.

—¡Un hombre preguntaba por Laila! El muy indecente se atreve a llamar a nuestra casa, pero ¿cómo habéis consentido una cosa así?

—Mohamed, esto es España; hijo, hazte cargo, no es fácil prohibirle todo. Laila tiene que trabajar, tratar con gente. Has vivido aquí y en Alemania, sabes que las mujeres y los hombres trabajan juntos y sabes que en Marruecos también sucede lo mismo en las ciudades, pero lo importante es cómo se comporten ellas, y te aseguro que tu hermana nunca ha hecho nada de lo que debamos avergonzarnos, es una buena chica, y una buena creyente…

—Pero ¿cómo la defiendes? ¿No te das cuenta de lo que significa todo lo que hace Laila? ¿Qué sentido tiene nuestra lucha si nuestras mujeres se comportan como vulgares rameras?

—Hijo, para ganar esta guerra debemos ser cautos y no llamar la atención. No podemos encerrar a Laila, tiene que seguir trabajando…

—De ahora en adelante se comportará de manera diferente, y no saldrá sin pañuelo; no se lo permitiré.

Padre e hijo se miraron agotados. Llevaban muchas horas hablando y el enfrentamiento con Laila había dejado huella en los dos. Era hora de que cada uno se quedara a solas consigo mismo y meditara.

—¿Por qué no llevas a tu esposa a que conozca Granada? Aún no es demasiado tarde y tu madre os puede dejar la cena preparada y hacerse cargo de los niños.

—Sí, me vendrá bien salir un rato.

Mohamed salió de la sala en busca de Fátima, aunque hubiera preferido ir a pasear sin ella. No es que la mujer le molestara, puesto que procuraba no hacerse notar, pero aun así la sentía como una carga. Se dijo que aún no habían compartido el lecho y que no podía demorar ese momento mucho tiempo más, puesto que tanto su familia como la de Fátima esperaban que tuvieran hijos. Sintió una punzada de repugnancia en la boca del estómago, porque su mujer le desagradaba físicamente y no sabía cómo iba a ser capaz de tomarla. El pensamiento le enfureció aún más y tuvo ganas de entrar en la cocina a golpearla, pero se contuvo porque al fin y al cabo ella era la hermana de Hasan y éste podría sentirse ofendido si pegaban a su hermana.

—Mujer, nos vamos —dijo, conminándola a seguirle.

Fátima no se atrevió a rechistar y cambiando una mirada con sus hijos les hizo un gesto para que no preguntaran nada, mientras ella se estiraba la galabiya y seguía a su marido hacía la puerta. Esperaba que su suegra se hiciera cargo de los pequeños y, aunque le hubiera gustado pedírselo, sabía que no debía porque Mohamed no le toleraría ningún retraso, de manera que mansamente salió de la casa caminando un paso detrás de su marido sin atreverse a decirle nada.

A esa hora Granada olía a azahar y Mohamed empezó a sentirse más tranquilo mientras reconocía los rincones de su infancia envueltos en el aroma inconfundible de esas flores minúsculas que sólo aparecía por la noche para embriagar los sentidos.

Fueron bajando por las calles empinadas del Albaicín hasta llegar a la orilla del río, donde a esa hora grupos de jóvenes se reunían en los bares de la zona.

Mohamed suspiró recordando los años vividos en Granada, cuando él mismo acudía a esos bares junto a sus amigos. Pensó en contárselo a Fátima pero la sentía una extraña para hacerla partícipe de sus recuerdos y emociones, de manera que volvió a perderse en sus pensamientos mientras saboreaba con los ojos cada rincón reencontrado.

De repente se acordó de que cerca había un pub donde solía reunirse con sus amigos y se dirigió hacia allí lamentándose de la compañía de Fátima. Aquel pub no era el lugar donde se lleva a una esposa. En el Palacio Rojo solían reunirse los «camellos» de la zona antes de salir a la calle para distribuir la droga. Él había sido uno de ellos antes de marcharse a Alemania. A los dieciséis años empezó a trapichear con hachís y se felicitaba del dinero obtenido con esta actividad.

Se convirtió en camello porque Ali, su mejor amigo, le propuso el negocio: él pasaría el hachís desde Marruecos y Mohamed y sus amigos lo venderían cobrando una buena comisión. Aceptó el trato sin pensarlo y se convirtió, además de en distribuidor, en consumidor. Cuando aspiraba el humo negro del hachís sentía que se le afinaban los sentidos y que el mundo era suyo. Lo mejor de todo era que convertirse en distribuidor de la droga le había abierto puertas que de otra manera le hubieran estado vedadas: las de todos aquellos señoritos que vivían en las zonas residenciales de la ciudad y que acudían a él suplicantes para que les vendiera «mierda». Incluso en ocasiones le invitaban a algunas de sus fiestas. Había disfrutado de lo lindo con aquellas chicas tan hermosas que aceptaban sus caricias a cambio del hachís.

Decidió que entraría en el Palacio Rojo a ver si encontraba a alguno de sus antiguos colegas y compraría una china de hachís. Era lo que necesitaba para poder acostarse con Fátima, y se dijo a sí mismo que nadie se enteraría. Sabía que si llegaba a oídos de Hasan que había vuelto a fumar, le expulsaría del Círculo.

Hasan se lo había advertido antes de enviarle a Pakistán y aceptarle entre los suyos: nada de drogas, nada de comportarse como esos cristianos corruptos capaces de matar a su madre por una dosis.

Pero Hasan estaba lejos y él tenía que hacer los honores de la cama a Fátima y sólo tras un buen porro sería capaz de afrontarlo.

—Quédate aquí un momento, voy a ver si está un amigo.

—¿Aquí, sola? —se atrevió a decir Fátima.

—¡Mujer, no te pasará nada! Es sólo un momento.

Empujó la puerta y sonrió al ver que nada había cambiado en el Palacio Rojo; incluso Paco seguía detrás de la barra.

—¡Mira quién está aquí! —exclamó Paco al verle—. ¿Dónde has estado? Hace años que desapareciste; dijiste no sé qué de una beca y hasta hoy.

—Hola, Paco, ¿cómo va todo?

—Como siempre, sin cambios. Bueno, a algunos de tus colegas les han metido en el talego por pasarse de listos.

—Hace tanto que no sé de ellos… ¿qué sabes de Ali y de Pedro?

—Ali desapareció como tú y Pedro está en la cárcel de Córdoba. Le pillaron con un cargamento de pastillas que hubiera servido para surtir a media España.

—¿Y de Ali no sabes nada?

—Lo que se rumorea. Unos dicen que se volvió a Marruecos, otros que le pilló la poli y está en alguna cárcel cumpliendo condena, otros que se ha vuelto un fanático y que está pegando tiros en Irak, vete tú a saber, estaba un poco pirado. Bueno, ¿y tú qué te cuentas?

—Nada de especial, terminé mis estudios en Alemania y he vuelto a ver a mis padres. ¡Ah, y me he casado!

—¡Vaya pasada! Pero ¿cómo se te ocurre casarte?

—Bueno, no me parece que sea tan raro… por cierto, ¿sabes de alguien que tenga buen material?

—O sea, que el matrimonio no te ha retirado de la «mierda»; bueno, ése de la mesa del fondo, que es moro como tú, tiene de todo.

Mohamed dudó si dirigirse al hombre que Paco le señalaba. Temía que pudieran reconocerle y llegara a oídos de Hasan, pero decidió correr el riesgo; o fumaba hachís o no se podría acostar con Fátima.

Tardó dos minutos en comprar una barra de hachís y salió del local asegurándole a Paco que volvería pronto, aunque en realidad no tenía intención de hacerlo.

—Vamos, comeremos cualquier cosa antes de regresar a casa.

Fátima le miró sorprendida. No esperaba que su marido la fuera a invitar a comer fuera de la casa, era consciente de su rechazo hacia ella.

Caminaron el uno junto al otro sin decir palabra hasta llegar a un pequeño bar desde el que se veía la Alhambra. Mohamed la condujo hasta una mesa del fondo y él se dirigió a la barra. Dos minutos más tarde un camarero se acercaba con una bandeja en la que llevaba dos Coca-Colas, un plato de queso y dos raciones de tortilla de patatas.

Comieron sin mirarse el uno al otro, pero al final Mohamed la sorprendió preguntándole por Laila.

—¿Qué piensas de mi hermana?

Fátima sintió que le ardía el rostro mientras buscaba las palabras con las que responder a su marido.

—Es una buena chica, y ahora que tú estás aquí, seguro que se portará mejor —dijo temiendo disgustar a su marido.

—Mis padres han sido demasiado condescendientes con ella, no han sabido encauzarla y ahora… me avergüenzo de ella.

—No… no deberías… ella… bueno… es una buena chica.

—¡Es una estúpida! Suerte que estamos aquí y podré enderezarla.

No dijo más. Con un gesto pidió la cuenta, y una vez que pagó se levantó seguido de Fátima. De nuevo en silencio caminaron hacia el Albaicín.

Encontraron la casa a oscuras. Les llegaron murmullos desde la habitación de sus padres y se dirigieron a su propio cuarto, donde los niños dormían apaciblemente sobre un colchón colocado en el suelo.

—Llévales al cuarto de al lado; no deberían estar aquí.

Fátima se sobresaltó al escuchar la orden de su marido, sabiendo lo que entrañaba. No dijo nada: despertó a los pequeños y tiró del colchón hasta llevarlo al otro cuarto, allí les acarició el cabello y les conminó a dormirse de nuevo. Luego, suspirando, regresó al dormitorio, donde encontró a Mohamed fumando hachís. No dijo nada, se sentó en la cama y esperó las órdenes de su marido, rezando en silencio para que lo que viniera no fuera demasiado insoportable.

11

Ovidio estaba ensimismado releyendo los papeles que le había dado el obispo Pelizzoli. Había escrito en distintos folios cada una de las palabras salvadas del incendio y las tenía dispuestas sobre la mesa como si fuera un rompecabezas.

—Pues sí que estás entretenido —le dijo el padre Mikel mirándole de reojo mientras encendía un pitillo.

—Lo que estoy es atascado —confesó Ovidio— y no sé por dónde tirar.

—Deberías decirles a los de Roma que te liberen de ese trabajo, porque si no, no te vas a centrar en la parroquia. Perdona que te lo diga, pero te veo más preocupado por esos papeles que por nuestros feligreses. Es difícil conciliar lo que sea que te hayan encargado en Roma con los problemas de aquí.

—Tiene razón, pero no tengo más remedio que cumplir con lo que me han pedido —se excusó Ovidio.

—Y tú, Ignacio, podrías dejar de leer esa crónica de fray Julián, que ya te debes saber de memoria, y compadecerte del chico.

El padre Aguirre, que parecía absorto en la lectura de aquel relato, estaba sentado en una butaca junto al balcón, pero en realidad no se había perdido una palabra de la conversación. Dejó el libro y se levantó, acercándose a Ovidio.

—¿Sabes, Mikel? Ovidio no tiene más remedio que estudiar

estos papeles porque así lo ha dispuesto el Santo Padre —dijo el padre Aguirre en tono cansino.

—¡El propio Papa! —exclamó el padre Mikel—. Bueno, si se lo ha pedido el Papa… pero tiene que haber otros que puedan hacer lo de Ovidio, porque si sigue así no le van a dejar centrarse en lo de aquí —continuó refunfuñando el padre Mikel.

—¿Y quiénes somos nosotros para juzgar las razones del Papa? A la Iglesia se la sirve donde nos piden que la sirvamos, y sin rechistar —respondió el padre Aguirre.

—Vale, si yo no digo nada. Es que me da pena ver al chico todo el día preocupado con esos papeles. Deberías echarle una mano, porque tú de esas cosas sabes.

—¿De qué cosas? —preguntó el padre Aguirre.

—¿De qué va a ser? ¡Pues de secretos! El otro día escuché a Ovidio decirte algo de la matanza de Frankfurt, que no sé yo qué tiene que ver con la Iglesia. Y tú… bueno… se habla mucho, y se dice que desde que has llegado te has empeñado en que aquí la gente deje de matarse.

—¡Y parecía que no te enterabas de nada! —exclamó riéndose el padre Aguirre—. Pero, que yo sepa, ese empeño lo tenemos todos, ¿no?

—¡Hombre, claro! —respondió riéndose el padre Mikel—. Y si os puedo echar una mano… a lo mejor os sirvo de ayuda.

—No, no puedes —respondió, veloz, Ignacio Aguirre.

—¿Sabe, padre? A veces pienso que tanto secretismo no está justificado. ¿Qué hay de malo en que Mikel y Santiago sepan en qué estoy trabajando? Yo confío en ellos como…

—Como no has confiado en nadie en los últimos treinta años —terminó la frase el padre Aguirre.

—Sí, efectivamente.

—Pero tienes que cumplir las reglas, es la única manera de evitar problemas. Y en nuestro trabajo la regla de oro es la discreción.

—Ya… pero…

—Ovidio, yo pondría mi vida en manos de Mikel o de Santiago pero hay asuntos que no les confiaría; no porque no me fíe, sino porque es mejor para ellos.

—En Roma lo que usted dice tiene sentido, pero aquí... lo siento, padre, aquí no le veo el sentido.

—Tú sabrás cómo debes de actuar. Yo sólo te recuerdo las reglas a las que estamos sometidos.

—No, no me cuentes nada —terció el padre Mikel—; si Ignacio dice que no debes hacerlo no lo hagas, pero, al menos, que él te ayude, porque también ha andado metido en secretos. Me voy a buscar a Santiago, que está con los chicos del coro, así que aprovechad el tiempo.

Mikel Ezquerra fue a su habitación a por la gabardina y la txapela y luego se despidió de sus compañeros con un escueto *agur*.

—¡Qué hombre! —dijo riendo el padre Aguirre—. Menudo carácter...

—Es un pedazo de pan —respondió Ovidio.

—Lo es, lo es. Ya te he dicho que le confiaría mi vida.

—Pero no le enseñaría estos papeles, ¿verdad?

—Es curioso que cuestiones uno de los fundamentos de nuestro oficio.

—Es que aquí las cosas resultan diferentes. Roma está muy lejos y las intrigas vaticanas también. Creo que todo es más simple de como lo vemos cuando estamos inmersos en la vorágine de allí. ¿Sabe? Yo no sólo confiaría mi vida al padre Mikel y al padre Santiago, también les confiaría estos papeles.

—No debes hacerlo, Ovidio, por tu bien y por el de ellos. Y el que no lo hagas nada tiene que ver con la confianza.

—Pero usted sí me podría echar una mano...

—No, no debería hacerlo, pero lo haré. Te has atascado y no sé por qué.

—Puede que la lejanía me impida pensar como lo hacía. Aquí todo es diferente.

—Bueno, cuéntame y veré si puedo ayudarte o no.

Ovidio ordenó los papeles sobre la mesa y comenzó a relatarle su encuentro con Lorenzo Panetta y Matthew Lucas; después le explicó minuciosamente cuanto sabía del caso de la matanza de Frankfurt. El padre Aguirre le escuchaba sin mover un músculo, y de cuando en cuando cerraba los ojos como si necesitara abstraerse del todo para entender lo que le contaba Ovidio. Cuando éste terminó su exposición volvió a distribuir por la mesa los papeles en los que tenía escrita una de las palabras encontradas en aquellos restos de folios rescatados del apartamento de Frankfurt donde los terroristas se habían volado.

A Ovidio le sorprendió la mueca de amargura y dolor que parecía haberse dibujado en el rostro del anciano sacerdote.

—¿Qué opina de lo que le he contado?

El padre Aguirre le miró fijamente y, exhalando un suspiro de pesar, le respondió:

—Intentaré echarte una mano, aunque no debería hacerlo.

—Pero… ¿por qué? —quiso saber Ovidio que miraba preocupado el rostro sombrío del viejo jesuita.

—Si yo hubiera tenido un hijo me hubiera gustado que fuera como tú. Quizá por eso inconscientemente te trato como tal —respondió el padre Aguirre.

—Gracias, usted para mí es más que un padre —acertó a decir emocionado Ovidio.

—Hay preguntas a las que no te voy a responder, porque no puedo, porque no debo y porque no quiero. Pero intentaré ayudarte.

—Gracias.

—Bien, empecemos. Dime a qué conclusiones has llegado.

—Ése es el problema, que no he llegado a ninguna. Navego entre tinieblas. Esas palabras no parecen tener ninguna relación entre sí: «Karakoz», «Sepulcro», «Cruz de Roma», «Viernes», «Saint-Pons», «Lotario», «cruz»… Las frases, sacadas de su contexto, son absurdas: «nuestro cielo está abierto sólo a aquellos que no son criaturas», «sangre», «correrá la sangre en el corazón del Santo»... No consigo desentrañar su significado, pero sí leo en ellas un tono amenazador, no sé por qué.

El padre Aguirre se concentró en la lectura de los esquemas trazados por Ovidio mientras éste continuaba hablando más consigo mismo que con el sacerdote.

—No imagino qué clase de papeles o documentos eran los que contenían estas palabras, pero estoy seguro de que nada tienen que ver con el Corán. Y no son de ningún libro, porque, si mira las fotocopias, verá que algunas son palabras escritas a mano, y no por la misma mano. En algunas coinciden los trazos, en otras es evidente que han sido escritas por una persona o personas distintas. He pensado en pedir un examen caligráfico; no es que nos vaya a desvelar nada trascendente, pero al menos algo indicará sobre los autores. La única que está clara es «Karakoz», que se refiere a un traficante de armas.

—¿De dónde es? —quiso saber el padre Aguirre.

—Un serbobosnio. Un personaje oscuro que luchó en las guerras de la antigua Yugoslavia y que ahora se dedica al tráfico de armas. Los informes de inteligencia aseguran que Karakoz puede conseguir cualquier arma que le pidan, sólo es cuestión de precio. Según la Interpol, en los últimos años ha sido uno de los proveedores de los grupos islamistas y, sin duda, fue él quien vendió los explosivos para la matanza del cine de Frankfurt.

—De manera que la única pista sólida que tienes es Karakoz. ¿Le han interrogado?

—Al parecer no quieren hacerlo; prefieren tenerle controlado para ver si hace algún movimiento que conduzca a una pista sólida. Pero no es fácil hacerlo: se mueve como una anguila, y aparece y desaparece sin dejar rastro.

—Karakoz es uno de los extremos de la cuerda.

¿Qué quiere decir?

—Imagínate que el caso es una cuerda. En un extremo tenemos a Karakoz y si tiramos llegaremos al cabo del otro extremo. De manera que, o bien esperas a que la Interpol y el Centro de

Coordinación Antiterrorista de la Unión Europea te cuenten lo que van averiguando del personaje, o bien intentas averiguarlo por tus propios medios, lo que sin duda es más difícil.

—Se supone que lo único que tengo que hacer es pensar qué significan esas palabras.

—Un nuevo atentado, es evidente; lo que no sabemos es dónde, ni cómo, ni cuándo.

Ovidio Sagardía se quedó mirando con asombro al padre Aguirre. Su afirmación había sido como un mazazo. El viejo jesuita le observaba sin poder disimular una sonrisa.

—¡Pero, hijo, si es evidente! Si no estuvieras tan obcecado con tus propios problemas lo habrías visto, como lo han hecho Panetta y Lucas. ¡No puedes ser tan tonto! No hace falta trabajar en ninguna central de inteligencia para saber que hay un plan bien determinado por alguna o algunas personas, decididas a provocar un choque entre Occidente y el islam. Lo peor es que el fanatismo islamista encuentra aliados en ciertos sectores a los que no les viene nada mal para sus intereses que tengamos una nueva «guerra fría», sólo que ésta es diferente, y se pretende que la religión sea el desencadenante. ¿Sabes? No puedo creer que seas tan ingenuo; es más, me decepcionas.

Ovidio tragó saliva avergonzado. Llevaba media vida trabajando para el departamento de Análisis de Política Exterior, y de repente se estaba comportando como un novato; peor que eso, como un incapaz. El padre Aguirre tenía razón.

—Lo siento. Es verdad que he estado muy encerrado en mí mismo. Llevo meses sin pensar en nada que no sea yo…

—¿Y eso te ha convertido en un simple? —le reprochó con enfado el padre Aguirre.

—No; bueno, espero que no.

—Estoy seguro que desde el 11 de septiembre, incluso antes, el obispo Pelizzoli debe haberos puesto a todos a trabajar en lo que está pasando y se está moviendo en el mundo islámico. ¿No ha reforzado las legaciones vaticanas con algunos de nuestros analistas? ¿No ha determinado que el problema islámico es hoy la prioridad? No hace falta que me respondas. Conozco bien a Luigi Pelizzoli y es todo menos un incapaz, es una de las mentes más brillantes de la Iglesia. De manera que supongo que está dedicado a este conflicto. Y tú realmente estás mal. Eres un jesuita, entiendo la crisis por la que has pasado, entiendo que necesitaras dejar el Vaticano, pero no admito que no razones y que tu preocupación se haya convertido en tu único problema. Bien, ahora estás aquí; dime qué es exactamente lo que quiere Pelizzoli que hagas.

—Pensar, buscar un hilo conductor entre estas frases y sí, supongo que intentar saber si detrás de ellas hay una amenaza, aunque en ningún momento el obispo ni aquellos dos agentes de inteligencia dijeron nada al respecto.

—No hace falta señalar lo evidente. En mi opinión, lo que te han pedido no lo puedes hacer solo desde aquí. Necesitas medios, ayuda, una buena base de datos, saber qué es lo que va averiguando Interpol, el Centro de Coordinación Antiterrorista europeo, la CIA... en fin, no puedes hacer nada encerrado en este piso de la margen izquierda de Bilbao.

—Ésa es la condición que puse y que aceptaron.

—Pues es mejor que seas honrado contigo mismo y con la Iglesia. Yo te digo que ese trabajo no puedes hacerlo solo desde aquí. Tendrías que ir a Bruselas, reunirte con los de ese Centro de Coordinación , ver a los de la Interpol, estar en contacto con nuestro departamento en el Vaticano, y si me apuras, deberías intentar averiguar algo por tu cuenta de ese sinvergüenza de Karakoz dondequiera que se esconda. La información se encuentra en la calle.

—Nuestro objetivo es analizar la información —se defendió Ovidio.

Claro, pero nadie nos la regala, hay que buscarla. Nuestro departamento de Análisis de Política Exterior cuenta con mejores datos que muchos gobiernos. ¿Sabes por qué? Pues porque nosotros estamos en todas partes, en todas las calles, en todos los rincones del planeta. Pero esto ya lo conoces, así que no me canses comportándote como si no supieras de qué va este negocio.

—Me sorprende que hable de esta manera… —se lamentó Ovidio.

—Bueno, lo hago para fastidiarte; ya sé que precisamente por todo esto has querido dejar el Vaticano. Pediré perdón al Señor por haberte hecho daño a sabiendas de lo que hacía.

—¿Así de fácil?

—También te pido perdón a ti.

—¡Es usted increíble!

—No soy la maravilla que crees que soy. Sólo soy un hombre, un viejo sacerdote jesuita. No me idealices, acéptame como soy.

Se quedaron en silencio mirándose a los ojos. A Ovidio le sorprendía la dureza del razonamiento del padre Aguirre, pero no se engañaba: sabía que el viejo sacerdote tenía razón.

—Supongo que podré conciliar los dos intereses, el de la Iglesia y el mío —afirmó con un deje de cinismo.

—Tú verás si puedes.

—No regresaré al Vaticano. Me quedo, trabajaré desde aquí, aunque tenga que ir de un sitio a otro. Me gusta lo que estoy haciendo, en realidad no sabía cómo era tratar con gente normal, ni qué problemas reales tiene la gente. Aquí estoy encontrando verdadero sentido al sacerdocio.

—Nadie mejor que tú para saber lo que puedes hacer. Pero si vas a seguir con el caso, te aconsejo que te lo tomes en serio y no a modo de inventario, porque de ti puede depender que se salven vidas. Bien, ¿qué te sugieren algunas de las palabras?

—Lotario… hay varios Lotarios importantes en la historia pero en principio nuestro Lotario debería ser contemporáneo. En cuanto a Saint-Pons, aparece como un pequeño pueblo en el sur de Francia; eso podría suponer que allí hay una célula islamista, o que es el lugar elegido para un atentado. Supongo que los del Centro de Coordinación Antiterrorista de Bruselas lo estarán investigando.

—No está mal…

—Gracias por animarme, pero en realidad no tengo nada. Pienso que estas palabras tienen que significar algo, pero no tienen sentido en manos de unos terroristas islamistas.

—No deseches ninguna pista por extravagante que te parezca. En cualquier caso me tranquiliza ver que no has estado perdiendo tanto el tiempo como me estabas haciendo creer.

—Luego está lo de: «correrá la sangre en el corazón del Santo…». Una frase misteriosa que no me dice nada, y me cuesta relacionar con el grupo de fanáticos de Frankfurt.

—No tienes más remedio que tirar de la cuerda, y la única pista sólida es Karakoz. Insisto en que hables con esos dos señores que os fueron a ver al Vaticano y que te digan todo lo que han averiguado del personaje hasta el momento. Me parece que no hay muchas opciones más. Antes has dicho que se mueve como una anguila, pero tendrá un domicilio en alguna parte.

—Según este dossier, Karakoz pasa temporadas en Belgrado pero también en Montenegro, incluso se le ha visto en algunas de las ex repúblicas de la URSS, es uno de los proveedores de la guerrilla chechena; ha recalado en varios ocasiones en el aeropuerto de Beirut, en Yemen, en Damasco, pero también en París, en Londres, en Amsterdam… El informe dice que es un tipo discreto, que no se comporta al uso de los gánsteres. No suele frecuentar clubes nocturnos, ni tampoco se le conocen mujeres. Bebe vodka y fuma puros. Eso es todo lo que al parecer se sabe de él. La cuestión es saber si el grupo de Frankfurt estableció contacto directamente con Karakoz o si el grupo en cuestión tenía otros jefes por arriba que son los que se encargaron de comprar las armas y los explosivos a Karakoz.

—Supongo que sobre eso ya deben de tener una idea en el Centro de Coordinación Antiterrorista. De manera que…

—Que no me queda otro remedio que irme a Bruselas —respondió Ovidio soltando una carcajada.

—Tú verás…

—No tendré más remedio que hacerlo si quiero evitar que piense que soy un tonto.

—Efectivamente —respondió, riendo, el padre Aguirre.

—Me han hecho una faena.

—Sí, te la han hecho. Pero si Luigi Pelizzoli ha insistido en meterte en este caso es porque cree que puedes ayudar más que otros, de manera que tienes la obligación de hacerlo.

—¿Cuántas veces le han pedido ayuda desde que dejó el Vaticano?

—Mi vida no es la tuya, mis circunstancias nada tienen que ver con las tuyas, de manera que no pierdas el tiempo haciendo paralelismos. Pero que te quede clara una cosa: yo he servido a la Iglesia allí donde me ha requerido, donde han considerado mis superiores que debía hacerlo, y lo seguiré haciendo.

—Pero le dejaron venir aquí…

El padre Aguirre no respondió y volvió a ensimismarse en los papeles diseminados sobre la mesa.

—La verdad es que este caso es un auténtico reto para la inteligencia; sin duda es el «caso» de tu vida, en el que vas a dar la medida de lo que eres.

—¡Vaya!, no me lo pone fácil.

—No soy yo el que no te lo pone fácil. Este caso es endiablado, te lo aseguro.

Se miraron y Ovidio tuvo la impresión de que había un trasfondo en las palabras del padre Aguirre; pero no se atrevió a planteárselo.

—Llamaré a monseñor Pelizzoli y le pediré permiso para ir a Bruselas. Supongo que con un par de días tendré bastante.

—No supongas nada: tienes un trabajo que hacer; hazlo, pero sin condicionarte a ti mismo ni con el tiempo ni con nada. Pero… ¿sabes?, esta conversación me cansa. En realidad es tu resistencia la que me cansa. Quizá deberías llamar al obispo y decirle que renuncias del todo; quizá eso sería lo más honrado.

El padre Aguirre se levantó y salió de la sala dejando a Ovidio perplejo y malhumorado. Esperaba que el anciano sacerdote se pusiera de su lado, que entendiera su desgana para ponerse a pensar en el atentado de Frankfurt que tan lejos se le antojaba de su nueva vida en España. Y, sin embargo, su maestro le instaba a dedicarse al cien por cien al maldito caso y veía dibujarse en él la profunda decepción que le provocaba su actitud.

Ovidio se dijo que también él estaba sorprendido consigo mismo, por su terquedad casi infantil, pero se disculpó pensando que tenía derecho a ser un simple sacerdote y no ver más allá de los problemas de sus feligreses. Sintió de nuevo el desgarro interior que le había mortificado en los últimos meses.

Escuchó el sonido de la puerta al cerrarse. El padre Aguirre se había marchado dejándole solo para que tomara una decisión.

Cogió el teléfono y marcó el número directo de monseñor Pelizzoli, quien respondió al segundo pitido. Durante media hora estuvo explicando a su antiguo superior los escasos avances que había hecho y después le preguntó si consideraba conveniente que se desplazara a Bruselas, y quizá también a Belgrado. Pudiera ser que en la nunciatura alguien supiera algo relevante de Karakoz. Él sabía por experiencia la mucha información que sobre los asuntos más diversos pueden llegar a tener en las nunciaturas.

—Ya hemos pedido discretamente a nuestros hermanos de Belgrado que nos digan si saben algo interesante sobre Karakoz. En realidad, lo que nos cuentan no es mucho más de lo que saben en Bruselas, pero si crees conveniente ir, hazlo. Llamaré para que te reciban y te faciliten lo que puedas necesitar. En cuanto a lo de ir también a Bruselas, tampoco hay inconveniente. Tú eres quien lleva este caso.

—Bueno… no exactamente… —protestó Ovidio.

—Confiamos en que seas capaz de encontrar una pista que nos ilumine. Estamos preocupados por lo que puedan significar esas palabras, esas frases enigmáticas.

—No he cambiado de opinión respecto a lo que creo que debo hacer.

—Y no te hemos pedido que lo hagas —respondió con dureza el obispo.

—Haré todo lo que pueda.

—En eso confiamos.

—En nuestra Oficina, ¿se ha llegado a alguna conclusión?

—A ninguna sólida, pero sería conveniente que intercambiaras pareceres con los hermanos que están trabajando en el caso; es mejor que todos demos patadas en la misma dirección. Podrías venir al Vaticano antes de ir a Bruselas y a Belgrado.

Ovidio estuvo a punto de negarse, pero no se sintió capaz. Además, sabía que el obispo tenía razón. O estaba dentro del caso o lo dejaba, pero no podía seguir esquivando su responsabilidad.

—Lo haré.

—¿Cómo te va en Bilbao?

—Me siento muy bien. Aquí puedo llegar a estar en paz conmigo mismo.

—Me alegro de que así sea, ¿y el padre Aguirre?

—Acaba de salir. Está muy bien, tan enérgico y bondadoso como siempre.

—Ya lo supongo. ¿Te está ayudando?

—Se resiste —confesó Ovidio.

—Muy propio de él; querrá que te enfrentes a tu propia responsabilidad; sin embargo, escúchale. Él… bueno, él tiene mucha experiencia y sabe ver más allá de lo que somos capaces de ver los demás. Seguramente tiene ya una idea bastante precisa de qué va este caso.

—Si es así, no me lo ha dicho.

—Y no lo hará salvo que lo crea estrictamente necesario.

—No entiendo…

—¡Pero, hijo mío, cómo vas a entender al padre Aguirre! Es mi amigo además de mi maestro y nunca he logrado entenderle ni… ni siquiera conocerle de verdad —confesó el obispo ante el estupor de Ovidio—. Bien, ponte en marcha y ven a verme cuando llegues al Vaticano. Hablaré con tus superiores, con el general de tu Orden para que te permitan hacer altos en el camino que has empezado a recorrer como sacerdote en Bilbao.

Ovidio volvió a concentrarse en los papeles que tenía ante sí pensando en el absurdo que suponía entrelazar unas palabras aparentemente sin relación y llegar a una conclusión lógica. En cuanto a las frases, tenía que buscar igualmente sus contextos y la tarea tampoco era fácil.

Había anochecido cuando regresaron sus tres compañeros de piso. El padre Mikel Ezquerra estaba discutiendo con el padre Santiago, mientras el padre Aguirre les conminaba a acabar la discusión.

—¡Pero es que Santiago no entiende nada! —protestaba el padre Mikel.

—Eres tú el que ves la realidad con un cristal que lo distorsiona —se defendía el padre Santiago.

—¡No terminas de comprender el problema!

—¡Claro que lo entiendo! La cuestión es que no comparto contigo ni el diagnóstico ni la solución.

Entraron en la sala refunfuñando. El padre Aguirre les pedía que dejaran de pelear.

—Pero ¿qué os pasa? —quiso saber Ovidio.

—Éste, que se cree que lo que ocurre aquí es culpa nuestra —respondió el padre Mikel.

—¿Lo que pasa dónde?

—Pues en el País Vasco. Tú eres de aquí y, bueno, sabes de qué va esto, pero Santiago lo ve con ojos de granadino y…

El padre Santiago, de natural apacible, dio un respingo y se dirigió iracundo hacia el padre Mikel.

—¡O sea que sólo los vascos pueden hablar y entender a los vascos, los chinos a los chinos, los franceses a los franceses…! ¡Menuda estupidez! Haces mal en ser ambiguo con esos chicos, estás sembrando su perdición.

—¡Esto sí que es demasiado! No soy ambiguo y lo sabes bien, sólo que prefiero escucharles y convencerles, no condenarles a la primera de cambio.

—Es que el mal hay que condenarlo a la primera de cambio, no hay matices posibles —replicó el padre Santiago.

—¿Podemos cenar?

La pregunta del padre Aguirre hizo que aparcaran la discusión. Ovidio quitó sus papeles de en medio, mientras el padre Mikel ponía la mesa y el padre Santiago, seguido del padre Aguirre, entraba en la cocina para calentar la cena que les había dejado preparada la buena de Itziar.

Todos se concentraron en saborear la sopa de pescado y las sardinas rebozadas de Itziar.

Cuando terminaron de cenar, el padre Aguirre les invitó a rezar el rosario para —según les dijo— meditar y liberar el espíritu de las tensiones del día además de intentar acercarse a Dios.

Una vez que finalizaron el rezo, el padre Aguirre propuso tomar una copa de pacharán antes de irse a dormir.

—¡Anda! ¿Es que es fiesta? —preguntó con sorna el padre Mikel.

—No, pero a lo mejor nos viene bien a todos degustar el licor charlando un rato antes de irnos a dormir —respondió el padre Aguirre.

—A mí me parece una idea estupenda —apuntó el padre Santiago.

—Hace años que no tomo pacharán —confesó Ovidio.

—Pues sí que te has perdido cosas andando por esos mundos —dijo el padre Mikel mientras se disponía a servir cuatro minúsculas copas con el pacharán.

Los cuatro sacerdotes apuraron el licor de endrinas cada uno sumido en sus pensamientos, hasta que el padre Mikel les devolvió a la realidad.

—Mañana tenemos que reunirnos con esos jóvenes; necesitan respuestas.

—La respuesta es clara: no hay justificación para que se comporten como unos bárbaros y amedrenten a sus compañeros. No podemos justificarles —dijo el padre Santiago en tono enfadado.

—No sé de qué habláis. ¿De lo mismo de antes? —quiso saber Ovidio.

El padre Santiago tomó la delantera a su compañero Mikel para responder a Ovidio.

—Sí. Te lo explico en dos palabras. Hoy ha venido a vernos una chica del instituto asustada porque un grupo de chavales de bachillerato vienen amenazando a su hermano porque no se une a ellos en la *kale borroka*. Le llaman cobarde, español, perro, etcétera. Ayer les tiraron un cóctel molotov en la terraza de su casa, afortunadamente no había nadie en ese momento. Pero hoy en el patio le han rodeado y le han dado una paliza. Nadie ha movido un dedo, nadie ha visto nada. Sólo su hermana ha intentado ayudarle y esos bestias le han puesto un ojo morado. Ella teme que la cosa vaya a más; teme por la vida de su hermano y ha venido a pedirnos ayuda, porque conocemos a esos bárbaros, y cree que podemos tener alguna influencia en ellos si les hablamos. Yo creo que además de hablarles debemos decirles que si vuelven a tocar un pelo a ese muchacho, si vuelven a lanzar un cóctel molotov a su casa, les llevaremos de la oreja ante la Ertzaintza. Por eso nos peleamos Mikel y yo. Él no está de acuerdo con esto último.

El padre Aguirre observaba a Ovidio pendiente de lo que pudiera decir. El sacerdote, absorto como estaba en sus cuestiones personales, no terminaba de entrar en los problemas reales de la comunidad a la que quería servir.

En el rostro de Ovidio se reflejaba la confusión y también el malestar por lo que acababa de escuchar al padre Santiago.

—No se puede permanecer neutral ante la violencia —acertó a decir.

—¡Pero no podemos denunciarles! ¡Si lo hacemos no volverán a confiar en nosotros! —protestó el padre Mikel.

—Y si miramos hacia otro lado, esa chica, su hermano y muchos como ellos tampoco confiarán en nosotros —afirmó con rotundidad el padre Santiago.

—Las cosas no son tan simples, por lo menos aquí. Este pueblo ha sufrido mucho —dijo el padre Mikel.

—¿Y su sufrimiento les da derecho a provocar más? —preguntó Ovidio.

—¡Vamos! ¡Tú saliste de Bilbao hace mucho tiempo, pero no se te puede haber olvidado lo que hemos pasado aquí! —insistió el padre Mikel—. No estoy diciendo que no hagamos nada, claro que podemos hacer, pero no lo que dice Santiago.

—Esos chicos tienen que aprender a diferenciar el bien del mal. No podemos ser sus cómplices en el mal, no podemos decirles que porque quieren la independencia del País Vasco están legitimados a hacer cualquier cosa para conseguirla.

—A mí me parecen unos cobardes —sentenció el padre Aguirre—. Hay que ser muy cobarde para entre cinco dar una paliza a un compañero y un puñetazo a su hermana. Son cobardes ellos, pero también todos los que han mirado hacia otro lado. No podemos permanecer impasibles ante el mal.

El padre Mikel no pudo ocultar un gesto de desolación, aunque no se daba por vencido.

—Claro que debemos actuar. Mañana iré a ver al director del instituto. También quiero hablar con los profesores e ir a la clase de esos chicos; debemos hablar con ellos uno a uno y advertirles de que su actuación no puede quedar impune. Pero si perdemos su confianza será peor. No tienen demasiadas referencias sobre lo que está bien o lo que está mal. Uno de ellos tiene a su padre en la cárcel, el otro a un hermano, hay que ponerse en su piel —insistió el padre Mikel.

—¿Por qué tiene a su padre en la cárcel? —preguntó Ovidio.

—Por un atentado. Formaba parte de un comando que atentó contra una patrulla de la Guardia Civil; murieron tres guardias.

—O sea, que está en la cárcel por matar —sentenció Ovidio sin un ápice de compasión en el tono de voz.

—Ha matado porque cree que este país no es libre, porque cree que es la única manera de que se reconozca que Euskadi tiene derechos. No lo justifico —se apresuró a matizar el padre Mikel—, sólo te explico cómo se perciben las cosas desde aquí.

—Y para conquistar esa libertad acaban con la vida de otros… —empezó a decir Ovidio.

—De otros que representan la opresión —se apresuró a responder el padre Mikel.

—¿Dónde ponemos el límite? —preguntó Ovidio con dureza.

—¿El límite? No te entiendo —respondió el padre Mikel con voz alterada.

—Sí, dime, ¿en qué circunstancias podemos justificar matar, torturar, dar una paliza a quien no piensa como nosotros? Digamos que aquí tienen razones, ¿y en Irlanda? Tampoco podemos olvidarnos de los chechenos, ni de los palestinos, incluso Bin Laden tiene razones para declarar el *yihad*, y…

—¡No hagas trampas, Ovidio! —dijo enfadado el padre Mikel.

—¿Trampa? No, eres tú el que te haces trampas a ti mismo. Soy tan vasco como tú, y cuando era niño escuchaba a los mayores hablar de una patria nueva que sería una Arcadia. Pero Arcadia no existe, sólo existimos los hombres y somos iguales, no importa dónde hayamos nacido o dónde vivamos. Hombres con todas las miserias y grandezas que albergamos todos los seres humanos. Cuando pierdes a tu madre, el dolor es el mismo hayas nacido aquí o en la China; cuando alguien te humilla, el dolor de la humillación se te clava en el alma seas vasco o escocés. Si no ganas lo suficiente para mantener a tu familia, la desesperación es igual aquí o en Sebastopol.

—Has estado tanto tiempo fuera que…

—He estado tanto tiempo fuera que he aprendido que la tierra no es nada sin los hombres, que lo que importan son los seres humanos.

El padre Aguirre y el padre Santiago escuchaban en silencio el duelo entre Ovidio y Mikel. Ambos defendían con pasión sus posiciones.

—Yo estoy en contra de la violencia, Ovidio, te lo aseguro, sólo digo que nuestro deber es saber dónde ejercemos nuestro ministerio, entender los sentimientos de la gente. De otra manera no podemos hacer nada por ellos.

—Entonces, comprende el dolor de ese chico apaleado y de su hermana maltratada. ¿Qué tipo de patria nueva se puede construir sobre los cadáveres de quienes no piensan como ellos? ¿Sabes? Me gustaría acompañarte al instituto a ver a esos chicos.

—Pues ven; a lo mejor así ves las cosas de otra manera.

—Lo intentaré, pero no creo que pueda, mañana me marcho.

—¿Adónde? —quiso saber el padre Mikel.

—Bueno, ya sabéis que estoy terminando un trabajo que tenía pendiente antes de venir aquí, y me está resultando más complicado de lo que pensaba. Tengo que ir a Roma y a Bruselas, supongo que no estaré fuera más de una semana. Lo siento, porque lo que más deseo es la rutina de esta nueva vida, pero tengo el compromiso y la responsabilidad de terminar lo que estaba haciendo.

No le preguntaron más. Siguieron hablando de generalidades hasta que el padre Aguirre les propuso irse a descansar.

12

Lorenzo Panetta recibió a Ovidio Sagardía en el aeropuerto. Llovía intensamente en Bruselas y el viento hacía aún más desagradable la mañana.

Ovidio le había telefoneado desde Roma proponiendo un encuentro para cambiar impresiones. El veterano policía aceptó de inmediato, ansioso por escuchar a ese sacerdote que, según todos los informes, era la «estrella» de la inteligencia vaticana, aunque al parecer había decidido retirarse.

El Centro de Coordinación Antiterrorista estaba situado en un edificio cercano a la sede de la OTAN, y en él trabajaban varios cientos de personas.

Colaboraban de manera permanente con él oficiales de inteligencia de agencias europeas y de otros países. Matthew Lucas era uno de ellos.

A Ovidio le sorprendió la gran cantidad de medios con que contaba el Centro, que orgullosamente le mostraron el jefe, Hans Wein, y el propio Lorenzo Panetta.

Cuando por fin se reunieron en el despacho de Hans Wein, Matthew Lucas y Andrea Villasante se unieron a ellos.

—Díganos, ¿ha llegado a alguna conclusión sobre este asunto? —le preguntó sin rodeos Hans Wein.

—No; con franqueza, no. He examinado las palabras encontradas en los restos de papeles, he hecho con ellas varias composiciones y he pedido un examen grafológico, aunque supongo que ustedes también lo habrán hecho. Es evidente que algunas de esas palabras han sido escritas por manos distintas. No he encontrado una relación posible entre ninguna de ellas, y me sigo preguntando por todas y cada una de las palabras y frases encontradas. Ni juntas ni separadas parecen tener sentido.

—Nosotros tampoco hemos adelantado demasiado —explicó Hans Wein—, estamos igualmente atascados. La única esperanza es que Karakoz nos conduzca a alguno de los jefes del comando, aunque será difícil. Esa gente funciona de manera aislada, no se conocen los unos a los otros, tienen autonomía para decidir dónde y cuándo actúan.

—Pero hay una cabeza pensante —afirmó Lorenzo Panetta—, de eso estoy seguro.

—Pues yo no lo estoy tanto —apuntó Andrea—. Su seguridad se basa precisamente en que no pertenecen a una organización articulada.

—Lo siento, Andrea, en esto discrepo contigo. Creo que hay una o varias cabezas en alguna parte. No digo que no haya células que puedan actuar de manera independiente, pero los grandes atentados tienen una motivación específica, no son fruto del azar.

—Bueno, en algo tenemos que discrepar —respondió ella sonriendo.

—En mi opinión, los terroristas de Frankfurt no tenían intención de convertirse en mártires. Tenían otros planes, posiblemente futuros atentados. La cuestión es que si tiene razón Andrea y estos grupos son independientes unos de otros, se han llevado al otro mundo sus planes, fueran los que fuesen. Si por el contrario tiene razón Lorenzo, entonces otro grupo puede haber recogido el testigo e intentar llevar adelante dichos planes, de los que sólo tenemos esas palabras sacadas de restos de papeles quemados que no sabemos a qué corresponden.

Escucharon atentamente la disertación de Hans Wein, conscientes de la dificultad que planteaba.

—Mañana voy a Belgrado —les informó Ovidio—. Aunque ustedes tengan información precisa, que espero puedan enseñarme, sobre Karakoz, intentaré conseguir alguna cosa más sobre el terreno.

Matthew Lucas le observó de reojo expectante. ¿Qué podía conseguir un sacerdote que no hubieran conseguido ya los servicios de información de los países occidentales, además de los satélites y las antenas de escuchas telefónicas? Ovidio se dio cuenta de la mirada desconfiada del norteamericano.

—¿Sabe, señor Lucas? Seguramente tiene usted razón para pensar lo que está pensando, pero siempre hay un detalle perdido que nosotros los curas podemos aportar, y a lo mejor ese detalle es importante. O no, ya se verá.

—¡Por favor, no crea que soy reticente! —se disculpó Matthew Lucas, preocupado por haber resultado tan transparente para aquel jesuita.

—Bien, y ahora me gustaría saber lo que me pueden decir del caso.

Lorenzo Panetta cambió una mirada rápida con Hans Wein y éste, con un gesto casi imperceptible, le indicó que fuera él quien hiciera un resumen de la situación.

—Continuamos teniendo a Karakoz bajo vigilancia, noche y día; curiosamente lleva tres semanas sin moverse de Belgrado. Si no supiéramos quién es, casi podríamos creer que es un comerciante y un anodino padre de familia. Es extremadamente cuidadoso en sus conversaciones telefónicas, se refiere a transacciones comerciales sin especificar la mercancía y sin dar ningún dato relevante. Después de lo de Frankfurt se ha vuelto más cauteloso que antes, como si sospechara que le están vigilando. En cualquier caso no vamos a perderle de vista, porque en algún momento se tendrá que mover. No puede llevar su negocio criminal sentado en sus oficinas de Belgrado o de Podgorica. Ese hombre se pasea por todas las repúblicas sin problemas. Karakoz es nuestra mejor carta para llegar a algún jefe del Círculo.

»En cuanto a las palabras, tampoco nosotros logramos en-contrarles sentido. Es imposible saber en qué contexto estaban, si en una carta, en un informe, en un folleto turístico… de manera que podemos equivocarnos y trabajar en la dirección contraria si nos obsesionamos con esas palabras, aunque tampoco desecha-mos seguir analizándolas.

—¿Tienen información de que se esté preparando algún otro atentado? —preguntó directamente Ovidio.

—El Círculo ha declarado la guerra a Occidente, de manera que en cualquier momento y en cualquier lugar pueden sorpren-dernos; pero respondiendo a su pregunta, no tenemos ninguna información precisa. Es como si después de Frankfurt hubieran decidido esperar a que aflojemos las medidas de seguridad. Tan-to Interpol, como nosotros, como otras agencias, están sondean-do a sus fuentes habituales, pero por ahora no tenemos nada que nos llame la atención. Los malos se habrán escondido en sus gua-ridas planeando el próximo golpe.

—Supongo que mandarán a alguien a Saint-Pons…

—Sí, desde hace unos días hay gente allí observando, hablan-do con unos y con otros, pero Saint-Pons-de-Thomières es un apacible pueblo donde ni siquiera es importante el número de in-migrantes; es difícil saber dónde buscar.

—Entonces van a ciegas —sentenció Ovidio.

—Desafortunadamente sí. Por eso no le hemos desanimado sobre su viaje a la antigua Yugoslavia; es difícil que le cuenten algo que no sepamos, pero nunca se sabe.

—Creo que también me daré una vuelta por Saint-Pons.

—Usted verá, lo importante es que sepamos qué va haciendo.

La noche se había adueñado de Bruselas. La mujer andaba con paso ágil sin mirar atrás. Estaba cansada por la intensa jornada de trabajo y ansiosa por llegar a su casa para poder descansar. Cuando entró en el edificio donde estaba situado su diminuto apartamento, el conserje le entregó un sobre que habían llevado esa misma tarde para ella. Echó un vistazo rápido al remite, dio las gracias al conserje y se apresuró a coger el ascensor.

Ya en el apartamento, sin siquiera quitarse la gabardina abrió el sobre, que contenía una tarjeta de móvil barato. La sustituyó por la suya. Luego fue a la cocina para beber un vaso de agua, miró el reloj, se puso un chándal y zapatillas de deporte, volvió a mirar el reloj y decidió esperar unos minutos. El conserje estaría a punto de marcharse y prefería salir sin que la viera. Tampoco tenía importancia si la veía, pero se sentía más segura.

Sentada en el sofá, sin moverse, cerró los ojos, dejando vagar la imaginación en un recorrido inesperado que siempre terminaba de la misma manera: ella con él, en aquella playa, o en aquel café, o en el apartamento de la Costa del Sol... ella y él riendo, ella y él discutiendo hasta altas horas de la mañana sobre un futuro mejor, ella y él soñando, ella y él amándose con desesperación.

Cuando pasó un tiempo que consideró prudencial volvió a salir a la calle. Caminó con paso lento, como si estuviera dando un paseo. Se alejó de su casa corriendo, haciendo footing, y cuando se había alejado unas cuantas manzanas sacó el móvil del bolsillo del pantalón y marcó un número. Durante unos segundos temió que nadie respondiera la llamada, luego le llegó nítidamente la voz de él. No aflojó el paso, sino que continuó andando mientras hablaba.

—No hay novedad, no se sabe nada, ni una pista, sólo el explosivo vendido por tu amigo. Por eso le tienen vigilado día y noche, creen que si tiran de él llegarán al final de la madeja.

Desde el otro lado de la línea alguien le hizo una pregunta a la que ella respondió.

La conversación no duró más de dos minutos, tiempo suficiente para darle toda la información que necesitaba. Luego volvió a guardar el móvil en el bolsillo y regresó a casa. Allí sacó la tarjeta del teléfono y la partió en dos mitades que echó por el inodoro. Temía que un día se produjera un atasco, pero era más seguro que tirar la tarjeta a un contenedor. Bruselas era una ciudad llena de espías. Espías de todos los países, de todas las agencias, desconfiando los unos de los otros, vigilando a los amigos y a los enemigos.

Tenía sueño; al día siguiente el despertador sonaría a las seis y media de la mañana, de manera que decidió darse una ducha antes de meterse en la cama.

Iba a acostarse cuando el timbre del teléfono la sobresaltó. Lo cogió preocupada, habló un par de minutos y cuando colgó suspiró con agotamiento. Esa noche iba a dormir menos de lo previsto. A los diez minutos volvió a salir de su apartamento.

Matthew Lucas entró en el restaurante con Ovidio Sagardía. Hans Wein le había encomendado que invitara a cenar al sacerdote y éste había aceptado de buen grado.

Wein se consideraba ateo, pero sentía una extraña fascinación por la Iglesia católica, por su maquinaria que había sido capaz de sobrevivir dos mil años. Además, su visita al Vaticano le había impresionado, y Sagardía no era un sacerdote al uso: era un analista de inteligencia al servicio de la Iglesia, por más que eufemísticamente a aquel departamento vaticano se le denominara departamento de Análisis de Política Exterior.

El camarero les señaló una mesa vacía situada al fondo del restaurante. Para sorpresa de ambos en la mesa de al lado se encontraron con Mireille Béziers.

—¡Vaya, esto sí que es casualidad! —dijo la joven.

—Buenas noches —respondió secamente Matthew Lucas.

Ovidio Sagardía la saludó con una inclinación de cabeza. No le habían presentado a esa joven, aunque sí la había visto por el Centro.

Mireille no hizo ademán de presentarles al hombre con el que estaba cenando y ellos tampoco hicieron nada por saludarle.

A Matthew Lucas se le notaba la incomodidad tanto como a Mireille, pero habría sido una grosería pedir que les cambiaran de mesa.

Mientras examinaban la carta, tanto Matthew Lucas como el sacerdote observaban de reojo a Mireille y a su acompañante, un hombre moreno, bien parecido, de rasgos inconfundibles: era magrebí, lo mismo podía ser de Marruecos que de Argelia. No era difícil saber que el hombre tenía cierta posición social: se veía en su aspecto, sobre todo en las manos finas y cuidadas, en la ropa que vestía, incluso en los modales.

Mireille y el hombre hablaban en árabe y se les notaba a gusto el uno con el otro.

Ovidio Sagardía y Matthew Lucas conversaron de generalidades; el sacerdote se había dado cuenta de la antipatía del norteamericano hacia aquella chica y se preguntaba la razón.

El acompañante de Mireille pidió la cuenta y entregó una tarjeta de crédito American Express Oro. Una vez firmado el recibo, dejó una buena propina sobre la mesa. Ella se despidió del sacerdote y de Matthew Lucas con un gesto con la mano; su acompañante ni siquiera les miró.

—Perdone si soy indiscreto, pero ¿quién es esa joven? Me ha parecido verla en el Centro —preguntó Ovidio a Matthew Lucas.

—Se llama Mireille Béziers. Su tío es un militar importante en la OTAN, y nos ha colocado a su sobrina en el Centro.

—Veo que no le tiene mucha simpatía.

—No me gustan los enchufados.

—A lo mejor tiene alguna virtud —respondió riendo Ovidio Sagardía.

—Yo no se la encuentro. Lo que no sé es quién puede ser ese hombre.

—Tampoco tiene por qué saberlo.

—Era magrebí.

—Sí.

—Bueno, nuestro departamento se dedica a investigar el terrorismo islámico.

—¿Y eso qué tiene que ver con ese hombre?

—Pues… bueno, resulta extraño ver a alguien del Centro con un magrebí.

—¿Usted no conoce a ninguno?

Matthew se dio cuenta de que el sacerdote le estaba malinterpretando y se enfureció consigo mismo por haber dado pie a esa confusión.

—Sí, a unos cuantos.

—¿Entonces? ¿Es que desconfía de todos los que no son occidentales?

—Mi padre es un judío de Nueva Jersey y mi madre pertenece a la Iglesia episcopaliana. Le aseguro que no tengo prejuicios ni raciales ni religiosos.

—Uno de los problemas de los seres humanos, de todos sin excepción, es la desconfianza hacia quien es diferente. No les entendemos y nos sentimos incómodos, con miedo.

—Le aseguro que no es mi caso, pero en esta profesión te vuelves un poco paranoico y terminas desconfiando de todo el mundo. Estamos librando una batalla contra un enemigo invisible.

—Lo sé, pero la manera de ganarla no es tratar como delincuentes a todos los que no son como nosotros.

Matthew enrojeció, al mismo tiempo que sentía irritación hacia el sacerdote que le trataba como a un chiquillo.

—¿Y cómo ha vivido la contradicción de tener un padre judío y una madre episcopaliana? —le preguntó de repente Ovidio.

—En realidad no he vivido ninguna contradicción. Mi padre nunca iba a la sinagoga, ni mi madre a la iglesia. Vivimos sin religión. Cuando cumplí dieciséis años mis padres nos enviaron a mi hermana y a mí a Jerusalén a casa de unos tíos; allí entendí lo que significaba ser judío las veinticuatro horas del día. Me quedé en Israel más tiempo del previsto por mis padres, de los dieciséis a los dieciocho, y me enamoré locamente de una beduina israelí.

—¿Una beduina israelí?

—Sí, ya sabe que en Israel hay palestinos y árabes con la ciudadanía israelí. Los padres de Saira son beduinos, aunque de cuando en cuando se asentaban cerca de Jerusalén y trabajaban en la finca de mis tíos, bueno, decir finca es decir mucho: tres mil metros de terreno donde tienen unos cuantos cultivos.

—No tiene por qué contarme nada, Matthew, no le estaba juzgando.

—Sí... bueno... creo que me he explicado mal al referirme al hombre que acompañaba a la señorita Béziers y quiero decirle que yo no soy antiárabe, ni antimusulmán, ni anti nada. Pero déjeme que le explique lo de Saira. Fue mi gran amor de los dieciséis a los dieciocho años; estaba dispuesto a casarme con ella, lo que no le hacía ninguna gracia a su padre y también preocupaba a mi tío. Tuve que regresar a Nueva Jersey para ir a la universidad, pero Saira y yo nos juramos que esperaríamos lo que hiciera falta, y que al final nos saldríamos con la nuestra y nos casaríamos.

—¿Y qué pasó?

—Se lo puede imaginar. Ingresé en Harvard, luego me metí en el ejército, y cuando regresé a Jerusalén Saira estaba felizmente casada y tenía dos hijos maravillosos. Fin de la historia.

—Historia con la que me quiere demostrar que no tiene prejuicios. Ya le digo que no hacía falta. Pero déjeme que le diga que sí los tiene, los tiene respecto a esa chica, Mireille. No le gusta, le irrita, y piensa mal de ella hasta el extremo de buscar tres pies al gato porque la ha visto cenando con un hombre con aspecto magrebí.

Matthew Lucas bajó la cabeza incómodo. El cura le acababa de soltar un rapapolvo, pero se lo había ganado a pulso. Se sintió un estúpido por haberse justificado ante el sacerdote contándole lo de Saira.

Ovidio se dio cuenta del estado de ánimo de Matthew y decidió sacarle del apuro, de manera que dio un giro a la conversación, preguntándole sobre lo que pensaba del atentado de Frankfurt.

Hablaron un buen rato hasta que las miradas irritadas del camarero les hicieron ponerse de pie y dar por terminada la cena.

Al día siguiente el sacerdote tenía que volar a Belgrado, pero en su fuero interno el viaje se le antojaba inútil y había decidido cambiar de planes; regresaría a Roma, al Vaticano, y una vez allí pensaría si merecía la pena o no ir a Belgrado, porque si iba no podía hacerlo como quien era.

13

Milan Karakoz salió de su oficina rodeado por la docena de guardaespaldas a los que cada día confiaba su vida. Había combatido codo con codo con aquellos hombres matando a más gente de la que podía recordar. Darían su vida por él, como él la daría por ellos; estaban unidos por la sangre que habían derramado.

—A casa —ordenó al chófer que arrancó de inmediato el lujoso Mercedes blindado.

Karakoz encendió un cigarrillo y permaneció en silencio. Junto a él, Dusan, su lugarteniente, leía un mensaje que alguien acababa de enviarle al teléfono móvil.

—Deberíamos movernos —dijo cerrando la tapa del móvil.

—Sabes que ahora no debemos hacerlo o caerían sobre nosotros como hienas. Nos vigilan a todas horas; incluso leen tus mensajes al mismo tiempo que tú lo haces.

—Supongo que les costará descifrar: «Tu abuelita quiere verte, te echa en falta».

—No es muy original.

—No, pero tampoco es fácil encontrar a mi abuelita. Quizá podría ir yo…

—¡No! A ti te conocen tanto como a mí, saben que lo que sé yo lo sabes tú, sería una estupidez que fueras a ninguna parte. Pero tendremos que mandar a alguien que no despierte sospechas.

—¿En quién has pensado?

—En Borislav.

—¡Vaya, eso sí que es una sorpresa!

—No debería serlo para ti.

—No está preparado.

—Para lo que yo quiero sí. Se trata de que vaya a Londres, acuda al lugar previsto, recoja la información y vuelva.

—¿Con qué coartada?

—Con la más sencilla: visitar a su hermana que vive exiliada allí.

—Confías demasiado en Borislav.

—Nadie le relaciona conmigo.

—No lo sabemos.

—Sí, eso sí lo sabemos, aún no le relacionan con nosotros. Encárgate de organizarlo todo. Dale instrucciones muy simples, no le asustes.

—No le será fácil buscar una excusa para que le den permiso en el hospital.

—La excusa es muy simple: su hermana quiere verle, no se han visto desde la maldita guerra, de manera que le ha invitado a Londres y él no puede ni quiere rechazar la invitación. ¿Sabes? Nunca he querido que ese joven se acercara a nosotros; prefería tenerle en la reserva para utilizarle en un momento como éste. Nadie sospechará de él.

—De acuerdo. ¿Cuándo quieres que se vaya?

—En cuanto lo tengas organizado, pero dale tiempo para que avise en el hospital. Lo que nadie entendería sería una espantada. Prepara la carta de invitación de su hermana para que la pueda enseñar.

—Él desea fervientemente trabajar contigo.

—Ésta es una buena manera de empezar. Necesitamos información directa.

El coche paró delante de un edificio que evidentemente había sido restaurado. Dos hombres flanqueaban el portal, y en cada extremo de la calle se veían también guardaespaldas atentos a la llegada de su jefe.

Karakoz se bajó seguido de Dusan. Su casa ocupaba todo el edificio de tres plantas. En la planta baja además de un despacho, una sala de recibir y la zona de servicio, habían habilitado habitaciones para los guardaespaldas. En los dos pisos superiores vivía la familia Karakoz: su madre, una anciana que ya había sobrepasado los ochenta años; una tía viuda, también de la edad de su madre, además de su esposa y sus cuatro hijos.

La mujer de Karakoz salió a recibirle un tanto alterada.

—Milan, quiero hablar contigo, me ha pasado una cosa muy rara en el mercado.

Karakoz y Dusan se pusieron alerta y ambos siguieron a la mujer escaleras arriba hasta la cocina, donde en ese momento la madre y la tía de Karakoz estaban cocinando.

—Verás, esta mañana he ido al mercado; tranquilo, que me ha acompañado Branko, como siempre. Había mucha gente, como suele haber los jueves; cuando ya nos íbamos una mujer ha tropezado conmigo, no me preguntes cómo era porque casi no me ha dado tiempo a verla, bueno, se ha disculpado y ha seguido andando, pero al llegar a casa y abrir la cesta de la compra me he encontrado este sobre. Ha debido de ser la mujer la que me lo ha metido en la cesta. No lo he abierto.

Dusan alargó la mano y cuidadosamente examinó el sobre antes de dárselo a Karakoz.

El sobre era de un tamaño normal y dentro se adivinaban unos cuantos folios.

Karakoz lo abrió y sonrió.

—No es nada, no te preocupes, es un amigo que ha encontrado una manera bastante ingeniosa de ponerse en contacto conmigo.

Su mujer le devolvió la sonrisa y empezó a parlotear sobre lo cara que estaba la vida y sus esfuerzos por ahorrar. Karakoz la escuchó durante unos minutos y a continuación salió de la cocina, después de besar a su madre y a su tía y elogiar lo que estaban cocinando.

Una vez en el despacho de la planta baja comenzó a leer la misiva con atención. Dusan aguardaba a que su jefe terminara, observando por la ventana la calle vigilada por los guardaespaldas.

Cuando Karakoz terminó de leer, tendió la carta a Dusan para que éste la leyera a su vez.

—No saben nada —afirmó Dusan.

—No, no saben nada, de manera que por ahora nuestros amigos pueden estar tranquilos y también nosotros. Es increíble lo de las palabras que han rescatado de entre los restos de papeles quemados, y aunque difícilmente puedan sacar ninguna conclusión hay que estar alerta.

—Supongo que nuestros amigos cambiarán algunos planes —reflexionó Dusan.

—Eso ya no es asunto nuestro, pero hay que reconocer que esta vez nos han ganado por la mano a la hora de conseguir información. Bien, veremos con qué podemos sorprenderles.

—Ya no hace falta que envíes a Borislav a Londres.

—No, no hace falta, podemos dejar ese viaje para otro momento; pero tenemos que movernos, no podemos continuar cruzados de brazos.

—Nos están vigilando. En la carta nos recuerdan que los del Centro Antiterrorista de Bruselas tienen controladas todas nuestras comunicaciones y que hay un montón de satélites rondando por encima de nuestras cabezas, de manera que seamos cautos.

—Dusan, déjame que sea yo quien decida lo que se puede o no hacer, y lo que vamos a hacer es ir a Chechenia. Tenemos un negocio que atender. Prepáralo todo.

Karakoz dio la espalda a su lugarteniente y se puso a buscar distraídamente unos papeles en un archivador. Dusan salió de la estancia sin decir una palabra más. Sabía que no se discutía con su jefe.

Una vez solo, Karakoz se sentó detrás del escritorio y encendió el ordenador. Desconfiaba del aparato y nunca guardaba información importante en los archivos del ordenador, pero tampoco se podía sustraer a los medios del siglo XXI. Estuvo trabajando un rato pero no se concentraba, además le preocupaba que se hubiesen podido acercar a su mujer con tanta facilidad, aunque quien lo había hecho evidentemente trabajaba para el Círculo; pero aun así tenía que aumentar la seguridad en torno a su familia.

Karakoz se dijo a sí mismo que tenía que empezar a ser más cauto, su simpatía personal por el Círculo le podía traer problemas, y él era un hombre de negocios. Aun así deseaba fervientemente que el Círculo infligiera todo el daño posible a los cristianos; se lo merecían por prepotentes, pero además eso significaba negocio, ventas de material, desde explosivos a armas de distinto calibre.

Por lo pronto no debía retrasar el viaje a Chechenia, aunque bien pensado podía dejar ese trabajo a Dusan y concentrarse en el pedido que le acababa de hacer el Círculo en la carta que había recibido su esposa en el mercado. En ese momento no disponía de la totalidad de las armas que le requerían, aunque tampoco sería ningún problema conseguirlas. En las repúblicas ex soviéticas se podía comprar de todo, incluso una ojiva nuclear.

Inquieto, empezó a pasear de un lado a otro del despacho, parándose de vez en cuando junto al ventanal para contemplar la calle.

La ciudad empezaba a cicatrizar sus heridas físicas: la comunidad internacional estaba empeñada en borrar la huella de la guerra, y la población volvía a sonreír y a vivir en calma.

Pensó en Sarajevo. Antes de la guerra había vivido una larga temporada allí, pero ahora había pasado a ser la capital de Bosnia. Había vuelto a la ciudad con una identidad falsa para vender armas.

No era sorprendente ver a muchas mujeres con el velo, incluso a muchachas jóvenes, pese a que los habitantes de Sarajevo sabían que se habían salvado no por las brigadas de hermanos musulmanes que habían ido a combatir, sino porque Occidente, la Unión Europea y Estados Unidos habían impedido que se llevara a término la limpieza étnica organizada por serbios y croatas. Si Occidente no hubiera intervenido habrían terminado con aquellos musulmanes, pero a él tanto le daba; ahora muchos de ellos eran sus mejores clientes. De manera que había sido providencial no aniquilarles.

Aun así, Karakoz pensó que los serbios no debían nada a los cristianos; al menos él no se sentía en deuda con ellos: habían dejado que les machacaran, no les importaba que murieran los serbios, todo su interés se centraba en evitar la muerte de los bosnios. Pero eso ya era pasado, se dijo, ahora era un hombre de negocios, y su negocio era la muerte de los demás, tanto le daba quiénes murieran y por qué. Y tenía un cliente muy especial, que jamás le discutía un dólar cuando le daba un precio, ya fuera de armas o de asesinos a sueldo. Aunque este último encargo estaba resultando más complicado de lo que podía imaginar.

Se volvió a sentar tras el escritorio. Notaba cierto malestar en el estómago que se debía a esa carta que le había entregado su mujer. El Círculo le avisaba de que su nombre había aparecido entre los papeles encontrados en Frankfurt. Aquellos idiotas no habían hecho bien su trabajo. ¿Cómo era posible que no se hubieran asegurado de que no quedara ni un resto entre los documentos quemados?

La Interpol llevaba años pisándole los talones y desde hacía meses el Centro de Coordinación Antiterrorista de la Unión Europea también había puesto los ojos en él. Sí, tenía que tener cuidado pero no podía quedarse quieto; además, sus hombres le perderían el respeto si vieran que tenía miedo.

* * *

A monseñor Pelizzoli no le sorprendió que Ovidio hubiera regresado al Vaticano. En cuanto le llamó desde el aeropuerto de Fiumicino pidiendo permiso para quedarse unos días en Roma y trabajar desde su antigua oficina, el obispo había comprendido que el jesuita había decidido afrontar el reto de desentrañar el caso; pero seguramente, pensó, habría algo más, ya que Ovidio Sagardía atravesaba una crisis que no sabía cómo acabaría.

Cuando el sacerdote entró en su despacho le recibió como si se hubieran visto el día anterior. Ovidio le explicó los pormenores de su viaje a Bruselas y su decisión de no viajar a Belgrado.

—No tiene sentido que me presente en Belgrado a preguntar por Karakoz. Si voy, tiene que ser clandestinamente. De otra manera lo único que haré será perder el tiempo.

—¿Clandestinamente? Explícate —le pidió asombrado el obispo.

—Sí, quizá podría conseguir alguna información sobre Karakoz si paso inadvertido y me quedo una temporada en Belgrado; pero aun así tampoco tengo claro que lo que pueda obtener merezca la pena. Interpol y el Centro tienen medios adecuados para seguir los pasos del personaje; de hecho, saben cuándo se mueve y adónde va, de manera que mi primera idea de ir a Belgrado la he desechado.

Al obispo no le sorprendió el razonamiento de Ovidio Sagardía; al fin y al cabo era jesuita, y los jesuitas habían sido la avanzadilla de la Iglesia en los lugares más remotos; más que eso, muchos habían vivido vidas clandestinas en su afán de propagar y defender el Evangelio. Pensó en el jesuita Miguel Agustín que en los años veinte del siglo pasado había vivido en el México anticlerical de entonces bajo diversas apariencias: mendigo, barrendero, mecánico… Otro jesuita, Edmund Campion, había predicado clandestinamente en la Inglaterra de la Reforma allá por 1581.

—Bien, ¿qué propones? —preguntó el obispo interrumpiendo el hilo de sus pensamientos.

—Creo que debería quedarme unos días; en Bilbao no dispongo de los medios suficientes para buscar los porqués a este caso.

—Tú decides, Ovidio, haz lo que creas necesario. ¿Has avisado al padre Aguirre?

—No, aún no lo he hecho; he venido directamente desde el aeropuerto.

—Bien, pero no se te olvide hacerlo. ¿Dónde te quedarás?

—Aún no lo sé.

—Puedes quedarte aquí…

—Lo pensaré más tarde. Ahora quisiera buscar en nuestros archivos y en nuestro centro de documentación… no me parece que esas palabras salvadas del fuego se correspondan con la manera de pensar de los islamistas, pero supongo que el padre Domenico lo sabe mejor que yo.

—¿Qué es lo que estás pensando?

—Pues que hay algo extraño en todo esto, algo que hasta el momento no alcanzamos a ver aunque lo tenemos delante de las narices.

—Dime qué crees que es.

—¡No lo sé! Pero esas frases… he estado releyendo el Corán, he buscado algunos textos de pensadores árabes, y ése no es el estilo de ellos, su manera de expresarse.

—Pero en el Centro Antiterrorista no tienen la menor duda de que el atentado de Frankfurt es obra del Círculo. El señor Panetta y el señor Lucas lo dejaron muy claro y, además, el Círculo revindicó el atentado. Lo hace siempre.

—Yo tampoco tengo dudas de que haya sido el Círculo, pero… no sé, intuyo que hay más, mucho más. Por eso le pido permiso para quedarme un tiempo, espero que poco, porque aunque no lo crea añoro la vida que he comenzado en Bilbao. Y mis compañeros son extraordinarios.

—Haz lo que creas que es mejor para sacar adelante el encargo que te hemos hecho, hijo mío. No te limites, no te pongas fechas, que no te angustie el tiempo.

—Espero no tener que quedarme demasiados días.

—Bien, llamaré a Domenico.

—Gracias.

—¿Continúas teniendo reticencias respecto a Domenico?

—En absoluto, sabe que le aprecio aunque tenemos maneras diferentes de trabajar.

—Sí, las tenéis. Un jesuita y un dominico… pero ambos igualmente eficaces al servicio de la Iglesia.

A Ovidio Sagardía le había costado tiempo y paciencia llegar a entenderse con Domenico Gabrielli, un hombre tan cauto y desconfiado como meticuloso y obsesivo con el trabajo. En su opinión, a Domenico le faltaba imaginación; claro que Domenico pensaba que a Ovidio precisamente era lo que le sobraba: imaginación.

—Monseñor, ¿puedo ocupar mi antiguo despacho?

—Me temo que no. Hemos remodelado la sección, pero diré que te busquen un lugar adecuado para que trabajes el tiempo que estés aquí.

—Gracias —respondió Ovidio con sequedad y cierto fastidio. En realidad le molestaba que su despacho hubiera dejado de serlo.

—No te contraríes por lo del despacho.

—No, en absoluto.

—¡Vamos, a mí no me puedes engañar! Te has ido, y nosotros debemos continuar.

—Lo entiendo, monseñor, lo entiendo.

—Me alegro de que así sea. Y ahora, ¡a trabajar!

El obispo mandó llamar a Domenico. Sabía que necesitaba respaldar al jesuita frente al dominico, sobre todo porque éste no entendía a Ovidio, y mucho menos podía intuir su crisis. Para Domenico no cabían vacilaciones en un sacerdote, porque para él no había nada más sublime que el servicio a la Iglesia; se sentía un privilegiado por ello y daba gracias a Dios todos los días porque le hubiera iluminado para hacerse sacerdote. También se sentía un privilegiado por desempeñar su función en el Vaticano, en aquella tercera planta donde se analizaba cuanto sucedía en el mundo y los efectos que pudieran tener esos sucesos en la Iglesia.

Durante una hora el obispo moderó el encuentro entre Ovidio y Domenico; luego les pidió que unieran esfuerzos porque era mucho lo que estaba en juego.

Cuando se quedaron solos, Ovidio notó en la mirada de Domenico que no terminaba de entender por qué había vuelto. En realidad ni él mismo lo sabía; últimamente se dejaba llevar demasiado por sus impulsos, aunque la influencia del padre Aguirre había sido determinante. Su maestro le había situado ante la realidad que él trataba de esquivar, y en esa realidad estaba resolver ese asunto pendiente que tenía que ver con un atentado de terroristas islámicos en Frankfurt.

14

El joven caminaba con paso apresurado por una de aquellas calles empinadas que conducen al corazón del Albaicín. Alto, musculoso, con el cabello rizado y los ojos negros como el carbón, intentaba pasar inadvertido temiendo que alguien le reconociera. Por eso había elegido la noche para acercarse a la casa de la familia Amir. Esperaba que Mohamed se encontrara allí y le tranquilizaba saber que a esa hora Darwish, el cabeza de familia, estaría trabajando en la obra. Temía a Darwish porque recordaba cómo en el pasado les recriminaba su comportamiento tanto a él como a su propio hijo. En realidad, Darwish hizo cuanto pudo por romper su amistad con Mohamed; por eso había enviado a su hijo a Frankfurt.

Ali se había enterado del regreso de Mohamed por un amigo que continuaba yendo por el Palacio Rojo y había escuchado a Paco contar que había vuelto «el morito alemán». Claro que se había llevado una sorpresa cuando Omar le había enviado recado de que quería verle con urgencia. Ver a Omar no era fácil; resultaba un gran honor, porque era el máximo representante del Círculo en España y nunca hablaba con los simples *muyahidin* como él.

Debía a Omar el cambio de su fortuna al igual que tantos otros a los que había rescatado de la miseria moral en la que vivían. Él había dado sentido a sus vidas, recordándoles la existencia de Alá todopoderoso y las palabras de Mahoma, su profeta.

El mundo podía cambiar, pero los musulmanes debían unirse como un solo hombre, en una sola comunidad, para enfrentarse al enemigo cristiano, débil y desconcertado.

De manera que Ali había dejado de ser un camello ocasional para convertirse en un guerrero dispuesto a matar y a morir.

Al principio Omar le había confiado un par de misiones sin importancia consistentes en hacer de correo para distintas células del grupo. Después, un día, le había preguntado hasta dónde estaba dispuesto a llegar; su respuesta le satisfizo, porque le mandó a Marruecos a colaborar junto a otros hermanos en la voladura de un hotel en Tánger frecuentado por extranjeros. La operación fue un éxito; murieron quince turistas: ocho españoles, dos norteamericanos, tres británicos y una pareja de franceses recién casados.

La policía no había logrado dar con ellos, y no era de extrañar puesto que Omar había pensado hasta en el mínimo detalle. Ahora Omar le pedía que saliera a la luz y se reencontrara con su viejo compañero Mohamed Amir.

Cuando llegó a la puerta de la casa miró a derecha e izquierda para ver si alguien le observaba. Después apretó el timbre con fuerza, escuchó unos pasos y se abrió la puerta.

Mohamed se quedó mirando al joven cuyo rostro se desdibujaba en la penumbra y no tardó más de un segundo en reconocer a su antiguo amigo.

—¡Ali!

Los dos jóvenes se fundieron en un abrazo emocionado. ¡Habían compartido tantas cosas juntos desde que sus familias emigraron desde Marruecos buscando trabajo en España! Habían acudido juntos a la escuela, y juntos habían soñado en lo que harían de mayores. Habían fumado su primer cigarro a escondidas en los lavabos del colegio, y juntos también habían comenzado a trapichear con hachís y a fumar lejos de la mirada de sus padres.

La casa de Ali estaba situada dos calles más arriba, pero hacía casi tres años que estaba vacía porque sus padres habían regresado a su pueblo natal después de años de trabajo y ahorro. Su padre había montado una barbería donde trabajaba feliz ayudado por los hermanos menores de Ali. Sus hermanas habían recibido ofertas de matrimonio ventajosas y a pesar de ser unas niñas, la mayor tenía diecisiete años y la pequeña quince, ya habían formado sus propias familias.

—Pasa, pasa… He preguntado por ti, pero no me sabían decir por dónde andabas… ¿Cómo te has enterado de que estaba aquí?

—A través de Paco; bueno, por un amigo que continúa yendo por allí. Me han dicho que te has casado… ¡no me lo puedo creer!

—Sí, me he casado con la hermana de Hasan al-Jari. Fue la primera esposa de mi primo Yusuf.

—Sé que murió como un héroe.

—Así es. Para mí ha sido un gran honor que Hasan me entregara a su hermana. Ahora tengo dos hijos. Pero pasa, le diré a mi madre y a Fátima que nos preparen algo de cenar; tenemos que hablar.

—Sí, Mohamed, para eso he venido.

Se acomodaron en la sala y charlaron de la infancia mientras las mujeres les servían la cena. Cuando terminaron de cenar y se quedaron solos Ali empezó a explicarle a Mohamed el motivo de su visita.

—Omar me ha explicado lo de Frankfurt. Te felicito y me alegro de que estés vivo.

—No me hubiera importado morir —aseguró Mohamed fanfarroneando.

—Lo sé, a mí tampoco me importa morir.

—Pero… Omar… ¿Le conoces? ¿Sabes quién es?

—Sí, soy miembro del Círculo. Omar me ha rescatado.

—¿Cómo ha sido?

—Estuve en la cárcel. Me pillaron en una operación antidroga. Allí había otros presos musulmanes. Uno nos hablaba del sentido de la vida y de la muerte, de cómo no debíamos desperdiciar el tiempo cuando se estaba librando una batalla que puede ser definitiva entre musulmanes y cristianos. Ahora sí que podemos vencer.

—¿Por qué estaba allí ese hombre?

—Le acusan de haber escondido en su casa a un miembro de nuestra organización y de que su nombre aparece en la agenda de otros *muyahidin* detenidos en otras partes del mundo. ¡Los muy perros! Pero doy gracias a Alá por haberle conocido. Él me abrió los ojos a la luz y ahora, al igual que tú, sé qué sentido tiene la vida.

Ali le explicó detalladamente que aquel hombre le había dado una dirección en Granada donde, cuando salió de la cárcel, le acogieron y le ayudaron a convertirse en un guerrero de Alá. Tampoco le ahorró detalles sobre el atentado de Tánger, y los dos amigos volvieron a sentir que se restablecían más sólidos que nunca los viejos lazos de la amistad. El destino les había convertido en lo mismo.

—¿Podré conocer a Omar? Hasan me dijo que no debía intentar ponerme en contacto con él salvo que fuera él quien me llamara. Me avisó de que eso podía suceder en cualquier momento, porque había que terminar una operación que se había frustrado por la muerte de Yusuf y los hermanos de Frankfurt.

—Él quiere verte. Hasan le mandó recado de que venías y de lo que esperaba de ti. No le digas que te lo he dicho, pero creo que Omar tiene una misión para ti y es posible que yo también participe, pero no sé de qué se trata.

—¿Una misión? —El tono de voz de Mohamed tenía un deje de alarma. Aún no se había repuesto del estrés del atentado de Frankfurt.

—Sí, eso creo. Pero será Omar el que te lo diga. Tienes que ir a verle.

—¿Cuándo?

—Dentro de dos días te vendré a buscar. Deberás estar preparado.

—Pero ¿a qué hora? ¿Dónde iremos?

—Aún no lo sé. Omar se mueve de un lado a otro.

—Supongo que tendrá una tapadera.

—¡Claro! Es propietario de varias agencias de viaje. Viaja, no sólo por toda la provincia, sino por Andalucía entera. Omar está en contacto permanente con Hasan y es nuestro guía, todos le obedecemos.

—Lo sé; escuché hablar de él en Alemania, aunque nunca imaginé que llegaría a conocerle.

—Pues lo harás y… bueno, esto me resulta mas difícil decírtelo, pero Omar está preocupado por tu hermana Laila.

Mohamed se puso tenso, las venas de la sien derecha le comenzaron a latir provocándole un repentino dolor de cabeza.

—¿Qué le puede preocupar a un hombre como Omar de una mujer insignificante como Laila?

—Tu hermana no se atiene a las reglas, no se comporta… perdona que te lo diga, amigo, pero no se comporta como una buena musulmana. Altera a las mujeres de nuestra comunidad, se reúne con ellas y les habla del Corán, dirige los rezos… Sabes que eso está prohibido. Además parece una cristiana, se viste como ellas, va a lugares donde jamás iría una buena musulmana.

—Mi hermana es muy joven y está llena de buena voluntad.

—Tu hermana está provocando escándalo, tiene que renunciar a lo que está haciendo, debe hacerlo. Mohamed, sé cuánto quieres a Laila, por eso te aviso, si no logras que abandone sus actividades, Omar tendrá que tomar una decisión que será triste para todos. Habla con tu padre, es el jefe de tu casa, él sabrá cómo actuar, aunque muchos de nuestros hombres le creen responsable del mal comportamiento de Laila.

—El problema lo resolveremos en casa —replicó Mohamed.

—Más vale que así sea porque de lo contrario… no creo que Laila tenga demasiadas posibilidades de seguir adelante con lo que está haciendo.

Hablaron un rato más de los viejos tiempos, de su niñez y

adolescencia en las calles recoletas del Albaicín. Conservaban intacto el afecto el uno por el otro, aunque ya no eran libres para ayudarse como lo habían hecho tiempo atrás.

Se estaban despidiendo en la puerta cuando vieron llegar a Laila.

—¡Ali! ¡Qué sorpresa!

—Hola, Laila.

—Hace tiempo que no te veíamos por esta casa; creía que te habías ido de Granada.

—Así ha sido.

—Me alegro de verte, ¿te vas ya?

—Sí, sólo he venido a visitar a Mohamed.

Se despidió de ella fugazmente y con paso rápido se perdió en la penumbra del Albaicín.

Laila entró en la casa seguida de su hermano. No se hablaban desde el día en que la había golpeado. En realidad, la presencia de Mohamed había acabado con la tranquilidad de la casa. Su padre parecía reverenciar a su hijo y en los ojos de su madre brillaba el miedo. En cuanto a Fátima, se movía como una sombra por la casa y sus hijos parecían aterrorizados. No se comportaban como todos los chiquillos: no corrían, ni gritaban, ni cantaban.

—Vamos al comedor, tengo que hablar contigo.

Las manos de su hermano la empujaron por la espalda hacia la sala; sintió una oleada de rabia, pero logró contenerse porque si protestaba sería aún peor.

—He sido paciente contigo, te he dado la oportunidad de rectificar, pero persistes en tu actitud y eso supone que tengo que tomar medidas que no te van a gustar.

—¿Me estás amenazando, Mohamed? —preguntó Laila en un susurro.

—Te estoy advirtiendo, dándote una última oportunidad. No provoques tu desgracia y la de nuestra familia.

En el tono de voz de Mohamed había, además de irritación, un deje de angustia que Laila percibió con asombro.

—Te lo dije aquel día y te lo repito ahora: soy ciudadana española, mayor de edad, y no tienes ningún poder sobre mí. Nada puedes hacerme, Mohamed. Respétame como yo te respeto a ti. No hago nada de lo que tenga que avergonzarme ni pueda avergonzar a nuestra familia.

—Insistes en reunirte con esas mujeres, dirigir los rezos, interpretar el Corán. Debes acabar con todo eso.

—No hago nada malo, te lo demostraré. Me gustaría que mañana me acompañaras a la casa de una persona muy especial, de un hombre santo que te podrá decir que soy una buena musulmana. Después de escucharle a lo mejor no continúas pensando igual. ¿Sabes, Mohamed? No voy a dejarme doblegar por el fanatismo, ni siquiera por el tuyo. Por favor, acompáñame mañana.

Mohamed clavó la mirada en los ojos de su hermana dudando si golpearla una vez más. Se sentía impotente ante la tozudez de Laila, que estaba seguro les iba a acarrear una gran desgracia. Aun así, sintió curiosidad por saber dónde quería llevarle su hermana.

No le respondió y salió de la sala para no pegarle. Laila suspiró aliviada porque había visto dibujarse la violencia en la mirada de su hermano. Se fue a su habitación sabiendo que aquella noche se había librado por los pelos de otra paliza.

15

Carmen y Paula, a través de los visillos de la ventana, observaban al joven que vigilaba desde la acera de enfrente la puerta del edificio donde tenían el despacho. Laila estaba reunida con el grupo de mujeres, cada vez más numeroso, que acudían a conocer, entusiasmadas, su interpretación del Corán.

Intuían que aquel hombre iba a causarles problemas y, aunque no se atrevían a decirlo en voz alta, temían que le pudiera suceder algo a Laila.

—¿No es ése Mohamed? —preguntó Paula señalando hacia el otro extremo de la calle por donde acababa de aparecer el hermano de Laila.

—Se parece, aunque no sé. Hace tanto que no le vemos… —respondió Carmen.

Las amigas se miraron sin decir palabra cuando vieron que el que parecía hermano de Laila y el hombre de la acera de enfrente se miraban como reconociéndose pero sin decir palabra. Luego Mohamed entró en el portal y no pasaron ni dos minutos cuando escucharon el timbre de la puerta.

—Pues debe de ser él —exclamó Carmen—, voy a abrir.

Mohamed se mostró circunspecto con las dos amigas de su hermana. Respondía con monosílabos al parloteo de las dos abogadas, que le pidieron que aguardara en el despacho de una de ellas mientras avisaban a Laila.

Él las miraba incómodo y se sentía arrepentido de haberse dejado llevar por el impulso de presentarse en el despacho donde trabajaba su hermana, para decirle que estaba dispuesto a acompañarla a conocer a ese supuesto hombre santo.

Pasaron unos minutos cuando oyó varias voces de mujeres hablando en árabe. Le hubiera gustado poder escuchar con más atención, pero Paula y Carmen no paraban de hacerle preguntas, al tiempo que elogiaban a Laila.

—Es una abogada estupenda —comentó Paula—, la mayoría de las mujeres que vienen al despacho quieren que ella les lleve su caso, y es que como Laila ha ganado unos cuantos, las clientas se la van recomendando las unas a las otras.

—Hoy acaba de notificarnos el juzgado otro caso ganado por Laila —explicó Carmen—. Una historia terrible, de violencia doméstica. El marido pegaba a su mujer delante de los hijos, los críos han sufrido lo indecible viendo a su madre llorar desesperada por los golpes. Él lo negaba todo, pero tu hermana es como una hormiguita, ha logrado demostrar que aquella casa era un infierno.

Por fin la puerta del despacho de Carmen se abrió y apareció su hermana. Laila le miró asombrada sin saber qué hacer ni qué decir. Mohamed se levantó del sillón donde estaba e intentó sonreír, más por compromiso que porque quisiera hacerlo.

—He venido a buscarte; ayer me hablaste de una persona que me gustaría conocer, no sé si tienes tiempo ahora.

—Sí... claro... acabo de terminar la reunión con las mujeres y no tengo ninguna cita pendiente. Iba a trabajar un rato antes de ir a casa, pero puedo continuar mañana.

—Entonces vamos —respondió Mohamed con cierta brusquedad.

Se despidieron de Carmen y Paula y salieron en silencio, incómodos el uno con el otro. Mohamed buscó con la mirada al joven magrebí pero ya no estaba. No supo por qué, pero se sintió aliviado.

—¿Quién es ese hombre santo? —quiso saber Mohamed.

—En realidad le conoces, aunque posiblemente no te acuerdes de él.

—¿Quién es? —insistió Mohamed.

—Jalil al-Basari.

—No le conozco.

—Viene de Fez, aunque ya lleva unos años viviendo en Granada. Cuando éramos pequeños nuestro padre alguna vez le invitó a nuestra casa. Venía de vez en cuando a ver a su hija, que está casada con un español. Cuando enviudó dejó Fez y se vino a vivir a casa de su hija.

—¡Y tú quieres que conozca a gente así!

—Son unas buenas personas. Jalil es un maestro, enseñaba en una madrasa. Es un *alim* respetado en Marruecos y aquí también. Habla de paz, de entendimiento entre los hombres, predica el respeto entre todos los seres humanos y defiende los derechos que tenemos las mujeres.

—No creo que valga la pena que me lleves a conocer a ese Jalil. Si eso es lo que piensa, no es uno de los nuestros.

—No le conoces, no le juzgues aún. Confía en mí, verás cómo al escucharle sientes el corazón reconfortado y aún creerás más en el Misericordioso.

—¿Dónde vive ese hombre?

—Cerca de aquí, en el centro.

—¿Y por qué no vive en el Albaicín?

—Ya te he dicho que vive en casa de su hija. Ella da clases en una escuela pública donde hay muchos niños de nuestro país; les enseña a hablar español y les va introduciendo en las costumbres de aquí, intenta tender puentes entre los dos mundos. Es una mujer muy amable y siempre está de buen humor.

—¿Y su esposo qué hace?

—Tiene una tienda donde vende café, té y especias; es un hombre bueno y respetuoso con su esposa. Tienen tres hijos pequeños, ya verás.

Mohamed siguió a Laila hasta llegar a un edificio donde pudo distinguir la tienda del yerno de Jalil, un local espacioso lleno de luz donde en varias filas de estantes se distinguían diversos tipos de cafés, té, mermeladas, miel y especias.

Laila entró en la tienda y saludó con alegría a Carlos, el yerno de Jalil. El hombre estrechó la mano de Mohamed y les pidió que entraran en la trastienda, donde en ese momento estaba su mujer, Salima, preparando un té para su padre, el bueno de Jalil.

Salima abrazó con afecto a Laila mientras observaba con curiosidad a Mohamed.

—Ya os he hablado de mi hermano; tenía ganas de que le conocierais.

Los ojos de Jalil estaban perdidos en la nada, pero movía la cabeza en dirección a Laila. A Mohamed le impresionó el aspecto elegante del anciano, que vestía una impecable chilaba blanca de lana fina, tan blanca como el color de sus cabellos. También se fijó en sus manos de dedos largos y en su sonrisa beatífica.

—Así que tú eres Mohamed —afirmó Jalil—. Laila nos ha hablado mucho de ti.

Mohamed se quedó en silencio fascinado por aquel anciano de aspecto elegante a pesar de estar modestamente vestido.

—Es un honor conocerle —acertó a decir.

El anciano sonrió. Podía sentir la turbación del joven en ese momento.

—Ven, siéntate a mi lado. Tomaréis una taza de té con nosotros. Salima, hija, ¿puedes servir el té a nuestros amigos?

—Sí, padre, ya estoy preparando las tazas. ¿Os apetece un dulce? Los he hecho yo.

—¿A qué te dedicas, Mohamed? —le preguntó Jalil sabiendo que el joven no esperaba una pregunta tan directa.

—Bueno, ahora estoy de vacaciones, pero estudié Turismo y he trabajado en Alemania.

—¿Piensas quedarte mucho tiempo?

—Depende… puede que tenga que marcharme, pero en realidad no lo sé.

—Ya —dijo el anciano mientras se concentraba en beber el té.

Laila notaba la incomodidad de su hermano, pero decidió no hacer nada para aliviarle la situación. Le sabía cohibido ante Jalil y sorprendido por ver a Salima vestida como una occidental, con pantalones y sin un pañuelo que le cubriera los cabellos.

—Mañana te irá a ver una mujer de mi parte —dijo Salima dirigiéndose a Laila—, es la madre de dos niñas del colegio; he logrado convencerla de que no puede seguir aguantando en silencio que su marido la maltrate.

Salima miró de reojo a Mohamed que se movía incómodo en la silla. Pero decidió continuar su plática.

—Es una chica joven, no tiene ni treinta años. No hay día en que no aparezca con algún golpe en la cara, pero ayer además de tener un ojo morado, vino con un brazo roto. Las niñas están aterrorizadas porque son testigos de la violencia de su padre contra su madre. Temo que un día la cosa vaya a más. Mira si puedes ayudarla.

—Ya sabes que todo depende de ella, que quiera poner una denuncia por malos tratos. A partir de ahí podemos conseguirle un domicilio provisional para que esté junto a otras mujeres maltratadas, mientras se arregla su situación legal. Yo no puedo hacer nada por ella si ella no quiere.

—Lo sé, lo sé… pero escúchala. No es fácil dar ese paso para ninguna mujer, denunciar al marido siempre es terrible. Me da tanta pena verla sufrir y saber que le aguarda el infierno hasta que se muera…

—Haré lo que pueda.

Jalil y Mohamed escuchaban la charla de las mujeres, en silencio. A Mohamed le irritaba que el anciano no interviniera para reconvenir a Salima y a Laila por lo que se proponían hacer.

—¿Y tú qué piensas de que el marido maltrate a la esposa? —preguntó de manera inesperada Jalil a Mohamed.

—No creo que nadie tenga derecho a meterse en los asuntos de un matrimonio, y mucho menos aconsejar a una esposa que denuncie a su marido. El Corán dice cómo debe de castigarse a la esposa cuando ésta comete una falta. Desde luego el castigo debe ser proporcionado a la falta cometida. Me disgustaría que mi hermana interviniera en un asunto particular de una buena familia musulmana.

—¿De dónde has sacado que el matrimonio del que hablo es musulmán? —replicó Salima—. Para tu información los dos son españoles, de aquí de Granada, y son cristianos.

—Aun así, no creo que nadie deba meterse en sus asuntos. Si él le pega, sabrá por qué.

—¿Y a ti te parece justo? —quiso saber Jalil.

—¡Claro que sí! ¿Acaso vamos a cuestionar el Libro Sagrado?

—Te he preguntado si consideras justo maltratar a otro ser humano sea por la causa que sea —insistió el anciano.

—Está escrito en el Corán…

—¡Por favor, Mohamed, deja en paz el Corán! ¡Los hombres no hemos dejado de hacer barbaridades en nombre del Corán o de la Biblia! Buscamos excusas en los textos sagrados para justificar lo injustificable.

El tono de voz de Jalil al-Basari estaba lleno de energía pero también de calidez, incluso parecía esbozar una sonrisa burlona que irritó sobremanera a Mohamed.

—Mi hermana me había dicho que era un hombre santo, un *alim* respetado, y me encuentro con un anciano que cuestiona el Sagrado Corán.

—¿Crees que he cuestionado el Sagrado Corán? Dime por qué crees eso.

—No he venido a discutir a su casa. Les agradezco su hospitalidad, pero ahora debemos irnos —afirmó Mohamed mirando a su hermana.

—¿De qué huyes, Mohamed? —preguntó de nuevo el anciano Jalil.

—¿Huir? ¡Yo no huyo de nada! —En el tono de voz de Mohamed había notas de histeria y de miedo.

—Entonces termina tu té y no tengas prisa por escapar de la conversación con un anciano.

Mohamed bajó la cabeza resignado. Aquel hombre le desconcertaba; pensó que bajo su apariencia de ancianidad se escondía un lobo astuto dispuesto a clavarle los dientes en cuanto se descuidara.

—Dejemos el Corán y hablemos del bien y del mal. Yo no creo que ningún ser humano tenga derecho a humillar, torturar, hacer cualquier tipo de daño, el que sea, a otro ser humano. Desgraciadamente son demasiadas las ocasiones en que los hombres nos comportamos como auténticas alimañas con otros hombres, y todo porque no piensan como nosotros, porque no comparten el mismo credo y rezan de manera diferente o no rezan, porque quieren vivir de una manera distinta a como creemos que se debe vivir… En fin, son muchas las cosas que nos irritan y separan de los demás y, sin embargo, ninguna de ellas es de verdad una causa que justifique que hagamos el mal.

»Pongamos que tú matas porque pretendes castigar una ofensa de tus enemigos, o maltratas a tu esposa porque no ha sido diligente, o mientes para no sentirte humillado ante tu comunidad. Cualesquiera de estas cosas son intrínsecamente malas. La cuestión está en dominar el mal que llevamos dentro, luchar contra él a lo largo de la vida, intentando que no nos dirijan los demonios, sino que seamos nosotros los que los dobleguemos.

»No, Mohamed, no está justificado que un hombre maltrate a su esposa, ni a un hijo, ni a un perro, ni a una flor. ¿Crees que Alá se regocija contigo si mueles a palos a tu esposa? Antes sentirá compasión por su sufrimiento e ira por tu ira.

Jalil al-Basari se quedó en silencio mientras apuraba la taza de té. Salima observaba de reojo a Mohamed y a Laila y pudo leer en los ojos de su amiga la desesperación que la embargaba.

—Están a punto de llegar unos amigos para el rezo de la tarde. ¿Os podéis quedar? —preguntó Salima para romper el silencio que se había instalado entre ellos.

—Tengo cosas que hacer —se excusó Mohamed.

—Pues yo me quedaré un rato más —afirmó Laila.

—¡No! Tú vienes conmigo.

—No, me quedo aquí un rato; me gusta escuchar a Jalil, siempre aprendo algo.

—No te preocupes. Si se hace tarde mi marido y yo acompañaremos a Laila a casa.

—Mi hermana debe venir conmigo ahora.

—No, me quedo.

A Mohamed le volvía a arder el rostro. Notaba que la ira le corroía por dentro pero no quería dejarse llevar delante de aquellos extraños.

—Debes obedecerme, Laila, es mejor que regresemos juntos, si te retrasas tendremos que esperarte para cenar.

La excusa le resultó ridícula hasta a él, pero no se le había ocurrido otra cosa para intentar que su hermana le acompañara. Lo que sí tenía decidido es que Laila conocería los rigores de su cinturón por haberle colocado en esa situación. Cuando llegaran a casa la azotaría y su conciencia, se dijo, no se alteraría por las lágrimas y el sufrimiento de su hermana.

—Me gustaría que os quedarais los dos —intervino Jalil—; creo que puedes sentirte a gusto hablando y rezando con nosotros. No te hará mal.

—Bueno… —Mohamed no encontraba nuevas excusas.

—Está decidido, os quedáis; nuestros amigos deben de estar a punto de llegar.

No pasaron más de unos cuantos minutos cuando Carlos, el marido de Salima, entró en la trastienda para avisarles de que los fieles habían llegado.

Con mimo y delicadeza, Salima y Laila ayudaron a Jalil a incorporarse y por una escalera interior subieron al piso que les servía de vivienda.

A Mohamed le sorprendió comprobar que su hermana conocía a todos los que formaban aquel grupo de fieles, y le escandalizó la naturalidad en la manera de tratarse los hombres y las mujeres, a su juicio sin recato, sin pudor. Tenía ganas de reprochar a algunas de las mujeres que no llevaran el cabello cubierto con el velo y que por su indumentaria parecieran cristianas en vez de musulmanas, pero decidió callar porque entre aquel grupo se sentía perdido.

Se sentaron en cojines dispuestos en el suelo en torno a Jalil, que ocupaba una silla baja. A la derecha de Jalil, las mujeres, a su izquierda los hombres.

—¿Os parece que hoy reflexionemos sobre la violencia? —preguntó Jalil.

El murmullo de asentimiento hizo sonreír al anciano.

—Antes de que llegarais, estábamos hablando sobre el derecho del marido a castigar físicamente a su mujer. Nuestro amigo Mohamed cree que a los hombres se nos ha dado ese derecho en el Sagrado Corán.

Un hombre que debía de tener más o menos la edad de Jalil levantó la mano.

—Sin duda nuestro amigo Mohamed conoce bien el Corán. Por ejemplo en la sura 4, aleya 34, se dice: «Los hombres son superiores a las mujeres, a causa de las cualidades por medio de las cuales Dios ha elevado a éstos por encima de aquéllas, y porque los hombres emplean sus bienes en dotar a las mujeres. Las mujeres virtuosas son obedientes y sumisas: conservan cuidadosamente, durante la ausencia de sus maridos, lo que Dios ha ordenado que se conserve intacto. Reprenderéis a aquéllas cuya desobediencia temáis, las relegaréis en lechos aparte, las azotaréis; pero tan pronto como ellas obedezcan no les busquéis camorra. Dios es elevado y grande».

Mohamed miró con agradecimiento a aquel hombre que acababa de recitar de memoria aquel versículo del Corán que no dejaba lugar a dudas sobre la facultad del hombre para castigar a la esposa. Sintió alivio al comprobar que en aquel extraño grupo no todos se comportaban como infieles.

—Los creyentes cristianos y los creyentes judíos llevan tiempo alejándose de la literalidad de la Biblia; la tienen como Libro Sagrado inspirado por Dios, pero dicen que cuando Dios inspiró el Libro, lo hizo teniendo en cuenta cómo era el mundo entonces. De manera que se quedan con el espíritu del Libro, no con su literalidad y no porque no sean buenos creyentes, sino porque creen que Dios ha querido que el mundo cambie día tras día, año tras año, siglo tras siglo. Lo más importante es la fe en Dios, no si el profeta Elías subió al cielo sobre un carro de fuego.

Esta intervención de Carlos, el marido de Salima, dejó anonadado a Mohamed. Era un infiel.

—¿Quiere decir que no debemos seguir las enseñanzas del Sagrado Corán? —preguntó Mohamed.

—Quiero decir que el espíritu del Sagrado Corán es lo que debe guiarnos. Podemos leer en la sura 49, aleya 16: «¿Pensáis enseñar a Dios cuál es vuestra religión? Si Él sabe todo lo que hay en los cielos y en la Tierra. Él lo conoce todo». Y dice más adelante: «Dios conoce los secretos de los cielos y de la Tierra; ve todas vuestras acciones».

Todos los presentes escuchaban atentamente al hombre. Nadie le replicó, consciente de que esa tarde tenía un protagonista nuevo: Mohamed.

Jalil no les podía ver, pero parecía saber dónde estaba cada uno y así, dirigiéndose a Mohamed, le habló:

—Dios es misericordioso. En la sura 53, aleya 32, se dice: «Los que evitan los grandes crímenes y las fealdades e incurren en faltas ligeras, para ésos tiene Dios una gran indulgencia. Bien os conocía cuando os formaba de tierra; os conoce cuando no sois más que un embrión en las entrañas de vuestra madre. No intentéis, pues, disculparos; Él conoce mejor que nadie al que le teme».

—Me siento reconfortado cuando escucho el Sagrado Corán —dijo un joven lleno de entusiasmo—. Aun sabiendo que Dios todo lo ve y todo lo sabe pienso en su misericordia, y por eso espero su perdón por todas las faltas que pueda cometer.

—Sí, pero no se trata sólo de hacer lo que no se debe —apostilló Jalil— y luego esperar la misericordia de Dios; Él espera más de nosotros.

El joven bajó la cabeza avergonzado por haberse dejado llevar por el entusiasmo, aunque estaba convencido de que la misericordia de Dios alcanzaría a cuanto hiciera en la vida.

Mohamed carraspeó antes de decidirse a hablar. Aquellos ancianos conocían mejor que él el Sagrado Corán, pero durante el tiempo pasado en Pakistán, en la madrasa donde le envió Hasan, había dedicado muchas horas al estudio del texto sagrado, tantas como para saber que Jalil y su amigo entresacaban aquellas citas del texto interpretándolas de una manera, a su juicio, poco ortodoxa. Decidió arriesgarse y hacer alarde de sus conocimientos del Corán.

—«Hemos preparado un brasero ardiente para los infieles que no han creído en Dios y en su apóstol —recitó entrecerrando los ojos—. El reino de los cielos y de la Tierra pertenece a Dios; perdona a quien quiere y aplica el castigo divino a quien quiere. Él es indulgente y misericordioso.»

—Tú mismo lo acabas de recordar: es indulgente y misericordioso —le respondió Jalil—. En la sura 4, aleya 44, se dice: «Dios no hace daño a nadie, ni siquiera del peso de un átomo; una buena acción paga doble y concederá una recompensa generosa». Así es Dios, así se nos dice en el Sagrado Corán que es. El Todopoderoso nos puede castigar cuando quiera, como quiera, a nosotros y a los infieles, a todos los seres de la Tierra, pero el Corán no deja de recordarnos la indulgencia y misericordia de Dios para con nosotros, pobres pecadores. Me alegro de que conozcas bien el Corán, Mohamed; ahora lo importante es que lo interpretes bien y sepas sentir la indulgencia y misericordia de Dios para con los hombres.

—O sea, ¿que al final resume el Sagrado Corán en la indulgencia y misericordia de Dios? —preguntó desafiante Mohamed.

Jalil se quedó en silencio apenas un segundo, luego, antes de responder, clavó en él su mirada vacía.

—Ser indulgente y misericordioso con nuestros semejantes es una tarea titánica para nosotros, pobres mortales. ¡Cuántas veces nos irritamos y maltratamos de palabra y obra a nuestros seres queridos! Lo hacemos porque no somos capaces de ser indulgentes con sus faltas y mucho menos misericordiosos. Mira en tu corazón y pregúntate cuántas veces has sido misericordioso con los demás. Seguramente la respuesta no te gustará. Tampoco a mí cuando me hago esa pregunta.

—«Todo el que haya cometido una mala acción habrá obrado inicuamente contra su propia alma; pero luego implorará el perdón de Dios, lo hallará indulgente y misericordioso» —recitó en voz alta otro anciano.

La noche había cubierto la ciudad cuando Jalil dio por terminada la reunión. Mohamed se sorprendió al ver que eran casi las diez. Su madre y Fátima estarían preocupadas. Les había dicho que iba a buscar a Laila y de eso hacía casi cinco horas.

Su hermana se despidió con afecto de aquel grupo heterogéneo; Mohamed se dio cuenta de que todos la apreciaban.

Salieron de la casa en silencio, y en silencio fueron caminando hacia el Albaicín.

Mohamed tenía sentimientos contradictorios. Por una parte se había sentido a gusto entre aquella gente, por otra pensaba que eran un grupo de ingenuos empeñados en ver el perdón en cada línea del Corán. Ignoraban todo aquello que no concordaba con sus deseos de indulgencia y misericordia.

Cuando llegaron a la casa, encontraron a su madre y a Fátima esperándoles en la sala con gesto de preocupación. Su madre se dirigió con paso raudo hacia Laila y suspiró tranquila al comprobar que su hija no había sufrido violencia alguna; luego sonrió a su hijo y les invitó a pasar a la mesa.

Laila se excusó diciendo que estaba cansada y que al día siguiente debía madrugar porque daba su primera clase a las ocho. Mohamed hizo caso omiso de su hermana y se dirigió a la sala donde Fátima ya había dispuesto la cena.

Comió en silencio, solo, mientras su esposa le servía con la cabeza baja.

La observó de reojo y pensó que seguía sin encontrarle ningún atractivo, a pesar de que se había acostado con ella en un par de ocasiones con el único objetivo de que no pudiera quejarse a sus parientes de que su marido no la había tomado. Hasan no le habría perdonado esa afrenta.

La chilaba ocultaba las formas de Fátima, pero él sabía que el cuerpo de su esposa no era atractivo, y que el cabello, cubierto por el *hiyab*, era de un anodino color castaño oscuro y de tacto áspero.

Tendría que volver a acostarse con Fátima y para ello guardaba en un cajón una tabaquera llena de hachís. Sólo con la cabeza repleta de brumas se sentía capaz de hacerlo. Esperaba que Fátima se quedara embarazada y con esa excusa alejarse de ella durante algún tiempo, pero hasta el momento no adivinaba en ella ningún síntoma que pudiera anunciarle que había concebido un hijo.

Estaba terminando de comer una granada cuando su madre entró en la sala y se sentó frente a él.

—Esta tarde ha venido Ali preguntando por ti.

—¿Y qué ha dicho?

—Que volverá mañana. Hijo, no me gusta tu amigo.

—Pues que yo sepa eres amiga de su madre, o al menos lo erais cuando íbamos al colegio.

—Desgraciadamente su madre no está aquí. Pero no es su familia quien me importa; me importas tú y no quiero que te metas en líos. Si vas con Ali terminarás mal.

—¿Por qué?

—Anda con gente peligrosa, no son como nosotros.

—¿Y cómo somos nosotros?

—Tú has cambiado. No sé qué han hecho contigo en Frankfurt y en Pakistán, pero no eres el mismo.

—Soy un hombre, madre.

—Sí, un hombre al que temo que otros manejen como si fuera un chiquillo.

—¿Manejarme? —El tono de voz Mohamed se había elevado y en su mirada se reflejaba ira contenida—. Soy un hombre, madre. Un hombre con una familia y el deseo de hacer de este mundo un lugar mejor, donde los musulmanes no seamos ciudadanos de segunda, donde se nos trate con respeto. Debemos castigar a los infieles y eso haremos. Dios nos recompensará por ello.

—¿Y quién ha dicho que tengamos que castigar a nadie? ¿Por qué no somos capaces de vivir los unos con los otros en paz? La Tierra es de todos, hay sitio para todos. Dejemos que cada cual rece a Dios como le hayan enseñado de niño.

—¡Madre, cómo puedes hablar así!

—Porque soy vieja y he visto demasiado sufrimiento a mi alrededor.

—Nadie te hará daño, confía en mí.

—No temo por mí sino por ti. Aléjate de Ali.

—¿Qué te preocupa de Ali?

—Anda con los peores de nuestra gente, con hombres que destilan odio. Le manejan como a un títere, lo mismo que querrán hacer contigo. Te dirán que eres un *muyahid*, que tienes que cumplir una misión sagrada, pero será mentira, sólo querrán que mueras por ellos.

—Cualquier madre se sentiría orgullosa de que su hijo se convirtiera en mártir.

—Yo, Mohamed, me conformo con que estés vivo. No quiero más.

—¡No hablas como una buena musulmana! ¿Es que no te das cuenta de lo que sucede en el mundo?

—Sí, me doy cuenta de que hay hombres empeñados en destruir a otros hombres, pero no son ellos los que se colocan en primera fila en la batalla sino que os envían a vosotros, a nuestros hijos. Os embaucan con palabras que os llenan el corazón, pero te juro que no sé por qué morís.

Mohamed se levantó de un salto y salió furioso de la sala. No quería discutir con su madre. ¡Qué sabía ella! Era una mujer ignorante que a duras penas había aprendido a leer y escribir. Nada de lo que dijera tenía valor porque ella no comprendía lo que sucedía alrededor. Era una buena mujer, nada más.

16

Por la mañana, cuando Laila salía de su casa, se sorprendió al encontrar a Ali que en ese momento se disponía a llamar.

—Buenos días.

—¿Está tu hermano?

—Sí, pero no sé si se ha levantado; espera que llamo a mi madre.

Laila volvió a entrar con paso rápido buscando a su madre en la cocina.

—Ali está en la puerta. Viene a buscar a Mohamed.

—¿A estas horas?

—Sí, avísale.

—No me gusta…

—A mí tampoco, madre, pero no podemos hacer nada. Mi hermano es un hombre y es él quien debe decidir su destino.

—No, aún no es un hombre, es un niño.

La mujer miró a su hija con preocupación y luego salió de la cocina para avisar a su hijo. La angustia le atenazaba la boca del estómago.

Ali aguardaba a Mohamed en la sala. Estaba nervioso por la tardanza de su amigo. Las instrucciones de Omar eran precisas y no admitían demora. Cuando por fin apareció Mohamed, le conminó a seguirle sin más explicaciones.

—Me has hecho esperar —le reprochó.

—Estaba dormido, pero me he dado prisa, apenas he estado un minuto en la ducha, y ni siquiera he tomado café.

Bajaron con paso rápido por las angostas callejuelas del Albaicín; a pesar de la insistencia de Mohamed para que Ali le dijera dónde iban, éste guardaba silencio.

Ya en el centro de Granada, Ali le condujo por la ribera del río, mientras miraba continuamente hacia atrás.

—Pero ¿qué miras? —le preguntó Mohamed, irritado.

No hubo respuesta porque en ese momento un coche todoterreno se paró junto a ellos y Ali empujó a su amigo al interior. Al volante iba un hombre de mediana edad, de cabello negro y bigote recortado que ni siquiera les saludó. Ali tampoco dijo nada, de manera que Mohamed decidió hacer lo mismo.

Dejaron atrás la ciudad dirigiéndose a la carretera que conecta Granada con la costa. El hombre conducía con pericia y rapidez. No habían pasado dos horas cuando llegaron a la verja de una finca, que se abrió y dio paso a un camino de tierra al final del cual se veía un inmenso chalet de arquitectura moderna.

Dos hombres se acercaron al coche esperando que bajaran los visitantes. Uno de ellos abrazó a Ali con afecto; luego les condujo al interior de la casa.

La sala era grande, con una mesa baja en el centro, alrededor de la cual se hallaban dispuestos tres divanes y varias sillas.

—Esperad aquí —les dijo el hombre.

Ali y Mohamed se quedaron en pie, sin atreverse a tomar asiento.

—¿Ésta es la casa de Omar? —preguntó Mohamed con apenas un hilo de voz.

—Así es, es mi casa.

Mohamed se sobresaltó. No había visto entrar al hombre que acababa de responderle y ni siquiera sabía cómo había podido escucharle.

—Bienvenido seas, Mohamed, que Alá esté contigo.

—Gracias —respondió azorado.

—Te has retrasado, Ali —dijo Omar con tono de reproche.

Ali no intentó justificarse sino que bajó los ojos avergonzado.

—Bueno, supongo que no habéis podido llegar antes. Bien, sentaos, no tengo mucho tiempo.

Los dos jóvenes obedecieron a aquel hombre de edad indefinida: lo mismo podía tener cuarenta que cincuenta años. Alto, con porte señorial, el cabello negro salpicado de canas y los ojos más negros que la noche.

Se le notaba que estaba acostumbrado a mandar sin que nadie le llevara la contraria.

Una mujer ya anciana, con chilaba y el *hiyab* cubriéndole el cabello, entró en la sala con una bandeja en la que había tres tazas de café y un plato de dulces.

Omar esperó a que la anciana volviera a salir para continuar hablando.

—Quiero que forméis parte de un grupo para llevar a cabo una misión que dará el golpe definitivo a los infieles. Después de ella nos pedirán clemencia y el poder del mundo estará para siempre en manos de los creyentes. Tu primo Yusuf se iba a encargar de ejecutar esta misión. ¿Te habló de ella?

—No —afirmó Mohamed—, Yusuf era discreto; pero yo sabía que se traía algo entre manos. Se pasaba el día estudiando papeles, alguna vez le llamaban por teléfono y evitaba que escucháramos la conversación. Se iba de viaje sin decir adónde… pero nunca dijo nada, ni a mí ni al resto del comando.

—Yusuf contaba con toda mi confianza y con la de Hasan. Bien, ahora seréis vosotros quienes llevaréis adelante la misión. No será fácil, y en caso de que os detengan deberéis sacrificar vuestra vida para no hablar; los hombres que van a participar junto a vosotros ya se han comprometido a ello.

Ali y Mohamed juraron a Omar que estaban dispuestos a entregar su vida, y que para ellos no habría mayor alegría que encontrarse con Alá en el Paraíso.

—Si caéis en manos de los infieles es mejor que os quitéis la vida por vuestra propia mano, porque si salís indemnes os la quitaremos nosotros y no habrá honor para vosotros ni para vuestras familias. Deberéis llevar una pastilla permanentemente.

—¿Una pastilla? —preguntó sorprendido Mohamed.

—Sí, una pastilla. El último recurso, por si no podéis morir luchando como guerreros.

—En Frankfurt teníamos cinturones cargados de explosivos para hacernos volar en caso de que la policía intentara detenernos. Eso es lo que Yusuf y los compañeros hicieron, lo que yo debía haber hecho si mi primo no me hubiera ordenado destruir los papeles.

—No te disculpes más por no haber muerto en Frankfurt. Alá había dispuesto que debías vivir. Puede que mueras en esta misión o puede que no. Los cinturones de explosivos son una posibilidad que siempre tenemos a mano, pero esta misión es especial. Habrá momentos en que actuaréis al descubierto, momentos peligrosos en los que no podréis ir con los cinturones de explosivos. Sé que morir con una pastilla os puede parecer poco heroico, pero no podemos correr riesgos.

Mohamed y Ali asintieron sin ocultar su decepción. Los valientes, pensaban, no mueren con una pastilla, pero no podían contradecir a Omar, que sabía más que ellos.

—Ahora os contaré los pormenores de la misión. Escuchad.

Durante dos horas largas les explicó lo que esperaba de ellos. Mohamed y Ali atendían extasiados.

—Les golpearemos donde más les duele: en tres de sus santuarios más venerables. Se trata de destruir la más sagrada de las reliquias de los cristianos: la cruz donde dicen que Jesucristo fue crucificado. Existen cientos de pedazos de esa cruz. Nosotros destruiremos el santuario donde se encuentra el trozo más grande del madero, en Santo Toribio, en Cantabria. Santo Toribio es uno de esos lugares en que los cristianos celebran el Año Santo. Sólo Jerusalén, Roma y Santiago de Compostela comparten ese privilegio. Y nosotros tenemos la suerte de que éste sea Año Santo allí, de manera que habrá miles de peregrinos de todo el mundo adorando ese trozo de madera. También destruiremos la reliquia que está en la basílica de la Santa Cruz de Jerusalén en Roma, y destruiremos el Santo Sepulcro de Jerusalén.

»No podrán bajar la cabeza ante esta afrenta; los periódicos, las radios, las televisiones, cuando den la noticia, despertarán la conciencia dormida de los cristianos; aun los que se dicen laicos, agnósticos o ateos, no podrán ignorar la afrenta. Su tragedia es que no sabrán qué hacer, y no harán nada. Enseguida se alzarán voces llamando a la calma, al entendimiento entre musulmanes y cristianos, dirán que es obra de locos y de fanáticos, pero lo importante es que bajarán la cabeza y no se enfrentarán a nosotros porque nos tienen miedo, mucho miedo.

Los ojos de Omar brillaban con emoción. Saboreaba por adelantado el momento en que las reliquias saltaran hechas pedazos. Bebió un sorbo de agua antes de continuar.

—Hace siglos nos diezmaron con la cruz como estandarte, ahora nosotros destruiremos parte de esa cruz. Después de esto, Europa será nuestra; sólo será cuestión de tiempo.

No, no podían fallar. Si todo salía bien, Occidente quedaría herido de muerte para siempre, y caería como una fruta madura.

Mohamed sonreía para sus adentros, orgulloso de haber sucedido a su admirado primo Yusuf al frente del comando que debía realizar la misión.

—Tú guiarás la acción, pero será Salim al-Bashir el que coordine los detalles, que organice el grupo, la infraestructura, las vías de escape… Deberás pedirle a él los medios que necesites. Todos seréis uno, él será la cabeza y vosotros los miembros. Contamos con una ventaja: tenemos conocimiento de algunas cosas que los cristianos pueden descubrir de nosotros.

—¿Cómo? —preguntó Ali con curiosidad.

—Eso, amigo mío, no te lo puedo decir ni tú me lo debes preguntar.

—Pero ¿no será peligroso que el mismo comando lleve a cabo los tres atentados?

—Eso es una cuestión que concierne a Salim al-Bashir.

—¿Cuándo le conoceremos? —quiso saber Mohamed.

—Pronto. Vendrá a España, pero ahora está preparando algunos pormenores de la misión. Él se pondrá en contacto con vosotros; debéis estar dispuestos a salir de inmediato. En cuanto a vuestras familias, sabéis que son nuestras familias y que las protegeremos si os pasa algo. Por cierto, Mohamed, sé que tienes problemas con tu hermana…

Mohamed bajó la cabeza asustado. Se había olvidado de Laila, entusiasmado como estaba por asumir buena parte de la responsabilidad en la misión. Ahora no tenía más remedio que encarar ese problema.

—Mi hermana es muy joven. Está llena de buenas intenciones; pero no te preocupes, arreglaré el problema.

—Sé que para ti ha supuesto un gran disgusto encontrarte con tu hermana descarriada, pero debes comprender que no podemos hacer excepciones. O se comporta correctamente o de lo contrario adoptaremos una decisión que sirva como ejemplo a otras mujeres.

—Ella es española… —balbuceó Mohamed.

—Yo también —respondió secamente Omar—, pero para nosotros no hay más ley que el Sagrado Corán. No te pediré que la castigues si no te sientes capaz de hacerlo, pero si no lo haces… bueno, puede que me esté equivocando contigo y que no seas el hombre para la misión más importante que el Círculo va a llevar a cabo. Para esta misión necesito hombres cuya única lealtad sea para con nosotros, para con nadie más.

—No hace falta que intervengas, yo lo arreglaré —aseguró Mohamed.

—Que así sea. Ahora, empezad a trabajar. Os presentaré a Hakim, que también formará parte del comando. Tiene experiencia, como Salim, en este tipo de acciones. Hakim ha combatido en Bosnia y ha estado unos meses en Irak. Antes participó en la voladura del autobús de París, y también formó parte del comando que colocó la bomba en el consulado danés en Viena. Es un experto en explosivos, le enseñaron bien en Afganistán. Es un buen tipo, frío, con nervios de acero. Su único problema es que no habla del todo bien inglés. En eso les llevas ventaja a todos, Mohamed; sé que tu alemán es casi perfecto, y que dominas el inglés. Ali sólo habla árabe y español, pero será suficiente.

—¿Y Salim?

—Salim es extraordinario. Profesor de una prestigiosa universidad en Reino Unido, es ciudadano británico. En realidad nació en Londres, aunque de origen sirio. Es un hombre fuera de toda sospecha. Sus artículos en la prensa llaman a la moderación y defiende que es posible el entendimiento entre comunidades. Tiene encantado a todo el mundo: a sus colegas de la universidad, a los periódicos, a los gobiernos europeos. Es un hombre impecable sin otro pasado que el estudio.

—Entonces, ¿nunca ha participado en una acción? —preguntó Mohamed.

—¡Al contrario! Ha participado en todas las que han tenido éxito porque él las ha preparado minuciosamente. Ya os he dicho que Salim es la cabeza, tenedlo presente. Vosotros estáis acostumbrados a la acción y él a pensar.

—¿No somos pocos dada la envergadura de la misión? —se atrevió a decir tímidamente Ali.

—No estaréis solos. Habrá más miembros del Círculo ayudando cada vez que los necesitéis, pero no olvidéis que la clave para que esta operación salga bien es el silencio, que no haya ninguna filtración. Por eso es mejor que no haya demasiada gente en esto. En principio sois más que suficientes. Salim al-Bashir ha estudiado todos los pormenores, es él quien ha decidido. Es él quien tiene los contactos que nos están siendo tan útiles.

—Yo conozco a Hakim —afirmó Ali.

—Lo sé, os ayudó en la acción de Tánger.

—Es un hombre amable.

—Es eficaz —respondió Omar— y eso es lo que importa.

—Sé que es un buen hijo, siempre preocupado por su padre y hermanos, y que su esposa murió durante el parto de su primer hijo y nunca se ha vuelto a desposar —insistió Ali a pesar del ceño fruncido de Omar.

—Su vida privada no os concierne. Hakim cuenta con mi apoyo y confianza. Sé que es el hombre indicado para esta misión y eso es lo único que importa.

»¡Ah, se me olvidaba! Mohamed, antes te hablé de tu hermana y no te mencioné a Jalil. Sé que ella te ha llevado a conocerle, que participaste en una de sus reuniones. Aléjate de Jalil, no es de los nuestros; es un viejo ingenuo que cree que el mundo se arregla con buena voluntad y rezos.

Mohamed se sentía desnudo ante Omar, ¿cómo era posible que supiera de su estancia en casa de Jalil? De repente recordó a aquel joven situado frente al edificio donde estaba el despacho de Laila. Debía de ser un espía de Omar, y sintió un repentino ataque de pánico. Nada se escapaba al hombre que ahora tenía enfrente y supo que Laila corría verdadero peligro.

—Ese Jalil es un buen hombre. No creo que haga daño a nadie —respondió con temor.

—Es un incordio. Se empeña en predicar la paz olvidando que nuestro enemigo es fuerte y que debemos derrotarle, que sólo entonces podremos hablar de paz y ser magnánimos.

—No creo que Jalil suponga ningún peligro —se atrevió a replicar Mohamed.

—No lo es porque no permitiremos que lo sea, de manera que no le frecuentes. No es a su casa donde debes ir a rezar. En Granada encontrarás mezquitas para hacerlo e imames dispuestos a guiar tu espíritu y ayudarte a seguir en el camino elegido.

Omar le miró fijamente y Mohamed supo que no le estaba dando un consejo sino una orden.

De repente una niña irrumpió en la estancia, perseguida por la anciana que les había servido el café.

—¡Papá! ¡Papá! ¿Verdad que me dejarás ir de excursión con el colegio? Mi madre dice que no, pero yo quiero ir, ¡por favor, esta vez sí!

—¡Rania! ¿Qué modales son éstos?

A pesar del tono de enfado en la voz de Omar, Mohamed pudo ver que a aquel hombre implacable se le había dulcificado la mirada. Estaba seguro de que si la niña se había atrevido a interrumpir a su padre era porque sabía que no la castigaría por ello. La niña no tendría más de diez años y llevaba el cabello cubierto con el *hiyab*. Vestía el uniforme del colegio, y la falda gris le llegaba casi hasta los pies.

—Lo siento, papá, lo siento.

Rania bajó la cabeza como si estuviera arrepentida por haber molestado a su padre, pero inmediatamente subió la barbilla y, sonriendo, le preguntó:

—¿Me dejarás? Es una excursión por la capital, iremos a la Alhambra.

—Pero tú ya conoces la Alhambra —respondió Omar.

—Ya, pero nunca he ido con mis amigas y lo pasaremos bien.

—Ya hablaremos. Ahora vete con tu madre.

La niña no insistió y salió seguida de la anciana, que iba reconviniéndole su comportamiento.

—Es mi hija pequeña, disculpadla.

Ni Ali ni Mohamed se atrevieron a decir nada. Habían asistido en silencio a la escena y se preguntaban si finalmente Omar permitiría ir de excursión a Rania.

—Lo malo de vivir aquí es que tenemos que luchar continuamente contra la influencia de las costumbres cristianas, que vuelven locas a nuestras mujeres y a nuestras hijas. Algún día serán ellos los que vivan de acuerdo a nuestras normas, pero hasta ese momento… bien, continuemos. ¿De qué estábamos hablando? ¡Ah! Sí, de Jalil.

—No te preocupes, evitaré al anciano —asintió Mohamed.

—Así ha de ser. Bueno, ¿tenéis las cosas claras? Si es así, es hora de que veáis a Hakim.

—¿Está aquí? —preguntó Ali.

—No, aquí no, pero os llevarán a donde está. Vive en un pueblo en la montaña, un pueblo que es nuestro, hemos ido comprando todas las casas y ya no quedan cristianos. Hakim os espera para almorzar.

Omar se levantó y despidió a los dos hombres. Mohamed no sabía por qué, pero de repente le notaba preocupado. Acaso la irrupción de la niña le había molestado más de lo que había dejado ver.

Se abrazaron y besaron en la puerta de la casa donde el todoterreno les aguardaba para llevarles hasta casa de Hakim.

Llevaban casi una hora de viaje. Mohamed se dijo que cuando llegaran habría pasado la hora del almuerzo. Tenía hambre, pero no comentó nada con Ali porque su amigo permanecía en silencio, ensimismado, contemplando el paisaje. El chófer tampoco decía nada, de manera que entendió que lo que se esperaba de él era que mantuviera la boca cerrada.

El coche dejó la carretera principal y enfiló un camino sin asfaltar en el que a lo lejos se divisaba una montaña y en su falda, diseminadas, varias casas tan blancas como la cal. Tardaron casi otra media hora en llegar, y cuando lo hicieron a Mohamed le sorprendió encontrarse de repente con un pequeño vergel.

El pueblo era pequeño, no tendría más de cincuenta casas, y estaba rodeado de huertos de los que llegaba un olor intenso a frutas y azahar.

En el centro del pueblo, a la sombra de varias higueras, había un aljibe de considerable tamaño. No se veía un alma, lo que no era de extrañar dada la hora: pasaban las tres de la tarde.

El conductor paró el coche delante de una casa situada a las afueras. Mientras esperaban a que abrieran, Mohamed se fijó en que, en la parte de atrás, había un huerto que comunicaba con la casa.

Un hombre de mediana estatura y porte atlético les abrió la puerta. La barba le cubría buena parte del rostro, en el que destacaba una nariz ganchuda y unos ojos de color marrón oscuro.

—Bienvenidos, pasad, os esperaba.

El interior estaba en penumbra, pero el hombre, que se movía con agilidad, les condujo hasta una sala que comunicaba con un porche que se abría hacia el huerto. Frente al porche una pequeña fuente dejaba escapar varios chorros de agua produciendo una inmediata sensación de frescor.

—Sentaos, ahora nos traerán algo de comer.

Mohamed y Ali obedecieron y se acomodaron en el sofá, mientras que Hakim se sentaba a su lado en un sillón.

Entró un joven vestido con una larga chilaba. Llevaba barba al igual que Hakim y Mohamed creyó encontrarle cierto parecido con éste.

—Mi hermano Ahmed —dijo Hakim a modo de presentación.

Ahmed llevaba una bandeja con una jarra con agua. La depositó en la mesa y salió sin decir nada.

—Es mi hermano pequeño. Ha estudiado en la Universidad de Granada y creo que conoce a tu hermana.

Mohamed se movió incómodo en el sofá; no le gustaba que le recordaran a Laila, de manera que no respondió a Hakim y concentró su atención en el vaso de agua que se disponía a beber.

—Ahmed ha encontrado el verdadero camino al igual que otros jóvenes. Antes no quería atender nuestras razones, estaba seguro de que para los cristianos era un igual. Defendía con vehemencia a sus amigos granadinos, le gustaba ir a la universidad, su ambiente de libertad, hasta que ha comprendido que nunca será uno de ellos, sólo un «moro» más, como nos llaman despectivamente.

Una mujer, también vestida con chilaba y el *hiyab*, entró en la sala seguida de Ahmed. Entre ambos llevaban dos bandejas con varios platos de ensalada, queso, humus, dátiles y naranjas. No dijeron ni una palabra: tan rápido como habían entrado, salieron de la estancia.

—Es mi hermana mayor, viuda como yo, de manera que se encarga de mi casa. Tiene dos hijos pequeños que viven también aquí.

Ali y Mohamed escuchaban en silencio las explicaciones de Hakim sobre su situación familiar.

Hakim les conminó a comer y mientras lo hicieron charlaron de temas intrascendentes. Hasta que la hermana de Hakim les sirvió café éste no comenzó a hablar de la operación.

—¿Omar os ha explicado con detalle en qué consiste la misión?

—Sí —respondieron al unísono Mohamed y Ali.

—¿Y estáis preparados? Es mejor que os lo penséis bien porque no será fácil. Es posible que alguno de nosotros pierda la vida en el empeño…

—Si muero espero estar en el Paraíso con Alá —aseguró con contundencia Ali.

—¿Qué importa morir? Lo importante es la misión —añadió lleno de entusiasmo Mohamed.

—Morir es un honor, pero muertos no serviremos de nada; lo importante es cumplir con la misión. De manera que procurad vivir al menos hasta el último día; luego da lo mismo. Bien, quiero que os preparéis a fondo, de manera que vendréis aquí todos los días. Os quiero en buena forma y además tenéis que aprender a manejar con soltura los explosivos. Os aseguro que no es fácil.

»El plan es éste: a las ocho en punto llegaréis a mi casa para el entrenamiento; también iremos perfeccionando los detalles, estudiaremos a fondo los lugares, Santo Toribio, la basílica de la Santa Cruz de Jerusalén en Roma, la iglesia del Santo Sepulcro. Estos dos últimos atentados los llevarán a cabo en principio otros hermanos, pero debemos estar preparados por si nos corresponde a nosotros ese honor. Con la cruz nos combatieron, es su símbolo; pues bien, nosotros lo destruiremos para siempre. Esperaremos a que Salim al-Bashir nos comunique que ha llegado el momento.

—¿La gente del pueblo no se extrañará por nuestra presencia? —quiso saber Ali.

—El pueblo es nuestro y todos los que vivimos aquí pertenecemos al Círculo. La presencia de las mujeres y los niños da al pueblo aspecto de normalidad. Las autoridades no nos molestan: pagamos los impuestos y aquí no hay peleas ni broncas. Trabajamos y rezamos en la mezquita, somos ciudadanos ejemplares. En alguna ocasión la televisión ha hecho reportajes sobre este oasis, que ponen como ejemplo del arraigo de los musulmanes en España.

»Tú, Mohamed, di a tu familia que has encontrado trabajo aquí. Tenemos una cooperativa que comercializa los productos de nuestras huertas; diles que nos vas a echar una mano con los números. Tú, Ali, no tienes que dar explicaciones a nadie, tus padres están en Marruecos y tu hermano es uno de los nuestros.

—Yo confío en mi familia —terció Mohamed.

—Tu padre es un buen hombre y tu madre una mujer ejemplar, pero no pertenecen al Círculo —replicó Hakim.

—Mi padre sabe… bueno, sabe lo de Frankfurt.

—Ya sabe demasiado. No puedes decirle nada de esta misión. Tu esposa es la hermana de Hasan y sabe que no debe preguntarte nada y no lo hará. En cuanto a tu hermana… te habrán dicho que no nos fiamos de ella.

—Laila no hace nada malo —la defendió Mohamed.

—No es una buena musulmana. Cree que puede interpretar el Corán a su conveniencia y se apoya en el viejo Jalil para justificarse. No, Mohamed, no nos fiamos de Laila. En todo caso en el Círculo nada sabemos los unos de lo que hacen los otros y estamos obligados a guardar silencio.

Mohamed no quiso rebatir a Hakim; pensó que carecía de argumentos para hacerlo.

Había caído la tarde convirtiendo el cielo en penumbra cuando Mohamed y Ali dejaron atrás el pueblo de Hakim. El viaje de vuelta también lo hicieron en silencio ninguno de los dos se atrevió a comentar nada delante del conductor que les transportaba en el todoterreno rumbo a Granada.

17

Salim al-Bashir saboreó el vino que brillaba como el rubí a través del delicado cristal de la copa.

—Excelente —dijo mirando al hombre que sentado frente a él le observaba divertido.

—Lo sé, es un Château Petrus del 82, una excelente cosecha.

—Sí. Sí que lo es.

Un camarero retiró los platos y les anunció los postres, la especialidad de la casa. Salim se dejó tentar por una *mousse* de chocolate, mientras que su acompañante pidió café y una copa de calvados.

—Y ahora, hablemos de negocios.

Salim al-Bashir clavó sus ojos en el hombre. Le caía bien, en realidad pensaba que, a pesar de las aparentes diferencias, ambos tenían muchas cosas en común.

Su interlocutor era mayor que él; de edad indefinida, lo mismo podía tener sesenta que setenta años. Alto, de complexión fuerte, con el cabello blanco y una mirada verde acero en la que se podía ver, además de determinación, dureza. Pensó que a Raymond de la Pallisière se le notaba que era un aristócrata.

—No se preocupe, las cosas van bien. Hoy me han comunicado que ya está formado el equipo. Hombres con experiencia.

—¿Cómo en Frankfurt?

Salim le miró fijamente antes de responder, pero decidió no hacerlo.

—Son hombres preparados y sobre todo leales a la causa…

—¿A qué causa? —preguntó riéndose el hombre mayor.

—¿Cómo que a qué causa? Ellos obedecen y creen que van a cambiar el mundo, lo mismo que usted y que yo.

—¿Usted cree que va a cambiar el mundo?

—En realidad ya lo estamos haciendo. Mire a sus líderes babear detrás de nosotros, preocupados por no ofendernos, creyendo que somos niños a los que se contenta dándoles la razón. Son estúpidos, profundamente estúpidos, los desprecio. Occidente está condenado por su estupidez.

—Occidente está condenado porque ha perdido la perspectiva, porque quiere arrancar sus raíces de cuajo, porque no tiene valores, porque lo que impera es el sálvese quien pueda… Con la caída del Muro comenzó el principio del fin de Occidente.

—¿Sabe? No le entiendo. A veces parece que lamenta que… Bueno, estamos de acuerdo en lo sustancial. Además, usted quiere humillar a los suyos tanto como nosotros, ¿no?

—Sí, quiero humillarles… quiero hacer un daño específico, devolver ojo por ojo y diente por diente, nada más.

—¿Le parece poco?

—Me parece suficiente. Pero hablemos de negocios: ¿nadie desconfía de usted?

—¿Y de usted?

—¿Por qué habrían de hacerlo? Soy un respetable miembro de mi comunidad, un hombre fuera de toda sospecha.

—Yo también, y además soy musulmán, con lo que tienen más cuidado; temen ofenderme y que les acuse de racistas o de algo peor.

—¿Y sus alumnos?

—Mis alumnos me quieren; ellos también intentan ser políticamente correctos. ¿Algún día me dirá cómo me encontró?

—¿Me va a repetir la misma pregunta cada vez que nos veamos?

—De mi seguridad dependen muchos de mis hermanos, y si ha sido capaz de dar conmigo, otras personas no tan amables como usted también podrían hacerlo.

—Es un hombre público, un profesor que va de un lado a otro hablando de las Cruzadas desde el punto de vista de los árabes. No es difícil dar con usted.

—Con el profesor no es difícil dar, pero conmigo, con quien soy en realidad, sí lo es.

—Su secreto está seguro conmigo.

—Puede ser, de lo contrario…

—¿Qué necesita?

—He traído una lista con todo detallado. Y dinero, necesitaremos una cantidad importante. Un millón de euros.

—¡Está loco, Salim! Ya le hemos adelantado otras cantidades.

—No, no lo estoy, conde; lo que usted y yo queremos es difícil y arriesgado. Costará organizarlo, llevarlo a cabo, pero además debo contar con la posibilidad de que maten a alguno de mis hombres, y sus familias necesitarán ayuda.

—Este asunto nos interesa a ambos, y ya sabe lo que opinan mis socios…

—Nosotros ponemos nuestras vidas, y le aseguro que valen más de un millón de euros.

—Correremos a medias con los gastos, Salim, así ha de ser. Mis socios no son tontos, no se crea su propia propaganda, Salim, no cometa el error de menospreciarnos.

Salim al-Bashir sostuvo la mirada verde y helada del conde d'Amis y supo que éste no retrocedería ni un paso, de manera que aceptó.

—Está bien, así será.

—Cuando tenga todo el plan organizado quiero que me llame. Debemos coordinarnos y antes de que hagan nada quiero conocer todos los detalles y estar seguro de que puede salir bien.

—Debería aprender a confiar. Yo confío en usted porque sé cómo es —dijo Salim esperando ver la reacción del hombre.

—¿Está seguro? Tiene suerte, porque yo no termino de saber quién soy. Bien, ahora pongamos fin a esta estupenda velada. Mañana tengo que madrugar. ¿Se queda en París?

—Sí, tengo que ver a una persona que es imprescindible para la operación; me quedaré el fin de semana. El lunes tengo que estar en Londres, tengo la primera clase a las nueve y por la tarde doy una conferencia en la sede de una ONG que defiende el entendimiento entre Oriente y Occidente.

—Entonces, a descansar. ¿Quiere que le lleve a algún sitio?

—No, prefiero caminar; no hace frío y me gusta andar por París.

Salim pidió la cuenta que el *maître* le entregó de inmediato, aunque no pagó él sino su acompañante, de lo que Salim se alegró. Las facturas en el Apicius siempre eran elevadas, pero merecía la pena pagar lo que fuera por aquella cabeza de ternera aderezada con salsa picante, en la que destacaba el sabor de las alcaparras y la cebolleta.

Los dos hombres se despidieron ante la puerta del restaurante con un apretón de manos. Un coche negro esperaba al acompañante de Salim, que enseguida se perdió en la noche de París.

Salim caminó por la avenida de Villiers. Tenía habitación reservada en el Lutetia, en el bulevard Raspail, en plena orilla izquierda. Seguramente ella ya habría llegado.

Mientras paseaba no podía dejar de pensar en el hombre con quien había compartido la cena: el conde d'Amis era un noble entrado en años, frío y adusto. Les había presentado otro profesor, cuando él participaba en París en un congreso sobre el medievo. Su colega le pidió que le acompañara a cenar con un aristócrata interesado en historia medieval y aceptó; no pudo negarse a cenar en La Tour d'Argent.

Se habían reconocido el uno al otro, hasta que por fin, después de otros muchos encuentros, el conde había decidido confiarse para llevar adelante el plan que ahora estaba en marcha. Cómo y por qué sabía D'Amis que detrás de su apariencia de respetable profesor era uno de los dirigentes del Círculo en Europa, era algo que el conde nunca le había querido revelar. Lo cierto es que continuaba preocupado, consciente de que había una brecha en su seguridad y la de la organización, por más que Raymond d'Amis le asegurara que su secreto estaba a salvo, que a él tanto le daba que hicieran estallar todas las capitales de Europa, porque odiaba a sus dirigentes por pusilánimes y débiles. Habían desaprovechado la oportunidad de dominar el mundo; ahora eran responsables de su decadencia: que afrontaran ellos el problema; a él, decía, no le importaba, era viejo y estaba más cerca de la muerte que de la vida.

Salim creía haber llegado a conocerle bien, pero a veces había algo que se le escapaba. No terminaba de comprender esa mirada de hombre atormentado que su amigo francés dejaba entrever.

Acaso tenía que ver con esa hija rebelde a la que no conocía. La futura condesa d'Amis vivía en Estados Unidos, ignorante de su padre.

El bar del Lutetia estaba repleto de gente y aunque le apetecía tomarse una copa se dirigió a la conserjería a pedir la llave de su habitación.

—Tiene un mensaje, señor al-Bashir.

El conserje le entregó un sobre cerrado que Salim ni siquiera miró. Le dio las gracias y se fue hacia el ascensor. Subió a su habitación y allí rasgó el sobre. Dentro sólo había un número: «507». Suspiró. Volvió a salir de la habitación y se paró dos puertas después de la suya llamando con suavidad. La puerta se entreabrió y la figura de ella envuelta en una bata de seda gris le levantó el ánimo.

—Pasa, he tenido suerte. Pregunté si me podían dar una habitación en esta planta diciendo que la última vez había estado en una habitación estupenda y el de recepción ha sido muy amable.

—No debes hacerte notar —protestó Salim.

—¿Crees que me hago notar por decir que me gustaría que me dieran una habitación en la planta quinta?

—Ya sabes que debes procurar ser transparente, que nadie se fije en ti, y es un error pedir una habitación en una planta concreta.

—¿Qué más da? Así estamos más cerca.

La mujer se pegó al cuerpo de Salim pero éste la apartó con suavidad.

—¿No me vas a ofrecer una copa? —le pidió.

—Sí, claro que sí, ¿qué prefieres, champán o un whisky?

—Estamos en Francia, de manera que brindemos con champán. Señora mía, tenía ganas de verla —le dijo burlonamente.

—No me extraña —respondió ella continuando la burla.

Salim la miró fijamente dudando si preguntarle por las novedades que pudiera tener del Centro de Coordinación Antiterrorista, pero decidió que si lo hacía le provocaría inquietud. Esperaría al día siguiente.

18

Raymond d'Amis se encontraba en su apartamento situado en la Île-de-France. Daba vueltas por el despacho pensando en su cena con Salim. Reconocía que era inteligente y minucioso, pero temía que el exceso de confianza en sí mismo pudiera echar a perder la operación.

El mayordomo entró en el despacho para preguntarle si le necesitaba o podía retirarse.

—Acuéstese; aún me quedaré un rato leyendo.

—Sí, señor conde, buenas noches.

Cuando se quedó solo, Raymond apuró la copa de calvados y localizó en la agenda un número de teléfono. Buscó en un cajón un sobre donde guardaba varias tarjetas de móvil y colocó una en su propio aparato. Suspiró. No le gustaba el hombre con el que iba a hablar, sabía que sus intereses eran distintos de los suyos, pero también que la venganza habría sido imposible sin él. Le había buscado, le había propuesto un plan para llevar a cabo su venganza, le había dado el nombre de Salim y la manera de encontrarle. En realidad, aquel tipo llevaba meses manejándole, moviendo hilos invisibles para llevar a cabo un plan del que él sólo quería la venganza.

—Buenas noches, Facilitador.

El hombre que le respondió sólo dijo una frase.

Nada más colgar, se puso la chaqueta y casi de puntillas se dirigió a la puerta: no quería despertar al mayordomo. Salió a la calle y comenzó a caminar por la orilla del río. No le gustaba hacerlo de noche, pero eso era lo que le había indicado su interlocutor.

Un coche se paró a su lado. Se abrió una puerta y una voz le invitó a entrar.

—Buenas noches, conde.

—Buenas noches.

—¿Ha sido satisfactoria su cena con Salim al-Bashir?

—Sí, como siempre.

Mientras el coche daba vueltas por París, el conde fue desgranando ante aquel hombre, al que llamaba el Facilitador, los detalles de la conversación con Salim. Respondió a todas sus preguntas y escuchó todas las órdenes que le dio.

—Ahora pondremos en marcha la segunda parte del plan. Dentro de unos días contactará con usted una mujer serbia llamada Ylena. Tiene razones personales para odiar a los musulmanes.

—¿Cómo se pondrá en contacto conmigo?

—Alquilará una habitación en un hotel, decida si aquí en París, en Toulouse, en la Costa Azul o donde le apetezca. Ella se alojará en el mismo hotel e irá a su habitación. Nadie les verá juntos, podrán hablar lejos de miradas y oídos indiscretos. Ylena será la jefa del otro comando. Usted tiene las instrucciones para ella; sólo tiene que dárselas y procurar que las entienda. Karakoz es quien nos ha facilitado el contacto. No ha sido fácil encontrar un grupo para hacer lo que queremos. Ya sabe que yo creo que sólo el dinero no es suficiente para que las cosas salgan bien; hay que tener un motivo como lo tiene usted, como el de Salim o como el de Ylena. Naturalmente Salim no debe conocer la existencia de Ylena, ni ella la de Salim. Ambos son sólo piezas del rompecabezas.

—Lo mismo que yo —musitó Raymond d'Amis.

—Todos formamos parte del rompecabezas. Usted tiene un motivo distinto al de Ylena y al de Salim.

—¿Y usted?

—Yo facilito negocios. No es difícil de comprender. Represento a un club muy selecto de personas que piensan en el futuro y que, para construir ese futuro próspero, tienen que mover algunas piezas, provocar alguna confrontación, quitar de en medio a algunos enemigos… es por el bien del mundo, aunque para conseguir el bien a veces hay que hacer un poco de mal. Pero con lo que va a pasar ganaremos todos, aunque al principio haya caos y confusión; pero sólo de las cenizas sale lo nuevo.

—Y usted hace posible que los deseos de los señores de ese selecto club se lleven a cabo.

—Negocio en nombre de ellos. Busco personas como usted, gente que tiene un motivo para hacer determinadas cosas y les ayudo a hacerlo. Usted sueña con destruir la Cruz; bien, lo va a hacer. Salim desea castigar a Occidente donde cree que más va a doler, también él gana. Por distintos motivos quieren lo mismo. Mi misión era encontrarles y ponerles a trabajar juntos. Es sencillo: las cosas son más fáciles si la gente tiene un motivo, sobre todo cuando se trata de matar. No me gustan los asesinos profesionales: matan sin motivo, sólo por dinero, de manera que no están dispuestos a sacrificarse. Pero usted sería capaz de morir por lo que quiere: ver destruida la Cruz, y Salim lo mismo; eso es lo que les hace especiales.

—Eso es lo que nos hace más manejables para usted.

—Dígalo como quiera. Lo importante es el plan y el plan es perfecto. Los trozos de su odiada Cruz que se guardan en España, en Roma y en Jerusalén quedarán hechos añicos, no podrán encontrar ni una astilla. Inmediatamente después de que eso suceda entrará en acción Ylena en Estambul, haciendo volar el pabellón de Topkapi, donde se guardan las reliquias del Profeta. La espada de Mahoma, los cabellos de su barba, el manto… todo volará por los aires. ¡Ah, imagínese lo que sucederá! Los musulmanes de todo el mundo clamarán venganza y en el mismo Estambul comenzarán los ataques a la comunidad cristiana… Sí, conseguiremos el enfrentamiento entre cristianos y musulmanes. Primero destruiremos unas cuantas reliquias cristianas, después las del Profeta... Nadie podrá poner coto al odio entre las dos comunidades por mucho que los políticos occidentales se empeñen en ello. Llamarán a la calma pero nadie les hará caso. ¿Recuerda usted aquellas caricaturas de Mahoma que publicó aquel diario danés, el *Jyllands-Posten*? Hubo manifestaciones y muertos por aquella afrenta, así que imagínese lo que sucederá cuando millones de musulmanes sepan que han «volado» las reliquias más preciadas de su Profeta.

—Sí, pero no crea que la reacción de Occidente será la misma. A los cristianos les dará lo mismo, sólo se lamentarán. En Europa ya nadie cree en nada, a veces pienso que la mejor venganza es que mis contemporáneos están renegando de la Cruz sin que nadie se lo pida.

—No sea ingenuo, no podrán pasar por alto atentados en España, en Italia y en Israel, y además cometidos por fanáticos islamistas.

—Esperemos que el plan de Salim al-Bashir no tenga fallos.

—Su plan no tendrá fallos pero, amigo mío, haremos que se sepa quién ha estado detrás de los atentados: el Círculo se hará omnipresente.

—¿A Ylena la detendrán?

—Eso dependerá de su habilidad. Lo más probable es que no sobreviva. Y si la cogen, debe suicidarse.

—¿Y si no lo hace?

—Ella sabe lo que le sucederá si la cogen viva. Preferirá morir a pasar el resto de sus días en una prisión turca, nada menos que por haber destruido las reliquias de Mahoma.

—Puede denunciarnos.

—¿A quién?

—A mí.

—Imposible, nadie le habrá visto jamás con ella y, por mucho que investiguen, lo máximo que encontrarán es que han sido, junto a otros cientos de personas, huéspedes del mismo hotel. Por eso le aconsejo que busque uno grande, donde entre y salga mucha gente. Quizá sea mejor que la vea aquí en París, o en la Costa Azul…

—¿Karakoz conoce a Ylena?

—Usted tampoco le puede hablar a ella de Karakoz. Pero sí la conoce y sabe que sólo desea venganza. Ha logrado entrar en contacto con ella a través de amigos suyos. Primero averiguó que seguía viva y en el mismo pueblo; más tarde, a través de contactos, hizo que averiguaran hasta dónde sería capaz de llegar. Karakoz lo ha organizado todo desde la distancia. La chica lleva unos cuantos meses esperando este momento. La acompañarán dos de sus hermanos y un primo.

—¿Cómo es posible que Karakoz tenga contactos con la gente del Círculo siendo serbio?

—Karakoz es serbobosnio y tiene contactos en todas partes —dijo el Facilitador—, se mueve por la antigua Yugoslavia como por su casa, y también por los países árabes. Nadie le pregunta porque paga bien, por eso tiene buenos informantes, pero, además, los productos que vende son de primera calidad, garantizados. En el mercado de armas el mejor es Karakoz, por eso todos acuden a su supermercado.

—Karakoz conoce la existencia de todos nosotros y usted se fía de él…

—Amigo mío, Karakoz es un hombre de negocios, y sabe que la discreción y el silencio son la base de su prosperidad. Él vende armas a todo el mundo, no le importa a quién vayan a matar.

—¿Compraré directamente a Karakoz las armas para Ylena?

—Sí. Usted ya tiene el teléfono del hombre de Karakoz en París; le llaman el Yugoslavo. Pero no olvide que Salim no puede saber de la existencia de Ylena, ni Ylena de la de Salim. Es mejor que cada comando actúe de manera separada y que nadie pueda relacionarlos. Si Salim supiera lo que nos proponemos, intentaría impedirlo; usted sabe que bajo su apariencia se esconde un fanático. Para él, las reliquias de Mahoma son sagradas.

—Sí, es un fanático al que le encanta el buen vino.

—Todos tenemos contradicciones... En cuanto a Ylena, aún no sabe el objetivo; usted se lo detallará, le dará el dinero, le dirá dónde recoger las armas. Una vez que pague al Yugoslavo, él le entregará documentos falsos para Ylena y el comando, y hará que la entreguen las armas en el mismo Estambul. En los próximos días le detallaré el plan para Ylena, el hotel donde debe alojarse en Estambul, cómo llegar hasta allí, cómo acceder a Topkapi... en fin, todos los detalles.

—¿Me llamará usted?

—Sí, dentro de un par de días.

—Los cátaros estaban en contra de la violencia —le respondió el conde en tono de enfado—, pero a veces es la única alternativa.

—Me da igual en lo que usted crea, a quién rece Salim o a quién se encomiende Ylena. Ustedes van a matar en nombre de Dios. Bien, es muy prosaica su actitud, pero ni a mí ni a mis representados nos interesa. Nuestro objetivo es otro: hay que agitar el mundo, hay que redefinir fronteras, hay que poner fábricas en funcionamiento.

—Usted dirige la orquesta.

—Así es. Le dejaré aquí, está cerca de su casa.

Raymond se bajó del coche, asqueado. Nunca le había gustado ese hombre, había un punto de vulgaridad en él, a pesar de sus trajes de corte impecable. El tono de voz delataba su origen pero, a pesar de ello, le necesitaba. Mientras caminaba hacia su casa pensó en cómo se había introducido en su vida.

Se había presentado sin previo aviso en el castillo. Dijo conocer a antiguos amigos de su padre, patriotas alemanes que se habían tenido que esconder después de la guerra.

No se anduvo por las ramas y le enseñó una edición de lujo de aquella crónica de fray Julián.

—Usted vengará la sangre de los inocentes; su padre murió sin poder hacerlo.

El conde le escuchó extasiado mientras le exponía el plan. Un plan sencillo, para el que sólo se necesitaba dinero y creer en aquella causa, y él tenía ambos ingredientes. De eso hacía casi un año; desde entonces el hombre había comenzado a organizar todo el dispositivo, con precisión y paciencia, haciendo que todos los que iban a intervenir se terminaran encontrando, y el punto de encuentro era él, Raymond, conde d'Amis, cuya vida había estado dedicada desde su nacimiento a la causa sagrada de los cátaros. Él no tenía el valor de ser como los *perfectos*, pero al menos era un *credente* como lo habían sido muchos de sus antepasados.

Era el último de su estirpe aunque tuviera una hija, Catherine. Pero la había educado su esposa y él no la conocía, de manera que difícilmente podría entenderle.

Tampoco su esposa lo había hecho. Nancy era norteamericana. Cuando se conocieron ella vivía con sus padres en la Riviera francesa.

El padre de Nancy era poeta y pintor y su madre marchante de pintura. Ella era hija única, mimada hasta la saciedad, sin ningún objetivo en la vida.

Raymond nunca debió casarse con ella, pero se enamoró. Su padre le advirtió de que cometía un error, que aquella chica no era como ellos. Tenía razón. Pero esperó a que su padre muriera para casarse. Quizá era demasiado mayor para el matrimonio, estaba a punto de cumplir cuarenta años, y cometió su primer gran error.

Le abandonó apenas un año después de casados, cuando él se confió a ella y le explicó la misión sagrada a la que estaba dedicado. Nancy montó en cólera y le exigió que sacara de sus vidas a todos sus amigos, a aquellos jóvenes que como él tenían una causa, patriotas de un mundo distinto, de hombres superiores.

Se marchó del castillo embarazada, diciéndole que estaba loco, y que por el hijo que llevaba en las entrañas no le iba a denunciar, pero le amenazó con contarlo todo si se acercaba a ella o reclamaba el hijo que iba a nacer.

Él cumplió y ella también: no volvieron a verse; supo que había tenido una hija, Catherine, y todos los meses le hacía llegar una cantidad de dinero para su manutención a través de su abogado. Sabía que madre e hija vivían en el Village de Nueva York, donde Nancy había abierto una pequeña galería de arte. Ella no le había permitido conocer a su hija, y cuando él se lo suplicó a través del abogado, Nancy le telefoneó amenazándole.

La última noticia que tuvo de ella es que estaba muy enferma.

19

Ovidio llevaba varios días en Roma y tenía la sensación de no haberse ido nunca de la ciudad. Ya no ocupaba el mismo lugar en la oficina y todos sabían que trabajaba de forma provisional; sin embargo, él había vuelto a ensimismarse en el trabajo como si no se fuera a marchar nunca.

—Es como buscar una aguja en un pajar.

Ovidio levantó la vista del ordenador ante la llegada de Domenico, con el que compartía el peso y la responsabilidad de la investigación.

—Sí, ya lo sé, yo tampoco logro dar sentido a ninguna de estas palabras, pueden significar tantas cosas… ¿Has hablado con Bruselas?

—Hace un momento me ha llamado Lorenzo Panetta, parece que Karakoz se ha movido; me manda el informe por e-mail, supongo que lo tendremos de un momento a otro.

—Se ha movido… ¿Y eso qué significa? —quiso saber Ovidio.

—Pues que ha estado en Chechenia; después se le ha visto en Suiza y en Luxemburgo.

—¡Ese tipo va de un lado a otro sin problemas!

—Mientras no haya una orden de detención… En realidad llevan años siguiéndole y nunca le han detenido; prefieren saber con quién trata, a quién vende, quién le proporciona las armas.

Pero Karakoz es extremadamente cuidadoso y por lo que cuenta Panetta, sus conversaciones telefónicas son insustanciales, lo mismo que las de su lugarteniente, un tal Dusan. Al parecer funciona con correos, da órdenes y recibe pedidos a través de los secuaces que tiene repartidos por todo el mundo: ellos le transmiten lo que le quieren comprar y él se lo suministra. La mayoría de las ocasiones no ve a los verdaderos compradores. A él tanto le da. Y si alguien quiere verle él dice dónde, aunque su lugar preferido es Belgrado. Allí se siente seguro y protegido, es su ciudad, aparece y desaparece en ella como quiere y, por lo que se ve, es difícil seguirle la pista.

—Karakoz continúa siendo lo único sólido que tenemos, el extremo de la cuerda...

—Sí, la cuestión es si nos equivocamos o nos precipitamos a la hora de tirar de ese extremo. Por cierto, Lorenzo Panetta me ha dicho que llega esta noche a Roma; viene a pasar el fin de semana y le gustaría vernos. Me he permitido invitarle a cenar a mi casa. Naturalmente cuento contigo para la cena, creo que estaremos más cómodos y hablaremos más tranquilos. ¿Te parece bien?

Ovidio aceptó de inmediato, sorprendido por la actitud de Domenico, al que notaba cambiado; ahora se mostraba menos remiso y desconfiado con él. Lo que no sabía era por qué, y se dijo que a lo mejor también había sido culpa suya el no haberse entendido con el dominico.

Lorenzo Panetta se había visto en la obligación de aceptar la invitación del sacerdote. En su calidad de subdirector del Centro de Coordinación Antiterrorista de la Unión Europea era el responsable de las relaciones de trabajo con el Vaticano.

Estaba cansado. Se prometía un fin de semana lejos de la tensión del Centro, pero tendría que alargar la jornada de trabajo unas horas más, porque aquella cena era eso, trabajo.

Sentía curiosidad por saber cómo sería la casa de aquel sacerdote, situada dentro del recinto de la Ciudad del Vaticano. La imaginaba sobria, con muebles pesados, y llena de cuadros de vírgenes y de santos.

Le abrió la puerta el mismo Domenico, y la primera sorpresa fue verle vestido con un pantalón vaquero y una camisa de cuadros.

—Si me llega usted a decir que la cena era tan informal, le aseguro que habría venido sin corbata, aunque en realidad vengo directamente del aeropuerto.

Domenico Gabrielli rió satisfecho por haber sorprendido a aquel policía con fama de ser uno de los mejores investigadores europeos.

—Pase. Ovidio aún no ha llegado, pero no tardará.

—¿Ovidio?

—El padre Sagardía, pero no hace falta que nos demos ese tratamiento, ¿no le parece? Puede llamarme Domenico, creo que estaremos más cómodos si nos tratamos sin formalismos.

La segunda sorpresa fue la decoración de la casa. En realidad, apenas había muebles y las paredes estaban desnudas. El salón, funcional y moderno. Parecía que hubiera comprado el sillón, la mesa y las sillas en una tienda de decoración minimalista.

La tercera sorpresa fueron las flores: había colocado varios jarrones minúsculos y transparentes con una margarita, sólo una, no cabían más.

Ovidio no tardó en llegar y tampoco él pudo ocultar la sorpresa que le producía la casa de Domenico.

Éste además resultó ser un estupendo cocinero. La pasta estaba deliciosa y los escalopines al limón fueron muy alabados por los dos invitados.

—Siento que no me haya dado tiempo para preparar un buen postre —se excusó con falsa modestia Domenico, mientras colocaba encima de la mesa una fuente con rodajas de piña.

—Pero ¿también sabe hacer postres? —preguntó Lorenzo Panetta.

—No es lo que mejor se me da, pero si tengo tiempo soy capaz de hacer una buena tarta de melocotón.

Hasta que no sirvió el café y una copa de *grappa* los tres hombres no entraron en materia.

—Bien, ustedes han leído el correo electrónico que les he mandado esta mañana, y no hay mucho que añadir. Interceptamos una llamada de un delincuente conocido como el Yugoslavo, un tipo de los bajos fondos parisinos. Es serbio como Karakoz, pero llegó a París años antes de que comenzara la guerra, hizo de guardaespaldas y de matón en clubes de alterne y un buen día dio el salto a los grandes negocios de la mano de Karakoz. Incluso tiene un despacho que se dedica a importación y exportación.

—¿Y, exactamente, qué es lo que han hablado Karakoz y ese hombre? —quiso saber Domenico.

—Lo tiene en el informe. El Yugoslavo llamó a Karakoz para decirle que el «viejo» se había puesto en contacto con él, que quería otro pedido pero para entregar en Serbia y que pagaría al contado. Él mismo iría a recoger el dinero. Karakoz le encargó que vigilara a la chica que iba a visitar al viejo. Eso es todo.

»De manera que tenemos hombres siguiendo al Yugoslavo noche y día, lo mismo que a Karakoz.

—Nosotros no hemos avanzado mucho. Bueno, en realidad no hemos avanzado nada —reconoció Ovidio.

—Como ustedes saben, sospechamos que el comando suicida de Frankfurt tenía otra misión, y quizá estaban preparando otro atentado, el problema es cuándo, dónde... es desesperante, esas palabras rescatadas de los papeles quemados no tienen ningún significado. Algunas de las palabras provienen de páginas de libros y si fuera así, ¿por qué quemarían un libro?

»Pero lo que realmente me preocupa es que... en fin... sospecho que Karakoz se ha vuelto tan cauto porque sabe que le seguimos los pasos.

—¿Cómo dice? —preguntó Domenico, extrañado.

—Siempre había sido prudente, porque sabe que es un personaje de sobra conocido por todas las agencias de seguridad, de manera que procura no llamar la atención; pero desde lo de Frankfurt se ha vuelto muy suspicaz, y sus conversaciones son aún más anodinas de lo que lo eran antes. Está claro que ha reforzado sus medidas de seguridad.

Ovidio y Domenico se quedaron callados, sopesando las palabras de Panetta. En realidad, no les había dicho lo que realmente pensaba y temía: que hubiera una filtración en alguna parte y Karakoz estuviese sobreaviso de que le seguían de cerca.

Panetta había estado sopesando la posibilidad de decírselo, y había optado por no hacerlo; ni siquiera lo había comentado con Hans Wein, aunque pensaba hacerlo el siguiente lunes en la oficina. Wein llevaba unos días fuera de Bruselas y no había querido expresarle sus sospechas por teléfono ni tampoco por correo electrónico.

—¿Y por qué cree que Karakoz piensa que le están siguiendo con más dedicación que antes? —preguntó Ovidio con suspicacia.

—No he dicho que Karakoz no sepa nada, he dicho que se ha vuelto más desconfiado después del atentado de Frankfurt. Las armas y los explosivos que utilizó el comando los había vendido él.

—¿Sigue pensando que la Iglesia puede ayudarles? —quiso saber Ovidio.

—Verá, no es normal encontrar papeles donde se hable de santos, de la cruz de Roma... De manera que es evidente que si hay un atentado no hay que descartar que la Iglesia sea un objetivo.

—Pero eso no está en la lógica de los fanáticos islamistas. No son tontos, y a los países árabes no les interesa tener a una institución como la Iglesia golpeada por el fanatismo islámico. Sinceramente, no creo que la Iglesia sea un objetivo.

—Tiene razón, no está en la lógica de esa gente, no les conviene, pero, aun así, no descarte esa posibilidad —respondió Panetta.

—Lo hemos discutido en la oficina, y sinceramente lo descartamos. Sería un error estratégico de tal magnitud que ni los más fanáticos son capaces cometerlo. Además, señor Panetta, le recuerdo que ésas son sólo palabras sueltas, palabras que se han encontrado entre los restos de papel quemado, no sabemos a qué corresponden. Es muy arriesgado aventurar que la Iglesia puede ser objeto de un atentado islamista —insistió Domenico.

—Llevo muchos años trabajando en esto, y le aseguro que por mucho que nos empeñemos en seguir la lógica de los terroristas, es difícil hacerlo: ellos tienen su propia lógica. A veces decimos no, no harán esto o lo otro porque les perjudica ante la opinión pública, pero lo hacen. Créame, los terroristas siempre serán capaces de sorprendernos. ¿Alguien pensó que serían capaces de hacer volar las Torres Gemelas? ¿O de poner bombas en dos trenes en Madrid cuando España siempre se ha decantado por apoyar la causa árabe y fue el país donde más manifestantes salieron contra la guerra de Irak? Cuando cometen los atentados buscamos entender el porqué, elaboramos teorías al respecto. Pero ellos siempre nos llevan la delantera, somos nosotros los que después buscamos la lógica a lo que han hecho.

—Aun así, yo descartaría esa posibilidad —insistió Domenico.

—¿Es que no ha habido atentados contra sinagogas? —les recordó Panetta.

—Sí, los ha habido… —murmuró Ovidio.

—Bien, entonces, por prudencia, no descartemos nada. Ahora nos centraremos en el Yugoslavo, veremos lo que da de sí esa pista, quién es ese «viejo» del que habla, si es que realmente hay algún «viejo», pero debemos esperar a que haga algún movimiento. Les mantendré informados.

Lorenzo Panetta se despidió de los dos sacerdotes tras agradecer al dominico la cena. Nunca había pensando que sería invitado a una cena dentro del recinto vaticano y mucho menos encontrarse con dos sacerdotes que a simple vista, por su aspecto, nadie diría que lo eran.

—Tómate otra *grappa* antes de irte —invitó Domenico a Ovidio mientras le llenaba el minúsculo vaso de líquido transparente.

—¿De verdad crees que esos locos del Círculo no son capaces de atentar contra la Iglesia?

—No obtendrían ningún beneficio. Nosotros condenamos la invasión de Irak y constantemente pedimos a Israel que respete los derechos del pueblo palestino, el Papa mantiene un diálogo abierto con imames y ulemas… ¿qué sentido tiene que se enajenen la voluntad de la Iglesia? No harán nada contra nosotros. No por razones morales, sino simplemente porque no les conviene.

Domenico hablaba con tal seguridad y firmeza que Ovidio no se sintió capaz de rebatir sus palabras. La velada había transcurrido mucho mejor de lo que esperaba y no tenía ganas de estropearla con una de aquellas discusiones en las que se enzarzaban los dos y que les dejaba agotados y malhumorados.

A medianoche se despidió del dominico; estaba cansado y necesitaba pensar, encontrarse consigo mismo.

20

Para Salim al-Bashir el fin de semana en París había resultado fructífero. Su encuentro con aquella mujer no sólo había sido agradable en el terreno personal, sino que le había tranquilizado: el Centro de Coordinación Antiterrorista de la Unión Europea no sabía nada, ni de él ni del Círculo. Andaban a ciegas, aunque seguían los pasos de Karakoz convencidos de que a través de éste llegarían a la otra punta del ovillo. Pero el Círculo ya había avisado a Karakoz y éste sabía cuidar sus intereses, de manera que habría puesto los medios necesarios para protegerse.

El Círculo confiaba en Karakoz porque era hábil e inteligente y, sobre todo, porque no tenía más compromiso que el dinero. Nunca les había fallado; claro que ellos siempre le habían pagado sin regatear, porque Karakoz no admitía regateos.

De todo lo que le había contado, lo único que le preocupaba fue una frase que soltó al azar: «¿Sabes? —había dicho—. El otro día encontré a Panetta revisando todos los expedientes del personal del departamento, no sé qué buscaba. A lo mejor no se fía de alguien».

No había querido alarmarla puesto que ella no le dio importancia al hecho, pero a él sí le pareció inquietante. Si bien era difícil que el Centro de Coordinación Antiterrorista diera con el Círculo no sería imposible que terminaran sospechando alguna filtración y llegaran a ella. Eso suponía un riesgo que no se podía permitir, de manera que había llegado el momento de deshacerse de la mujer.

Aún le daba vueltas a los tres atentados que iban a perpetrar. Trasladar a hombres que estarían siendo buscados por la policía de medio mundo podía resultar muy complicado, aunque cada vez les era más fácil moverse por Europa: eran millones los hermanos que ahora vivían entre aquellos estúpidos occidentales llenos de buena voluntad que se creían sus ingenuas proclamas sobre la paz y la alianza de civilizaciones.

En cualquier caso, debían actuar cuanto antes, ya que contaban con la ventaja de que el Centro de Coordinación Antiterrorista no sabía nada.

La mujer le había prometido llamarle si se producía alguna novedad. Sabía que lo haría, en realidad haría cualquier cosa que él le pidiera. De repente una idea se cruzó por su cerebro y sonrió; había encontrado la solución al problema: podía utilizarla como bomba humana contra uno de los objetivos. Era una manera hermosa de finalizar su relación y de resolver el problema. No sería la primera mujer occidental dispuesta a morir en nombre del islam. Acababa de encontrar la solución a dos problemas, y le satisfacía como ninguna otra.

Por lo pronto se reuniría con el comando en Granada. Omar había movido los hilos para que se celebrara en la ciudad un seminario sobre las tres religiones monoteístas y estaba invitado a participar. Su presencia en actos de ese tipo era continua, de manera que a nadie le extrañaría su viaje a Granada. Para entonces ya habría tomado una decisión firme.

Por lo que Omar le había dicho, Mohamed, Ali y Hakim ya se encontraban en el norte de España, en Santo Toribio, mezclados con los cientos de peregrinos que en aquellos días visitaban el santuario para ganar el jubileo del Año Santo.

En cuanto al atentado de Roma… sí, le complacía convertir a su amante en una bomba humana. La imaginaba con el cabello cubierto por el *hiyab* gritando que se inmolaba en nombre de

Alá. Rió para sus adentros complacido por aquella macabra idea; al fin y al cabo ella estaba empalagosamente entregada a él.

El timbre del teléfono le sobresaltó. Un segundo después volvió a reír, esta vez sin recato: el departamento de Ciencias Políticas de la Universidad de Harvard le invitaba a que pronunciara una conferencia sobre la posible alianza entre occidentales y musulmanes. Aceptó encantado. La retribución sería excelente y además acrecentaría su prestigio académico. Le iban a escuchar nada menos que los futuros dirigentes del mundo que se estaban formando en Harvard... Les diría lo que querían oír, no eran capaces de entender otra cosa. A los norteamericanos y a los europeos de las élites intelectuales les repugnaba pensar que no se podían arreglar las diferencias hablando, cediendo; no querían problemas y estaban dispuestos a cualquier sacrificio con tal de evitarlos. Eran como niños.

* * *

Raymond acariciaba la *Crónica de fray Julián* como si necesitara que le diera fuerzas para lo que se disponía a hacer. Luego la dejó sobre la mesa y salió de la *suite* mirando instintivamente el reloj: las dos de la tarde. Esperaba que no hubiera mucha gente por el pasillo en ese momento: temía que una camarera o cualquier otro huésped pudiera verle dirigirse a otra habitación.

Había elegido el Crillon para su encuentro con Ylena. Para justificar su estancia en un hotel teniendo como tenía un apartamento en París, había mandado pintar y redecorar los baños. El Facilitador siempre le insistía en que no había que dejar cabos sueltos. No había sido fácil elegir el hotel, pero al final decidió que no iba a sacrificar su propia comodidad por un encuentro furtivo. Esa misma mañana el Facilitador le había telefoneado para decirle un simple número, el de la habitación de Ylena.

Le sorprendió el aspecto de la mujer. Demasiado alta, demasiado rubia, con los ojos demasiado azules, en realidad demasiado llamativa para una misión en la que necesitaba ser casi transparente, que nadie se fijara en ella.

Debía de tener entre veintitrés y veinticinco años, y llevaba la ira reflejada en el rostro.

—¿Tiene ya las instrucciones para mí? —le preguntó apenas se saludaron.

—Una parte, ¿me permite pasar y sentarme?

La notaba tensa, incómoda, deseando terminar cuanto antes.

—Es mejor que se relaje; aquí nadie nos puede ver ni oír, y lo que tenemos que tratar no se puede hacer con prisas.

Le indicó una silla y se sentó enfrente de él. Les separaba una mesa redonda.

—Dentro de unos días le entregaré cuatro billetes de avión, para usted y sus compañeros, pero antes necesito las fotos para que les hagan los pasaportes.

—Las he traído y hay un cambio: vendrán mi hermano, mi prima y mi primo.

—¿Y por qué ese cambio? —preguntó Raymond alarmado.

—Porque mi prima sufrió lo mismo que yo —contestó mirándole con ira.

—¿Y su otro hermano?

—Se queda para cuidar a mi madre. Sólo quedamos tres de siete hermanos. Los mataron en la guerra, lo mismo que a mi padre. Alguien tiene que sobrevivir, lo hemos decidido así.

—Y su prima, ¿cuántos años tiene?

—Es mayor que yo.

—Le he preguntado cuántos años tiene.

—Cuarenta. Perdió a su marido y a su hija pequeña. —Ylena suspiró con impaciencia—. Aún no me ha explicado la misión.

—¿Qué le han dicho?

—Que por fin podría vengarme de la brigada musulmana. A nadie le importó lo que nos hicieron a los serbios, a nadie.

—Su venganza no irá exactamente contra esos hombres.

—Lo sé, pero quiero que gente como ellos llore como lloré yo.

—No es sencillo, pero lo conseguiremos. Se trata de infligir un golpe a los musulmanes del que no se podrán reponer: la destrucción de reliquias de Mahoma.

—¿Reliquias? ¿Los musulmanes tienen reliquias? —preguntó Ylena con incredulidad.

—Sí. En el palacio de los sultanes de Estambul, conocido como Topkapi, un sultán mandó construir un pabellón, que se conoce como el del Manto Sagrado; allí custodian la capa de Mahoma, su sello, espadas, algunos pelos de su barba. También conservan su estandarte de lana negra. Al igual que los cristianos combatían a los musulmanes llevando la cruz donde murió Jesús, en momentos de dificultad los turcos sacaban en procesión el estandarte del Profeta por las calles de Estambul.

—¿Y cómo las destruiremos? —preguntó Ylena.

—Con una bomba, claro. Su hermano y sus primos deberían ir a Estambul como unos turistas más, en cuanto a usted… es difícil que pase inadvertida; es mejor que vaya cuando llegue el momento del atentado, pero procure vestirse de manera discreta y no hacer nada que llame la atención. No vayan los cuatro juntos a Topkapi, es mejor que lo hagan por separado, pero usted no vaya sola, llamaría la atención.

—¿De qué nacionalidad será mi pasaporte?

—Bosnio. Pasarán por bosnios de Sarajevo, es lo mejor.

—Soy serbobosnia y conozco bien Sarajevo.

—La clave es variar algunas cosas pero no todas. Si se hiciera pasar por inglesa o sueca, seguramente no tendría problemas por su aspecto, pero en cuanto hablara se notaría que no lo es. Es bosnia y está de vacaciones, así de sencillo.

—¿Y la bomba?

—La bomba la llevará en una silla de ruedas. Se hará pasar por inválida. Será la única manera de burlar las medidas de seguridad, pero debe saber que difícilmente saldrá con vida.

—¿Dónde colocaremos el resto del explosivo?

—También en la silla. Me han dicho que sus amigos sabrán hacerlo, que sus hermanos y su primo lucharon en la guerra.

—Así es.

—Bien, pues disimularán el explosivo en la silla, en el asiento, en un brazo, donde resulte más fácil. Deberán colocarlo en Estambul. Sería absurdo correr el riesgo de pasar fronteras con una silla cargada de explosivos.

—¿Las armas también las recibiremos en Estambul?

—Sí, lo mismo que el explosivo. Su hermano o su prima, tanto da, empujará la silla. Es una turista inválida, una víctima de la guerra, de los bombardeos. No puede andar, de manera que va en una silla de inválida. Pero insisto en que debe disimular su aspecto. Es difícil no fijarse en usted, y debe pasar por una bosnia insignificante. Podría oscurecerse el cabello o cubrirlo con el *hiyab*…

—Había traído ya las fotos para los pasaportes —se lamentó Ylena.

—Se trata de su seguridad; y créame si le digo que una chica como usted llama la atención mucho más de lo que pueda imaginar.

—De acuerdo, lo haré, me oscureceré el cabello.

—La ropa que llevará será anodina, nada llamativa. Que sus piernas estén cubiertas con una manta, acuérdese que le hará pasar por inválida. Bien pensado es mejor que haya otra mujer en el comando, es más creíble que una musulmana no viaje sola con tres hombres. Aun así… como no era lo previsto, debo consultarlo.

—¿A quién?

—Eso no le importa. No creerá que una operación de este calibre se improvisa o la puede organizar una sola persona.

—No, eso ya lo sé.

—Ya le he dicho que me parece mejor que haya otra mujer. Deme las fotos.

Ylena le entregó un sobre donde guardaba las fotos para los pasaportes.

Raymond observó con detenimiento los rostros de los familiares de Ylena, sus primos y su hermano. La mujer tenía un rostro agraciado aunque sin comparación con la belleza de Ylena; los hombres no llamarían la atención.

—¿Cuándo me dará los pasaportes y el dinero?

—Primero consultaré los cambios; después volveremos a vernos. Pero necesito que me dé una nueva foto suya. ¿Podría teñirse el pelo hoy mismo, hacerse la foto y entregármela esta noche o a lo más tardar mañana por la mañana?

—Sí. Lo haré yo misma. Compraré un tinte y en un par de horas habré cambiado el color del cabello.

—Quizá podría ir a una peluquería...

—Usted mismo insiste en que no llame la atención.

—Tiene razón, pero si puede comprarse un sombrero, algo que le disimule el cabello para cuando pida la cuenta y se despida del hotel...

—Esto es París. ¿A quién le puede extrañar que una mujer se cambie el color del pelo?

—Lo extraño es que alguien con su color de pelo se lo tiña. Cualquier mujer haría lo indecible por tener su color. Pero en fin, no me parece que debamos seguir perdiendo el tiempo con su pelo. Actúe en consecuencia, de todas maneras le daré dinero para que haga esas pequeñas compras.

Ylena aceptó los doscientos euros que le dio Raymond. Luego abrió la puerta de la habitación para comprobar que no había nadie en el pasillo y le hizo un gesto para que saliera.

Él no se sintió seguro hasta que regresó a su *suite* y se sirvió un calvados. Tenía unas cuantas horas por delante antes de volver a encontrarse con Ylena, de manera que iría a ver la marcha de las obras de su apartamento, pero antes llamó al Facilitador para comunicarle los cambios en el plan.

21

Hans Wein escuchaba con preocupación a Lorenzo Panetta. Si las sospechas de Panetta se confirmaban significaría un duro revés para el prestigio del Centro, y pondría en entredicho su eficacia frente a otras agencias de inteligencia.

—En mi opinión —argumentaba Panetta—, se debería volver a investigar a todos los miembros del Centro incluyéndonos a nosotros. No puede quedar ninguna duda. Prefiero que nos digan que estoy equivocado y que veo fantasmas donde sólo hay paredes.

—Pero ¿desconfías de alguien? —le preguntó directamente su jefe.

—No, sinceramente no. Pedí los informes de seguridad sobre todos los miembros del departamento y no he sido capaz de encontrar el menor atisbo de sospecha en el currículo de ninguno de los que trabajan aquí. Pero eso no significa nada, sólo que yo puedo estar equivocado. ¡Ojalá sea así!

—¿También has repasado el expediente de Mireille Béziers?

—Claro que sí, y no he encontrado nada extraordinario. No nos dejemos llevar por los prejuicios; sé que a Matthew le sorprendió verla cenar con un joven de aspecto magrebí, pero eso no significa nada, Mireille ha vivido en varios países árabes, pero además no podemos dejarnos llevar por la paranoia y ver a un terrorista detrás de cada musulmán. Si la chica hubiera tenido algo que ocultar, no se habría ido a cenar al restaurante más concurrido de Bruselas.

—Sabes que lo que se oculta mejor es lo que está a la vista —le replicó Wein.

—Lo sé, pero sinceramente no creo que Mireille trabaje para el Círculo.

—Tú mismo has dicho que todos debemos volver a pasar los filtros de seguridad —protestó Hans Wein.

—Desde luego, y Mireille no será una excepción.

—Te cae bien la chica.

—Es que creo que es inteligente y decidida. Sólo tiene un problema: que es demasiado impetuosa.

—En nuestro negocio el exceso de ímpetu puede ser una catástrofe. En cualquier caso ya he pedido a Personal que le busquen un hueco en otro sitio; en un tiempo prudencial firmaré su traslado.

—¿Por qué en un tiempo prudencial y no de manera inmediata?

—Porque no quiero problemas con su tío, que llamaría a media Comisión Europea para protestar por el trato a su querida sobrina. Supongo que en una semana o dos la trasladarán.

Lorenzo se rió. Hans Wein era un tipo transparente, al que le costaba disimular sus sentimientos por más que se mostraba siempre comedido en todas sus manifestaciones.

—En mi opinión deberías pedir un control de seguridad de manera inmediata.

—Le diré a Laura que haga los trámites.

—No, ni siquiera Laura debe saberlo.

—¡Por favor, Lorenzo! ¡Confío en Laura tanto como en ti!

—Pues no confíes en nadie, ni siquiera en mí, hasta que Seguridad te diga que puedes hacerlo. Yo también confío en Laura, pero los controles de seguridad deben hacerse sin que nadie sepa que le están investigando, de manera que no tendrías que decírselo ni siquiera a ella.

—De acuerdo, lo haremos como dices.

Lorenzo Panetta iba a entrar en su despacho cuando Matthew Lucas irrumpió en la oficina con precipitación y le hizo una seña para que se acercara.

—¿Qué pasa, Matthew?

—¿Está el jefe?

—Sí, claro.

—Hemos interceptado una llamada entre el Yugoslavo y un número de teléfono móvil; era Dusan, el lugarteniente de Karakoz. Hemos podido conseguir el número, pero naturalmente se trata de una de esas tarjetas que se compran en cualquier tienda de telefonía, aunque le estamos siguiendo el rastro.

—¡Vamos a ver a Wein! —respondió Panetta—. Es la primera buena noticia que tenemos desde lo de Frankfurt.

Matthew relató en pocas palabras al director y subdirector del Centro todo lo referente a la llamada.

El Yugoslavo había recibido la llamada de un hombre. La voz, explicaba Matthew, parecía pertenecer a un hombre mayor; la conversación había sido breve: «Ella ha venido, tengo las fotos; parte del encargo lo necesito en el destino. Le enviaré la lista y las fotos. Ha habido algunos cambios. Tiene que estar todo dispuesto para dentro de dos semanas».

El Yugoslavo protestó por la premura de tiempo, diciendo que haría lo posible pero sin garantizarle nada. La llamada se había producido dentro del radio de París, pero no habían podido determinar la zona.

En cuanto a la conversación con Dusan, el Yugoslavo se había quejado del poco tiempo del que dispondría para el encargo y las dificultades con «la maldita silla».

—¿Qué habrá querido decir con lo de «la maldita silla»? —preguntó Hans Wein en voz alta.

—Sea lo que sea —prosiguió Matthew—, esto significa que Karakoz tiene otra entrega en marcha a través de su hombre en París. Lo que no sabemos es a quién ni para qué. El laboratorio confirma que la voz del hombre pertenece a un francés de edad avanzada; es una voz culta, no de un gorila de los bajos fondos.

Laura White, la asistente de Hans Wein, llamó con suavidad a la puerta antes de entrar.

—Jefe, le llama el comisario de Interior, ¿puede ponerse?

—Sí, páseme la llamada.

La asistente de Wein les miró con curiosidad porque veía reflejada la tensión en el rostro de los tres hombres, pero no preguntó nada. Si algo no soportaba Hans Wein era la curiosidad y la falta de discreción.

Matthew y Lorenzo salieron del despacho para permitir a Wein que hablara tranquilo.

—Podemos estar ante algo o ante nada —dijo Matthew.

Lorenzo Panetta le hizo una seña para que no hiciera ningún comentario, lo que no escapó a la perspicaz mirada de Laura.

Cuando entraron de nuevo en el despacho de Wein Lorenzo se vio, a regañadientes, en la obligación de explicar a Matthew la razón de su gesto.

—Puede que sólo sea la corazonada de un viejo policía, que es lo que soy, pero desde lo de Frankfurt Karakoz se ha vuelto muy cauteloso, mucho más de lo que lo era habitualmente, como si supiera que le estamos siguiendo los pasos.

—Bueno —respondió el norteamericano—, es normal que sea desconfiado. Está metido en todas las mierdas y sabe que hay un montón de servicios de seguridad deseando pescarle, ¿no?

—Sí, pero... en fin, lo diré directamente: puede que tengamos una filtración —explicó Panetta.

—¿Qué? ¡Eso es imposible! —protestó Matthew—. Todos estamos sometidos a controles periódicos de seguridad.

—Sí, y he exigido que nos sometan a un control más; lo único que tenemos que hacer es ser más prudentes. Hasta que Seguridad no termine su trabajo, todas las novedades de este caso no saldrán de este despacho —replicó tajantemente Hans Wein.

—Iba a pedir a la doctora Villasante que escuchara la grabación para que opinara sobre la voz de ese hombre desconocido —dijo Matthew.

—Pues tendremos que esperar para hacerlo. Tanto da que Andrea escuche esa grabación ahora o dentro de tres días. En cualquier caso no podemos hacer nada. Debemos seguir esperando a que el Yugoslavo, Karakoz y quienes quiera que sean sus amigos, se vuelvan a mover, y para ello lo mejor es que no lo hagamos nosotros. Estaremos alerta pero nada más, y a usted, Matthew, le ruego discreción. No me gustaría que el Centro se convirtiera en el hazmerreír de las otras agencias.

—No se preocupe, sé guardar secretos —replicó Matthew con ironía—, pero permítame decirle que no comparto esa corazonada. No imagino a nadie del Centro filtrando información, a no ser...

—¿Está pensando en Mireille? —saltó Lorenzo—. ¡No sea injusto con ella!

—No lo soy, pero tal vez de manera no intencionada ha hecho algún comentario a alguno de sus amigos árabes que a su vez pueden tener otros amigos. En fin... Mireille Béziers me parece el único punto débil de esta oficina.

—No quiero convertirme en su defensor, no tengo por qué —protestó Lorenzo Panetta—. Me revientan los prejuicios y las injusticias. En cualquier caso se la investigará y, para su tranquilidad, sepa que está previsto su traslado en un plazo breve de tiempo.

—Ésa sí que me parece una buena noticia. Esa chica no encaja aquí.

—Sí, no es muy popular entre la gente de la oficina. Es curioso, no termino de entender por qué irrita a todo el mundo —dijo Panetta más para sí mismo que para sus interlocutores.

—Y sin embargo usted confía en ella —respondió Matthew Lucas.

—Sí, creo que tiene ganas de trabajar, que es inteligente e imaginativa, y que si la dejaran podría ser eficaz.

—¿Una de sus corazonadas? —ironizó Matthew.

—Sí, una corazonada de perro viejo y callejero.

Durante el escaso tiempo libre de que disponían a mediodía, se acercaron a la cafetería del Centro.

Andrea invitó a Mireille a sentarse con algunas de las mujeres del departamento. No sólo estaba Laura White, la asistente del jefe, sino también Diana Parker, su mano derecha.

Mireille aceptó resignada. Andrea Villasante era una mujer seca, nunca la había visto sonreír, pero reconocía que intentaba integrarla en el equipo por más que le costara disimular la poca simpatía que sentía hacia ella.

—Algo se está moviendo —comentó Laura White.

—¿Qué? —preguntó con sequedad Andrea.

—No lo sé, pero he visto al jefe y a Panetta preocupados y más cautelosos que de costumbre —aventuró Laura—. No sé lo que se traen entre manos pero no quieren que nadie se entere.

—A lo mejor son suposiciones tuyas, aquí terminamos todos volviéndonos paranoicos, estudiando los gestos del que tenemos enfrente —analizó Diana.

—No me parece que sea un tema de conversación si el jefe está preocupado por algo o si hay algo que oculta —cortó en seco Andrea—. Aquí cada uno tenemos que cumplir con nuestra obligación.

Laura enrojeció, consciente de que había metido la pata, precisamente ella que había hecho del silencio y la discreción su mejor cualidad.

—No me malinterpretes, Andrea, sólo era un comentario banal —se defendió Laura.

—Nada de lo que se dice aquí es banal y mucho menos algo que se refiere al director y al subdirector del organismo. No me gustan las especulaciones ni los comentarios.

Todas callaron, conscientes del malhumor de Andrea. Lo peor que podía pasar es que ésta contara a Hans Wein la indiscreción de Laura, y la única manera de no encender el ánimo de Andrea era no protestar ni decir nada.

Matthew Lucas se acercó a ellas con una taza de café en la mano.

—¿Puedo sentarme? —preguntó y antes de escuchar la respuesta ya se había sentado.

Mireille no pudo evitar un gesto de desagrado. El norteamericano estaba haciendo lo imposible para que la echaran del departamento y sus críticas habían encontrado terreno abonado en el ánimo de Hans Wein. De manera que consideró que no entraba en su sueldo compartir su media hora de descanso con aquel hombre, por lo que se puso en pie para marcharse. Además, tenía algo que hacer.

—Voy a fumar un cigarro fuera —se despidió.

La vieron salir como si llevara prisa. Matthew tampoco había ocultado la incomodidad que le provocaba estar cerca de Mireille.

—Es una buena compañera —afirmó Diana Parker clavando su mirada azul en Matthew—. Aunque a ti no te guste.

—A mí no tiene por qué gustarme; lo único que se pide a quienes estamos en esto es eficacia, nada más —respondió Matthew.

—No me gusta que se hable de las personas del departamento, ni bien ni mal —volvió a cortar en seco Andrea mientras se levantaba, dejando al grupo que aún no había terminado el café.

—¡Cómo está hoy! —se quejó Laura.

—Lleva unos días preocupada —admitió Diana—, desde que llegó el lunes del fin de semana… pero es una persona estupenda, de verdad.

Nadie respondió. Apuraron el café y regresaron a la oficina.

Panetta aguardaba impaciente a Matthew.

—¿Dónde había ido? —se quejó el subdirector del Centro.

—A tomar un café… ¿ocurre algo? —preguntó Matthew sorprendido.

—Pase a mi despacho.

Las mujeres observaron de reojo a Panetta y a Matthew. Era evidente que pasaba algo que los jefes no querían que supiera el resto del departamento.

Matthew esperó a que fuera Lorenzo Panetta quien le dijera lo que sucedía. El italiano, saltándose todas las normas, se encendió un cigarrillo, pese a la mirada reprobatoria de Matthew.

—No me mire como si fuera un delincuente —le reprochó Panetta mientras abría la ventana para que se ventilara el despacho—, me parece el colmo que ni siquiera a solas uno pueda fumarse un cigarro.

—Usted sabe que le perjudica a la salud, pero no sólo a usted sino que nos convierte a los demás en fumadores pasivos. Se trata de derechos, del suyo y del de los demás.

Panetta miró Matthew con enojo, luego apagó el cigarrillo que acababa de encender y suspiró resignado.

—Nuestra gente ha estado siguiendo a dos de los hombres del Yugoslavo. ¿Sabe dónde han estado esos dos angelitos? Pues nada más y nada menos que en el Crillon, uno de los hoteles más lujosos de París y posiblemente del mundo.

—¿Qué hacían allí?

—Nada, al parecer. Han estado sentados cerca de recepción, han tomado un par de copas en el bar, han paseado discretamente por el vestíbulo, y allí continúan, o al menos allí continuaban hace un par de horas.

—¿Y por qué se ha seguido a esos dos hombres?

—Porque sabemos que son de la máxima confianza del Yugoslavo. Es curioso... me gustaría saber qué hacen en el Crillon...

—O protegen o siguen a alguien que se aloja allí —dedujo Matthew.

—Sí, debe de tratarse de una de las dos cosas. O de que el Yugoslavo vaya al Crillon a reunirse con alguien; de ahí que ellos comprueben que el terreno esté despejado.

—¿No se han dado cuenta de que les seguían?

—No, por ahora no; estamos trabajando con buenos equipos, tenemos a más de treinta personas pendientes del Yugoslavo.

—Supongo que dos matones llamarán mucho la atención en un hotel como ése —dijo Matthew con preocupación.

—Bueno, no van con la camisa desabrochada, ni enseñando bíceps. Procuran pasar inadvertidos.

—Y ahora…

—Ahora, a esperar. Podemos estar ante una pista. Las llamadas interceptadas, esos dos hombres en el Crillon… ya veremos si nos acercamos o no a Karakoz.

—Y al Círculo, ése es nuestro principal objetivo.

—Para llegar al Círculo debemos tirar de la cuerda de Karakoz. Puede que sea la única brecha en la seguridad de esos fanáticos.

22

Eran cerca de las nueve cuando Raymond volvió a llamar a la puerta de la habitación de Ylena. Esta vez se había cruzado con una camarera a la salida de su *suite*, pero la mujer no le prestó atención. Él se metió en el ascensor y pulsó el botón del piso tercero, donde se encontraba la habitación de Ylena. Una pareja aguardaba el ascensor, de manera que no se atrevió a salir y continuó hasta el vestíbulo. Una vez allí se fue al bar y pidió un calvados. No le gustaba beber en público solo, pero no quería que nadie le viera en la tercera planta.

Ylena le esperaría. Una vez apurada la copa salió del hotel sin rumbo, a pesar de la insistencia del portero para llamar a su chófer. Anduvo durante casi una hora antes de regresar.

Ahora sí tuvo suerte y subió al ascensor solo; de nuevo pulsó la planta donde estaba su *suite*, y, apenas había subido un piso, pulsó el botón de la planta tercera temiendo que de nuevo se encontrara con cualquier huésped y que eso le impidiera llegar a la habitación de Ylena. Se dijo que la suerte estaba de su parte porque en el pasillo no se encontró a nadie. Ella abrió la puerta de inmediato.

—Le estaba esperando —le reprochó con impaciencia.

—No he podido venir antes —respondió mientras examinaba la transformación de la mujer.

El cabello de Ylena era ahora rubio oscuro y ya no le caía por la espalda porque se lo había cortado hasta la altura de las orejas. El corte no podía ser más desastroso; se notaba demasiado que había sido obra de ella. Pero el resultado era lo que contaba, y ahora Ylena resultaba menos llamativa, más vulgar, pese a esos inmensos ojos azules que seguían irradiando ira a duras penas contenida.

—Aquí tiene las fotos. ¿Hay algún problema por los cambios?

—No, no los hay. Aceptamos que vaya su prima en el lugar de su hermano.

—¿Cuándo me entregará los pasaportes y el dinero?

—Dentro de unos días, tres o cuatro a lo sumo.

—¿Y las armas y el explosivo?

—Ya se lo dije antes. Eso lo recibirán en el mismo Estambul.

—¿Qué debo hacer hasta que me entregue los pasaportes?

—Debería regresar con los suyos. La llamaremos cuando todo este listo.

—¿Y no llamo más la atención viajando tanto?

—Es un riesgo que tenemos que correr, porque si se queda aquí sin nada que hacer también lo haría. En todo caso, éstas son las instrucciones y usted debe cumplirlas sin rechistar. En esta operación es de vital importancia no tener ideas propias.

—¿Qué quiere decir?

—Que todo ha sido estudiado hasta el mínimo detalle y que no debemos introducir ningún cambio ni novedad a no ser que sea estrictamente necesario. Se pondrán en contacto con usted, le facilitarán el viaje y el lugar del encuentro; hasta entonces, vaya estudiando con sus familiares el plan de la operación.

Raymond entregó un sobre grande de color marrón. Un sobre vulgar, que no llamaba la atención.

—Dentro hay un plano de Estambul, un libro con los principales monumentos y lugares de interés turístico, además de un folleto con los horarios de visita de Topkapi, Santa Sofía, las mezquitas... Hemos incluido la manera de ir de un lado a otro de la ciudad en autobús. Como verá, todo muy inocente, pero tienen que estudiarlo a fondo. En el libro encontrarán una historia detallada de Topkapi y lo que se puede visitar, naturalmente se da información precisa del pabellón donde se encuentran las reliquias del Profeta. Y hay dos fotos de cómo están dispuestas en las vitrinas. Por cierto, su hermano y su primo deberían ir pensando en qué lugar de la silla van a colocar el explosivo. Y otra cosa: ¿sigue dispuesta a morir?

Ylena le miró sin sorpresa, como si la pregunta la hubiera contestado una y mil veces antes que ahora.

—Creí habérselo dicho antes. No tenga dudas, la respuesta es sí. La misma que le di a aquel hombre que me puso en contacto con usted.

Luego, para sorpresa de Raymond, ella se sentó y con un gesto le invitó a hacer lo mismo. Y así, frente a frente, Ylena le explicó por qué no le importaba morir.

—Yo tenía doce años cuando llegó a mi pueblo un destacamento de musulmanes. Fui de las primeras en ser violada: me encontraba en casa de una tía mía en las afueras del pueblo y cuando les vimos salí corriendo a avisar que llegaban los musulmanes. Pero ellos me atraparon antes; uno de los camiones paró en seco junto a mí y se bajaron varios hombres. El que mandaba me miró de arriba abajo y yo temblé de miedo porque aquella mirada me desnudó. Me empujó a un lado de la carretera y me tiró al suelo; luego se desabrochó la bragueta y se echó sobre mí. Yo al principio me quedé quieta, sin reaccionar. Estaba aterrada, pero sentí un dolor agudo entre las piernas y entonces me defendí, empecé a patalear, a gritar, le arañé la cara. Él me empezó a pegar, no sé cuántas bofetadas y puñetazos me dio, hubo un momento en que me costaba ver porque me caía sangre por toda la cara. Me violó con saña, y luego me dio una patada en el vientre. Pero después de él me violaron el resto de los hombres del camión, creo que fueron veinte o veinticinco, no lo sé. Varias veces perdí el conocimiento; entonces me echaban agua por la cara para que me despertara y supiera lo que me estaban haciendo. Me dolían las entrañas, como si me hubiesen quemado por dentro.

Raymond la escuchaba fascinado. El tono de voz de Ylena era cansino; parecía estar contando una historia banal. Lo que más le sorprendía era la rigidez de su rostro, que no cambiara de expresión.

—Me encontraron al día siguiente. No podía hablar, ni andar, ni llorar. Estaba inconsciente, en coma, más cerca de la muerte que de la vida. La sangre se había hecho una costra a mi alrededor. Me llevaron a un hospital y allí lograron devolverme a la vida. Tuvieron que operarme y vaciarme por dentro. Aquellos bestias… me destrozaron el útero, los ovarios… y además me mutilaron. Sí, después de lo que me habían hecho, me mutilaron por si acaso algún día lograba recuperarme y me quedaba algún deseo de tener un hombre cerca. ¿Sabe? Lo peor fue que a nadie le importó. La matanza que llevaron a cabo en mi pueblo, las violaciones… eso no salió en las noticias, nosotros éramos serbobosnios, y en aquella guerra nos había tocado el papel de malos. Cuando nuestros hombres destrozaban algún pueblo y violaban a sus mujeres se convertía en noticia internacional, pero si se violaba a las serbias tanto daba, el mundo entero clamaba por los bosnios y por nadie más. Ellos organizaron bien la propaganda y contaron con la ayuda de aquellas brigadas musulmanas con voluntarios de todos los países islámicos. Ellos parecían ser las únicas víctimas. Nosotros éramos cristianos, pero a los cristianos del resto del mundo no parecía importarles lo que nos hacían los musulmanes, les defendían a ellos, protestaban por lo que les sucedía a ellos. Ni siquiera la poderosa Iglesia de Roma hizo nada eficaz…Ya le dije que perdí a casi toda mi familia a manos de aquellos mercenarios, y yo… yo sólo soy un resto de mujer sin porvenir, ni nada que ofrecer, porque ni siquiera a mí misma puedo ofrecerme. No me importa morir. En realidad me mataron aquel día, de manera que tanto me da volar en Estambul al tiempo que todas esas reliquias. Al menos, con eso les devuelvo algo del mal que nos hicieron.

»No me vuelva a preguntar si me importa morir, no lo haga. Sepa que yo ya estoy muerta.

Raymond se levantó de la silla sin mostrar ninguna emoción. En realidad no sentía piedad por aquella mujer. Era sólo un instrumento más en su venganza, a él tanto le daban los cristianos como los musulmanes; eran parte del precio que tenía que pagar, el que le había puesto el Facilitador: la Cruz por las reliquias de Mahoma, y luego la gran confrontación. Ahí es donde el Facilitador ganaba. Él sólo quería ver a Roma humillada, y de esa manera vengar a aquellos inocentes que regaron con su sangre Occitania.

—No salga del hotel hasta mañana. Coja un taxi para ir a la estación. Ya nos pondremos en contacto con usted.

Cuando llegó a su *suite* se sirvió una copa de calvados y luego buscó el móvil al que colocó una tarjeta nueva.

—Buenas noches.

El Facilitador le respondió al otro lado de la línea. Estaba satisfecho por la marcha del plan. Raymond de la Pallisière, vigésimo tercer conde d'Amis, acababa de recibir la orden de que no se moviera de París hasta que él le llamara.

Uno de los policías franceses adscritos al Centro de Coordinación Antiterrorista se percató de la mirada que los dos hombres del Yugoslavo dirigieron a la mujer que en aquel momento estaba pagando la cuenta del hotel.

Eran las once de la mañana, y el vestíbulo se hallaba repleto de gente, huéspedes que deseaban abonar el importe de su cuenta y otros nuevos que llegaban.

El policía llevaba cerca de una hora haciendo que leía un periódico y degustaba un café, exactamente lo mismo que parecía hacer uno de los hombres del Yugoslavo, mientras el otro se encontraba cerca de la puerta de entrada, en un punto donde podía ver a todo el que entrara o saliera del hotel.

La mirada del hombre del Yugoslavo se posó durante unos instantes en Ylena, pero inmediatamente apartó la mirada y se concentró de nuevo en el periódico. El policía observó a la mujer y pensó que era atractiva aunque, salvo los ojos azules que destacaban sobre el rostro ovalado, tampoco vio en ella nada especial. La mujer parecía fuera de lugar en aquel hotel. No llevaba joyas, ni iba vestida con demasiado gusto: unos pantalones negros, un jersey de seda negro, un pañuelo que no parecía ser de marca envolviéndole el cuello, un bolso negro colgado al hombro que no ostentaba ninguna de esas marcas prohibitivas para el común de los mortales como él.

Pensó que a lo mejor la chica había pasado la noche con alguien, pero descartó la idea de inmediato al verla pagar la cuenta en metálico. Eso tampoco era normal: ¿quién paga en metálico hoy en día y más en un hotel como el Crillon? A lo mejor se equivocaba y era una simple turista pero, por si acaso, siseó a través del transmisor que llevaba oculto y cuyo micrófono parecía ser un inocente pin en la solapa de la chaqueta.

—Puede no ser nada, pero va a salir una mujer de aproximadamente uno ochenta de estatura, el cabello rubio oscuro y ojos azules, va vestida de negro, y el sujeto la ha mirado. No sé, pero no parece una clienta habitual del hotel.

—¿Es guapa? —le respondió con sorna uno de sus compañeros que aguardaban fuera—. A lo mejor el tipo tiene buen olfato y le ha gustado esa mujer —continuó.

—Puede ser, estad atentos a la reacción del otro sujeto.

Ylena salió del hotel llevando, además del bolso de mano, una maleta pequeña de color negro. Un botones la acompañó a la puerta empeñado en llevársela. El portero le ofreció pedir un taxi, lo que ella aceptó de inmediato. Dos minutos después se perdía en el tráfico de París.

El hombre del Yugoslavo que vigilaba la puerta no se movió, ni tampoco miró a Ylena. Su compañero de dentro del hotel le acababa de llamar por el móvil.

—No mires, aquí hay uno de la competencia. Me acabo de dar cuenta.

Un minuto más tarde el policía que continuaba dentro del hotel escuchó la voz de su compañero.

—Falsa alarma. Hemos visto salir a la chica; no estaba mal, pero el tipo ni la ha mirado, tampoco la ha seguido.

—¿Por qué no mandáis a uno de los nuestros que lo haga?

—¡Chico, ya me dirás por qué! Ya te digo que ni la ha mirado, y te aseguro que hemos peinado la zona; por aquí no hay más hombres del Yugoslavo. No nos hagas perder el tiempo ni lo pierdas tú. Procura que no se te escape el sujeto porque eso sí que sería un problema.

El policía asintió de mala gana. Algo le decía que el hombre del Yugoslavo había mirado de manera especial a aquella mujer y que ese interés nada tenía que ver con la apariencia de la joven. Pero decidió obedecer. Si el sujeto se le despistaba el que tendría problemas sería él.

23

—Aquí vivió Beato de Liébana en el siglo VIII. Todos ustedes conocerán sin duda sus *Comentarios al Apocalipsis de San Juan*. Beato fue un monje muy singular que incluso se atrevió a polemizar con el entonces metropolitano de España y arzobispo de Toledo que defendía la doctrina adopcionista. Pero lo importante son los textos que escribió, que ya entonces alcanzaron una gran difusión y fueron ilustrados con magníficas miniaturas. Beato también escribió un himno en el que por primera vez se defendía la predicación de Santiago el Mayor en España; realmente ese himno fue premonitorio porque casi de inmediato se encontró la tumba del Apóstol en Compostela, y…

—Entonces, ¿por qué este monasterio se llama de Santo Toribio en vez de estar dedicado a Beato? —preguntó una mujer interrumpiendo las explicaciones de la guía, que la miró a su vez con fastidio porque no era la primera vez que la cortaba.

—Precisamente se lo iba a explicar ahora. Este monasterio fue fundado en la época visigoda. Entonces se llamaba San Martín de Tours. La tradición nos ha legado dos historias: una se refiere al obispo de Palencia, Toribio, que en el siglo VI andaba por estas tierras intentando convertir a los paganos; la otra se refiere a que santo Toribio de Astorga, famoso por combatir la herejía prisciliana, estuvo también aquí, y precisamente él, que en el siglo V había peregrinado a Tierra Santa, trajo numerosas reliquias; es posible que entre ellas se encontrara el mayor trozo de la Vera Cruz. En el siglo XI los monjes de la abadía seguían la regla de san Benito y entre los tesoros del monasterio se encontraba el cuerpo de santo Toribio, y…

—¿Y podremos ver el trozo de la Cruz de Cristo? —la mujer volvió a interrumpir a la guía para desesperación de ésta.

—Sí, naturalmente. Ustedes van a ganar el jubileo precisamente porque aquí se encuentra el mayor trozo de la Cruz. Hay indicios de que desde tiempos remotos venían al monasterio gentes de todas partes para adorar la Cruz además de rezar ante santo Toribio, que tiene fama de ser un santo muy milagrero. Cuando entremos en el monasterio podrán apreciar su sepulcro bajo una efigie policromada en medio de la iglesia. Fue el papa Julio II quien en 1512 otorgó la bula por la que se establecía el jubileo de una semana a quienes llegaran hasta el monasterio los años en que la festividad de Santo Toribio cayera en domingo. El monasterio también está en la ruta del llamado «Camino Francés» que lleva a los peregrinos hasta Compostela. ¡Ah! Y una curiosidad: sabemos que por lo menos desde el siglo XVI acudían muchas familias con personas enfermas, enfermos mentales, porque la tradición aseguraba que el *Lignum Crucis* era capaz de curar a los endemoniados, y…

—Pero entonces, ¿el jubileo sólo se puede ganar durante una semana? —preguntó otro de los peregrinos a la guía.

—No, no, eso les iba a explicar. El papa Pablo VI amplió el jubileo semanal a todos los días del año que van de la festividad de Santo Toribio en domingo hasta el año siguiente. De manera que se abre la Puerta del Perdón por el obispo y a partir de ese momento todos los peregrinos que lleguen a lo largo del año lebaniego podrán alcanzar la indulgencia plenaria para la remisión de sus pecados. Es lo que ustedes van a conseguir en cuanto lleguemos, se confiesen, escuchen la misa y comulguen. Ya saben que sólo Jerusalén, Roma, Compostela y Caravaca, en Murcia, tienen también este privilegio.

—Entonces el monasterio ¿de qué siglo es? —quiso saber otro de los peregrinos.

—La actual iglesia se empezó a construir a mediados del siglo XIII, y es de estilo gótico monástico con influencia cisterciense. Aunque aún quedan restos de la antigua construcción románica. En el siglo XVII se hicieron obras de ampliación en el monasterio y de entonces es el maravilloso claustro que ustedes podrán admirar. Y les gustará saber que la capilla donde se guarda el *Lignum Crucis* es barroca, construida con las aportaciones de los indianos, los emigrantes montañeses que hicieron fortuna en América. Es espectacular, ya lo verán, por su belleza y al mismo tiempo por su sobriedad. El trozo de la Cruz está guardado en una carcasa de plata sobredorada realizada por orfebres en 1778.

Mohamed y Ali escuchaban atentos las explicaciones de la guía. El autobús turístico acababa de dejar atrás el pueblo de Potes y se encaramaba por la cuesta que llevaba al monasterio.

—Ahora verán el monte Viorna, en cuya ladera se encuentra Santo Toribio. Por cierto, se me había olvidado explicarles que estos valles se convirtieron en un refugio seguro para los cristianos que huían de la ocupación árabe.

Habían viajado en tren desde Granada a Madrid y desde allí a Santander. Se habían apuntado a la excursión a Santo Toribio en una agencia de viajes, como unos turistas más. Habían procurado pasar inadvertidos, vistiendo sin estridencias. Llevaban vaqueros, camisas limpias y planchadas, zapatillas de deporte y el pelo arreglado. Claro que muchos de los peregrinos les habían mirado con curiosidad y desconfianza: «Son moros —escucharon que susurraban a sus espaldas—, y a éstos qué les importará Santo Toribio». Ellos procuraron ser amables con todos los miembros de la excursión, ayudando a las señoras más mayores a subir o bajar del autobús, ofreciéndose a comprarles agua cuando se detenían para hacer un alto. Una mujer no pudo reprimir la curiosidad y les preguntó por qué iban a Santo Toribio.

—¿Vosotros queréis ganar el jubileo? —les preguntó con suspicacia.

—No, señora, pero estamos viajando por Cantabria, y no podemos dejar de conocer el santuario. Sepa usted que para los musulmanes Jesús fue un gran profeta. Fueron los judíos quienes le crucificaron… —recordó Ali, y la respuesta pareció satisfacer a la mujer que desde ese momento les sonrió afectuosamente.

—Nos está gustando tanto Cantabria que no descartamos volver con nuestras familias —apostilló Mohamed.

El paraje donde se levanta el monasterio de Santo Toribio les pareció espectacular. En la ladera de la montaña, envuelto entre los árboles y el verde de la naturaleza las piedras brillaban bajo el tenue sol del mediodía.

Cuando se bajaron del autobús la guía les señaló la Puerta del Perdón.

A ellos les extrañó la ausencia de guardias, policías y de cualquier cuerpo de seguridad que protegiera el monasterio. Caminaron alrededor de Santo Toribio, subieron por las peñas para contemplarlo con perspectiva y después volvieron a bajar. Nadie parecía fijarse en ellos. Entraron y salieron de la iglesia varias veces, observaron con cuidado la capilla del *Lignum Crucis*, donde los peregrinos se agolpaban rezando en voz baja.

La misa comenzó y cuantos allí estaban seguían las palabras del sacerdote con devoción convencidos de que sus pecados serían borrados de un plumazo una vez atravesada la Puerta del Perdón y habiéndose confesado y comulgado.

Nada impedía acercarse a la capilla del *Lignum Crucis*, protegida por una verja; al contrario, cualquiera podía prosternarse en los escalones que conducían al pequeño recinto donde se exhibía la reliquia… Cualquiera podría hacer estallar en pedazos aquella capilla si no le importaba inmolarse en el empeño, algo a lo que tanto Ali como Mohamed estaban dispuestos. A ellos les esperaba Alá en el Paraíso y su Paraíso era más gratificante que el cielo de los cristianos.

Contaron mentalmente los pasos que separaban desde la Puerta del Perdón hasta la capilla, estudiaron los otros accesos y se hicieron en la pequeña tienda del monasterio con varios libros sobre el lugar. Ahora ya sabían que aquella misión era no sólo factible, sino que no ofrecía el más mínimo problema. En aquel lugar remoto de Cantabria, en aquel paraje a la sombra de los Picos de Europa, nadie parecía desconfiar de nadie; ni los monjes ni las autoridades locales esperaban que alguien fuera capaz de dañar aquel lugar y mucho menos destruir en mil pedazos el *Lignum Crucis*.

Salim era un genio por haber elegido Santo Toribio. ¿Cómo era posible que los cristianos fueran tan estúpidos para dejar sin protección el monasterio donde decían guardar el mayor trozo de la Cruz en la que fue crucificado el profeta Isa? Acabar con el *Lignum Crucis* era tarea de niños; cualquiera podía hacerlo. Ni siquiera se requería valor: sólo una buena carga de dinamita y aquel monasterio volaría hasta el cielo.

Mohamed concluyó que los cristianos serían los únicos culpables de la destrucción de su Cruz por no protegerla como era debido.

Cuando terminó la misa, hicieron lo mismo que el resto de los peregrinos: fotos del monasterio, de la capilla del *Lignum Crucis*, de la tumba de santo Toribio, del paraje... decenas de fotos que les servirían para fijar mejor su objetivo. Ansiaban regresar para contárselo a Omar, pero sobre todo para reunirse con Salim, que en pocos días estaría en Granada y había prometido verles. Le tranquilizarían: el *Lignum Crucis* iba a dejar de existir.

¿De qué serían capaces aquellos peregrinos con los que habían compartido la jornada?, pensaron Ali y Mohamed. Se rieron porque sabían que los cristianos se lamentarían cuando eso ocurriera, pero también que nunca harían nada.

Occidente no quería problemas y la manera de no tenerlos era mirar hacia otro lado, ésa era la gran ventaja del Círculo.

24

Raymond dormía cuando el móvil le despertó. La voz apremiante de su abogado de Nueva York le sobresaltó. Al principio no entendía qué le estaba diciendo, luego se quedó en silencio, sin saber qué responder mientras su hombre de confianza le repetía la noticia.

—Su esposa murió ayer. Me han comunicado que llevaba tiempo internada en un centro hospitalario en Cleveland luchando contra un cáncer de páncreas. Siento haberle despertado para darle esta noticia, pero no me he enterado hasta hace un rato; estaba de viaje, y el abogado de su esposa no me ha podido localizar antes. En vista de lo sucedido, he decidido no esperar hasta mañana... ¿Quiere darme alguna instrucción?

No sabía qué decirle. Miró el reloj; eran las dos, y además ¿qué instrucción podía darle? No podía presentarse en Cleveland. ¿En calidad de qué? Era el padre de una hija a la que no conocía, que nunca había querido saber nada de él. Si iba, se arriesgaba a que le echara... no... en realidad no sabía qué decir.

—Conde, ¿me escucha? ¿Ha entendido lo que le he dicho?

—Sí, sí... le he escuchado; en realidad no tengo ninguna instrucción que darle... quizá pueda hablar con mi hija y decirle que estoy a su disposición para lo que necesite... sí, eso será lo mejor, llámela y hable con ella. No le importe volver a avisarme si hay algo nuevo.

Se levantó de la cama y se puso el batín de seda que había dejado en una silla cercana. Luego se fue al salón, abrió el mueble bar y sacó la botella de calvados. A pesar de la hora necesitaba una copa para afrontar que era viudo de una mujer a la que hacía casi treinta años que no veía. Sin embargo, la noticia fue un mazazo, seguramente porque Nancy formaba parte de sus sueños más recónditos y del momento más pleno de su vida, cuando se había sentido enamorado por primera y última vez.

Por un momento sintió el impulso de llamar a Catherine, pero si su hija tenía la mitad del carácter de su madre, le colgaría el teléfono y se negaría a hablar con él. Ya era una mujer, que años atrás había dejado claro a su abogado que no tenía el más mínimo deseo de conocer a su padre ni mantener ninguna relación con él; y en ocasión de su mayoría de edad Catherine decidió que, al ser legalmente adulta, no tenía por qué depender de nadie, y menos de su padre, por lo que le solicitó que interrumpiera los envíos mensuales de dinero.

El abogado no logró convencerla de lo contrario. Desde entonces Catherine se negó a mantener cualquier contacto. Nancy, por su parte, tampoco había vuelto a hablar con el abogado. Madre e hija habían cortado el tenue lazo que las unía a él.

Se bebió de un trago la copa de calvados y volvió a servirse otra. No sabía qué hacer. Tal vez debería ir a Nueva York y esperar a que su hija regresara de Cleveland. Quizá en estas circunstancias Catherine aceptaría su compañía.

No regresó a la cama sino que aguardó la llamada de su abogado, que no se produjo hasta una hora después.

—Conde, he logrado hablar con el abogado de su hija; lo siento, me ha dejado claro que ella no quiere saber nada de usted. Me ha recomendado que le diga que es mejor que no intente volver a ponerse en contacto con ella. Siento darle estas malas noticias.

—No se preocupe, en realidad... bueno, no me dice nada nuevo, aunque... ¿cuándo entierran a Nancy?

—Mañana, a primera hora, incinerarán su cuerpo en Cleveland. Allí han vivido los tres últimos años tratando su enfermedad. El abogado de su hija no me ha dado muchos detalles, pero he creído entender que ella regresará en breve a Nueva York, donde, como sabe, han mantenido abierta la galería de arte.

Sí, lo sabía bien. Durante años había mandado comprar cuadros de la galería, como forma de asegurarse de que Nancy y su hija tuvieran ingresos suficientes para vivir; muchas de aquellas obras las había ido regalando y otras aún permanecían embaladas en los sótanos del castillo. No le gustaba el arte moderno.

Raymond suspiró sintiéndose derrotado, pero aun así había algo en él que se rebelaba. Por primera vez en su vida no soportaba la posibilidad de no hacer nada.

El reloj marcaba las tres y media. Al día siguiente tenía que reunirse con el Yugoslavo para terminar de perfilar el pedido para el atentado de Estambul. El encuentro sería igual que el de Ylena: el hombre reservaría una habitación en el Crillon y allí, lejos de ojos indiscretos, hablarían del plan, además de concretar la cuantía económica de la operación y la forma de pago. El Yugoslavo ya le había comunicado que su jefe Karakoz prefería cobrar en efectivo, o bien por transferencia bancaria en Suiza o en Luxemburgo, donde tenía domicilios fiscales a nombre de abogados a los que pagaba generosamente.

Tomó finalmente una decisión que sabía equivocada: iría a Nueva York y anularía su encuentro con el Yugoslavo. El Facilitador tendría que entender que uno no se queda viudo todos los días y que tal vez aquélla era la ocasión de acercarse a Catherine, por más que ésta se resistiera.

Buscó el móvil y marcó el número de la casa del Yugoslavo.

La voz del hombre parecía de ultratumba, pastosa, con la ira del que ha sido despertado de un profundo sueño.

—Mañana no podremos vernos —afirmó Raymond sin más preámbulo.

—Pero ¿quién narices es usted? ¿Qué dice? —gritó el Yugoslavo.

—Teníamos que vernos mañana en el Crillon, pero no podrá ser. Tengo que viajar a Nueva York, le llamaré cuando regrese.

—¿Qué está diciendo? ¡Eso es imposible! Tenemos que vernos mañana si quiere que la operación salga adelante. ¿A qué juega? Oiga, no es momento de bajarse del barco. —El Yugoslavo estaba más enfadado porque le hubieran despertado que por el cambio de planes.

—Tengo que irme de viaje, ya se lo he dicho, mi esposa ha muerto —se excusó Raymond, en tono lastimero.

—A mi jefe no le gustará…

—Me da igual lo que le guste a su jefe. Él también tiene esposa, de manera que entenderá mi situación.

—¿Cuándo regresará?

—No lo sé, en tres o cuatro días como mucho; vaya trabajando en lo que estaba previsto. En realidad conmigo sólo tiene que ajustar detalles.

—Con usted tengo que ajustar el pago —matizó el Yugoslavo— y ése no es un detalle menor.

—Puede esperar unos días; en realidad tardará en servir la mercancía, de manera que no se va a producir ningún retraso.

—Nosotros cobramos por adelantado.

—Cobrará hasta el último dólar, se lo aseguro.

—No le quepa la menor duda de que será así. Si no despídase de su castillo y de todo lo que aprecie.

—¡No me amenace!

—¡Ah, olvidaba que estoy hablando con todo un conde! ¡Váyase a la mierda y sepa que detendré la operación hasta que cumpla con su parte! ¡Nosotros no trabajamos gratis ni damos crédito, ni a usted ni a nadie!

—Le llamaré a mi regreso.

Raymond cortó la comunicación; se sentía agotado de la discusión con aquel hombre. Después volvió a marcar un número, el del castillo d'Amis.

El mayordomo no tardó en descolgar el teléfono, ya que tenía el aparato en la misma mesilla junto a la cama.

—Castillo d'Amis.

—Buenas noches o buenos días, Edward.

—Buenas noches, señor. ¿Qué sucede? —preguntó alarmado.

—Nada, nada, Edward, no te preocupes, sólo que tengo que marcharme de viaje por un imprevisto. Salgo para Nueva York en el primer avión en que encuentre plaza. Estaré unos días fuera, no sé cuántos, cuatro, cinco, lo más una semana. Hazte cargo de todo.

—Desde luego, señor conde. ¿Dónde le localizo en caso de tener que comunicarme con usted? —quiso saber el eficiente mayordomo.

—Me alojaré en el Plaza como siempre, pero me puedes localizar a través del móvil; será lo mejor, pero yo llamaré, no te preocupes. Es de esperar que en estos días que voy a estar fuera no suceda nada. Hasta dentro de dos semanas no tendremos invitados en el castillo, de manera que en principio no debes preocuparte de nada.

—Estoy a su disposición como siempre, señor conde.

—Bien, ya te llamaré, Edward.

—Que descanse, señor.

—Gracias, buenas noches.

Cuando colgó el teléfono se dijo que al menos podía estar tranquilo respecto a Edward. El mayordomo se las bastaba para dirigir el castillo en su ausencia. Se volvió a servir otra copa de calvados y cogió el teléfono que estaba junto al mueble bar para pedir a la recepción del hotel que le reservaran un billete en primera clase para el primer avión con destino a Nueva York.

Luego decidió llamar al Facilitador y buscó de nuevo el móvil; en ese preciso instante se dio cuenta de que había utilizado el teléfono más tiempo del permitido si no quería que las llamadas fueran rastreadas. Había hablado más de la cuenta con el Yugoslavo y luego había llamado al castillo. Sintió un sudor frío recorriéndole la espalda. ¿Qué había hecho? Era improbable que nadie le siguiera, o que sospecharan de él, pero el Facilitador siempre se había mostrado muy rígido respecto a adoptar medidas de seguridad extremas y él acababa de saltarse algunas de las más elementales.

El impacto de la noticia de la muerte de Nancy sumado a las copas de calvados le habían embotado la cabeza más de lo que estaba dispuesto a reconocer.

Intentó tranquilizarse diciéndose que de la conversación con el Yugoslavo no se podía desprender nada que pudiera levantar sospechas; en cuanto a la mantenida con su mayordomo, no tenía ninguna importancia. No, no quería comportarse como un paranoico; había quebrado alguna de las medidas de seguridad, pero ninguna tan grave como para poner en peligro su venganza. Lo único que debía hacer era cambiar la tarjeta al móvil, lo que hacía después de cada llamada al Facilitador, y no telefonearle esa misma noche, sino al día siguiente desde el aeropuerto para anunciarle que se iba a Nueva York.

Diez minutos más tarde le llamó el recepcionista del Crillon para confirmarle que tenía plaza en un avión para las doce de la mañana.

Se sintió eufórico por el mero hecho de saber que ya estaba en marcha y pidió que le despertaran a las ocho. Aún tenía tiempo de dar una cabezada e intentar disipar los efectos del alcohol.

* * *

Lorenzo Panetta entró sin llamar en el despacho de Hans Wein. El director del Centro de Coordinación Antiterrorista no pudo evitar mirarle con cierto reproche por la interrupción.

—¡Le tenemos!

—Lo sé, acabo de hablar con París, y ahora mismo me mandan un e-mail.

—Yo también he hablado con ellos, ya tengo la transcripción

de la conversación de ese conde con el Yugoslavo, y es increíble. Han hablado lo suficiente para poder localizar la llamada.

—Lo que no sé es dónde nos va a conducir todo esto —dijo Wein—. Karakoz tiene muchos clientes y nos encontramos que entre éstos además del Círculo hay un conde francés, lo que nos pone sobre una pista que no es la que buscábamos.

—Pero debemos seguirla… —replicó Panetta.

—Nosotros buscamos la conexión de Karakoz con el Círculo para, a partir de ahí, poder hacer algo contra ese grupo de fanáticos. No estamos persiguiendo a ningún conde por más que tenga relaciones con un hombre de Karakoz. Tengo que consultar a nuestros superiores antes de seguir tirando de este hilo.

—¡Por Dios, Wein, es lo primero que tenemos en mucho tiempo!

—¡No tenemos nada! Tan sólo una conversación entre un aristócrata y un traficante de armas, pero que yo sepa ninguno de los dos pertenece al Círculo, y no estamos autorizados a investigar a ese ciudadano francés.

—Sabes que en el curso de cualquier investigación uno se encuentra con otros delincuentes y otros delitos, a veces conectados con lo que se busca, a veces no, pero igualmente delincuentes.

—Las escuchas están autorizadas para llegar al Círculo a través de Karakoz. Sé que el cumplimiento estricto de las reglas a veces produce retrasos, pero no haremos nada para lo que no estemos autorizados.

—No estoy proponiendo lo contrario, Wein, simplemente creo que no debemos desechar esta nueva pista por más que parezca que nos aleja del Círculo. Pide todos los permisos necesarios, pero consigue que podamos tirar también de este hilo. Si no conduce a ninguna parte, lo dejamos, y que la policía de París se haga cargo, pero al menos vamos a intentarlo.

Matthew Lucas asomó la cabeza por la puerta del despacho de Wein al tiempo que pedía permiso para entrar.

—Pasa, Matthew, imagino que ya te han informado —le dijo el director del Centro.

—Sí, ¡es estupendo e increíble!

—Debemos ser prudentes —replicó Wein.

—Sí, claro, pero es una pista importante —insistió Matthew.

—Que no sabemos si nos conduce a donde queremos ir o nos puede distraer llevándonos a otra parte que no entra en nuestro ámbito de actuación. Somos un centro de coordinación contra el terrorismo, no la policía, y mucho me temo que la conversación de ese conde con el Yugoslavo no tenga nada que ver con lo que buscamos.

Matthew Lucas se quedó callado mientras buscaba con la mirada el apoyo de Lorenzo Panetta, quien parecía distraído.

—Bueno, pero en todo caso seguiremos esta pista —reiteró el norteamericano.

—Lo haremos si nos dan permiso. Tengo que informar a nuestros superiores. Cuando lo haya hecho os diré qué podemos y qué no podemos hacer.

Cuando salieron del despacho de Wein, Lorenzo hizo una seña a Matthew para que le acompañara al suyo.

—¿Qué dicen sus jefes? —le preguntó Lorenzo.

—Bueno, imagino que no van a pedir permiso para seguir adelante con las escuchas. Por lo que sé, los franceses están bien dispuestos para continuar. Son los primeros sorprendidos por haberse encontrado a un respetable aristócrata hablando con un delincuente de la peor calaña.

—¿Me tendrá informado? —le pidió Lorenzo.

—Claro, pero espero que Wein consiga permiso de sus jefes. Sería absurdo no seguir esta pista y ver dónde conduce. Por cierto, me van a enviar un dossier sobre ese conde.

—Yo también lo he pedido, supongo que ya lo tendré en el ordenador.

—Entonces, los hombres del Yugoslavo que estaban vigilando el Crillon lo hacían por ese conde… —dijo Matthew.

—Eso parece. Sin embargo, todas las informaciones apuntan a que el Círculo prepara un nuevo atentado y sabemos que las armas se las compran a Karakoz. O bien han cambiado de tienda, o bien…

—No sé, yo tampoco me explico qué hace un aristócrata francés discutiendo con un traficante de armas. Además, ese conde llamó al Yugoslavo a su número privado, y de la conversación se deduce que se traen algo gordo entre manos. Creo que debemos vigilarle, no perderle de vista.

—Bueno, a estas horas está volando a Nueva York y allí le aseguro que los franceses no le van a perder de vista ni de noche ni de día. En cuanto a los teléfonos del castillo, los franceses los van a controlar y nosotros también. Por cierto, ¿tienen ya el informe de seguridad sobre la gente de este departamento?

—No, aún no. Están investigándonos de nuevo y verificando todos los datos; tardarán un par de días en decirnos algo.

—¿Cree que la doctora Villasante podría escuchar la grabación del Yugoslavo y el conde?

—Sí, sería interesante conocer la opinión de Andrea, pero debemos esperar a que Hans Wein consulte a los jefes; hasta entonces sólo podemos esperar.

—Bueno, en mi caso procuraré hacer algo más. Voy a pedir a nuestro laboratorio que estudie esta grabación y compararé la voz del conde con esa otra grabación que tenemos con el Yugoslavo. ¿Recuerda que habló con un hombre con voz de persona mayor que se refería a una silla? A lo mejor es el mismo…

—¡Vaya! ¡Debería habérseme ocurrido a mí!

25

Salim al-Bashir sonreía satisfecho ante los aplausos de los asistentes a su conferencia. Se había metido al público en el bolsillo diciéndoles lo que querían escuchar: que era posible la convivencia pacífica entre musulmanes, cristianos y judíos; que el islam era una religión de paz y que no se debía confundir a quienes profesaban esta religión con quienes ponían bombas o secuestraban aviones; que era intolerable que los periódicos occidentales calificaran a los autores de estos actos como «terroristas islámicos»: «¿Acaso cuando un cristiano asesina a alguien los periodistas le califican de asesino cristiano? No, no lo hacen, lo califican de asesino simplemente, pero en Occidente hay prejuicios contra el islam. Sí, por más que a muchos les cueste reconocerlo es así, y por eso nos ofenden cuando, para explicar que alguien ha cometido un acto de violencia, se añade la religión del sujeto siempre que éste profesa el islam. Yo pido a los periodistas que reflexionen sobre esto».

También había revindicado el respeto «para nuestra cultura y nuestras normas, que no intentamos imponer a nadie. Entonces, ¿por qué tienen miedo a que nuestras mujeres y nuestras hijas elijan ir con *hiyab*? ¿A quién ofendemos por no comer carne de cerdo y pedir que en los colegios sean respetuosos con nuestros hijos y no les obliguen a comer lo que va contra nuestra religión? Es posible la convivencia desde el respeto, el respeto a la diferencia, porque si no se respeta la diferencia, nuestros hijos terminan sintiéndose de ninguna parte, y crecerán confusos, con rabia y humillados por tener que esconder lo que son. Los poderes públicos tienen que ayudar a que la comunidad musulmana viva en paz de acuerdo a sus costumbres y a su cultura, facilitando que podamos educar a nuestros hijos como buenos musulmanes. Juntos podemos combatir la violencia, sólo hay un secreto: el respeto y la tolerancia porque, desgraciadamente, Occidente se dice tolerante, y lo es para consigo mismo, pero no lo es con los demás. Que cada cual rece a Dios como quiera hacerlo, y que por eso no sea perseguido como lo somos los musulmanes».

Buscó la mirada de Omar, jefe del Círculo en España, que se hacía pasar por hombre de negocios, un operador turístico y uno de los jefes más respetados de la comunidad musulmana en la Península. Ambos intercambiaron una mirada cargada de ironía: allí estaban destacados miembros de la política y la cultura española, aplaudiéndole a él, el jefe de las operaciones terroristas del Círculo, al que tenían por un respetable profesor. Era muy fácil tratar con los occidentales: sólo había que decirles que no se preocuparan por nada, que su vida no tenía por qué cambiar, que podían continuar sumidos en su cultura hedonista sin preocuparse por lo que sucedía a su alrededor, pendientes sólo de sí mismos.

Los occidentales no querían problemas; por eso estaban dispuestos a creer al que les dijera que no los habría. Y es lo que él les explicaba: que les dejaran hacer, que si lo hacían, no pasaría nada... mientras ellos se seguirían extendiendo como una mancha de aceite hasta llenarlo todo, hasta que las catedrales de toda Europa se convirtieran en mezquitas. Al fin y al cabo era un destino más digno que el que los infieles daban a algunas de sus iglesias, a las que convertían en restaurantes y hasta en discotecas como ocurría ya en Inglaterra... Merecían perderlo todo porque no se respetaban a sí mismos, porque no creían en nada, ni siquiera en su Dios.

Dios, decían los gurús de la cultura occidental, era cosa del pasado, de fanáticos, de gente que no había puesto el reloj en la hora de la Historia, e invitaban a vivir y divertirse, a consumir y nada más. Por eso los vencerían. Era fácil derrotar a una sociedad que no creía en nada.

Cuando se bajó del estrado desde donde había impartido la conferencia, Salim al-Bashir se vio rodeado y saludó a parte del numeroso público que momentos antes le había aplaudido. Después se dirigió a una sala contigua donde le aguardaba un nutrido grupo de periodistas que le reiteraron las mismas preguntas que le venían haciendo otros periodistas a lo largo y ancho del mundo. Todos querían saber qué pensaba él del Círculo. También le preguntaron por el último atentado perpetrado por dicho grupo en Frankfurt, y sobre los comunicados de esta organización revindicando al-Andalus. Las preguntas sobre la situación en Oriente Próximo, el drama del pueblo palestino, las consecuencias de la guerra de Estados Unidos contra Irak fueron el colofón de todo lo anterior.

Hasta una hora después no pudo abandonar el salón de actos acompañado por Omar y otros hermanos del Círculo, que pasaban por ser pacíficos hombres de negocios.

Sentado junto a Omar, que conducía un todoterreno, los dos hombres permanecieron casi en silencio hasta que salieron de Granada, seguros ya de no ser observados.

—Has tenido un gran éxito —le felicitó Omar.

—Gracias; ya te dije que el secreto es decirles lo que quieren escuchar.

—La prensa te elogiará. He oído a algunos periodistas hacer comentarios positivos sobre tu intervención.

—Sí, supongo que lo harán; hasta ahora siempre lo han hecho.

—Iremos a mi casa, allí cenaremos con algunos de nuestros hombres. Verás a Mohamed y a Ali, que están a la espera de tus instrucciones.

—Sí, el plan es sencillo. Es más efectivo que los atentados se lleven a cabo el mismo día y a la misma hora.

—Tú eres el jefe de operaciones, pero creo que a los cristianos les asustaría más que los atentados fueran en días consecutivos; cuando aún no se hayan repuesto de uno, golpearles con otro.

—¿Sabes, Omar? Si se desechó esa idea fue porque una vez que se produce un atentado todos los servicios antiterroristas se ponen en situación de alerta. Y si hasta el día anterior están relajados haciendo su trabajo como una rutina, a partir de que se produce un atentado incrementan las medidas de seguridad en aeropuertos, ferrocarriles y todos los lugares que creen susceptibles de ser atacados. Llenan las calles de policías y soldados, aprietan a sus confidentes; además, todo aquel que tiene aspecto de árabe se convierte en sospechoso y alguno de los nuestros puede ser detenido en un control rutinario, de manera que es mejor golpear en los tres lugares al mismo tiempo.

Sin apartar la vista de la carretera, Omar asintió a las explicaciones del jefe de operaciones del Círculo.

—Por cierto, ¿quién era esa chica que estaba sentada en las primeras filas y que cuando se abrió el turno de preguntas me hizo varias? Era magrebí, y no llevaba el *hiyab* cubriéndole el cabello.

—Se llama Laila Amir; es la hermana de Mohamed, te he hablado de ella. Esa mujer nos crea un montón de problemas.

—Me ha puesto en un aprieto al preguntarme si no creía que el Profeta se había equivocado al afirmar que las mujeres deben estar subordinadas al hombre, y azotar a las adúlteras y lapidarlas...

—Has sabido callarla diciéndole que era una conferencia para hablar de política, no de teología, pero que gustosamente podrías hablar de esos temas en otra ocasión.

—Sí, pero ha podido arruinarme la conferencia. Afortunadamente el público estaba de mi parte y han visto en ella a una provocadora. Debes hacer algo con esa mujer y pronto.

—Le he dado un ultimátum a Mohamed.

—Si no ha sido capaz de arreglar lo de su hermana, ¿cómo podremos confiar en él?

—Hasan me lo ha recomendado. Está seguro de que es el hombre idóneo, y que llegado el momento aceptará entregar su vida por el éxito de la misión.

—No me importa que muera o no, lo que me importa es si es capaz de matar.

—Lo es, de eso no te preocupes, pero debes de entender que no es fácil matar a una hermana.

—Son nuestras reglas. No será la primera mujer que muera por causar el deshonor a su familia.

—Sería un error hacerlo ahora. Laila es muy conocida en Granada, se ha convertido en un símbolo de lo que puede ser una musulmana integrada y liberada. Si apareciera muerta, se llevaría a cabo una investigación que ahora no nos conviene. Ya te dije que es abogada, trabaja en un despacho con otros abogados; exigirían una investigación.

—Resuélvelo en cuanto puedas.

La casa de Omar estaba vigilada discretamente por hombres del Círculo que pasaban por criados, campesinos, jardineros y hasta porteros. El jefe de la organización en España sabía que no podía permitirse el más mínimo error porque la seguridad de su invitado era primordial.

Salim saludó a la familia de Omar antes de sentarse a la mesa para presidir aquella cena donde sólo participaban hombres.

Algunos habían asistido a la conferencia y dedicaron a Salim grandes elogios; otros le miraban agradecidos por tener la oportunidad de tenerle tan cerca. Salim al-Bashir era un mito para todos los combatientes del Círculo.

Salim no les habló de la operación que estaba en marcha por más que todos deseaban saber cuándo el Círculo volvería a golpear a los cristianos. Él les recordaba que si el Círculo se había convertido en una fortaleza casi inexpugnable era porque nadie sabía más de lo estrictamente necesario.

Mohamed Amir y Ali, al igual que Hakim, le escuchaban en silencio, sintiéndose importantes al saberse los elegidos para la siguiente misión. Al final de la cena, mientras los hombres se estaban despidiendo de Salim, Omar les hizo una seña a los tres para que se quedaran.

En el despacho de éste, con las ventanas cerradas y dos hombres protegiendo la puerta, Salim al-Bashir les explicó los pormenores de los atentados.

—Mohamed, te encargarás de Santo Toribio aquí en España. He leído el informe que has hecho; me alegra saber que Ali y tú habéis inspeccionado a fondo el terreno, pero reconozco que me preocupa vuestro exceso de confianza.

—Decimos la verdad. No hay ninguna medida de seguridad, al menos no la había cuando nosotros visitamos el monasterio. Lo que necesitaremos será una potente carga explosiva para volar la verja que protege la capilla y la propia capilla donde se guarda ese trozo de Cruz. Cuando nosotros estuvimos la Cruz se podía ver a través de la verja, aunque nos dijeron que celebran misas solemnes donde la exponen para que todos los peregrinos la puedan ver. Pero debemos de contar con la dificultad de la verja, de manera que el explosivo debe ser capaz de destruirla.

—Tendréis el explosivo, aunque por lo que habéis descrito en el informe será difícil que dejéis la carga y podáis escapar.

Mohamed y Ali se quedaron en silencio temiendo lo que Salim pudiera decirles a continuación.

—Si dejáis una bolsa abandonada entre los peregrinos y justo delante de la capilla, por más que haya cientos de ellos agolpados para ver ese trozo de madera alguno puede darse cuenta; incluso pongamos que adoptan algún tipo de medida de seguridad y no dejaran entrar en el monasterio con mochilas… No, no podemos correr riesgos, podríamos fracasar.

—Podemos intentarlo —balbuceó Ali.

Salim había visto dibujarse una mueca de angustia en el rostro de Mohamed; el nerviosismo de Ali era evidente.

—¿Sabes por qué tienen éxito nuestras operaciones? Te lo diré: porque nosotros no corremos riesgos; no intentamos las cosas, las hacemos. No importa el sacrificio que tengamos que hacer. Me precio de saber elegir a los hombres para nuestras misiones guiado por el consejo de hombres sabios como Hasan u Omar. ¿Se habrán equivocado al señalaros como verdaderos *muyahidin*?

Los dos jóvenes bajaron la cabeza avergonzados. Si no cumplían las órdenes de Salim serían considerados unos cobardes, puede que traidores, y perderían la confianza de sus jefes, lo que podría acarrearles la muerte. En cualquier caso ya se sabían sentenciados.

—Si no sois los hombres que creemos, es mejor que os vayáis ahora. Os aseguro que el Círculo tiene hombres valientes que desean ocupar vuestros puestos.

Salim guardó silencio mientras Omar miraba a los dos jóvenes con ira; parecía a punto de golpearles. Quien habló fue Hakim, el ya veterano combatiente del Círculo, el hombre que se había curtido en atentados en Marruecos y que ahora era el jefe del pueblo de Caños Blancos.

—Lo haremos, no temas, llevamos semanas preparando el atentado. Sabremos cumplir con lo que se espera de nosotros.

—No, Hakim, a ti te quiero en otro lugar. Ya os he dicho que los atentados serán todos el mismo día y a ser posible a la misma hora. Mohamed y Ali se encargarán de Santo Toribio, otras personas que no necesitáis saber quiénes son, serán los encargados de atacar la basílica de la Santa Cruz de Jerusalén en Roma, y tú, Hakim, deberás acabar con las reliquias que se conservan en la iglesia del Santo Sepulcro de Jerusalén. Es la parte más difícil de la operación, donde arriesgamos más. Allí no podemos cometer errores. Quiero que cuanto antes viajes a Jerusalén; he traído el dossier con toda la documentación sobre el Santo Sepulcro. Allí te esperan los hermanos del Círculo que te ayudarán a destruir el lugar. Podríamos pedir a los *fidayin* palestinos que nos ayudaran e hicieran este trabajo en nuestro nombre, pero debemos hacerlo nosotros, ha de llevar nuestro sello, sólo el nuestro. Allí tendrás armas, explosivos y la ayuda que necesites, pero deberás hacerlo tú. Es la parte más arriesgada de la misión. Los judíos no son tan confiados como los españoles y los italianos, de manera que tienen ojos en todas partes. Los judíos no pueden permitirse que la comunidad internacional les acuse de no ser capaces de proteger las reliquias cristianas. Eso volvería a avivar la polémica para convertir Jerusalén en ciudad internacional, algo a lo que se niegan con todas sus fuerzas. Si destruimos las reliquias que custodian en la iglesia del Santo Sepulcro, conseguiremos que algunos de nuestros amigos periodistas occidentales lo presenten como otro asesinato de Jesús a manos de los judíos al permitir que el Santo Sepulcro vuele en pedazos. Los europeos son tan antijudíos que estarán encantados de poder criticarles una vez más. Y no porque les importe, ya que no creen en nada, sino por, simplemente, poder acusar a los sionistas. No hace falta que te diga lo que espero de ti, Hakim.

—No tienes que pedirme nada, haré lo que tengo que hacer.

La firmeza de Hakim hizo que Mohamed y Ali se sintieran aún más avergonzados. Habían llegado a conocer bien a Hakim por el mucho tiempo que pasaban en Caños Blancos. Le profesaban devoción por su integridad y valentía, y le consideraban un jefe justo, cuya autoridad nadie discutía en el pueblo.

—Tu hermano puede sustituirte como jefe de Caños Blancos.

—Es un honor que confíes en mi familia para que continúe al frente del pueblo.

Salim al-Bashir clavó su mirada en Mohamed y Ali a la espera de que los jóvenes dijeran algo. Fue Mohamed quien habló primero.

—No quedará nada de Santo Toribio —aseguró Mohamed—, puedes confiar en nosotros.

—Podemos hacerlo —añadió Ali intentando imprimir firmeza a su voz.

—Bien, os proporcionaré el explosivo. No quiero que Omar lo compre en los proveedores habituales; se lo enviaré dentro de unos días. Omar, ¿tu agencia tiene ya previsto organizar un viaje para que los peregrinos andaluces ganen el jubileo en Santo Toribio?

—Sólo espero que me digas la fecha. Necesito tiempo para hacer la publicidad y anuncios en las parroquias ofreciendo viajes a Santo Toribio para ganar el jubileo. Tengo un par de autocares reservados para eso.

—Mohamed y Ali irán en uno de esos autocares. Como unos peregrinos más, al igual que hicieron cuando fueron a examinar el terreno. Es más seguro que los explosivos vayan con ellos en un autocar repleto de peregrinos, que pasará inadvertido. En cuanto a los explosivos, lo mejor es que también utilicemos uno de tus autocares de la línea de París.

—Ya sabes que sólo tengo uno que va a París una vez por semana.

—No necesitamos más.

—Podríamos aprovechar el viaje de un grupo de jubilados que van a pasar ocho días allí; el chófer será uno de nuestros hombres; a la vuelta se trae la carga.

—Bien, ahora cerraremos esos detalles. Lo importante es que Mohamed y Ali sepan lo que tienen que hacer, lo que esperamos de ellos. Hakim, tú sabes cómo deben ajustarse las cargas de explosivos al cuerpo; enséñales antes de marcharte.

—¿Cuándo he de estar en Jerusalén? Me gustaría arreglar mis asuntos antes de la misión.

—Tendrás tiempo, aunque no debes retrasarte más de diez o quince días como mucho.

—Será suficiente.

Salim hizo un gesto a Omar que éste interpretó como que debía despedir a los tres jóvenes, de manera que se puso en pie indicándoles que la reunión había terminado y pronto recibirían las instrucciones para acometer la misión.

Hakim, Mohamed y Ali salieron de la estancia en silencio, cada uno sumido en sus propios pensamientos.

—¿Lo harán? —preguntó Salim a Omar en cuanto se quedaron solos.

—Sí, no te preocupes.

—No tengo dudas sobre Hakim, pero Mohamed y Ali... no sé, no les veo con fe suficiente.

—No es fácil decidir morir. Son jóvenes y pensaban que tenían mucha vida por delante. Llamaré a Frankfurt y hablaré con Hasan; al fin y al cabo Mohamed es ahora su yerno, no estará de más que le recuerde sus obligaciones hacia nosotros.

—Hazlo, y ahora dime, ¿cuándo viajan esos viejos a París?

—Dentro de cuatro días.

—Entonces, amigo mío, tendré todo preparado para que al regreso traigan el explosivo. Tengo que reconocer que tu agencia de viajes es una excelente tapadera. Podemos transportar lo que nos viene en gana por medio mundo sin que la policía sospeche nada. ¿Quién desconfía de un autocar con ancianos que van a pasar una semana en París?

—No has dicho quién hará lo de Roma —preguntó Omar con curiosidad.

Salim rió al tiempo que se levantaba.

—Hasta para ti será una sorpresa. Pero te gustará, ya verás cómo la sorpresa te gustará. Y ahora, amigo mío, querría descansar. Me queda mucho trabajo por delante, mañana he de estar en Roma.

Omar acompañó a Salim hasta la estancia que le habían preparado para que descansara. Las ventanas estaban entreabiertas y el olor a azahar parecía impregnarlo todo.

—¡Qué suerte tienes de vivir en Granada! —le dijo Salim antes de cerrar la puerta.

A las doce de la mañana del día siguiente Salim telefoneó a uno de sus lugartenientes desde el aeropuerto de Granada para encargarle que se pusiera en contacto con Karakoz. Debía tener preparado el material para una semana más tarde, ni un día más. Luego aguardó impaciente que saliera su vuelo con destino a Roma con escala en Madrid. Ella le estaría esperando en el hotel. Se había puesto muy contenta cuando la llamó ofreciéndole pasar el fin de semana en Roma. Miró el reloj y pensó que aún tenía tiempo para telefonear al conde; al fin y al cabo, él pagaba parte de la operación. El móvil del conde no respondió y decidió llamar al castillo. Sabía que no era una imprudencia: sus relaciones con él eran públicas y a ambos les unía la pasión por la historia. Raymond había ido a escucharle algunas de sus conferencias, y nunca habían ocultado sus encuentros en los mejores restaurantes parisinos.

—Castillo d'Amis.

Sonrió al escuchar la voz atiplada del mayordomo.

—Buenas tardes, Edward, soy el profesor al-Bashir, ¿el conde se encuentra en el castillo? Quisiera hablar con él.

—Lo siento, profesor, el conde está de viaje, regresará en unos días.

Salim guardó silencio durante unos segundos. Raymond no le había dicho que fuera a viajar y eso le inquietó.

—¿Se ha ido de viaje? ¡Vaya, pues tenía cierta urgencia en hablar con él y su móvil no responde!

—Puede que el señor lo tenga apagado por la diferencia horaria.

—¡Ah! ¿Y puedo preguntarle dónde se encuentra?

Ahora fue Edward el que se quedó callado sin saber si debía dar esa información, pero decidió hacerlo puesto que el profesor era un amigo muy apreciado por el conde.

—Se encuentra en Nueva York; el señor conde ha sufrido una desgracia: su esposa ha muerto.

—Cuánto lo siento, ¿sabe cuándo regresará?

—No, señor, aunque dijo que no estaría mucho fuera. Era posible que cuando el señor conde llegara, la condesa ya estuviera enterrada. Fue todo muy precipitado.

—Claro, lo entiendo. En fin, insistiré en el móvil, pero si llama hágale saber que tengo urgencia en hablar con él, y por supuesto transmítale mis condolencias.

—Desde luego, así lo haré.

Salim colgó el teléfono, contrariado. Esperaba que la muerte de la condesa, a la que nunca se había referido Raymond, no retrasara los planes que ya estaban en marcha. Seguramente el conde no era un sentimental que necesitara desahogar su pena interrumpiendo sus actividades, porque de lo contrario la operación se vería comprometida y eso era algo que no estaba dispuesto a permitir que sucediera. Pensó que la suya con el conde d'Amis era una extraña asociación. En realidad seguía preguntándose como había sido capaz de dar con él, pero en cualquier caso tenían un enemigo común: la Cruz. Raymond le había buscado para que hiciese lo que él no se sentía capaz de hacer: castigar a los católicos. Y lo harían, claro que lo harían, aunque por motivos diferentes. Además, el conde pagaba toda la operación aunque en realidad pensara que sólo se encargaba de una parte. Ya había desembolsado cantidades importantes para ponerla en marcha, y a Salim le divertía pensar que el conde d'Amis iba a financiar una operación del Círculo.

La voz metálica de los altavoces anunció su vuelo. Salim se dijo que iba a disfrutar de un espléndido fin de semana con aquella mujer que tan leal le era.

26

Los viernes a mediodía cientos de empleados del Centro de Coordinación Antiterrorista de Bruselas dejaban aprisa el edificio, ansiosos por comenzar el fin de semana.

Andrea Villasante entró en el despacho de Hans Wein.

—¿Me necesita este fin de semana? —le preguntó.

—No, Andrea. Descanse, yo me quedaré un rato más a trabajar, pero también espero poder descansar.

—Si no le importa, me gustaría irme un poco antes.

—Váyase, además es casi la hora de salida.

—Es que…

—¡No me dé explicaciones! —la interrumpió Hans Wein—. Usted trabaja sin que le importen las horas, de manera que no tiene que excusarse por salir media hora antes. Disfrute del fin de semana, nos veremos el lunes.

Apenas había salido del despacho de Wein, Andrea se dirigió al lugar donde se sentaba Laura White.

—Este sábado no podré ir al partido de squash; lo siento, tendrás que buscarte otra compañera.

—No te preocupes, Andrea; ahora mismo iba a decirte que no puedo jugar y que tendremos que dejarlo para otra semana.

—¡Qué ocupadas estáis las dos! —dijo con ironía Diana Parker, la segunda de Andrea.

—Bueno, no tan ocupada como tú, que nunca tienes tiempo para venir a jugar al squash con nosotras —respondió Laura.

—No estoy ocupada, sólo que a mí no me gusta ir a vuestro club, es como estar en la oficina. Prefiero quedarme en casa, donde bien que os gusta que os invite a cenar. Mientras vosotras hacéis ejercicio yo me dedico a cocinar; cada una se relaja como mejor le parece.

Mireille las escuchaba sin decir palabra. Se preguntaba si ella también se convertiría en una solterona solitaria sin más horizonte que el trabajo y alguna relación esporádica con algún funcionario como ella. Sólo pensarlo la deprimió. No, no quería acabar como Laura White o Andrea Villasante, ni como Diana Parker, las tres dedicadas en cuerpo y alma al trabajo sin tiempo para tener vida privada. O al menos eso es lo que pensaba, porque no tenían otra conversación que no fuera el trabajo; incluso Diana, mucho más amable que Andrea y Laura, también parecía obsesionada con su profesión.

Cruzó los dedos para que nadie le pidiera que se quedara a trabajar precisamente ese fin de semana, aunque era difícil que lo hicieran porque en realidad apenas contaban con ella.

Cuando Lorenzo Panetta se disponía a entrar en el despacho de Wein vio que Laura metía las gafas en el bolso y despejaba su mesa de trabajo.

—¿Te marchas?

—Aún no, pero espero descansar este fin de semana.

—Hazlo, tienes cara de cansada.

Panetta entró en el despacho de Wein, quien acababa de colgar el teléfono.

—Me han llamado de París —dijo Wein.

—¿Qué ha pasado? —preguntó Lorenzo con impaciencia.

—Tenías razón, ha sido un acierto mantener un control telefónico del castillo d'Amis, aunque yo también la tenía al pedir permiso a nuestros superiores; de lo contrario habríamos podido entrar en conflicto.

—Sí, supongo que sí, pero dime, ¿qué ha pasado?

—No imaginas de quién es amigo el conde.

—No, pero si el conde tiene tratos con el Yugoslavo puede ser amigo de cualquiera.

—Ahora mismo me pasarán el informe y la transcripción de la conversación. ¿Te suena el nombre de Salim al-Bashir?

—No, no me suena, creo… ¿Me tendría que sonar?

—Yo tampoco sabía quién era, pero me lo acaban de decir. Es un reputado profesor de historia que vive en Inglaterra. Tiene varios libros publicados sobre las Cruzadas, y al parecer goza de gran prestigio internacional. Incluso es consultado por dirigentes políticos para tratar la cuestión del entendimiento entre musulmanes y occidentales.

—Ya, ¿y es amigo del conde?

—Sí, por lo que parece.

Los dos hombres se miraron como esperando ver quién era el primero en expresar un pensamiento políticamente incorrecto. Panetta decidió ser él, ya que conocía bien a Hans Wein y su temor de ser malinterpretado.

—Así que tenemos un conde francés que tiene tratos con un traficante de armas y a la vez es amigo de un profesor cuyo apellido es Bashir. Interesante, ¿no? Sobre todo porque son dos hombres «limpios», fuera de toda sospecha.

—¿Tienes algo nuevo sobre el conde? —quiso saber a su vez Hans Wein.

—Sí, hace dos horas me han enviado su biografía completa. ¡Menudo personaje! Digno heredero de su padre. Ten, aquí tienes los papeles, es todo muy raro. Preside una fundación que se llama Memoria Cátara, y su padre fue filonazi. Al parecer estuvo buscando el Grial con ayuda de ciertos personajes de la Alemania de Hitler, y durante la ocupación su castillo fue visitado por algún jerarca nazi. En la búsqueda del Grial contó con profesores alemanes y grupos de jóvenes nazis. Incluso la Iglesia se llegó a preocupar. Aquí está todo —le dijo a su jefe indicándole los papeles—, es interesante que lo leas.

—La gente de París está haciendo bien las cosas —afirmó Hans Wein.

—Y los norteamericanos también. Matthew Lucas me acaba de pasar un informe sobre todo lo que ha hecho el conde desde su llegada a Nueva York; además, sus laboratorios confirmaron que en aquella grabación era el conde quien habló con el Yugoslavo de esa misteriosa silla.

—Creo que te voy a pedir que este fin de semana nos quedemos a trabajar —empezó a decir Wein.

—Sí, yo también creo que debemos quedarnos.

—¿A quién decimos que se quede?

—A nadie.

—Pero ¿por qué? ¡Por favor, Lorenzo, no hay ninguna fuga de información! Seguridad ha confirmado que todo el personal está limpio.

—Lo sé, y me alegro, pero... Un par de secretarias será suficiente; creo que nos podremos apañar sin pedir a la gente que se quede.

—No estoy de acuerdo... al menos podría pedírselo a Laura. Andrea me ha dicho que hoy se quería ir antes, pero también podríamos decirle a Diana que nos ayude.

—¡Por favor, Hans! No es necesario que todo el departamento esté de guardia. Creo que podemos manejarnos solos.

—Bien, haremos lo que dices, pero es la última vez que no contamos con la gente del departamento.

—Hans, estoy seguro de que la filtración parte de nuestro núcleo. Ni siquiera digo que sea de manera malintencionada, pero mi instinto...

—¡Tu instinto! Lorenzo, trabajemos con hechos, no con corazonadas. Bueno, déjame los papeles y llama a Matthew por si puede venir después del almuerzo.

Laura White llamó a la puerta antes de entrar. La acompañaba Andrea Villasante.

—¿Qué pasa? —preguntó directamente la española—. Os veo ir de un lado a otro. ¿Hay alguna noticia nueva?

—¡No! —dijeron los dos hombres al unísono.

—No hay ninguna novedad —se apresuró a decir Panetta.

—Andrea, disfrute de su fin de semana —añadió Hans Wein.

—De acuerdo, venía a decirles que ya me voy. Les veré el lunes.

La vieron salir, pensando con curiosidad dónde pasaría el fin de semana. Andrea era una mujer extremadamente discreta, a la que no se le conocían amoríos en Bruselas, siempre dedicada al trabajo. Lorenzo pensó que en realidad aquella mujer sobria y eficaz era un enigma.

Laura White observaba a Hans Wein y a Lorenzo Panetta, intentando escudriñar el pensamiento de los dos hombres.

—No tienen por qué decírmelo, pero intuyo que pasa algo.

—¡Vamos, Laura, no seas suspicaz! —respondió Panetta—. Estamos revisando papeles, asuntos de trámite.

—Entonces tampoco me necesitan a mí…

—¿Tienes un plan estupendo para el fin de semana? —le preguntó Lorenzo con una sonrisa.

—Pues sí, este fin de semana tengo previsto ser feliz.

—¡Pues a ello! No te preocupes.

Laura esperaba que fuera Hans Wein quien diera por terminada su jornada laboral.

—Váyase tranquila y descanse —le recomendó su superior.

Aún no había salido Laura del despacho cuando Diana Parker, la ayudante de Andrea Villasante, se asomó a través de la puerta.

—Me voy a ir un poco antes, ¿les importa?

—No, claro que no —respondió Hans Wein—; en realidad sólo faltan diez minutos para que comience el fin de semana.

—No me necesitan, ¿verdad?

—No, no se preocupe; no hay ningún motivo para quedarse a trabajar más de lo necesario —afirmó Wein.

—Mireille también se va… en fin, la chica no se atreve a entrar aquí, pero me he ofrecido a decirlo en su nombre. No creo que quieran que se quede —dijo Diana con una sonrisa irónica.

—Desde luego que la señorita Béziers puede irse ya —respondió Wein.

—De acuerdo, nos vamos, que pasen un buen fin de semana.

Cuando salió Diana Parker, Laura les volvió a observar con desconfianza, intuyendo que los dos hombres se traían algo entre manos.

—Tienen mi móvil… pero lo advierto: sólo admitiré llamadas si estalla la tercera guerra mundial.

Hans Wein se quedó en silencio, pensativo, cuando Laura salió del despacho. Lorenzo también parecía ensimismado.

—Es curioso, al parecer todas las mujeres del departamento tienen planes apasionantes para el fin de semana. En el caso de Diana no me extraña, en el de Laura tampoco, pero Andrea… —murmuró Lorenzo más para sí mismo que para que le respondiera Hans Wein.

—Bueno, no es asunto nuestro lo que hagan y tampoco es tan extraño que la señora Villasante tenga algo que hacer durante el fin de semana. A lo mejor va a Madrid a ver a su familia.

—Puede ser, pero… en fin, voy a mi despacho.

—¡Ah! Espera, no te vayas, me está entrando en el ordenador la transcripción de la conversación de ese Bashir con el mayordomo del castillo…

Los dos hombres estudiaron durante un buen rato los dossieres sobre los últimos acontecimientos y ambos guardaron un silencio cauto sobre sus más íntimas impresiones. Habían tirado del hilo de Karakoz y se estaban encontrando con personajes insospechados.

Hans Wein llegó a la conclusión de que Lorenzo debía ponerse en contacto de inmediato con el Vaticano. Al fin y al cabo, en el pasado la Iglesia se había preocupado de las actividades esotéricas de un conde d'Amis; tal vez sabían algo que pudiera ayudarles o, en todo caso, complementar la información que tenían sobre aquella aristocrática familia.

Lorenzo Panetta se fue a su despacho para desde allí llamar al departamento de Análisis del Vaticano, aunque eran más de las tres y no creía poder encontrar a nadie a esa hora. Se llevó una sorpresa cuando le respondió el padre Ovidio.

Le explicó brevemente la última información conseguida prometiéndole enviar un e-mail urgente con información más precisa. El padre Ovidio le aseguró que hablaría de inmediato con el obispo Pelizzoli y que se pondrían en contacto con él si efectivamente encontraban algo en sus archivos referente al conde d'Amis.

—Tienen que tener algo, porque según los investigadores franceses en sus archivos figura que el Vaticano les solicitó información y colaboración discreta.

—En cuanto hable con el obispo le llamaré, pero dígame: ¿qué tiene que ver esto con el atentado de Frankfurt?

—No lo sé; en realidad puede que nada, pero es lo único que tenemos. Hemos ido tirando del extremo del hilo de Karakoz y esto es lo que nos hemos encontrado.

—Un conde que preside una fundación sobre cátaros… —murmuró Ovidio.

—Bueno, en realidad los cátaros se han convertido en un reclamo turístico para la región, tampoco es tan extraño.

—Le llamaré en cuanto pueda hablar con el obispo.

Ovidio se quedó pensativo sin saber muy bien qué hacer. Tenía que llamar a monseñor Pelizzoli, pero a esa hora el obispo estaba almorzando en la embajada de España y dudaba si molestarle o esperar a que acabara el almuerzo.

Mientras tomaba la decisión, llamó al móvil de Domenico, que acababa de marchar media hora antes a almorzar.

—¿Estás muy lejos? —le preguntó al dominico.

—Aún no he salido del Vaticano, ¿por qué?

—Tengo noticias de nuestros amigos de Bruselas, y son bien extrañas.

—No tardo ni cinco minutos en llegar.

Monseñor Pelizzoli leía con atención el informe que Ovidio le había colocado en el portafolios. Acababa de regresar de almorzar con el embajador español ante la Santa Sede y había encontrado a Ovidio y Domenico preocupados y tensos por el informe enviado por el Centro de Coordinación Antiterrorista.

Cuando terminó de leer suspiró y descolgó el teléfono.

—Póngame con el padre Aguirre —le pidió a su secretario.

Diez minutos después escuchó al otro lado de la línea del teléfono la voz enérgica de Ignacio Aguirre. No perdió el tiempo en formalidades.

—Ignacio, tienes que venir de inmediato. Investigando el atentado de Frankfurt, el Centro de Coordinación Antiterrorista de la Unión Europea se ha encontrado con Raymond de la Pallisière, el conde d'Amis.

Hubo un silencio a través de la línea. Monseñor Pelizzoli sabía que la noticia había llamado la atención de su viejo maestro. De repente, Ignacio Aguirre se encontraba con un pasado que sabía nunca estaría del todo enterrado.

—No, no es que el conde tenga nada que ver con el atentado, es que estaban siguiendo la pista de un traficante de armas al que tenían pinchado el teléfono, y... bueno, es complicado de explicar y más por teléfono. ¿Puedo pedirte que vengas cuanto antes? Sí, Ovidio continúa en el caso... Gracias, mi secretario se encargará de que encuentres un billete electrónico en el aeropuerto. Te mandaré un coche a Fiumicino. Cenaremos juntos esta noche, aunque me temo que será en el despacho.

Después de dar instrucciones a su secretario le pidió que llamara al padre Ovidio y al padre Domenico. Los dos sacerdotes entraron con gesto preocupado en el despacho. El obispo no se anduvo con rodeos.

—El padre Ignacio Aguirre llegará a Roma esta misma noche y se pondrá al frente de este caso; los dos trabajaréis a sus órdenes.

El estupor se dibujó en el rostro de los dos sacerdotes. Ovidio fue el que se atrevió a preguntar por qué.

—Porque el padre Aguirre conoce al conde d'Amis desde hace muchos años. A la Iglesia le preocuparon en su momento las actividades del padre del actual conde. Buscaba el Grial y el tesoro de los cátaros. En fin, era una época difícil, después de la Segunda Guerra Mundial. Parece que el mismo Himmler estuvo implicado en aquella historia. No hay mayor experto sobre cátaros que el padre Aguirre, pero sobre todo no hay nadie que sepa más que él de esa familia, a la que además conoció bien.

»Ahora mismo llamaré a Lorenzo Panetta a Bruselas; creo que podemos ayudarles, aunque no sé muy bien cómo.

Cuando Lorenzo Panetta entró en el despacho de Hans Wein, éste se dio cuenta de que pasaba algo importante.

—Hans, no te lo vas a creer, pero en el Vaticano tienen información, y mucha, sobre el conde d'Amis. Hay un viejo jesuita que incluso le conoce y que ha estado en varias ocasiones en su castillo. El obispo Pelizzoli me ha dicho que el conde es un fanático, y que en cuanto llegue este jesuita, un tal padre Aguirre, nos llamarán. Incluso nos ofrecen que ese sacerdote venga a Bruselas si lo consideramos conveniente.

—¿Cuándo puedes hablar con ese jesuita?

—Al parecer vive en España, en Bilbao, pero ya se ha puesto de viaje hacia Roma; creo que esta noche podremos hablar con él.

—Si lo que te cuenta es importante, hazlo venir.

—Sí, claro. ¡Madre mía, cómo se está complicando todo esto!

—Tranquilo, Lorenzo, a lo mejor no tenemos nada. Los informes sobre el tal Salim al-Bashir lo describen como la quintaesencia del buen ciudadano; además, tiene nacionalidad británica.

—Llevo un buen rato leyendo algunas de las declaraciones y conferencias de ese profesor y, ¿sabes lo que más me llama la atención? Que jamás ha condenado un atentado. Lamenta que no haya puentes de entendimiento entre musulmanes y occidentales y que Occidente no tenga sensibilidad para con los musulmanes; pide que se establezcan esos puentes para evitar más desgracias, y no sé cuántas frases grandilocuentes más, pero ni una sola condolencia por los atentados del Círculo. Sólo explicaciones de por qué pasa lo que pasa. No me gusta ese Salim al-Bashir. No sé por qué, pero no me gusta.

—Pues más vale que no lo digas en voz alta, porque se hace pasar por un hombre clave en las relaciones de los europeos con los musulmanes, y se le considera un moderado.

—He pedido a Roma que le sigan discretamente mientras está allí; luego se lo pediremos a Londres…

—¡Suspende esa petición! No podemos hacerlo, no ha hecho nada, no es sospechoso de nada. Una cosa es el conde d'Amis, que trata con el Yugoslavo, y otra cosa un profesor especialista en las Cruzadas que llama a un conde que preside una fundación sobre los cátaros.

—Pero…

—¡Lorenzo, por Dios, no podemos investigar a todos los ciudadanos que tengan relación con el conde! O por lo menos no podemos hacerlo si no estamos seguros de que hay algo más.

—Hay algo más de lo que parece.

—Puede ser, no digo que no sea así, pero no quiero que nos acusen de tener prejuicios. Antes tengo que hablar con el enlace británico, y que sean ellos los que decidan.

—¿A qué esperas para hacerlo? —preguntó Lorenzo, conteniendo su enfado a duras penas.

—A que le encuentren. Es viernes por la tarde y se ha ido de fin de semana.

—¡Estupendo! Los malos están de enhorabuena, y eso que no saben que el fin de semana dejamos de estar pendientes de ellos.

Salió del despacho, airado, y casi se dio de bruces con Matthew Lucas que llegaba en ese momento.

—Lorenzo, traigo más noticias del conde y de su hija. Ella es todo un carácter. Tengo fotos de ambos, por separado claro, porque ella se ha negado a verle; también tengo una copia de las transcripciones de sus conversaciones en Estados Unidos.

Volvieron al despacho de Wein. Lorenzo no podía evitar sentir cierto resquemor hacia su jefe porque, a su juicio, era excesivamente escrupuloso con las normas. Él jamás había violado la ley para perseguir a los delincuentes, pero sí se había arriesgado tomando decisiones, justo lo que Wein se negaba a hacer. Para actuar necesitaba tener los permisos por escrito y con sellos; de lo contrario prefería permanecer de brazos cruzados, lo que a veces significaba perder un tiempo precioso.

Matthew les hizo un resumen del informe que les entregó.

—El conde d'Amis no ha logrado ver a su hija. Es una mujer de unos treinta años que ha vivido a la sombra de su madre, una galerista muy conocida de Nueva York.

—Eso ya lo sabemos, díganos qué ha hecho en Nueva York —le interrumpió Panetta con impaciencia.

—Ha estado la mayor parte del tiempo en el hotel, donde se ha entrevistado en tres ocasiones con su abogado, un hombre que preside uno de los despachos más prestigiosos y caros de la ciudad. Pero a pesar de todo, no ha logrado convencerla de que accediera a ver a su padre. La tal Catherine se ha mostrado inflexible. En el informe encontrarán una transcripción de una conversación entre Catherine y su propio abogado diciendo que su padre es un «cerdo nazi» y que sólo pensar en él, le produce náuseas.

—¿Con quién más ha hablado el conde? —preguntó Hans Wein.

—Con nadie, sólo con su abogado; ha llamado un par de veces al castillo, pero eso ya lo saben porque tendrán las transcripciones.

—Sí, conversaciones normales, de rutina, para saber quién le ha telefoneado, nada más —respondió Wein.

—En estos momentos el conde está haciendo el equipaje, tiene reservado un vuelo a media mañana para París. Regresa derrotado. En el informe está el número de vuelo.

—Bien. Avisaremos al centro de París para que le sigan una vez que llegue al aeropuerto, veremos si se entrevista por fin con el Yugoslavo... —aseguró Hans Wein con cierto entusiasmo.

—Supongo que han pedido al centro de Roma que siga los pasos de ese Salim al-Bashir —quiso saber Matthew.

—Acabo de revocar esa petición —contestó Panetta sin ocultar su resentimiento—, el jefe no autoriza ese seguimiento.

—Pero ¿por qué? —preguntó Matthew.

—Porque Salim al-Bashir es un ciudadano británico intachable al que no podemos poner bajo vigilancia por el mero hecho de haber llamado al conde d'Amis. Os recuerdo que en los dos últimos días al conde le han llamado unas cuantas personas: un notario de Carcasona, el director de un periódico local, su banquero de París, un ilustre empresario occitano... en fin, gente normal. No podemos volvernos paranoicos convirtiendo en sospechosos a todos los que tengan tratos con el conde. Salim al-Bashir es especialista en las Cruzadas y el conde preside una fundación que se llama Memoria Cátara. Sabemos además que asiste a charlas y congresos sobre las Cruzadas, sobre todo a las concernientes a los cátaros; imagina que tenemos que ponernos a investigar a todos los profesores y expertos que hayan tenido o tengan contacto con él por este asunto...

—Pero no estaría de más investigar a ese Bashir... —protestó Matthew.

—Lo siento, Matthew, creo que tienes prejuicios. Si fuera norteamericano, ¿me pedirías que lo hiciera? —respondió Hans Wein.

Matthew Lucas se sintió ofendido por las palabras del director del Centro de Coordinación Antiterrorista.

—Espero que no se equivoque, Wein; suya será la responsabilidad si sucede algo. Si usted cree que los prejuicios ofuscan mi trabajo puede solicitar a mi agencia que me relevan como enlace con este Centro.

—¡Vamos, no exageremos! —les cortó Lorenzo Panetta—. ¡Debe saber que no está solo en sus apreciaciones! Yo también creo que hay que seguir a Salim al-Bashir; me parece un error no hacerlo.

Hans Wein les miró a los dos. Le preocupaba la actitud de Panetta y Matthew, aunque estaba seguro de actuar con corrección de acuerdo a las normas.

—No quería ofenderte, Matthew… bien, lo mejor es que localicemos de una vez por todas al enlace del MI6 y que sean los británicos los que decidan. Al fin y al cabo Salim al-Bashir es súbdito de Su Graciosa Majestad. Pero antes hablaré con nuestros superiores. No quiero sorpresas ni recriminaciones si algo sale mal. Al-Bashir es, por lo que parece, un personaje influyente y se organizaría un escándalo si se supiera que le hemos estado vigilando. Pero hasta que no tenga todos los permisos no haremos nada, y con el enlace del MI6 quiero hablar yo, de manera que esperad a que os dé la orden.

Matthew Lucas y Lorenzo Panetta salieron de pésimo humor del despacho del director del Centro. Los dos hombres sentían que se estaba perdiendo un tiempo precioso y que Salim al-Bashir podía ser una pista que les condujera a un sitio que ninguno de los dos se atrevía a imaginar.

—¿Sabe lo que creo que habría que hacer? —preguntó Matthew.

—¡Cuidado con tener ideas que no sean políticamente correctas! —respondió el italiano.

—Deberíamos tener a alguien en el castillo. No sé, quizá podríamos sobornar al mayordomo o a alguno de los criados.

—Por lo que sé, la gente de París está intentando obtener información de primera mano, pero el conde debe pagar muy bien a su gente: nadie quiere hablar, y, curiosamente, tampoco se muestran, muy colaboradores los habitantes de la zona. Para ellos el conde es una especie de dios; los D'Amis siempre han protegido a los lugareños y éstos no ven razón para romper su lealtad hacia la familia.

—Aun así, deberíamos intentarlo —insistió Matthew.

—Bien, déjeme que piense cómo hacerlo.

—¿De verdad ha pedido a Roma que no sigan al tal Bashir?

—De verdad lo he hecho.

—Es una pena…

—Sí que lo es…

27

Salim al-Bashir se encontraba en brazos de su amante.

La mujer había llegado a Roma una hora antes que él y se había instalado en el hotel que le había indicado, el Bernini Bristol, un edificio situado en el centro de la ciudad, que sin duda había conocido tiempos mejores.

Al igual que en otras ocasiones, habían reservado habitaciones separadas. Salim se mostraba muy estricto con las medidas de seguridad y jamás salían o entraban juntos de los hoteles donde se encontraban, de la misma manera que siempre almorzaban o cenaban en restaurantes pequeños y desconocidos en los que difícilmente alguien pudiera reconocerles.

—¿Me dirás por qué esta prisa para que viniera a Roma? —le interrogó ella mientras le acariciaba la frente.

—Tenía ganas de verte.

Sonrió satisfecha con la respuesta. Amaba a Salim más que a nadie en el mundo, su vida había adquirido sentido desde que estaban juntos; antes de conocerle se había convertido en una solterona solitaria que cada vez se sentía más fuera de lugar trabajando en el Centro, donde todos los esfuerzos estaban dedicados a combatir el terrorismo islámico. Por más que lo intentaba disimular, la gente del Centro desconfiaba de los musulmanes. Para ellos todos eran terroristas potenciales. Poco les importaba lo que sucedía en Palestina, la miseria en Pakistán o cuánto humillaban los occidentales a los países islámicos haciéndoles ver que eran superiores. En realidad, se merecían que les castigaran. Sí, Occidente merecía un castigo, Salim tenía razón.

Él le propuso salir a pasear y comer algo y ella aceptó agradecida sólo por estar junto a él.

Primero salió del hotel y caminó en dirección a la piazza de Spagna tal y como Salim le había indicado; diez minutos más tarde llegó él y se dirigieron a L'Antica Enoteca en la via de la Croce. Allí pidieron dos copas de vino blanco y un plato de queso y embutido; era demasiado tarde para comer y demasiado pronto para cenar.

—¿Cómo están las cosas en el Centro? —le preguntó él mientras acariciaba su mano.

—Como siempre, no hay muchas novedades. Continúan obsesionados con Karakoz, creen que tirando de ese hilo llegarán al Círculo.

—¿Y han averiguado algo nuevo?

—No, en realidad no. Ya te dije que tienen los teléfonos intervenidos y que han dado también con los números de algunos de sus hombres, pero sin resultado.

—Y de lo de Frankfurt, ¿qué dicen?

—Siguen obsesionados con encontrar sentido a algunas de las palabras de los restos de los papeles, pero ha sido en vano. Ya te conté en París que han pedido ayuda al Vaticano, pero los curas también están desconcertados.

—¿No les ha extrañado que te hayas ido fuera el fin de semana?

—Creo que este fin de semana todo el mundo estará fuera. Ya sabes que los funcionarios huimos de Bruselas los fines de semana.

—Mejor así. No quiero que te veas en apuros.

—No me importaría —respondió ella mirándole con pasión.

—Pero a mí sí; te necesito.

—Es la primera vez que me dices una cosa así…

—¿Aún no sabes que te quiero? —le sonrió él.

—Sí, supongo que sí…

—Vamos a pasear, hace una tarde estupenda y quiero llevarte a un lugar muy especial.

Anduvieron durante largo rato, sin siquiera decirle a dónde iban. Le apretaba la mano y la besaba cada vez que ella le preguntaba.

De repente él se detuvo ante la puerta de una iglesia.

—Ven, entremos —le invitó él mientras tiraba de ella.

—¿A una iglesia? ¡Estás loco! ¿Qué vamos a hacer aquí?

—¿Sabes cómo se llama esta basílica? —continuó hablando Salim sin prestar atención al asombro que se dibujaba en el rostro de la mujer.

—¿Es una basílica?

—Sí, la basílica de la Santa Cruz de Jerusalén. La mandó construir el emperador Constantino para que su madre santa Elena guardara las reliquias que había traído de Jerusalén.

—Pues no parece tan antigua…

—Bueno, ha sido remodelada a lo largo de los siglos: en la Edad Media y posteriormente en el siglo XVIII. Y verás que, entre las columnas antiguas, hay intercalados pilares barrocos.

—¿Cómo sabes tanto de esta basílica? —preguntó ella asombrada.

Salim sonrió y cogiéndole de la mano tiró de ella hacia el interior.

La mujer le susurró que, efectivamente, era impresionante, mientras él se la mostraba como si le perteneciera.

—¿Dónde están las reliquias? —quiso saber ella.

—Ahora iremos a verlas; están en una capilla que se construyó en 1930. Se va por aquella escalera, a la izquierda del coro.

Bajaron las escaleras en silencio y Salim le fue señalando los tesoros allí guardados.

—Son tres fragmentos de la Vera Cruz y eso de ahí son dos espinas de la corona de Cristo, y aquello un trozo de la esponja; ¡ah!, y el travesaño de la cruz…

Ella rió por lo bajo apretándole la mano para sacarle de su ensimismamiento.

—¡Eres increíble! ¡No creerás que todas estas cosas son auténticas! ¿Cómo van a ser las espinas de la corona?

—Calla y mira. Allí se encuentra uno de los denarios que recibió Judas por traicionar a Jesús, y aquello es el dedo de santo Tomás que tocó la llaga del profeta. Incluso bajo el pavimento pusieron tierra del Gólgota.

—¡Qué absurdo! Esto es un cuento para niños tontos. Nadie en su sano juicio puede creerse que alguna de estas cosas sean las auténticas. No te voy a contar a ti lo que fue el negocio de las reliquias a través de los siglos. ¿Y para ver esto nos hemos dado esa caminata? ¡No te entiendo! No pensarás que me importan las reliquias, ya sabes que soy atea.

—¡No digas eso! —la conminó Salim mientras le colocaba un dedo en los labios como si de esta manera pudiera evitar sus palabras.

—Bueno, no es que sea atea —se disculpó ella—, pero hace años que he abandonado la religión.

Volvieron a subir al primer piso. Ella no se atrevió a romper el silencio que Salim había establecido entre ellos. Cuando salieron de la basílica empezaba a caer la noche.

La mujer empezó a preocuparse al observar el rostro contraído de Salim. Apenas respondía con monosílabos a sus requerimientos y le había soltado la mano.

Caminaron en dirección hacia el centro de la ciudad y ella empezó a sentir pánico. No sabía qué sucedía, la causa de la pesadumbre de Salim, pero sí admitía que la visita a aquella basílica les había separado sin que supiera por qué.

Cuando llegaron cerca del hotel, Salim le pidió que entrara antes.

—Subo enseguida a tu habitación —dijo ella.

—No; si no te importa me gustaría estar solo. Mañana nos vemos.

—Pero ¿por qué? —gritó ella—. ¿Qué sucede? ¿Qué he hecho? ¡Dímelo!

—Vamos, cálmate, y sobre todo no grites, ni llames la atención. Necesito estar solo, eso es todo.

—¿Y para eso me has hecho venir a Roma? ¡Dime qué te pasa, por favor!

—Tienes que respetarme, no puedes imponerme tu presencia. Quiero estar solo, ya te he dicho que mañana hablaremos.

Ella le agarró del brazo pero él la soltó con un movimiento brusco dirigiéndose hacia el hotel y dejándola en la calle con los ojos llenos de lágrimas.

Salim subió a la habitación seguro de que ella no le obedecería y que más pronto que tarde se presentaría rogándole que la dejara entrar. La conocía como a la palma de su mano y sabía que dependía de él, que haría cualquier cosa que le pidiera, pero exigirle que se suicidara era algo que debía hacer con tacto y una preparación previa.

Dos horas después escuchó unos tímidos golpes en la puerta; fue a abrir sabiendo que era ella.

Tenía los ojos enrojecidos, y su cara reflejaba una angustia infinita. Parecía perdida y frágil, desarbolada.

Él no dijo nada, aunque mantuvo la puerta abierta, mirándola con indiferencia.

—Déjame entrar, por favor —le suplicó.

—¿Por qué no aceptas que no quiero estar contigo? —murmuró él.

Ella comenzó a llorar tapándose la cara con las manos.

—¿Quieres que nos vea todo el mundo? ¿Es eso lo que pretendes? —le preguntó enfadado.

—¡Por favor, déjame pasar! Necesito comprender…

Salim se dio la media vuelta dejándola en el umbral pero sin cerrar la puerta. Como un perro apaleado la mujer entró cerrando suavemente, siguiéndole hasta la habitación.

—¡Por lo que más quieras, dime qué he hecho para disgustarte tanto!

Salim se sentó en el borde de la cama y la miró con frialdad, lo que le heló aún más el alma.

—¡Por favor, Salim...! —La mujer se había puesto de rodillas ante él intentando abrazarle las piernas, pero él la rechazó.

Ella empezó a llorar convulsivamente y él no se movió observando su desesperación, sabiendo que estaba rota, y cada segundo que pasaba más empequeñecida, sin voluntad.

Hasta dos horas después de seguir humillándola, de mostrar su desprecio, no pareció apiadarse de ella.

—¿Quieres saber qué pasa? Bien, te lo diré.

La mujer le miró agradecida. Le amaba sin límites, sabía que no podría vivir sin él.

—Tú no crees en nada, eres como todas esas mujeres que se acuestan con cualquiera buscando placer.

—¡No, no! Sabes que te quiero —gimió ella.

—No, no me quieres, eres una infiel, no crees en nada, no respetas nada. Hoy me he dado cuenta de que no tienes cabida en mi vida. Si no respetas las creencias de tu pueblo, ¿cómo vas a respetar las mías y respetarme a mí? El islam es lo más importante, lo más sagrado de mi vida. Bien, ha llegado el momento de que acabemos esta relación.

—¡No! —El grito de la mujer fue desgarrador. De nuevo intentó abrazarle, pero él se zafó dejándola tendida en el suelo, aullando como un animal herido.

—¡Haré lo que me pidas, pero por favor no me dejes! ¡Haré lo que quieras! ¡Creeré en lo que tú creas! ¡Pídeme lo que quieras, pero no me dejes!

Él sonrió para sus adentros. La despreciaba, despreciaba a aquella mujer tirada a sus pies, suplicándole que hiciera con ella lo que deseara. Era una puta, una ramera cualquiera, como lo eran todas las occidentales que había conocido, no importaba que estuvieran casadas o solteras.

—Quiero una mujer a la que respetar, y que me respeten por lo que es ella. Quiero una buena musulmana a mi lado, una esposa leal y fiel que me obedezca, que esté dispuesta a los mayores sacrificios por mí. Quiero una mujer que tú no eres ni nunca podrás ser.

—¡Seré como tú quieres! ¡Te juro que te obedeceré, haré lo que me pidas, lo que me pidas…! ¡No puedo soportar perderte, no puedo! —Gemía y lloraba desconsolada.

—Dentro de unos días me habrás olvidado y estarás en la cama de otro.

—¡No! ¡No! ¡Te quiero a ti! ¡Eres el único hombre que he querido! ¡Por favor… por favor…!

La dejó llorar y suplicarle un buen rato más hasta que la voz de la mujer se empezó a apagar y sus ojos se convirtieron en dos líneas rojas sobre el rostro hinchado.

—Levántate.

Pero ella no respondió ni se movió del suelo donde permanecía sentada rodeándose las rodillas con los brazos como si quiera protegerse de la desgracia.

—¡Obedece! —le ordenó con voz áspera.

Intentó incorporarse pero apenas le quedaban fuerzas. Estaba exhausta y se sentía más muerta que viva.

—No creo en ti, pero… —Él la miró de reojo para ver el efecto de estas últimas palabras y pudo ver un destello en los ojos de ella—. Si quieres estar conmigo deberás cambiar, y estar dispuesta a sacrificarlo todo. Todo es todo.

—Lo haré —balbuceó ella.

—¿Estás segura de que serás capaz de cambiar?

—Haré cualquier cosa con tal de estar contigo.

—Quiero que te conviertas en creyente, que seas una buena musulmana.

Ni siquiera se extrañó al escuchar su petición, la aceptó de inmediato con sumisión, tal y como él sabía que haría.

—Seré una buena musulmana, me convertiré. Sólo te quiero a ti.

—Si estás dispuesta... entonces... bueno, puede que...

—¡Por favor, Salim, no me dejes, sabes que haré todo lo que quieras!

—Quiero a mi lado a una buena musulmana, a una mujer valiente que comparta mi fe y mi lucha. Quiero una mujer que crea como yo que Occidente debe rendirse al islam cueste lo que cueste. Quiero una mujer que me ayude a conseguirlo.

—Te ayudaré, creo lo mismo que tú crees.

Volvió a sentir una oleada de desprecio hacia ella. ¿Cómo era posible que hubiera podido despojarla con tanta facilidad de su voluntad? Aquella mujer era un muñeco por el que comenzaba a sentir asco.

—Si dices la verdad estaremos juntos; de lo contrario...

—Digo la verdad, lo sabes —afirmó ella con voz apenas audible.

La ayudó a ponerse en pie y la acompañó hasta el cuarto de baño.

—Lávate la cara. Llamaré al servicio de habitaciones para que traigan una infusión de tila; la necesitas.

Cuando salió del baño la camarera ya había traído la infusión, que se bebió bajo la atenta mirada de Salim.

Se sentía como un guiñapo, avergonzada por haber demostrado de manera desesperada su dependencia de él.

Podía leer en los ojos de Salim cuánto la despreciaba y pensó que aún no sabía por qué su vida había sufrido aquel inesperado revés.

Salim había sido siempre caballeroso y atento, la había mimado haciéndola sentir como si fuera una princesa medieval... y de repente... de repente parecía otro, un hombre que le daba miedo, aunque se dijo que a pesar de todo haría cualquier cosa con tal de seguir con él, aunque tuviera que ponerse el *hiyab* y renunciar a su vida profesional y encerrarse de por vida para dedicarse a él; cualquier cosa menos perderle.

—¿Tienes hambre? —le preguntó Salim.

—No, no tengo hambre.

—Pues yo sí. Saldré a comer algo; vete a tu habitación, te llamaré cuando regrese.

Iba a protestar pero los ojos de Salim brillaban amenazadores, de manera que bajó la cabeza y terminó de beber la tila.

Ya en su habitación se tumbó sobre la cama dispuesta a esperar a que él la llamara. La camarera había colocado junto a la almohada su camisón; ella pensó con cuanta ilusión había comprado aquella prenda de seda en La Perla para resultar atractiva a Salim. Ahora aquel camisón se había convertido en una prenda inútil, ya no podría lucirlo ante él; en realidad, tenía que aprender qué quería de ella.

Aguardó impaciente con la vista fija en el reloj mientras los segundos se le hacían eternos. Salim no la llamó hasta tres horas más tarde, cuando ella desesperaba de que lo hiciera.

Le ordenó que subiera a su habitación; ella se levantó de la cama y se dirigió al cuarto de baño horrorizándose de la imagen que le devolvía el espejo.

Tenía el rostro enrojecido e hinchado. En sólo una tarde parecía haber envejecido. No, el espejo no mostraba a una mujer atractiva y alegre, como creía haber sido, sino a una mujer derrotada. Con gestos rápidos se puso sobre el rostro una capa ligera de maquillaje y se cubrió levemente las pestañas con rímel. No se atrevió a pintarse los labios como hacía siempre porque no sabía cómo reaccionaría Salim, el nuevo Salim. Luego se puso una blusa limpia y se dispuso a encontrarse con el hombre al que amaba más que a su propia vida.

Salim abrió la puerta invitándole a pasar, con una mueca que quería parecer una sonrisa, a la que ella respondió agradecida.

—¿Has reflexionado? —le preguntó Salim.

No supo qué contestar. Temía que cualquier cosa que dijera le volviera a enfadar, de manera que apenas musitó un «sí».

—Me alegro de que sea así. Espero que entiendas que la mujer que esté conmigo no puede ser una vulgar ramera. Lo que espero de ti es que sepas comportarte como una mujer decente, como si fueras una buena musulmana.

—Lo haré, haré lo que me pidas. No te decepcionaré.

—Eso espero… de lo contrario…

Ella tembló al ver aflorar la ira en su rostro.

—Sabes que haré cualquier cosa que quieras —le repitió.

—En ese caso, ha llegado el momento de que asumas mi lucha como tuya, de que entiendas por qué hago lo que hago, de que compartas mis sufrimientos y mis sueños, de que te sacrifiques como lo hago yo. ¿Estás dispuesta?

—Sí.

—¿Aunque eso pueda costarte la vida?

Sintió un estremecimiento por la pregunta de Salim, que sabía no era retórica. No le costó responderle, porque se dijo que sin él no sería capaz de vivir.

—Mi vida es tuya, Salim, ya deberías saberlo. Hasta ahora he hecho cuanto me has pedido: he traicionado a mis jefes, he engañado a mis amigos, y estoy dispuesta a hacer mucho más, todo cuanto me pidas.

—Acuéstate y descansa —le ordenó Salim al tiempo que empezaba a quitarse la ropa para meterse en la cama.

28

A Ignacio Aguirre, cuando entró en el despacho del obispo Pelizzoli, no se le escapó la mirada de reproche de Ovidio.

Ignacio llevaba en la mano, además de una abultada cartera, su vieja edición de la *Crónica de fray Julián*.

—¿Sabes, Ignacio? —le dijo el obispo Pelizzoli—. Tengo la sensación de que estás completando un círculo.

—Sí, eso parece. El profesor Arnaud creyó que algún día tendría que hacer frente a la familia D'Amis.

—¿El profesor Arnaud? —preguntó con curiosidad el padre Domenico que, al igual que Ovidio Sagardía, no terminaba de entender de qué hablaban el obispo y el viejo jesuita.

—El profesor Arnaud fue un historiador, especialista en el período de la historia de Francia en que se expandió la herejía cátara. El padre del actual conde d'Amis pidió al profesor Arnaud que le autentificara la crónica de fray Julián. El profesor trabajó en su edición y tuvo una relación profesional con el conde que le hizo ser testigo de las idas y venidas de algunos personajes alemanes filonazis, antes y durante la guerra. El conde nunca se fió de él ni él del conde, pero aun así el profesor vio y escuchó muchas cosas en el castillo.

—¡No puedo creer que la crónica de fray Julián tenga nada que ver con el atentado de Frankfurt! —exclamó Ovidio.

—Seguramente no, pero lo cierto es que tirando del hilo de

Karakoz se ha llegado al conde d'Amis, que es un personaje cuando menos extraño —afirmó el obispo.

—Y ese profesor Arnaud, ¿dónde está? —quiso saber el padre Domenico.

—Muerto. Murió de dolor.

—¿De dolor? —La curiosidad de Domenico iba en aumento.

—Sufrió más de lo que pudo soportar. Perdió a su mujer en la Alemania nazi, la asesinaron. Era judía. Su único hijo, David, murió en Israel al poco de terminar la guerra en un enfrentamiento con un grupo árabe. El profesor también murió ese día.

—¡El mismo día que su hijo! —exclamó compungido Ovidio.

—Físicamente le sobrevivió un tiempo, pero el día que enterró a su hijo él también murió.

Los dos sacerdotes se dieron cuenta de que aquel profesor había marcado para siempre a Ignacio Aguirre y ahora el pasado volvía a hacerse presente en la vida del jesuita a través de Raymond d'Amis.

El padre Aguirre se sentó frente al obispo Pelizzoli y empezó a leer la documentación que le había preparado. El obispo y los dos sacerdotes guardaban silencio a la espera de que dijera algo.

Casi una hora después, cuando terminó de leer, levantó la cabeza y habló dirigiéndose al obispo.

—Luigi, puede que yo sea más útil en Bruselas.

—¿Lo crees así?

—Sí, debería estar junto al resto del equipo que investiga.

—Llamaremos al director del Centro de Coordinación Antiterrorista. Es mejor que hables con él y luego decidas. Por mi parte, no hay ningún inconveniente en que hagas lo que creas necesario. El secretario de Estado me ha dado órdenes tajantes para que colaboremos cuanto podamos.

Un minuto después, Ignacio Aguirre hablaba con Hans Wein. El viejo jesuita escuchó las últimas novedades y se ofreció a ir a Bruselas de inmediato. Podía volar en el primer avión del día siguiente. Wein aceptó el ofrecimiento.

El padre Aguirre clavó su mirada cansada y profunda en el obispo Pelizzoli.

—Y bien —preguntó el obispo—, ¿cúal es tu primera conclusión?

—Luigi, no descartes que D'Amis sea capaz de confabularse con algún grupo criminal para dañar a la Iglesia. Puede que esas palabras de los papeles quemados de Frankfurt tengan un significado más claro, ahora que sabemos que el conde está por medio.

—¿Qué quieres decir? —preguntó el obispo, asustado.

—En mi opinión, el comando de Frankfurt podría estar preparando otro atentado. Por lo que me habéis dicho esas palabras pertenecen a papeles diferentes… pero para mí, estando D'Amis de por medio, ahora tienen otro significado.

—¡Pero no hay ningún indicio de que el conde tenga algo que ver con lo de Frankfurt! En realidad, lo que se sabe es que tiene relaciones con Karakoz —afirmó el obispo, preocupado.

—¿Y qué puede querer un aristócrata francés de un traficante de armas? Lo que decís de ese Karakoz es que no sólo vende armas, sino que alquila mercenarios para todo tipo de trabajos. También sabemos que Karakoz vende armas al Círculo, o sea que hay una conexión, por tenue que te parezca, entre D'Amis y los terroristas del Círculo.

El obispo miró sorprendido a Ignacio Aguirre. Aunque el viejo jesuita había sido su maestro y cuanto sabía lo había aprendido de él, le continuaba asombrando su agilidad mental, su capacidad ilimitada para relacionar elementos aparentemente contradictorios, para buscar coherencia en medio del caos. No se atrevía a pensar que Aguirre pudiera tener razón, pero sería la primera vez que no la tuviera a la hora de encontrar solución a un caso.

—En cuanto a esas palabras que rescataron del fuego… Son palabras sueltas, lo sé, pero por ejemplo el nombre «Lotario» ahora puede tener sentido.

—¿Por qué? —preguntó Ovidio.

—Para el conde d'Amis lo tiene. Lotario dei Conti fue elegido Papa con el nombre de Inocencio III y fue quien inició la cruzada contra los albigenses.

—Pero no hay ninguna prueba de que esa palabra se refiera al papa Inocencio III —protestó Domenico.

—No, no la hay, pero «sangre»... ¿no crees que puede ser la sangre de los inocentes? Fray Julián anuncia en su crónica que algún día alguien vengará la sangre de los inocentes.

—¡Fray Julián! ¡Por Dios, padre, está usted obsesionado con esa crónica! —exclamó enfadado Ovidio—. ¿No creerá que tiene algo que ver con el atentado de Frankfurt?

—No lo sé, pero ¿por qué lo descartas tan rápidamente? Yo conozco a Raymond de la Pallisière. Le han educado en el odio.

—«Correrá la sangre en el corazón del Santo...» —murmuró el padre Domenico.

—Eso puede significar un atentado en algún lugar. Luego tenemos la palabra «cruz»... si algo odiaban los cátaros era la cruz —continuó el padre Aguirre.

—Ya no hay cátaros, padre —afirmó Domenico.

—Claro que no hay cátaros, pero eso lo sabemos nosotros. Raymond de la Pallisière cree que es el guardián de aquella herejía y que le corresponde revindicar la sangre que se derramó. No sé si has viajado a Occitania, pero si lo has hecho habrás visto que los cátaros se han convertido en un reclamo turístico. Ha habido comunidades hippies que vivían en aquella zona y creían a pies juntillas que su modo de vida era similar al de los cátaros. También hubo grupos esotéricos que fueron a medir supuestas vibraciones cósmicas en los castillos de la región. Incluso ha habido sectas desde las que se ha invitado a sus seguidores al suicidio para alcanzar el estado perfecto y llegar a Dios. Se han escrito libros para sostener que el legado cátaro no es otro que el de los descendientes de Jesús, por no decir que no han cesado las excavaciones buscando el tesoro de Montségur... Y en aquella zona de Francia puedes escuchar a mucha gente hablar de un pasado glorioso de trovadores y damas arrasado por el rey y por la Iglesia. Hasta el más humilde se cree descendiente de algún caballero o trovador. Los cátaros no existen, pero hay quienes se empeñan en decirse sus descendientes, discípulos… Raymond de la Pallisière es descendiente de una familia donde hubo *perfectos*. Su padre buscó el tesoro de los cátaros ayudado por los nazis, convencidos de que el tesoro era algún objeto que daría el poder absoluto a quien lo tuviera. El profesor Arnaud se reía de ellos y nunca quiso prestar excesiva atención a esas reflexiones que escuchaba en el castillo, aunque tuvo el acierto de escribir cuanto oía en hojas sueltas.

»El padre de Raymond le educó con un único objetivo: rescatar el tesoro cátaro y quizá, también, vengar la sangre de los inocentes. Raymond ha vivido en un ambiente opresivo, donde todo ha girado en torno a esa locura. Cuando le conocí era un joven necesitado de ser alguien, de reafirmarse frente a su progenitor. Según las notas del profesor Arnaud, creía que su padre había constituido una sociedad secreta para proteger el legado cátaro y buscar su tesoro. Al parecer era una asociación cultural en la que al principio le invitaron a participar, pero cuando el conde se dio cuenta de que el interés del profesor Arnaud por los cátaros era sólo académico, intentaron que no supiera más de la cuenta sobre sus actividades.

—Usted habla de la sangre de los inocentes… —dijo el padre Domenico.

—Sí, se derramó mucha sangre. No creas que juzgo a la Iglesia, la formamos hombres y su historia hay que leerla a la luz de cada momento. Eso no justifica los errores, sólo los explica. ¿Crees que alguien debe morir por creer que existe un Dios del bien y un Dios del mal? Los cátaros creían que el mundo era obra del Dios malo…

—Perdone, padre, pero su obsesión por la crónica de fray Julián le lleva a mezclar elementos heterogéneos. No sé por qué el conde d'Amis tiene tratos con los hombres de Karakoz, pero de ahí a sugerir que puede estar organizando un atentado con el Círculo... bien, en mi opinión, y sin que lo tome como una falta de respeto, eso es un disparate.

Ovidio Sagardía tragó saliva después de dar su sincera opinión. No se sentía cómodo enfrentándose al hombre que más admiraba y al que debía toda su carrera eclesiástica, pero por primera vez veía al padre Aguirre como un anciano incapaz de analizar con rigor y frialdad lo que estaba pasando. El solo hecho de haber tropezado con Raymond d'Amis le había llevado a teorizar sobre un atentado organizado a medias entre el conde y el Círculo. En Bruselas le tomarían por un viejo excéntrico o algo peor.

—Entiendo que no compartas mis sospechas y haces bien en decirlo en voz alta, pero mucho me temo, Ovidio, que, por disparatado que te pueda parecer lo que he dicho, tengo razón. Conozco a Raymond de la Pallisière, y sé de lo que es capaz.

—¿Le conoce? Usted ha dicho que le vio en un par de ocasiones y de eso hace ¿cuánto? ¿Sesenta años? —respondió Ovidio, desafiante.

—No imaginas en qué ambiente creció, ni cómo era su padre... además tengo los papeles del profesor Arnaud; son notas sueltas, reflexiones al hilo de lo que escuchaba y veía en el castillo... no, no estoy equivocado.

El discípulo por primera vez se sentía superior a su maestro, de manera que Ovidio volvió a replicar al padre Aguirre.

—El Círculo jamás confiaría en nadie que no fuera musulmán. Si es difícil llegar a ellos es precisamente porque no se fían de nadie. Además, ¿para qué necesitan a ese conde? Hasta ahora vienen haciendo los atentados solos, y desgraciadamente han tenido éxito, de manera que ¿para qué aliarse con un extraño?

—No tengo respuestas a todas las preguntas, sólo una teoría, que creo que es la acertada, por muy disparatada que te parezca.

—¿Así de simple? El Centro de Coordinación Antiterrorista de la Unión Europea lleva semanas devanándose los sesos buscando una pista sólida y de repente usted... bueno, usted llega y asegura que el caso está resuelto, que el conde d'Amis es cómplice del Círculo. —Las palabras de Ovidio estaban llenas de indignación.

—Sí, efectivamente, y ¿sabes por qué se han aliado? Pues para atentar contra la Iglesia —afirmó el padre Aguirre aguantando la mirada desafiante de Ovidio.

—Pero ¡qué disparate! —exclamó el padre Domenico.

—Bien, no perdamos el tiempo en discusiones —terció el obispo—. Nuestro papel es ayudar al Centro de Coordinación Antiterrorista de Bruselas con la información de la que dispongamos. A mí también me sorprende la hipótesis del padre Aguirre; no puedo creer que al Círculo le interese enfrentarse a la Iglesia, pero…

El viejo jesuita les miró sin que su gesto denotara contrariedad.

—Luigi, me has pedido que viniera y aquí estoy; siento que mis conclusiones no te gusten.

—No es eso, no es eso. No se trata de lo que a mí me gusta sino de lo que puede ser real… sinceramente, Ignacio, no soy capaz de seguir tu pensamiento para llegar a la conclusión a la que has llegado. Yo no lo veo tan claro —admitió el obispo.

—Bien, no tenéis por qué hacerme caso, puede que esté equivocado; en cualquier caso déjame exponer mis conclusiones en Bruselas. Seguramente pensarán como vosotros, que soy un viejo fuera de la realidad obsesionado con el pasado. ¡Ojalá tengáis razón! De Bruselas regresaré directamente a Bilbao.

—Ya es tarde; es mejor que vayamos a descansar. No sabemos lo que nos espera mañana. Y ahora me gustaría ir con el padre Aguirre a cenar, puesto que mañana sale de viaje.

29

Lorenzo Panetta sostenía en la mano una taza de café que iba bebiendo a pequeños sorbos, al tiempo que recapitulaba sobre los últimos acontecimientos.

—Esperemos que ese jesuita que conoce al conde d'Amis nos cuente algo realmente sustancioso.

Hans Wein se frotaba los ojos mientras escuchaba a Lorenzo Panetta y, al igual que Matthew Lucas, hacía lo imposible por no bostezar. Llevaban veinticuatro horas sin descansar, pendientes de la información que iba llegando al Centro.

—¿Y el padre Ovidio? —quiso saber Matthew.

—No, no es el padre Ovidio quien viene, sino otro español, un jesuita que al parecer dirigió durante muchos años el departamento de Análisis del Vaticano.

—Y conoce al conde d'Amis… —murmuró Matthew Lucas.

—Sí, eso parece, ya veremos lo que nos cuenta cuando llegue. Viene directamente al Centro. La nunciatura le ha enviado un coche a recogerle al aeropuerto. Por cierto, en el último e-mail que nos envían de París dicen que el conde está en el Crillon desde que aterrizó, y hasta el momento no ha hablado con nadie —explicó Lorenzo.

Unos golpes secos en la puerta alertaron a los tres hombres. Hans Wein de manera instintiva se ajustó la corbata, mientras que Panetta y Matthew Lucas clavaban la mirada en la puerta pero sin mover un músculo.

Un segundo después de que Hans Wein dijera «adelante», entró erguido y con paso firme un anciano de aspecto distinguido.

—Soy el padre Aguirre —se presentó en un correcto inglés.

—Pase, pase. Le estábamos esperando —dijo Wein mientras se levantaba para estrechar la mano del sacerdote e invitarle a sentarse.

—Lorenzo Panetta, subdirector del Centro, y Matthew Lucas, nuestro enlace con la Agencia Antiterrorista de Estados Unidos —señaló Wein a los dos hombres que le acompañaban.

Se estrecharon la mano, y a Matthew le sorprendió la firmeza del apretón del sacerdote.

—¿Un café? —propuso Lorenzo Panetta.

—Si es posible, se lo agradezco —respondió Ignacio Aguirre.

—Claro que sí; aunque es domingo, esto todavía funciona, aunque sea a medias.

Lorenzo salió del despacho y pidió a una secretaria que hiciera lo imposible por traer un café potable al sacerdote.

Ignacio Aguirre no perdió el tiempo en circunloquios, y al igual que había hecho en su reunión con el obispo Luigi Pelizzoli, allí también expuso sin tapujos su teoría.

—Señores, creo que es posible una alianza entre el conde d'Amis y el Círculo para infligir daño a la Iglesia. Creo que será la Iglesia el objeto del próximo atentado del Círculo.

Los tres especialistas en antiterrorismo le miraron con estupor.

La afirmación del sacerdote les había impactado.

—¿En qué se basa para hacer esta afirmación? —preguntó el director del Centro.

—Conozco a Raymond d'Amis, y le han educado en el odio a la Iglesia. Se considera el guardián de las esencias de los cátaros.

—No discutiré con usted la posibilidad de que el conde d'Amis, por los motivos que sean, quiera infligir daño a la Iglesia, pero convendrá conmigo que no es probable que el Círculo participe de los motivos del conde —dijo Matthew Lucas.

—Eso es lo que hay que constatar: si el Círculo tiene alguna relación con el conde o simplemente están comprando armas e información al mismo hombre, a Karakoz. En Roma me dijeron que han interceptado una conversación del conde con un profesor británico de origen sirio, ¿no es así?

—Sí, y por lo que sabemos Salim al-Bashir está fuera de toda sospecha. Es un profesor de reconocido prestigio que pasa por ser un islamista moderado, con relaciones importantes. Acabamos de recibir un informe de los británicos, y no encuentran ningún motivo para sospechar de Bashir; es más, el gobierno de Su Graciosa Majestad le suele consultar cuando surge cualquier conflicto con la comunidad musulmana —manifestó Hans Wein mientras miraba de reojo a Lorenzo y a Matthew.

—Sin embargo… en fin, yo no descartaría nada a priori —respondió el padre Aguirre.

—Perdone, pero el informe de nuestros colegas británicos no deja lugar a dudas —afirmó con fastidio Hans Wein.

—Usted tiene más experiencia, pero si fuera yo quien tuviera que buscar la cabeza o cabezas del Círculo no lo haría en los arrabales de las ciudades; allí sólo encontrará carne de cañón.

Lorenzo Panetta y Matthew Lucas observaban con sorpresa y cierta admiración al anciano jesuita en su confrontación de guante blanco con el director del Centro de Coordinación Antiterrorista.

—¿Para usted no es suficiente el informe de la inteligencia británica? —preguntó Lorenzo.

—Por favor, no me malinterpreten, sólo sugiero que no deberían desechar tan rápidamente la pista de Salim al-Bashir.

—El profesor Bashir no constituye ninguna pista. —El tono de Wein delataba enfado.

—Bien, no soy quién para decir cómo deben orientar su trabajo. Les explicaré cuanto sé de Raymond de la Pallisière.

Los tres hombres escucharon en silencio y sin interrumpir el relato del padre Aguirre, que no olvidó detalle sobre su extraña relación con los D'Amis. Cuando hubo terminado, abrió una vieja cartera de piel negra y sacó unos libros que les entregó a cada uno.

—Ésta es la *Crónica de fray Julián*; si disponen de algo de tiempo para leerla quizá puedan comprender más al conde. Además de una hermosa obra, que en cualquier caso merece ser leída, es toda una lección sobre el horror que provoca el fanatismo, sea del signo que sea.

—En este caso fanatismo católico —murmuró Matthew Lucas.

—Efectivamente, señor Lucas, y como sacerdote no me siento orgulloso de esa página de nuestra historia. Siempre he pensado que si hay algo que el Todopoderoso no perdonará a los hombres es que maten en su nombre. No se puede imponer la fe con la fuerza de la sangre derramada. A la fe se ha de llegar a través de la razón.

—¿Cree posible conciliar fe y razón? —preguntó Lorenzo Panetta sin ocultar su interés y escepticismo.

—Le aseguro que ése es el camino, el mejor camino para llegar a Dios.

—Bueno, no discutamos sobre teología —interrumpió Hans Wein—. Lo que usted nos ha contado es una información complementaria pero valiosa para saber a qué nos estamos enfrentando.

Durante una hora más el sacerdote explicó a los tres hombres cuanto sabía de Raymond de la Pallisière y de su padre, el anterior conde d'Amis. Les habló de los papeles del profesor Arnaud, que había llegado a saberse casi de memoria, y de cuanto en el Vaticano habían ido archivando sobre el neocatarismo, que parecía querer florecer en la actual Occitania.

Hans Wein, al igual que Lorenzo Panetta y Matthew Lucas, le escucharon sin interrumpirle intentando desbrozar alguna pista real en las palabras del sacerdote, pero por más que les parecía apasionante el relato, no terminaban de encontrar la razón por la que el Círculo fuera a aliarse con el aristócrata para cometer un atentado.

El jesuita podía ver reflejado el escepticismo en el rostro de los tres hombres, pero aun así no desistía. Su obligación era decirles lo que pensaba; de ellos sería luego la responsabilidad de decidir si eran sólo ideas de un viejo loco o si tenían visos de realidad.

—Permítanme preguntarles: ¿tienen algún informador en el castillo?

—Los que trabajan en el castillo le son totalmente leales al conde y estamos encontrando muchas dificultades para obtener información de dentro —le respondió Lorenzo Panetta.

—Sería de vital importancia que lograran saber que está pasando en el castillo d'Amis.

—Lo intentamos, aunque por ahora con escaso éxito —admitió Panetta.

—Le agradecemos mucho la información que nos ha dado —manifestó Hans Wein—. ¿Se quedará en Bruselas?

—Sólo si ustedes creen que les puedo ser útil.

Hans Wein no sabía qué responder. En realidad, lo que había oído le parecía demasiado fantástico. Pero él era un alto funcionario, un político, como gustaba de reprocharle Panetta, y por lo tanto no olvidaba que aquel sacerdote, que representaba al Vaticano, les estaba asegurando que el siguiente atentado del Círculo sería contra la Iglesia. Así que no podía despedirle sin más.

—Nos gustaría contar con su colaboración. Debemos procesar cuanto nos ha dicho y compartir su hipótesis con nuestros colegas franceses que están sobre el terreno siguiendo al conde d'Amis y al hombre de Karakoz. Y si me lo permite, me gustaría invitarle a almorzar y seguir hablando sobre lo que nos ha contado.

—Estoy a su disposición.

A las siete en punto de la mañana, cansado y con ojeras, Hans Wein celebraba la primera reunión de aquel lunes con Lorenzo Panetta.

Después del almuerzo con el padre Aguirre había regresado al despacho, donde había estado hasta bien entrada la noche a la espera de acontecimientos. Al final, tanto él como Panetta y Matthew Lucas, habían optado por irse a descansar sabiendo que la semana que iba a comenzar prometía ser complicada. Y allí estaban, leyendo los primeros correos electrónicos enviados por los delegados del Centro en París.

No fue hasta las ocho cuando comenzó a llegar el resto del equipo. La primera Laura White, la asistente de Wein.

A Lorenzo le llamó la atención la tensión que reflejaba su rostro. También tenía ojeras, y estaba más pálida que de costumbre porque no se había maquillado. La mujer no ofrecía buen aspecto. Lorenzo pensó que acaso estuviera enferma.

—¿Qué tal el fin de semana? —le preguntó curioso a pesar de la mirada reprobatoria de Hans Wein, que consideraba una intromisión preguntar acerca de asuntos privados a cualquiera que trabajara con él.

—Bien, muchas gracias. ¿Me necesitáis?

—No, gracias, Laura, estamos despachando asuntos rutinarios —respondió Wein.

Laura salió sin decir nada.

—Está rara —comentó Lorenzo.

—No sé por qué lo dices, yo la veo como siempre —le cortó Wein.

El informe de los franceses explicaba que el conde había viajado al castillo d'Amis, sin que por el momento se hubiera puesto en contacto con el Yugoslavo.

Tampoco se había molestado en devolver ninguna de las numerosas llamadas recibidas en su corta ausencia, incluida la del profesor Salim al-Bashir. Sólo había intentado hablar con su hija. La había llamado a su apartamento de Nueva York pero nadie respondió. Luego telefoneó al abogado, que cansinamente le explicó que la señorita De la Pallisière no hablaría con él, tal y como le había repetido en los últimos tres días. Además, su clienta se había ido de viaje y no sabía cuándo regresaría.

—La hija se muestra irreductible —sentenció Lorenzo—, no hablará con su padre.

También habían recibido un informe sobre los últimos movimientos de Karakoz y, por lo que parecía, el traficante se había esfumado en una de las antiguas ex repúblicas soviéticas, donde había acudido a surtirse de armas.

Hasta las diez no llegó Matthew Lucas.

—Buenos días, ya me dirán qué les pasa a las mujeres del Centro —dijo a modo de saludo.

Hans Wein le miró con fastidio: aquél era el tipo de comentarios que aborrecía. Pero Lorenzo le sonrió con curiosidad.

—Laura apenas me ha saludado, me he cruzado con Andrea Villasante y está de un humor de perros; incluso Diana Parker, la ayudante de Andrea, ha evitado decirme buenos días y parece enfadada. No diré nada de Mireille Béziers, porque esa señorita ni saluda, pero tampoco ella tiene buena cara. Las ojeras le llegan… en fin, por lo que se ve las señoras no han pasado un buen fin de semana.

—¿Tiene alguna novedad? —le preguntó Hans Wein, molesto con las palabras del norteamericano.

—Ninguna.

—Nosotros tampoco —dijo Panetta—, supongo que habrá que esperar.

—Creo que deberíamos insistir en colarnos en el castillo. Sólo tenemos que dar con quien ponga precio a la información —afirmó Matthew.

—Estoy con usted; incluso ayer el sacerdote nos hizo la misma sugerencia, pero la gente de París insiste en que no hay manera —fue la respuesta de Lorenzo.

—¿Y si metiéramos a alguien? —insistió Matthew.

—¡Por favor, seamos sensatos! —le interrumpió Hans Wein.

En ese momento Laura White entró en el despacho.

—Acaba de llegar de Personal. —Y le tendió un papel a Hans Wein.

—¡Perfecto! Por una vez parece que esta gente hace las cosas bien. ¡Trasladan a la señorita Béziers! —Hans Wein no ocultaba la satisfacción que le producía la noticia.

—¿Quieres que le diga que venga a verte? —preguntó Laura.

—No, no, prefiero que sea Lorenzo quien le explique que ha sido destinada al departamento de Relaciones Institucionales. Allí estará mejor; al fin y al cabo es hija de un diplomático.

Lorenzo Panetta miró malhumorado a su jefe. No creía que debiera ser él quien tuviera que despedir a Mireille, pero Hans Wein era así.

Mireille estaba sentada hablando por teléfono cuando Lorenzo se acercó a su mesa. Observó que Matthew Lucas tenía razón. La chica tenía mala cara, y su siempre brillante cabello negro parecía desvaído, sin vida. Sintió curiosidad por ver si efectivamente la observación de Matthew sobre Andrea Villasante y Diana Parker también se correspondía con la realidad y se sorprendió al ver el rostro de Andrea. No sólo se la veía contrariada, sino que sus gestos denotaban cansancio; parecía ausente. Tampoco Diana Parker lucía mejor aspecto y se preguntó qué habrían hecho durante el fin de semana para aparecer todas en aquel estado.

—Mireille, me gustaría hablar con usted. ¿Vamos a tomar un café?

Mireille asintió levantándose sin protestar y siguiéndole como si no sintiera ningún interés en lo que pudiera decirle.

En la cafetería no había mucha gente a esa hora de la mañana, pero aun así Lorenzo eligió un rincón donde poder hablar con tranquilidad con Mireille.

Pidieron dos cafés y Lorenzo se dio cuenta de que Mireille estaba distraída, lejos de allí.

—¿Le preocupa algo?

—No, ¿por qué?

—No sé, me lo ha parecido.

—No se preocupe por mí y dígame a qué debo el honor de que el subdirector del Centro me invite a un café.

A Lorenzo no se le escapó la amargura que destilaban las palabras de la joven y se preguntó qué podría haberle pasado. Decidió no andarse con rodeos.

—Mireille, la han trasladado al departamento de Relaciones Institucionales.

—¿Ah, sí? Bueno, pues todos contentos, ¿no?

Le llamó la atención que Mireille no pareciera sorprendida, pero sobre todo que aceptara sin más que la enviaran a un departamento donde una mujer como ella difícilmente tendría un cometido acorde con su capacidad.

—Ser funcionario tiene ventajas e inconvenientes, y suele suceder que a uno le trasladen.

—¡Por favor, no se moleste en darme explicaciones absurdas! Hans Wein no me soporta, y se ha deshecho de mí, punto. Gracias por el café.

Mireille se levantó, pero Lorenzo sin saber muy bien por qué, la pidió que no se fuera.

—¿Tiene que decirme algo más?

—¿Sabe? No la reconozco...

—En realidad no me conoce.

—Tiene razón, no la conozco, pero sin embargo creía que usted no era de las que se compadecen a sí mismas. La creía más entera.

—¿Qué esperaba? ¿Que le diera las gracias por despedirme? Sé que soy una buena analista, que soy capaz de trabajar bien y no sólo en un despacho, pero nadie se ha preocupado de averiguarlo. ¿Por qué habrían de hacerlo? Ustedes formaban un grupo compacto, bien avenido, y a mí me han recibido como a una intrusa.

—Siéntese, por favor.

Ella dudó unos segundos, pero luego se acomodó mirándole fijamente a la espera de lo que él tuviera que decirle. Lorenzo Panetta también dudaba, pero sus dudas nada tenían que ver con lo que Mireille pudiera imaginar.

Hablaron durante una hora larga. Al principio fue Lorenzo el que hablaba y ella escuchaba, luego fue ella quien habló. Cuando regresaron al despacho Panetta no podía disimular que estaba preocupado, y Mireille acaso más tensa que antes de conversar con él.

—Tienes que almorzar con el sacerdote —le anunció Hans Wein sin preguntarle por Mireille—, llévate a Matthew. Y contadle todo lo que hay de nuevo, que en realidad no es nada.

Lorenzo asintió distraído y buscó a Matthew Lucas, quien estaba enfrascado en una conversación con Andrea Villasante.

—Me gustaría hablar con usted.

—Claro, ahora mismo, ¿qué sucede?

Lorenzo no respondió.

30

Raymond de la Pallisière se había refugiado en el silencio y la apatía, y su fiel mayordomo Edward se había convertido en el guardián de su estado de ánimo impidiendo que nadie le molestara.

El conde había regresado hacía un par de días y pasaba las horas sentado en la biblioteca ensimismado en sus propios pensamientos. Sus socios y amigos de la fundación Memoria Cátara habían intentado verle sin éxito, tampoco había respondido a otras llamadas. Pero cuando escuchó el pitido del móvil que guardaba en el bolsillo de la chaqueta, el conde no tuvo más remedio que sobreponerse y responder.

—Sí…

—Tengo todo el material listo. Supongo que el lugar de entrega es el acordado y que esta vez no habrá más dilaciones.

La voz del Yugoslavo fue como una sacudida que le obligaba a regresar a la realidad.

—Sí, todo tiene que ser como estaba previsto.

—Entonces hagámoslo; ya sabe que para realizar la entrega tiene que enviar la parte acordada.

—Quedamos que sería una vez que viera el material.

—El material es de primera y el riesgo de entregarlo en su destino es alto, de manera que preferimos cobrar por adelantado.

—Ya recibieron una cantidad a cuenta.

—Ahora queremos la totalidad.

—No, no recibirán la totalidad hasta que el material no esté en su destino. Les enviaré una parte, pero no todo.

—¿Y los documentos?

—Dentro de tres o cuatro días estaré en París. Le llamaré.

—Bien, pero ya es hora de cerrar este negocio; nosotros hemos cumplido con nuestra parte.

—Eso lo veremos a la entrega.

Pensó en llamar a Ylena, pero decidió que lo haría al día siguiente cuando llegara a París. Ylena debía de estar esperando su llamada. También tenía que ponerse en contacto con el Facilitador, pero no desde el móvil con el que hablaba con el Yugoslavo; tendría que poner otra tarjeta y cambiar de lugar. No podía cometer errores. Sabía que el Facilitador no dudaría en hacerle matar. Decidió que, al igual que a Ylena, le llamaría desde el Crillon.

Aún tenía el móvil en la mano cuando el mayordomo entró con gesto preocupado en la biblioteca.

—Perdone que le moleste, señor, pero su abogado de Nueva York está al teléfono. Le he dicho que estaba reunido, por si no quiere hablar con él.

A Raymond le temblaban las manos y sintió un sudor frío por la espalda. Si su abogado le llamaba sólo podían ser malas noticias. Aunque lo peor ya había pasado: jamás olvidaría la humillación a la que le había sometido su hija negándose a verle, mandándole el recado de que sentía náuseas de pensar que su padre era un nazi e insistiendo en que jamás hablaría con él.

Hizo un gesto a Edward para que le dejara solo y carraspeó mientras se dirigía a su despacho para hablar sin testigos.

Tardó unos segundos en descolgar el teléfono, temeroso de lo que pudiera oír.

—Buenas tardes, mister Smith.

—Buenos días, perdón, buenas tardes, señor conde. Tengo noticias de su hija.

Sintió otro escalofrío. Todo cuanto se refería a Catherine le ponía los nervios tensos como las cuerdas de un violín.

—Me acaba de telefonear el abogado de su hija para comunicarme que viajará a Francia en un par de días.

Raymond continuaba en silencio, anonadado por cuanto le decía su abogado.

—¿Me escucha? —preguntó el abogado.

—Desde luego.

—Bien, al parecer su hija quiere recorrer los lugares donde vivió su madre; un viaje sentimental. Ha decidido incluir en su recorrido el castillo… Quiere saber si puede ir, aunque su abogado me ha dejado claro que la visita no significa una reconciliación, sólo será una visita.

—Mi hija puede venir cuando quiera, el castillo es su casa, algún día será suyo. ¿Querrá verme?

—Bueno, su abogado me ha dicho que sí, que está dispuesta a verle, pero me ha insistido en que nada ha cambiado respecto a la opinión que ella tiene de usted.

—¿Cuándo llegará a Francia?

—Al parecer, pasado mañana aterriza en París, no sé si irá directamente al castillo o iniciará su periplo sentimental por algún otro lugar, eso no lo ha dicho.

—Comunique a su abogado que mi hija puede visitar el castillo cuando quiera.

—Bien, así lo haré… espero que todo vaya bien…

—Buenas tardes, mister Smith.

El abogado colgó el teléfono y miró nervioso al hombre que le observaba sentado frente a él y que no se había perdido ni una sola de las palabras pronunciadas.

Raymond no sabía qué sentir. Buscaba dentro de sí alegría, pero no la encontraba. Temía a Catherine, temía el encuentro con su hija a pesar de que allí, en el castillo, él se sentía seguro.

Ansiaba verla, porque Catherine era sólo un sueño. No sabía

cómo era su rostro, ni el color de sus ojos o de su cabello. ¿Se parecería a su esposa o a él?

Le preocupaba que llegara en aquel momento, justo cuando la operación había entrado en la fase final. Él tenía que ir a París y volver a reunirse con Ylena. También tenía que llamar al Facilitador, al misterioso señor que movía los hilos de su vida y de las de tantos otros como si fueran marionetas. Pero no, él también se servía del Facilitador, gracias a él podría perpetrar la venganza que su padre no había llevado a cabo. Sí, sería él, el vigésimo tercer conde d'Amis, quien vengara la sangre de los inocentes derramando otra sangre, la de sus verdugos, aunque fuera muchos siglos después. La Iglesia no había pedido perdón por su cruzada maldita contra los cátaros.

Buscó el número de teléfono de Bashir. Tenían que verse, decidir la fecha en que harían correr la sangre de la cristiandad.

Salim al-Bashir se hallaba en aquellos momentos en Londres cenando con un grupo de intelectuales que disertaban sobre la alianza de civilizaciones. La conversación fue breve y aparentemente intrascendente. Quedaron en verse en París durante el fin de semana, almorzarían juntos en L'Ambroisie, en la place des Vosges, donde el *foie-gras* de pato confitado a la pimienta gris se había convertido en uno de los platos favoritos de Salim.

* * *

Hans Wein leía el informe con las últimas conversaciones del conde d'Amis, y aunque no se mostraba tan excitado como parecían estarlo Lorenzo Panetta y Matthew Lucas, no dejaba de reconocer que el caso parecía complicarse.

El padre Aguirre continuaba en Bruselas e insistía en su teoría de que el conde d'Amis y el Círculo se habían unido para golpear a la Iglesia. Wein creía notar que lo que decía el jesuita ganaba terreno en el ánimo de su segundo, Panetta, y de Matthew Lucas, el enlace con los estadounidenses. Aun así, él se resistía a creer en esa alianza, el Círculo no necesitaba a ningún conde francés para poner una bomba; desgraciadamente lo venía demostrando con demasiada frecuencia.

—¿Te decidirás ahora a que se intervengan los teléfonos de ese Salim al-Bashir? —insistió Lorenzo.

—Nuestros amigos británicos tienen esta información y considerarían un escándalo que se investigara a este hombre. Es amigo de tres ministros del Gobierno, e incluso ha sido recibido por personas del entorno real para conocer su opinión sobre la situación y demandas de los musulmanes en Reino Unido. Los británicos no quieren ni oír hablar de cercar a Salim al-Bashir.

—Pues se equivocan. ¿Cómo pueden negarse a ello? —se quejó Lorenzo Panetta—. ¿Es que no le dan importancia a su amistad con el conde?

—Dicen que Bashir no tiene por qué saber que el conde se relaciona con el Yugoslavo, y preguntan si pretendemos intervenir los teléfonos de toda la gente que conoce el conde. No, no podemos hacerlo sin los británicos.

—Que, curiosamente, se han vuelto exquisitos con las formas.

—No quieren problemas con los musulmanes; bastantes tienen ya.

Laura White anunció la llegada del padre Aguirre. A Lorenzo le sorprendía el cambio que se había operado en Laura en los últimos días. Parecía nerviosa. Claro que Andrea Villasante tampoco estaba en su mejor momento. La española discutía con todo el mundo y había perdido el aplomo que tanta admiración les causaba. Se preguntó qué les podía estar pasando a estas dos mujeres. También le llamaba la atención que se hubiera producido cierta distancia entre la una y la otra. Antes se las veía quedar para ir a jugar a squash o visitar alguna exposición; ahora procuraban evitarse y menos aún, citarse.

El saludo del padre Aguirre le devolvió a la realidad. El sacerdote creía haber encontrado una pista sobre una de las frases encontradas en los papeles de Frankfurt.

Hans Wein no tenía demasiadas esperanzas en los descubrimientos del sacerdote, sobre todo porque le asustaban las especulaciones que éste hacía sobre el caso.

Ignacio Aguirre se daba cuenta de las reticencias del director del Centro de Coordinación Antiterrorista de la Unión Europea, pero hacía caso omiso de ellas. Estaba demasiado angustiado por lo que podía suceder para preocuparse de que hirieran su orgullo tomándole por un viejo loco.

—Creo que una frase corresponde a un texto de Otto Rahn —afirmó el sacerdote.

—¿Cuál? —preguntó con curiosidad Lorenzo Panetta.

—«Nuestro cielo está abierto sólo a aquellos que no son criaturas …», lo que sigue es «de una raza inferior, o bastardos, o esclavos. Está abierto a los arios. Su nombre significa que son nobles señores».

Tanto Wein como Panetta le miraban asombrados. Pero Ignacio Aguirre continuó hablando sin detenerse.

—En realidad esta frase es continuación de otro párrafo anterior: «No necesitamos al Dios de Roma, ya tenemos el nuestro».

—¿Estas frases son de Otto Rahn?

—Así pensaba el personaje —respondió el padre Aguirre—; he podido encontrar estos textos gracias a las notas del profesor Arnaud.

—¿Y qué sentido tiene que los pensamientos de Otto Rahn estuvieran en manos del comando islamista que perpetró el atentado de Frankfurt? —preguntó de mal humor Hans Wein.

—No lo sé. Puede que al estar en contacto con el conde d'Amis éste les surtiera de seudoliteratura sobre los cátaros, o puede que algún miembro del comando sintiera cierto interés por esa herejía precisamente por estar el conde detrás.

—¡Es un disparate! —exclamó enfadado Wein—. ¡Usted pretende convencernos de que el conde d'Amis está detrás del Círculo!

—No, yo no pretendo eso. El Círculo está formado por islamistas fanáticos que tienen su propia guerra declarada a Occidente; lo que yo digo es que puede haber una confluencia de intereses entre el conde y el Círculo, en este caso para golpear a la Iglesia. Otra de las frases es igual de significativa: «Lo imperfecto no puede provenir...», lo que continúa es «de lo perfecto», es una de las frases de Rahn en su libro *Cruzada contra el Grial*, analizada por el profesor Arnaud, porque explica la esencia del pensamiento cátaro. Entiendo su dificultad para aceptar mi opinión pero no la descarte. Temo tener razón. Hay una relación clara y evidente entre Raymond de la Pallisière y el Círculo, y puede que ese profesor Salim al-Bashir no sea tan inocente como ustedes pretenden.

—Perdone, padre, pero a veces pienso que usted ha convertido en obsesión la crónica de fray Julián y su relación con el difunto profesor Arnaud. Le aseguro que todos nosotros hemos leído dicha crónica, que sin duda es conmovedora, pero me cuesta creer que lo que dijera un fraile hace más de siete siglos pueda desencadenar hoy un ataque terrorista contra la Iglesia.

—Entiendo sus reticencias, señor Wein, pero mi obligación es decirles lo que pienso, lo que creo que va a pasar. Para mí es evidente que va a haber un ataque contra la Iglesia. Desgraciadamente no encuentro sentido a otras palabras: «cruz de Roma», «correrá la sangre en el corazón del Santo...», de nuevo «cruz»... Pero no le quepa la menor duda de que detrás de esas palabras se encuentra el lugar donde se va a perpetrar el atentado. En cuanto a la *Crónica de fray Julián*, tengo que aceptar que ha determinado mi vida mucho más de lo que yo mismo podía sospechar la primera vez que tuve el libro en mis manos, pero les aseguro que en mis muchos años de servicio a la Iglesia jamás me he engañado ni he engañado con tal de hacer valer mis hipótesis.

—Bien, continuaremos investigando; no echaremos en saco roto sus recomendaciones —aseguró de mala gana Hans Wein.

—Creo que mi presencia le incomoda —le espetó Ignacio Aguirre— y lo entiendo: ustedes están preparados para que las cosas sean como creen que deben ser porque intentan pensar con la lógica de los terroristas, pero les aseguro que éstos siempre les sorprenderán. Aparentemente no tiene sentido que entre los papeles quemados de un comando islamista aparezcan frases de Otto Rahn. En cuanto a los cátaros… entiendo que les cueste creer qué un aristócrata francés quiera vengarse de la Iglesia siete siglos después de la caída de Montségur, pero así es. El actual conde d'Amis ha sido educado en la venganza; para él los cátaros no pertenecen al pasado, sino que forman parte de su presente, estoy convencido.

—Falta un eslabón —aseguró Lorenzo Panetta.

—Sí, aparentemente —admitió el jesuita—, y aquí sólo cabe especular. Ustedes saben mejor que yo que hay intereses que están por encima de los gobiernos y de las instituciones. Quién sabe si ése es el eslabón.

—No entiendo dónde quiere llegar.

—Sí lo entiende, pero no le gusta. Podemos preguntarnos por qué se decidió acabar con el sha e impulsar un régimen religioso en Irán, o por qué Bin Laden fue un hombre de Occidente… por qué suceden ciertas cosas en el mundo que desgraciadamente no son fruto de la casualidad, sino de los cálculos interesados de cierta gente. Quiero decir que, por descabellado que le pueda parecer que el conde d'Amis y el Círculo se unan para golpear a la Iglesia, tenga por seguro que lo harán. Me voy a Roma; quiero exponer ante mis superiores las conclusiones a las que he llegado. La Iglesia debe estar preparada para lo que se nos viene encima; ahora se trata de averiguar dónde nos van a golpear y, señores, debería ser tarea suya averiguarlo.

La conversación con el padre Aguirre dejó malhumorado a Hans Wein y pensativo a Lorenzo Panetta, que no se atrevía a decir ante su jefe que creía que el sacerdote tenía razón. Pero en aquel caso, Panetta ya había decidido que sería difícil avanzar con Wein. Le profesaba afecto y respeto, pero su jefe era demasiado ordenancista para permitirse siquiera pensar en algo que no estuviera en el manual de instrucciones. Y él temía que la predicción del padre Aguirre se hiciera realidad y un grupo de fanáticos atentara contra la Iglesia, pero ¿dónde, cuándo, cómo? Confiaba en lograr información desde dentro del castillo, por más que hasta el momento habían fallado todos los intentos de conseguir que alguien del entorno del conde le traicionara. Pero él estaba dispuesto a jugar una carta de la que nada le había dicho a Hans Wein.

Tenía que hablar con Matthew Lucas. Confiaba en el norteamericano, le sabía lo suficientemente inconformista para jugarse la carrera si fuera necesario.

Matthew siempre tendría problemas porque era incapaz de ser políticamente correcto.

* * *

Hakim paseaba por Jerusalén con cierto temor. Said, su contacto del Círculo en Jerusalén, le acompañaba a todas partes; era un comerciante de la ciudad vieja con una tienda de souvenirs cerca de la Puerta de Damasco que le aseguraba que había oído hablar de Caños Blancos, el pequeño pueblo que parecía colgado en la ladera de la Alpujarra granadina y del que él había sido responsable hasta ser designado para la misión.

Omar, el jefe de los comandos del Círculo en España, confiaba en él lo mismo que Salim al-Bashir y le había pedido el sacrificio de su vida sabiendo que no les fallaría. Su hermano se haría cargo de Caños Blancos; estaba preparado para ser el jefe y guardián de aquel refugio seguro del Círculo en España.

Le preocupaban Mohamed y Ali. Les había llegado a conocer bien durante el tiempo en que habían estado juntos preparando su parte en la misión. Los dos jóvenes rebosaban buena voluntad pero les faltaba fe, creer de verdad en la necesidad del sacrificio. Había podido ver en sus ojos angustia cuando les recordaba que debían morir para que la misión fuera un éxito.

Mohamed Amir le aseguraba que ansiaba convertirse en un mártir como su primo Yusuf, pero en realidad quería vivir.

Yusuf había sido una figura importante en el Círculo, era un intelectual, un hombre que había estudiado en la universidad, inquieto y curioso, que siempre estaba leyendo. Salim decía que la muerte de Yusuf había sido tanto como perder su mano derecha. Pero Yusuf se había empeñado en participar en el atentado de Frankfurt porque era su ciudad y creía que no había nadie mejor que él para lograr el éxito de la misión.

Caños Blancos se le antojaba a Hakim lo más parecido al Paraíso en la Tierra. Amaba Granada, aquella tierra que sabía que algún día volvería a formar parte de la *umma* musulmana.

Llegar a Jerusalén había resultado más sencillo de lo que preveía. Lo hizo con una excursión de granadinos que habían elegido la agencia de viajes de Omar para organizar su peregrinación a Tierra Santa. Había intentado confundirse entre ellos, ser uno más, y lo había conseguido. Un matrimonio de edad avanzada parecía haber simpatizado con él y, en el aeropuerto, los atentos ojos de los policías israelíes lo único que podían captar era su pertenencia a aquel grupo de turistas.

Tener un pasaporte español le había sido de gran ayuda, por más que su aspecto no dejaba lugar a dudas; aunque los funcionarios de inmigración israelíes le habían interrogado sobre los motivos de su visita, creía haberles desconcertado cuando les dijo que era alcalde de un pueblo granadino, y que viajaba con un grupo de amigos y conocidos.

Said le aseguraba que no debían bajar la guardia, ya que podían estar siguiéndoles. Claro que él, a su vez, había montado una contravigilancia para detectar si los hombres de la seguridad israelí habían desconfiado más de lo normal de aquel turista, y hasta el momento no habían percibido que le estuvieran vigilando. Aun así llevaba tres días visitando la ciudad como un simple turista junto al resto de los peregrinos.

Sabía que no podía fallar. Salim al-Bashir le había encomendado la parte más difícil del plan. Estaba allí en la capital sagrada, mancillada por la presencia de los judíos, y suyo era el honor de destruir las reliquias guardadas en la iglesia del Santo Sepulcro.

Había visitado la iglesia intentando parecer un turista más. Desde luego, los religiosos ortodoxos que vigilaban el templo no parecían haber desconfiado de su presencia; acaso le habían tomado por un árabe cristiano. También había paseado por Belén, incluyendo en su recorrido la basílica de la Natividad, e incluso había pedido a Said que le enseñara las tumbas de los patriarcas.

Said le había preguntado cuánta gente necesitaría para llevar adelante el plan y se había extrañado con su respuesta: nadie, prefería hacerlo solo. Llevaría un cinturón cargado de explosivos que estallaría en el mismo momento en que se acercara al lugar donde custodiaban aquel trozo de madero que decían era parte de la cruz donde había muerto Jesús.

No hacía falta que muriera nadie más que él, ¿a qué sacrificar otras vidas? Además, hasta el momento el Círculo era invisible para el Mossad y la Shin Beit, y así debería seguir siendo. Las organizaciones palestinas a veces lograban ser infiltradas por el odiado enemigo, pero el Círculo permanecía cerrado a cal y canto a los ojos de los judíos.

Hakim pensaba en la cercanía del Más Allá. Se decía que pronto estaría en el Paraíso y sentía cierto temor ante el tránsito entre la vida y la muerte. Estaba seguro de la existencia de Alá, por Él iba a sacrificar su vida, por Él llevaba tantos años luchando, escondiéndose, destruyendo a los enemigos, de manera que no dudaba, pero aun así se despertaba por la noche con un sabor ácido en la boca y dolor en el estómago. Una cosa era participar en una misión sabiendo que se puede morir y otra muy distinta poner fecha al último día de tu vida. Sería un mártir y el Círculo honraría a su familia; eso era lo que le daba fuerzas para seguir.

Antes de volar a Jerusalén, Omar, el jefe del Círculo en España, le había encomendado otra misión: hablar con el padre de Mohamed Amir y ordenarle que resolviera el problema de su hija. Laila había ofendido a Salim al-Bashir mostrándose impertinente en la conferencia que Salim había pronunciado en Granada. Laila no ponía límites a su inmodestia y algunos hermanos habían acudido a Omar a quejarse de su influencia en sus esposas, hijas y hermanas. Había que callar a aquella ramera y era obligación de su familia hacerlo. No se lo pedirían a Mohamed puesto que él tenía la misión, junto a Ali, de hacer volar el monasterio de Santo Toribio; además Omar dudaba de que Mohamed tuviera la fortaleza suficiente para acabar con la vida de su propia hermana.

De manera que Hakim había hablado con el padre de Laila y Mohamed sin dejarse conmover por las protestas del hombre. Tenía que lavar el honor de su familia, era una vergüenza para la comunidad que su hija se exhibiera como una mujer vulgar. Para Laila sólo cabía una solución: morir. Había conminado al hombre a que cumpliera con su deber y diera muerte a su hija sin decir nada a su hijo. No debía distraer a Mohamed de su misión; al fin y al cabo, él era el cabeza de familia, aunque se decía que su esposa le dominaba y ésta protegía con celo a la hija.

Said le sacó de sus pensamientos dándole un leve codazo.

—Puede que nos estén siguiendo. He visto tres veces al mismo hombre cerca de nosotros.

—¿Quién?

—Parémonos a tomar un té y podré indicarte quién es el individuo.

Así lo hicieron, y mientras bebían la infusión humeante con sabor a especias, Said le hizo una seña indicándole el hombre del que desconfiaba. Parecía un inofensivo turista; no tendría más de treinta años y llevaba una mochila a la espalda, un pendiente en una oreja, vaqueros raídos por la rodilla y calzado deportivo. Los hombres de Said les dirían más tarde algo más sobre el joven, pero ellos decidieron interrumpir la caminata y dirigirse hacia el Sheraton, el hotel donde Hakim se alojaba con el resto de los peregrinos granadinos.

Hakim se dijo que estaba cansado y que ya había visto cuanto necesitaba. Ahora sólo quedaba que Salim al-Bashir fijara la fecha para la misión. No sabía si aún tendría que regresar a Granada o llevarla a cabo de inmediato. En cuanto a los explosivos, no había problemas: los hombres del Círculo tenían un buen arsenal; si algo sobraba en Oriente Próximo eran armas con las que matar.

31

El recepcionista del Crillon se mostró encantado de volver a ver al conde d'Amis, al que inmediatamente ofreció la *suite* que había ocupado la vez anterior.

El conde le dio una generosa propina y, seguido por el botones que llevaba su equipaje, se dirigió al ascensor.

Una vez acomodado, volvió a bajar al vestíbulo para salir del hotel y perderse en el bullicio de la ciudad. Caminó en dirección al Louvre sin rumbo fijo; entraría en algún café y desde allí llamaría al Facilitador. No debía ocupar la línea más de tres minutos, ése era el tiempo límite para que no localizaran la llamada. Además, en su equipaje llevaba varias tarjetas para su móvil que utilizaba una sola vez para cada llamada.

Entró en un café y pidió un té al tiempo que buscaba con la mirada el teléfono, que se encontraba al fondo del establecimiento.

Temía que el Facilitador le reprochara su repentina ausencia, pero estaba dispuesto a pelear por mantener al menos cierta autonomía. Respondió el teléfono al primer timbrazo.

—¿Ya está de vuelta? Bien, sé que va a almorzar con nuestro buen amigo. Ha llegado la hora, no deben retrasarlo más. Necesitamos un revulsivo para los próximos días.

Raymond sintió alivio por no recibir ningún reproche.

—¿Y la chica?

—Se pondrá en contacto con usted mañana. Para ese momento debe tener en sus manos la documentación. Acuerde ya con Salim la fecha. Es importante actuar coordinadamente.

—El Yugoslavo pide más dinero.

—¡Ah! Son insaciables.

—Entonces, ¿qué debo hacer?

—El dinero no es un problema, pero tampoco hay que malgastarlo. Si la operación es un éxito, mis patrones no me preguntarán cuánto hemos gastado; de lo contrario deberé responder de cada centavo... pero haga lo que crea que debe hacer, no podemos echar al traste la operación en el último momento por la codicia de Karakoz.

—¿Le veré?

—En cualquier momento. Ahora haga lo que tiene que hacer.

Tendría que esperar a que Ylena se pusiera en contacto con él; imaginaba que la joven volvería a alojarse en el hotel como la vez anterior, y le sorprendía la tranquilidad del Facilitador, que no parecía haberse preocupado por su ausencia. Estaba seguro de que tenía información precisa de todos sus pasos y eso le provocaba cierta ansiedad.

Decidió encaminarse hacia la place Vendôme y curiosear en las tiendas de la zona; podía entrar en el Ritz y llamar desde el bar al Yugoslavo, aunque pensó que quizá fuera mejor esperar a que éste se pusiera en contacto con él. El Yugoslavo sabía cómo encontrarle. Alguno de sus hombres estaría al acecho en el Crillon para informarle de su llegada. Necesitaba los documentos para Ylena y su comando, entre ellos tarjetas de crédito falsificadas, pese a que las órdenes del Facilitador eran tajantes: procurar no dejar pistas, y una tarjeta de crédito, por falsa que fuera, era una pista. También tendría que acercarse al banco para extraer una cantidad para entregarle a la chica.

Desde que había salido del hotel, seis hombres y dos mujeres seguían al conde d'Amis sin que éste se diera cuenta. Todos ellos trabajaban para el Centro de Coordinación Antiterrorista y contaban con la colaboración de la Sûreté francesa.

La orden era seguirle día y noche procurando no alertarle. Lo esencial era saber con quién se reunía, con quién hablaba y, sobre todo, qué negocio tenía con el Yugoslavo, el hombre de Karakoz en Francia.

Lorenzo Panetta había pedido a Hans Wein que le permitiera desplazarse a París para coordinar sobre el terreno la operación; su jefe había accedido a regañadientes, pero recordándole que era un alto funcionario, no un policía.

Panetta creía que el encuentro del conde con Bashir podría desvelarles alguna pista, por más que Wein le había insistido en que se olvidara de él. Pero más allá de las recomendaciones de su jefe, Lorenzo tenía su propio plan de acción. Estaba seguro de que se encontraban más cerca del Círculo de lo que lo habían estado nunca. Matthew Lucas pensaba igual que él. El norteamericano también había viajado a París; le sería de gran ayuda. Lo que sí había podido era sentar a dos miembros de su equipo en una de las mesas de L'Ambroisie, después de asegurarse de que estarían cerca de la reservada por el conde d'Amis.

Como de costumbre no había una sola mesa libre en La Tour d'Argent, pero llamó diciendo quién era y consiguió una. Unos minutos antes de dirigirse al L'Ambroisie había recibido una llamada de Salim proponiéndole el cambio de restaurante.

Media hora antes, la amante de Bashir le contó por teléfono que Lorenzo Panetta se había desplazado a París, y que aunque tanto el director Hans Wein como el propio Panetta mantenían un riguroso silencio sobre la marcha de las investigaciones del atentado de Frankfurt, parecían no fiarse de nadie, ni siquiera de ella. Había podido escuchar que Panetta decía que «su» hombre estaba en París. Le aseguró que haría lo imposible por indagar más y que, desde luego, estaba segura de que nada sabían de él y seguían perdidos sin encontrar una pista sobre el Círculo, empeñados como estaban en tirar del hilo de Karakoz, pero Salim decidió que era mejor cambiar sus lugares de cita, incluida la del conde.

Cuando Raymond entró en el restaurante, Salim al-Bashir le estaba esperando en una mesa situada en un rincón.

Los dos hombres se estrecharon la mano y decidieron pedir el almuerzo antes de hablar.

—¿A qué se debe el cambio de restaurante? Creí que L'Ambroisie era uno de sus favoritos.

—Es mejor ser precavidos —respondió Salim.

—¿Teme que alguien sospeche de nosotros?

—Estoy convencido de que no hay servicio de información en el mundo que sepa lo que estamos preparando. Pero de vez en cuando es mejor hacer estos cambios, por si acaso.

—Mi querido amigo, quisiera saber si sus hombres están preparados —preguntó Raymond, dando por buena la explicación de Salim.

—Lo están. Dentro de diez días estaremos en plena Semana Santa. ¿No conmemoran los cristianos la muerte de Cristo el Viernes Santo?

—Sí.

—Ese día destruiremos los restos de su cruz, de esa cruz que usted tanto odia.

Raymond miró al hombre con admiración. No había caído en la cuenta de que estaba por comenzar la Semana Santa porque siempre había vivido al margen de cualquier acontecimiento religioso y su vida jamás había estado marcada por las celebraciones cristianas. En el castillo jamás se había celebrado la Navidad, y mucho menos habían estado pendientes de la Semana Santa.

—Muy apropiado. Pero dígame, tengo una curiosidad. ¿qué dirán sus jefes sobre estos atentados? No hace mucho un grupo de ulemas se reunió con el Papa y hablaron de la necesidad de ahondar en el diálogo entre las religiones monoteístas.

—Así es, pero nosotros estamos en guerra, en guerra contra los infieles que no quieren convertirse a la verdadera fe. Los infieles deben saber que no tienen otra alternativa que convertirse o morir. Los cristianos han asesinado a miles de musulmanes en nombre de la cruz.

—Eso fue durante las Cruzadas… —dijo riéndose Raymond.

—No, han continuado matándonos, invadiéndonos, despreciándonos. Las Cruzadas, amigo mío, no han terminado; lo único es que ahora los cristianos no vienen a caballo sino en aviones con las entrañas cargadas de bombas que destruyen nuestros pueblos. Algunos de nuestros ulemas hablan de paz; son hombres buenos aunque ingenuos; pero también tenemos traidores entre nosotros que se han occidentalizado, que han olvidado quiénes son y la verdadera fe. Ellos también morirán.

Salim al-Bashir apuró la copa de borgoña mientras Raymond le observaba pensando que aquel profesor era la perfecta imagen del inmigrante asimilado. Nadie diría que aquel hombre con un impecable traje comprado en la elegante y exclusiva calle londinense de Savile Row no era una fotocopia del más exquisito caballero británico. Si algún día triunfaba la revolución islamista, difícilmente Salim al-Bashir se adaptaría a la austeridad que predicaba. ¿Renunciaría a comer con vino de Borgoña?

—Y ahora, amigo mío, debemos hablar de dinero —dijo Bashir con tono compungido.

—Creo que ya ha recibido la totalidad de lo acordado.

—No, ya le dije en nuestro último encuentro que no era suficiente. Mis hombres morirán, dejan familia y la familia es muy importante para nosotros. Las madres, las esposas, los hijos y hermanos de nuestros mártires deben apoyarles y no sumar la miseria al dolor de su pérdida.

—Recibirá lo que me pidió si todo sale bien.

—No; usted me lo dará antes de que llevemos a cabo la operación.

—La operación es de ambos, así lo convinimos.

—Nosotros no le necesitamos, es usted quien nos necesita.

Raymond no respondió. Bashir tenía razón. Él solo jamás habría podido llevar a cabo su venganza. Había sido el Facilitador quien había pensado en cómo aprovecharse de ambos, de Bashir y de él. El Círculo había recibido una buena inyección de dinero, y una parte seguramente se había quedado en alguna de las cuentas ultrasecretas de Bashir o de hombres como él. Pensó en sí mismo, en cómo ya había saboreado en sueños la dulzura de la venganza. Sí, le daría el dinero; al fin y al cabo, el grueso de la operación corría a cargo de esos hombres misteriosos a los que representaba el Facilitador.

El Círculo actuaba donde y cuando quería, Bashir tenía razón, era él quien le necesitaba, él y el Facilitador, que ansiaba ver en los titulares de los periódicos que el Círculo había atentado contra la Iglesia y como respuesta un grupo ultracatólico había destruido las reliquias de Mahoma que se encontraban en Topkapi, el palacio de los sultanes otomanos.

El Facilitador lo había dejado muy claro: los hombres a los que representaba necesitaban un choque violento entre musulmanes y occidentales, y nada más violento que destruir reliquias preciadas de las dos religiones: restos de la cruz donde fue clavado Jesús, y la capa, el sello, las espadas, un diente y pelos de la barba del Profeta.

—Recibirá lo que me pidió —concedió Raymond.

Salim al-Bashir sonrió. Ni por un momento había dudado de que el aristócrata desembolsaría la cantidad que le había solicitado. Estaba en sus manos.

—Conde, dentro de diez días habrá culminado su venganza.

—Eso espero.

—Nosotros no cometemos errores, por eso estamos dispuestos a morir.

Lorenzo Panetta y el equipo del Centro de Coordinación Anti-terrorista se habían visto sorprendidos por el cambio de restaurante. Lo más que lograron fue que dos de sus hombres obtuvieran una mesa para almorzar en La Tour d'Argent, pero lejos del conde d'Amis y de Bashir y sin tiempo de colocar micrófonos para escuchar la conversación entre los dos hombres. Lo único que pudieron hacer era observar cómo el conde y Salim al-Bashir comían amigablemente mientras hablaban en voz baja, pero las charlas de otros comensales de mesas circundantes, el ruido del ir y venir de los camareros, y el hecho de que no estuvieran suficientemente cerca, les había impedido escucharles. De nada más pudieron informar a Lorenzo Panetta, que les aguardaba impaciente en la sede del Centro en París.

Raymond regresó al hotel apenas concluyó el almuerzo. No se dio cuenta de que le seguían, ni tampoco que en el vestíbulo del hotel le observaban dos de los hombres del Yugoslavo. No habían pasado ni cinco minutos desde que entró en su *suite* cuando escuchó unos golpes secos en la puerta. Abrió de inmediato y se encontró a un hombre alto, de cabello rubio oscuro y ojos color de acero vestido con un buen traje; pese a ello, algo en su aspecto le decía que aquel hombre no era un caballero.

El hombre entró antes de que Raymond le invitara a hacerlo.

—Le traigo su encargo. —Abrió un maletín del que extrajo un grueso sobre, que depositó sobre la mesa.

Raymond abrió el sobre; en él estaban los pasaportes falsificados para Ylena y sus parientes, así como tarjetas de crédito y otros documentos de identidad.

—Son auténticos —aseguró el hombre.

No le respondió, sino que se aseguró de que estuviera todo lo que había pedido.

—La silla está lista.

—¿Dónde está?

—En Estambul, claro. Deberán recogerla en esta dirección, junto a la cámara de vídeo y el resto del material.

—¿Dónde han colocado los explosivos? —preguntó Raymond sin disimular la curiosidad que sentía.

—Eso, amigo mío, se lo dirán en Estambul a su gente; yo sólo soy un correo.

El hombre soltó una carcajada que mostró una hilera de dientes amarillentos.

Raymond le miró con desprecio. Aquel hombre era sólo un matón, uno más de los que trabajaban para el Yugoslavo y Karakoz. Se notaba que era del sur de Francia por su acento. Un mercenario, un hombre dedicado al negocio de la muerte.

—Puede que tenga que hablar con su jefe.

—Ya sabe cómo encontrarle, pero no se le ocurra llamarle a su casa, ese teléfono no es seguro, no cometa más errores. En cuanto al dinero…

—Lo recibirán por el canal habitual.

—Ha subido el precio, ya lo sabe; su encargo ha resultado más complicado de lo que esperábamos.

—Primero comprobaremos el resto de la mercancía, después hablaremos de ese ajuste en el precio; ahora, si me permite, estoy esperando otra visita.

—¿La chica? No está en París.

—¿Usted cómo lo sabe?

—Nos encargamos de su seguridad en París, de que no cometa ningún error. Hasta mañana no se pondrá en contacto con usted. Es guapa, aunque el pelo oscuro no le sienta bien.

—Tengo que hacer una llamada, buenas tardes.

Cuando se quedó solo suspiró aliviado. Le repugnaba tener que tratar con matones. Buscó la botella de calvados y se sirvió una copa generosa. Diez días, se dijo, en diez días estaría perpetrada su venganza; así se lo había asegurado Bashir.

Después del almuerzo Salim al-Bashir había decidido darse un respiro paseando por París. Le gustaba aquella ciudad más que ninguna otra y pensaba cómo cambiaría cuando, algún día, fuera totalmente musulmana.

Pasear le ayudaba a poner en orden las ideas, y en ese momento necesitaba pensar en los últimos detalles de los tres atentados. Confiaba sobre todo en Hakim. Sabía que éste se sacrificaría sin pestañear. Un atentado en el centro de la ciudad vieja de Jerusalén, en la iglesia del Santo Sepulcro, conmovería al mundo entero.

El Círculo había logrado ser impenetrable, y eso en Israel era toda una hazaña. La clave era la independencia a la hora de actuar, que cada comando fuera autónomo. Sabía que podían contar con la ayuda de otras organizaciones que operaban en los territorios ocupados, pero en el Círculo preferían confiar en sus propias fuerzas. Hakim se inmolaría ante los ojos de cientos de turistas provocando la muerte de muchos de ellos y destruyendo el lugar donde los cristianos guardaban los restos de la Cruz.

Tampoco le inquietaba la voladura de la basílica de la Santa Cruz de Jerusalén en Roma. Pensó en la mujer con la que había mantenido una relación íntima en los últimos años, porque le había servido de ojos y oídos en el Centro de Coordinación Antiterrorista de la Unión Europea. Estaba seguro de que tarde o temprano la descubrirían, puesto que ella misma le había comentado que en las últimas semanas la investigación del atentado de Frankfurt había pasado a ser materia reservada para todos los miembros del Centro. Hans Wein, el director, y Lorenzo Panetta, el subdirector, seguían contando con el personal pero sin compartir la información que tenían. Estaba segura de que no habían avanzado, pero el hermetismo de Wein era señal de que sospechaban que tenían un topo.

Aún no había decidido si pedirle directamente que se inmolara o engañarla, aunque esto último sería difícil, porque para garantizar el éxito de la operación lo más seguro era que llevara un cinturón cargado de explosivos. Tenía que pensar qué le diría, aunque no dudaba de que la mujer haría cualquier cosa por él.

Quizá, se dijo, para no asustarla lo mejor sería entregarle un bolso cargado de explosivos y pedirle que lo colocara en la capilla donde se conservan las reliquias. Naturalmente, antes de que ella pudiera depositar el bolso y salir, él accionaría el detonador y la haría volar junto a los tres trozos de la Vera Cruz, el travesaño, las espinas de la corona y todas aquellas otras reliquias que guardaban.

En cuanto a Mohamed Amir y su amigo Ali, Omar le aseguraba que estaban listos y que podían confiar en ellos. Morirían si tenían que morir.

Bashir pensó que era imprescindible que fallecieran todos. Era la manera de no dejar huellas.

Sin duda el lugar más fácil de atacar era aquel monasterio de Santo Toribio escondido en las montañas de Cantabria. Carecía de cualquier protección, como si los monjes que custodiaban el *Lignum Crucis* pensaran que nada ni nadie sería capaz de atacar su cenobio.

Saboreó por adelantado la conmoción que los tres atentados producirían en el mundo. Después de las explosiones, Occidente no tendría más remedio que aceptar que estaba perdiendo la guerra, y sus dirigentes más ingenuos no podrían seguir negándose a ver la realidad. También los países hermanos tendrían que aceptar que ya no habría marcha atrás y los más tibios, a partir de ese momento, no podrían hacer componendas con sus amigos de Occidente, con los que algunos hacían pingües negocios y otros hablaban de alianza de civilizaciones. Estallaría la tercera guerra mundial y la ganarían ellos.

Los elegidos de Dios.

32

Ignacio Aguirre aguardaba a ser recibido por Lorenzo Panetta. Hacía una hora que había llegado a París.

En Roma había estado el tiempo justo para reunirse a solas con el obispo Pelizzoli, responsable del departamento de Análisis del Vaticano.

La conversación fue larga. Lo que dijo el viejo jesuita aumentó aún más la preocupación de Pelizzoli y de las autoridades vaticanas sobre la posibilidad de que se produjera un atentado contra la Iglesia.

Ni el padre Ovidio Sagardía ni el padre Domenico Gabrielli fueron invitados a participar en las deliberaciones del padre Aguirre con el obispo y otros responsables del gobierno de la Iglesia.

Aun así, Ovidio buscó la ocasión para estar a solas unos minutos con el hombre que había sido más que un padre para él.

Antes de partir hacia París, había hablado con el padre Aguirre.

—Padre, si tiene un minuto… —dijo con humildad Ovidio.

El sacerdote accedió, aunque dirigiéndose a él sin entusiasmo. En aquel momento, la menor de sus preocupaciones era lo que pudiera pasarle a Ovidio que, aunque le costaba aceptarlo, le había decepcionado.

—Dime —respondió con sequedad.

—Quiero pedirle perdón. Sé que le he decepcionado, que he fallado cuando no debía ni podía hacerlo. Usted esperaba que fuera capaz de estar a la altura de circunstancias como ésta, para eso me ha hecho prepararme a lo largo de estos años y me ha facilitado todas las oportunidades. Sé que he pecado de ingratitud y he antepuesto mis problemas personales a mi deber para con la Iglesia. Lo siento, me gustaría tener su perdón.

El padre Aguirre se sintió reconfortado por la actitud de Ovidio y le conmovió su pesadumbre.

Había puesto tanto empeño en hacer de aquel joven un hombre útil para la Iglesia que, acaso, había pasado por alto que Ovidio era sólo un ser humano como él mismo.

—No tienes por qué pedirme perdón. Me alegro de que hayas recapacitado. Ahora debo irme, hablaremos en otro momento.

—No me quedo en paz si no sé que me ha perdonado…

—Ovidio, no tengo que perdonarte, lo importante es que te has dado cuenta de que tienes que servir allá donde la Iglesia te necesita. Quédate en paz, hijo mío, y ayuda cuanto puedas en estos momentos difíciles.

—Padre… ¿de verdad la crónica de fray Julián ha desencadenado todo esto?

—¡Por Dios, qué cosas dices! No, no echemos la culpa a aquel pobre fraile.

—Pero él reclamaba venganza… en su crónica pide que alguien vengue la sangre de los inocentes…

—No nos volvamos locos nosotros también. Fray Julián sufrió porque su conciencia se rebelaba a que se impusiera a Dios haciendo derramar sangre. Por favor, Ovidio, ponte en la piel del buen fraile, pero sobre todo no olvides que es una historia del siglo XIII. A fray Julián le dolía la conciencia y sentía que derramar sangre no podía quedar impune. Ya veo que empiezas a tomarte en serio la crónica de fray Julián…

—Perdóneme, padre, siempre pensé que… en fin, me parecía una excentricidad, una obsesión, su interés por esa crónica. Jamás sospeché que un día iba a convertirse en una pista para un asunto tan terrible como éste.

—Hablaremos de todo esto a mi vuelta. Ahora debo irme.

—¿Se va de Roma?

—Me voy a París.

—¿A París?

—Sí, monseñor Pelizzoli os informará de lo que crea que debéis saber sobre cómo están las cosas.

El jesuita pensaba en Ovidio mientras seguía al funcionario que le llevaba al despacho donde Panetta había instalado su cuartel general en París. No le sorprendió encontrar allí a Matthew Lucas, que parecía entenderse bien con Panetta.

—Me alegro de que esté aquí, padre —le dijo a modo de saludo Lorenzo Panetta—. Hans Wein me avisó de su llegada.

—Como puede suponer estamos muy preocupados; no sé si les puedo ser de alguna utilidad… en todo caso he obtenido permiso para estar con ustedes y seguir de cerca la operación.

—Nos serán muy útiles sus consejos y experiencia —le aseguró Panetta—. Y ahora, padre, me gustaría hablar con usted, no sé si bajo secreto de confesión, porque lo que le voy a decir no debe saberlo nadie…

* * *

Raymond no tenía hambre ni ganas de salir. Decidió quedarse descansando en su *suite* del Crillon. Llevaba un rato intentando leer pero era incapaz de concentrarse y decidió poner la televisión.

El teléfono le sobresaltó, y aún más cuando escuchó al jefe de recepción del hotel.

—Señor conde, perdone que le moleste, pero una dama que dice ser su hija quiere hablar con usted.

Se quedó mudo, sin saber qué decir. Tardó unos segundos en reaccionar. No podía ser cierto que Catherine estuviera allí y mucho menos que quisiera hablar con él.

—No le he entendido —acertó a decir.

—Su hija está aquí y pide que le avisemos. ¿Quiere usted que suba a la *suite* o prefiere que le espere aquí?

No sabía qué responder. Le resultaba imposible aceptar que Catherine estuviera en ese mismo instante tan cerca de él y sintió que le temblaban las piernas.

—Señor conde... —le conminaba el recepcionista a una respuesta.

—Pregunte a mi hija si prefiere subir aquí o esperarme en el vestíbulo.

Un segundo más tarde el recepcionista le anunciaba que un botones acompañaba a su hija a la *suite*.

Raymond tenía miedo. Notaba que un sudor frío le recorría la espalda. Temía a Catherine, de la que sólo sabía cuánto le odiaba. Había soñado con conocerla, abrazarla, pero sabiendo que era un sueño que jamás se cumpliría porque su hija se había negado siempre a encontrarse con él y había hecho público a través de sus abogados su desprecio hacia él, la última vez no hacía ni una semana. Ahora, en dos días, parecía haber cambiado de opinión, primero viniendo a Francia, aunque fuera en un viaje sentimental en busca de las huellas del pasado de su madre y luego pidiendo ir al castillo, y ahora presentándose de improviso en el Crillon.

Unos golpes en la puerta le anunciaron la llegada de Catherine. Se acercó con paso vacilante a abrir y se quedó inmóvil cuando vio frente a él a aquella mujer de rostro anguloso, cabello castaño con reflejos caoba y unos inmensos ojos negros. El botones les observó con curiosidad mientras esperaba la propina del conde.

Catherine entró sin decir palabra; parecía segura de sí misma, y en su mirada no se reflejaba ninguna emoción.

—Así que tú eres mi padre —le dijo mirándole fijamente a los ojos.

—Sí —musitó Raymond.

—Eres diferente a como te había imaginado.

Él no respondió. Tenía la boca y la garganta seca y se sentía en situación de inferioridad ante aquella mujer que paseaba su mirada por el salón. Ella tampoco era como la había imaginado; no se parecía a Nancy salvo por la seguridad que desprendía.

—¿Cómo me habías imaginado? —quiso saber él.

—Supongo que… no sé… con aspecto de monstruo, aunque mi madre decía que habías sido muy guapo, supongo que por eso se enamoró y se casó contigo.

—Así que un monstruo… —musitó él en tono de queja.

—Para mí es lo que eres —respondió Catherine sin vacilar.

—¿Qué quieres? —le preguntó él con apenas un hilo de voz.

—Quiero visitar los lugares donde vivieron mi madre y mis abuelos. Quiero saber cómo fue su vida aquí. También me gustaría… —Catherine se mordió el labio antes de continuar hablando como si sopesara lo que iba a decir—; en fin, me gustaría saber cómo pudo enamorarse de ti.

—Estabas muy unida a tu madre —afirmó Raymond.

—Lo era todo para mí. Cuando te dejó se dedicó totalmente a mí, hizo lo imposible para que no echara en falta un padre. Nunca me falló, le debo todo cuanto soy.

—Me hubiera gustado conocerte antes —murmuró Raymond—, pero tu madre no me lo permitió, y luego tú tampoco quisiste saber nada de mí.

—No, no quise. ¿Para qué? Representas todo lo que mi madre y yo odiamos.

—Y ahora, ¿por qué has querido verme? No era necesario, podías ir al castillo sin que yo estuviera allí.

Catherine guardó silencio unos segundos retirando su mirada de la suya. Raymond la observaba fascinado. Le parecía increíble que aquella mujer fuera su hija. Sin embargo lo era: allí estaba despreciándole como lo venía haciendo desde que tenía uso de razón.

—No lo sé; no sé por qué he querido verte, no sé por qué estoy aquí —confesó ella de nuevo sosteniéndole la mirada.

—¿Tienes hambre? —le preguntó de improviso.

—¿Hambre? No… no sé…

—¿Dónde te alojas en París?

—En el Maurice.

—¿Quieres que vayamos a cenar?

—¿A cenar?

—Sí, podemos ir a cenar y continuamos hablando.

Raymond la vio dudar; tampoco él sabía por qué le había propuesto ir a cenar. Ya eran las ocho y media, y además él no tenía apetito; pero necesitaba salir, respirar aire, encontrarse en un terreno más neutral.

—De acuerdo —dijo ella—, pero no me apetece tener que cambiarme.

Él la miró con detenimiento dándose cuenta de que la joven vestía de manera informal: pantalón vaquero, un suéter de cachemir, botas y un chaquetón que había dejado en la entrada. Así vestida no podían ir a demasiados lugares, al menos no a los que él conocía.

—¿Es la primera vez que vienes a París? —preguntó a su hija.

—No, he estado en otras ocasiones. Un viaje de estudios, luego viajes de trabajo.

—Bien, entonces tienes una idea de los lugares que te pueden gustar.

—¿Podemos ir a La Coupole? Está en Montparnasse…

—De acuerdo, iremos allí; es un lugar que gusta mucho a los norteamericanos.

—¿Y a ti no?

—Nunca he estado.

Catherine le miró como si le pareciera imposible que un francés no hubiera almorzado o cenado alguna vez en su vida allí.

No hablaron mucho durante la cena, aunque ella le preguntó con curiosidad por el castillo y él se interesó por sus estudios de arte y por lo que pensaba hacer en el futuro. Catherine se mostró esquiva en las respuestas.

—No sé qué voy a hacer con mi vida. Me siento muy sola, perder a mi madre ha sido lo más terrible que me ha sucedido. Necesito tiempo para recuperarme.

Raymond empezaba a creer que podía ser posible, si actuaba con cautela, establecer una relación con su hija. La notaba perdida, frágil, exhausta por la larga enfermedad de su madre, destrozada por su muerte.

—Háblame de tu madre —le pidió.

Pero Catherine se puso en guardia, y sus ojos negros brillaron con ira.

—No tengo nada que contarte de mi madre, precisamente a ti.

—Yo la quería, la he querido siempre —respondió Raymond.

—Si la hubieses querido habrías abandonado tus locuras.

—¿Mis locuras? ¿Cuáles son mis locuras?

—Eres un nazi, un loco que sueña con una raza superior y, lo que es peor, te crees heredero de los cátaros.

—Soy heredero de una vieja familia donde algunos de sus miembros murieron en la hoguera por los intereses de un rey y el fanatismo de un Papa. Si sabes algo de historia no deberías acusarme de loco.

—Ya sé, mi madre me contó todas esas historias absurdas.

—¿Absurdas? La historia de nuestra familia (sí, Catherine, también es tu familia) no es una historia absurda. Nuestra familia luchó por mantener la independencia de su tierra y no pasar a formar parte de la Corona de Francia. Hubo una confabulación del rey y del Papa, a ambos les convenía acabar con el Languedoc, y…

—¡Por favor, no me hables de reyes y de papas! ¡Estamos en el siglo XXI! ¿En qué siglo vives tú? Pero sobre todo, ¿cómo puedes ser nazi? ¿Cómo puedes creer que hay hombres mejores que otros?

—Hay hombres mejores que otros, eso es evidente.

—¡Todos somos iguales! —dijo Catherine elevando el tono de voz.

—No, no lo somos. Yo no soy igual que el camarero que nos

está sirviendo al cena. Yo soy el conde d'Amis, y él como mucho conocerá el nombre de sus abuelos. Tú tampoco eres igual que el camarero. Por muy norteamericana que te sientas, algún día serás la condesa d'Amis y te guste o no heredarás algo más que dinero y tierras, heredarás una historia. Pero aunque no fueras la futura condesa d'Amis, tampoco eres como el camarero. Has estudiado en una buena universidad, has estado mimada desde pequeña, no te ha faltado de nada.

—Yo también he sido camarera. Durante dos años trabajé en la cafetería de la universidad. He servido muchos refrescos y *hot dogs*. Recuerdo esos dos años como los más divertidos de mi vida. ¿Qué tiene de malo ser camarero? En Norteamérica tanto da de lo que uno trabaja; haber sido camarero, repartidor de periódicos, barrendero o cualquier otra cosa es un motivo de orgullo. ¿De verdad te crees superior?

La joven empezó a reír. A Raymond le dolía la risa de Catherine, y sintió resentimiento hacia su fallecida esposa por haber hecho de aquella hija una mujer vulgar, alguien capaz de sentirse igual a aquel joven, con acento del extrarradio de París, que les estaba sirviendo la cena.

—¿Qué te contó tu madre sobre mí? —quiso saber Raymond.

—La verdad, mi madre nunca mentía. Me explicó que tu padre era un loco que había hecho de ti otro loco.

—No estoy loco, Catherine, sólo quiero lo mejor para mi tierra, para los míos. Soy heredero de una tradición y tengo responsabilidades con el presente y con el futuro precisamente porque soy heredero de un pasado. Puede que lo entiendas cuando seas la condesa d'Amis.

—No tengo la menor intención de convertirme en condesa —aseguró Catherine.

—Da lo mismo lo que tú quieras, lo serás cuando yo muera. Eso no lo puedes cambiar. ¿Sabes? Hace años que me atormenta la idea de saber que quizá nuestra familia se acabe contigo; que tantos siglos de compromiso se desvanezcan por ser como eres.

—¿Y cómo soy? Tú no me conoces —replicó airada.

—No era difícil imaginar cómo te estaba educando tu madre. Durante años le supliqué que te dejara venir al castillo a conocer la que será tu herencia, pero ella se negaba. Y luego tu actitud cuando fuiste mayor de edad rechazando cualquier cosa que te llegara de mí.

—No necesito nada tuyo. Mi madre se bastaba y sobraba para mantenernos a las dos. Mientras fui pequeña acepté el dinero que enviabas porque creía que no tenía derecho a privarme de nada, pero en realidad no necesitábamos tu dinero.

Raymond suspiró. Aquella joven que era su hija le resultaba agotadora. Tan directa, desinhibida, segura de sí misma, tan diferente a como la había soñado.

La acompañó al hotel Maurice sin atreverse a preguntarle cuándo se volverían a ver.

—Por cierto, ¿cómo sabías que me alojaba en el Crillon?

—Mi abogado se puso en contacto con tu abogado, y al parecer éste le informó de que estabas en París.

Se despidieron sin siquiera darse la mano. Raymond sentía una fuerte opresión en el pecho, temía que ésa fuera la primera y última vez que viera a su hija.

33

Omar, el jefe de los comandos del Círculo en España, había citado a Mohamed Amir y a Ali en el pueblo de Caños Blancos, en casa de Hakim.

Camino de Caños Blancos los dos jóvenes bromeaban nerviosos, conscientes de que Omar les iba a comunicar la fecha y los detalles finales del atentado. Ambos sabían que estaban disfrutando de los últimos días de su vida.

Mohamed también temía que Omar le volviera a hablar de Laila. Su hermana parecía haberse convertido en una pesadilla para la comunidad musulmana y le hacían a él responsable por no ser capaz de ponerla en su sitio.

Pero ¿cuál era su sitio?, se preguntaba íntimamente Mohamed. Era difícil para una mujer no contagiarse de la manera de vivir de otras mujeres como ella. Su padre era débil y su madre la protegía dejándola hacer, enfrentándose a su marido y a él mismo.

A Mohamed le atormentaba pensar en el día en que sin pretenderlo había pegado a su madre. Fue una noche en que escuchó a su hermana decir que iba a cenar a casa de un amigo, el joven abogado con el que, junto a sus amigas, compartía despacho.

Le pareció vergonzoso que fuera a cenar con un hombre a solas en su casa; no le costaba imaginar lo que podía suceder después de la cena. Se fijó en que iba vestida con unos vaqueros negros y una blusa de seda, y que iba maquillada. La conminó a no salir y ella se negó; entonces, cuando iba a pegarle, su madre se puso en medio de los dos y recibió el golpe destinado a su hermana.

Su madre le había llamado «loco» y lamentó tener un hijo como él. Desde aquel día apenas le dirigía la palabra; solía escucharla repetir a su padre que aquel hijo les traería la desgracia. Su padre la regañaba sin mucha convicción y le pedía que intentara convencer a Laila de que no provocara las iras del hermano. Pero su madre replicaba que Laila era buena y prudente, y sería la alegría de su vejez, mientras que Mohamed sólo les causaba sufrimiento.

Su padre intentaba mantener un difícil equilibrio entre lo que él le exigía, que metiera en vereda a Laila, y los deseos de la joven de seguir siendo y actuando como hasta la llegada de su hermano.

Mohamed sabía que hasta el momento Laila no había permitido que ningún joven se sobrepasara con ella, pero tenía ideas sobre la igualdad entre hombres y mujeres, y se rebelaba ante la posibilidad de estar sometida a cualquier hombre. Él le había pedido a su padre que la enviara a Marruecos para casarla por las buenas o por las malas, pero su padre había admitido que no tenía poder para hacerlo. Laila era ciudadana española por decisión propia y ni siquiera él, que era su padre, podía obligarla a tomar marido contra su voluntad.

Cuando llegaron a Caños Blancos, Ali empezó a reír.

—¡Qué estúpidos! Buscan al Círculo por todas partes y no se han enterado de que este pueblo es suyo; hasta las piedras lo son.

—Mejor así —respondió Mohamed—; éste es un buen refugio.

—Lo más divertido es cuando vienen esos periodistas de la televisión a mostrar cómo se vive en un pueblo musulmán granadino en pleno siglo XXI y preguntan a la gente que qué opinan del Círculo. ¡Qué empalagosos! ¡Cuánto miedo nos tienen! No saben qué hacer para no molestarnos y que les aprobemos.

—Sí, eso es aquí, pero a nuestros hermanos les matan en Irak, en Palestina, en Afganistán —respondió Mohamed.

El hermano de Hakim les abrió la puerta de la casa y los condujo de inmediato a la sala donde les esperaba Omar, que les saludó abrazándoles.

—Bien, Salim al-Bashir me ha transmitido las últimas instrucciones. El atentado será el Viernes Santo, el día en que Jesús fue crucificado. Una idea genial.

—Sí que lo es —afirmó Ali con entusiasmo.

—Vamos a destruirles los restos de la Cruz precisamente en el aniversario de la crucifixión. Será un acontecimiento mundial —continuó diciendo Omar—; supongo que estáis preparados.

—Lo estamos —respondieron Mohamed y Ali al unísono.

Omar les entregó una bolsa a cada uno y les volvió a abrazar.

—Nuestros hermanos del Círculo aprecian vuestro sacrificio. Vuestros nombres se recordarán a través de los tiempos. En cada bolsa hay medio millón de euros.

Mohamed y Ali le miraron asombrados. ¿Por qué les daba tanto dinero si inevitablemente iban a morir?

—El dinero no puede compensar la pérdida de una vida, pero sí ayudar a vuestras familias, ya que dejarán de contar con vuestra ayuda. Os lo entrego en efectivo porque es mejor. Si tu padre, Mohamed, recibiera una transferencia de medio millón de euros las autoridades sospecharían de inmediato, y lo mismo sucedería con tu familia, Ali.

—Pero… no es necesario… mi padre se gana bien la vida —respondió Mohamed.

—Tu padre va a perder a sus dos hijos y necesita tener garantizada la vejez. Además, ¿te olvidas de tu esposa? Tienes mujer y dos hijos. ¿Qué será de ellos cuando faltes? En cuanto a tu familia, Ali, malviven, y este dinero les ayudará a montar su propio negocio en Marruecos.

A Mohamed no se le había escapado la afirmación de Omar de que su padre iba a perder a sus dos hijos.

—Gracias —afirmó Ali—, mi familia os lo agradecerá eternamente.

—No me deis las gracias, el Círculo nunca abandona a los suyos. Y ahora repasaremos el plan: cómo iréis a Santo Toribio y dónde esconderemos el explosivo.

El plan de Omar era sencillo; en realidad ya lo habían hablado en otras ocasiones. Irían en una excursión con otros peregrinos. La suerte les acompañaba, porque un grupo de catequistas, todos jóvenes, de la edad de Mohamed y Ali, iban a ganar el jubileo a Santo Toribio. Naturalmente, los autocares eran de la compañía de Omar, y el chófer de uno de los vehículos, un hermano del Círculo. Los cinturones con el explosivo irían en unas bolsas preparadas. Saldrían el jueves de buena mañana y dormirían en un hotel de Potes junto al resto de los peregrinos. La mañana del Viernes Santo subirían a las doce, hora prevista para los oficios; Mohamed y Ali pasarían inadvertidos entre el grupo de jóvenes. Sería entonces cuando harían estallar el monasterio con cuantas personas hubiera dentro, y lo más importante, no quedaría ni un resto del camarín donde en una carcasa de plata sobredorada los monjes guardan celosamente el pedazo de *Lignum Crucis* más grande de cuantos conservaba la cristiandad.

Omar sonreía satisfecho. En su mirada no había ni una sombra de duda de que el atentado se llevaría a buen término.

—Ya sabéis que a Salim al-Bashir le preocupa especialmente vuestro cometido. Yo confío en vosotros, vuestro éxito será total.

—¿Y Hakim? —preguntó Mohamed.

—Continúa en Jerusalén —afirmó Omar—. Él también ha recibido sus instrucciones. Su hermano le sustituirá como responsable de Caños Blancos. Se siente honrado de ocupar el lugar de un héroe como Hakim. Si hoy estoy aquí es porque he venido a entregarle la misma ayuda que a vosotros.

El hermano de Hakim entró en la pequeña sala seguido de un joven al que habían visto en otras ocasiones en la casa. El joven depositó una bandeja con humeantes vasos de aromático té y dulces hechos con miel y almendras.

Omar dio buena cuenta de ellos, mientras Mohamed y Ali a duras penas disimulaban su nerviosismo.

Mohamed quería buscar la ocasión de quedarse a solas con Omar para preguntarle por Laila, pero como parecía que la casualidad no iba a hacerle ese favor, optó por pedir a Omar que le concediera unos minutos a solas.

El hermano de Hakim invitó a Ali a dar un paseo para permitir que Omar y Mohamed hablaran.

—¿Qué quieres? —preguntó Omar, malhumorado.

—Antes has dicho que mis padres perderán a sus dos hijos…

—Así es.

—Laila…

—Laila debe morir; tu padre debería de haber resuelto el problema, pero no lo ha hecho. No podemos permitir que tu hermana continúe con sus actividades. Su ejemplo está haciendo daño a nuestras mujeres, sobre todo a las más jóvenes. Te pedí que solucionaras el problema.

—Sí, pero luego me dijiste que no hiciera nada.

—Es verdad, tú no debes de ponerte en peligro. Estás destinado a una misión que dará mayor gloria al islam —sonrió complaciente Omar.

—¿Quién… quién lo hará? —se atrevió a preguntar Mohamed.

—El honor de las familias se debe lavar en la propia familia. Lo hará uno de tus primos; llegará en un par de días de Marruecos.

A Mohamed le estremeció la noticia. Su padre le había anunciado que su hermano mayor le enviaba a uno de sus hijos para que le ayudara a encontrar trabajo en Granada. Naturalmente se alojaría con ellos. Lo que su padre no sabía es que aquel joven venía a matar a su hija.

Mohamed se sentía impotente a la vez que la rabia le dominaba. Rabia contra Laila a la que quería, pero que por su tozudez estaba condenada a morir.

—Es mejor así —continuó diciendo Omar— y no te preocupes, nos ocuparemos de tu primo. Sabemos ser generosos, aunque éste no es un caso que debiéramos resolver nosotros. Ahora no pienses más en ello. Eres un buen creyente, pronto estarás en el Paraíso junto a Alá. ¿No lamentarás lo de tu hermana?

Le hubiera gustado tener valor para decirle que sí, que lamentaba que Laila tuviera que morir, que la quería, que era su hermana, pero Mohamed bajó la mirada al suelo y no respondió a la pregunta.

—¿Cuándo será? —quiso saber sin que a Omar le pasara inadvertido el tono tenso de su voz.

—Eso lo decidirá tu primo. Él deberá escoger el mejor momento.

—No quiero que sufra —pidió Mohamed.

—Supongo que tu primo sabrá cómo hacerlo sin causar más sufrimiento del necesario —respondió Omar con indiferencia.

Ni Mohamed ni Ali hablaron mucho en el trayecto de regreso a Granada. Ali pensaba en qué hacer los últimos días de su vida, y Mohamed no podía quitarse de la cabeza la sentencia de muerte contra Laila.

34

Raymond se despertó temprano. En realidad, apenas había logrado dormir pensando en Catherine. Temía que una vez saciada su curiosidad ella no quisiera volver a verle y ahora que la había conocido él se sentía incapaz de renunciar a tenerla cerca.

Consciente de que era un viejo y que la soledad le había acompañado desde la infancia, ansiaba compartir los últimos años de su vida con alguien que llenara sus días de alegría. No sabía si Catherine sería capaz de darle felicidad, pero al menos era su hija y el solo hecho de tenerla en el castillo sería una bendición.

Pensó llamarla al Maurice e invitarla a almorzar, pero no se atrevió temiendo la reacción de Catherine. Además debía esperar la visita de Ylena, que podía llegar en cualquier momento.

Telefoneó a su fiel mayordomo, quien le informó de los asuntos cotidianos del castillo, y le pidió que prepara la *suite* principal, y dispusiera flores por todo el castillo. Si Catherine iba a d'Amis quería que lo sintiera como su hogar, que se enamorara del lugar en el que generaciones de D'Amis habían vivido.

No había terminado la conversación con el mayordomo cuando escuchó el timbre.

Abrió pensando que podía ser Ylena, y se quedó sin saber qué hacer cuando se encontró con Catherine.

—¿Has desayunado? —preguntó ella a modo de saludo.

—Sí, desayuné muy pronto —respondió Raymond sin saber qué actitud adoptar ante aquella hija decidida a sorprenderle.

—Bueno, pero podemos tomar otro café, ¿te parece bien? ¿Me invitas a pasar o te molesto? —preguntó ella aún en el umbral de la puerta.

—Pasa, la verdad es que no te esperaba —confesó Raymond.

—Yo tampoco esperaba verte hoy, y puede que ni el resto de mi vida, pero aquí estoy.

La invitó a sentarse mientras pedía café al servicio de habitaciones.

—¿Qué tienes que hacer hoy? —preguntó Catherine.

—¿Hoy? Bien… bueno… tengo que ver a una persona. En cuanto la vea puede que regrese al castillo. Estoy un poco cansado; ya soy mayor y aún no me he repuesto del viaje a Estados Unidos.

—Debías de habértelo ahorrado. Le dije a mi abogado que le dijera al tuyo que no se te ocurriera ir.

—Lo sé, pero creí que era mi deber estar contigo en un momento así.

—¿Cómo puedes haber creído que yo iba a querer estar contigo mientras enterraba a mi madre? ¡Debes estar loco para haber pensado algo así! Tú eres la última persona que mi madre hubiese querido que asistiera a su entierro.

—Bien, yo hice lo que creí correcto. Tampoco era fácil para mí ir e intentar verte. Fueron unos días agotadores y de mucho sufrimiento —le confesó él.

—¿Sufrimiento? ¡Es increíble qué hables de sufrimiento! Yo era quien estaba sufriendo, quien sufre por la pérdida de su madre, pero tú… Si la hubieses querido habría renunciado a tus locuras, habrías roto con el loco de tu padre, habrías intentado tener una vida propia junto a ella, pero la sacrificaste, como me sacrificaste a mí.

El tono frío e hiriente de Catherine enmudeció a Raymond.

Temía decir algo más que la contrariara y se levantara dejándole solo.

—Quizá no ha sido una buena idea venir —dijo ella levantándose y dirigiéndose a la puerta cumpliendo así los temores de su padre.

—¡No, por favor, no te vayas!

Raymond se había levantado colocándose ante ella con la voz y el gesto suplicante.

—En realidad estoy confundida —admitió ella—. No sé si estoy haciendo bien, quizá ha sido una mala idea conocerte.

—Catherine, yo… en fin, creo que deberíamos darnos una oportunidad, que tú deberías darme una oportunidad. No sé… hablemos, conozcámonos, y si luego sigues pensando que soy un monstruo… en fin… no tienes nada que perder.

—No sé si estoy traicionando a mi madre —respondió ella en voz baja.

—¿Traicionándola? ¿Por qué?

—A ella no le gustaría verme contigo, eso lo sé.

—¡Por favor, Catherine, júzgame después de conocerme! Pero hazlo tú, con tu propio criterio. Permíteme decepcionarte directamente.

—Sí, supongo que lo harás.

Unos golpes secos en la puerta interrumpieron la conversación. Raymond temió que fuese Ylena.

Fue a abrir la puerta y efectivamente se encontró con ella.

—Buenos días —dijo mientras entraba en la *suite* sin esperar a que la invitara a entrar, pero se paró en seco cuando vio a una mujer sentada en el sofá con una taza de café en la mano y mirándola con curiosidad. Se volvió hacia Raymond y le interrogó con los ojos sobre la presencia de aquella desconocida.

—Si no te importa nos podemos ver dentro de un rato; ahora tengo trabajo —le pidió Raymond a su hija.

—Bien, ya nos veremos —respondió Catherine malhumorada.

—¿Te paso a recoger por el hotel dentro de una hora?

—No.

Raymond temió que Catherine se fuera para no volver, de manera que decidió correr un riesgo que sabía que el Facilitador no le perdonaría si llegara a conocerlo.

—¿Por qué no me esperas aquí mientras yo hablo con esta señora en el despacho?

—Bueno —aceptó Catherine de mala gana.

Raymond indicó a Ylena que le acompañara al pequeño despacho situado junto a la sala, y se congratuló de que aquella *suite* del Crillón dispusiera de tanto espacio.

Cuando cerró la puerta y se sintió a salvo de la mirada inquisitiva de su hija tuvo que enfrentarse al ceño fruncido de Ylena.

—¿Quién es? —preguntó la mujer.

—Es mi hija, no se preocupe.

—Nadie debe verme con usted.

—Yo no sabía cuándo vendría usted y ella se presentó de improviso. ¿No cree que es mejor actuar con naturalidad?

Ylena le miró preocupada. Aquel imprevisto la desazonaba. No le había gustado la hija de Raymond; se había sentido escudriñada de arriba abajo por ella.

Raymond le entregó una cartera con la documentación y el dinero, que ella comprobó con minuciosidad.

—Prometieron dinero para nuestras familias.

—Aquí tiene una parte; el resto lo recibirán en un par de días, ya está todo arreglado. Busque la silla, las armas y los explosivos en la dirección que viene en el sobre. Allí les darán todo el material preparado. ¿Sus acompañantes están dispuestos?

—Lo estamos.

—Bien, entonces no hay mucho más que hablar. Que tenga suerte.

—¿Suerte? Sabe que voy a morir.

—Lo sé, pero morirá cumpliendo una venganza; será una muerte dulce.

Ylena no respondió. Un ligero ruido la alertó y miró hacia la puerta que separaba el despacho de la sala donde se había quedado Catherine. Raymond observó su gesto e intentó tranquilizarla.

—No se preocupe, nadie nos escucha.

—¿Está seguro?

—Lo estoy.

Cuando regresaron al salón Catherine hablaba por su teléfono móvil; parecía enfrascada en una conversación con una amiga. Raymond sintió alivio de que así fuera, Ylena apenas la miró.

—¿Quién era esa chica? —preguntó Catherine apenas hubo salido Ylena.

—No sabía que eras curiosa —respondió él esquivando la respuesta.

—Y no lo soy, sólo que… en fin, no sé mucho de ti y me ha sorprendido ver a una chica tan especial a estas horas de la mañana.

—¿Especial? ¿Qué tiene de especial?

—Su aspecto; es muy guapa aunque no tenga mucho gusto vistiendo.

—Para satisfacer tu curiosidad te diré que trabaja en el bufete de mi abogado y que me ha traído unos documentos que tenía que firmar. ¿Contenta?

—Bueno, en realidad me da lo mismo. Siento haberte preguntado —se excusó ella.

—Voy a regresar al castillo, ¿quieres venir conmigo?

—¿Al castillo? ¿Ahora?

—Sí, con la firma de esos papeles ya no me queda nada por hacer en París, de manera que vuelvo a casa. Tú querías conocer el castillo, ¿no?

—Sí, pero… bueno… no sé si quiero ir ahora.

—Serás bienvenida cuando quieras.

—Entonces, ¿te vas?

—Sí, a no ser que quieras que me quede para estar contigo.

—No, no te necesito para nada.

—Entonces regreso al castillo, tengo obligaciones que atender.

Catherine se levantó y cogió su abrigo y Raymond la miró con pesadumbre y temor. Le costaba entenderla.

Desde que había salido del Crillon dos hombres del Yugoslavo seguían a Ylena sin que ésta se diera cuenta. Tenían órdenes de no perderla de vista y, sobre todo, de comprobar que nadie la siguiera. Uno de los hombres parecía incómodo, no dejaba de mirar de cuando en cuando hacia atrás.

—¿Qué te pasa? —le preguntó su colega.

—No sé, pero creo que nos siguen. Había una mujer muy extraña en el vestíbulo del hotel…

—¡Qué tonterías dices! He estado atento a todos los que entraban y salían y no he visto a nadie sospechoso.

—Puede que tengas razón.

—Este trabajo nuestro termina volviéndonos paranoicos.

—Más vale que no nos equivoquemos o el jefe nos cortará a tiras.

Diez agentes del Centro Antiterrorista seguían los pasos de los dos hombres del Yugoslavo y de aquella mujer alta y delgada que cruzaba con paso rápido la place de la Concorde, buscando la otra orilla del río, donde está la Asamblea Nacional. Estaban en contacto permanente con Lorenzo Panetta, quien les había conminado a no perder de vista ni a la mujer ni a los dos matones. Otro equipo del centro se había puesto en marcha para reforzar a los agentes que ya estaban en la calle. Panetta y Matthew Lucas estaban dispuestos a averiguar qué ocultaba el conde d'Amis; además, cada vez estaban más convencidos de que el padre Aguirre tenía razón y que el conde —como decía aquel jesuita— iba a intentar perpetrar su venganza contra la Iglesia, aunque ambos temían que quizá por seguir a al conde podían estar perdiendo la pista del Círculo. Quizá Hans Wein tenía razón: los malos suelen coincidir en los mismos supermercados de armas, de manera que Karakoz bien podría estar sirviendo al Círculo y al conde indistintamente, pero Panetta había decidido dejarse guiar por su intuición y Matthew Lucas le secundaba. Esperaba no estar cometiendo el primer error de su carrera.

—¿Sabemos algo de su fuente? —preguntó el sacerdote a Panetta.

—Nos cuenta cosas vagas, sin importancia, pero espero que en algún momento nos sea de utilidad —respondió Panetta.

—Esa persona corre un gran peligro; si el conde descubre que le están espiando puede hacer cualquier cosa —dijo el jesuita con preocupación.

—No se preocupe; cuando alguien se mete en esto, sabe a lo que se arriesga —intervino Matthew Lucas.

—Aun así me preocupa saber que hay alguien en la guarida del lobo —insistió el sacerdote.

—Es un riesgo que tengo que correr —afirmó Panetta—. Es de vital importancia saber qué pasos va dando el conde y eso sólo lo podemos saber si nos lo cuentan desde dentro.

—Si su jefe se entera, ¿qué hará? —quiso saber el sacerdote.

—Mi jefe lo sabe casi todo; sabe que estamos consiguiendo información del entorno del conde, aunque no le he precisado cómo ni quién. Cuando todo esto termine, yo mismo se lo diré, le explicaré todo cuanto he hecho, pero por ahora es mejor que nadie sepa más de lo que necesita saber. Usted es sacerdote y puede guardar el secreto, y Matthew... bueno, creo que a pesar de todo entiende por qué lo he hecho.

El padre Aguirre encendió un Gauloises, había vuelto a fumar. Se reprochaba a sí mismo su debilidad, y se consolaba diciéndose que cuando terminara la pesadilla que estaba viviendo y pudiera regresar a su retiro de Bilbao, nunca más volvería a encender un cigarro.

Lorenzo Panetta también fumaba, y ambos se sentían avergonzados ante las miradas de reprobación del joven Matthew Lucas. Aquella mañana ya se había fumado medio paquete de Gauloises y sentía la garganta seca y áspera.

Sentados ante un panel de monitores a través del cual seguían el recorrido de aquella extraña chica por las calles de París, el viejo sacerdote aprovechaba los momentos de silencio para rezar.

—¿Sabe, padre? Cuesta creer que en pleno siglo XXI un hombre sea capaz de querer atentar contra la Iglesia por algo que sucedió en el siglo XIII, por más que ese fray Julián dejara el encargo de que se vengara la sangre de los cátaros.

Ignacio Aguirre sopesó las palabras de Matthew Lucas antes de responderle. En realidad, llevaba años dando vueltas a esa misma reflexión y aún más desde que el obispo Pelizzoli le mandó llamar a Roma. Y cuanto más respondía a la pregunta, más se daba cuenta de las malas interpretaciones a que daba lugar la crónica de fray Julián.

—Fray Julián no quería que corriera más sangre, y de ningún modo pedía venganza por la cruzada contra los cátaros. Nada más lejos de su propio pensamiento.

—Padre, creo que ya me he leído al menos media docena de veces esa crónica y la frase final es meridianamente clara: «Algún día alguien vengará la sangre de los inocentes».

—Es lo que fray Julián temía: que ante tanta sangre derramada alguien creyera que la única respuesta fuera la venganza. Fray Julián era un hombre con problemas de conciencia, un clérigo que no compartía lo que estaba haciendo la Iglesia, pero que se sentía incapaz de traicionarla.

—En realidad la traicionó —apuntó Matthew.

—No, no lo hizo. Intentó conciliar todas las lealtades, y creo yo que hasta lo consiguió. Él no se apartó de la Iglesia, no se hizo cátaro, por más que intentó ayudar a que no perecieran aquellas gentes que tenían una visión distinta del cristianismo. Fue leal a doña María, agradecido por cuanto hizo por él, y porque quiso estar a la altura de lo que creyó que era su obligación con la casa de Aínsa, por más que el ser bastardo le dolía en lo más profundo. Protegiendo a doña María cumplió un compromiso de lealtad con su padre, aunque nadie le hubiera pedido que lo hiciera.

»A fray Julián le enfermó la conciencia: vivir la contradicción de ser leal a tan distintas causas. Era un hombre de bien, un hombre que abominaba de la violencia, y también un hombre cuya razón chocó contra el fanatismo inmisericorde de fray Ferrer. No puede aislar la última frase del resto de su vida; además, a mi juicio, también es ésta la interpretación del profesor Arnaud, que en definitiva fue quien nos ha legado el estudio sobre fray Julián, lo que éste teme es que algún día alguien quiera vengar tantas muertes y por ello se derrame más sangre.

—Hace una interpretación muy benévola e interesada de la crónica de ese fraile.

—No, Matthew, no es así. Si ha leído además de la crónica, todas las anotaciones del profesor Arnaud que la acompañan, verá que tengo razón. Y le aseguro que Ferdinand Arnaud no era un hombre religioso, ni siquiera creyente.

—Le llegó a conocer muy bien —aseguró Lorenzo Panetta interviniendo en la conversación.

—Nos vimos dos veces, pero fueron dos ocasiones muy especiales y, por difícil que parezca, a veces se conoce más a un hombre al que has tratado una hora que a alguien a quien ves todos los días.

Después de deambular Ylena se metió en el metro y tomó una línea que paraba cerca de la Gare de Lyon. Los agentes que la seguían la vieron acercarse a la taquilla, comprar un billete y pagar en efectivo. Uno de ellos, tras mostrar una placa de policía al empleado de los ferrocarriles, consiguió averiguar que la mujer había comprado un billete para el *Orient Express*.

—Va a Estambul —le dijo un cajero que luego estuvo todo el día pensando si había hecho bien en revelar el destino de aquella mujer de mirada perdida al tipo que le había enseñado una placa de policía.

Los agentes informaron nerviosos a Panetta y éste dio la orden de que al menos dos de ellos subieran al tren y no la perdieran de vista. Ya comprarían el billete al revisor; que inventaran lo que les diera la gana para justificar su presencia en el tren, pero se aseguró de que entendieran que no admitiría excusas si se les escapaba aquella misteriosa joven.

—Se va a Estambul —explicó a Matthew y al padre Aguirre, que escuchaban en silencio las órdenes de Panetta.

—Llamaré ahora mismo a mi agencia; tenemos gente allí —aseguró Matthew.

—Hágalo, yo voy a llamar a Hans Wein. Creo que debemos desplazar allí un equipo, aunque también tenemos gente, pero todos los ojos serán pocos.

Estaba hablando con Hans Wein para comunicarle las últimas novedades, cuando un agente destacado en el Crillon le llamó para anunciarle que el conde dejaba el hotel. Panetta no dudó ni un segundo en ordenarle que le siguieran.

—Supongo que no se va a encontrar con la chica, pero hay que seguirle dondequiera que vaya.

El padre Aguirre encendió un cigarro y aspiró el humo asesino que le quemaba la garganta. Lorenzo Panetta le imitó. Matthew Lucas salió de la sala protestando en voz baja.

* * *

La mujer se sobresaltó cuando escuchó la voz de su amante, aunque por aquel número de móvil sólo podía llamarla él. Pero Salim nunca la había localizado en horas de trabajo y eso la alarmó.

—¿Estás ocupada?

—Sí —murmuró ella sonrojándose.

—Tenemos que vernos.

—¿Cuándo?

—Ahora.

—¿Ahora? ¿Dónde estás? No sé si podré...

—¿Cuánto falta para que salgas a almorzar?

—Quince minutos, pero suelo hacerlo en la cafetería del Centro; no disponemos de mucho tiempo, apenas media hora, ¿no podemos vernos más tarde en mi casa?

—En tú casa no, estará vigilada.

—Entonces…

—¿Qué ibas a hacer esta tarde?

—Irme a casa.

—Haz lo que has hecho en otras ocasiones: prepárate para salir a correr, sigues haciendo footing, ¿no?

—Sí.

—Sal a correr; aunque son pequeños, puedes ir a los jardines de la place du Petit Sablon, al lado de tu casa. Nos veremos allí.

Sintió alivio cuando escuchó el clic que indicaba que él había cortado la comunicación. Miró a su alrededor para observar si alguien la miraba, pero nadie parecía hacerlo. Los empleados del Centro aparentaban no preocuparse por las vidas ajenas y no meterse en los asuntos de los demás, pero ella sabía por experiencia propia que todos se sabían al dedillo la vida de los demás. Y ella era una persona especialmente significada, y ahora más que nunca necesitaba volverse invisible.

Apenas almorzó, pero nadie comentó su falta de apetito. Procuró no parecer ansiosa por marcharse, pero en cuanto fue la hora cogió el bolso y dejó la oficina.

Se impuso conducir despacio para llegar a su casa. Una vez allí, se cambió con parsimonia buscando el chándal más favorecedor. No es que tuviera muchas esperanzas de conmoverle, pero al menos lo intentaría. De manera que se retocó el maquillaje, se puso un chándal que creía le sentaba bien y salió como tantas otras tardes a correr por los alrededores de su casa situada en aquel barrio elegante y discreto de Sablon, muy cerca de la place Royale y del Museo de Arte Antiguo. En aquel edificio vivían dos altos funcionarios de la OTAN y, como bien sabía, estaba vigilado. En realidad Bruselas era una ciudad vigilada noche y día donde los servicios de espionaje propios y ajenos no se perdían de vista.

Pasó por delante de las estatuas de los condes de Egmont y de Horn, víctimas siglos atrás de la Corona española, y corrió alrededor de la verja del parque, una verja de hierro forjado decorada con columnas de estilo gótico.

Aquel parque era pequeño pero muy verde, y a aquellas horas había poca gente.

Dejó vagar la mirada buscándole y no tardó en verle caminando distraídamente como quien no tiene prisa y se entretiene paseando. Intentó comportarse con naturalidad mientras se dirigía hacia él.

—Estás corriendo un riesgo muy grande viniendo aquí —le dijo ella.

—Sí, supongo que sí, pero necesitaba verte.

—¿Sucede algo? —preguntó alarmada.

—Quiero que nos casemos.

Ella sintió que la sangre le subía a la cabeza. La petición de matrimonio de Salim la desconcertaba. ¿Cómo podía querer casarse con ella después de lo sucedido en Roma? Allí la había despreciado hasta hacerla sentir menos que nada, y ahora de repente le pedía que se casara con él.

—Pero ¿por qué? —se atrevió a preguntarle.

—¿No sabes por qué? Porque te quiero. Siento lo que pasó. Quiero que cambies, que seas como yo, pero deseo que lo hagas porque me quieres tanto como yo te quiero.

En el tono helado de Salim no había ni una pizca de romanticismo, pero ella creyó que él estaba haciendo un gran esfuerzo por mostrarse arrepentido.

—Yo te quiero, Salim, y claro que deseo casarme contigo.

—Entonces lo haremos cuanto antes.

—¡Estás loco, sabes que no podemos! Tendrías a todo el Centro investigándote, y yo ya no te sería de ninguna ayuda.

—Por ahora sigo siendo un ciudadano fuera de toda sospecha. Quiero que nos casemos, lo tengo todo preparado. Lo haremos en Roma dentro de una semana.

—¿En Roma…? —El tono de ella denotaba dolor. En Roma había vivido el peor día de su vida, había creído que le perdía, se había sentido humillada, despreciada.

—Sí, en Roma, quiero compensarte por lo que pasó. No te abrazo porque no sé si alguien puede vernos, pero debes estar segura de mi amor.

Suspiró aliviada. No había logrado conciliar el sueño desde que regresó de Roma aquel fin de semana fatídico, y ahora él le pedía que se convirtiera en su esposa, algo con lo que ni siquiera se había atrevido a soñar.

—Te quiero, Salim, te quiero más que a mi propia vida y nunca creí que podría convertirme en tu esposa. Dejaré de ser como soy, me convertiré en una buena musulmana, te seguiré donde quiera que vayas. No soporto estar sin ti.

—Entonces me has perdonado —le dijo él mirándola con intensidad.

—Puedes hacer de mí lo que quieras, Salim.

—Bien, organízalo todo para estar dentro de una semana en Roma. Pide unos días de vacaciones para nuestra luna de miel.

—¿Debo anunciar que me caso?

—No, ya lo harás a tu regreso. Decidiremos juntos qué hacer después. Ahora sólo debemos pensar en la boda.

—Salim, no quiero ir al mismo hotel —suplicó ella.

—No lo haremos. ¿Te parece bien el Excelsior?

—Cualquiera menos…

—Calla, no lo recuerdes. Te compensaré, te prometo que te compensaré. Y ahora vete, corre, piensa en nosotros. Siento no poder abrazarte.

Corrió sin rumbo, después de cruzar la rue de la Régence hacia la place du Gran Sablon donde en aquel momento se estaba iluminando la fachada de Nôtre Dame du Sablon, una iglesia gótico-flamenca que era uno de los orgullos de la ciudad.

Cuando regresó a su apartamento estaba extenuada; se preguntaba por qué no se sentía feliz: quería casarse con Salim, sabía que su destino estaba unido al de aquel hombre, pero la petición de matrimonio la había apesadumbrado, sin que ello supusiera ni por un momento que cuestionara la idea de casarse con él. Lo haría, en realidad ya no se pertenecía a ella misma, lo había descubierto aquella noche en Roma cuando él la hizo sentirse poco menos que un guiñapo; desde entonces no había conseguido recuperar su autoestima; por eso no lograba sentirse feliz ni aun sabiendo que él la quería.

35

Su madre había cocinado un cuscús de cordero ayudada por la silenciosa Fátima.

Su padre había pedido a Laila que aquel sábado no saliera de casa y diera la bienvenida, junto al resto de la familia, a su primo. Mohamed había temido que su hermana se negara, pero parecía haber aceptado de buen grado participar en aquella cena familiar.

Mustafa llegó a media tarde con una maleta pequeña como todo equipaje, a pesar de que aseguraba que quería probar suerte en España.

—Aquí las cosas no son fáciles —le aseguró Mohamed—, cada día están más duros con los papeles; además son unos racistas, prefieren a los suramericanos porque son cristianos como ellos.

El padre de Mohamed aseguró a Mustafa que harían lo imposible por ayudarle y que podía quedarse a vivir con ellos el tiempo que fuera necesario.

—Eres hijo de mi hermano, sangre de mi propia sangre, y ésta es tu casa. No tenemos lujos, pero sí algunas comodidades.

Mustafa les entretuvo contándoles las últimas novedades que se habían producido en la familia: bodas, defunciones, bautizos, trabajos… lo mezclaba todo mientras daba buena cuenta del cuscús servido por la esposa de su tío.

—Y tú, Laila, ¿siempre comes con los hombres? —preguntó de improviso a su prima.

—¿Acaso te ofende que me siente a comer en mi propia mesa?

—No, pero… bueno, veo que tu madre nos sirve como hacen las buenas musulmanas y que tu cuñada la ayuda, pero ninguna se ha sentado con nosotros.

Mohamed se revolvió incómodo en la silla mientras que su padre sintió la mirada de su esposa clavarse con rabia en su sobrino.

—Esto es España, Mustafa —respondió Laila—, y yo soy española. Hace años que tengo la nacionalidad. Aquí no hay diferencias entre mujeres y hombres, todos tenemos los mismos derechos y deberes. No me importa ayudar a servir la cena; lo hago encantada, pero no comparto que mi madre no pueda sentarse con nosotros y que tampoco lo haga Fátima. ¿Qué hay de malo en comer juntos? No creerás que a Alá le importa que lo hagamos.

—La tradición es ley y debemos respetar nuestras propias leyes. Por más que hayas cambiado de nacionalidad eres quien eres: Laila, la hija de tus padres, marroquí y musulmana, ¿o acaso has apostatado de nuestra fe?

—Soy creyente y cada día que pasa siento que Alá me da más fuerzas para vivir y hacer lo que hago.

—¿Y romper con la tradición es lo que crees que debes hacer?

—Tenemos que entrar en el siglo XXI, Mustafa. El reloj no se para. Lo han hecho los cristianos, lo han hecho los judíos, y nosotros no podemos seguir retrasándolo. Dime, Mustafa, si tuvieras un cáncer, ¿irías a un hospital? ¿Permitirías que te operaran y te dieran un tratamiento del siglo en que vivimos o preferirías que te pusieran un emplaste y te dieran una cocción de hierbas para curarte?

—No sé qué pretendes decir —respondió Mustafa, malhumorado.

—Pues que si tuvieras una grave enfermedad te curarías con remedios de este siglo, no te empeñarías en morirte porque en el pasado se curaba con sangrías y emplastes. Tenemos que adaptar nuestras costumbres al mundo actual, y eso nada tiene que ver con la fe ni con la piedad. Yo soy creyente, Mustafa, pero si me pongo enferma voy al médico, si quiero ir de viaje lo hago en avión, en tren, en autocar, en barco, como tú lo has hecho; no me subo en un pollino para ir de un lugar a otro. Si me quiero informar de lo que sucede en Marruecos pongo la televisión, no espero a que un pariente nos escriba diciendo lo que allí sucede. Para saber de la familia utilizo el teléfono, lo mismo que tú. Y no confiamos los alimentos al fresco de la noche, sino que los guardamos en la nevera. El mundo ha cambiado, Mustafa, el reloj no se ha parado, y nosotros debemos adaptar nuestras costumbres, nuestras normas, al mundo en que vivimos; debemos leer los textos antiguos con otra mirada, sin perder lo esencial, y lo esencial es que Alá existe y que no debemos olvidar que es el Misericordioso.

La habían escuchado en silencio. Su madre, esbozando una sonrisa de orgullo; Fátima, con admiración; su padre, con cariño; Mohamed, con asombro; y hasta Mustafa, por lo mucho que tardó en reaccionar, parecía impresionado por Laila.

—Haces trampa con las palabras. ¿Quién eres tú para interpretar la Ley? ¿Acaso eres más sabia que nuestros imames y ulemas, que han dedicado toda su vida al estudio del Corán? Buscas excusas para justificar tu comportamiento, nada más.

—¿Mi comportamiento? ¿Qué sabes tú de mi comportamiento? ¿A qué te refieres?

—Me ha extrañado verte sin el *hiyab*… y que estés sentada aquí con los hombres; en cuanto a las cosas que dices… procura que nadie te oiga, porque causarías escándalo en nuestra comunidad.

—Se escandalizan quienes quieren y es en ellos donde anida el mal, no en mis palabras. Yo sólo digo que no es incompatible la fe con la democracia y la libertad, y con el respeto a las creencias de los demás. Hay una frase de Martin Luther King que siempre me ha conmovido, dice así: «Hemos sido capaces de volar como los pájaros, de nadar como los peces, pero no somos capaces de vivir sencillamente como hermanos». Pues bien, yo creo que es posible hacerlo, depende de nosotros, de que no seamos tan soberbios de creer que a cada uno nos asiste toda la razón, de querer imponernos a los demás, de condenar y combatir a los que rezan, sienten o piensan de manera distinta. Dejemos que cada cual rece a su Dios, dotémonos de normas y de leyes que cumplamos todos y que hagan posible la convivencia pacífica y respetuosa, y reconozcan los derechos sagrados que tenemos como personas.

—¡Basta! —gritó Mohamed, más conmovido de lo que quería permitirse. Las palabras de su hermana le llegaban a lo más profundo de su ser y sentía una rabia infinita hacia ella, por ser capaz de hacerle dudar.

Durante un segundo Mohamed se había dejado envolver por el razonamiento de Laila; se decía que de nada serviría que él se inmolara, que el mundo no sería mejor porque destruyeran los restos de aquella cruz en que había muerto el profeta Isa.

Laila había estremecido su conciencia, pero ya no podía volverse atrás.

—Cálmate, Mohamed —pidió su padre—, y tú, Laila, calla de una vez y no nos pongas en evidencia delante del hijo de mi hermano. Mustafa habla de acuerdo a la tradición que todos debemos respetar. Y ahora deberíamos retirarnos, Mustafa estará cansado del viaje y vuestra madre y Fátima deben poder sentarse a reposar y comer algún bocado.

Mustafa asintió y dio las gracias mientras Mohamed le conducía al pequeño cuarto donde hasta ese momento habían alojado a los hijos de Fátima. Mientras Mustafa estuviera con ellos, los niños compartirían la habitación con Fátima y con Mohamed, lo que suponía un alivio, porque de esa manera tendría otra excusa para no tocarla. No se había quedado embarazada pese a todos los intentos y él sentía cada día más repulsión del cuerpo blando de su mujer, de sus ojos indiferentes que le dejaban hacer sin emitir ningún sonido. Ella estaba tan lejos de allí como él mismo cuando la poseía.

—Mujer, cuando termines ven a acostarte, se te ve cansada.

La mujer asintió sin responder a la orden de su marido que salía de la sala en dirección del dormitorio. Cuando se quedaron solas, hizo una seña a Laila y a Fátima para que la siguieran a la cocina.

—Laila, debes tener cuidado. No me gusta lo que ha dicho tu primo Mustafa.

—Madre, no debes preocuparte, nada puede hacerme.

—Sí puede —murmuró Fátima.

Laila y su madre la miraron expectantes. Fátima se mordió el labio sin decidirse a hablar. Había llegado a apreciar a su suegra, que jamás le había levantado la mano y se mostraba amable y cariñosa con sus hijos. En cuanto a Laila... la admiraba, le hubiera gustado tener el valor de ser como ella. Hasta que la conoció pensaba que su obligación era subordinarse a los hombres, pero ahora... no, no se atrevería a rebelarse contra Mohamed, ni contra el venerable imam Asan al-Jari, del que tenía el honor de ser hija; pero el que no fuera capaz de hacerlo no significaba que no creyera que Laila tenía razón en cuanto decía.

—¿Qué quieres decir, Fátima? —le preguntó Laila con más curiosidad que preocupación.

—Son nuestras costumbres... ya sabes... pueden lavar el honor de la familia... pueden matarnos si manchamos el honor de la familia... y tu primo... no sé... perdóname, pero no me gusta.

Laila soltó una carcajada y se acercó a Fátima para abrazarla. Sentía compasión por su cuñada, por aquella mujer poco agraciada, que se ocultaba bajo chilabas oscuras y con el *hiyab* cubriéndole siempre el pelo.

—Fátima, estamos en España, aquí no suceden estas cosas; nadie me va a matar, además yo no he manchado el honor de la familia.

Pero su madre había palidecido, sopesando las palabras de su nuera. A ella le había sorprendido el apremio del hermano de su marido para que recibiera a su hijo Mustafa, y la había inquietado ver cómo éste había buscado la confrontación con Laila.

—Pero el honor de la familia lo suelen resolver los familiares directos, el padre, el marido, el hermano... —dijo la mujer mirando a Fátima.

—Pero hay ocasiones en que si es necesario se busca a otro miembro de la familia. Puede haber padres que no se sientan capaces de matar a su propia hija, y... bueno, yo creo que pese a todo Mohamed quiere a Laila. A veces he temido que él... pero no... no creo que fuera capaz de matarla.

Su suegra emitió un sonido lastimero mientras que Laila la miró con asombro. Fátima estaba hablando de su vida como si no le perteneciera, como si vivir o morir dependiera de la voluntad de su familia.

—Fátima, llevo años luchando contra todo esto que dices. No podemos dar por bueno que a una adúltera se la lapide o que a un ladrón se le corte la mano o a que a una mujer se la asesine para lavar no sé qué extraño concepto del honor o que a una niña la casen con un desconocido.

—¡Ten cuidado, Laila, no te confíes! —le pidió Fátima con voz de súplica—. Y cuídate de Mustafa, evítale. No te dejaremos sola, ni siquiera por la noche deberías estar sola. Atranca bien la puerta y no te fíes de tu primo.

Fátima se asustó cuando su suegra se acercó a ella y le cogió las manos apretándoselas con fuerza mientras la obligaba a mirarla de frente.

—¿Qué sabes, Fátima? ¡Dínoslo! —le ordenó.

—¡No sé nada, os lo aseguro! Si supiera algo no dudéis que lo diría, no quiero que... no quiero que le pase nada a Laila, pero tengo miedo.

Las tres mujeres se quedaron en silencio, sobrecogidas, y Laila por primera vez también sintió miedo.

Mohamed ayudaba a su primo a colocar la poca ropa que guardaba en la maleta.

—Tu madre no ha debido permitir que tu hermana se haya convertido en una cristiana —reprochó Mustafa a Mohamed.

—Laila es como es y no es culpa de mi madre. Esto es muy diferente de la aldea donde vives, aquí es obligatorio que las niñas vayan al colegio y, desgraciadamente, les meten ideas en la cabeza. Mis padres nos han educado como debían.

—Tú eres un buen musulmán; alguien de quien sentirnos orgullosos, pero tu hermana... está provocando el deshonor a nuestra familia.

—Mi hermana no ha hecho nada reprobable —la defendió Mohamed.

—¡Vamos, tú sabes que sí! Lo que ha dicho esta noche es blasfemia. Supongo que le tienes afecto, pero no debería importarte lo que le pase; cuanto antes lo resolvamos, mejor. Tú deberías haberlo hecho pero ya me han dicho que... bueno, que eres un hombre importante, que no debes tener problemas con la ley. Para eso está la familia. Tu padre es débil, siempre lo ha sido, me lo ha explicado el mío. Es una pena, porque es el mayor, aunque de hecho es a mi padre a quien acude la familia para pedirle justicia.

—Mi padre no es débil —protestó Mohamed sintiéndose humillado.

—Tu hermana debería estar muerta. Tú no puedes hacerlo, pero ¿y él?

—¿Matarías a tu propia hija? Bueno, supongo que no puedes responder a esa pregunta; aún eres joven y no tienes hijos.

—Tengo tres hermanas a las que no dudaría en cortar el cuello si se comportaran como Laila. Pero eso nunca sucederá porque mi madre las ha educado bien y ya están casadas.

—Creí que tus hermanas eran más jóvenes que tú.

—Y así es. La mayor tiene dieciocho años, le sigue una de dieciséis y la pequeña de catorce años. Mi padre arregló sus esponsales cuando eran niñas y ellas han aceptado su destino, como debe ser. ¿Por qué no habéis casado a Laila? Mi madre dice que si se la hubieseis enviado os la habría devuelto casada. Mi madre no comprende a la tuya.

—Bien. Te dejaré que descanses.

Mohamed no quería continuar la discusión con su primo. Él abominaba de cuanto hacía Laila, pero no soportaba los reproches de Mustafa contra su hermana y sus padres.

—No me quedaré mucho tiempo, puede que una semana —le advirtió su primo.

—No te precipites, porque a lo mejor… —Mohamed quedó en silencio mientras Mustafa aguardaba a que terminara la frase.

—Haré lo que he venido a hacer —respondió Mustafa.

Mohamed salió de la habitación sin responderle.

36

Raymond de la Pallisière presidía la reunión semanal de la fundación Memoria Cátara respondiendo a las preguntas preocupadas de sus más allegados. Aquellos hombres compartían con él su odio contra la Iglesia y habían confiado a su buen juicio que llevara adelante un plan para infligir un golpe a Roma, pero ninguno sabía, ni quería saber, en qué consistiría el golpe, aunque ansiaban saber cuándo sería.

Todos quedaron en silencio cuando Edward, el leal mayordomo del conde, entró con paso precipitado en la biblioteca donde celebraban la reunión.

Edward se acercó al conde d'Amis y le murmuró algo al oído que conmocionó al aristócrata, porque todos los presentes le vieron palidecer.

—Señores… me van a perdonar unos minutos, enseguida regreso.

Raymond abandonó la biblioteca seguido de Edward. El mayordomo aún no había salido de su asombro desde que un criado le había avisado de que una señorita acababa de llegar, una señorita que aguardaba en el vestíbulo y decía ser la hija del conde.

Edward había acudido de inmediato y se había encontrado con una mujer joven de mirada impertinente, con un par de maletas Vuitton que le apremiaba a que avisaran a su padre.

El conde había llegado el día anterior; no le había dicho a Edward que esperaba la visita de nadie y menos de aquella hija que, por lo que él sabía, vivía en Norteamérica y con la que no tenía trato.

Catherine estaba de pie y parecía de mal humor. Raymond se acercó a ella interrogándola con la mirada.

—He decidido venir —dijo ella como toda explicación a su inopinada visita.

—Eres bienvenida al castillo.

—Gracias.

—Edward, acompañe a mi hija Catherine a la habitación verde; mande una doncella para que le ayude con el equipaje y con cuanto necesite.

—No me voy a quedar mucho tiempo…

—Quédate lo que quieras; ahora, si me lo permites, tengo una reunión con unos caballeros miembros del comité de mi fundación. El castillo está a tu disposición. Espero no demorarme mucho.

—No quiero ser un incordio.

—No lo eres; y ahora perdóname.

Raymond regresó sobre sus pasos sintiéndose desconcertado a la vez que satisfecho por la llegada de su hija. Tendría que acostumbrarse al carácter imprevisible de Catherine, en eso sí se parecía a su fallecida esposa.

Catherine siguió a Edward por las escaleras hasta el primer piso, donde el discreto mayordomo abrió una puerta que daba paso a una habitación entelada en seda de color verde pálido.

—Ahora mismo le enviaré a una doncella para que la ayude a deshacer el equipaje.

—No hace falta; soy capaz de deshacer mi propia maleta.

—Aun así la enviaré por si necesita algo…

—No necesito nada. Gracias.

Cuando Edward salió de la habitación, Catherine suspiró aliviada mientras miraba a su alrededor.

La cama con dosel le pareció inmensa y le gustó el secreter apoyado contra la pared y los dos pequeños sillones tapizados en un verde más intenso que el de las paredes. Vio dos puertas y, curiosa, las abrió; una daba a un cuarto de baño y la otra a un vestidor.

No tardó más de diez minutos en deshacer las maletas. Estaba ansiosa por conocer el castillo.

Cuando salió de la habitación se encontró a Edward a pocos pasos de la puerta.

—¿Desea algo la señorita?

—Sí, quiero conocer el castillo, ¿puede enseñármelo?

El mayordomo sonrió satisfecho por la petición y se dispuso a convertirse en guía de aquella joven que algún día sería la dueña del lugar.

—Bien, señores, sólo queda anunciarles que dentro de unos días resarciremos a nuestras familias por el sufrimiento que les infligieron en el pasado. Será el Viernes Santo; ni yo puedo decirles más ni a ustedes les conviene saberlo.

Un caballero entrado en años y con un marcado acento occitano pidió la palabra.

—Quiero felicitarle en nombre de todos nosotros por la labor que viene desarrollando. La familia D'Amis ha sido la luz que ha impedido que se apague la memoria de cuanto sucedió en nuestra tierra y que olvidemos a nuestros mártires. Usted, lo mismo que su padre, ha demostrado una generosidad sin límites.

A continuación habló un hombre de mediana edad:

—Entendemos que no se nos deba dar información precisa, pero ¿no sería posible conocer al menos el alcance de lo que va a suceder?

Raymond les miró durante unos segundos antes de responder. No, no iba a decirles una palabra de más. El Facilitador le había guiado hasta ese momento insistiendo en la necesidad de la discreción. Nadie debía saber más de lo que necesitaba saber, le repetía. Ni siquiera los hombres y corporaciones a las que el Facilitador representaba sabían lo que sucedería, ni mucho menos cuándo. Querían resultados, eso es lo que el Facilitador les garantizaba, de la misma manera que él garantizaba a aquellos hombres que sentían como él que había llegado el día de la venganza.

—Por su propia seguridad, además de por la mía, por el éxito de la operación, es mejor que no sepan nada. Sólo estén atentos al Viernes Santo, el día que los cristianos lloran la crucifixión... No debo decirles más, caballeros.

En ese momento la puerta se abrió y todos los asistentes dirigieron la mirada hacia la figura de una mujer que se recortaba entre las sombras del umbral, mientras escuchaban la voz de Edward protestando.

—¡Señorita, le he dicho que ahora no se podía entrar en la biblioteca!

Pero Catherine se plantó en medio de la gran estancia sonriendo a los presentes y sin mirar a su padre.

—¡Perdónenme! Siento haberles interrumpido...

Raymond miró a su hija y ella pudo ver en sus ojos verdes un destello de ira.

—Caballeros, les presento a mi hija. Catherine, estos señores son los miembros del comité de la fundación Memoria Cátara.

Todos los presentes se levantaron de inmediato para saludar a la hija del conde d'Amis. Todos sabían de su existencia, algunos incluso habían conocido a Nancy, la efímera esposa de Raymond de la Pallisière.

Catherine les saludó sonriente, y les reiteró sus disculpas por haber irrumpido de aquel modo.

—Pero acabo de llegar y... bueno, les confieso mi entusiasmo por este lugar. No he podido resistir la tentación de entrar cuando Edward me ha dicho que aquí estaba la biblioteca con algunos retratos de nuestros antepasados... todo esto es tan nuevo para mí...

La encontraron encantadora y felicitaron a Raymond por la

presencia de su hija en el castillo, incluso le dijeron que ya era hora de que aquel lugar se viera favorecido por una mano femenina.

No hizo falta dar por terminada la reunión, de hecho ya lo estaba, y Raymond pidió a Edward que sirviera un refrigerio a sus invitados. Dada la hora, las siete y media, la mayoría optó por un jerez.

Catherine departió con unos y con otros interesándose por las costumbres de la región, asombrándose de cuanto le contaban, mostrándose ávida por aprender. Raymond dejó que se le disipara la ira para dejar paso al orgullo de tenerla por hija.

Media hora después, aquellos caballeros se despidieron deseando a Catherine una feliz estancia en el castillo e invitándola a visitarles en compañía de su padre.

Un hombre anciano, mucho más que el conde, se acercó a éste y le abrazó, luego besó la mano de Catherine.

—Hoy es un día feliz, no sólo por las buenas noticias que nos ha dado su padre sino por haberla conocido. Mi querido amigo, hablaremos el Viernes Santo.

Raymond estuvo tentado de recriminar a Catherine su interrupción en la reunión, pero decidió no hacerlo; se sentía demasiado orgulloso de que aquellos hombres conocieran a quien sería su heredera.

—Hablas muy bien francés —dijo el conde—, ¿dónde lo has aprendido?

—Mi madre se empeñó en que lo estudiara —contestó Catherine—. Tuve una profesora canadiense, madame Picard. Era muy buena.

—A juzgar por tu acento, desde luego debía de serlo.

* * *

Hakim bebía lentamente el té aromático que le había ofrecido Said, el jefe del Círculo en Jerusalén. Los dos hombres comentaban los detalles del atentado.

—Tienes visado para un mes, de manera que no debes preocuparte. Los peregrinos con los que viniste están visitando el Sinaí —afirmó Said.

—¿Crees que los judíos no se van a dar cuenta? Lo controlan todo.

—Ya no son infalibles. No saben luchar en la sombra. Mira lo que ha sucedido en Líbano, han sido incapaces de derrotar a Hizbullah. Están preparados para luchar contra ejércitos, para tirar la bomba atómica, pero no para luchar entre sombras.

—El Mossad…

—¡Es un mito! La prueba somos nosotros: no saben nada del Círculo. ¡Vamos, tranquilízate!

—No debemos confiarnos.

—Y no lo hacemos. Tenemos hombres que nos siguen a todas partes para saber si nos vigila el Mossad o la Shin Beit y no han detectado a nadie. Estás protegido las veinticuatro horas, amigo mío.

—No me preocupa mi vida sino el éxito de la operación.

—Vivirás hasta ese día y el mundo entero se asombrará de tu hazaña. Nuestros hermanos te bendecirán.

—No es a mí a quien deben bendecir sino a los hombres que nos saben guiar.

—Y ahora, amigo mío, repasemos el plan. Es una suerte que nuestro hermano Omar tenga una agencia de viajes. Sus órdenes son claras: la mañana del viernes te unirás al grupo de peregrinos con los que llegaste, para ir a los oficios en la iglesia del Santo Sepulcro. Nadie se fijará en ti; ese día habrá cientos de peregrinos de todo el mundo y los guías tienen bien organizada la visita de los grupos. Llevarás puesto el cinturón con los explosivos.

—Pero ¿y los controles?

—¿Crees que un grupo de peregrinos va a interesar a los soldados israelíes? Ni os mirarán. Sólo tienes que llegar hasta el lugar donde se guarda la reliquia y allí… desde allí irás al Paraíso. El manejo del cinturón es sencillo, sólo tienes que tirar de una anilla.

—Pero la reliquia está muy protegida, ¿crees que la explosión la destruirá?

—No quedará nada; es una pena que no puedas verlo. ¡Ah! Omar me encarga que te diga que estos últimos días debes unirte a alguna de las excursiones del grupo con el que has venido. Cuando regresen de la excursión al Sinaí cruzarán a Jordania, para ir a Petra; debes ir con ellos.

—Lo haré. Pero antes quiero volver a la iglesia del Santo Sepulcro, quiero hacer de nuevo la ruta que deberé recorrer.

—No, no irás. No es conveniente que lo hagas, alguien podría fijarse en ti. Ya hemos ido en tres ocasiones, te sabes el recorrido de memoria.

—Debo ir una vez más…

—No, Hakim, no debemos tentar a la suerte.

—¿Sabes? Echo de menos mi pueblo.

—¿Tu pueblo?

—Caños Blancos… nunca he sido más feliz que allí. Desde la carretera uno piensa que las casas están suspendidas sobre los riscos. En primavera huele a azahar y a fruta y el cielo es de color azul intenso y todo el día escuchamos el sonido del agua cuando cae en las fuentes. Creo que es lo más parecido al Paraíso.

Catherine se había empeñado en conducir y él había accedido de mala gana; se sentía más seguro con el chófer que llevaba a su servicio muchos años.

Raymond estaba asombrado por el cambio que parecía estar operándose en Catherine. No es que su hija se mostrara cariñosa con él, pero al menos no estaba tan arisca y en guardia como al principio, e incluso había momentos en que la veía relajada y sonriente.

Él le había enseñado cada rincón del castillo y habían visitado los alrededores, pero la gran visita era la de aquella mañana en que se dirigían a Montségur.

Su hija no dejaba de preguntarle por la fundación Memoria Cátara; parecía tener un repentino interés por el pasado, incluso se confesó entusiasmada por la *Crónica de fray Julián*, a pesar de que se había mostrado reticente a leerla cuando él le insistió en que era necesario que lo hiciera para que comprendiera la historia familiar.

Pero en ese momento Raymond pensaba en el Facilitador. Le había llamado un par de veces sin recibir respuesta y eso le inquietaba. También había telefoneado al Yugoslavo para asegurarse de que Ylena hubiera recibido el material tal y como le habían asegurado, pero tampoco tuvo suerte con esa llamada: el teléfono del Yugoslavo no respondía.

—No me escuchas, estás distraído.

—Perdona, ¿qué me decías?

—Te preguntaba por ese profesor que escribió la historia de fray Julián.

—¿El profesor Arnaud? Bueno, mi padre le contrató porque él era uno de los mejores medievalistas de Francia. Desafortunadamente, la relación con el profesor no fue fácil. Estaba casado con una judía que desapareció un buen día y eso le enloqueció.

—¿Desapareció? ¿Por qué?

—No lo sé, creo que se fue de viaje y no regresó. Él no aceptó que le abandonara. Se convirtió en un hombre difícil. Mi padre quiso que trabajara junto a un equipo de investigadores y estudiosos no sólo franceses, pero él sólo ponía inconvenientes. Lo único que le interesaba era la crónica de fray Julián.

—¿Y qué otra cosa debía de interesarle?

—Catherine, ya te he explicado que los cátaros guardaban un secreto, un secreto que aún no ha sido desvelado: el Grial.

—¡Por favor, eso son cuentos de niños! —respondió ella irritada.

—Eso es lo que tú crees, pero en algún lugar hay un objeto con una fuerza extraordinaria y quien lo posea... en fin, se convertiría en el hombre más poderoso del mundo.

Catherine se rió, pero él no se enfadó. Sabía que era inútil convencer a su hija de que existía tal objeto. También rechazaba la existencia del tesoro cátaro.

—Tú mismo has dicho que el profesor Arnaud era un gran medievalista, y en sus notas a la crónica de fray Julián descarta la existencia del tesoro escondido. El profesor Arnaud deja muy claro que el tesoro no era otro que el dinero y joyas que donaban los *credentes* a su Iglesia, y que fueron gastando en sus necesidades.

—Hay textos que aseguran lo contrario. El profesor Arnaud era un hombre de gran prestigio, pero no es el único que ha estudiado la historia de los cátaros.

—Pero tu padre le buscó a él.

—Tu abuelo necesitaba alguien cuya autoridad todos respetaran para autentificar el legajo de la *Crónica de fray Julián*.

Hacía frío y Raymond se estremeció cuando se bajaron del coche. Catherine parecía entusiasmada por la visita y se sorprendió de encontrar a los pies de aquel risco a un grupo de turistas que escuchaban atentos las explicaciones de un guía.

—Montségur significa Monte Seguro y de hecho resistió más de lo que el rey de Francia y el Papa esperaban —decía el guía.

—¿Vienes? —preguntó Catherine a su padre que andaba lentamente y no parecía demasiado entusiasmado con la idea de subir a la cima de aquel lugar que conocía como la palma de su mano.

—Te acompañaré a hacer parte del recorrido.

A Raymond le gustaba ver a Catherine ir de un lado a otro, estremecerse en el Campo de los Quemados, hacerse una foto junto a la estela conmemorativa en recuerdo de aquellos desgraciados.

Caía una lluvia fina cuando dos horas después Catherine dio por terminada la visita.

—He escuchado que el guía decía que éste no es el verdadero castillo de los cátaros, que en el siglo XIV se edificó la nueva fortaleza.

—Quedan restos del antiguo castillo: la planta, parte de las murallas labradas en la propia piedra de la montaña.

—No he dejado de pensar en tu antepasada, en doña María.

—Nuestra antepasada, Catherine.

—Comprende que todo esto lo sienta muy lejano a mí, a mi mundo. Esa doña María era todo un carácter.

—Creo que tú lo has heredado —respondió Raymond con una sonrisa.

—¿Por qué dices eso? Ni siquiera soy creyente y mucho menos una fanática como tu antepasada.

—Pues a mí me parece que tienes tan mal carácter como doña María. El pobre fray Julián vivía atemorizado, y toda la familia giraba alrededor de la buena señora.

—Sí... incluso el templario... pobre hombre, hacerse templario para fastidiar a su madre.

—Fernando... un caballero valiente. En cuanto a hacer lo contrario de lo que esperan nuestros mayores es algo tan viejo como el mundo; tú misma disfrutas llevándome la contraria.

—A ti sí, no coincido en nada contigo, pero con mi madre era diferente. Bastaba con que nos miráramos para saber lo que pensábamos.

Raymond pareció sobresaltarse al escuchar el timbre de llamada del móvil. A Catherine le sorprendía que su padre siempre tuviera tres móviles a mano y no había logrado que le dijera por qué.

—Sí...

Al otro lado de la línea Raymond escuchó la voz del Yugoslavo.

Catherine se separó dos pasos para dejarle hablar con cierta intimidad, pero no lo suficiente como para no escuchar la conversación.

—Entonces ella llegará sin novedad a Estambul. Quiero que me llame en cuanto ella y el resto del equipo hayan llegado...

»Claro que recibirá el dinero acordado, pero quiero saber que llega sin problemas. Sus hombres tienen que garantizar la seguridad de la chica hasta el Viernes Santo, y evitar cualquier incidente... Naturalmente que me aseguraré de que la chica está bien... Le he dicho que recibirán el resto del dinero en los próximos días, y no me amenace con su jefe, no se lo tolero... Limítese a hacer lo que le he dicho, a usted no le concierne saber más de lo que sabe, sólo deben protegerla hasta el Viernes Santo, cuando ese día ella salga del hotel con el resto del equipo, déjenla, su trabajo habrá terminado. Lo que me preocupa es que Ylena se haga con todo el material...

A pesar de que el conde había bajado la voz, había momentos en que parecía alterado y por eso a Catherine le llegaban retazos de la conversación; había encendido un cigarrillo y parecía pensativa cuando Raymond d'Amis cortó la llamada.

—Perdona, los negocios le persiguen a uno incluso hasta esta montaña sagrada.

—¿Algún problema? —quiso saber ella.

—Ninguno, nada especial, sólo que la gente no trabaja de manera eficaz y hay que repetir las cosas para que se enteren. ¿Regresamos a nuestro castillo?

—Sí, y quiero darte las gracias por traerme; ha merecido la pena.

De vuelta al castillo d'Amis Catherine conducía con la mirada fija en la carretera y parecía distraída. Su padre tampoco tenía demasiadas ganas de hablar. De nuevo el timbre del móvil volvió a alterar el rostro del conde, que se sentía incómodo hablando delante de ella.

—Salim, amigo mío, me alegro de escucharle... ¿Ya está en Roma?, me alegro de que así sea, y ¿cómo va la operación?

»Ya, ya, veo que tiene un excelente humor... y ¿el resto de sus amigos?... Bien, espero que todo salga según lo previsto, y que no haya ningún fallo... Imagino que usted controlará los tres equipos... bueno, no puedo hablar demasiado, voy por la carretera... La segunda entrega del dinero la recibirá antes del Viernes Santo... Sí, ya sé que faltan cuatro días, pero no se preocupe, esas familias no quedarán abandonadas… Espero que me llame el próximo viernes, y si todo sale bien, amigo mío, nos encontraremos en París para celebrarlo.

—Veo que tus negocios no te dejan ni un minuto libre —dijo Catherine cuando su padre hubo guardado el móvil.

—Así es; menos mal que el invento del móvil permite no tener que estar todo el día en el despacho.

—¿De verdad no tienes problemas?

—¿Por qué me lo preguntas?

—No sé, bueno, quizá por el tono de tu voz, no he podido evitar escuchar la conversación… —afirmó ella.

—No, no tengo problemas, pero las operaciones financieras siempre me preocupan hasta que han llegado a buen fin, sobre todo cuando no dependen de mí.

—¿Puedo ayudarte?

El ofrecimiento de Catherine le sorprendió. Observó a su hija, que no apartaba los ojos de la carretera, y sintió un deseo enorme de confiarse a ella, pero no lo hizo. Catherine era como Nancy y su esposa le había abandonado cuando se enteró de lo que pretendía la familia D'Amis, sobre todo la horrorizó saber que buscaban el Grial, y que creían pertenecer a una raza superior. Estaba seguro de que Catherine reaccionaría como Nancy y él no soportaría perder a su hija ahora que la había conocido.

—No necesito ayuda, no te preocupes. Si la necesitara no dudaría en pedírtela, pero no sé si sabes mucho de operaciones financieras.

—Prueba a confiar en mí —respondió ella en tono desafiante.

—¿Confiar? Los negocios no tienen nada que ver con la confianza.

—Pues yo creo que sí. Pero da lo mismo; al fin y al cabo soy una extraña y no puedo pretender que me cuentes qué haces, de qué vives, a qué te dedicas.

—Soy el conde d'Amis, administro el patrimonio heredado de mis antepasados: tierras, valores financieros, inversiones…

Procuro no correr riesgos, aunque a veces es inevitable hacerlo, y cuando eso sucede me inquieto.

—Y ahora lo estás.

—Sí, ahora lo estoy; ya te he dicho que me preocupo cuando las cosas no dependen directamente de lo que yo hago porque la responsabilidad es de otros.

—¿Y ese Salim…?

—Es un buen amigo con quien tengo negocios, negocios… delicados, difíciles, que ni siquiera dependen directamente de él; ambos tenemos que fiarnos de lo que hagan otros.

—¿De dónde es Salim? Parece árabe, ¿no?

—Es británico, pero de origen sirio. Todo un caballero; le conocerás y te encantará.

—¿Va a venir al castillo?

—No lo sé. ¿Por qué me lo preguntas?

—Porque yo no estaré mucho tiempo.

—¿Cuándo te irás? —preguntó Raymond sintiendo una fuerte opresión en el pecho y temiendo la respuesta.

—No lo sé, tampoco quiero convertirme en una visita pesada.

—Catherine, el castillo es tu casa, algún día será tuyo; no estás de visita, ya te lo he dicho.

—¿Sabes? Hay momentos en los que no sé ni qué pensar de mí misma. Conocerte, estar en el castillo, visitar los lugares donde vivió mi madre… estoy confundida.

—No me juzgues demasiado deprisa. Dame tiempo y dátelo a ti para saber si merece pena que me tengas como padre.

El castillo estaba sumido en el silencio de la noche cuando, agotados, llegaron del viaje; sólo Edward, el mayordomo, aguardaba impaciente al conde por si necesitaba algo, pero ni Raymond ni Catherine querían otra cosa que retirarse a sus habitaciones y descansar.

37

Hacía días que no dormían en una cama. Lorenzo Panetta, Matthew Lucas y el padre Aguirre no se movían de la delegación del Centro de Coordinación Antiterrorista en París.

En aquel momento Panetta informaba a Hans Wein del último informe enviado desde Sarajevo por colegas de Matthew Lucas de la Agencia Antiterrorista de Estados Unidos.

—Te lo acabo de mandar por e-mail, pero quería que supieras que el caso se complica. La chica se llama Ylena Milojevic y es serbobosnia. Durante la guerra la violaron y los que lo hicieron casi acaban con su vida. Fue una patrulla de las Brigadas Musulmanas. La chica no ha tenido mucha suerte: en la guerra perdió a su padre y un hermano. Y ahora viene lo más sorprendente: los hombres de Karakoz la siguen a todas partes, pero ella no parece saberlo. Hace un par de días acudió a una dirección de Estambul junto con un hermano y dos primos, de allí salieron con unos bultos que cargaron en una camioneta. Pero ahora viene lo mejor: acaban de verla en una silla de ruedas, y vestida de manera especial, con el *hiyab* cubriéndole el cabello. Se han reunido con su primo que, al parecer, les esperaba allí. Los norteamericanos están siéndonos muy útiles, pero deberías hablar con los turcos. Es evidente que esa mujer piensa hacer algo en la ciudad. El hecho de que una serbia se vista como una creyente musulmana...

Hans Wein escuchaba con preocupación a Lorenzo Panetta. Aquel caso se estaba complicando enormemente y lo peor era que parecía no tener sentido. Siguiendo la pista de Karakoz habían topado con aquel aristócrata francés que tenía tratos con el Yugoslavo, el hombre de Karakoz en París, y a partir de ahí habían dado con aquella mujer misteriosa. Claro que más misteriosa aún era la última conversación entre el conde d'Amis y el ilustre profesor Salim al-Bashir. Por más que se resistía a creer que Bashir podía ser algo más de lo que aparentaba, temía que su segundo, Panetta, tuviera razón, ya que la última conversación entre el conde d'Amis y el profesor resultaba extraña. ¿A qué «operaciones» se refería y por qué tenía que enviarle dinero?, y ¿a qué familias no iban a dejar desamparadas?

Panetta le insistía en que se siguiera a Salim al-Bashir noche y día, pero él seguía sin atreverse a dar ese paso, aunque cada vez estaba más inclinado a hablar con los británicos.

—De acuerdo, hablaré con los turcos, supongo que no tendrán ningún problema en colaborar. ¡Ah! Te mandan todos recuerdos, y empieza a resultarme difícil mantener a nuestra gente fuera de juego. Laura White se siente ofendida por lo que dice es una falta de confianza y Andrea Villasante se plantó ayer en el despacho para decirme que si no confiaba en ella presentaría la dimisión y pediría un traslado de departamento. Considera una ofensa que la hayamos sacado del caso Frankfurt. ¿No crees que estamos exagerando con tanta reserva? Seguridad no ha encontrado ninguna fuga, ha vuelto a investigar a todo el personal. Y por cierto, esto es un remanso de paz desde que se fue Mireille Béziers: aquella chica nos ponía nerviosos a todos. Afortunadamente no me la he vuelto a encontrar ni siquiera en el ascensor.

—¿Por qué no te olvidas de Mireille, Hans? —respondió Panetta, malhumorado.

—Sí, tienes razón, ya me he librado de ella, aunque el otro día me dijeron que su tío el general estaba enfadado con nuestro departamento por haberla despedido. Bueno, espero que se le pase el enfado. El hecho de que él sea un general de la OTAN no es suficiente motivo para que otros tengamos que sufrir a su sobrina.

—¿Sabes, Hans? Creo que en el fondo no estás satisfecho con haber despedido a Mireille. Fuiste injusto y lo sabes.

—¡Vaya defensor tiene en ti!

—Yo siempre creí que Mireille Béziers podía sernos útil, que es una persona valiosa. Si te parece, hablemos de lo que está pasando.

Lorenzo Panetta pidió encarecidamente a su jefe que mantuviera el caso en el máximo nivel de confidencialidad, recordándole que desde que sólo ellos dos estaban en el asunto habían avanzado en la investigación.

—No voy a discutir contigo acerca de Mireille Béziers, pero ya te dije que creía que no eras justo con ella. Hans, sé que te resulta difícil no contarle a Laura lo que estamos haciendo; es tu asistente y lleva años trabajando contigo; yo también tengo la mejor opinión de ella, pero créeme que es mejor así. Hazme caso en esto, es lo único que te pido, y en cuanto a Andrea... bueno, me imagino que estará furiosa, pero debes aguantar la presión. Seré yo quien asuma la responsabilidad de haberles mantenido fuera. Cuando esto termine pediré perdón a todo el departamento y puede que sea el momento para decir adiós.

—¿Qué estás diciendo? —preguntó preocupado Hans Wein.

—Ya hablaremos, pero estoy cansado de vivir en Bruselas; tengo ganas de volver a Roma; no sé si te lo he dicho, pero mi hijo mayor me va a hacer abuelo.

—Te felicito, pero quiero que sepas que haré lo imposible por que te quedes. ¡Ah! Y da la enhorabuena a nuestra gente de París; están haciendo un excelente trabajo. Por cierto, aquí todo el mundo se va de vacaciones de Semana Santa. Andrea ha decidido tomarse toda la semana, supongo que para dejar claro su enfado, y le ha dicho a Diana Parker que puesto que ella no va a estar y las hemos dejado fuera del caso, no tiene sentido que se quede de guardia. Laura se va mañana. Ventajas de que el Centro esté en Bruselas y Bélgica sea un país católico.

El padre Aguirre estaba dibujando en un papel grandes cuadros con los nombres de los que aparecían en la investigación: Karakoz, el Yugoslavo, Raymond d'Amis, Salim al-Bashir, Ylena Milojevic.

El viejo jesuita tenía claro que todos estaban relacionados con un mismo objetivo: atentar contra la Iglesia, por más que Ylena pareciera una pieza que no encajaba.

—¿Qué querrá hacer en Estambul? —se preguntó en voz alta Matthew Lucas.

—No lo sé, nada bueno —respondió el jesuita—. Esa mujer debe de odiar a los musulmanes por lo que le sucedió, y sin embargo se ha vestido como una creyente musulmana. Su prima también se ha puesto el *hiyab*, y su hermano y su primo se han dejado barba y se han comprado ropa en los bazares bosnios.

—Esto, padre, no encaja con su teoría —dijo a su vez Matthew Lucas.

—No hemos encontrado el eslabón, pero está en alguna parte. No sé qué va a hacer Ylena Milojevic en Estambul, pero estoy seguro de que perjudicará a la Iglesia —insistió el padre Aguirre.

—Bueno, esperaremos. No la perderemos de vista —aseguró Panetta.

—Sabemos que lo que tenga que pasar será el Viernes Santo, no sólo «viernes» es una de las palabras que encontramos en Frankfurt, sino además una fecha especial para los católicos. El día en que Jesús fue crucificado... el conde recordó al Yugoslavo que Ylena actuará el Viernes Santo y más tarde en su conversación con Salim al-Bashir volvieron a hablar del Viernes Santo, de tres operaciones previstas para ese día... es evidente que preparan un golpe contra la Iglesia. Esa fecha no ha sido elegida de manera inocente y menos estando Raymond de la Pallisière por medio. Él odia la cruz y todo cuanto significa… en los papeles de Frankfurt aparecía la palabra «cruz», y que «correrá la sangre en el corazón del Santo…», «sangre».

—¡Eso es lo que no entiendo! —se quejó Matthew Lucas—, por qué entre los papeles de un comando islamista se habla de la cruz y de santos y de la cruz de Roma… y me desespera no ver la vinculación con esa chica que está en Estambul.

—El eslabón es Karakoz —afirmó Lorenzo Panetta.

—Además de Karakoz y del conde d'Amis hay otro eslabón, que es el que debemos encontrar —explicó el padre Aguirre—. La pregunta es si esas operaciones de las que el conde hablaba con Salim al-Bashir tienen algo que ver con esa chica o son independientes. Rezo para que podamos evitar una desgracia. He hablado a primera hora con el obispo Pelizzoli, para que hablen con el señor Wein. Entiendo que el señor Wein no quiera que le acusen de tener prejuicios, pero debe ordenar seguir a Salim al-Bashir.

—Será difícil convencer a Hans Wein de que Salim al-Bashir pertenece al Círculo —afirmó Matthew Lucas.

—Puedo equivocarme, pero… sí, en realidad creo que pertenece al Círculo. Creo también que Raymond de la Pallisière se ha confabulado con esta organización para llevar a cabo su venganza contra la Iglesia, por más que ustedes aseguren que el grupo no necesita del conde, pero no me negarán que si éste paga esas operaciones, el Círculo no despreciará ese dinero. Ustedes mismos aseguran que los comandos actúan de forma independiente y que muchos se autofinancian. Para mí está claro que uno o varios grupos islamistas van a perpetrar un atentado contra la Iglesia y que probablemente la financiación de ese atentado corre a cargo del conde d'Amis.

—Me pregunto cómo es posible que el conde entrara en contacto con ellos —murmuró Lorenzo Panetta.

—Ése es otro de los puntos débiles de su teoría —dijo Matthew Lucas al padre Aguirre, haciendo suya la afirmación de Panetta.

—Me tranquiliza saber que van a poner sobreaviso a las autoridades turcas, porque es obvio que habrá un atentado en Estambul y que el día elegido es el Viernes Santo. Tampoco tengo dudas de que habrá un segundo atentado en Roma, que será imposible de evitar si mis superiores en el Vaticano no logran convencer al señor Wein para que siga al profesor al-Bashir. En cuanto a los otros... ¡le pido a Dios que nos ilumine!

—No sé si Dios nos va a iluminar, pero espero que la fuente que hemos conseguido filtrar en el castillo sea capaz de alumbrarnos —afirmó Panetta.

—Si el conde llegara a sospechar que una persona de su entorno le está espiando... no sé, señor Panetta, pero a veces temo lo que pueda pasar.

—No ha resultado fácil contar con una persona dentro, aunque tengo que reconocer que hasta ahora no nos ha dicho nada que no sepamos a través de la intervención de los teléfonos del conde.

—Pero esa persona corre un gran peligro —reiteró el sacerdote.

—Ha asumido correr ese peligro, y recibirá una recompensa por ello —explicó Matthew Lucas.

—¡Vamos, Matthew, no sea tan duro! Usted sabe que estar en la boca del lobo es peligroso y que puede significar arriesgar la vida. En cuanto a lo de que recibirá una recompensa... Lo importante es que continuemos manteniendo el secreto de nuestra fuente por su propia seguridad —replicó Lorenzo Panetta.

Estambul

El hotel elegido para su estancia era el Etap Istambul Oteli en la calle Mesturiyet Caddesi Tepebasi. Allí el primo de Ylena había reservado dos habitaciones; una la compartían los dos hombres, otra las dos mujeres. Los cuatro estaban tensos e impacientes, además de convencidos de que nada ni nadie les impediría llevar a cabo su venganza. No se habían dado cuenta de que dos hombres les seguían de cerca, y ellos eran seguidos a su vez por una pareja. Hans Wein había hablado con el jefe del espionaje turco avisándole de la presencia de aquel grupo sospechoso que parecía tener relación con Karakoz. Reunidos en una de las habitaciones, los cuatro repasaban el plan.

—Subiremos a Topkapi para que te vayas familiarizando con el lugar —dijo el primo de Ylena.

—No sé si es buena idea que corramos ese riesgo. Es mejor que vayamos el viernes, tal y como está previsto. No te preocupes, tengo memorizado hasta el último detalle. Los dos días que estuve aquí me bastan para saber cómo lo debemos hacer.

—Tiene razón —intervino su prima—, corremos un riesgo si subimos con la silla, y si vamos sin ella y algún guardia la reconoce, cuando volvamos será difícil explicar que se ha convertido en paralítica en tan sólo dos días.

—Ylena, ¿estás segura? —La voz de su hermano reflejaba tristeza.

—¡Claro que lo estoy! No me importa morir, sé que les vamos a hacer un daño infinito, destruiremos sus sagradas reliquias. Sí, merece la pena morir por ello.

—A veces temo que todo sea una trampa… no entiendo lo que pretende ese hombre con el que te has reunido en París. Nosotros tenemos una razón para hacer lo que hacemos, pero ¿y él?

—También tiene sus motivos, pero a mí no me importan. Nos dijeron que nos podía ayudar y así ha sido. ¿Cuánto tiempo hemos pasado soñando en devolver el daño que nos hicieron? Es nuestra oportunidad. Ese hombre nos ha dado dinero, ha hecho que nos den las armas y el material que necesitamos; a mí no me importa por qué quiere que destruyamos las reliquias de Mahoma, lo que me importa es por qué queremos destruirlas nosotros.

El coronel Halman, jefe del contraespionaje turco, sintió que le temblaban las piernas. De manera que aquel grupo de jóvenes lo que pretendía era destruir las reliquias del Profeta guardadas en Topkapi, el palacio de los sultanes.

Había colocado micrófonos en las dos habitaciones que ocupaban los jóvenes. El Centro de Coordinación Antiterrorista de la Unión Europea les había avisado de la presencia en Estambul de un grupo que podía tener intención de cometer un acto terrorista y las informaciones habían resultado ciertas y precisas. Primero les alertaron sobre la llegada de uno de los jóvenes, después, de las dos mujeres y del otro muchacho.

Él se había instalado junto a varios de sus hombres en el hotel, en las habitaciones que estaban junto a las de aquel comando.

—Me voy al cuartel —le dijo a uno de sus hombres—, el jefe tiene que saber lo que están preparando estos locos. Habrá que hablar con Bruselas.

—Deberíamos detenerles ya —le respondió uno de los agentes.

—No, la orden es no hacer nada y esperar a ver si se ponen en contacto con otros terroristas.

Una hora después Hans Wein recibía una transcripción de la conversación mantenida por Ylena Milojevic, su hermano y sus primos. El director del Centro de Coordinación Antiterrorista no pudo evitar un escalofrío y telefoneó de inmediato a Lorenzo Panetta.

—Te envío por la línea de seguridad una transcripción de las conversaciones de la tal Ylena. Quizá deberías ir a Estambul. No te lo vas a creer, pero quieren hacer volar las reliquias de Mahoma.

—¿Cómo dices? —le preguntó un asombrado Panetta.

—Al parecer en el antiguo palacio de los sultanes hay un pabellón donde se guardan reliquias de Mahoma, creo que tienen desde pelos de su barba, a espadas, una carta escrita sobre cuero y, lo más importante, parece que su manto. La chica quiere hacerlo añicos aunque le cueste la vida.

—¡Dios Santo! Eso desencadenaría una reacción incontrolada por parte de los islamistas fanáticos. ¡No quiero ni pensar en lo que serían capaces de hacer!

—Puedes imaginártelo. Hemos tenido suerte y... bueno, reconozco que gracias a ti y a tu empeño de seguir a ese viejo conde francés. Ahora ya sabemos en lo que está metido Karakoz.

—No, no lo sabemos, sólo sabemos una parte, pero no tenemos ni idea de lo que va a pasar en Roma. Te recuerdo que el conde habló con Salim al-Bashir refiriéndose a tres operaciones... Por favor, Hans, ¡habla con los británicos y pide a los italianos que sigan a Bashir!

Hans Wein se quedó unos segundos en silencio que a Lorenzo Panetta le resultaron eternos.

—Hablaré y que decidan ellos. No puedo correr el riesgo de mandar espiar a un reputado profesor que asesora al Gobierno británico. Lo siento, pero no podemos hacerlo sin permiso de los británicos.

—¡Pues no pierdas más tiempo! ¡Estoy seguro que ese Bashir no es lo que parece!

—Sí, ésa es la teoría del padre Aguirre, pero no te dejes influir por él, mantén la cabeza fría, aunque supongo que estará ahí contigo. El Vaticano no deja de presionarme para que les informe cada hora. Ese jesuita les ha convencido de que va a haber un gran atentado contra la Iglesia, y mira por dónde lo que único que tenemos es un atentado contra el islam.

—¿Sabes, Hans? El padre Aguirre tiene razón. Él nos dijo que Ylena iba a Estambul a cometer un atentado y así es. Creo que no puedes asumir la responsabilidad de quedarte cruzado de brazos, porque si Salim al-Bashir hace algo en Roma... en fin, tuya será la responsabilidad.

—¿Me estás diciendo que no compartes cómo estoy dirigiendo la operación?

—Te estoy diciendo que por una vez dejes de actuar como un político que teme cometer un error y dar al traste con su carrera.

—Hablaré con los británicos y tú ponte en contacto con el responsable turco de esta operación, un tal coronel Halman —respondió Hans Wein con evidente mal humor.

Lorenzo Panetta colgó el teléfono y encendió un cigarrillo antes de explicar a Matthew Lucas y al padre Aguirre lo que le había contado Hans Wein.

—Tenía usted razón, padre: la chica está en Estambul para cometer un atentado; al parecer quiere destruir las reliquias de Mahoma que se guardan en un palacio.

—En Topkapi —aseguró con el gesto preocupado el jesuita—, y si lo logra… el mundo estallará por los aires. Los islamistas radicales responderán atacando iglesias, harán correr sangre inocente. ¡Dios mío, quien lo haya planeado lo que pretende es un enfrentamiento entre cristianos y musulmanes!

—Podría estallar una guerra —afirmó Matthew Lucas—; si se enciende esa cerilla será imposible apagar la hoguera.

—¡Vaya con el conde! —La expresión de Panetta estaba cargada de ira.

—Es su venganza contra la Iglesia: provocar una guerra —musitó el padre Aguirre.

—Hans quiere que vaya a Estambul, pero creo que es mejor que me quede aquí…

—Y yo creo que mi agencia no tiene por qué seguir los dictados de Hans Wein, y por tanto voy a llamar a mi superior para recomendarle que nuestra gente de Roma no pierda de vista a Salim al-Bashir.

—Matthew, esto no lo pueden hacer sin nosotros; no me parece el momento para provocar una guerra entre servicios de inteligencia. Le recuerdo que ésta es una investigación del Centro de Coordinación Antiterrorista de la Unión Europea y que estamos comportándonos lealmente con su agencia dándoles toda la información; además, yo le agradezco la ayuda suplementaria que me está dando, pero le pido encarecidamente que no dé un paso sin Hans Wein.

—Usted los está dando —respondió Matthew Lucas, desafiante.

—Sí, es cierto, y me estoy jugando mi carrera, sólo eso. Pero si su gente se cruza por su cuenta en la operación, provocará una crisis de confianza entre la inteligencia europea y la norteamericana, y estas cosas son difíciles de superar.

—Sin embargo, el joven Matthew tiene razón —intervino el padre Aguirre—; su jefe, el señor Wein, está manteniendo una actitud muy obstinada.

—Hans Wein es un excelente profesional que no quiere cometer errores ni saltarse ninguna regla, y es así como se debe de actuar —le defendió Lorenzo Panetta.

Un minuto después estaba llamando al coronel Halman del contraespionaje turco.

Halman le aseguró que tenía controlado al comando y que podía detenerles en cualquier momento. Panetta le pidió que no lo hiciera, que esperara hasta el último día, hasta el último minuto.

—Si les detiene ahora alertará a quienes les manejan y mucho nos tememos que hay otros atentados en marcha. Así que no les detenga, es necesario que se sientan seguros. ¿Qué hay de los hombres de Karakoz?

El turco le contó que se habían instalado en el hotel y parecían ángeles guardianes de los cuatro jóvenes; hasta el momento no parecían haberse dado cuenta de que estaban vigilados a su vez.

—Tenga cuidado, son profesionales, no se confíe; pueden darse cuenta de que les vigilan.

Pero el coronel Halman le aseguró que los agentes que estaban a sus órdenes sabían muy bien lo que se traían entre manos, y quiso saber si también debían detener a los hombres de Karakoz.

—Sí, deténgales, pero no antes de que yo se lo diga.

38

Raymond de la Pallisière observó satisfecho a aquel grupo de turistas más numeroso que en otras ocasiones, debido a la proximidad de la festividad de la Semana Santa.

Desde hacía años abría las puertas del castillo un día a la semana. Colegios, asociaciones de la tercera edad, turistas de paso por la región, solían acudir a aquellas visitas guiadas por uno de los castillos más antiguos y mejor conservados de Occitania. Aquella práctica, además, le permitía ahorrar impuestos, ya que el castillo estaba considerado monumento nacional.

Catherine, a su lado, observaba la mirada de satisfacción de su padre ante las expresiones de asombro de los visitantes.

—Te sientes muy orgulloso del castillo, ¿verdad?

—Me siento orgulloso de ser quien soy, de representar a una de las más ilustres familias de Francia. Sí, me siento orgulloso de lo que fuimos y espero sentirme orgulloso de lo que hagamos. Tú, Catherine, eres la heredera de todo esto y espero que algún día llegues a amar este castillo y esta tierra tanto como yo.

Ella le apretó el brazo en un gesto de afecto; parecía conmovida por la pasión con la que el conde había pronunciado aquellas palabras, pero él no pareció darse cuenta del gesto porque de repente le notó tenso. Catherine dirigió la mirada hacia donde vio que miraba su padre y no vio nada especial entre aquel grupo de turistas, pero él parecía haber visto un fantasma.

—¿Qué sucede? —le preguntó intrigada.

Antes de que él pudiera responder vio que se dirigía hacia ellos un hombre de mediana edad, con una irónica sonrisa dibujada en los labios.

—¿El conde d'Amis? —preguntó el hombre.

—Sí... —fue la respuesta titubeante de Raymond de la Pallisière.

—Encantado de conocerle, aunque en realidad nos conocemos: nos presentaron hace unos meses en una conferencia sobre las Cruzadas, ¿recuerda? Soy amigo del profesor Beauvoir...

Por la expresión del rostro de su padre Catherine pensó que éste no sabía quién era ese tal profesor Beauvoir.

—¡Ah, sí! Encantado, cuando le he visto... en fin... he pensado que le conocía... ¿Le gusta el castillo?

—Es fastuoso.

—Siendo amigo del profesor Beauvoir, ¿aceptará tomar un té conmigo? Me gustaría que me dijera cómo está el profesor.

—Muchas gracias, acepto encantado.

—Acompáñeme, por favor —dijo el conde encaminándose hacia la biblioteca.

Catherine se sintió excluida. Su padre hacía caso omiso de su presencia, y aquel hombre parecía haberle puesto nervioso aunque no diera muestras de ello.

—Llamaré a Edward para que nos traiga el té —dijo ella.

Su padre se paró en seco mientras que el hombre la miraba con curiosidad.

—No hace falta, lo haré yo... le presento a mi hija Catherine. Está pasando una temporada conmigo en el castillo.

A ella le sorprendió que diera aquella explicación a aquel aparente desconocido que la miraba de arriba abajo escrutándola.

—¿Su hija? Encantado, señorita...

—Es un placer, señor...

—Brown.

—Me alegro de que le guste el castillo, señor Brown.

—Catherine… si no te importa me gustaría charlar un rato con el señor Brown de… de nuestro amigo el profesor Beauvoir. ¿No te importa, verdad? Nos veremos a la hora del almuerzo.

Catherine asintió y desapareció entre el grupo de turistas que escuchaba las explicaciones del guía sobre un tapiz del siglo XVII que mostraba una escena de caza.

Raymond y el señor Brown continuaron andando hacia la biblioteca, aunque el leal Edward, que parecía tener un instinto especial para saber cuándo el conde le necesitaba, apareció de repente.

—¡Ah, Edward, qué oportuno! ¿Podría servirnos un poco de té en la biblioteca? ¿O prefiere café, señor Brown?

—Café, por favor, café americano; ustedes toman el café muy fuerte.

—Desde luego —respondió Edward, desapareciendo con la misma rapidez con que había llegado.

Ya en la biblioteca y una vez cerrada la puerta los dos hombres se miraron. En los ojos de Raymond se reflejaba preocupación, en los del señor Brown ironía.

—Veo que le he dado un buen susto, lo siento, pero quería hablar con usted y estos últimos días presiento que los teléfonos no son seguros.

—Le he estado llamando, Facilitador.

—Lo sé, lo sé, pero ¿sabe?, los hombres a los que represento tienen intereses muy diversos y eso me obliga a ir de un lugar a otro. Por cierto, tiene usted una hija muy guapa; no sabía que se encontraba aquí, creí que vivía en Estados Unidos.

—Su madre ha muerto y ella ha venido a visitar Francia.

—Los informes que tengo sobre usted decían que su esposa y su hija no le trataban…

—Así era, pero ya le digo que mi esposa ha muerto y Catherine ha viajado a Francia para conocer los lugares donde su madre vivió su juventud; no es que se hayan arreglado las cosas entre nosotros, pero al menos nos hablamos.

—Conmovedor.

—¿Qué sucede, Facilitador?

—Deje de llamarme Facilitador, aquí puede llamarme señor Brown.

—Que tampoco es su nombre.

—¿Ah, no? A mí me gusta. Bien, vayamos a nuestros asuntos. Faltan dos días para el Viernes Santo, ¿está todo a punto?

—Lo está. Los comandos harán lo previsto. En cuanto a Estambul, la chica ya ha llegado. Los hombres del Yugoslavo la vigilan noche y día. No me cabe la menor duda de que volará junto a esas reliquias.

Unos ligeros golpes en la puerta fueron suficientes para que los dos hombres quedaran en silencio. Una criada llevaba una bandeja que colocó sobre una mesita baja y salió después de asegurarse de que el conde no la necesitaba.

Raymond no dijo nada, pero le extrañó que no les hubiera servido Edward, ¿dónde se habría metido el mayordomo?

—En el Centro de Coordinación Antiterrorista de la Unión Europea hay mucha actividad —aseguró el hombre que se hacía llamar Brown—, pero por lo que sé, Hans Wein, su director, ha declarado secreto absoluto el caso Frankfurt, y ni siquiera sus colaboradores más allegados conocen los últimos detalles de la investigación. Eso me inquieta.

—¿Por qué? Es imposible que relacionen lo de Frankfurt con nosotros.

—Sí, es difícil que lo hagan, pero nunca menosprecie la inteligencia ajena. Siempre nos podemos dejar una ventana abierta.

—No hay ventanas abiertas. No creo que vaya usted a ponerse nervioso ahora.

—Yo no me pongo nervioso, es usted el que debería de estarlo por si algo sale mal.

—Nada saldrá mal. No quedará ni una astilla de los restos de la Cruz que guardan en Santo Toribio; en cuanto al Santo Sepulcro... tampoco tengo dudas. La ventaja de contar con comandos de islamistas fanáticos es que están dispuestos a morir, de manera que el éxito de las operaciones está asegurado.

—¿Y Roma?

—La basílica de la Santa Cruz de Jerusalén en Roma saltará hecha pedazos. Los cristianos sufrirán por la pérdida de sus reliquias, los odiados restos de la Cruz… —suspiró el conde—. Bueno, en realidad perderán más que esos pedazos de madera: en la basílica romana guardan además dos espinas de la corona de Cristo, un clavo, una parte del cartel con la inscripción «INRI», el dedo de santo Tomás que tocó las llagas de Cristo… Supersticiones, todo supersticiones.

—¿Los atentados serán a la misma hora?

—No, cada comando decidirá el momento más oportuno. Lo importante es el éxito de la operación. Además, tendrá un efecto mayor que primero salte por los aires Santo Toribio o el Santo Sepulcro, y luego la basílica de Roma. El viernes será un día de luto para la Cristiandad.

—También para el islam.

—Sí, también para ellos. Usted conseguirá lo que pretende: que cristianos y musulmanes se enzarcen en una guerra, y yo saborearé la venganza de ver destruidos esos restos de la Cruz que tanto significan para el Vaticano y que tanto daño hicieron en el pasado. ¡Cuántos asesinatos se cometieron enarbolando la cruz!

—Bien, espero que tenga usted razón. Las personas a las que represento no toleran fallos.

—Le repito que no los habrá. Le llamaré el viernes.

—No, conde, no lo haga. Ésta es la última vez que nos vemos y hablamos. Nuestro negocio ha terminado o está a punto de terminar. Usted habrá conseguido su propósito, su pequeño propósito de vengarse de algo que sucedió hace ocho siglos.

—Y usted el suyo de provocar un enfrentamiento entre las dos religiones.

—¡Ah, la religión! Ni a mí ni a mis representados nos importan las religiones; se trata de negocios, nada más. Si la gente es tan estúpida de matarse en nombre de Alá o de Dios tanto nos da, para nosotros es la excusa que necesitamos para que los gobiernos vayan en la dirección que nos conviene. Nada más.

—Entonces, ¿no le volveré a ver?

—No. Si estoy aquí es porque quería asegurarme de que todo continuaba adelante, que no hay imprevistos de última hora.

—No los hay, esté tranquilo.

—Bien, entonces me marcho.

—¿Quiere quedarse a almorzar?

—No sería prudente, su hija podría sospechar.

—¿Sospechar? ¿Qué habría de sospechar?

—Creo que es más perspicaz de lo que usted supone.

—¿Ah, sí? ¿Y cómo lo sabe?

—Por el brillo de sus ojos.

Raymond de la Pallisière no respondió. Mientras se levantaba para despedir al Facilitador pensó que sería un alivio no volver a tener que tratar con él. Había en aquel hombre una nota de vulgaridad que siempre le había repelido.

Salieron de la biblioteca y se dirigieron hacia el patio del castillo. Un golpe seco les alertó. La puerta de la biblioteca se había cerrado de golpe como si alguien hubiera salido de allí con prisa. El Facilitador miró a Raymond y éste le sostuvo la mirada.

—Supongo que el viento habrá cerrado la puerta.

—¿El viento? Por lo que he visto todas las ventanas estaban cerradas.

—No sea paranoico, no había nadie; la biblioteca sólo tiene una puerta.

—Usted conoce su casa. Espero... espero que todo salga bien, de lo contrario no será a mí a quien vuelva a ver, pero le aseguro que mis representados tienen contacto con gente que usted preferiría no conocer.

—¡No me amenace! Está usted en mi casa, ¿cómo se atreve?

—No es una amenaza, conde, es una advertencia.

Raymond estuvo distraído durante el almuerzo, y Catherine tampoco parecía con demasiadas ganas de hablar. Hasta el final ella no le anunció que se marchaba.

—¿Cuándo lo has decidido? —quiso saber él.

—Ya te dije que no iba a quedarme mucho tiempo.

—¿Dónde irás?

—Bueno, quiero conocer la Costa Azul y luego quizá vaya a Italia.

—No te marches, por favor, quédate un poco más —le suplicó el conde.

Catherine parecía conmovida por la angustia que mostraba su padre ante el temor de perderla.

—Sabes que mi intención nunca ha sido la de quedarme. Tengo mi vida en Nueva York, y no puedo abandonar la galería; mi madre trabajó duro para que su negocio fuera importante.

—¿Me permites acompañarte?

—¿Acompañarme? ¿A Nueva York?

—A donde vayas. Soy viejo, no tengo a nadie excepto a ti, y dentro de unos días… digamos que lo que ha dado sentido a mi vida dejará de dármelo.

—¿Y qué es lo que ha dado sentido a tu vida?

—Vengar la sangre de los inocentes.

Catherine se estremeció, recordaba aquellas palabras de la *Crónica de fray Julián*. Miró a Raymond sintiendo pena por él. Le habían educado en aquella obsesión, haciéndole guardián de aquellas palabras para perpetrar una venganza. Y, sin embargo, ella no creía que fray Julián pidiera venganza; al contrario, temía que alguien pudiera querer vengar la sangre derramada derramando, a su vez, mucha más.

—Estás loco.

—No, no lo estoy, tú sabes que no lo estoy.

—No puedo quedarme.

—Al menos quédate unos días más, dos, tres, espera a que termine la Semana Santa.

—¿Por qué?

—Es lo único que te pido.

—De acuerdo —consintió ella al tiempo que sentía una punzada de inquietud.

Edward escuchaba la conversación entre padre e hija mientras mandaba retirar las bandejas de la mesa. El mayordomo parecía apesadumbrado, tanto como lo estaba el conde. Catherine cruzó su mirada con él y en los ojos de ambos hubo un destello de desafío.

39

El rostro de Panetta reflejaba una enorme tensión, la misma que se dibujaba en el padre Aguirre y el comisario Moretti. Dos días atrás, el miércoles por la noche, la fuente de Panetta en el castillo d'Amis le había telefoneado anunciándole que el Viernes Santo se cometerían tres atentados: uno en el norte de España, en Cantabria, en el monasterio de Santo Toribio; otro en la iglesia del Santo Sepulcro de Jerusalén, y el tercero en Roma. Su fuente le confesó que le había sido imposible averiguar el lugar exacto en que los terroristas iban a atacar en la capital italiana. Había corrido un gran riesgo espiando la conversación del conde con un misterioso visitante que parecía tener un gran ascendiente sobre él. Por su acento parecía inglés, respondía al nombre de señor Brown y hablaba de sus «representados» como personas que sacarían un importante rédito del enfrentamiento entre los islamistas radicales y Occidente.

Panetta pidió a su interlocutor que buscara cualquier excusa y abandonara el castillo, pero le respondió que no podía, que si se marchaba el conde sospecharía. Luego colgó el teléfono sin que Panetta supiera por qué, sumiéndole en un estado de ansiedad que le costaba dominar.

Desde aquel miércoles por la noche Hans Wein, director del Centro de Coordinación Antiterrorista europeo, había desplegado todos los medios a su alcance para, junto a las policías española, italiana e israelí, buscar por todos los rincones a los comandos del Círculo. Tenían apenas dos días para intentar detenerles.

También esa noche Panetta decidió desplazarse a Roma, el lugar más vulnerable de la operación ya que desconocían dónde se proponían golpear los terroristas. El padre Aguirre viajó con él.

Antes de ir al aeropuerto Panetta había hablado personalmente con Arturo García, el delegado del Centro de Coordinación Antiterrorista de la Unión Europea en Madrid, un español curtido en la lucha contra ETA. Panetta le habló de Salim al-Bashir y el español le aseguró que buscaría alguna pista del personaje. Aún no había salido hacia el aeropuerto cuando recibió la llamada del policía español.

—Su profesor estuvo hace poco en España, en Granada, en una conferencia sobre la alianza de las civilizaciones. Al parecer Bashir vino invitado por un empresario granadino de origen marroquí, un tal Omar. Tiene varias agencias de viajes y una flota de autocares. Pasa por ser un moderado y es un hombre bien considerado por las autoridades de mi país.

—¡Es del Círculo! ¡Estoy seguro! —respondió Panetta.

—Puede que tenga razón o quizá no; en todo caso hemos pedido autorización judicial para pincharle los teléfonos y seguir todos sus pasos. No hay mucho tiempo pero espero que seguirle nos dé algún resultado. Las fuerzas de seguridad ya están en situación de alerta estudiando un plan de protección de Santo Toribio. Da la casualidad que éste es Año Santo, y hay peregrinos que acuden a diario al monasterio desde todos los puntos de España y de Europa.

—¿No ha dicho que Omar tiene agencias de viajes?

—Sí, las tiene, y estoy a la espera de que me digan si ha enviado alguna excursión a Santo Toribio. En cuanto sepa algo le volveré a llamar.

—Salgo para Roma, llámeme a la delegación del Centro de Coordinación Antiterrorista.

—¿A estas horas?

—Nuestros colegas franceses han puesto un avión a disposición del Centro.

—A eso se le llama cooperación. Bien, le mantendré informado.

Hans Wein se había encargado de hablar con los israelíes, y Matthew Lucas había viajado en un avión privado hasta Jerusalén para explicarles todos los detalles de la investigación.

Pero aquella angustiosa noche del miércoles, Hans Wein le había vuelto a repetir a Panetta que los británicos seguían negándose a que se vigilara a Salim al-Bashir donde quisiera que estuviera.

—Me han insistido que Bashir es un hombre intocable y que si le molestamos y trasciende a la prensa se organizará un buen escándalo —explicó Wein.

—¡Pero no te das cuenta de que es el cerebro de toda esta operación! Salim al-Bashir está en Roma, es él quien ha organizado todos los atentados, por más que los vaya a financiar el conde d'Amis, y sabemos que también habrá un atentado en Roma, ¡por favor, actúa!

Pero Wein se había mostrado inflexible: sin permiso de los británicos no lo haría.

—Los israelíes ya se han puesto a trabajar, pero están a ciegas.

—No sabemos más de lo que te he dicho: el atentado será en el Santo Sepulcro.

—Sí, eso les he dicho. Matthew Lucas les dará toda la información de que disponemos en cuanto llegue a Jerusalén, aunque ya les he enviado un memorando. No salen de su asombro con la historia del conde y los cátaros...

—Al menos saben cuál es el lugar elegido. Espero que puedan evitar que los salvajes del Círculo organicen una carnicería.

—Van a rodear la iglesia del Santo Sepulcro, aunque me han dicho que no la van a cerrar, quieren coger a los terroristas. Tienen tan poca información como nosotros sobre el Círculo. Los comandos son como fantasmas… en fin… espero que sean capaces de evitar una catástrofe. También he hablado con el ministro del Interior español.

—Yo acabo de hacerlo con nuestro delegado.

—El ministro está sorprendido de que el Círculo haya decidido atacar España, no lo entiende puesto que su Gobierno es el gran promotor de la alianza de civilizaciones.

—Supongo que con alianza o sin ella se lo tomarán en serio —replicó Panetta—, aunque ya te he dicho que acabo de hablar con nuestro hombre en Madrid, y me ha confirmado que las fuerzas de seguridad están en situación de alerta máxima y que se van a desplegar por toda la zona donde está el monasterio de Santo Toribio.

—Por lo que sé, allí se conserva el trozo más grande de la Vera Cruz —respondió Hans Wein.

—Sí, pero es un lugar recóndito.

—Supongo que pensarán que así les resultará más fácil.

—El problema es que el viernes habrá miles de peregrinos, tanto en Jerusalén como en Santo Toribio… Espero que se pueda parar a esos locos.

—¿Sabes, Lorenzo? Sigo dándole vueltas a quién puede ser ese misterioso señor Brown del que te habló tu fuente —manifestó Hans Wein con preocupación.

—Yo tampoco dejo de pensar en ello. ¿Quiénes serán sus representados? ¿Por qué buscan un choque frontal entre el islam y Occidente? —respondió Panetta.

—¿Negocios?

—Ésa es la teoría del padre Aguirre. Suele decir que en el

mundo hay más cosas de las que se ven. No lo sé, estoy tan confundido como tú.

A instancias del padre Aguirre, la diplomacia vaticana se había puesto en contacto con el Gobierno de Londres, pero el Foreign Office sólo les dio buenas palabras. Serían los expertos en materia antiterrorista los que evaluarían la situación y desde luego actuarían en consecuencia si lo creyeran necesario.

Matthew Lucas, antes de viajar a Jerusalén, también había pedido a sus superiores que hablaran con los británicos, pero éstos no habían sido sensibles a los argumentos esgrimidos.

En realidad, el gobierno de Su Graciosa Majestad temía que arreciaran las críticas por sus últimas decisiones políticas respecto a los inmigrantes musulmanes. A raíz de los atentados de Londres del 7 de julio de 2005 en Londres, se había abierto una brecha en la sociedad, y la desconfianza hacia los musulmanes crecía, pero al mismo tiempo los periódicos y los intelectuales criticaban y hacían culpable al gobierno de los brotes de xenofobia. No había mañana en que el primer ministro no se desayunara con algún artículo o comentario editorial criticándole al respecto. Por eso había constituido un «comité de sabios» que le asesoraba directamente sobre los problemas de los inmigrantes islámicos, y precisamente el presidente de ese comité era Salim al-Bashir, que incluso había sido recibido por la Reina, que gentilmente le había invitado a tomar el té.

Salim al-Bashir era un hombre cuyas opiniones buscaban las cadenas de televisión, y cuyas reflexiones aparecían en el *Times*. Su influencia no sólo se circunscribía a Reino Unido sino a media Europa, de manera que el Foreign Office no estaba dispuesto a meter la pata sólo porque el Centro Antiterrorista de Bruselas asegurara que tenía tratos con un conde cuyas actividades estaban siendo investigadas.

Las elecciones estaban a la vuelta de la esquina y lo último que necesitaba el primer ministro era un escándalo y que le acusaran de racista; por eso el Centro Antiterrorista de Bruselas no podía permitirse el lujo de equivocarse respecto a Salim al-Bashir.

Además, los servicios de inteligencia británicos dudaban de la eficacia del Centro, un invento de los políticos que no hacía más de dos años que había comenzado a funcionar y que hasta entonces, según su óptica, ofrecía más voluntad que resultados.

40

Roma, madrugada del Viernes Santo

Lorenzo Panetta había perdido la cuenta de los cigarrillos que se había fumado.

—Puede que consigamos parar lo de Jerusalén y lo de Santo Toribio, pero no tenemos ni idea de dónde van a atentar en Roma, y la única pista es Bashir —dijo sin esperar respuesta.

El padre Aguirre parecía mas viejo; los ojos se le habían empequeñecido por el cansancio, y Panetta se daba cuenta de que las manos del sacerdote a veces tenían un temblor, imperceptible para cualquiera que no fuera un sabueso como él.

La preocupación del padre Aguirre era sólo un pálido reflejo de la que se registraba en las alturas del Vaticano. La Santa Sede no dudaba de las conclusiones del jesuita: la Iglesia iba a ser golpeada por el contubernio entre un viejo que quería vengar la muerte de sus antepasados cátaros y un grupo islamista dispuesto a provocar el miedo y el caos en el corazón de la Cristiandad.

Se habían reforzado todas las medidas de seguridad alrededor del Vaticano, pero por más que se había intentado convencer al Santo Padre para que suspendiera su presencia en los actos litúrgicos de aquel Viernes Santo, éste se había negado: él correría el mismo peligro que el resto de los fieles.

Ovidio Sagardía, junto a Domenico Gabrielli y el obispo Pelizzoli, intentaban coordinar la seguridad en torno al Papa. Si
algo le sucediera… no querían ni pensar en esa posibilidad. Ovidio se decía que jamás se lo perdonaría. Se reprochaba su ceguera, y pedía a Dios que les iluminara. ¿Dónde, cuándo, en qué momento les golpearía el Círculo? Ni siquiera su viejo maestro el
padre Aguirre parecía capaz de encontrar el hilo del que tirar,
para evitar la catástrofe.

—No te atormentes, el Santo Padre estará bien protegido —le
aseguró el padre Domenico interrumpiendo sus pensamientos.

—Me pregunto por qué he sido tan obstinado. El padre
Aguirre tenía razón, pero a mí me parecía imposible que alguien
pudiera organizar un atentado en nombre de algo que sucedió en
el siglo XIII. Ese conde es un demonio.

—En el fondo es un pobre hombre. Como lo es esa gente del
Círculo a la que sus jefes convencen para que se inmole —respondió Domenico.

—¡Cuánta irracionalidad!

—Vamos, el obispo nos espera en su despacho.

Jerusalén, Viernes Santo, siete de la mañana

Hakim no había dormido en toda la noche. Quería estar muy
despierto durante las que serían sus últimas horas de vida.

Había rechazado todos los ofrecimientos que le hizo Said, el
jefe del Círculo en Israel. Se negaba a pasar su última noche con
una prostituta que le dejaría una sensación de asco y vacío, ni
tampoco se dejó convencer para que le sirvieran una cena especial; lo único que ansiaba era estar a solas y, pese a las protestas de
Said, lo consiguió.

Pasó la noche sentado mirando por la ventana, disfrutando
del cambio del color del cielo con el pasar de las horas: del gris al
negro, luego de nuevo un gris salpicado de blanco y el rojo del

amanecer, hasta que de nuevo el azul volvió a adueñarse del firmamento.

Había pensado en su difunta esposa, la única mujer a la que había amado. Recordaba la primera vez que la vio cuando él tenía doce y ella tan sólo siete años. Sus padres habían acordado su matrimonio con aquella niña que le sacó la lengua y le dijo que era muy feo.

No se volvieron a ver hasta que cumplió dieciséis. Fue el día de sus esponsales. Él se quedó mudo cuando la vio; le parecía la más hermosa de las mujeres. Ella al principio aceptó resignada su suerte, pero luego le amó con la misma pasión que él.

Los años vividos junto a ella habían sido los más felices de su vida, y los dos hijos que tuvieron eran su orgullo. Sentía no haberse despedido de los niños, pero era mejor así. Desde que su esposa murió y él se dedicó en cuerpo y alma al Círculo, los pequeños vivían con sus padres en Tánger. No les faltaba de nada, eran niños felices. Se sentirían orgullosos de él cuando les explicaran que su padre había muerto con el nombre de Alá en los labios y por la gloria del islam.

Durante la noche también había pensado en el Paraíso prometido para aquellos que morían luchando contra los infieles, y deseaba poder compartirlo con su esposa. Sí, se dijo, ella estaría allí, y era ella con quien estaría, para nada necesitaba una corte de huríes.

Said entró en la habitación apenas las campanas de alguna de las muchas iglesias de Jerusalén empezaron a dar las ocho. Llevaba una bandeja con café y un plato con dulces, además de una mochila cargada al hombro.

—¡Vaya, si ya estás despierto! ¿A qué hora te has levantado? —preguntó al observar que Hakim estaba vestido y afeitado.

—No he dormido, no tenía sueño.

—Ya.

El jefe del Círculo pudo ver en el rostro de Hakim las huellas de la vigilia, aunque le sorprendió verle tranquilo, como si aquel día no tuviera una cita con la muerte.

—¿Me has traído el cinturón? —preguntó Hakim.

—Sí, está en la mochila. Sácalo con cuidado.

Hakim abrió la mochila y sacó un cinturón cargado con explosivos. En la mochila también había un detonador que debía ajustar para hacer estallar la carga en el momento preciso. Contempló el cinturón antes de dejarlo con cuidado encima de la cama.

—Desayuna primero, así te despejarás —le aconsejó Said.

—Sí, tengo hambre.

—Un hombre no debe morir con el estómago vacío —rió Said.

—Al menos yo no lo haré. ¿A qué hora saldremos?

—El guía ha citado a tu grupo a las once; iréis caminando hasta el Santo Sepulcro para asistir a los oficios de las doce. Acuérdate de lo que hemos planeado: debes mezclarte con los peregrinos. En realidad pareces español, supongo que tanto tiempo viviendo entre ellos ha limado las diferencias externas. Procura hablar con los otros peregrinos, únete a ese par de ancianas tan habladoras, ve con ellas. Y… bueno… tú sabrás elegir el momento en que debes apretar el detonador, pero si te ves en apuros, no dudes, no importa que no hayas llegado al lugar donde están las reliquias.

—Pero el objetivo es… —Hakim no pudo terminar la frase porque le cortó Said.

—El objetivo tanto da; el mundo se conmocionará igualmente si la iglesia vuela por los aires, o si logramos cometer un atentado en el corazón de Jerusalén. Todas las piedras de la ciudad son santas, de manera que tanto da lo que se destruya. No pongas en peligro la operación sólo porque no puedas llegar hasta el lugar acordado. ¿Lo entiendes?

—No te preocupes, los cristianos llorarán.

—Sí, deben llorar por haber ayudado a los perros judíos a

arrancarnos nuestra tierra. Ha llegado el momento de devolverles tanta humillación.

—Hoy será un gran día —respondió Hakim.

Roma, Viernes Santo, ocho de la mañana

Amaneció nublado en Roma. Salim al-Bashir parecía de un humor excelente, tanto que deslizó su mano en una caricia sobre el
cuerpo de su amante, que tumbada boca abajo parecía dormida.
Pero no lo estaba. La mujer no había pegado ojo en toda la noche
temiendo que llegara el nuevo día.

Cuando llegó a Roma no podía imaginar lo que Salim le exi-
giría. Habían sido muchas las ocasiones en que ella le había asegurado que su vida sin él no tendría sentido y que haría cualquier
cosa que le pidiera. De hecho, llevaba años traicionando a su país,
a sus jefes, a sus amigos. Su trabajo en el Centro Antiterrorista
de Bruselas sólo tenía un objetivo: servir a Salim. Había tenido
mucha suerte de no ser descubierta. Ahora él le pedía un acto de
valentía.

—No te pasará nada, te lo aseguro, pero tienes que ayudarme.

El plan, le explicó Salim, era sencillo. Se trataba de colocar
una mochila cargada de explosivos en la basílica de la Santa Cruz
de Jerusalén donde se guardaban algunas reliquias de Cristo. Sobre todo, le insistió su amante, había que destruir los tres trozos
de la Vera Cruz. Cuando ella le preguntó por qué quería destruir
aquellas reliquias, él le aseguró que se trataba de que los cristianos entendieran que no podían seguir mancillando Tierra Santa
ayudando a los judíos a ser sus dueños.

—Son sólo objetos, nada más. ¿De verdad crees que las dos
espinas o el trozo de esponja son auténticos? ¿Que el denario que
conservan es uno de los que recibió Judas para traicionar a Jesús?
¡Vamos, no seas ingenua! Las iglesias europeas están repletas de
falsas reliquias. En cuanto a esos tres pedazos de la Vera Cruz

son igualmente falsos. Si se juntaran todos los que hay repartidos, te aseguro que habría no una, sino varias cruces.

Ella había sido educada en el cristianismo, y aunque hacía muchos años que no iba a la iglesia y la religión no ocupaba ningún lugar en su vida y se decía atea, en ese momento sentía el peso de la educación recibida. Además, tenía miedo. Salim le atemorizaba, y empezaba a dudar de sus sentimientos.

—Vamos, perezosa, levántate, hoy es el gran día. Es muy pronto, son las ocho, pero te propongo que nos tomemos un buen desayuno antes de irnos.

Ella se volvió lentamente, restregándose los ojos como si se estuviera despertando y le miró intentando sonreír. Él la abrazó con fuerza y la besó diciéndole cuánto la amaba, pero a ella sus palabras le sonaban huecas. No se atrevía a desprenderse de su abrazo, temiendo su reacción. Se mantuvo quieta hasta que él la animó a levantarse.

—Pediré que nos traigan el desayuno a la habitación.

Sintió alivio al liberarse de su abrazo. Mientras se duchaba pensaba en cómo evitar hacer lo que él le había pedido. Si se negaba no le volvería a ver, y no estaba preparada para eso; y si lo hacía, se estaría traicionando a sí misma, y ésa sería la última traición que le quedaba por cometer.

Salim parecía estar de un humor excelente. La acariciaba, la besaba y le apretaba la mano mirándola a los ojos con complicidad.

—Espérame, no tardaré mucho. Y arréglate, que quiero que hoy te pongas especialmente guapa.

—Como quieras.

Salim salió de la habitación cerrando la puerta con suavidad. Sabía que un hermano del Círculo le esperaba en un café cercano al hotel. Allí le entregaría una bolsa en la que habría un bolso de mujer cargado de explosivos. Pero sería él quien detonaría los explosivos; no se fiaba de que ella tuviera valor para hacerlo. Él la acompañaría hasta la basílica, luego se retiraría a cierta distancia y cinco minutos después apretaría el botón que haría volar a su amante junto a aquellas reliquias. El mundo entero se sorprendería.

Entró en el café y distinguió sentado en el fondo al jefe de los comandos del Círculo en Roma. Bishara, de origen jordano, pasaba por ser un preeminente hombre de negocios, casado con una napolitana.

Los dos hombres se abrazaron con afecto.

—No esperaba que vinieras tú —dijo Salim.

—Amigo mío, hoy es un gran día, y lo que vas a hacer es demasiado importante para confiárselo a nadie. ¿Ella está dispuesta a morir?

—No lo sabe, cree que sólo debe dejar el bolso en la capilla de las reliquias y luego salir. Es mejor así, no la creo con la fortaleza suficiente para sacrificar su vida.

—Es una infiel.

—Lo es, pero nos ha sido útil hasta ahora. En cualquier caso debe morir; creo que en el Centro Antiterrorista de Bruselas sospechan que tienen una filtración. Es cuestión de tiempo que averigüen que es ella.

—¿Para ti será una gran pérdida?

—No, amigo mío, será una liberación. Es una mujer absorbente, incapaz de comprenderme. Cuanto ha hecho ha sido por mí, no porque se dé cuenta de la importancia que tiene nuestra lucha. Puede que me case pronto, quizá vaya a Frankfurt y le pida a nuestro querido imam Hasan que me dé a su hermana Fátima. Sería un gran honor formar parte de su familia.

—Creía que Fátima después del martirio de Yusuf, su marido, había sido desposada.

—Sí, Hasan se la entregó a Mohamed Amir, el primo de Yusuf. Pero Mohamed va a morir hoy mismo.

Bishara frunció el entrecejo y luego esbozó una amplia sonrisa mostrando una hilera de dientes blanquísimos.

—De manera que será uno de nuestros mártires... eres un gran hombre, Salim, al hacerte cargo de su viuda.

—Y ahora, amigo mío, dime si todo está preparado como te pedí.

—Sí, se ha montado el dispositivo siguiendo tus instrucciones, no tendrás ningún problema. ¿Desde dónde lo accionarás?

—He alquilado un coche…

—Buena idea. ¿Regresarás al hotel?

—No, iré derecho al aeropuerto, regreso a Londres.

—Sí, será lo mejor.

Se despidieron con afecto, seguros de que unas horas más tarde los informativos de toda las televisiones del mundo abrirían sus ediciones anunciando no sólo el atentado de Roma, sino también el de Jerusalén y el de Santo Toribio. El mundo entero temblaría de miedo ante el Círculo, y los gobiernos occidentales no tendrían más remedio que doblegarse ante ellos.

Salim decidió regresar caminando al hotel; necesitaba reflexionar a solas sobre lo que sucedería.

41

Granada, madrugada del Viernes Santo

Las pesadillas se habían apoderado del sueño de Laila. Se despertó de repente empapada por un sudor frío. Miró el reloj: aún no había amanecido; le era imposible conciliar el sueño. Se levantó y buscó su ropa en el armario. Se daría una ducha, prepararía el desayuno para toda la familia y luego se iría a hacer footing; eso la relajaría.

Pensó en Mohamed. Su hermano se había marchado hacía dos días sin decir adónde, pero se había despedido con gran parsimonia de sus padres, incluso estuvo amable con ella.

«Cuídate», le recomendó, mientras la abrazaba como si nunca se fueran a volver a ver.

Su cuñada Fátima le aseguró que no sabía dónde iba su marido, Mohamed nunca le explicaba lo que hacía ni dónde se dirigía. Fátima le confesó que a ella también le había sorprendido la despedida.

—No quiero asustarte pero... bueno, me recuerda a lo que hizo mi primer marido, Yusuf, cuando se fue para... ya sabes, formaba parte de un comando...

Laila no dejaba de pensar en las palabras de Fátima. ¿Le habrían captado de nuevo los radicales para participar en algún atentado? No se atrevía a comentar con su madre su angustia, pero creía que su hermano estaba en peligro.

Cuando Ali fue a buscar a Mohamed, éste quiso hablar a solas con su primo Mustafa. Los dos hombres se encerraron en el cuarto de Mustafa, y cuando salieron el rostro de su primo estaba rojo de ira y el de Mohamed de angustia.

Ella aborrecía a su primo Mustafa con toda su alma, desde que había llegado a su casa hacía patente cuánto la despreciaba. Avergonzaba a su madre recriminándole que permitiera a su hija comportarse como una española cualquiera. Y hasta su padre, a veces, parecía descorazonado por los discursos interminables de Mustafa sobre cómo debía comportarse una buena musulmana.

«Menos mal que se va», pensó Laila mientras preparaba café. Mustafa les había anunciado que pensaba irse aquel mismo viernes puesto que no había encontrado un trabajo adecuado para él. Todos se habían sentido aliviados por su marcha, aunque habían evitado manifestarlo.

Potes, Cantabria, seis de la mañana

Mohamed se despertó malhumorado. Los ronquidos de Ali le impedían dormir. Llevaba dos noches sin pegar ojo, y la falta de sueño le tenía irritado.

Se levantó y miró por la ventana, el cielo parecía aclararse.

—Levántate, Ali, son las seis. A las nueve tenemos que estar desayunando.

Ali se dio la vuelta en la cama sin hacerle caso. Pero Mohamed le tiró su almohada y no tuvo más remedio que abrir los ojos refunfuñando.

—¡Estás loco! ¿Para qué quieres levantarte si aún es de noche? Hasta las doce no tenemos que ir a Santo Toribio. Lo sabes bien, de manera que déjame descansar un rato.

—No podemos separarnos del grupo.

—El guía dijo que saldremos del hotel, que había tiempo libre hasta las once y media, pero que saldríamos de aquí, ¿adónde quieres ir ahora? Yo no tengo ganas de hacer turismo.

—Dentro de unas horas estaremos muertos —sentenció Mohamed.

—Lo sé, por eso prefiero dormir y no pensar. Ya hablamos anoche hasta tarde. Nos hemos comprometido y no hay vuelta atrás.

—No tengo ganas de morir.

—Yo tampoco, pero si no nos volamos, nos volarán. ¿Crees que el Círculo nos permitiría vivir si les traicionamos? Además, no hay traidores ni cobardes entre nosotros. Nos presentamos voluntarios para este atentado.

—Yo no me presenté voluntario, fuiste tú quien me presentó a Omar.

—¡El superviviente de Frankfurt! ¡Menudo héroe! Te recuerdo que te mandaron desde Frankfurt para que te pusieras a las órdenes de Omar porque debías estar muerto.

—Hasan me entregó a su hermana para que la desposara...

—Hasan se quitó de encima a Fátima, ahora ella dependerá de tu familia, aunque no le faltará de nada, el Círculo es generoso con los mártires, lo sabes bien.

—¡Me importa un comino Fátima! ¡Yo lo que quiero es vivir!

—¡Cállate! ¿Quieres que nos oiga todo el mundo? ¡Estás loco!

Mohamed se sentó en el borde de la cama con los puños apretados intentando dominarse.

—¿A ti no te importa morir?

—Sé por lo que muero.

—¡Te he preguntado si no te importa!

—No, no me importa. Iré al Paraíso, mi familia honrará mi memoria, a cambio de mi vida la suya será mejor. Mis padres malviven; ahora podrán tener una vejez tranquila. Yo sólo les he dado problemas, se sentirán orgullosos cuando sepan que he sido capaz de convertirme en un mártir. Ellos serán importantes y sus vecinos les honrarán. Mi muerte sólo tiene ventajas, Mohamed, lo mismo que la tuya.

—Mis padres no necesitan dinero, ni buscan el reconocimiento de los demás. No creo que a mi madre le haga feliz que me convierta en un mártir.

—Tu madre… en fin… ella se ha españolizado mucho.

—¡No digas nada de mi madre o te mato!

—¡No he dicho nada malo de tu madre! ¡Por favor, Mohamed, contrólate o conseguirás que nos descubran!

—¿Cómo puedes estar tan tranquilo sabiendo que vas a morir?

—Pero ¿por qué tienes tanto miedo a la muerte? Yo soy creyente, he luchado por ser un buen creyente y sé que al otro lado me espera Alá.

—¿Nunca has pensado que puede no haber nada?

—¿Qué quieres decir?

—Que nadie ha vuelto de la muerte para decirnos lo que hay después.

—¡Blasfemo! ¡Calla, no quiero escucharte! Vete y déjame tranquilo, necesito descansar.

Mohamed se metió en la ducha. Cuando salió del cuarto de baño le irritó ver que Ali roncaba. Se puso unos vaqueros y un jersey de lana y salió de la habitación. Iría a pasear por Potes.

Aquel pueblo rodeado de montañas le parecía un lugar lleno de encanto. La noche anterior había comprado una botella de aguardiente para bebérselo con Ali en la habitación, pero éste se había negado a probar el alcohol. Ali se había vuelto cumplidor estricto del islam; en él no quedaban rastros del delincuente que había sido.

En la calle no había nadie, aunque le llegó el olor a pan recién hecho que salía de una tahona que aún no había abierto. Pensó en Laila. Su hermana estaría durmiendo. Sabía que esa misma mañana Mustafa la asesinaría. Estuvo tentado de llamar a su casa y decirle a su padre lo que se proponía hacer su primo, y luego escaparse él mismo, pero ¿adónde iría? Ali tenía razón: el Círculo le encontraría y lo malo no sería que le dieran muerte; lo peor sería que le torturarían hasta que exhalara el último aliento.

Sabía que no tenía vuelta atrás.

Cuando regresó al hotel le sorprendió ver a una pareja de la Guardia Civil hablando con el encargado de recepción. Procuró no mirarles y subió la escalera hacia el primer piso, donde estaba su habitación.

—Ali, despierta, la Guardia Civil está abajo.

Su amigo se incorporó de un salto, esta vez definitivamente despierto.

—¿Te han preguntando algo? ¿Qué hacían?

—No lo sé, hablaban con el de recepción.

Ali miró por la ventana pero no vio nada sospechoso.

—Ya sabes que en todos los pueblos hay Guardia Civil; no tiene por qué ser nada. De todas maneras me visto por si acaso. ¿Quién más había en el vestíbulo del hotel?

—Nadie, aún es muy pronto.

—Vamos a tranquilizarnos. Nadie sabe por qué estamos aquí y además nosotros no tenemos los cinturones con los explosivos, están en el autocar, el chófer tiene el encargo de custodiarlos hasta que se los pidamos. Y en el Círculo no hay traidores, de manera que nadie nos ha delatado. Así que no pasa nada, tranquilicémonos.

—Sí tú lo dices…

—Sí, lo digo. Esperaremos.

Granada

—Laila, ¿me puedes ayudar?

Laila se sobresaltó. No había escuchado a Mustafa entrar en la cocina. Su primo le sonreía con falsa amabilidad.

—¿Qué quieres?

—¿Podrías ayudarme a doblar las camisas?

—¿Tu madre no te ha enseñado a hacerlo? Pues debería.

A Mustafa se le heló la sonrisa y apretó los puños, pero no se movió. Laila notó que estaba haciendo un esfuerzo para evitar una pelea y le sorprendió.

—Sólo te he pedido que me ayudes, no creo que eso te ofenda —respondió él.

Decidió ayudarle. Cuanto antes tuviera hecha la maleta, antes se iría y dejaría de agobiarla su presencia.

—Es muy pronto, ¿a qué hora sale tu autocar para Algeciras?

—A las nueve, pero a mí me gusta ir con tiempo a los sitios.

Salieron de la cocina en dirección al pequeño cuarto que ocupaba Mustafa, situado junto a donde Fátima dormía con sus hijos.

La ropa de Mustafa estaba encima de la cama y la maleta abierta. Laila se acercó a la cama y cogió una de las camisas, que comenzó a doblar. Se volvió cuando escuchó la puerta de la habitación cerrarse e iba a gritar pero no le dio tiempo a hacerlo. Mustafa tapó su boca con una mano mientras con la otra clavaba un inmenso cuchillo en su garganta. Sintió un dolor agudo, un dolor insoportable, por el que se le escapaba la vida, luego la negrura de la muerte se adueñó de ella.

Fátima se despertó al escuchar un ruido en la habitación de al lado. Se quedó en silencio intentando escuchar algún otro sonido, pero no oyó nada salvo los pasos de Mustafa. ¿Qué estaría haciendo el joven a aquella hora tan temprana? Miró a sus hijos y se tranquilizó al verles dormir plácidamente. Luego se levantó y se puso una bata y con cuidado, intentando no hacer ruido, salió al pasillo. La puerta de la habitación de Mustafa estaba cerrada, no así la de Laila. Se dirigió a la habitación de su cuñada con aprensión. No había nadie. Luego fue a la cocina, donde encontró café recién hecho y una taza medio vacía.

Buscó a Laila por toda la casa procurando no hacer ruido y despertar a sus suegros, pero fue Mustafa el que le salió al paso.

—¿Qué haces? —le preguntó en voz baja pero con un tono airado.

—Busco a Laila.

—Ha salido, creo que iba a correr.

Fátima se tranquilizó. Era normal que Laila madrugara y se fuera a hacer footing, aunque quizá era demasiado pronto.

—Bien, ¿necesitas algo? —preguntó a Mustafa.

—No, no necesito nada, pero me duele la cabeza, creo que me voy a volver a la cama.

—¿A qué hora sale tu autocar?

—A las nueve, pero creo que voy a coger otro que salga más tarde. Además, hay varios ferrys y si no embarco en uno embarcaré en otro. Ahora me voy a dormir, no me encuentro bien.

—Puedo darte una aspirina o prepararte un té —le ofreció Fátima.

—No, no quiero nada, y si no te importa procura que nadie me moleste hasta que me despierte.

—De acuerdo.

Regresó a su cuarto inquieta. Había algo en la actitud de Mustafa que la llevaba a desconfiar, y recordó la recomendación de Mohamed para que cuidara de su hermana.

Se sentó en el borde de la cama sin saber qué hacer, luego se vistió con rapidez y se fue a la cocina a esperar a Laila. No estaría tranquila hasta que la viera regresar.

Madrid, madrugada del Viernes Santo

Arturo García, jefe de la delegación del Centro de Coordinación Antiterrorista de la Unión Europea en Madrid, telefoneó a Lorenzo Panetta.

—Puede que hayamos encontrado algo. Ya he hablado con los israelíes, y con los norteamericanos. Verá, hace unos días salió de Granada un grupo de peregrinos con destino a Jordania y Tierra Santa. La excursión la encargó una parroquia granadina a la agencia de Omar, el hombre que organizó la conferencia de

Salim al-Bashir en Granada. Aún no nos hemos hecho con la lista completa de los peregrinos, pero espero tenerla esta misma mañana. En cualquier caso los israelíes ya tienen los datos y supongo que encontrarán a ese grupo de inmediato. Omar también ha mandado un par de autocares con peregrinos a Santo Toribio. Por lo que sabemos, los peregrinos están alojados en Potes, un pueblo a dos kilómetros de Santo Toribio, y tienen previsto subir al monasterio para los oficios. Tenemos hombres por todas partes, vigilando. Hemos hablado con los monjes y han puesto a buen recaudo el *Lignum Crucis*. En realidad, dos de los monjes escoltados por la Guardia Civil acaban de salir del monasterio con las reliquias más importantes. La duda que tenemos es si cortar el acceso a Santo Toribio y así evitar la llegada de los terroristas o permitir que continúen llegando peregrinos a ganar el jubileo, y rezar para ser capaces de encontrar a esos desalmados.

—¿Y qué van a hacer? —preguntó Panetta.

—Ésa es una decisión política; es difícil asumir que esa gente pueda salirse con la suya y provocar una matanza. Si no somos capaces de detenerles antes, ¿imagina lo que sucedería si la opinión pública se enterase de que hemos permitido que los peregrinos sirvieran de conejillos de Indias?

—Pero eso significa que los terroristas pueden escaparse.

—Sí, es una decisión difícil de tomar. Le llamaré desde allí.

—¿Se va usted a Santo Toribio?

—En realidad ya estoy de camino: un helicóptero de la Guardia Civil está a punto de despegar. En una hora estaré sobre el terreno.

Cuando terminó de hablar con el policía español, Panetta telefoneó a Matthew Lucas.

—Lo sé, Lorenzo, tenemos toda la información, ese tal Omar da cobertura a los terroristas del Círculo a través de su agencia de viajes. Los españoles han hecho un buen trabajo, lástima que un poco tarde.

—¡Vamos, Matthew, no sea injusto! Esa gente es difícil de encontrar, lo sabe bien. ¿Cuánto tiempo llevamos nosotros intentándolo?

—Tiene razón. Supongo que me desespera saber que vamos contrarreloj. Los israelíes han decidido que van a permitir que los peregrinos lleguen hasta el Santo Sepulcro. Se puede imaginar cómo está Jerusalén en Semana Santa, con gente de todo el mundo que viene rezar. Por lo que sé ya han hablado con las autoridades eclesiásticas que se encargan del Santo Sepulcro, y ha habido un pequeño lío, porque aquí son igualmente responsables los ortodoxos que los católicos. Resulta imposible sacar las reliquias, el lugar en sí es una reliquia. La idea es impedir que entren los peregrinos informándoles de que la iglesia está llena. A ellos no les extrañará, pues suelen hacer colas de hasta seis horas para entrar, de manera que se han colocado controles y vallas con la excusa de ordenar la entrada, supongo que la fila llegará a ser inmensa. Mientras, los soldados y los servicios de inteligencia buscarán entre los peregrinos. ¡Ojalá los terroristas estén en el grupo de la excursión de Omar!

—¿Se sabe ya en qué hotel están?

—La policía está en ello, no creo que tarden mucho en saberlo.

—Que tengan suerte.

—¿Y ustedes?

—Nada, no sabemos por dónde empezar. Puede ser en la basílica de San Pedro, o en cualquier iglesia de Roma. Estamos a ciegas.

—¿No le han vuelto a llamar del castillo? ¿No sabe nada?

—No, no me han vuelto a llamar y temo lo que le pueda pasar a nuestra fuente si el conde descubre que le estaba espiando.

—Lo siento, de verdad.

—Le creo, Matthew, le creo. Llámeme si hay alguna novedad.

—Lo haré. También he hablado con Hans Wein; está de los nervios.

—Todos lo estamos.

—No entiendo por qué todo el mundo se ha empecinado en no hacer nada respecto a Salim al-Bashir.

—Yo tampoco, aunque gracias a los españoles hemos logrado una pista importante, ese amigo de Bashir, el tal Omar, puede ser uno de los jefes del Círculo.

—Le llamaré, dele recuerdos al padre Aguirre, supongo que estará desesperado.

—Como todos nosotros. Los únicos que están de suerte son los turcos. Tienen controlado al comando, saben dónde, cómo y cuándo piensan actuar. Sólo tienen que detenerles.

42

Estambul, Viernes Santo, ocho de la mañana

Ylena se terminó de colocar el *hiyab* sobre el cabello. Su prima también lo llevaba puesto; su hermano y su primo estaban listos.

Habían pedido el desayuno en la habitación. En realidad apenas habían salido del hotel; procuraban no llamar demasiado la atención.

—¿Estás preparada? —le preguntó su hermano.

—Lo estoy.

—Si tú quieres…

—Calla —le ordenó ella—. Lo único que quiero es venganza. Te aseguro que en el momento en que apriete el botón del detonador seré feliz. ¿Vosotros estáis preparados?

—Lo estamos.

—Procura vivir, con que yo muera es suficiente. No me gustaría que terminaras tus días en una cárcel turca.

—Sabes que no nos cogerán vivos.

—Es lo único que me preocupa. Estos cerdos son capaces de todo.

La conversación de Ylena con su hermano le llegaba con claridad al coronel Halman. Por un momento tuvo ganas de irrumpir desde la habitación contigua a la que ocupaban los terroristas y preguntarles quién era más cerdo, si él que jamás había matado a nadie a sangre fría o ellos que pretendían provocar una matanza. Porque no tenía la menor duda de que si pudiesen lograr su propósito morirían muchos inocentes. Eran cientos de turistas de todo el mundo los que visitaban cada día Topkapi, eso sin contar los colegios que llevaban a sus alumnos a visitar el antiguo palacio de los sultanes.

El militar turco decidió llamar por teléfono a Panetta para anunciarle que iba a proceder a la detención del comando. No tenía sentido dejarles seguir adelante puesto que no se habían puesto en contacto con nadie, ni nadie lo había hecho con ellos. Los dos hombres del Yugoslavo que parecían vigilar a la muchacha tampoco se habían reunido con ninguna persona.

Lorenzo Panetta escuchó las explicaciones del coronel y le pidió que no les detuviera.

—Dejéles llegar hasta Topkapi; puede que allí les esté esperando algún contacto. No creo que sea correr demasiados riesgos.

—Pues yo creo que sí los corremos. En estos dos días no han mencionado dónde esconden los explosivos y puede que si se ponen nerviosos o intuyen algo decidan volarse, no importa dónde. No deberíamos correr ese riesgo.

—Vamos, coronel, es evidente que los explosivos deben de estar en la silla, esa chica anda sin ningún problema, y si hasta ahora no se han dado cuenta de que les tienen controlados no tienen por qué desconfiar. Le ruego que les permita llegar hasta Topkapi... incluso que lleguen hasta el pabellón donde guardan las reliquias del Profeta, puede que si tienen algún contacto les esté esperando allí.

—¡Está loco! ¿Cómo cree que voy a permitir que lleguen al pabellón de nuestras reliquias? Por nada del mundo aceptaré que esos cerdos puedan acercarse a los objetos que pertenecieron al Profeta.

—Se trata de medir bien el tiempo; sé que no es fácil, pero tampoco imposible.

—No, no lo haré. Dejaré que vayan a Topkapi, pero antes de que puedan dirigirse al pabellón donde guardamos las reliquias de Mahoma les detendré, y rece para que no pase nada. Estamos colaborando en todo lo que nos piden pero no al precio de permitir una matanza.

—¡Por Dios, no le estoy pidiendo que permita una matanza, sólo que averigüe si tienen cómplices!

—Yo decidiré el momento de la detención —insistió el coronel Halman.

—Naturalmente, es usted el que está sobre el terreno.

Cuando Panetta colgó el teléfono empujó el cenicero, malhumorado.

—¡Qué susceptible es este Halman!

—Está aceptando una gran responsabilidad —respondió el comisario Moretti, delegado del Centro Antiterrorista en Roma que había asistido a la conversación entre Panetta y Halman.

—Todos estamos asumiendo una gran responsabilidad. Pero tenemos que aprovechar todos los resquicios; hay que saber si la chica se pone en contacto con alguien.

—Si no lo ha hecho hasta ahora, es improbable que en el último minuto lo haga. No quisiera estar en la piel de Halman: si no la detiene a tiempo se encontraría con una catástrofe.

—Tiene razón. Además, somos nosotros los que tenemos que evitar que aquí ocurra otra catástrofe y no sabemos ni por dónde empezar.

Salieron de la habitación y se encaminaron hacia el ascensor donde una pareja también esperaba para bajar al vestíbulo. Ylena no les prestó demasiada atención. Su prima empujaba la silla y su hermano y su primo las flanqueaban.

Su primo fue a buscar el monovolumen que habían alquilado y, ayudados por el portero del hotel, acomodaron a Ylena dentro del coche.

Tardaron en llegar más de media hora, porque el tráfico de Estambul estaba especialmente denso aquella mañana en que turistas de todas partes habían acudido a visitar la ciudad.

Llegaron hasta la cima de la colina, explicando a los guardias que intentaban controlar el tráfico que llevaban a una inválida.

Buscaron un lugar donde aparcar cerca de los autocares que iban dejando su cargamento de turistas.

—¿Estás nerviosa? —la preguntó su prima a Ylena.

—No, no lo estoy. Soy feliz.

Guardaron su turno haciendo cola y su hermano sacó los tíquets para entrar en Topkapi.

—Afortunadamente no parece haber mucha gente —dijo el joven.

—No es nada espectacular —dijo Ylena.

—¿No te impresiona? —replicó su prima sonriendo.

—No, el lugar es bonito porque se ve el mar, pero como palacio… no sé, en realidad son sólo pabellones.

—Desde los que se dominó buena parte del mundo —apostilló su hermano.

Un grupo de turistas italianos escuchaban las explicaciones del guía mientras aguardaban su turno para entrar en el palacio.

—Ya les he dicho que Topkapi lo construyó Mehmet, pero cada sultán añadía pabellones nuevos. Topkapi ha sufrido cuatro incendios, y de la época de Mehmet queda el edificio del Tesoro llamado Raht Hazinesi, el Pabellón de los Azulejos Cinili Kösk y los muros internos y externos. El palacio tiene tres áreas, el palacio interno, el palacio externo y el harén. El primer patio, que es donde están estacionados los autocares, fue el cuartel de los jenízaros.

Los guardias que controlaban los accesos a Topkapi no les prestaron especial atención; incluso permitieron que accedieran al recinto sin pasar por el arco detector de metales, aunque unos amables funcionarios discutían con los guías de los grupos para organizar la visita de éstos dentro del recinto. Los guías se quejaban de que les impusieran un itinerario en vez de dejarles organizar la visita como siempre habían hecho.

—Son muy confiados —afirmó el primo de Ylena una vez que hubieron pasado el primer control.

—No tienen por qué desconfiar de nosotros; sólo somos turistas —respondió el hermano de Ylena.

Tampoco encontraron ningún obstáculo para atravesar el segundo pórtico, el de Bab U Selam o de las salutaciones, que fue construido por Solimán el Magnífico.

—Vamos directamente al pabellón de las reliquias —ordenó Ylena a su prima, que continuaba empujando la silla.

—No, no seas impaciente, paseemos primero, como si de verdad fuéramos turistas —sugirió su prima—. Mira, podemos empezar por el harén.

Ylena asintió de mala gana. Sentía la necesidad imperiosa de cumplir con su objetivo: infligir una herida al islam, y no veía razón para retrasar más tiempo su venganza.

Entraron en el harén y, como el resto de los visitantes, observaron curiosos aquellas paredes que habían sido las estancias de las mujeres de los sultanes y de sus hijos.

El grupo de turistas italianos que habían encontrado a la entrada salían del harén bromeando sobre las odaliscas al tiempo que inmortalizaban el lugar con sus cámaras digitales. Otro grupo de turistas, éstos turcos, y la mayoría hombres, entraron en el harén. A Ylena le fastidiaban las miradas de conmiseración que le dirigían.

«Si supierais lo que voy a hacer, me temeríais en vez de compadecerme», pensaba ella.

—¿Por qué no salimos? —pidió impaciente.

Su prima empujó la silla hacia la salida mientras su hermano le pedía que no se impacientara.

—No te pongas nerviosa.

—No lo estoy, sólo quiero terminar con esto.

—Parece que tienes prisa en morir —le reprochó su primo.

—Sí, tienes razón, tengo prisa en morir.

Atravesaron el Bab U Saadet, el Pórtico de la Felicidad, por el que antaño sólo podía pasar el sultán y, a continuación, se encontraron junto a la Arz Odasi, la Sala de Peticiones del gran visir.

—Aquí venía gente del mundo entero a solicitar favores al gran visir y éste los estudiaba y luego decidía si se los transmitía o no al sultán —dijo el hermano de Ylena.

—¡Qué más da lo que hicieran! —El tono irritado de Ylena les preocupó.

—¡Vamos, no te enfades! Tú misma nos has repetido que teníamos que ser cautos y hacer las cosas bien. Además... bueno, no sólo vas a morir tú, es muy probable que también muramos nosotros. Déjanos disfrutar de estos últimos minutos —dijo su hermano.

—¡Alabando a los sultanes!

—Respirando, Ylena, sólo respirando —respondió su primo.

El grupo de turistas turcos con su guía al frente llegó donde estaban ellos. El guía explicaba cada rincón del lugar.

—Y ahora a la derecha verán ustedes otro pabellón, es la Tesorería, y es la antigua residencia de Mehmet el Conquistador; aquí se guardan algunos de los regalos que recibía el sultán. Y a la izquierda de este patio... sí, justo ahí —dijo señalando otra puerta— están las salas donde se guardan las santas reliquias. A partir de 1517 empezaron a llegar objetos que habían pertenecido al profeta Mahoma y que hasta ese momento se encontraban en La Meca y en El Cairo. Podrán ver ustedes desde espadas hasta pelos de la barba de Mahoma, uno de sus dientes, el estandarte, el Manto Santo... Estas reliquias permanecieron siempre custodiadas lejos de los ojos de los habitantes de la ciudad, aunque el estandarte era la excepción porque en alguna ocasión fue sacado en procesión por las calles de la ciudad. En el pabellón donde se albergan las reliquias hay lectores que recitan el Corán día y noche. Síganme, ahora tenemos la suerte de poder contemplarlas.

Para los musulmanes estas reliquias son igual de importantes que lo pueden ser para los católicos la Sábana Santa de Turín o los restos de la Santa Cruz que se encuentran en catedrales, iglesias y basílicas de media Europa.

Ylena miró a su prima y ésta entendió que no debían demorarse más, así que a pesar de que sentía un nudo en el estómago, empujó la silla hacia la entrada del Pabellón de las Reliquias.

De repente, sin que supieran de dónde habían salido, los cuatro jóvenes se encontraron rodeados por un grupo de policías y soldados armados. Ylena miró a su alrededor dándose cuenta de que los turistas turcos no eran tales, sino policías de paisano, y que en la explanada no quedaba nadie excepto ellos.

El coronel Halman empezó a abrirse paso entre sus hombres aprovechando el desconcierto de los cuatro jóvenes.

—¡Entréguense! —les ordenó el militar hablando en inglés—. Su aventura ha terminado, ¡pongan las manos en alto!

El hermano y el primo de Ylena la miraron y pudieron leer en sus ojos ira y determinación, y cómo esbozaba una sonrisa murmurando «adiós». Un segundo después se produjo la explosión.

Entre la espesura del humo se podían escuchar gritos y gemidos. Las sirenas de las ambulancias irrumpieron en el recinto.

Cuando se despejó el humo lo que se podía ver sobre la explanada era dantesco. Restos de cuerpos mutilados, los de los jóvenes y también los de los agentes que se encontraban más cerca de ellos.

La confusión se había adueñado del lugar. Entre los gritos podía escucharse la voz firme del coronel Halman intentando hacerse con la situación a pesar de estar herido.

—¡No han alcanzado las reliquias, pero se ha derrumbado parte del muro de entrada al pabellón! —gritaba un policía.

Al recinto comenzaron a llegar camiones del Ejército con más soldados que fueron tomando posiciones dentro de Topkapi al tiempo que ayudaban a desalojar a los turistas que habían sido llevados hacia el cuarto patio por sus guías, después de haber recibido instrucciones precisas de no pararse ni en el primer ni en el segundo patio.

Todos escucharon la explosión sin saber de dónde provenía, aunque de repente vieron llegar a grupos de soldados que les obligaban a abandonar el lugar. Evacuaron en pocos minutos a los visitantes, alterados por la confusión.

Cuando en Topkapi sólo quedaron los soldados, la policía y los servicios médicos que se habían desplazado al lugar, el coronel Halman telefoneó a sus jefes para informarles del resultado de la operación y a continuación llamó a Lorenzo Panetta.

—Han muerto los cuatro terroristas y diez de mis hombres. Además, tengo otros veinte heridos, algunos de gravedad.

—Lo siento, ¿cómo ha sucedido? —preguntó Panetta.

—La apuesta ha sido muy fuerte, hemos corrido un gran riesgo. No íbamos a permitir que los turistas entraran hoy en Topkapi, pero pensamos que los terroristas habrían sospechado si no hubieran encontrado un clima de normalidad. De manera que hemos permitido que fueran entrando con cuentagotas algunos grupos, desviándoles hacia otras zonas del palacio lo suficientemente alejadas para que no corrieran peligro. No ha sido fácil, los guías han lanzado todo tipo de improperios porque no entendían por qué no se les permitía organizar la visita de Topkapi como siempre habían hecho. Créame si le digo que he rezado para que ningún turista se despistara de su grupo. Los terroristas han estado en todo momento rodeados sin saberlo por un grupo de policías y soldados vestidos de paisano como simples turistas. Nadie se puso en contacto con los terroristas; hice lo que me pidió a pesar de los riesgos, aguardé hasta el último momento para ver si alguien se ponía en contacto con los terroristas, si tenían algún cómplice; e intentamos detenerles justo en el momento en que iban a entrar en el Pabellón de las Santas Reliquias. La muchacha debió activar la carga del explosivo y... se puede imaginar el resto. Será difícil identificar los cadáveres.

—¿Y las reliquias del Profeta? —preguntó con preocupación Lorenzo Panetta.

—Intactas, no han sufrido ningún daño. Alá sea loado por haberlas protegido.

—Y por evitar un derramamiento de sangre mayor, ¿se imagina, coronel, lo que habría sucedido si llegan a destruir esas reliquias?

—Sí, habría habido un baño de sangre.

—Siento lo de sus hombres.

—Imagínese lo que va a suponer hablar con sus familias…

—¿Podrían retener la información de lo sucedido durante unas horas?

—¡Usted pide imposibles! Aquí había gente, demasiada gente para guardar un secreto. Turistas, guías, funcionarios, soldados, policías… No, no podemos retener la información mucho tiempo, ¿por qué?

—¿Qué van a decir?

—¿Qué sugiere que digamos?

—Permítame hablar con el director del Centro de Coordinación Antiterrorista en Bruselas, y le llamo de inmediato.

—Mis jefes han hablado ya con el suyo.

—Deme cinco minutos.

Lorenzo encendió un cigarrillo y aspiró hasta lo más profundo el humo. Luego relató brevemente al padre Aguirre y al comisario Moretti cuanto le había explicado el coronel Halman.

—¡Han tenido mucho valor! ¡Se la han jugado! Ese coronel Halman debe de ser un fuera de serie —exclamó el comisario Moretti.

—Sí, ha arriesgado mucho, y organizar una operación así es muy difícil. Si llega a morir un solo turista, el gobierno turco y nosotros nos habríamos visto en dificultades. Nos habrían acusado de poner en peligro vidas inocentes.

—Es lo que hemos hecho —afirmó Moretti.

—Es lo que muchas veces hacemos pensando que así salvaremos muchas vidas, pero no me siento orgulloso de ello.

Hans Wein estaba conmocionado y aliviado al mismo tiempo.

—Al menos lo de Estambul no ha salido mal —dijo Wein a Panetta.

—Han muerto diez hombres, además de los cuatro terroristas, y también hay numerosos heridos, pero no, no ha salido mal para lo que podía haber sucedido.

—Si esos locos hubieran destruido las reliquias de Mahoma ahora mismo habría muchos más muertos. ¿Te imaginas la reacción de los islamistas fanáticos?

—Agradezcámosles a los turcos su sacrificio —dijo Panetta.

—¿Habéis avanzado algo?

—No, seguimos a ciegas, y dentro de una hora el Santo Padre dirigirá los oficios litúrgicos del Viernes Santo. No hay un solo rincón del Vaticano sin protección.

—Pero no sabemos si atacarán el Vaticano… —respondió Hans Wein.

—No, no lo sabemos, pero hay que proteger al Papa. ¿Qué pasa con los israelíes?

—He hablado hace un minuto con ellos y también con Matthew Lucas. Han localizado al grupo de turistas que llegó a Israel con la agencia de viajes de Omar. Los israelíes también les van a permitir acercarse al Santo Sepulcro. Todo esto es una locura… —se lamentó Wein.

—Nunca he rezado tanto en mi vida —confesó Panetta.

—Los turcos me consultan sobre el comunicado oficial de los hechos. En mi opinión es mejor decir la verdad —afirmó Wein.

—Sí, siempre es mejor decir la verdad, pero no es necesario hacerlo ahora mismo. De lo contrario alertaríamos al resto de los comandos que se proponen atentar.

—De acuerdo. ¿Qué quieres que diga a los turcos?

—Quizá pueden decir que ha habido una explosión, no se sabe si intencionada, y que han muerto varias personas.

—No es convincente, ¿No es muy sorprendente que hayan muerto sólo soldados y policías?

—Si decimos que les estaban siguiendo, entonces sabrán que tenemos más información.

—Yo sigo sin encontrar la conexión entre esa Ylena y el Círculo —se quejó Wein.

—Pero existe; puede que ni ellos sepan que la hay, pero la hay —insistió Panetta.

—Bueno, ¿entonces qué propones?

—Decir lo menos posible. Siempre se puede echar mano del socorrido «estamos investigando, en estos momentos barajamos todas las hipótesis, les iremos informando».

—Vale, información de bajo perfil mientras se pueda.

—Al menos durante unas horas. Sabemos que los atentados serán hoy, intentemos ganar el día.

—De acuerdo.

Lorenzo Panetta sabía que Hans Wein hablaría con el gobierno turco y él telefoneó a su vez al coronel Halman.

—Coronel, diga lo menos posible, ya sabe: que están investigando, que en las próximas horas tendrán más información, etcétera, etcétera, etcétera.

—Sí, ya me sé esa canción.

—Hay otros comandos dispuestos a actuar, a dos de ellos parece que les tenemos localizados, el tercero... el tercero sabemos que actuará en Roma, pero no sabemos dónde ni cuándo. Necesito tiempo, no podemos alertarles.

—Haré lo que pueda.

—Gracias.

43

Jerusalén, Viernes Santo

Hakim se había unido al grupo de peregrinos granadinos con los que había llegado a Israel. Llevaban diez minutos haciendo el Vía Crucis por las viejas calles de Jerusalén. Él murmuraba entre dientes como si también estuviera rezando el rosario, procurando pasar inadvertido para cualquiera que le mirara.

Mientras murmuraba la oración iba observando a derecha e izquierda, intentando sopesar si había más soldados de lo habitual patrullando las calles de la ciudad vieja. Los había, admitió Hakim, pero pensó que acaso era debido a la gran afluencia de turistas que en aquellas fechas visitan Israel.

No tenía miedo, nadie parecía fijarse en él. Se sentía invisible caminando con los peregrinos.

Al igual que su grupo, otros muchos cientos de peregrinos rezaban al paso de las estaciones, de aquellos lugares donde Cristo había caminado con la Cruz. Sonrió para sus adentros al pensar en la Cruz. Los cristianos jamás se repondrían del golpe que iban a recibir. La voladura del Santo Sepulcro, la destrucción de Santo Toribio donde guardaban el trozo de madero más grande de cuantos había y la de la basílica de la Santa Cruz de Jerusalén en Roma… No, los políticos pusilánimes no podrían mirar hacia otro lado para evitar la confrontación, no tendrían más remedio que aceptar que estaban en guerra. Hasta entonces los europeos se habían negado a admitirlo, pero después de aquello ya no podrían ignorar la realidad. El Círculo acabaría con Occidente; llegaría el día en el que la bandera de la media luna ondearía en todas las capitales de Europa, y las iglesias serían convertidas en mezquitas.

Perdido en sus pensamientos no se dio cuenta de que se estaban acercando al Santo Sepulcro. Allí parecía haber más controles que en ocasiones anteriores, la gente protestaba al ser examinada de arriba abajo, teniendo que mostrar cuanto llevaba en bolsos y mochilas.

«El sujeto parece que se está percatando de la situación», decía un agente de seguridad a través del micrófono que llevaba disimulado en la solapa, pero cuyo sonido nítido llegó a la sala de operaciones en la que los servicios de inteligencia y la policía israelí trabajaban desde hacía días para evitar el atentado.

Matthew Lucas intentaba controlar su nerviosismo. No hacía más que preguntar por qué no le detenían ya.

—Si se da cuenta de que está rodeado es capaz de suicidarse en medio de toda esa multitud y habrá una carnicería —le respondió el coronel Kaffman, jefe del Mossad.

Pero no parecían escucharle, aunque podía ver que los hombres que estaban en aquella sala tenían los rostros tensos y no podían disimular la angustia que les provocaba la situación.

El coronel que dirigía la operación dio una orden al agente que acababa de hablar.

—Ahora.

Matthew Lucas le interrogó con la mirada. ¿Qué había querido decir con «ahora»? Y se lamentó en voz baja de la actitud de los israelíes; pasaban por ser los mejores aliados de Estados Unidos, pero parecían no confiar en nadie; le habían dejado asistir como espectador pero sin prestarle atención.

Faltaban quinientos metros para llegar a la puerta del Santo Sepulcro. Hakim y el resto del grupo tuvieron que pararse. Los controles estaban provocando una larga cola que les obligaba a esperar.

Hakim se dio cuenta de que difícilmente podría entrar en la iglesia. Said le había dicho que los judíos solían adoptar medidas de seguridad pero procurando no molestar a los turistas. Miró hacia atrás para ver si tenía alguna vía de escape, pero comprendió que retroceder en medio de aquel gentío que empujaba para llegar al Santo Sepulcro iba a resultar imposible. Inmediatamente se arrepintió de haber pensado en escapar. No podía hacerlo, estaba allí para morir y moriría. Si no podía entrar en el Santo Sepulcro, al menos destruiría la entrada de la iglesia, ya que en cuanto estuviera suficientemente cerca, en cuanto los soldados se dispusieran a cachear a su grupo, él haría estallar la carga. Muchos de aquellos peregrinos morirían con él.

Se sintió desolado al ser consciente de que no podía lograr el objetivo fijado. Omar se llevaría una profunda decepción y Salim al-Bashir pensaría que se habían equivocado de hombre encomendándole una misión que había sido incapaz de cumplir.

Odió más que nunca a los judíos por impedirle cumplir con su misión, mientras miraba con desprecio a aquella gente que no dejaba de rezar a su alrededor.

De repente sintió que le cogían los brazos y se los llevaban a la espalda.

—No te muevas —escuchó que le decían en perfecto español.

Luego se sintió arrastrado del lugar, mientras los peregrinos de su grupo iniciaban una protesta al ver que se lo llevaban.

—Tenemos al sujeto —dijo el agente a través de su micrófono invisible, mientras arrastraban a Hakim fuera del gentío, camino de la Puerta de Damasco.

En la sala de operaciones suspiraron con alivio. No habían localizado al grupo de turistas hasta esa misma mañana y a Hakim hasta hacía una hora. Era un milagro.

Hakim no podía moverse y sentía que las lágrimas se le agolpaban en los ojos. Lágrimas de frustración, de ira y de dolor.

Salieron por la Puerta de Damasco, donde a esa hora cientos de personas entraban y salían de la ciudad tres veces santa. Allí les esperaba un coche en el que le metieron, con dos agentes a cada lado, además del que conducía y otro que iba en la parte de delante apuntándole con una pistola.

—Buen trabajo —les dijo el de la pistola a los dos hombres que habían detenido a Hakim y a continuación les ordenó ponerle las esposas.

Fue un segundo, sólo un segundo el que Hakim tuvo una de las manos libres, y no dudó. Tiró del detonador que llevaba en el cinturón.

El coche explotó saltando por los aires y llevándose consigo las vidas no sólo de sus ocupantes: otros vehículos se vieron alcanzados por la explosión.

El caos se adueñó del lugar a pesar de que enseguida comenzaron a llegar coches de la policía y ambulancias.

En la sala de operaciones hubo un momento de confusión, aunque el coronel Kaffman se impuso de inmediato dando órdenes a unos y a otros, mientras pedía que los agentes que estaban en los alrededores de la Puerta de Damasco le informaran sin demora.

Matthew Lucas pudo escuchar la voz entrecortada de un agente que informaba desde el lugar de los hechos: «El coche ha saltado por los aires. Hay heridos y muertos, esto es horrible… Debía de llevar un cinturón con explosivos y ha podido activarlo. Aún no lo sabemos, el laboratorio lo confirmará. Creo que hay turistas entre las víctimas, aunque también hay palestinos y gente nuestra…».

—Parecía que habíamos hecho lo más difícil, encontrar a ese hombre y detenerlo, y no hemos sido capaces de evitar lo que tendría que haber sido lo más sencillo —se lamentó el coronel Kaffman.

Matthew Lucas sentía un nudo en la garganta, pero pidió permiso para acercarse al lugar de la explosión.

—Venga conmigo —le dijo el coronel—, de lo contrario no podrá acercarse.

De camino a la Puerta de Damasco Matthew telefoneó a su jefe y a continuación a Lorenzo Panetta.

—No ha sido posible evitar el horror. Ha habido una explosión y muertos —le dijo.

—¡Dios mío! ¿Qué ha pasado?

—Hasta esta mañana no identificaron a todos los peregrinos que habían venido en la excursión organizada por Omar. Al parecer el sujeto se llamaba Hakim, con pasaporte español. Mi jefe ha hablado con el Centro Antiterrorista de Madrid y el comisario García le ha llamado para decirle que el tal Hakim tenía la nacionalidad española pero era de origen marroquí. Al parecer era el alcalde de un pueblo de Granada, Caños Blancos. Un hombre fuera de toda sospecha. Las autoridades españolas le tenían por un moderado, y el pueblo como un ejemplo.

—Sí, el comisario García también habló conmigo. Hakim era un hombre sin escrúpulos —respondió Panetta.

—Sí, bueno, Hakim no estaba en el hotel junto al resto de los peregrinos con los que llegó a Israel y no participaba de todas las excursiones de éstos. No sabemos quién es su contacto, ni dónde se ha alojado, no le hemos localizado hasta que no se ha unido a su grupo, pero llegó solo al hotel donde estaban y desde allí salieron camino del Santo Sepulcro.

—¡Pero dígame qué ha pasado!

—Le detuvieron cerca del Santo Sepulcro, lograron sacarle de entre los peregrinos, pero al parecer pudo acceder al detonador que llevaba encima y volarse; bueno, junto a él han volado policías y agentes israelíes, turistas, palestinos… aún no sabemos cuánta gente ha muerto. Voy camino del lugar.

—¿Y la iglesia?

—La iglesia del Santo Sepulcro no se ha visto afectada; en realidad la explosión se ha producido fuera de las murallas.

Lorenzo Panetta dio gracias a Dios en silencio. Lamentaba

los muertos, pero se decía que podía haber habido muchos más si no le hubieran detenido a tiempo.

El coronel Kaffman le pidió el teléfono a Matthew Lucas.

—¿Señor Panetta? Soy el coronel Kaffman. Le aseguro que hemos hecho lo imposible. Hemos trabajado contrarreloj, y a pesar de lo sucedido puede decirse que hemos tenido suerte. Aunque desgraciadamente no sabemos nada sobre los contactos de este terrorista en Israel, y le puedo asegurar que para nosotros habría sido de vital importancia, puesto que el Círculo es la única organización terrorista invisible. Si ustedes nos hubieran avisado antes de lo que pasaba, quizá habríamos podido hacer más.

—Le aseguro, coronel, que me hubiera gustado poder decirles algo antes, pero hemos trabajado con hipótesis, sin certidumbres, y… bueno, cuando hemos tenido algo real les hemos avisado de inmediato.

—Demasiado tarde, señor Panetta, demasiado tarde. Desgraciadamente han muerto muchos inocentes.

—Todos los muertos son inocentes, coronel.

—No, señor Panetta, todos no.

44

Viernes Santo, castillo d'Amis, sur de Francia

A Edward le había sorprendido encontrar al conde sentado ante el televisor cuando, como cada mañana, acudió a despertarle con la bandeja del desayuno.

El conde ya estaba vestido y parecía inquieto, aunque no dijo nada que hiciera llegar a Edward a esa conclusión. Eran muchos los años a su servicio, y el mayordomo podía leer en el rostro del señor del castillo.

En cualquier otro momento habría hecho algún comentario para intentar averiguar a través de la respuesta qué preocupaba al conde d'Amis, pero Edward pensó que bastante tenía él con sus propios problemas.

Raymond de la Pallisière se había encerrado en su despacho. Pidió a Edward que nadie le molestara, ni siquiera su hija, pero el mayordomo sabía que esa orden no rezaría para Catherine. La hija del conde era una mujer tozuda, que no se atenía a las reglas. Sentía simpatía hacia ella porque desde su llegada el castillo parecía haber revivido, pero no se engañaba: cuando Catherine se convirtiera en condesa d'Amis le despediría.

Eran cerca de las once cuando Catherine se presentó delante de la puerta del despacho de su padre y, sin hacer caso de las advertencias de Edward, empujó la puerta y entró.

—¿Qué sucede? —le preguntó a su padre a modo de saludo, observándole con curiosidad al verle sentado ante el televisor y con un transistor pegado a la oreja.

El conde hizo un gesto de desagrado por la irrupción de su hija pero la invitó a sentarse.

—Estoy escuchando las noticias.

—¿Algo interesante?

—¿Es que nunca ves la televisión?

—La CNN; las cadenas europeas apenas informan sobre Estados Unidos salvo para decir que George Bush es un pobre diablo empecinado en hacer el mal.

—Ha habido una explosión en Estambul, y al parecer otra en Jerusalén.

—¿Sí? ¿Qué clase de explosiones?

—No hay demasiada información, dicen que en Estambul la explosión la ha podido provocar un escape de gas. No lo sé. En cuanto a Jerusalén...

—Pues algún terrorista habrá decidido inmolarse. Es lo que suelen hacer por aquella zona, ¿no? —le interrumpió Catherine sin dar demasiada importancia a lo que le decía su padre.

—¿Te da lo mismo? —le preguntó el conde.

—No es que me dé lo mismo, es que vivimos en un mundo que es así; creo que nos hemos ido inmunizando ante los actos horrorosos. Somos capaces de ver los informativos mientras comemos, en nada afecta a nuestra vida cotidiana. ¿Cuántas veces has visto las imágenes de un atentado con varios muertos y has continuado haciendo lo que tenías previsto?

—Una reflexión muy cínica, Catherine.

—Una reflexión real como la vida misma. Pero dime: ¿qué te preocupa?

—Nada, nada en especial.

El pitido del teléfono móvil alertó a Raymond. Miró la pantalla y leyó: NÚMERO PRIVADO. Temía que fuera el Facilitador. Las cosas no estaban saliendo como habían planeado.

—Catherine, ¿te importa dejarme a solas unos minutos?

Ella se levantó ofendida y salió sin decir palabra.

—Sí… —El tono de voz de Raymond estaba cargado de tensión.

—¿Qué está sucediendo? —escuchó decir al Facilitador.

—No lo sé. He intentado ponerme en contacto con el Yugoslavo para saber qué ha sucedido en Estambul, pero parece que se ha esfumado. No responde en ninguno de sus teléfonos.

—En los noticieros no se mencionan las reliquias.

—Lo sé. Estoy viendo la CNN, y los presentadores especulan con una explosión de gas.

—Yo sé un poco más que usted. El gobierno turco ha decidido retener la información unas cuantas horas a petición del Centro de Coordinación Antiterrorista de la Unión Europea. Ha habido diez muertos, todos soldados, además de la chica y los que la acompañaban. El Pabellón de las Reliquias apenas ha sufrido daños.

Raymond no le preguntó cómo lo sabía. Los hombres a los que representaba el Facilitador tenían acceso a todos los gobiernos del mundo, de manera que no les resultaba difícil obtener información de primera mano.

—Mis representados están muy enfadados —escuchó decir al Facilitador—. Usted había garantizado el éxito de la operación.

—No sé lo que ha pasado.

—¿Ha hablado con su amigo Bashir? En Jerusalén un terrorista se ha volado por los aires en la Puerta de Damasco.

—Lo sé, lo acabo de ver en la CNN.

—La Puerta de Damasco está alejada del Santo Sepulcro.

—También lo sé.

—De manera que Bashir tampoco ha cumplido con lo previsto.

—Aún faltan Santo Toribio y Roma —dijo Raymond.

—¿Y qué? Ya da lo mismo. Lo que buscábamos no era que unos terroristas se suicidaran, sino provocar un enfrentamiento entre los países islámicos productores de petróleo y Occidente.

Ylena tenía que haber destruido las reliquias de Mahoma, ése era el objetivo; el que ella esté muerta tanto da. ¿A quién le importa un terrorista muerto más? Lo mismo que el desgraciado de Jerusalén. Se ha volado matando a unos cuantos transeúntes. ¿Y qué? Ésos son atentados comunes, sin importancia. Me temo, conde, que alguien se ha dejado una ventana abierta en alguna parte.

—¿Qué quiere decir? —La voz de Raymond denotaba inseguridad.

—Se lo avisé. Mis representados no admiten fracasos.

—Las operaciones estaban bien organizadas, le repito que no sé lo que ha pasado.

—Procure hablar con el Yugoslavo. A estas horas debe de tener una idea de lo que ha fallado en Estambul.

—Volveré a intentarlo.

—Procure revisar las ventanas y comprobar cuál de ellas dejó mal cerrada. ¡Ah! Y llame a su amigo Bashir; él también tiene que dar una explicación sobre este fracaso.

El Facilitador cortó la comunicación sin dar tiempo a Raymond a replicar. Marcó de inmediato el número del Yugoslavo, pero de nuevo se encontró con el silencio. Llamó a Salim, pero le saltó el contestador pidiendo que dejara un mensaje. Colgó angustiado.

Santo Toribio, Potes, Viernes Santo

Arturo García explicaba a los agentes de la Policía Nacional y de la Guardia Civil lo que sabía de aquellos dos jóvenes que, un piso más arriba, aguardaban el momento de volarse junto al trozo de la Vera Cruz que se guardaba en Santo Toribio.

El delegado del Centro Antiterrorista en España se había desplazado hasta Cantabria, consciente de la gravedad de la situación. En su conversación con el ministro del Interior éste se había mostrado tajante: no quería correr ningún riesgo, tanto le daba que los terroristas se pudieran poner en contacto con otros en la zona. Lo que había que evitar era el atentado, de manera que había que detenerles de inmediato impidiéndoles que se acercaran a Santo Toribio.

Una policía se había vestido como camarera del hotel. Sobre el papel, el plan era sencillo. La mujer llamaría a la puerta; llevaría consigo un carro con sábanas y toallas limpias, y cuando le abrieran entraría y detrás de ella el resto de los efectivos. No sabían cómo iban a reaccionar los terroristas, pero era previsible que intentaran suicidarse, de manera que la operación tenía riesgos, y los que entraran podían morir.

El director del hotel, a pesar del nerviosismo, había obedecido todas las órdenes de la policía. Habían ido desalojando el hotel con mucha cautela, llamando a cada habitación y pidiendo a los huéspedes que se dirigieran a recepción para un asunto importante; una vez allí eran conducidos a la puerta trasera, por donde eran sacados y alejados del lugar.

A Arturo García le maravillaba la suerte que estaban teniendo. En cualquier momento podían bajar los terroristas y darse cuenta de lo que estaba pasando.

Habían trabajado a contrarreloj, sabiendo que cada minuto era precioso, y el comisario García no respiró hasta localizar los dos autocares de la agencia de viajes de Omar. Si alguien iba a cometer un atentado en Santo Toribio tenían que estar escondidos entre ese grupo de peregrinos. Dos ancianas asustadas le hablaron de «esos dos jóvenes tan simpáticos, con pinta de moros, pero que son buenos cristianos y vienen a ganar el jubileo».

Mohamed daba vueltas por la habitación enfadado con Ali, que todavía se estaba vistiendo.

—¡Date prisa!

—¿Para qué? Son las once, aún falta una hora.

—Si no te das prisa, me voy.

—Haz lo que quieras.

Pero Mohamed se sentó en la cama y dejó vagar la mirada a través de la ventana.

—Este pueblo es muy tranquilo. Mira, a pesar de la hora no hay nadie en la calle.

—Las prisas no conducen a ninguna parte —respondió Ali.

Mohamed buscó su teléfono móvil y marcó el número de su casa. Le atormentaba saber que su primo Mustafa iba a asesinar a Laila.

Escuchó la voz sombría de su padre y supo que Laila ya estaba muerta.

—Mohamed, hijo, ¿dónde estás? Debes venir de inmediato, ha ocurrido algo terrible.

Mientras su padre le hablaba, escuchaba de fondo el llanto de su madre y de Fátima.

—No puedo ir, tengo que hacer un trabajo importante.

—Hijo, tu hermana… Mustafa ha matado a Laila… dice que ha sido por nuestro bien… ¡Por favor, hijo, ven!

Mohamed sintió que le faltaba el aire. Ali le observaba en silencio y en su mirada pudo leer reprobación.

—No puedo ir, padre, os quiero mucho, díselo a mi madre… ella y yo… bueno, no nos hemos entendido y sé que la he hecho sufrir.

—Pero, hijo, ¿qué dices? ¿Qué me quieres decir? ¡Por favor, Mohamed!

La voz de Mustafa sonó imperiosa. Le había quitado el teléfono a su padre.

—No deberías haber llamado —le escuchó decir a su primo.

—¿Qué le has hecho? —gritó Mohamed.

—Lo que tú no te has atrevido a hacer. Agradécemelo, señor importante. Y ya que has llamado, diles a tus padres que dejen de gimotear. Tengo que marcharme, no pueden llamar a la policía hasta que yo no esté seguro. Dales la orden o tendré que…

—¡Cállate! No te atrevas a tocarles.

—Haz lo que te estoy diciendo.

Volvió a escuchar la voz entrecortada de su padre. ¡Cuánto odiaba a Mustafa!

—Hijo… ¿por qué?

—Padre, haced lo que os dice; de lo contrario os hará daño.

—Fátima la ha encontrado degollada en su cuarto… es horrible. Tu hermana… ¡Que Alá sea misericordioso con ella! ¡Pobre hija mía! Tú madre se ha vuelto loca, no nos deja acercarnos a Laila, se ha abrazado a su cuerpo y… ¡Es horrible, hijo, es horrible!

—¡Padre, escúchame! Dile a Mustafa que se puede marchar, que no llamaréis a la policía hasta dentro de un rato. Dadle tiempo para huir. Padre, si no lo hubiera hecho él lo habría hecho otro… Laila… Laila se había convertido en un problema, se lo advertí, os lo advertí a vosotros, pero no quisisteis escucharme… yo la quería…

Mohamed lloraba desconsoladamente y Ali le quitó el teléfono de las manos.

—Señor Amir, haga lo que le ha pedido Mohamed, es lo mejor para todos. Confíe en la sabiduría de quienes dirigen nuestra comunidad.

Luego devolvió el teléfono a Mohamed y éste pidió hablar con su esposa Fátima.

—Hazles entrar en razón, impide que mi madre llame a la policía. Mustafa debe escapar, tú lo sabes.

—No era necesario matarla —escuchó decir a Fátima.

—¡Qué sabes tú, estúpida mujer! ¿Cómo te atreves a opinar sobre lo que nuestros jefes deciden? Pregúntale a tu hermano por qué tenía que morir Laila, pregúntaselo. Ha sido él quien lo ha decidido —gritó Mohamed.

Ali le quitó el teléfono y cortó la comunicación. Luego le obligó a beber un vaso de agua.

—No deberías haber llamado; tú sabías que esto iba a suceder.

Unos golpes fuertes en la puerta alertaron a los dos jóvenes.

Mohamed se secó las lágrimas con el reverso de la mano y Ali se acercó a la puerta preguntando quién era.

—Soy la camarera, tengo que llevarme las toallas sucias.

—No vamos a tardar mucho, saldremos en unos minutos —respondió Ali.

—Ya, pero si no le importa darme las toallas, se lo agradeceré.

Ali abrió la puerta y encontró frente a él a una mujer de mediana edad que le sonreía con amabilidad.

—Siento molestarles, ¿puedo pasar al baño a por las toallas?

La camarera empujó la puerta sin esperar respuesta y Ali se apartó para dejarla pasar. Mohamed miraba por la ventana para evitar que la mujer le viera llorar. Un ruido le alertó y cuando se volvió, en la habitación había unos guardias civiles de paisano apuntándole con sus subfusiles, mientras que otro había derribado a Ali y le sujetaba las manos a la espalda mientras le ponía unas esposas.

Mohamed no se resistió. Aún no se había colocado el cinturón con los explosivos, de manera que no tenía siquiera la oportunidad de suicidarse. En realidad, sintió una oleada de alivio y se dejó colocar las esposas. Aquel día no iba a morir, Alá no quería su sacrificio. Había salvado la vida en Frankfurt y ahora la volvía a salvar. Se juró que nunca más la comprometería.

Rodeados de policías y guardias civiles salieron del hotel. Un hombre ya entrado en años, vestido de paisano, les miró con curiosidad antes de preguntar a uno de los guardias si habían registrado la habitación y encontrado los explosivos.

—Sí, estos angelitos tenían dos cinturones preparados para hacerlos explotar. Los guardaban en una bolsa en el armario; sólo les faltaba activarlos.

—Buen trabajo.

—Y que lo diga, comisario. Estos desgraciados podían haber matado a muchos inocentes.

—Llévenles al cuartel. Allí les interrogaremos antes de trasladarles a Madrid.

—A sus órdenes, comisario.

Arturo García suspiró aliviado al tiempo que telefoneaba al ministro del Interior para explicarle el resultado de la operación, luego telefoneó a Hans Wein a Bruselas y, por último, a Lorenzo Panetta.

—De buena nos hemos librado gracias a su informador. Felicítele de mi parte, sin su información habría sido imposible detener a estos dos desgraciados y encontrar el rastro del tal Omar.

—¿Qué harán con Omar? —quiso saber Panetta.

—Nada.

—¿Nada?

—Usted sabe cómo es este negocio, ahora sabemos que el tal Omar pertenece al Círculo, de manera que lo mejor es darle cuerda, ya veremos qué hace —sentenció Arturo García.

—Le pediría que interrogara cuanto antes a los detenidos; puede que sepan algo sobre el atentado de Roma.

—No se preocupe, es lo que voy a hacer. Espero que nos digan algo de interés, pero sobre todo que a través de ellos podamos tirar del hilo del Círculo. Procuraré llamarle cuanto antes.

45

El padre Aguirre parecía ensimismado y llevaba un buen rato sin decir palabra. Lorenzo le observó preocupado; el rostro del viejo sacerdote parecía del color de la cera, y no era difícil leer en sus ojos el inmenso sufrimiento que le embargaba.

—Sólo queda Roma. Afortunadamente se ha podido abortar el atentado de Santo Toribio, me lo acaba de decir nuestro delegado en España —informó Panetta.

El comisario Moretti le pasó el teléfono para que hablara con Hans Wein.

—Hans, lo sé, acabo de hablar con García; al menos los españoles se han librado del atentado y han salvado su Vera Cruz. Bueno, en realidad, hasta ahora ninguna reliquia ha sufrido daño, ni el trozo del *Lignum Crucis* de Jerusalén ni el de España, ni tampoco las reliquias de Mahoma.

Panetta escuchó las indicaciones que le daba Hans Wein. Su jefe estaba tan angustiado como él temiendo que en cualquier momento el Círculo realizara el atentado de Roma.

—¡Dios mío, cómo no me he dado cuenta antes! ¡Soy un estúpido! —exclamó de repente el padre Aguirre.

—Tranquilícese, padre… —dijo el comisario Moretti intentando calmar al sacerdote, que se había puesto en pie con los ojos desorbitados.

—¡Sé dónde van a cometer el atentado! —aseguró el sacerdote.

Panetta y Moretti, junto al resto de los policías, se quedaron expectantes mirando al padre Aguirre que parecía haber enloquecido.

—¡Lo sé! ¡Claro que lo sé! ¡Dios mío, cómo no me he dado cuenta antes!

Lorenzo Panetta y el comisario Moretti lograron convencerle para que se sentara.

—Raymond de la Pallisière odia la Cruz, el símbolo aborrecido por los cátaros, su obsesión es destruir la Cruz. Lo han querido hacer con el trozo del *Lignum Crucis* que se conserva en Jerusalén, con el de Santo Toribio, el más grande de cuantos se conservan y, por pura lógica, también intentarán destruir los tres trozos de la Vera Cruz que se conservan en Roma. El atentado será en la basílica de la Santa Cruz de Jerusalén. En esa basílica hay una capilla, la capilla de las reliquias, allí se encuentran guardados tres trozos de la Cruz de Cristo, además de dos espinas de la corona, un trozo de esponja… sí, será allí, estoy seguro.

—¡Tiene lógica! —exclamó Panetta.

—¡No hay tiempo que perder! —dijo Moretti.

Salim al-Bashir estrujó el papel que tenía entre las manos. La rabia le había transfigurado el rostro. ¡Aquella estúpida pagaría caro lo que acababa de hacer!

¿Cómo había podido confiar en que le obedecería? Dio un puñetazo en la pared y sintió un dolor agudo en los nudillos desollados.

Hasta hacía una hora se había sentido el hombre más feliz del mundo, pero ahora…

Revisó la habitación borrando cualquier huella de la presencia de la mujer. Siempre se había mostrado cuidadoso cuando se encontraban en los hoteles: reservaban habitaciones separadas y procuraban que nadie les viera ir de una habitación a otra. Nunca salían ni entraban en el hotel al mismo tiempo. Él había impuesto aquellas drásticas medidas de seguridad para evitar que les vieran juntos.

La noche anterior la había invitado a dormir con él en su habitación, y ella había acudido con una pequeña bolsa de mano con el camisón y el neceser. Esa mañana, cuando él se había ido para reunirse con el jefe del Círculo en Roma, se había quedado arreglándose.

Al regresar, no le sorprendió a Salim no encontrarla en el cuarto. Pensó que ella se habría ido al suyo para cambiarse de ropa, y que de un momento a otro regresaría. La llamó por el móvil pero ella no respondía, y él pensó que se encontraría en el baño, o habría decidido bajar a la cafetería a tomar un café. Pero habían pasado casi dos horas y no había rastro de ella. Salim supo entonces que la mujer había huido. Buscó por su cuarto algún indicio de la fuga, y encontró en el bolsillo de su chaqueta colgada en el armario aquella carta que ahora estrujaba.

Querido Salim, he tomado la decisión más difícil de mi vida: separarme de ti para siempre. Tú tenías razón, no soy la mujer que necesitas, no estoy a la altura ni de ti ni de tu causa. Durante estos años he hecho cuanto me has pedido y te confieso que lo he hecho sin remordimientos. Si me hubieses pedido la vida te la habría dado gustosa, pero no puedo hacer lo que quieres que haga; no soy capaz de destruir los trozos de la Vera Cruz, ni las reliquias que se conservan en la Santa Cruz, por más que me digas que son falsas. Nunca he sido una buena cristiana: hace años que perdí la fe y no voy a la iglesia, pero no puedo destruir todo aquello en lo que me educaron. No, no soy capaz de destruir esos tres pedazos de la Vera Cruz; sería tanto como destruir mi esencia como persona, mi alma. Imagino que te reirás si te hablo del alma, pues ni yo misma me acordaba de que la tenía. Pero tanto da. Tampoco quiero arriesgarme a que haya muertos o heridos y dudo mucho de que yo saliera ilesa. Conozco el daño que puede hacer una bomba. Seamos sinceros, Salim, no me parece que tu plan fuera tan inofensivo como lo planteaste y, peor aún, he descubierto que no puedo fiarme de ti como hice en el pasado. Si siguiera tus deseos no podría soportar vivir el resto de mi vida con esa carga.

Ya ves, yo que he hecho de todo, que he traicionado a mis amigos y a mí misma, no soy capaz de cometer esta última felonía, la más fácil según tú.

Me voy, Salim, y creo que es mejor para los dos esta separación. Nunca te perjudicaré, te juro que intentaré olvidarte para poder olvidar yo todo lo que he hecho.

No sé si podrás perdonarme, pero me queda la esperanza de que lo hagas. Al fin y al cabo, tú eres un hombre de fe.

Te quiero.

Se preguntó dónde estaría. Lo más seguro es que hubiera abandonado el hotel y regresado a Bruselas. A lo mejor la encontraba en el aeropuerto.

Telefoneó al jefe del Círculo en Roma.

—Amigo mío, la perra ha huido. La operación queda cancelada.

—Salim, algo está saliendo mal, ¿has visto la televisión?

—No, ¿qué sucede?

—Un hombre se ha suicidado en Jerusalén en la Puerta de Damasco. Ha habido varios muertos.

—¿En la Puerta de Damasco?

—Sí.

—Pero…

—Lo sé, algo ha pasado. También ha habido una extraña explosión en Estambul. Al parecer hay muertos y varios heridos.

—¿Y en España?

—Aún no sé nada.

—Te llamaré en cuanto llegue a Londres. Intenta averiguar qué ha pasado. Puede que nos hayan traicionado.

—Cuídate, amigo mío.

Terminó de cerrar la maleta y dejó la habitación, no sin antes echar un último vistazo por si algo le había pasado inadvertido.

Pagó la cuenta en recepción y pidió que le trajeran el coche que había dejado en el garaje. En el aeropuerto miró el listado de vuelos a Bruselas; el siguiente salía tres horas más tarde y el anterior había salido apenas diez minutos antes de su llegada.

Buscó un teléfono público e hizo una llamada. Dio la dirección de la mujer en Bruselas y una orden: eliminarla.

Se había convertido en un peligro para él. Hoy decía quererle, pero ¿y mañana?

Estaba dispuesto a morir antes que dejarse coger vivo, porque con él podía caer toda la red del Círculo en Europa. Maldijo a la mujer por haberle puesto en peligro.

Ovidio Sagardía tenía la mirada clavada en la cruz que colgaba del pecho del Papa. En ese momento la vibración del móvil le advirtió de la llamada. Era el padre Aguirre.

Se apartó detrás de una columna para responder, pero sin perder de vista la figura del Papa, que en el centro de la basílica de San Pedro continuaba con los oficios litúrgicos de Viernes Santo.

—Atentarán contra la cruz y la cruz en Roma está en…

Ovidio terminó la frase:

—En la basílica de la Santa Cruz de Jerusalén. ¡Dios mío, si era evidente!

—Sí, hijo, sí, lo era, pero la ofuscación y el miedo no nos dejaban ver lo que teníamos delante. Raymond d'Amis quiere destruir la cruz, de manera que su lógica sólo puede llevarle a destruir los restos de la cruz.

—Y ahora, ¿qué pasará? —preguntó Ovidio en un susurro.

—El señor Panetta y el comisario Moretti ya han adoptado medidas para proteger la basílica de la Santa Cruz; ellos mismos han salido para allá.

—Sé lo de Estambul y lo de Jerusalén —dijo Ovidio.

—Ha habido muchos muertos, mucha sangre derramada. Me siento culpable por no haber sido capaz de evitarlo.

—¡Pero, padre, gracias a usted el Centro Antiterrorista ha tomado en serio la pista del conde d'Amis!

—Me he hecho demasiado viejo y ya no pienso tan rápidamente como antes.

—En cuanto termine el oficio me acercaré a verle.

—No, no te muevas de ahí. Salgo ahora para el Vaticano.

Castillo d'Amis, sur de Francia

Raymond de la Pallisière lloraba de rabia. Acababa de hablar con Salim al-Bashir y ya no cabían dudas: la operación había fracasado. Los pedazos de la Vera Cruz continuaban intactos en Roma, Jerusalén y Santo Toribio. Decenas de personas habían muerto y se contaba un centenar de heridos en Jerusalén y Estambul, pero no habían logrado su propósito.

El jefe del Círculo sospechaba que lo de Estambul no era simplemente una explosión de gas y Raymond sabía que si descubría que él había organizado un atentado contra las reliquias del Profeta le mandaría matar.

En cuanto al comando enviado a Santo Toribio, Bashir intuía que había sucedido algo. La televisión y la radio no informaban de que en aquel rincón del norte de España hubiera acontecido nada especial, pero era evidente que algo había ocurrido, puesto que Santo Toribio seguía en pie.

Bashir no había querido llamar a Omar, prefería esperar. Ya le llamaría el jefe del Círculo en España; si no lo hacía era porque le habían detenido o porque sucedía algo de gravedad.

—No sé qué es lo que ha fallado, pero lo averiguaré —prometió Bashir.

—He gastado mucho dinero —le reprochó Raymond.

—Lo sé.

—Tiene que darme una explicación; esto no puede quedar de esta manera.

—Tendrá su explicación cuando averigüe lo que ha pasado. Hasta entonces tendrá que conformarse con esperar.

—¡Quiero resultados! —gritó Raymond.

—¡Está loco! Ahora lo único que podemos hacer es quedarnos quietos, ¿pretende que nos detengan a todos? Supongo que me estará llamando por una línea segura…

—Estoy utilizando una tarjeta de móvil nueva.

—Debemos tener cuidado, puede que alguien nos haya traicionado, mis hombres estaban preparados…

En la cabeza de Raymond retumbaban las palabras de Salim al-Bashir: «Puede que alguien nos haya traicionado…». Pero ¿quién? Nadie sabía detalles del plan; los miembros del consejo de Memoria Cátara ignoraban todos los detalles, y llevaban toda la mañana llamándole alarmados por lo que veían en la televisión.

Sonó uno de sus móviles y lo cogió de inmediato. La voz profunda del Facilitador le sobrecogió.

—Conde, ¿dónde está su hija?

A Raymond le sorprendió la pregunta. ¿Por qué quería saber dónde estaba Catherine?

—¿Por qué me pregunta por mi hija?

—Es una muchacha muy especial, tiene el don de la ubicuidad.

—¿Qué quiere decir?

—Que lleva tres semanas en California, en casa de una amiga, pintora de cierto éxito. Su hija se está recuperando de la depresión causada por el fallecimiento de su madre. Pero, como es una muchacha muy especial, al mismo tiempo está ahí con usted, visitando los lugares donde vivió su madre.

—¿Qué está diciendo? —Raymond sentía que apenas podía respirar.

—Le dije que tuviera cuidado con las ventanas. Nos ha expuesto a todos, es usted un estúpido. Suya es la responsabilidad de todo este fiasco. A su amigo Bashir no le gustará saber que les han burlado por su descuido, por comportarse como un pobre viejo sentimental. Bashir ha perdido hombres valiosos, y en el Círculo no perdonan los errores. Y usted, conde, ha cometido el peor de todos.

—Ahora mismo hablaré con Catherine…

—No sea ridículo. ¿Qué le va a decir? ¿Cree que le contará para quién trabaja? Uno tiene que saber cuándo ha llegado al final y usted, conde, ha llegado al suyo. Buenas tardes.

El conde d'Amis se sirvió una copa de calvados y la bebió de un trago. Luego se sentó unos segundos para poner sus pensamientos en orden. No tenía ninguna opción. Ninguna.

Se levantó y se sentó detrás de su mesa de despacho y tocó el timbre para que acudiera Edward. El mayordomo no tardó ni dos minutos en llamar a la puerta.

—Edward, avise a mi hija de que quiero hablar con ella.

La vio entrar sonriéndole, despreocupada. No, no se parecía a Nancy ni tampoco a él, pero era alegre y bella y los días que habían pasado juntos habían sido un regalo.

—¿Querías verme? Estaba en mi cuarto releyendo la *Crónica de fray Julián*; al final he terminado obsesionándome con ella casi tanto como tú —le dijo mientras se sentaba enfrente de él.

Le sonrió, luego abrió el primer cajón de la mesa y sacó un revólver. Catherine le miró asombrada cuando él le apuntó, pero no le dio tiempo a defenderse. Le disparó a bocajarro a la cabeza. La muchacha cayó al suelo con el rostro velado por la sangre.

Raymond la vio desplomarse mientras las lágrimas le nublaban los ojos. Luego se colocó el revólver en la boca y disparó.

Alarmado por los disparos, Edward entró en el despacho y su grito desgarrador se escuchó en todo el castillo.

46

Hans Wein escuchaba en silencio a Lorenzo Panetta. El director del Centro Antiterrorista a duras penas ocultaba su indignación.

Wein había citado a todo su equipo en el Centro para analizar lo sucedido y lo último que esperaba escuchar era la revelación de Panetta.

El subdirector del Centro estaba visiblemente afectado. La noche del Viernes Santo había sufrido una crisis de ansiedad que al principio confundió con un infarto.

Había pasado todo el viernes esperando que de un momento a otro el Círculo cometiera un atentado en Roma. Pero no había sucedido. La policía había revisado la basílica de la Santa Cruz de Jerusalén de arriba abajo, pero no encontraron nada sospechoso. El padre Aguirre insistía en que, si había atentado, sería allí.

Panetta no dejaba de preguntarse qué había sucedido, por qué el Círculo había desistido. Acaso el fracaso del atentado de Santo Toribio les había hecho esconderse en sus madrigueras.

Pero lo peor fue cuando recibió la llamada del delegado del Centro Antiterrorista de París, que informaba del suicidio del conde d'Amis y del asesinato de su hija. Panetta lanzó un grito profundo que asustó a cuantos estaban a su alrededor. Comenzó a sudar, el pulso se le aceleró y notó que el aire no le llegaba a los pulmones. Le llevaron a la Clínica Gemelli y allí, después de revisarle de arriba abajo y hacerle varias pruebas, el médico de guardia diagnosticó una crisis de ansiedad provocada por el estrés. Pero él sabía lo que le sucedía: que el dolor de su conciencia le resultaba insoportable. Era responsable de una muerte: la de la joven Mireille Béziers.

A primera hora de la mañana del lunes había cogido el avión con destino a Bruselas a pesar de que Hans Wein le había conminado a quedarse en Roma y descansar. Panetta sabía que debía explicarse ante su jefe, porque de otra manera aquel caso jamás quedaría cerrado. Y allí estaba, en la sede del Centro Antiterrorista en Bruselas, haciendo la confesión más difícil de su vida ante un atónito e iracundo Hans Wein.

—Le pedí a Mireille que se infiltrara en el castillo. Ella dudó, pero luego me dijo que sí. Yo sabía que quería demostrar su valía porque se sentía injustamente tratada por el departamento y también porque a pesar de los riesgos, era inteligente y capaz. Se me ocurrió que suplantara a la hija del conde. Éste no la conocía, no la había visto en su vida. Matthew Lucas consiguió una información exhaustiva de Catherine de la Pallisière y Mireille se empapó de aquella información hasta ser capaz de hacerse pasar por la hija del conde. Tuvo éxito, le engañó. Gracias a ella supimos lo de los atentados y el lugar donde iban a producirse: en Jerusalén, en Santo Toribio, en Estambul y en Roma. Se jugó la vida por salvar la vida de inocentes, por impedir que Raymond y el Círculo derramaran sangre inocente. Nunca pensé que la pudiera descubrir… Yo… lo siento, sé que soy culpable de su muerte.

—Lo eres. No tenías derecho a organizar una operación de infiltración sin mi permiso y ocultármelo todo este tiempo, haciéndome creer que tu fuente era un criado del castillo. La pusiste en peligro y la han matado. Sí, eres responsable de lo sucedido.

—Sin Mireille no habríamos evitado los atentados —afirmó Panetta—. Fue ella la que me llamó para avisarme de los lugares elegidos por el conde para los atentados. Jamás habríamos logrado hacer nada sin su información. Fue la última vez que hablé con ella, ya no se puso más en contacto conmigo. Mireille ha salvado muchas vidas.

—Puede ser, eso ya nunca lo sabremos.

—¡Vamos, Wein, yo puedo ser un miserable por haber arriesgado la vida de Mireille, pero no lo seas tú queriendo quitar valor a su sacrificio!

En ese momento entró en el despacho Matthew Lucas con los ojos enrojecidos por el cansancio. Llevaba tres días sin apenas dormir. La noticia de la muerte de Mireille le había conmocionado.

—Tú también me engañaste, Matthew —le reprochó Hans Wein.

—Sí. Nunca me gustó Mireille, pero creí que la idea de Lorenzo de infiltrarla era una posibilidad que no debíamos desperdiciar, pero a la que usted se opondría. Puede pedir a mi agencia que me releven como enlace con el Centro Antiterrorista; entiendo que debe ser así, se ha quebrado la confianza entre usted y yo —afirmó con aplomo Matthew Lucas.

—Lo haré, no dudes que lo haré. En cuanto a ti, Lorenzo... creo que es una buena idea que regreses a Roma ahora que vas a ser abuelo. Ya no confío en ti.

—Lo entiendo, Hans, no te lo reprocho.

—No, no puedes reprochármelo. Bien, recapitulemos, pero ¿dónde demonios están Laura White y Andrea Villasante? He pedido que las convoquen a la reunión...

Diana Parker, la asistente de Andrea Villasante, entró en ese momento en el despacho con el rostro desencajado. Los tres hombres se quedaron mirándola expectantes, sin saber qué pensar.

—¡Es horrible! ¡Horrible! —decía Diana entre sollozos.

—Pero ¿qué sucede? —exclamó Hans Wein—. ¡Haga el favor de hablar!

Una secretaria entró también en el despacho y tras ella la mayoría de los miembros de la oficina. Todos estaban conmocionados. Por fin Diana Parker fue capaz de hablar.

—¡Están muertas! ¡Dios mío, qué horror!

Dos minutos más tarde un inspector de la policía de Bruselas pedía permiso para hablar con Hans Wein.

—Los cuerpos de la señora Laura White y la señora Andrea Villasante han sido encontrados está mañana por una mujer que había sacado a su perro a pasear. La mujer que las encontró paseaba por el parque con el perro y éste comenzó a tirar de ella llevándola hasta donde estaban los cadáveres. El forense dice que la muerte debió de ser alrededor de las ocho de la noche. Se han encontrado dos bolsas con los efectos personales de ambas mujeres; al parecer regresaban de jugar a squash.

Se quedaron conmocionados. De repente todo era muerte a su alrededor. No sólo Mireille, también Laura y Andrea habían perdido la vida, pero ¿por qué?

—¿Cómo murieron? —preguntó Hans Wein intentando no perder la compostura, aunque estaba profundamente afectado.

—Degolladas. Les rebanaron la garganta. Lo siento —dijo el inspector de la policía belga.

—¡Dios mío! —exclamó Panetta.

—Puede que intentaran defenderse, incluso que una de ellas intentara huir, pero el asesino… El asesino actuó como un profesional.

—¿Un profesional de qué? —preguntó nervioso Hans Wein.

—Los rateros no actúan de esa forma, señor —respondió azorado el inspector.

Diana contó que Andrea la había llamado para que se uniera a Laura y ella para jugar a squash y luego cenar juntas, pero que no fue, porque había quedado con otra amiga para ir al cine.

—¡Si hubiese ido estaría muerta! —gritó asustada.

—¿Han detenido a alguien? —preguntó Panetta vivamente impresionado.

—Aún no. Me gustaría saber si ustedes pueden imaginar algún móvil para asesinar a estas dos señoras; no sé, algo relacionado con su vida personal o con su trabajo… —El inspector dejó la pregunta en el aire.

—¿No podría ser un delincuente común que intentara robarles? —preguntó a su vez Matthew Lucas.

—No, no, señor, tenían los billeteros en el bolso y todas las tarjetas de crédito. Hemos hecho comprobaciones con los bancos y… en fin, nadie ha intentado sacar dinero de sus cuentas. Lo más sorprendente es que no hemos encontrado ninguna huella, nada que nos dé una pista sobre el asesino o asesinos. Díganme, ¿alguien podía tener interés en matarlas?

Hans Wein se irguió, incómodo ante la pregunta.

—No, inspector, eran dos funcionarias ejemplares, personas de toda confianza y con mucha responsabilidad.

—Siento hacerles estas preguntas, pero detrás de todo asesinato hay un móvil, y mi deber es encontrarlo para intentar detener al asesino.

—Lo entiendo, inspector, haga su trabajo. Pero comprenda nuestro estupor y nuestra pena, eran personas muy queridas por todos nosotros. Laura White era mi asistente personal; en cuanto a Andrea Villasante, sin ella este departamento no habría podido funcionar…

»Pero ¿qué está pasando? —preguntó en voz alta Hans Wein cuando se marchó el inspector—. Todo esto es una locura.

Cuando Diana Parker se tranquilizó pudo dar más detalles de su última conversación con Andrea Villasante.

—Andrea se había ido de vacaciones y Laura también, pero al parecer las dos regresaron antes de tiempo. Andrea me dijo que la acababa de llamar Laura, que necesitaban quemar adrenalina e iban a jugar un partido, que si me quería unir a ellas…

—Hans, una de ellas era la informante… —afirmó Panetta.

—¿La informante de quién? ¿De qué hablas?

—Te dije que creía que teníamos una fuga de información, que no era normal que Karakoz se hubiese vuelto tan cuidadoso. En realidad, hasta que Mireille no se infiltró en el castillo anduvimos a ciegas. Fue ella la que nos confirmó la alianza del conde con el Círculo. Laura o Andrea trabajaban, bien para Karakoz, bien para el Círculo.

—¡Te has vuelto loco! ¡Sabes que Seguridad hizo comprobaciones con todo el personal del departamento! Pero además las conocía bien a las dos, eran mujeres excepcionales, entregadas a su trabajo, incapaces de una barbaridad así.

—Una de las dos filtraba la información —insistió Panetta.

—¿Y por qué las mataron?

—No lo sé, acaso porque el que informaba temía ser descubierto, o porque había dejado de confiar en ella, o por alguna otra causa. En Roma no se cometió el atentado que nos anunció Mireille, y los españoles tienen a dos terroristas del Círculo que tarde o temprano dirán algo.

—A lo mejor Mireille Béziers se equivocó y nunca estuvo previsto un atentado en Roma. En cuanto a los dos terroristas detenidos en España, son dos desgraciados, carne de cañón; uno fue un ratero al que adoctrinaron en la cárcel y el otro un estudiante, un universitario, hijo de una familia bien integrada de Granada. El tal Mohamed Amir está casado con la hermana de un influyente imam de Frankfurt. Por cierto, a su hermana la asesinaron el mismo día, al parecer fue un asesinato de honor. La chica se había occidentalizado, era feminista y plantaba cara a los islamistas radicales. La asesinó un primo para lavar el honor de la familia. No, esos dos no van a decir mucho más de lo que han contado. He hablado con el inspector García y no espera que canten más.

—Yo también he hablado con el inspector. Para los españoles no hay duda de que los dos terroristas pertenecen al Círculo, lo mismo que el tal Hakim que se voló en Jerusalén. Y tienen un problema con ese pueblo, Caños Blancos, de donde Hakim era alcalde. Puede que sea una base del Círculo, pero tienen que andarse con cuidado para que los periódicos no les acusen de xenófobos —remachó Matthew Lucas.

—Hans, insisto en que tomes en consideración lo que te he dicho —intervino de nuevo Panetta.

—¡No permitiré que manches el buen nombre de Laura y Andrea!

—¡Lo que quieres es evitar que este departamento sea puesto en cuarentena por un problema de seguridad! —afirmó Panetta.

—Tu teoría es sólo eso, teoría. Te ordeno que respetes a los muertos. No manches el buen nombre de dos mujeres inocentes. Para mí está claro lo que pasó: las asesinó un delincuente, quizá intentó robarles y se resistieron, y el delincuente no pudo perpetrar el delito porque en ese momento llegó alguien, no sé bien... Pero sí sé que no voy a lanzar mierda sobre su memoria ni sobre este departamento.

—Yo también las apreciaba, Hans, pero me gustaría saber cuál de ellas lo hizo y por qué.

47

El padre Aguirre oficiaba el funeral por Mireille Béziers. Lorenzo Panetta le había pedido que acudiera a Bruselas para dirigir la ceremonia. El día anterior se había celebrado otro funeral por Andrea Villasante y Laura White, antes de que los féretros con sus restos fueran enviados a sus respectivos países, España e Inglaterra. Pero Mireille Béziers estaba teniendo un funeral de especial solemnidad. La muchacha era hija de un embajador; sobrina de un general de la OTAN; la red de amigos de su familia llegaba hasta las más altas esferas.

El viejo jesuita había llegado acompañado del sacerdote joven, Ovidio Sagardía.

Las mujeres del departamento lloraban y los hombres a duras penas lograban contener las lágrimas. Todos tenían un sentimiento de culpa respecto a Mireille Béziers, una heroína, decía el padre Aguirre, una mujer que no había dudado en poner en peligro su vida para evitar que se derramara sangre inocente. Una mujer valiente, generosa, una gran mujer.

Hans Wein escuchaba con los ojos clavados en el suelo las palabras del padre Aguirre.

Mireille había muerto en acto de servicio, mientras que Laura White y Andrea Villasante habían sido asesinadas por no se sabía quién, aunque oficialmente se dijo que se trataba de un delincuente común que había intentado robarles cuando regresaban de jugar un partido de squash.

A Hans Wein le daban el pésame por la muerte de aquellas tres mujeres que habían trabajado en su departamento; pero las miradas de Lorenzo Panetta le hacían sentirse un miserable. Sí, sentía la perdida de Laura y de Andrea, pero nunca había soportado a Mireille Béziers, que se había convertido en una heroína, y todos le felicitaban por haber tenido en su departamento a aquella intrépida mujer.

Aguardó hasta que se marcharon todos los asistentes al funeral. Quería hablar con Lorenzo Panetta, pero éste se había adentrado en la sacristía en busca del padre Aguirre y de Ovidio Sagardía. Allí le encontró junto a Matthew Lucas.

—Quería despedirme. Sé que te vas mañana —acertó a decir Wein.

—Sí, me marcho; te he dejado un memorando con todas las conclusiones del caso. Espero que te sea de alguna utilidad —replicó Panetta.

—Ya lo he leído, gracias.

—¿Ya lo has leído?

—Sí… bueno, me cuesta compartir alguna de las cosas que dices.

El padre Aguirre, Ovidio y Matthew les observaban incómodos en silencio. Los dos sacerdotes ya se habían cambiado y vestían traje con alzacuellos.

—Yo coincido con la tesis de Lorenzo —intervino Matthew.

—Sí, ya lo supongo.

—Hans, los datos son incontestables: el conde d'Amis quería vengarse de la Iglesia, destruyendo lo más preciado para los cristianos: la Cruz, los restos del *Lignum Crucis*.

—¿Y qué me dices del atentado de Estambul? Que yo sepa, los islamistas no hicieron nada a los cátaros.

—Sí, tenemos lagunas, nos faltan eslabones. Seguimos sin saber quién es el señor Brown; puede que él sea el eslabón, la conexión entre el atentado de Estambul y los de Santo Toribio y Jerusalén. Lo he discutido mucho con el padre Aguirre; él cree que alguien dirigía a Raymond, alguien que quería provocar un enfrentamiento entre el islam y la Iglesia, además de con Occidente. En realidad, Mireille me lo dijo cuando me habló del tal señor Brown.

—¿Con qué objeto? —preguntó Hans Wein mirando al padre Aguirre.

—Señor Wein, hay gente que se beneficiaría de ese enfrentamiento. Gente para la que el mundo y los seres humanos son sólo una oportunidad de negocio. Si se hubiesen destruido las reliquias del Profeta, los islamistas radicales habrían salido a la calle y provocado un baño de sangre en todo el mundo. La destrucción de los trozos de la Vera Cruz que se conservan en Santo Toribio, en Jerusalén y en la basílica de la Santa Cruz, habría indignado a mucha gente. Alguien estaba buscando que saltara la chispa; querían provocar una guerra de religiones y han estado a punto de conseguirlo. Supongo que de ese enfrentamiento alguien habría hecho negocio.

—Hans, tú mismo barajaste esa posibilidad, dijiste que detrás de todo esto podía haber «negocios» —aseveró Lorenzo Panetta—. El conde d'Amis se alió con el Círculo para conseguir su objetivo, financió las operaciones, consiguió las armas a través de Karakoz, manipuló a esa pobre chica, Ylena. También debes aceptar que teníamos una fuga de información.

—Sí, llevas meses diciéndolo —admitió Hans Wein.

—Y ese alguien era o Laura White o Andrea Villasante —sentenció Panetta.

—¡Eso no lo creeré nunca! —gritó Wein.

—¿Por qué cree usted que las mataron? —preguntó Matthew Lucas.

—Dímelo tú, Matthew —le respondió Hans Wein en tono desafiante.

—Querían matar a una de las dos, pero las encontraron juntas y el que lo hizo no quería dejar testigos.

—¿Y por qué tendrían que matar a su fuente?

—Quizá porque el que recibía la información se sentía en peligro pensando que la iban a descubrir —respondió Lorenzo—. Seguramente ella comentaría a quien la controlara que habíamos impuesto la máxima reserva en el caso Frankfurt. O puede que ella estuviera harta. No lo sé.

—Wein, no debería de cejar en investigar a Salim al-Bashir —le recomendó Matthew—; ese hombre no es trigo limpio.

—Hasta ahora no se le ha probado nada, absolutamente nada.

—Creo, al igual que Matthew, que Salim al-Bashir es uno de los jefes del Círculo. A ti te corresponderá probarlo —dijo Panetta.

—Ya sabes que los británicos no quieren ni oír hablar de investigar a Salim al-Bashir.

—Bueno, suya y tuya será la responsabilidad por tanta terquedad —fue la respuesta de Lorenzo.

—Como bien sabes, el comisario García asegura que los dos terroristas detenidos en Santo Toribio niegan conocer a Salim al-Bashir y aseguran que el atentado contra el monasterio fue idea de ellos dos y de nadie más.

—Sí, puedo imaginar lo que dicen, pero espero que el comisario García sea capaz, con un poco de tiempo, de obtener más información, no sólo de esos dos terroristas sino del tal Omar, que evidentemente es un jefe de la organización.

—Te mantendré informado —dijo Hans Wein tendiendo la mano a Lorenzo Panetta.

—No, no lo harás, pero da lo mismo. Estoy cerrando la puerta a una etapa de mi vida.

—Que tengas suerte.

—Gracias, también te deseo a ti lo mejor.

Hans Wein iba a salir de la sacristía cuando una pareja se disponía a entrar. Reconoció de inmediato a los padres de Mireille Béziers. La madre, vestida de negro riguroso; en el rostro mostraba huellas de lágrimas. El padre, alto y enjuto, soportaba con dignidad el dolor por la pérdida de su hija.

—Veníamos a darle las gracias, padre Aguirre, por las palabras que ha dicho de mi hija —dijo la madre de Mireille.

—No tienen que darme las gracias. Siento no ser capaz de darles el consuelo que necesitan —respondió el jesuita.

La madre de Mireille se colocó delante de Hans Wein y de Lorenzo Panetta. Los dos hombres bajaron la mirada.

—Ahora que no nos oye nadie y que no tenemos por qué representar ningún papel, les diré algo. Son ustedes unos miserables, ustedes han matado a mi hija. Usted, señor Wein, despreciaba a Mireille porque ella era todo lo que nunca ha sido usted. ¿Qué le molestaba? ¿Que no hubiera sido una chica que se había abierto paso en el extrarradio de una ciudad como usted? A Mireille nadie le regaló nada. Era inteligente, y obtuvo unas excelentes calificaciones en el colegio y en la universidad. Aprendió con fluidez a hablar varios idiomas y estaba empeñada en hacer lo imposible para tender puentes entre Oriente y Occidente. Sus mejores amigos eran musulmanes, por eso repudiaba la violencia de los islamistas fanáticos, por eso quería combatirles, decía que mancillaban el islam. Pero usted la persiguió desde el mismo momento en que llegó a su departamento, la trató como a una apestada, le colocó el cartel de enchufada y se permitió despreciarla. La humilló, usted que no es nadie, que no es nada. Sé cómo ha llegado a su puesto, señor Wein, lo ha hecho inclinando la cerviz ante los políticos, mostrándose siempre políticamente correcto, temiendo que alguien se diera cuenta de su impostura.

—¡Por favor, señora, no se haga daño a sí misma! —dijo el padre Aguirre impresionado por las palabras de aquella mujer que no reprimía las lágrimas.

—No, no voy a callarme. Quiero que sepan cuánto les desprecio. Usted, señor Panetta, manipuló a mi hija, se aprovechó de su situación, de sus ganas de demostrar que era una persona con capacidad suficiente para estar donde estaba. No le importó que ella no tuviera experiencia como agente sobre el terreno, no le importó nada. La manipuló vilmente, convenciéndola de que si hacía bien el trabajo volvería como una heroína al departamento y ya nadie la cuestionaría. Usted se encargaría de ello. La engañó.

La mujer clavó la mirada en Matthew Lucas, que parecía haber empequeñecido mientras la escuchaba.

—Y usted... usted no es mejor que ellos. La aborrecía, ¿verdad? Mireille me contó su cara de asombro cuando se encontraron por casualidad en un restaurante. Creo que usted se quedó conmocionado al verla con un joven de aspecto magrebí. Eso la hizo sospechosa a sus ojos, porque usted es incapaz de respetar a los que no son como usted. El joven que estaba con Mireille era muy importante para ella, seguramente se habrían casado si no hubiese pasado lo que pasó. Es francés, nació en Montpellier, sus padres son argelinos. Ahmed es informático, y muy bueno. Tampoco a él nadie le ha regalado nada. Ha tenido que demostrar a esta sociedad llena de prejuicios y xenófoba lo que vale. ¿Qué pensó de mi hija al verla con un joven con rasgos magrebíes? Lo puedo imaginar.

Matthew bajó la cabeza avergonzado. No dijo nada; sabía que aunque se disculpase aquella madre jamás le perdonaría.

—Ustedes la han matado; espero que su conciencia, si es que la tienen, no les permita vivir en paz el resto de sus días. Mi hija era inocente. Ustedes han derramado su sangre inocente.

El padre de Mireille cogió del brazo a su mujer y la arrastró fuera de la sacristía intentando al tiempo enjuagarle las lágrimas.

—¡Vamos, querida, no llores, esos hombres son incapaces de sentir nada!

Hans Wein respiró hondo. Estaba pálido, con los brazos inertes; pasado un minuto que a los presentes les pareció eterno, reaccionó y salió de la sacristía.

El viejo jesuita podía leer el dolor y la desesperanza en los ojos de Panetta y de Matthew Lucas.

—Se ha derramado mucha sangre, pero ustedes han evitado que se derramara mucha más —les dijo.

—No, padre, la madre de Mireille tiene razón; todo lo que ha dicho es cierto. Y no sirve de consuelo pensar que podía haber sido peor. Mireille está muerta, además de los policías y soldados de Estambul, de la gente común que transitaba por la Puerta de Damasco en Jerusalén… Han muerto muchos inocentes. Su conde quería vengar la muerte de aquellos inocentes que murieron en las hogueras de la Inquisición y ha terminado provocando una carnicería. ¡Resulta tan absurdo que alguien quisiera vengarse por lo que sucedió hace ocho siglos!

—Raymond d'Amis ha sido también una víctima. Vivió obsesionado con la crónica de fray Julián, creyendo que hacía honor a su familia, a sus antepasados, si llevaba a cabo una venganza que otros no habían podido perpetrar. Nunca sabremos del todo lo que ha sucedido de verdad.

—Lo que yo sé, padre, es que una joven de treinta años llena de vida e ilusiones está muerta, y que yo soy el culpable. Es lo único que sé, y también que esa maldita crónica ha provocado mucho daño.

—No, Lorenzo, no echemos la culpa a fray Julián. El pobre fraile vivió atormentado por la violencia que había a su alrededor y que él repudiaba, jamás pidió venganza.

—Pero así lo interpretaron los D'Amis —insistió Lorenzo.

—No, así lo interpretó el padre de Raymond y por eso inculcó a su hijo un odio furibundo hacia la Iglesia. Raymond era débil, un pobre muchacho obsesionado por la venganza que él creía que pedía fray Julián. No supo leer en el alma del fraile, no supo ver que éste aborrecía la violencia y que no creía que ninguna causa pudiera justificar el derramamiento de sangre. Cuando yo conocí a Raymond era un adolescente asustado, deseoso de agradar a su padre, de estar a la altura de lo que éste pretendía. Raymond también ha sido una víctima.

Lorenzo se despidió de los dos sacerdotes y se marchó sin esperar a Matthew Lucas. En aquel instante comenzaba el resto de su vida, una vida que también había sido marcada por el testimonio de aquel fraile que había vivido en la Edad Media.

Habían pasado seis meses desde aquel Viernes Santo. Lorenzo Panetta caminaba con paso lento en dirección a la tumba que le había indicado el guarda. Llevaba en la mano un volumen primorosamente encuadernado: la *Crónica de fray Julián*. No se había separado de aquel libro desde hacía seis meses, intentando buscar mensajes secretos inexistentes en cada una de sus páginas. Pero no los había.

El padre Aguirre le había recomendado que se enfrentara a aquella tumba que ahora buscaba en el cementerio de Montpellier.

El jesuita le había llamado con regularidad obligándole a expulsar todo el dolor y el sentimiento de culpa que llevaba dentro. Pero el padre Aguirre no sólo había cuidado del alma dolorida de Panetta. Antes de regresar a su retiro en Bilbao, había viajado a Montpellier para hablar con los padres de Mireille, para intentar aliviarles su dolor explicándoles detalladamente todo lo sucedido. Les habló de la *Crónica de fray Julián*, del profesor Arnaud, de Raymond… Pasó horas enteras escuchando las palabras de angustia de la madre de Mireille, buscando a su vez palabras de esperanza. El padre Aguirre le había dicho a Lorenzo que debía emprender aquel viaje si quería recuperarse a sí mismo. Por eso estaba allí.

El olor a flores marchitas y el silencio del cementerio le sobrecogieron. Estuvo tentado de volver atrás, pero las palabras del padre Aguirre resonaban en su cabeza y siguió andando.

Una sencilla lápida de mármol cubría la tierra donde descansaba Mireille Béziers. Sintió que las lágrimas le nublaban los ojos; hizo un esfuerzo para contenerlas y no dejarse dominar por la emoción. Intentó rezar pero no le salían las palabras. Estaba allí porque necesitaba encontrarse a solas consigo mismo ante la tumba de Mireille. Pero sobre todo porque necesitaba pedirle perdón. Se sentó en una esquina de la lápida y entonces se dio cuenta de que había una inscripción:

MIREILLE BÉZIERS.
DIO SU VIDA PARA EVITAR QUE SE DERRAMARA
LA SANGRE DE LOS INOCENTES

No pudo contener las lágrimas por aquella muchacha que yacía para el resto de la eternidad y lloró, como no lo había hecho nunca, por tanta sangre inocente derramada.